An Extending Image of Thought:
Beckett's Aesthetic Thinking and Writing Practice

国家社科基金项目

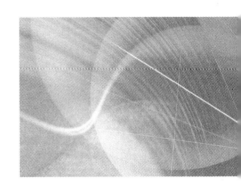

不断延伸的思想图像:
塞缪尔·贝克特的美学思想与创作实践

王雅华 著

图书在版编目(CIP)数据

不断延伸的思想图像：塞缪尔·贝克特的美学思想与创作实践/王雅华著．—北京：北京大学出版社，2013.3
（文学论丛）
ISBN 978-7-301-21519-7

Ⅰ.①不… Ⅱ.①王… Ⅲ.①贝克特，S.(1906—1989)—文学研究 Ⅳ.①I562.065

中国版本图书馆 CIP 数据核字(2012)第 260752 号

书　　　名：不断延伸的思想图像：塞缪尔·贝克特的美学思想与创作实践
著作责任者：王雅华　著
责　任　编　辑：刘文静
标　准　书　号：ISBN 978-7-301-21519-7/H · 3174
出　版　发　行：北京大学出版社
地　　　址：北京市海淀区成府路 205 号　100871
网　　　址：http://www.pup.cn　新浪官方微博：@北京大学出版社
电子信箱：zpup@pup.cn
电　　　话：邮购部 62752015　发行部 62750672　编辑部 62754149
　　　　　　出版部 62754962
电子信箱：liuwenjing008@163.com
印　刷　者：三河市北燕印装有限公司
经　销　者：新华书店
　　　　　　650 毫米×980 毫米　16 开本　21.75 印张　350 千字
　　　　　　2013 年 3 月第 1 版　2013 年 3 月第 1 次印刷
定　　　价：45.00 元

未经许可，不得以任何方式复制或抄袭本书之部分或全部内容。
版权所有，侵权必究
举报电话：(010)62752024　电子信箱：fd@pup.pku.edu.cn

目　　录

绪言 ·· 1

第一章　人生履历：一个悲观的理想主义者的一生 ············ 8
　一、童年和少年时代：内向、忧郁、坚韧的
　　　个性与舒适、富裕的家庭环境 ··························· 8
　二、大学时代：人生的春天 ······································ 12
　三、教师和学者生涯：在人生的十字路口徘徊 ············· 16
　四、创作生涯：走向"成熟"和"收获"的秋天 ············· 19
　五、晚年："冬天的旅行" ·· 26

第二章　哲学旅行及其创作思想溯源 ···························· 28
　一、贝克特文学创作的"前（潜）文本" ····················· 28
　二、笛卡尔：贝克特哲学旅行的起点 ························· 31
　三、贝克特与前苏格拉底哲人的对话 ························· 36
　四、贝克特与笛卡尔主义信徒格林克斯、斯宾诺莎等 ····· 48
　五、贝克特与经验主义哲学家贝克莱 ························· 55
　六、贝克特对康德和叔本华的批判继承 ······················ 56
　七、贝克特与语言哲学家毛特纳 ······························· 63
　八、贝克特与现代心理学和 20 世纪哲学思潮 ·············· 71

第三章　美学路径与创作理念 ····································· 77
　一、贝克特的但丁情结 ··· 77
　二、"朋友"和"他者"：贝克特与乔伊斯关系考 ·········· 79
　三、《但丁...布鲁诺.维柯..乔伊斯》：
　　　为乔伊斯《进行中作品》声辩 ····························· 88
　四、《普鲁斯特》：透视与揭秘时间、生命、艺术创作的本质 ···· 97
　五、贝克特的美学主张：动态挖掘过程、
　　　理想核心、无可言说的真实 ······························· 110

第四章　诗歌创作：抒情与写实 ·································· 118
　一、传记诗《星象》(Whoroscope)：笛卡尔式的开始 ······ 119

· 1 ·

  二、"格言"(Gnome)：彷徨与抉择 …………………………… 128
  三、"多特蒙德"(Dortmunder)：来自酒神的灵感 …………… 131
  四、《回音之骨及其他沉积物》：寻找感情的归宿 …………… 134
  五、情感的最后回声与《卡斯康多》 ………………………… 142

**第五章　《徒劳无益》和《平庸女人的梦》的写实风格：
"自我"与"表象"的世界** ……………………………………… 144
  一、贝克特式写实主义 ………………………………………… 144
  二、世界是"我"的表象 ……………………………………… 150
  三、一个青年学生、恋人和艺术家的自画像 ………………… 159

**第六章　《莫菲》和《瓦特》：从写实主义
向现代主义的转变** ……………………………………………… 174
  一、《莫菲》：大世界与小世界的对立 ……………………… 174
  二、小说创作的转向：从写实到实验 ………………………… 187
  三、《瓦特》：从认知危机到语言表征危机 ………………… 190

**第七章　三部曲：走向后现代主义诗学，
探究"不可言说"的真实** ……………………………………… 204
  一、话语和语言的转向：法语写作的开始 …………………… 204
  二、理论与虚构作品的整合 …………………………………… 207
  三、《莫洛伊》：理性与非理性的对话 ……………………… 209
  四、《马洛纳之死》："作者之死"的寓言 ………………… 221
  五、《难以命名者》：难以命名、延异、意义之谜团 ……… 233

**第八章　《无意义的文本》和《怎么回事》：
小说的终结与"文本"的开始** ………………………………… 251
  一、写作的僵局与"失败的艺术" …………………………… 251
  二、"文本"与"书"("小说")的对峙 …………………… 253
  三、《无意义的文本》之意义所在 …………………………… 255
  四、《怎么回事》：献给西方理性传统的"挽歌" ………… 266

**第九章　贝克特式荒诞派戏剧：
从文字图像到视觉的舞台图像的转换** ………………………… 280
  一、在"消遣"中诞生的艺术："荒诞剧" ………………… 280
  二、西方"荒诞派戏剧"与贝克特式"反戏剧" …………… 282
  三、《等待戈多》：我等待故我存在 ………………………… 289
  四、《终局》：生命如棋之僵局，终而不止 ………………… 296

五、《克拉普最后的录音带》：声音中流淌的存在记忆 …………… 306
六、《快乐时光》："幸福"的悲歌 ………………………………… 311
七、广播剧与电视剧创作：走进"理想核心"——沉默 …………… 317

结语 ……………………………………………………………………… 325
主要参考文献 …………………………………………………………… 329
后记 ……………………………………………………………………… 339

绪　言

　　赛缪尔·贝克特(1906—1989)是20世纪世界文坛上可以与乔伊斯比肩的最具影响力的文学巨匠。在长达半个多世纪的创作生涯中,他对艺术形式进行了不懈的实验和探索,以其非凡的艺术才华、雄厚的语言功底和广博的学识创作出一系列震撼人心的反传统的小说和戏剧作品,如1969年瑞典皇家文学院在授予贝克特诺贝尔文学奖的颁奖评语:"他那具有新奇形式的小说和戏剧作品使现代人从精神贫困中得到振奋。"①贝克特文学实验和创作理念不仅为我们提供了独特的观察生活的视角,而且也对后现代文艺理论的产生和发展有着重要的影响。赛缪尔·贝克特的名字经常出现在法国后结构主义文论大师(如德里达、福柯、巴尔特、德勒兹等)的理论著作中,这些文论家甚至将贝克特的作品作为考证他们后结构主义理论思想的文本。因此,在后现代思想盛行的当下,对贝克特的所有作品及其创作理念做全面系统的研究无疑有着重要的意义和理论价值,不仅有助于我们认识和反思20世纪,尤其是从二战以后,西方社会人类荒诞的生存境遇和空虚、绝望的精神世界,也可以帮助我们很好地理解西方现代主义乃至后现代主义诗学的发展脉络及其本质。

　　在20世纪西方文坛,或许没有作家像贝克特一样不被广大读者所接受和理解,同时又如此深受理论家和批评家的重视和青睐。自上个世纪50、60年代以来,国外的许多贝克特研究者和评论家对其作品从不同的角度、不同的层面加以阐释和探讨,取得了相当可观的研究成果。迄今为止,关于贝克特研究的各种专著、论文和书评有几百种,可谓汗牛充栋,不胜枚举。综观国外对贝克特的研究,早期的(20世纪70年代之前)论著大都是传统的传记式研究,要么从他的生平、文化和知识背景入手展示他的生活世界同他的艺术世界的关系;要么从历史、宗教和知识背景的角度着重论述现代西方哲学,如笛卡尔、叔本华、康德等哲学思想,以及存在主义、精神分析学说、现象学等对贝克特作品的主题与创作理念和艺术技巧的影响;最常见的是通过对他的具体作品(戏剧或小说)的文本阐释去探讨其内容与形式、语言

---

① 《诺贝尔文学奖颁奖演说集》,毛德信、蒋跃、韦胜杭译,南昌:百花洲文艺出版社,1991年,第544页。

及其叙事话语,以挖掘作品的深刻思想内涵。20世纪80、90年代,西方评论界对贝克特的研究转向了从后结构主义和语言哲学的层面去揭示贝克特作品的后现代审美特征。进入新世纪以来,西方学界越来越认识到了贝克特与西方哲学和后现代诗学的联系,因此,对贝克特的研究更趋于理论化、哲学化,也更加侧重探讨贝克特与西方哲学,特别是后现代文化思想的关系问题;在这方面的研究取得了很大的突破:如安东尼·尤尔曼的《塞缪尔·贝克特与哲学图像》(2006)、理查德·雷恩编辑的论文集《贝克特与哲学》(2002)、马修·菲尔德曼的《贝克特图书:塞缪尔·贝克特两次战争间的笔记之文化历史》(2006)等都是非常有价值的研究成果。不难看出,西方的贝克特研究不仅倾向于对他的创作的主导思想和主题的探讨,而且更加注重对其作品(尤其是小说)艺术形式,如叙事策略、话语风格、语言表征的研究,从而深入地探究和挖掘了贝氏作品深邃的思想内涵、创作理念和哲学思想。这些研究成果无疑为笔者也为我国学者认识和研究贝克特提供了非常宝贵的资料和参照。

然而,与西方学界对贝克特研究的多元化相比,国内学界的贝克特研究未免有些逊色,尽管如张和龙教授在"国内贝克特研究评述"一文中所说:"从《等待戈多》(1965)的'内部发行'到《贝克特选集》5卷本(2006)的正式出版,从80年代的'荒诞热'到新世纪以来的'众声喧哗',国内对贝克特的译介与研究不断发展,不乏可圈可点之处。"①的确,文革之后,国内学界对贝克特作品的研究逐渐升温,近些年研究成果层出不穷,期刊论文已有近二百篇。但是,国内的贝克特研究尽管数量可观,可是在研究的深度、创新性和学术视野上,还很不够,并且已有的研究成果中存在着单调、重复、失衡现象。多年来,国内对贝克特的研究大都局限于对其一部荒诞剧《等待戈多》的评论和解读,而关于贝克特其他戏剧的研究论文极少,并且目前关于《等待戈多》的硕士论文仍在不断增加(几乎都在重复前人的观点,有创见性和突破性的论文十分罕见)。而对于贝克特小说的研究,上个世纪90年代才开始出现,数量可谓凤毛麟角;最有学术价值和建树的是著名学者陆建德的论文"自由虚空的心灵——萨缪尔·贝克特的小说创作",笔者也曾受到此文的很大启发。90年代有关贝克特的专著只有一部卢永茂等著的《贝克特的小说研究》。令人欣慰的是,进入新世纪以来,国内学界对贝克特的研究视野和思路有所拓展,开始关注贝克特的小说诗学及其后结构主义审美特征;在借鉴国外新的研究成果和前沿的学术思想的基础上,逐渐与国际的贝克特研究接轨;其间,出现了几篇

---

① 关于国内贝克特研究的三个历史时期、主要成果、特点和不足的详尽评述,参见张和龙的文章《国内贝克特研究评述》,载《国外文学》2010年第3期,第37—45页。

关于贝克特小说及其形式实验方面的博士论文或专著。总体上看,国内的贝克特研究还有失全面系统,存在着很多空白(如对贝克特早期诗歌、短篇小说和后期的文本以及其广播剧和电视剧的研究,几乎都没有涉及),尤其是对贝克特作品进行整体的、全面系统研究,以展示其创作实验全过程,揭示其美学思想的专著尚未有过。

有鉴于此,本书试图对贝克特的美学思想与创作实践进行全面系统的研究:即从贝克特与西方哲学的关系和他的美学路径入手,以他创作于1930年至1950年间的重要小说(包括短篇)的研究为主,以他早期的诗歌、后期的故事片断和文本为辅,同时兼顾对他戏剧作品的研究。笔者力图通过对贝克特各个时期作品的系统的比较性解读与评述来展示贝克特不同作品之间内在的连贯性、互文性,和主题的层层深入以及形式的不断解构与重构,从而详尽全面地展示贝克特文学创作的动态进程,即对他自己的哲学和美学思想的实践过程,并揭示贝克特通过创作实验对西方文化及哲学思想的扬弃和传承,对后现代思想的预设,对存在、艺术与语言表征关系的独到见解,以及贝克特对世界文学和文论的发展所作出的杰出贡献。

贝克特的作品并不是以生动有趣的故事情节取胜,而是以其隐喻性、哲理性、实验性而见长。他的小说和戏剧作品所关注的不仅仅是现代人的生存境遇,更主要的是艺术的发展走向。因此,贝克特既是一位独具匠心的作家,也是一位思想家、文学理论家,他对艺术创作有着自己独到的见解和美学追求。他主张内容和形式的合二为一,正如他在评论乔伊斯的《进行中的作品》(《芬尼根的守灵》)时所说:"形式即内容,内容即形式。"贝克特的文学创作从一开始就试图探寻一种"无可言说的文学"形式(literature of unword),如他在1937年写给一位德国朋友的信中就指出作家的最崇高理想就是尽力去"消解语言",以便揭示隐藏在语言背后的某种东西,即便它是一种虚无。① 这一观点对后结构主义,即解构主义理论产生了重要的影响。贝克特1961年在同美国学者德莱瓦的一次谈话中,对艺术家的任务又做了精辟的阐述,他主张艺术必须要容纳"混沌"——即反映荒诞,混乱,无序的社会现实。"发现一种能够包容'混乱'的形式,这就是当前艺术家的任务。"② 贝克特二战之后创作的小说和戏

---

① 参贝克特,《杂集,文选及戏剧片段》(*Disjecta, Miscellaneous Writings and a Dramatic Fragment*, London: John Calder, 1983, p. 52, p. 171),引自[英]詹姆斯·诺尔森,《贝克特肖像》,王绍祥译,上海人民出版社,2006年,第49页。

② Tom Driver "Interview with Beckett" in "Columbia University Forum", reprinted in *Samuel Beckett: the Critical Heritage*, (eds.) Graver & Federman, London & New York: Routledge, 1979, p. 219.

剧就是以完成这一任务为宗旨并取得了成功,揭示了荒诞背后那难以言说的真实。在《普鲁斯特》中,贝克特把艺术创作比作是一种挖掘过程,就像剥洋葱一样,试图剥去层层自我和世界的表象,剥掉层层传统的思维模式,从而达到一种最小的"理想的核心"(the ideal core of the onion),达到一种本真的存在。贝克特自己的文学创作就是不懈地追求这种"理想的核心"的挖掘过程,也是通过对自我和精神世界的挖掘来探寻艺术的本质的过程。

本书旨在强调,贝克特的整个创作生涯(即创作过程)既是他的哲学和美学思想的形成的过程,也是他探索和实验各种艺术表达形式的过程,可以被看做是一个具有内在逻辑的连续统一体,笔者将其称作"动态的自我生成形式"(dynamic self-generative form)。①贝克特的"动态形式"所展示的并非形式本身,而是他艺术的创作过程,也就是一种动态的进程,它既是形式也是内容。但是这种进程并非是线性发展的,而是螺旋式逐渐深入直至到达那个"理想的核心"。据此,贝克特创作生涯中的每一部作品都是他"动态艺术形式"中不可或缺的重要组成部分。本书力图全面系统地研究和解读贝克特创作生涯中每个阶段的重要作品及其思想发展脉络,以便还原贝克特的哲学、美学思想的形成和他艺术创作的全过程。然而,贝克特的作品形式多样,内容繁杂,涉及西方各种哲学和美学思想,笔者在本课题研究过程中不得不有所取舍,以突出他的哲学和美学思想的不断延伸。那么,如何做到既全面、系统,又深入翔实地探讨贝克特的创作生涯的各个阶段的作品,同时又要避免像写文学史或人物传记那样面面俱到呢?这也是本书写作所面临的难题。

下面就先介绍一下本书的基本框架、思路和内容概要。

全书共分九章。第一章较为详尽地介绍贝克特生平和履历,展示贝克特一生的重要经历和事件并考察他的知识和文化背景以及他的性格、禀赋,进而揭示贝克特作为一个非凡的作家既平凡而又传奇的一生,揭示他的经历、环境和他鲜明的个性对他成为一个特立独行的作家所起到的重要作用。第二章试图从贝克特文学创作的"前文本"即他的哲学和心理学笔记入手去探讨他对西方哲学传统(从前苏格拉底哲学到笛卡尔到后笛卡尔哲学家格林克斯、斯宾诺莎、贝克莱,到康德、叔本华,再到现代语言哲学家毛特纳等),以及现代心理学的接受,从而追溯其作品的思想基础和创作灵感来源以及他对西方哲学的批判和继承。第三章讨论贝克特的美学路径,即他对西方文学中的几位大作家(但丁、乔伊斯、普鲁斯特)

---

① 参见拙著《走向虚无:贝克特小说的自我探索与形式实验》(英文),北京语言大学出版社,2005年,第11页。

的接受；通过解读贝克特评论乔伊斯和普鲁斯特的两篇文学批评作品，揭示他对艺术创作本质的深刻洞见和他自己的创作理念与美学主张，并试图在接下来的章节中，将贝克特的独特创作理念和美学主张自始至终融入对他各个时期作品的评论和阐释中，以证明他如何在创作过程中逐步实现了自己的美学追求。第四章、第五章主要对贝克特的早期作品，即诗歌和短篇小说等进行较全面的剖析和阐释，梳理他早期作品的自传性和写实风格，以展示青年贝克特对人生和爱情的真切体验，对人与自然、人与世界的关系的思考。第六章和第七章是本书的核心部分，它们通过对贝克特五部长篇小说的解读诠释了贝克特自我探索和形式实验的动态进程。其中第六章聚焦于贝克特20世纪30、40年代创作的两部重要的英语小说《莫菲》和《瓦特》，并通过对两部作品的解读和比较研究来展示贝克特小说创作和形式实验的一个重要的发展阶段，即从《莫菲》对二元对立的哲学思想及二元对立的叙事结构（即：精神与物质、自我与他者的关系）的关注到《瓦特》对理性、意义、认知和语言本质的拷问，从而揭示贝克特的小说创作从较为传统的写实主义向现代主义或实验性文本的过渡。第七章集中探讨了贝克特创作巅峰时期（20世纪40至50年代）的小说三部曲（《莫洛伊》、《马洛纳之死》、《难以命名者》）的理论性虚构特征及其对后结构主义理论思想和解构主义诗学的预设，并通过对三部小说的文本阐释和比较研究，展示贝克特小说创作的动态进程，即不断挖掘自我、探寻语言表征和艺术本质的过程（抑或是向着"理想核心"的挖掘过程），进而演示贝克特小说"螺旋式"的环形结构和循环模式，及其从本体论、认识论和修辞话语等层面对传统小说叙述模式即思维定式的解构与重构。第八章探讨贝克特三部曲之后的小说创作，通过对他此后的两部重要作品（《无意义的文本》和《怎么回事》）的文本解读与评析来展示贝克特这一时期的写作与其三部曲在风格、话语模式和叙事视角上的不同，从而阐明贝克特写作形式的转变，即从小说到故事片断到文本的转型，标志着贝克特小说实验的终结和一种新的超越传统语法规则但又能够准确表现存在或生命状态的诗学的诞生。第九章较为全面地研究贝克特的戏剧创作（包括后期的广播剧和电视剧）以及贝氏"反戏剧"在探索存在和艺术本质上与他小说的异曲同工之处，以演示贝克特如何通过戏剧创作实现了想象力的一次飞跃，完成了从文字图像到视觉的舞台图像的转变，并最终达到了深不可测的沉默，进而彻底实践了他"消解语言"的美学主张。

本书的特色和创新之处有以下几点：首先，鉴于在以往的贝克特研究中，有关他作品的"动态的生成形式"，即对自我和艺术的挖掘过程和他的创作实验过程，没有引起文学批评家的足够重视，本书试图对这类现象做全面系统的研究和表述，以便为贝克特的研究提供一个新的维度和视角,也为中国学界认识后现代艺术创作的本质提供一种参照。第二,本书用较长的篇幅(第二章和第三章)探讨了贝克特的哲学图谱和美学追求,以追溯他文学创作的思想基础和灵感来源,进而展示他作品中不断延伸的思想图像。但需要特别交代的是,本书写作的初衷是凸显贝克特作品的前瞻性和对后现代理论思想的预设(这一点,在贝克特研究中往往被忽略),因此,笔者在探讨和阐释贝克特作品的过程中借鉴了一些当代西方哲学和美学理论,尤其是后现代的诗学(如语言哲学、后结构主义、解构主义),并同这些理论思想展开对话,其目的不是为了证明贝克特的作品如何受到这些后现代哲学思潮的影响,而是试图揭示贝克特的作品与西方后现代哲学和文化思潮的必然联系以及对日后出现的后结构主义或解构主义思想的预设。其实,贝克特重要的、具有后现代审美特征的作品(如小说三部曲)大都是20世纪40、50年代创作的,而后结构主义或解构主义理论60年代末才开始出现。国外一些研究专著即便探讨了贝克特作品的后现代审美特征,但似乎更倾向于将贝克特的作品作为个案研究,即用后现代理论阐释其文本,而没有特别强调贝克特作品对后现代理论的影响和预设,以及贝克特作品对法国后结构主义文论大师(德里达、福柯、巴尔特等)的理论思想的形成所作出的贡献。第三,本书对贝克特的研究几乎涉及他各个时期的重要作品,对其中有些作品的讨论,譬如,第四章对贝克特诗歌的解读,第八章对贝克特三部曲之后的重要作品《无意义的文本》和《怎么回事》的阐释,和最后一章对他后期的广播剧及电视剧的评论,都是我国的贝克特研究领域尚未研究过或很少涉及的内容,(其实西方学界对此类贝克特的作品也未给予足够的重视)。这些常被文学评论界忽视的作品,其实在贝克特创作实验和其美学思想的形成过程中占有不可或缺的位置,同他的小说和戏剧一样有着重要的研究价值和认识价值。第四,通常关于某个作家的研究专著大都会附上作家的简要年谱,以便使读者了解作家生平。本书没有采取做年谱的方式,而是辟专章(第一章),以线性叙述的形式介绍和描述了贝克特的生平和履历:从出生、性格禀赋到家庭、宗教及文化背景;从青年学生到学者到作家的各种经历,再到他创作的暮年乃至死亡,从而呈现贝克特作为一个悲观的理想主义者的一生。这种写法只是一种尝试,其目的是为了让我们在进入贝克特那抽象、晦涩、充满典故的语境和灰暗、虚空、迷宫般的艺术世界之前,先进入他的生活世界,去了解贝克特的生活中鲜为人知的经历和趣事以及他看似孤傲的性格的另一面,以便我们能够读懂一个完整的、真实的、复杂的、立体的贝克特。这或许也会为本书枯燥、乏味的贝克特研究增加一定的趣味性和传记色彩。本书在接下来的章节中,也会不断提及贝克特的一些重要的生活经历并将其融入文本阐释中,以演示贝克特美学思想的形成及发展轨迹,因为正是贝克特的生活阅历、环境以及他与生俱来的性情和禀赋造就了他这样一位非凡的作家。笔者不太赞同"作者之死"这一后结构主义的论断,尽管贝克特在其小说《马洛纳之死》中以戏拟的方式对日后将要出现的"作者之死"的后结构主义理论做出了预设(事实上他是对作者是否应该死亡提出了质疑)。在研究贝克特作品时,作者个人的经历和意图是理解他作品的关键,因此应该予以关注。

最后,对本书的书名(即主标题)做一下说明。笔者在申报国家社科基金课题时,拟定课题名称为:"从现代主义诗学到后现代主义诗学:贝克特的美学思想与创作实践"。但是在本课题的研究过程中,笔者发现原有的主标题显得有些抽象、绝对和封闭,不能很好地体现贝克特创作思想的动态性和流动性;再者,尽管贝克特的写作具有明显的现代主义(先锋派)和后现代审美特征,但是,"现代主义"和"后现代主义"其实是本已存在的文化思潮,并且所有现代作家(不只是贝克特)都不可避免地会在这种语境下写作并不自觉地反映这种文化思潮。因此,将主标题改为《不断延伸的思想图像》更能体现贝克特文学创作的特质。其实,这标题本身就暗示了一种后现代的思想特征,即意义的"不确定性"。

无论是在英语国家,还是在整个西方世界,贝克特都是公认的最难读懂、最难以把握的作家,对于中国的学者和读者来说,更是如此,这一点笔者深有体会。究其原因,贝克特本人是一个极其复杂的,充满悖论的作家。他表面冷酷、孤傲,但实际上却心地善良,乐于助人。他的创作从一开始就是"反传统"的,但是他却对传统的古典哲学、文学和艺术了如指掌,其实他所有的作品都是建构于对西方各种传统哲学思想的渊博学识基础之上的。他的作品颠覆了传统的写实主义,但是却呈现了最真实的存在,创造了更高层次的现实;他在创作实验中彻底抛弃了结构和形式,但是他却是最关注"形式"的作家;他讨厌评论家用抽象的理论和现成的概念或"标签"去阐释自己的任何作品,但是,他的作品本身就带有理论性虚构的特征,他的创作本身就是一种理论的抽象和建构。贝克特的思想看似飘忽不定,不时地出位、延异,但是却仿佛被一种无形的线牵引着,最终总能回到原点。据此,笔者用"不断延伸的思想图像"作为贯穿本书的主线,意在表明,作为一名特立独行的艺术家,贝克特的作品看似散漫、凌乱、不合章法,但实质上他的各个时期的作品自始至终贯穿着他的创作理念和美学思想。贝克特的所有作品呈现给我们的就是一个动态的、流动的、不断延伸的思想图像。

第一章　人生履历：一个悲观的
理想主义者的一生

作为20世纪西方文坛最具影响力的作家之一，赛缪尔·贝克特的个性、形象、作品已经成为西方文学的符号。他的文学创作自始至终传达着一种悲观主义的世界观和生活态度，从早期的诗歌、小说到成熟或巅峰时期的实验小说、戏剧，直到他后期的故事片断等，都无一例外地表现了灰暗、惨淡的世界图像和现代人荒诞、虚空，甚至绝望的生存境遇。因此，有人会认为，只有经历了不幸的童年和少年时代，有过坎坷的人生经历和精神创伤的人，才可能写出像《等待戈多》、《残局》、《瓦特》、《马洛纳之死》、《难以命名者》等如此怪诞、悲观和绝望的作品来。其实，贝克特之所以持悲观主义的世界观和生活态度，并且在他整个创作生涯中将这种人生哲学贯彻到底，主要是其禀赋与性格使然，当然也与他的生活环境、阅历、知识和文化背景有直接的关系。若想读懂贝克特的作品，首先我们应该走进他生活的世界，去了解一个完整的、真实的贝克特。据此，本章将对贝克特的人生履历做较为详尽的介绍和描述。

一、童年和少年时代：内向、忧郁、坚韧的个性与舒适、富裕的家庭环境

按照贝克特自己的逻辑，他的一生就是从出生到死亡的旅行，亦如他在小说《平庸女人的梦》中所描述的"从子宫到坟墓"（womb-tomb）[①]的环形旅程。

首先，有必要说明一下贝克特生日的错误。

其实，贝克特的生日本身就是存有争议的话题。所有熟悉贝克特的人都认为他是1906年4月13日出生，但是，依照Bair和Knowlson的传记，这个日子似乎是一个记载的错误，贝克特的出生证明上记录的是5月13日。还有消息说，贝克特的父亲是6月14日，在他出生一个月后给他

[①] Samuel Beckett, *Dream of Fair to Middling Woman*, Dublin: The Black Cat Press, 1992, p. 45.

第一章　人生履历：一个悲观的理想主义者的一生

注册生日的；也有人认为，贝克特的出生是在1906年4月16日《爱尔兰时报》的出生与死亡专栏上宣布的，云云。① 这种出生时间的混乱颇具反讽意味。无论是否记载错误，贝克特本人都更认同4月13日为自己的生日，他经常毫不掩饰地向别人说自己是4月13日，星期五，并且是"耶稣受难日"("Good Friday")出生的。他似乎有意将自己的人生设定在悲剧的情境中，使他的生活带有几分神话色彩。根据基督教国家的文化传统，复活节②前的星期五本身就是"耶稣受难日"("Good Friday")；按照西方的习俗，13又是一个最不吉利的数字。可见贝克特的生日仿佛向世人表白：分娩（出生）本身就是一个痛苦的时刻，出生也意味着人生苦难旅程的开始。

贝克特1906年4月13日出生于爱尔兰首府都柏林的一个中上层社会的家庭（权且使用这个带有争议的生日），他父母虔信新教。父亲威廉·贝克特继承父业，成了当地颇有声望的房地产评估师和建筑开发商；母亲玛丽·诺·贝克特出身于都柏林郊外的名门望族。他父母共有两个儿子，赛缪尔·贝克特是备受父母关爱和重视的小儿子。幸福的四口之家生活在都柏林郊外的上流社会富人居住区库尔德里纳（Cooldrinagh）。贝克特家的宅邸在当时可算是那里最显赫的豪华别墅；宽敞、高耸的都铎式豪宅周围是美丽的大花园和绿色的草坪，还有漂亮的网球场、车库、凉亭等设施。贝克特和他的哥哥就是在这样优越、舒适的环境中成长，从小就受到了良好的（体育、琴、棋、书、画）教育，有很高的文化素养。③从如此优越的家庭背景和生活环境来看，贝克特童年和青少年时代应该是非常幸福、快乐的，但是贝克特却并未感到童年多么幸福，他反倒认为自己的童年是"平淡乏味的"(uneventful)④。伟大的艺术家、作家往往在幼年就显示出与众不同的才能与禀赋，贝克特更是如此。他自幼性格内向、忧郁、敏感，喜欢个人独处，爱读书，并总爱像成人一样思考问题。因此有评

---

① 关于贝克特生日的几种说法，参见：(1) James Knowlson, *Damned to Fame: The Life of Samuel Beckett*, London: Bloomsbury Publishing plc., 1996, p.1. (2) Deidre Bair, *Samuel Beckett: A Biography*, New York: Simon & Schuster Inc., 1993, p.3.

② "复活节"是为了纪念耶稣基督在十字架受刑死后复活的节日，西方信仰基督教的国家都要过这个节日，在西方教会传统里，每年过春分第一次月圆之后的第一个星期日即为复活节，如果满月恰逢星期日，则复活节再推迟一周。因此，节日大致在3月22日至4月25日之间。贝克特认为自己的生日正是复活节前的星期五即"耶稣受难日"，自然带有一定的自嘲和反讽意味。

③ 关于贝克特的出生的豪宅，他的父母的家庭背景，他童年的生活环境以及他和他哥哥童年生活的详细描述可参见 James Knowlson, *Damned to Fame: The Life of Samuel Beckett*, pp. 1—30. ("Images of Childhood")

④ See Deidre Bair, *Samuel Beckett: A Biography*, p.14.

论家认为他似乎从未有过真正的童年。①

贝克特从小就身体瘦弱,经常生病,因此父母对他格外关爱。他又是一个非常漂亮的小男孩:白皙的皮肤、金黄色的头发、蓝色的大眼睛,再加上温和、安静、腼腆的性格,很讨人喜欢。但是,在柔弱的外表背后,却隐藏着倔强的性格。有时他竟能做出一些出人意料的、淘气的、鲁莽的事情来。如9岁时,他出于好奇,用一个废弃的汽油罐玩火,不小心烧伤了脸,让他的母亲既心痛又恼火。再譬如,他从小喜欢爬树(冷杉树),然后伸展双臂从六十多英尺(约18.28米)高的树上俯冲而下,以寻求刺激,但每次跳下时都被底部的树枝羁绊,使他幸免摔伤,(贝克特在他早期的自传性作品中曾多次描写过这种刺激性的危险游戏)为此也受到过他妈妈的严厉体罚。正是因为喜欢这种刺激的游戏,他父亲才训练他跳水,他经常从高高的岩石上往大海里跳,还学会了在游泳馆里高台跳水。贝克特幼年时算不上特别聪明,但是他却是个爱沉思的孩子,兴趣爱好广泛,喜爱体育活动、音乐、下棋、集邮等;而他最大的兴趣莫过于读书,他很早就学会了看书识字,经常独自躲在一个僻静的地方读故事书;有几次他甚至独自一人漫游到离家很远的田野里,独自一人静静地享受读书的快乐,完全忘却时间。

是父母对他过分的关爱和过高的期望,特别是母亲对他过于严格的、传统的、宗教式的教育方式,使贝克特感到童年太受拘束,因而他从小也养成了孤僻、倔强,甚至有些叛逆的性格。如果说贝克特童年也有过幸福快乐的时光,那主要是因为他有一个性格开朗、随和,富有幽默感并且喜欢运动的父亲。贝克特的父亲经常带着两个儿子出去玩,并教会了他们游泳、打网球、高尔夫球等。所以贝克特从小就和父亲关系甚好,成年后更是对父亲尊敬、孝顺有加。然而,他从小却对母亲有些惧怕,甚至反感。因为母亲特别注重对他们的习惯、行为举止、礼仪和人格的培养,并且总是按照她从小所受到的传统大家贵族的教育方式来塑造年幼的贝克特,如曾经在他们家住过的表妹所说,他们得严格遵循维多利亚式的餐桌礼仪"table manners"②。更让他反感的是,母亲给他和哥哥从小就灌输家族新教信仰,并且每天监督他们做家庭的宗教仪式,譬如:每晚睡觉前,他和哥哥都得跪着背诵祈祷文,除了主祷文之外,他还得念另一个祷文:即"上帝保佑亲爱的爸爸、妈妈……和所有我爱的人,使我成为耶稣基督的一个好孩子,阿门。"③后来贝克特将这段祷文逐字逐句地写进了他的

---

① See A. Alvarey, *Beckett*, Glasgow: William Collins Sons & Co. Ltd., 1978, p.18.
② See James Knowlson, *Damned to Fame: The Life of Samuel Beckett*, p.21.
③ 同上,p.16.

第一章 人生履历:一个悲观的理想主义者的一生

第一部小说《平庸女人的梦》,并对母亲虔诚的新教信仰进行了反讽性模仿。因此,一个小男孩跪着虔诚地做祈祷的情景或图像也曾出现在他的诗歌和后期的散文中。虽然贝克特的母亲对他们要求比较严格,但是她对身体瘦弱的小儿子萨姆(Sam 贝克特的昵称)却格外疼爱,而贝克特却把母亲对自己的爱看做是残酷的、"野蛮的爱"(savage love)。贝克特长大后对母亲始终有着复杂的,爱恨交织的情感,这种情感后来发展成了他对女人普遍的复杂情感,并且在他的作品中时常流露出来,如在他著名的小说三部曲的第一部《莫洛伊》中,贝克特就用夸张的,戏拟的手法将主人公对母亲、对所有女性的厌恶表现到极致。

贝克特五岁进了一家私立幼儿学校。九岁进入了离家较远的都柏林市知名的厄尔斯福特学校(Earlsfort House)读书。在学校他就表现出体育的特长,喜欢打网球、高尔夫球,还是校板球队和橄榄球队的成员,另外他也爱好拳击运动。更主要的是,贝克特那时就表现出语言的天赋,他的作文总能获得最高分。

1916年4月24日,在都柏林爆发了爱尔兰反抗英国的殖民统治的"复活节起义",这也是爱尔兰历史上最大的争取独立的暴动,起义的场面非常惨烈、血腥。10岁的贝克特第一次经历了如此动荡混乱的时期。父亲将他哥哥送到了远离都柏林的波托拉皇家学校(Portora Royal School)读书,以躲避都柏林的动乱时期。贝克特因年龄小只能留在父母身边,继续在厄尔斯福特读书,但是这所学校的教育理念,即对各种宗教信仰的包容精神与和谐的氛围,对贝克特世界观和宗教观的形成产生了重要的影响。

1920年,13岁的贝克特进入他哥哥正在就读的爱尔兰北部的波托拉皇家中学。那是一所著名的寄宿学校,位于弗马纳郡的首府恩尼斯基伦(贝克特入学的第二年,爱尔兰被分割成了两个国度,恩尼斯基伦变成了英国北爱尔兰西南部城市)。该校为都柏林三一学院培养输送了大批优秀人才,贝克特就是以优异的学习成绩和全能的体育水准毕业并升入三一学院的学子之一。在皇家中学贝克特结交了很多朋友,他最亲密的朋友杰弗里·汤普森就是在那里结识的,此人在贝克特以后的生活中起到了非常重要的作用。贝克特虽然算不上皇家中学最出类拔萃的学生,但是他的文科课程却非常优秀,尤其表现出超长的语言才能,法语和拉丁语均取得了优秀的成绩(这就是为什么贝克特能够在写作中轻松自如地引用古典拉丁语作家的缘故)。此外,他还酷爱高尔夫球、象棋、桥牌等活动,但是他最大的兴趣还是读书,他爱读各种文学作品(小说、诗歌等),尤其喜欢浪漫主义诗歌,能流利地背诵济慈的诗歌,所以济慈的诗句时常出现在他的小说中,如《莫洛伊》等。

二、大学时代：人生的春天

1923年10月，贝克特还未满十七岁就进入了爱尔兰最著名的（也是世界顶级的）高等学府都柏林三一学院攻读文科学士学位。在三一学院读书的四年可以说是贝克特的思想逐渐成熟和人生观和世界观形成的最重要阶段。贝克特学得最好的课程是法语、意大利语，他也学拉丁语、数学（欧几里得数学和代数）等；他对文学艺术的兴趣得到了更进一步的发展，并且还喜欢上了哲学。应当指出，这期间有几位老师对贝克特未来的发展和职业生涯产生了深远的影响。

首先，对贝克特影响最大的是他的导师，罗曼斯语和古典文学教授托马斯·布朗·鲁德摩斯-布朗（Thomas Brown Rudmose-Brown），是他首先发现了贝克特独特的艺术和文学的天分，并对这个弟子格外偏爱；是他培养了贝克特对欧洲古典诗歌、戏剧和现当代文学的批评和欣赏能力。贝克特对鲁德摩斯-布朗的文学课程格外感兴趣，在导师的引导下，贝克特真正走进了文学的王国，开始了他的文学旅行。除了阅读英国的经典作家和现当代作家外，贝克特还接触到法国和意大利的经典作家，如彼特拉克、但丁、拉辛等。他尤其爱读但丁、拉辛、莎士比亚、弥尔顿、歌德、海涅等经典作家的作品。鲁德摩斯-布朗不仅研究诗歌，他本人也是诗人，并且能用英、法两种语言创作，发表过一些用两种语言创作的诗歌，他还同法国当时的一些知名诗人交往过甚。贝克特在导师的影响下也对法国现代诗歌产生了极大的兴趣。此外，他的导师对法国当代文学也颇有研究并且使贝克特有更多的机会接触一些法国现代派作家，如普鲁斯特、纪德、弗朗西·维埃雷-格里芬，莱昂-保尔·法尔格、瓦莱里·拉尔博、弗朗西斯·雅姆等作家的作品，这些作家对贝克特以后的写作都产生了一定的影响。

其实，鲁德摩斯-布朗不仅对贝克特的学术发展有着重要的影响，而且也在一定程度上影响了贝克特的政治立场和宗教信仰。鲁德摩斯-布朗思想开放、主张个性自由，因此他也是三一学院颇有争议的人物。他反对狭隘的爱国主义和民族主义，向学生宣扬自己的宗教观，如他声称："我不接受任何宗教教条，也不排斥任何宗教信仰。……但是我不能接受宗教对政治、社会经济和道德准则的干预"。① 贝克特后来采取了同样的政治立场和宗教观，他早期的作品大都流露出这样的政治和宗教思想。鲁德摩斯-布朗曾这样教导他的弟子："我们每一个人都应该毫无畏惧地

---

① Qtd., in James Knowlson, *Damned to Fame: The Life of Samuel Beckett*, p. 50.

去争取成为自己。"①"成为自己"可以说是贝克特整个人生和事业所试图达到的境界,而他的文学创作正是对这一目标的追求过程的独特展示。可见,贝克特能够成为20世纪西方文坛最伟大的作家之一,鲁德摩斯-布朗功不可没。1983年贝克特在写给一个朋友的信中说道:"我所需要的启发性知识大都源自于'鲁笛'(Ruddy,鲁德摩斯-布朗的昵称),源自于他的教导和友谊。我常常想起他,并且总是对他心存敬爱和感激之情。"②然而,鲁德摩斯-布朗由于身材高大、笨重、驼背、相貌滑稽古怪而经常受到学生的嘲弄,他的弟子贝克特也曾取笑过他;其实他就是贝克特在早期作品《平庸女人的梦》和《徒劳无益》中塑造的那个身材笨拙、相貌古怪、走路摇摇晃晃,号称北极熊的人物之原型。

在贝克特的大学时代,第二个对他产生重要影响的人并不是三一学院的老师,而是当时都柏林一所外语专科学校的中年意大利女子,比安卡·艾丝波西托(Bianca Esposito),她是教贝克特意大利语的私人教师。比安卡·艾丝波西托是当时的一流语言教师,在都柏林享有很高的声望。年轻的贝克特对比安卡有着特殊的感情,但是由于年龄的差距并没有发展成爱情。比安卡虽然相貌一般,但是她的学识、智慧、才能和判断力,令年轻的贝克特十分敬佩和崇拜;她那与众不同的嗓音和妙语连珠的口才对贝克特更是具有独特的吸引力,因此,贝克特当时总是兴奋地期待着每一次意大利语课,如诺尔森在《被罚成名:贝克特传记》(以下简称《传记》)中写道,"他渴望着听到比安卡那妙趣横生的讲解。因为她能用意大利语和英语创造出一些优雅、圆润的格言警句,这种能力深深地感染了他"。③ 贝克特在1989年5月同若尔森的一次谈话中说:"我能遇到比安卡·艾丝波西托真是太幸运了。"④比安卡不仅教贝克特意大利语言,她还同贝克特一起赏析意大利名著,如但丁、马基雅弗利、彼特拉克、阿里奥斯托、卡尔杜齐的作品。正是在比安卡的引导下,贝克特认真读了但丁的《神曲》并做了大量的读书笔记。虽然贝克特在三一学院也修了意大利文学课,但是他却觉得从比安卡那里获得的意大利文学的知识远比他在三一学院的课堂上学到的多。他认为,是艾丝波西托,而不是三一学院的意大利文学教授,真正培养了他对但丁《神曲》的热爱。直到贝克特年逾八旬因病住进养老院时,他仍随身带着那本比安卡给他上课时用的意大利

---

① Qtd., in James Knowlson, *Damned to Fame: The Life of Samuel Beckett*, p. 51.
② Ibid., p. 48.
③ Ibid., p. 53.
④ Ibid., p. 52.

语的《神曲》,书中有很多加下划线的部分和他当时在页边做过的注释。①贝克特对但丁的钟爱在很大程度上影响了他的文学创作,特别是他的早期小说,(关于贝克特作品中的但丁情结,将在本书第三章详述)。在故事集《徒劳无益》的第一个故事"但丁与龙虾"中的那位身材矮小,具有与众不同的嗓音和机智的语言表达能力的意大利语教师奥特兰尼(Signorina Adriana Ottolenghi)其实就是对比安卡·艾丝波西托的真实模仿。如故事的叙述者所说:"他(贝拉克)的老师太迷人,太不一般了……他不相信能有比小奥特兰尼更聪明,更见多识广的女性。"②甚至故事中描述的那个语言学校都与比安卡·艾丝波西托所任教的外语学校十分相似。

在三一学院还有一位老师或许对贝克特也有一定的影响,那就是他的辅导老师亚瑟·阿斯顿·卢斯博士(Dr. Arthur Aston Luce),他也是当时小有名气的哲学家,专门研究贝克莱、笛卡尔、柏格森的哲学。尽管贝克特后来很少提到卢斯,但是他在大学时代就对哲学产生了兴趣,并且他作品所体现的柏格森的非理性哲学、贝克莱的"存在即被感知"的思想,以及他对笛卡尔哲学的研究与接受,这应该与这位导师有着一定的关系。

贝克特在三一学院不仅学习成绩名列前茅,而且也是兴趣爱好最广泛的学生。除了依然保持对体育(高尔夫球、板球、台球)和象棋的兴趣外,贝克特还喜欢上了戏剧和表演艺术,他经常同好友汤普森去剧院看爱尔兰著名剧作家辛格和奥凯西的戏剧。此外,贝克特还对绘画和音乐产生了浓厚的兴趣并经常去爱尔兰国家美术馆参观,他喜爱17世纪荷兰绘画艺术(如伦勃朗、克伊普的作品等),也喜爱佛兰德斯画家小勃鲁盖尔和布劳威尔的作品,法国古典主义画家普桑的作品等等。大学三年级暑期贝克特去意大利旅游,专程去古都佛罗伦萨参观了那里著名的皮蒂宫画廊、博物馆、教堂等;美术画廊展出的意大利文艺复兴时期画家提香的肖像画和乔尔乔涅、裴鲁吉诺、乌切洛、马萨乔的肖像画给贝克特留下了深刻的印象;贝克特尤其对意大利早期的建筑、雕刻感兴趣,为此他在那里购买了一本《意大利杰出建筑师、画家和雕刻家传》。出于对艺术和绘画的喜爱,贝克特后来结交了很多艺术家朋友,如爱尔兰画家杰克·B.叶芝(著名作家威廉·B.叶芝的弟弟)、荷兰画家范·维尔德兄弟等,并写过很多颇有见地的艺术批评文章。贝克特对绘画艺术的喜爱也在一定程度上影响了他的文学创作和美学思想。此外,贝克特对音乐也非常擅长,上大三时他专门租了一架钢琴摆放在宿舍的起居室里。据他的朋友/室友回忆,他钢琴弹得相当棒,当时他最喜欢的是法国音乐,尤其是法国印

---

① Qtd., in James Knowlson, *Damned to Fame: The Life of Samuel Beckett*, p. 53.
② Samuel Beckett, *More Pricks than Kicks*, London: Calder and Boyars Ltd., 1970, p. 16.

象派音乐奠基人德彪西的乐曲,如好友汤普森回忆道:"他总爱弹奏德彪西的前奏曲,他最拿手的乐曲是'亚麻色头发的少女'('La Fille aux Cheveux de Lin')。"①贝克特还习惯在晚上弹一些忧伤的乐曲,以排遣他的忧郁和悲情。

  进入三一学院时,贝克特已经成长为身材细高,相貌英俊并带有几分书卷气的青年。他那双深沉的蓝眼睛和温文尔雅的气质,使他成了当时三一学院颇具魅力的男生,女生心目中的白马王子。难怪贝克特一生陷入了与几位女性的情感纠葛,乔伊斯的女儿就是他的追求者之一,她也因失恋而精神受到巨大刺激(本书第三章对此有详述)。贝克特自己也曾大胆地追求过爱情。在三一学院,他有幸结识了他一生都深爱着的女人伊丝娜 • 麦卡锡(Ethna MacCarthy),伊丝娜所学的专业是现代语言(法语和西班牙语),比贝克特高一年级,她天生丽质、聪明、漂亮、性格开朗、喜欢社交,或许是由于性格上的差异,他们没能成为恋人,但却成了终生的知己。这期间贝克特也曾对他的表妹佩吉 • 辛克莱尔(Peggy Sinclair)产生了爱情。贝克特把自己与这些女性的感情纠葛都写进了自己早期的作品《平庸女人的梦》和《徒劳无益》中(见本书第五章的文本阐释)。

  贝克特大学期间仍然不改内向、矜持、沉默的天性,但是在他温和、文雅的外表背后却蕴藏着坚韧和自信,甚至有些自恋,所以英国诗人、文学评论家阿尔弗雷兹将年轻的贝克特形象地比作"坚强而稚嫩的玫瑰"("A fairly strong young rose")②。每当他去参加一些社交活动或晚会时,总是独自呆在一个角落,很少同别人交谈,并总是呆到晚会结束才离开。贝克特在大学三年级时,曾一度变得更加孤僻、忧郁、无法与人交流,这使他的家人深感不安。他经常陷入沉思和内省中不能自拔,因此和同学在一起时,他总是保持缄默,但是,如诺尔森所言:他喜欢"观察、倾听,并带着他特有的机智和敏感记录下别人的奇谈怪论和荒唐的举止。其实正是这些特性最终成就了贝克特这样一位非凡的与众不同的作家"。③

  贝克特在三一学院读书期间就显示出了较强的学术实力:1926 年获得学校奖学金;1927 年以优异的成绩获得文学学士学位并获得三一学院现代文学学术研究最高奖学金;1928 年(在他的导师鲁德摩斯-布朗的努力推荐下)获得了去巴黎高等师范学院做交换学者的殊荣。贝克特的导师为自己的得意门生感到欣慰和自豪,深信他将来一定会成为三一学院最优秀的教师、学者。

---

 ① Qtd., in James Knowlson, *Damned to Fame*: *The Life of Samuel Beckett*, p. 66.
 ② A. Alvarey, *Beckett*, p. 18.
 ③ James Knowlson, *Damned to Fame*: *The Life of Samuel Beckett*, p. 66.

三、教师和学者生涯：在人生的十字路口徘徊

1928年，去法国之前，贝克特曾在北爱尔兰首府贝尔法斯特的坎倍尔学院做了两个学期的法语和英语教师。1928年11月，贝克特去巴黎高等师范学院做交换学者，开始了为期两年的执教工作。这可以说是贝克特人生中最重要的一段经历，因为那是他的第一份工作，第一次在国外长期逗留，也是他从爱尔兰狭隘的(民族主义)氛围中解脱出来的绝好机会。当时的巴黎是整个欧洲文化与学术的中心，对年轻的贝克特来说，那里简直就是艺术家和作家的人间天堂，也是世界著名的先锋派作家、艺术家、思想家和评论家云集之地。初到巴黎，贝克特就被那里自由开放的文化氛围所感染，也被巴黎高师浓厚学术气氛和图书馆丰富的藏书所吸引。巴黎高等师范学院更是学术精英的世界，那里不仅聚集着许多资深教授、学者和思想家，就连那儿的学生也是凭借着扎实的知识功底和优秀的成绩才考取奖学金并被录取的(而并非是仰仗权势和贵族的家庭背景)。更主要的是，贝克特在巴黎期间结交了一些学术界和文艺圈中的朋友，同一些著名的作家、诗人和学者有过亲密的接触，使他的学术视野更加开阔；这也对他以后的发展(特别是从学术研究到创作的转型)起到了至关重要的作用。

贝克特首先结识了他的前任(前辈)，即先于他在巴黎高师任教的三一学院学者托马斯·麦克格里维(Thomas MacGreevy 1893—1967)，他们两人由竞争的对手变成了终生的知己。麦克格林维是个学识渊博的学者，具有诗人、作家、评论家、艺术鉴赏家等多重身份，正是在他的引见下，贝克特才认识了当时文坛大名鼎鼎的作家詹姆斯·乔伊斯并有幸成为乔伊斯的"助手"、"私人秘书"(关于贝克特与乔伊斯的关系将在本书第三章中详述)。贝克特加入了当时流放到巴黎的知名作家群体，其中包括海明威、斯泰因、庞德等作家；乔伊斯自然是这一个群体的中心人物。这期间，贝克特的导师鲁德摩斯-布朗还将他引荐给当代法国著名诗人拉尔博(Valery Larbaud)、法尔格(Léon-Paul Fargue)、儒福(Pierre-Jean Jouve)；贝克特还结识了曾在巴黎高师就读的萨特和西蒙·波伏娃等知名哲学家和作家。正是通过与这些知名作家和学者的交流，年轻的贝克特才逐渐喜欢上了文学创作，并最终成为与乔伊斯齐名的世界文坛巨匠。

其实，在巴黎高师任职期间，贝克特主要的业余活动是泡图书馆。他当时在进行两项研究工作：一个是研究笛卡尔哲学(三一学院资助项目)；另一个是研究当代法国"一体主义"诗歌流派，主要研究其代表诗人罗曼(Jules Romains)和儒福(Pierre-Jean Jouve)的作品，这是他三一学院

的导师鲁德摩斯-布朗为他指定的研究课题。贝克特充分利用巴黎高师图书馆的资源,博览群书,尤其是古典文学和哲学书籍让他爱不释手。如果说贝克特在三一学院读书期间完全是按照父母和导师为他设计的蓝图去学习,就连到巴黎高师做交换学者都背负着导师的意愿和父母的期望,而他自己其实并不十分清楚自己真正想做什么;那么,来到巴黎之后,贝克特却享受到了真正的无拘无束的自由生活,不仅是身体的而且也是思想的自由。他可以做他喜欢做的事,尽情地阅读他感兴趣的作家和哲学家的作品;他也知道了自己真正兴趣所在。贝克特在巴黎度过的那段自由快乐的时光在他早期的小说《平庸女人的梦》和故事集《徒劳无益》中都有生动的体现。贝克特对书的迷恋也使他越来越远离巴黎的各种文化和社交活动,除了每周例行去乔伊斯家做客,帮助乔伊斯翻译文稿之外,他大都以书为伴。

贝克特对世界和人生的认识除了凭借自己的体验和细致的观察,主要是从他所阅读的文学作品中获得的。他了解人世间的悲苦和恐怖,但是他深知人类的苦难并不是作家通过获得文化素养所能缓解的,而作家的创作天赋只能通过表达自己内在情感来获得满足。为此他深感困惑。所以他钻进哲学(主要是笛卡尔哲学),一是想寻求解决办法,二是逃避社会现实(社交活动),以便像笛卡尔一样生活在自己的小世界中充分享受思考的自由。但是,贝克特那时就已经意识到单纯搞哲学研究与单纯搞文学一样无用,所以他试图寻求一种哲学和文学交互的跨学科的方法,正因此,贝克特日后的文学作品(尤其是三部曲)大都富于深邃的思想内容和哲学思辨,他的小说的独到之处就在于其"理论与虚构的整合",可称为"理论小说"(theoretical novel)。

贝克特在巴黎执教期间便开始了激烈的思想斗争,是该走学术路线呢,还是从事文学创作呢?这是他面临的一个选择难题。贝克特并不十分喜爱大学教师的工作,也不满足于只做一个学者。无可否认的是,贝克特在巴黎期间就已经显露出很强的学术研究的潜能和写作的天赋。1929年,他在巴黎先锋派杂志《转变》上发表了论文《但丁...布鲁诺.维柯..乔伊斯》,赞美乔伊斯的新作《进行中的作品》(后来定名《芬尼根的守灵》),尽管有学者认为此文过于艰深晦涩,旁征博引,充满隐喻典故,甚至有自我放任,借题发挥,过渡诠释之嫌,但是它却在学界产生了不小的反响,也使得年轻的贝克特在文艺圈中小有名气(关于此文的详细解读,见本书第三章);同时他还在《转变》杂志上发表了他的处女作,即短篇故事《假设》(该作品模仿了乔伊斯的创作手法),此后,贝克特经常为《转变》杂志撰稿。1930年,贝克特发表了长诗《星象》(*Whoroscope*)并获得了当时的最佳诗歌奖。

1930年秋,贝克特结束了巴黎高师的工作,回到了都柏林"三一学院"任英语和法语讲师,主讲法国文学课。他的讲课内容涉及法国现当代著名作家,如普鲁斯特、维尼、莫里亚克、纪德等等,还有19世纪小说家巴尔扎克、福楼拜、司汤达、缪塞,古典作家拉辛,另外还涉及哲学家尼采、叔本华、柏格森等等。在三一学院任教期间,贝克特仍坚持读哲学,主要研读了格林克斯(Geulincx)、康德、叔本华、莱布尼兹等哲学家的思想,他尤其喜欢叔本华哲学(这一点将在下一章详述)。这期间他常约见的朋友是爱尔兰画家杰克·B.叶芝,贝克特后来写过一些关于杰克·B.叶芝作品艺术批评文章。

1931年贝克特获三一学院硕士学位,同年发表了长篇论文(专著)《普鲁斯特》,在当时颇受学界关注,也给他带来了一定的学术声誉,然而,他却对自己的教学工作越来越不满意。贝克特感到自己的学识不够渊博,不适合教书,因此,于1932年4月辞去教职。这令他的家人,特别对他寄予厚望的母亲非常失望和不满,这也是贝克特后来和他母亲的关系越来越紧张的缘故。贝克特离职的理由是,如他自己所说,"我知道在教学中将我自己一知半解的东西讲给那些对这些知识毫无兴趣的人……"①他无法忍受这有伤尊严的事情,即给学生讲授他自己都不十分精通的东西。而事实上,在外人看来,贝克特却是个才华出众、学识渊博的学者,被他导师看做是极具发展前途的青年教师,也是三一学院的骄傲。如他曾经教过的三一学院的毕业生(Evelyn Nora Goodbody)回忆道:"对我来说他的想法是那么新、那么与众不同,是我以前从未听说过的,我感觉这是一种新思想,我确实是在面对一个杰出的人物。"②另一个三一学院毕业的学生(Rachel Burrows)在接受采访时说道:"我清楚地记得贝克特对拉辛作品中人物的潜意识的探究,他能准确描述人类孤独的本性。……他说,'我们是孤独的。我们不能理解(事物)也不能被人理解。'这一理论适用于他自己的作品。但是,当时我们没有想到贝克特是一个作家……我们所有的同学都没有真正理解他。③ 其实,贝克特辞去教职的最主要的原因还是其性格和禀赋使然,是他那内敛、沉静、特立独行的个性不适合教师的职业。另一方面,或许是受到了乔伊斯的影响,贝克特越发热爱文学创作,他真正想做的是'成为自己'。"

---

① Qtd., in John Pilling, *Samuel Beckett*, London: Routledge & Kegan Paul, 1976, p. 7.
② James & Elizabeth Knowlson (eds.), *Beckett Remembering Beckett: Uncollected Interviews with Samuel Beckett and Memories of Those Who Knew Him*, London: Bloomsbury Publishing Plc., 2006, p. 53.
③ Ibid., pp. 55—56.

第一章 人生履历：一个悲观的理想主义者的一生

有着如此广博的学识、好的文化素养、殷实优越的家庭条件，贝克特原本可以像他哥哥一样继承父业，成为一个成功的企业家；或者如他父母所期待的，要么成为一个知名的律师，要么走学术路线，成为一名资深的大学教授、学者。但是，(在他母亲看来)贝克特却偏偏不走"正道"，辜负了父母对他寄予的所有期望，最终选择以写作为生，成了一个没有稳定收入的穷作家；更糟糕的是，他的作品总是由于怪诞离奇、晦涩难懂而遭到出版商的拒绝，并且不被广大读者所接受。以贝克特的家庭背景和经济基础，他本来应该感到满足，并且过上一种快乐、阳光、自信的生活；可是他却偏偏选择怀疑一切立场，选择背离正统和权威，选择(在外人看来)孤独的人生。难怪贝克特被家人视为异类，"家族的灾星"(Family Jonah)①。其实，是贝克特忧郁、深沉、孤傲的个性，使他的生活充满悲情，就连他的生日(4月13日)都带有悲剧的意味。他似乎也对悲剧的境遇情有独钟，因为他认为人生本来就是苦难，只有经过磨难，存在才真正有意义。

应当指出，贝克特一生大部分时间在法国巴黎度过，并且几乎所有作品都创作于法国巴黎，但是，是都柏林三一学院学术环境和爱尔兰的政治和文化氛围塑造了青年的贝克特。虽然爱尔兰于1922年获得独立，但当时国家的制度还不十分稳定，乔伊斯的弟弟(Stanislaus)曾对当时的爱尔兰状况做过如是描写：

> 那里的确没有什么民族精神可言。在那个国度，一切都不稳定，人们的头脑(思想)也都摇摆不定。当爱尔兰艺术家开始写作时，他不得不独立地从混沌中创造属于他自己的道德世界。……这对于具有创造天赋的人来说是极有利的条件。②

然而，贝克特却同乔伊斯一样讨厌爱尔兰狭隘的民族主义氛围。他最终选择了乔伊斯的道路，离开了自己的家庭和祖国，到更加开放、前卫的，充满现代主义气息的法国巴黎去追寻自己的文学和艺术梦想。正是对自己理想的执着，才注定了他一生的孤独、寂寥。

四、创作生涯：走向"成熟"和"收获"的秋天

辞去三一学院教职后，贝克特度过了一段迷茫的、不稳定的游子生活，他游历了欧洲的德、法、英等国，这期间，他曾为先锋派杂志撰稿，发表一些诗歌和翻译作品；他曾翻译过一些法国超现实主义作家和诗人艾吕

---

① Deidre Bair, *Samuel Becket*, p. 15. Jonah (约拿)：圣经人物，带来厄运的人。
② Qtd., in John Pilling, *Samuel Beckett*, p. 2.

雅、安德列·布勒东和雷内·克雷维尔的作品。1932年贝克特尝试写了第一部长篇小说《平庸女人的梦》，此书主要记述了他在欧洲的旅游见闻和恋爱经历(描写了他与几个女性之间的情感纠葛，特别是他与他表妹之间的爱情故事)，但遗憾的是这部极具自传性的小说一直到他去世3年后(1992年)才得以出版。1934年，他的短篇故事集《徒劳无益》出版，此书当时不被文学界看好，读者甚少，因此贝克特将它视为巨大的"惨败"(fiasco)，但它却受到了乔伊斯的好评和肯定；尔后，此书越来越受到文学批评界的关注，现在西方学界将它视为佳作。

1933至1935年，是贝克特一生中最失落、最抑郁的时期，他患上了轻度抑郁症。不仅如此，他还经受了感情的巨大打击。1933年5月，贝克特爱恋的表妹(Peggy Sinclair)因患肺结核去世；同年6月他的父亲突发心脏病去世。两位最最亲爱的人相继离开，使贝克特陷入极度的悲痛中。为了寻求心理治疗，他去了英国伦敦，在英国知名的心理分析和精神疗法中心，即"塔维斯托克诊所"(The Tavistock Clinic)，接受临床心理医生威尔弗莱德·R.拜恩(Wilfred Bion)的心理治疗。其间，贝克特去听过荣格的心理学系列讲座，以缓解他的忧郁症状和心理问题。贝克特的心理治疗师威尔弗莱德·拜恩(1897—1979)是当时英国小有名气的精神分析学家，以其"心智的理论"(Theory of Mind)而闻名。拜恩不仅是精神分析学专家，而且还酷爱文学和哲学，曾在英格兰彼谢普·斯托特福德学院学习过康德哲学，然后在法国普瓦捷大学专修法国文学，最后在伦敦大学医学院获得学位和行医资格。贝克特非常敬佩拜恩的博学多知和广泛的兴趣爱好，他们成了知心的朋友。在拜恩的影响和引导下，贝克特广泛阅读了西方心理学书籍并做了系统的心理学读书笔记，譬如，他详细地记录了英国精神分析学家(弗洛伊德学说的追随者)厄内斯特·琼斯的关于忧郁症的分析、阿德勒关于神经衰弱症的分析，还有兰克关于出生的创伤理论等，其目的就是为了更好地解决自己的心理问题(这些心理学的观点也或多或少地反映在了贝克特的作品中)。经过几个疗程的心理治疗，贝克特逐渐意识到了自己心理和身体疾病的症结所在，1935年3月，他在写给好友麦克格里维信中对自己的心理问题做了准确而坦率的自我剖析：

> 多年来，我一直不开心，其实我是有意这么做的；自从我中学毕业进入三一学院之后，我越来越自我封闭，越来越瞧不起他人，甚至瞧不起自己。但那时我并不觉得这是一种病态。痛苦、孤僻、冷漠和蔑视都是我个人优越感的表现，我傲慢地认为自己是那么的"与众不同"，这看起来是再自然不过的感觉，并不是什么病态。我的这种感

觉大都是以一种含蓄、缄默方式表现的,它将来终究是要爆发的。直到这种生活方式,抑或是否定生活的生活方式,发展成一些可怕的无法再持续下去的生理症状之后,我才意识到自己真的有病。……我觉得自己太优秀了,优秀得无可挑剔。①

贝克特确实是一个明智的学者,他的自我诊断准确地指出自己心理和生理症状的根源在于多年来的自恋倾向和自我的优越感。正是因为贝克特能够正确地认知自己,反思自己,他的康复之路也比较顺利。他通过将自己的注意力转移到对他人的关心和帮助上,逐渐克服了自恋情结和自我的优越感。自此,贝克特变得更加务实、谦逊、随和、友善;随着年龄的增长,他变得越发富有同情心,经常慷慨资助朋友、演员,甚至是素昧平生的人,这也是贝克特鲜为人知的品格。

贝克特在伦敦接受心理治疗期间住在伦敦西南部的切尔西区(Chelsea),那也是当时艺术家和作家的聚居之地。他的第一部重要的长篇小说《莫菲》就是1935年在那里修养期间创作的。小说以伦敦切尔西为背景,它所描写的(或者说书中主人公所羡慕的)精神病院,其原型就是伦敦的皇家精神病院(Bethlem Royal Hospital),贝克特的朋友杰弗里·汤普森1934年至1936年曾在那里当医生。在写作这部小说期间贝克特曾去过几次那家医院拜访他的朋友。出于对弱者和饱受病痛折磨的病人的同情,也出于对逝去的亲人的怀念,贝克特对那里的病人十分同情和关爱,也正是在那里贝克特发现了他的小说中的精神病患者安东(Endon)的原型。医院的环境也促使他开始关注生存问题和人类普遍存在的悲伤和苦难。

1936年9月(结束了心理治疗后),贝克特去德国旅游,在那里度过了半年自由、惬意的时光。他在日记中写道,"独处的感觉真是美妙极了",②他曾在德国柏林、汉堡、慕尼黑等地逗留,参观了德国的美术馆和博物馆,阅读了很多德国古典文学作品,其间贝克特还结交一些德国朋友,其中包括德国知名的学者和批评家。

1937年4月贝克特回到爱尔兰都柏林,同他母亲一起生活了半年,那也是他在爱尔兰度过的最后一段时光。这期间,贝克特专注于三件事:一是研究杰克·叶芝的绘画;二是深入研究叔本华哲学;三是研读《约翰逊传记》(*Life of Samuel Johnson*, by James Boswell)。母亲见他整天呆在家里,没有正经的工作,很不开心并经常责备他;而他的哥哥却很理解他,经常给予他经济和精神上的支持。

---

① James Knowlson, *Damned to Fame: The Life of Samuel Beckett*, pp. 179—180.
② 贝克特德国日记,1936年12月31日,引自詹姆斯·诺尔森,《贝克特肖像》,王绍祥译,上海人民出版社,2006年,第3页。

1937年10月，贝克特为了躲避母亲的唠叨，永远地离开了爱尔兰，去法国巴黎定居。刚到巴黎时贝克特生活非常拮据，他身上只有两千五百法郎，那是他一年的生活费，因此他只能暂住在便宜的小旅馆(Hotel Libéria)。那旅馆紧邻巴黎最繁华的蒙帕纳斯大道，那里有他熟悉的咖啡馆、书店、教堂。直到1938年4月，他在巴黎平民区(6 rue des Favorites)的一幢住宅楼的七层租了一套简陋的公寓，它位于沃吉拉尔(Vaugirard)大街，远离繁华的上流社会聚居的拉丁区。贝克特在那里住了二十多年（至1961年），他在那里过着半隐居的生活，他喜欢孤独；他最重要的作品如小说三部曲，《等待戈多》等都是在那里创作的。

1937年至1938年，贝克特经历了人生和创作的大起大落，经受过身体的巨大痛苦和挫折，但是也收获了忠贞的爱情。

1938年1月的一个夜晚，贝克特经历了他生命中最不幸的事件。他在奥尔良大街(Avenue de Orleans)附近的饭店请朋友吃过晚餐后，在回家路上被一个皮条客（男妓）用匕首无缘无故刺穿背部，差一点儿刺到肺部，伤势非常严重，被送进医院。得知贝克特不幸遇刺，乔伊斯专程去医院探望并给予很多关照和物质上的帮助；乔伊斯还凭借自己在巴黎的影响力帮他联系了最好的医生，安排了最好的病房。贝克特的母亲和哥哥也从爱尔兰赶到巴黎陪伴他。正是在这期间，贝克特和母亲的关系逐渐和好。母亲在医院对他无微不至地关心和照顾，使贝克特第一次感受到了母爱的伟大和无私，于是，一种对母亲的爱、理解和尊敬从心底油然而生。住院期间，贝克特的很多朋友也常去医院看望他，使贝克特感受到了友情的温暖。特别值得一提的是，其间还有一个人经常去医院看望贝克特并给予他无私的帮助，那就是法国女子苏珊(Suzanne Deschevaux-Dumesnil)；她是个钢琴演奏家，曾就读于巴黎高师音乐系。贝克特十年前（在巴黎高师任职期间），在网球场曾与苏珊邂逅，但此后两人没有接触。贝克特遇刺后，苏珊从报纸上看到了这则消息；出于对贝克特的关心和同情，她去医院探望他。苏珊比贝克特大六岁；她成熟、独立、自信，对文学和艺术也有浓厚的兴趣，这一切都深深吸引了年轻的贝克特，此后，他们成了恋人、终身伴侣。

但是1938年，也是贝克特一生中值得庆贺的一年，因为他的小说《莫菲》在遭到多家出版商的拒绝后，终于在伦敦著名出版公司劳特里奇(Routledge)出版，当时这部小说在学术界反响平平（只有两篇褒奖性的评论），但是它毕竟是贝克特的第一部重要的（英文）小说，在贝克特整个小说实验中占有非常重要的位置。

贝克特的人生和创作生涯也和人类命运息息相关。他在法国亲历了人类历史上最残酷的第二次世界大战。1940年，法国被德国占领，贝克特同苏珊离开巴黎,逃到法国中部城市维希(在那里最后一次遇见了乔伊斯)。1941年初他回到巴黎,得到了乔伊斯在瑞士苏黎士病逝的噩耗。1942年他参加了法国抵抗组织,做情报收集工作,此间他的一些朋友纷纷被捕入狱或牺牲。为了躲避德国法西斯的追捕,贝克特和苏珊不得不二次南下。他假扮成法国农民,一路跋涉,先到达维希,转到阿维尼翁,最后来到鲁西荣乡下暂住,以务农为生。在那种艰苦的条件下,他仍笔耕不辍,第二部小说《瓦特》就是在那里创作的,此书1945年完成,但直到1953年才找到出版商。

  1945年,二战结束,贝克特在诺曼底为爱尔兰红十字医院做翻译工作。他荣获反法西斯铁十字勋章。

  1946年初他同苏珊返回巴黎,发现他们原来租住的公寓并没有完全被战争毁坏。至此,贝克特的生活又进入了平静状态,他的思想和心理又一次陷入了孤独的沉思。在此后的6年,他一直过着默默无闻的隐居生活。但是,这也是贝克特创作生涯中最多产,最辉煌的时期,是他的思维模式和小说话语发生根本转变的时期。他开始用法语创作,他最著名的小说三部曲、四个短篇、小说《梅西埃与卡米耶》、戏剧《等待戈多》、《故事与无意义的文本》等重要作品都是这一时期(用法语)创作的。此外,这期间贝克特还发表了著名的艺术评论作品《世界与裤子》(Le Monde et le Pantalon,1946)、《障碍的画家》(Peintres de l'empechement,1948)和《三个对话》(Three Dialogues with George Duthuit,1949),通过这些艺术评论,贝克特进一步阐明了自己的美学思想和创作理念。

  但遗憾的是,当时出版界对于贝克特怪诞离奇,晦涩难懂的作品并不看好,更没有出版商愿意赔钱去出版他那些根本就卖不出去的怪书。他的妻子苏珊不得不带着沉重的书稿坚持不懈地挨家出版商推荐,联系出版事宜。功夫不负有心人,终于在1951年3月,法国午夜出版社(Editions de Muniut)的杰罗姆·林顿(Jerome lindon)同意先出版三部曲的第一部《莫洛伊》。林顿可以说是一个具有先见之名的出版商,他的直觉告诉他这是一本不寻常的小说,他也知道这部小说也会是一部难以销售的,不能给出版社带来经济效益的作品。但是林顿在这种情形下还是冒险出版了此书,其勇气和胆识令人赞许。然而,出乎意料的是,《莫洛伊》的出版非但没有影响出版社的收入,反而给出版社带来了可观的经济效益。因为此书在当时销售量很大,午夜出版社又于1951年10月出版了贝克特的小说三部曲之二《马洛纳之死》,此后又相继出版了贝克特的《等待戈多》、《故事与无意义的文本》等法语作品。后来贝克特又将这些法语作品译成英语,从50年代开始陆续出版。

  1950年,贝克特母亲去世,贝克特回爱尔兰料理母亲的后事。

1952年《等待戈多》在午夜出版社出版,1953年初,该剧由罗杰·布林执导,在巴黎巴比伦剧院首演,深受观众欢迎,好评如潮。贝克特也因此剧的成功上演而一夜成名,并被西方文学评论界誉为20世纪最伟大的戏剧家。同年,贝克特的小说《瓦特》,在遭到四十多个出版商拒绝后,终于在巴黎奥林匹亚出版公司出版。

1954年,贝克特的哥哥病逝。他父亲去世后,哥哥是最关心和理解贝克特的亲人。最后一位亲人的离去使贝克特又一次陷入悲痛之中。

1955年,贝克特创作了他第二个法语剧本,即独幕剧《残局》(1957年译成英文)。

1956年《等待戈多》英文版在伦敦费伯出版公司(Faber and Faber)出版,同年该剧在美国公演;同年他还创作了第一个广播剧《所有倒下的》(All That Fall);1957年,这部广播剧在BBC第三套节目播出。

1958年,贝克特创作了剧本《克拉普最后的录音带》(英文),并在伦敦首演。同年,贝克特开始创作他最后的长篇小说《怎么回事》(法文版:Comment c'est),该书于1960年完成。

1959年都柏林三一学院授予贝克特荣誉文学博士学位。

1961年可谓是贝克特成果颇丰的一年。首先,他获得了1961年的国际出版奖(Prix Formentor),这是仅次于诺贝尔文学奖的大奖(同他一起获得该奖项的还有阿根廷著名作家博尔赫斯)。同年,贝克特最后的小说《怎么回事》(法文版)在法国午夜出版社出版。尔后,贝克特又将其译成英文(How It Is),于1964年出版。此书比三部曲更加怪诞离奇,被西方学界视为20世纪的一部奇书,它标志着贝克特小说实验的终结。贝克特后来也写了一些短篇故事或片段(如,"一个晚上"、"看不清道不明"、"枯萎的想象力想象吧"等等),这些短篇文字简洁、清晰,富于隐喻性,有回归传统的趋向。短篇文集《当故事被讲述时》(As the story was told),是贝克特去世后出版的,它涵盖了贝克特不同时期的,代表他不同风格和兴趣的散文或片段,由于这些文章太短小,只能称其为文本或片段。

1961年,贝克特还创作了英文剧本《快乐时光》(也可译成《美好的日子》)并于美国纽约树丛出版社出版;1962年该剧在纽约首演。

20世纪60年代,贝克特主要从事戏剧创作,除了前面提到的重要戏剧外,他还创作了一些广播剧、电视短剧、哑剧等,如:《余烬》(1959)、《卡斯康多》(1963)、《电影》(1963)、《嗯,乔》(1965)……(见本书第九章)

应当指出,是《等待戈多》的成功使贝克特在文学界声名鹊起,也改变了文学界对贝克特作品的偏见和非议;从此赞扬贝克特的评论文章频频出现,这也促使其他的作品顺利出版,同时也给他带来了相当可观的稿酬和稳定的经济基础。贝克特有生以来第一次凭自己的实力告别了贫困、窘迫的处境,过上了衣食无忧的富裕生活。1953年(用母亲留给他的一笔钱)贝克特像当时法国中、上层社会有钱人一样,在离巴黎300英里的乡下(Ussy)买了一幢两居室小屋,他和苏珊夏天常去那里居住。从此,贝克特开始了两种不同节奏的生活,一个是在乡下宁静、孤寂、惬意的生活,这也是他最喜欢的生活;另一个是巴黎喧哗、紧张、忙碌的都市生活,那是他无法摆脱的形形色色的社交和应酬(会见朋友和出版商)的生活。1960年贝克特在巴黎著名的蒙帕纳区的圣·雅克大街(即塞纳河左岸的咖啡馆区,也是文人和艺术家聚居的地方)买了一套宽敞的公寓,1961年他和苏珊搬进了装饰一新的公寓,此后,他们一直生活在那里,(贝克特间或到郊区的小屋修养、写作)直到1989年辞世。

1961年3月25日,贝克特和苏珊在英国肯特郡的一个海滨小镇福克斯顿(Folkestone, Kent)举行了正式而庄重的婚礼。然而,这迟来的婚礼只不过是一种给苏珊正名的仪式,它并没有使这对患难与共的情侣("夫妻")的爱情得以升华。其实他们之间的情感早已发生了微妙的变化,尽管他经常以和谐夫妻的身份出现在公共社交场合并且总是一起出去旅游度假。他们在搬进新宅不久就开始分居;虽然住在同一屋檐下,但却各自住在自己的房间,每天各自料理自己的生活起居;尽管如此,他们还彼此相敬如宾。至于他们情感发生变化的原因或许有二:其一,因为贝克特当时结识了另一个女人(Barbara Bray)并对其产生了好感,这件事严重伤害了苏珊的感情;其二,因为贝克特只专注于自己的创作,而对苏珊的关心和照顾不够,让苏珊觉得贝克特已经不再需要她的帮助;特别是贝克特在文学界的声誉不断提升,获得的荣誉越来越多,使苏珊倍感失落,甚至心生嫉妒、怨恨。1969年10与23日,当苏珊获悉贝克特将获得诺贝尔文学奖时,心情更加复杂,爱恨交加;她认为这简直是"灾难"("Quelle catastrophe!")[①]。但是,贝克特最终选择和苏珊举行正式的婚礼,足以说明贝克特对苏珊的忠贞和责任感。

贝克特性格忧郁,沉默寡言,即便成名后也格外低调,尤其不喜欢接受采访和任何形式的会晤和访谈,但是,他却从不排斥和拒绝荣誉。如皮林所说:"他藐视声誉和钱财,尽管1961年获得法国国际图书奖,1969年获得诺贝尔文学奖表明他对公众给予的荣誉并不躲避,倒是心存感激。"[②]有意思的是,当1969年10月23日颁发诺贝尔文学奖时,贝克特没有亲自去领奖,而是让他的法国朋友、出版商林顿先生到瑞典斯德哥尔摩替他领奖。那时贝克特和妻子已经逃到了突尼斯,以躲避记者和媒体的

---

① See Deidre Bair, *Samuel Becket*, p. 604.
② John Pilling, *Samuel Beckett*, p. 12.

采访。

70年代,贝克特获诺贝尔文学奖之后,很多出版商和剧团主动请他写剧本或故事片段,稿约不断。这期间贝克特创作了一些故事和短剧。他的以前的戏剧,如《等待戈多》、《快乐时光》等也不断地被重新上演。贝克特还兼做戏剧导演,亲自参与修改剧本和导演自己的剧本,因此,他经常去英国、美国、德国等指导排练他的一些戏剧,譬如,1975年在德国柏林导演了《等待戈多》,1979年他在伦敦皇家剧院导演了《快乐时光》,他还导演了一些短剧、哑剧等,都非常成功。

五、晚年:"冬天的旅行"

如果说贝克特的青年时代(20世纪30年代)是他人生中充满希望的春天(尽管那时他并未感到快乐),中年时期(40—50年代)即他艺术创作的巅峰时期,是精力旺盛的、辉煌的夏天,而他的老年时期(60—70年代)是他创作生涯中硕果累累的金黄色的秋天;那么,贝克特人生的最后阶段(80年代)则是他"冬天的旅行"。贝克特的晚年仿佛陷入了他三部曲中的马洛纳和难以命名者的境地,即:"有表达的愿望",但又"无可表达"的窘境。他感觉自己的创作灵感几近枯竭,如1983年1月,他在给朋友的信中写道,"从未有过的无聊和空虚。我记得在卡夫卡的日记中有这样一句话:'种种花吧。未来已经没有希望。'至少他还可以种种花。我想他还是有东西可写的。而我却连一点灵感都找不到了。"[①]尽管如此,贝克特晚年还是在履行自己表达的义务,直至生命最后阶段。这一时期他创作了一些短剧和散文或文本,如:如短剧《什么 哪里》(*What Where*,1983),短篇小说或文本《更糟》(*Worstward Ho*,1983)、《静止的躁动》(*Stirrings Still*,1988),诗歌《如何说》(先用法语写成 *Comment dire*,尔后译成英语 *What is the Word*,1989)等。这些作品文字极其简约,是对贝克特老年简单生活、内心体验和生命状态的真实写照,也记述了他语言表达和文字的衰竭过程。《更糟》其实就表达了贝克特对语言表述和言说的纠结和无能为力,也暗示了他身体和精力的每况愈下;短剧《什么 哪里》的灵感来自于音乐,即舒伯特的传记和他著名的乐曲(组歌)"冬天的旅行",这也是贝克特晚年最喜欢听的音乐,因为贝克特晚年的时光就好比舒缓而冷清的"冬天的旅行"。

贝克特晚年常受眼病困扰;从1986年开始他身体日渐衰弱,患有肺气肿、关节炎;他步履蹒跚,手指也已变形难以握笔写作。但是,他仍尽其所能照顾更加体弱多病的妻子。贝克特性格坚毅,坚持外出行走,但又不

---

① 引自詹姆斯・诺尔森,《贝克特肖像》,王绍祥译,上海人民出版社,2006年,第7页。

愿意依赖拐杖,因此曾两次摔伤住医院治疗。1988年,贝克特因身体虚弱难以自理住进了疗养院,那也是他最后的家。在那里他有独自的一套房间,房间陈设非常简朴,除了一张床铺、一张床头小桌、一个衣柜,一个小冰箱外,还有几个书架,上面摆着他经常读的书籍,如《王尔德传记》,卡夫卡的日记和小说,还有那本从青少年时代就陪伴着他的意大利文的但丁《神曲》等等,还有铅笔和稿纸,他随时记录下自己的体验和感受。他最后的作品,即诗歌《怎么说》,就是他摔伤后住院期间写成的。这期间,他不时回到圣·雅克大街的公寓去看望苏珊。1989年7月17日,苏珊病逝。贝克特参加了苏珊的葬礼,心情十分悲痛并带有几分自责和愧疚。5个月之后,贝克特身体日渐虚弱,陷入弥留之际,身边依然放着铅笔和稿纸,这让我们不禁想到他的小说《马洛纳之死》的主人公在病榻上默默地等待死亡的情境,贝克特的意识流动最终达到了那种沉默和静止状态,这也是多年来他作品的叙述声音所试图达到的境界。

1989年12月22日,贝克特安详地离世。贝克特为人低调,不喜欢张扬,他的亲属决定依照他生前遗愿秘密地举行一个小型葬礼,以避免公开的大规模的悼念仪式,尤其是法国和爱尔兰政府官方的追悼活动(那是贝克特最不喜欢的场面)。他的好友、出版商林顿先生为他安排了秘密的葬礼,然后贝克特的遗体被安葬在巴黎蒙巴特公墓与妻子苏珊葬在一起。

此后,贝克特的很多朋友才得知噩耗,他们因没能前去参加他的葬礼而深感遗憾和不快。在接下来的几个星期,去巴黎蒙巴特墓地悼念贝克特的人络绎不绝,不只是他的朋友,还有无数来自世界各地的喜爱他的读者和观众。贝克特的墓前摆满了鲜花,还撒满了许多纸片或纸条,上面写满了留言,用十几种语言(包括汉语、日语留言)表达着对贝克特无尽的哀思、赞颂和感谢。一个沉静的都柏林人以其特有的低调方式离开了人世,而他却赢得了全世界对他的尊敬和仰慕。

贝克特在1906年4月13日,耶稣受难日降生,于1989年12月22日圣诞节前夕去世。至此,贝克特完成了他生命的环形旅程,如他自己所言,这是一种"从子宫到坟墓"的旅程。贝克特的一生从物质上看极其简单、纯粹、本真;然而,他的精神生活却非常丰富,达到了极高的境界。贝克特性格忧郁、矜持、沉默寡言,甚至在外人看来,有些孤僻、怪异,仿佛他的脸上写满了痛苦、失望。但是他却有着冷静的头脑、渊博的学识、非凡的想象力和崇高的精神追求,并且敢于为自己的理想去失败,去牺牲一切。贝克特是一个令人敬仰的"悲观的理想主义者"。

第二章 哲学旅行及其创作思想溯源

贝克特的写作生涯一开始走的就是学术和知性路线。作为一个作家,他最与众不同之处就在于他既具有艺术家的非凡创作才能和灵感,又具有学者的深厚的理论功底和学养,因此,他作品的学术和理论价值远远超过了文学本身价值。贝克特的作品(尤其是小说)虽然不如传统现实主义作品那样具有跌宕起伏的故事情节和生动的现实生活场景,但是却富于深刻的理论内涵,充满哲学隐喻和典故,所以西方学界将他看作最为抽象、晦涩、难以读懂的作家。如著名的贝克特研究者约翰·皮林所说:"贝克特的写作旁征博引,文体奇异……广博的学识背后是对理论和艺术实践(特别是对他自己艺术实验)的浓厚兴趣。"[1]詹姆斯·诺尔森认为,"他是20世纪最博学的作家之一"。[2]贝克特作品之所以具有深邃的思想内涵,主要得益于他文学创作之前的知识和学术积淀,亦即他对哲学、美学、心理学、文学等书籍的广泛阅读。本章试图从贝克特文学创作的"前文本"入手探究他与西方哲学的关系及其创作思想渊源。

一、贝克特文学创作的"前(潜)文本"

关于"贝克特与哲学",是近些年来西方学界越来越关注的问题。自上个世纪80年代末开始在欧美就有很多贝克特研究论文和专著集中探讨这一课题,(如本书引言部分所提到的这方面的研究成果)其研究思路不外乎两条线索:要么从渊源的角度去探究某个特别的哲学家(如笛卡尔、叔本华、康德等等)对贝克特的创作产生的影响;要么从互文性的层面去探寻贝克特与一些现代哲学家(如尼采、海德格尔、萨特、维特根斯坦),尤其是后现代思想家德里达、福柯、巴特、德勒兹等在思想上的必然联系与契合之处,后者似乎已成了贝克特研究的显学。实际上,无论从哪种角度研究贝克特与西方哲学的关系,其主旨无非是想要在贝克特的作品与西方哲学(特别是现代主义乃至后现代主义思潮)之间寻找相通之处,从

---

[1] John Pilling, *Samuel Beckett*, p. 13.
[2] James Knowlson, *Damned to Fame: The Life of Samuel Beckett*, p. 7.

第二章 哲学旅行及其创作思想溯源

而解决近些年来西方贝克特研究中争议颇多的一个问题,即贝克特的作品究竟是现代主义的还是后现代主义的;是人本主义(存在主义的)还是反人本主义的;是结构主义的还是后结构主义的或解构主义的?这种研究无疑具有重要理论价值和实践意义,尤其有助于我们更好地理解贝克特作品的思想深度及其与后现代文化思想和后结构主义诗学之间的联系。但是,应当指出,这样的研究模式极易使贝克特研究过于标签化,而贝克特恰恰是一个难以被归类,也不应该被归于某一流派的作家,尽管在西方文学史中他早已被归入荒诞派作家之列;早期的贝克特研究者将他视为笛卡尔哲学的代言人,而近些年学界又给他冠以后结构主义和解构主义的标签。但是当我们认真考察贝克特的知识和文化背景,尤其是他文学创作的"前(潜)文本"——他的书信和系统的哲学笔记(包括他对一些哲学家的思想的翻译、编译、改写,摘录等)——我们便会发现对贝克特的任何归类和标签化界定都有失准确、恰当。因此,贝克特与哲学家的关系问题以及他对西方哲学的接受和扬弃,是贝克特研究中不可绕过的最基本的问题,它也是需要全面考证和探讨并重新评价的问题。

若想真正理解贝克特作品深刻的思想内涵和哲学隐喻,我们首先应该追根溯源,细心考证并阅读贝克特文学创作的"前文本",即他的哲学笔记,因为只有从贝克特的哲学笔记与他的文学作品之间探寻互文关系,才能还原贝克特在创作过程中真实的思想状态,内心感悟和思考,以便揭示贝克特如何通过对西方哲学的扬弃与传承建构了他自己的思想体系,以及他的哲学思考对后现代思想家的启示意义和普世价值。

贝克特并不像他同代作家萨特那样是专门研究哲学的科班出身,如本书第一章所述,他大学所学的专业是现代语言文学,但是他青年时代就对哲学产生了极大的兴趣。在巴黎高等师范学院做交换学者期间,他曾系统研究了笛卡尔哲学并广泛阅读了西方哲学,从前苏格拉底古典哲学到启蒙哲学,到康的哲学,再到现代哲学家叔本华、尼采、柏格森等等,贝克特都有所涉猎。因此,从贝克特的作品中(尤其是早期的创作),我们不难读到笛卡尔身心二元对立的哲学思想、叔本华的"意志"和"表象"的世界(的思想)、格林克斯的偶因论、斯宾诺莎的神秘主义哲学、约翰·布里丹的矛盾与悖论,还有前苏格拉底哲学家毕达哥拉斯、德谟克利特、赫拉克利特等朴素的辩证唯物主义思想等等。贝克特早期的作品不仅反映了他如何从这些伟大的哲学家那里获得源源不断的创作灵感,而且也是对这些哲学家思想的最好的注脚。而从小说三部曲开始,他的写作却自觉不自觉地对日后将要出现的后结构主义和解构主义理论思想进行了预设,因此与后现代诗学形成了某种互涉与互文关系。

可见,贝克特作品之所以具有深邃的思想内涵,与他广博的哲学知识积累有着直接的关系。上个世纪20、30年代可以说是贝克特知识储备的黄金时期,这期间贝克特不仅博览群书,而且还有做笔记的习惯。他的大量的读书笔记可以被视为另一种文本,它不仅仅是贝克特的阅读笔记,也是贝克特日后文学创作的理论基础和思想渊源,是对他本人的世界观和思维方式形成过程的精彩呈现。英国学者马修·费尔德曼2006年出版了《贝克特图书:贝克特的"战争间的笔记"之文化史料》一书,该书较为全面详实地展示了贝克特20世纪30年代的阅读经历和读书笔记(特别是哲学笔记),为我们认识贝克特的哲学思想提供的宝贵的第一手资料,非常值得借鉴。因为这些笔记大都是贝克特在两次世界大战之间即30年代所做,故称作"战争之间的笔记"("Interwar Notes")。菲尔德曼指出:"战争间的笔记"揭示了贝克特十年的潜思,既弄清了令人迷幻的理性主义的本质,又为他二战之后的创作高峰做了铺垫。① 贝克特的哲学笔记(以下简称为"笔记")为他后来的文学创作以及在文学形式实验中取得突破性成就起到了至关重要的作用,故此,贝克特的"笔记"可以被看做他文学创作的"前文本",也是贝克特作品的一个重要组成部分。有学者(谢恩·韦勒)认为"贝克特所掌握的西方哲学中很多重要人物的第一手资料是绝无仅有的,从古希腊前苏格拉底哲学到黑格尔,从尼采到维特根斯坦,从海德格尔到法国存在主义哲学家……"②

应当指出的是,贝克特30年代的哲学笔记内容丰富充实,但在一些学者的眼里却有失严谨。其原因有二:第一,贝克特的"笔记",并非是一般意义上的逐字逐句的抄写或记录,而是将自己的思考、想象、批评、质疑融入其中,形成了他自己的文本(其实,这正是贝克特独特的做笔记方式,值得借鉴);第二,贝克特主要还是通过一些概要性的或哲学史性的书籍获取了一些欧洲哲学家的知识,只有一些他特别感兴趣的并且在他看来确实至关重要的哲学家,贝克特才去读其原著,譬如,笛卡尔哲学信徒格林克斯、奥地利语言哲学家毛特纳等(这两位哲学家在西方哲学中并非是一流哲学家,他们的名字在哲学史中也很少提到,因此在当时尚未出版他们哲学的英译本,他们哲学的原著其实也难以找到)。贝克特对这些哲学家的阅读笔记大部分是他在阅读原文过程中通过自己的理解翻译的。这种翻译笔记,与其说是一种翻译(translation),莫如说是一种编译(compiling),它融翻译、复制、改编于一体。从贝克特的翻译文本中,我们可以真

---

① Matthew Feldman, *Beckett Books: A Cultural History of Samuel Beckett's "Interwar Notes"*, London: Continuum, 2006, pp. 6—7.

② Shane Weller, "Foreword" to Matthew Feldman's *Beckett Books: A Cultural History of Samuel Beckett's "Interwar Notes"*, p. vii.

切理解他的阅读经验、内心感悟和思考。贝克特将自己的思想糅入对他所感兴趣的哲学家思想的翻译中,并通过自己的消化理解,对这些哲学家的思想进行修正或改写。因此,贝克特的"笔记"是他自己的哲学思想和美学体系形成的根基和源头。也正是因为具有如此广博的知识涉猎,才使得贝克特的作品具有深刻的哲理性和与众不同的启示意义。

下面我们就按照贝克特对西方哲学的阅读和接受的时间顺序,追述他的哲学和思想旅行,展示贝克特的哲学图谱。

二、笛卡尔:贝克特哲学旅行的起点

一谈起贝克特的文学创作,就不能不提到两位哲学家,即笛卡尔和叔本华,因为西方学界普遍认为,笛卡尔和叔本华对贝克特的世界观和美学思想产生了重要的影响,前者为贝克特的文学创作提供了理论框架,后者给他提供了美学思想和(悲观的)世界图像。下面先谈贝克特对笛卡尔的接受。

如果将贝克特的哲学图谱比作一个大的棋盘,那么,笛卡尔(1596—1650)就是他走出的第一颗棋子,贝克特的哲学旅行就由此开始。贝克特年轻时就特别喜爱笛卡尔哲学,1928年到1930年贝克特在巴黎高等师范学院做交换学者期间就曾系统研究了几个月笛卡尔的哲学,以便为他日后的大学教师和学者生涯做准备(当时他没有想到会成为作家)。几乎在同时,他写了一首名为《星象》(Whoroscope)的长诗,该诗就是基于以笛卡尔的思想和生活经历写成的,因此,它可以被看做是青年贝克特对笛卡尔哲学的生动演绎,也是他笛卡尔研究的结晶,呈现了笛卡尔式的宇宙观和思维方式。(关于这首诗的详细解读见本书的第四章)

首先,笛卡尔对贝克特最大影响在于他思维方式,即通过独立沉思获得真理的方式。贝克特尤为赞同笛氏的"怀疑一切"的精神。笛卡尔的伟大之处就在于他敢于怀疑一切,并从认识论上挑战了传统哲学,把追求真理的重任给了独立的个体,认为人人都可以通过知觉(感知)发现真理,认识客观世界。据说笛卡尔为了躲避外界的干扰,喜欢将自己关在一间温室里,整日潜思、冥想,这就是他著名的《方法论》中所描述的那种体验。[①] 正是在这种状态下,他伟大的进取精神与大破大立的精神开始萌发;他彻底推翻了在耶稣会贵族学校(拉·弗莱什学校)获得的以经院哲学为基

---

① 参见[英]罗素,《西方哲学史》(下卷),马远德译,北京:商务印书馆,2003年,第80—81页。

础的知识体系,并建构全新的哲学思想体系。① 对于从小就喜欢沉思、遐想的贝克特来说,笛卡尔哲学无疑对他有着独特的吸引力。像笛卡尔一样,贝克特也相信真知来自于内省,因而他作品中的主人公,如贝拉克、莫菲、瓦特、莫洛伊、马洛纳等等,似乎都来源于这一典型的笛卡尔式的形象。这些主人公有一个共同的需求,那就是通过个人沉思来获得知识、认识外部世界;他们都喜欢沉浸在自我的小世界中享受思想自由。其实,笛卡尔对贝克特的魅力还在于他内敛的气质和学术风格。笛卡尔以前的哲学家大都是教师或学者,而笛卡尔却不以教师的身份写哲学,而以发现者和探究者的姿态执笔,渴望把自己所获得的传给他人。②贝克特正是秉承笛氏的这种非职业姿态,试图通过文学想象来传达他的哲学思想。

第二,贝克特赞同"我思故我在"这一笛卡尔认识论的核心思想,即承认个体首先是一个思考的存在。这一哲学命题来自于笛卡尔著名的《沉思录》③,得出这一论点的方法也叫做"笛卡尔式怀疑"。贝克特尤为认同建立在这一命题基础之上的二元论的思想。笛卡尔的哲学沉思主要围绕思想与存在的关系,即精神与肉体的关系展开的。"我思故我在"意思是精神比物质更确实,而(对我来说)我的精神又比旁人的精神更确实④。笛卡尔在《方法论》(*Discourse on the Method*)中说,"我知道我作为实体存在的本质或特性就是思考,它的存在不需要任何地点,也不需要依赖于任何物质的东西。因而,这个'我'——即,使我成其为我的那个灵魂——是与身体截然不同的,它的确比身体更容易理解,即便身体不存在了,它依然存在。"⑤按照笛卡尔的观点,身与心截然不同,但二者却又实实在在地结合在一起:"当我们同时考虑精神与肉体时,我们总是想到它们的统一,基于这一考虑,我们认为精神的力量驱使身体运动,而身体的动力又作用于精神并使其产生情感与知觉。"⑥正是由于受到笛卡尔身心二元对立思想的启发,贝克特的早期作品都是以二元对立作为思想基础,并试图探寻解决最基本的身心二元对立的途径,譬如,他早期的主人公(贝拉克和莫菲)均受到这身心二元对立思想的困扰,他们的精神与肉体

---

① 笛卡尔十岁(1606—1614)就寄宿在拉·弗莱什贵族学校,接受那里传统的教会教育,但他最终却是彻底破坏这种封闭思想的先锋。参见[美]加勒特·汤姆森,《笛卡尔》,王军译,北京:中华书局(世界思想家译丛),2002年,第6—14页。

② 参见罗素,《西方哲学史》(下卷),马远德译,第80页。

③ Rene Descartes, *Meditations on Philosophy with Selections from the Objections and Replies*, (Trans. & ed.) John Cottingham, Cambridge: Cambridge UP, 2005, p. 68.

④ 参见罗素,《西方哲学史》(下卷),第87页。

⑤ See General Introduction of Rene Descartes, *Meditations on First Philosophy*, (ed.) John Cottingham, pp. xxix—xxxv.

⑥ Qtd., in General Introduction of Rene Descartes, *Meditations on First Philosophy*, p. xxxv.

第二章　哲学旅行及其创作思想溯源

总是不能完美统一,因而,也备受生活中的不和谐之困扰。此外,贝克特还受到了笛氏物理学和动力学的影响(如人或动物是一架机器、运动与静止的关系、人的意志/精神与身体的动力学关系等等)。

那么,是否贝克特的写作从早期的主人公寻求身心俱静的和谐,探讨动与静、笑与哭、自我与世界、艺术与爱情的对立关系,到中期作品探究的自我与他者、能指与所指的关系;再到他巅峰期的作品所揭示的作者与文本、文本与叙事、写作与意义的关系,直到后期作品所演示的语言与沉默等诸多的二元对立关系,都源自于笛卡尔的二元论呢?或者,是否贝克特日后的哲学思考及其世界观和方法论大抵都可追溯至笛卡尔哲学对他产生的影响呢?这还是有待商榷的问题。

其实,贝克特对笛卡尔哲学并非完全认同。虽然他推崇笛卡尔"怀疑一切"的立场,但是也正是秉承了这种怀疑一切的精神,年轻的贝克特发现了笛卡尔的局限与自相矛盾之处,即笛卡尔一方面吸收现代科学的思想,创立了自己的认识论思想体系,另一方面他又不能完全摆脱自己从小所接受的经院哲学的影响,譬如笛卡尔对神(上帝)的存在之因果论证就来自于经院哲学。贝克特尤其不赞同笛氏对上帝存在的推论。笛卡尔认为,人只能靠心灵或思考去发现真理,认知外部的物质世界。但是人的认识是有限的,而宇宙(外部世界)是无限的;人有限的心灵如何能得到关于无限事物的观念呢?人的知识是由第一准则(上帝)推断而来的,因此,若想认识永恒的、无限的世界,就必须证明确实有一种完美的、无限的、永恒的存在物即上帝的观念。"在笛卡尔看来,神的存在既已被证明,其他的事情便会畅行无阻。"[①]这一点不仅贝克特不能接受,笛卡尔同时代的哲学家,以及后来的哲学家也都不赞同。如笛卡尔同时代的哲学家伽森狄就写了一本题为《对笛卡尔〈沉思〉的诘难》小册子同笛卡尔展开过激烈的论战,其中对笛卡尔证明上帝的存在提出了质疑:"既然有那么多伟大的学者,他们虽然本来已经非常清楚,非常明白地认识了许多事物,却认为真理是存在于上帝的心里或者是高深莫测的,那么难道不能怀疑这个准则可能是错误的吗?"[②]伽森狄认为,"既然人类心灵理会不了无限性,那么他也既不能具有也不能想象得出一个表象着无限的东西"。[③] 贝克特显然也不赞同笛卡尔通过吁求上帝的真实性来证明经验世界的真实。

贝克特作品中折射出的对上帝的怀疑、对基督教和新教的嘲讽以及

---

① 罗素,《西方哲学史》(下卷),第90页。

② [法]伽森狄,《对笛卡尔〈沉思〉的诘难》,庞景仁译,北京:商务印书馆,1995年,第23页。

③ 同上书,第32页。

对西方社会普遍存在的信仰危机的揭示等都表明了他的宗教立场与笛卡尔的观点是相悖的,因为他不相信所谓的"上帝"和"神性"。上一章已谈到,他从小就讨厌母亲的新教信仰,上大学期间产生了更严重的信仰危机。在贝克特看来,现代人类所经历的战争、死亡、苦难,无论如何也无法与上帝之仁爱的思想相吻合。所以贝克特在他的作品中总是以反讽的方式表现神性和上帝之正义与仁慈,揭示现代人的信仰危机。贝克特对代表绝对意义的上帝和神性及宗教信仰的怀疑立场贯穿他整个创作生涯。因此,贝克特30年代回都柏林期间,曾被当地报纸戏称为知名的"来自巴黎的无神论者"。① 但是贝克特本人并不完全认同这一称号,他认为自己还不算真正的、彻底的无神论者。的确,贝克特对宗教及神性的态度不能简单地用"无神论"来界定。他的宗教立场应该说是有些偏激和矛盾,有时比较刻薄,有时又显得态度暧昧。他的文学创作自始至终都在探究最基本的宗教问题,即上帝的存在、上帝的公正、上帝的仁慈等问题,如他早期的短篇故事"但丁与龙虾"就通过主人公的内心独白拷问了上帝的公正问题(见本书第五章的文本分析),这是长期困扰贝克特的问题,因此宗教信仰问题对于贝克特始终是一个复杂的情结,也是他作品的一个重要主题,尽管这一主题总是以黑色幽默和反讽的方式表现的。

贝克特当初下决心离开自己的祖国,其原因之一就是为了摆脱自己家族的宗教信仰,尤其是挣脱他母亲过于严格的新教思想的束缚。而对于传统、古板的神学,特别是爱尔兰的主流宗教天主教,贝克特也不屑一顾。但有趣的是,他却很精通天主教思想和教规,有时甚至会被天主教思想所吸引,这似乎也说明了贝克特自相矛盾的宗教立场。这种暧昧的宗教观在他的小说三部曲之一《莫洛伊》中表现得较为明显,如约翰·皮林所评论的:"从小说第二部分莫兰的神学问卷调查可以看出既严肃认真,又带有狂欢和闹剧的场景,这恰好暗示了一种对宗教生活若即若离的复杂心理,它比乔伊斯的《一个青年艺术家的画像》中的代达罗斯所做的类似的神学问卷体现的宗教观更加矛盾和摇摆不定。"② 贝克特起初试图通过自己的文学创作来证明"上帝之存在"的假想(尽管他对此持怀疑的态度),但是却没有得出任何正面的、肯定的答案,他的作品反倒成了对上帝的嘲弄与戏仿。

对于贝克特来说,"上帝"作为"真理"和"绝对意义"的表征,他的存在问题是古往今来西方哲学家面临的最根本的宗教和哲学问题,而对这一问题,至今尚未能得到令人信服的答案。无论是提出"上帝即绝对意义(真理)"这一命题的古希腊哲学家柏拉图,还是对上帝的恩典与美德深信

---

① John Pilling, *Samuel Beckett*, p. 9,117.
② John Pilling, *Samuel Beckett*, pp. 117—118.

第二章 哲学旅行及其创作思想溯源

不疑的古罗马神学家奥古斯丁都没能对"上帝"之存在这一基本问题给出合理的解释或论证。尽管贝克特崇拜的哲学家、被誉为现代西方哲学奠基人的笛卡尔,第一次以酷似科学的论证方法得出了"上帝之存在"的假定(assumption),但是,贝克特与同笛卡尔时代的法国哲学家伽森狄一样,无法接受和认同笛氏的这一学说。因为这一论点表明了建立在科学实证基础之上的笛氏哲学其实是对神学和经院哲学的妥协与调和。在对"上帝"的态度上,贝克特表现得不卑不亢,他更赞同另一位他所喜爱的哲学家叔本华的观点。贝克特反对以奥古斯丁为代表的传统西方神学思想,他并总能像叔本华一样发现上帝之仁爱与现实生活之苦难之间的矛盾与反差,这一点在本书第四章对贝克特的诗歌的解读中便可得到证实。

贝克特在论文《普鲁斯特》中尖锐地指出,人生(存在)之苦难源自于一种罪过——"出生的罪过"(the sin of being born)[①],这暗示了他对基督教原罪思想的接受与批判,其实也是对全能的上帝之权威的反讽。贝克特认为,上帝在创造世界和人类时也给人类带来了苦难,出生就意味着受苦受难,因此莫不如不出生的好。可见上帝并不是像基督教所宣扬的那么公正、仁慈。在贝克特作品中,上帝的形象几乎成了"怪诞"、"不可知"、"虚无"的化身。比如,《等待戈多》中那个谜一般的、永远缺席的"戈多"就意味着意义的缺失;《瓦特》中那个飘忽不定、神秘莫测、代表至高无上权威的诺特(Knott),其实就是"虚无"的表征;而在三部曲中,这种代表意义或权威的上帝却由父亲、领导、艺术家的形象取而代之。在《莫洛伊》中,代表理性的父亲权威又被母亲所篡夺,而母亲作为生命的创造者和圣洁的女神的化身,又被妓女形象所取代。不难看出,贝克特在他的作品中对理性和上帝的权威实施了无情的颠覆。

贝克特是一个充满矛盾的作家,他接受笛卡尔的理性主义哲学,但又对理性不屑一顾。他早期的怀疑主义立场来自于笛卡尔哲学。然而,贝克特的世界观却不像笛卡尔那么乐观。他是一个悲观主义者,他的悲观主义(如前一章所探讨的)是他的禀赋和性格使然,更主要是受到了叔本华哲学思想的影响。关于贝克特对叔本华哲学的接受,将在下文探讨贝克特对整个西方哲学体系的接受中详细论述。

关于贝克特对笛卡尔哲学的接受,是西方学界探讨最多的话题。早期的贝克特研究者普遍倾向于将贝克特视为现代的笛卡尔信徒。如有学者认为贝克特的作品基本上是笛卡尔哲学的幻象。[②] 约翰·弗莱彻认为:

---

① Samuel Beckett, *Proust*, London: Chatto & Windus, 1931, p. 49.

② Matthew Feldman, *Beckett Books: A Cultural History of Samuel Beckett's "Interwar Notes"*, p. vii.

笛卡尔的生活和思想从一开始就支配着贝克特的作品。批评家很容易就能在几乎贝克特所有的作品中发现笛卡尔对他影响的踪迹。[1]劳伦斯·哈维的《塞缪尔·贝克特：诗人和批评家》一书第一部分就以"笛卡尔式的开始"为题展开论述（尽管哈维认为，贝克特并非完全接受笛卡尔的思想，反而对笛卡尔带有嘲讽的意味）。[2] 这些观点不无道理。笛卡尔对青年贝克特产生的重大影响是毋庸置疑的，并且贝克特早期的作品，如他的第一首长诗歌《星象》和第一部小说《莫菲》，均明显地反映了笛氏哲学思想。因此用笛卡尔思想解读贝克特的早期作品已成了贝克特研究的主要的方法和范式。然而，一些早期贝克特研究者（如John Fletcher，Hugh Kenner, Mintz, Morot-Sir, etc）[3]都过分强调贝克特对笛卡尔的接受，夸大笛卡尔对贝克特的影响。或许正是由于早期研究的定论，影响了后来的评论家对贝克特的评价，所以后来有学者会误认为："贝克特一生都迷恋于笛卡尔学说。"[4]其实这样的观点是不够客观、准确的。事实上，对贝克特产生影响的是整个西方哲学体系，他的思想并非只是建立在某个体系或"主义"之上的。因此，他的作品呈现的并非只是笛卡尔式幻象，而是西方哲学的全景图像，是不断变换的"思想图像"。古希腊前苏格拉底的哲学和后笛卡尔（post-Cartesian）时代的哲学对贝克特的影响也不应小觑。

诚然，笛卡尔可算作贝克特哲学图谱上的一个中心人物，正如笛卡尔在整个西方哲学史中的承前启后的重要地位一样。贝克特的思想旅行是以笛卡尔为基点，再向后回溯，向前延伸，从而形成他自己的哲学图谱。

三、贝克特与前苏格拉底哲人的对话

笛卡尔的确是一位伟大的哲学家，被誉为"西方近代哲学的始祖"，[5]

---

[1] John Fletcher, *Samuel Beckett's Art*, London: Chatto & Windus, 1967, pp. 126,129.

[2] See Lawrence Harvey, *Samuel Beckett: Poet and Critic*, Princeton: Princeton University Press, 1970, pp. 3—60.

[3] 关于"贝克特与笛卡尔哲学"的早期研究成果，参见：Hugh Kenner, "The Cartesian Centaur" in *Perspective* (Autumn 1959), pp. 132—141; Samuel I. Mintz, "Beckett's *Murphy*: a Cartesian Novel", in *Perspective* (Autumn 1959), pp. 156—165; Eduard, Morot-Sir, "Samuel Beckett and Cartesian emblems" in *Samuel Beckett and the Art of Rhetoric*, (ed.) Eduard, Morot-Sir, Chapel Hill: University of North Carolina Press, 1976, pp. 25—104, etc.

[4] Roger Scruton, "Beckett and the Cartesian Soul" in *The Aesthetic Understanding: Essays in Philosophy of Art and Culture*, (ed.) Roger Scruton, Manchester: Carcanet Press, 1983, pp. 222—241.

[5] 罗素，《西方哲学史》（下卷），第79页。

但是他的哲学思想本身就脱胎于西方古典哲学传统,因此笛卡尔学说自然也应该是西方哲学庞大的体系中的一个环节。贝克特或许意识到了这一点,所以他在系统研究了笛卡尔哲学之后(20世纪30年代)便开始系统研究整个西方哲学,并且对哲学的兴趣点发生了转移。他尤其对西方哲学的起源和古希腊哲学产生了浓厚的兴趣。从贝克特的哲学笔记中不难发现他非常喜欢古希腊前苏格拉底哲学,皮林和费尔德曼的研究中均谈到贝克特曾研读过约翰·博奈特著的《古希腊哲学》[①]并且摘录了不少古希腊哲学家的哲学片断。而贝克特对前苏格拉底哲学的接受使我们有理由质疑西方学界已成定论的观点,即贝氏文学创作主要是建构在笛卡尔式二元论基础之上的论断,因为二元论并非笛卡尔的专利,它可以追溯到古希腊前苏格拉底哲学。贝克特作品展示的不同层面的二元对立,如宏大的物质世界与微观的小世界、精神与肉体、现实与感知、自我与他者、现象与本质等一些长期以来学界争论不休的哲学问题,大抵都源自前苏格拉底哲学家对物质与存在问题的追问,源自于古希腊哲学中朴素的辩证唯物主义世界观。

在贝克特的哲学图谱中前苏格拉底哲学家的地位要远远高于苏格拉底、柏拉图、亚里士多德,因为他发现前苏格拉底哲学是整个西方哲学传统中最辉煌和最充满智慧的哲学。如英国哲学家罗素所说:

> 德谟克利特以后的哲学——哪怕是最好的哲学——的错误之点就在于和宇宙对比之下不恰当地强调了人。……随着苏格拉底而出现了对于伦理的强调;随着柏拉图又出现了否定感性世界而偏重那个自我创造出来的纯粹思维的世界;随着亚里士多德又出现了对于目的的信仰……尽管有柏拉图与亚里士多德的天才,但是他们的思想却有着结果证明了是为害无穷的缺点。……要一直等到文艺复兴,哲学才又获得了苏格拉底的前人所特有的那种生气和独立性。[②]

贝克特的作品所彰显的就是对柏拉图式的理念及理性世界和亚里士多德的目的论的颠覆。贝克特更喜爱前苏格拉底哲学家毕达格拉斯、赫拉克利特、德谟克利特的智慧和学识,因此这些哲学家的名字曾出现在贝克特的作品中,并且他们的思想、名句和典故也经常被贝克特直接引用。

贝克特最熟悉,最感兴趣的一位前苏格拉底哲学家是毕达格拉斯(580?—500? BC)。按编年顺序,此人是古希腊最早的一个重要哲学

---

① John Burnet, *Greek Philosophy*, Part I: *Thales to Plato*, London: Macmillan and Co., 1914.

② 罗素,《西方哲学史》(上卷),第107页。

家。他是一个神学家,也是神秘主义者,创立了自己的宗教团体,其神学的主旨是"灵魂转世说"。如他教导他的弟子说,"首先,灵魂是个不朽的东西,它可以转变成别种生物;其次,凡是存在的事物,都要在某种循环里再生,没有什么东西是绝对新的……"①据此,在毕氏看来,一切都在循环往复,周而复始的运作中。这是贝克特最推崇的毕氏学说。毕达格拉斯也是一个纯粹的数学家,并提出"万物都是数"这一独到的命题,也发现了数在音乐中的重要性;他最伟大的发现就是毕达格拉斯定理,即直角三角形的两夹边的平方之和等于另一边的平方(这也就是中国的勾股定理)。毕氏认为世界是由数经各种各样形式排列组合构成的,只有数才是永恒的、和谐的,数代表最严谨的秩序和真理。毕氏学说体现了宗教神学与科学(数学)最完美的结合。毕达格拉斯学说为后来的欧几里德的几何学奠定了基础;柏拉图、笛卡尔、康德的学说其实也都脱胎于毕氏哲学。

贝克特之所以被毕氏哲学所吸引,是因为他与毕氏的思维方式似乎有某种相通之处。罗素指出,毕氏是历史上最有趣而又最难以理解的哲学家,他的学说几乎就是真理与荒谬的混合体,其中还包含一种最奇特的心理学。②这恰好与贝克特的作品所传达的思想相吻合。但是,有趣的是,贝克特并不完全认同毕氏的学说(甚至在作品中对其加以讽刺和批判)。毕达格拉斯的名字曾出现在贝克特早期作品《平庸女人的梦》(以下简称《梦》)和《莫菲》中,但是他却是被嘲弄和鞭挞的对象。如在《梦》中,主人公在探讨文学作品如何塑造人物时说:

> 假如所有的人物都千篇一律……我们就可以写一本带有纯美旋律的小书,设想一下那会是多么美好,线性的,美好的毕达格拉斯式的一连串合乎逻辑的独奏曲,一种悦耳的单一模式的电话声……但是你应该怎么做才能像实况转播一样塑造一个人……他根本就不是一个音符而是最不能被人接受的多个音符的杂合。③

这段文字显然带有反讽意味,反映出贝克特不自觉地对毕氏的嘲弄或批判,也揭示了他对小说人物塑造的见解。贝克特在暗示,毕氏学说固然完美并合乎逻辑,但却不切合实际。而在《莫菲》中,贝克特却对毕氏学说进行了精心的戏仿和嘲弄。譬如,小说塑造的那个学者形象奈瑞,就是毕达格拉斯信徒,专攻毕氏哲学和数学;主人公莫菲本打算拜奈瑞为师,学习毕氏学说,但却无法归顺于其理性和秩序,因此莫菲与奈瑞的系统决裂。

---

① 转引自罗素,《西方文学史》(上卷),第 59 页。
② 参见罗素,《西方文学史》(上卷),第 57 页。
③ Samuel Beckett, *Dream of Fair to Middling Woman*, 1992, p. 10.

第二章 哲学旅行及其创作思想溯源

奈瑞将他自己的系统称为"四个一组"(tetrakyt),这个术语来自于毕达格拉斯哲学,意思是说前四个整数之和能得出最完美的数字"10",根据贝克特的"笔记":早期的毕达格拉斯学派将数的特质理解为表现(在骰子上)的图形。最著名的是被他们信奉为瞬间就能展现数字 10 之最重要特质的那 4 个数,即前四个正整数之和[1+2+3+4=10](TCD MS 10967/21.1)。① 毕达哥拉斯认为宇宙是由精确的数字序列组成了,最完美的组合即"四位一体"(tetrakyt)。而在《莫菲》中,这个完美的系统却用来暗示奈瑞的交际圈子和荒谬的多角恋爱的模式,即甲爱乙、乙爱丙、丙爱丁、丁爱甲……(Mu. p.7)② 。由此不难看出贝克特对毕达格拉斯学说的一种诙谐讽刺与嘲弄。

不仅如此,贝克特在《莫菲》中还借用了毕达格拉斯的一个弟子,希巴索斯(Hippasos)的故事并将其融入小说的情节中。据罗素的《西方哲学史》上卷记载,毕达哥拉斯和他的弟子们建立了自己的团体,有着严格的纪律,甚至于科学和数学的发现也认为是集体的,都归功于这个学派的掌门人毕达哥拉斯;即便他死后也还是如此。梅达彭提翁的希巴索斯曾违反了这条规矩,便因船失事而死,这是神对他的不虔诚而震怒的结果。③ 而贝克特的"笔记"却这样写道:希巴索斯是毕达格拉斯学派的泄密者,据说由于他泄露了边与对角线的不可通约性,或是将等边 12 面体的图形公之于众,而被扔进海里淹死(TCD MS 10967/22.1)。在《莫菲》第四章中有一段奈瑞同威利的谈话就直接套用了这个故事。奈瑞俨然以毕达哥拉斯自居,当他发现他的追随者威利背叛了自己时,说道:"你背叛了我,就像是泄露了边与对角线的不可通约性的希巴索斯。"(Mu. p.31)贝克特借用这个故事影射现代社会人际关系的复杂和人与人之间的互不信任,其实也暗含着对毕达哥拉斯团体的个人崇拜和封闭保守制度的反感和鞭挞。

贝克特在哲学笔记的边注中对毕达格拉斯做如是评价:

> P[毕达格拉斯]对哲学有伟大贡献。他用形式的概念补充了迷利都学派关于物质的学说。他从音乐和医学角度阐明了这一

---

① 转引自 Matthew Feldman, *Beckett Books*:*A Cultural History of Samuel Beckett's "Interwar Notes"*, p. 69. 因贝克特哲学笔记手稿均出自都柏林三一学院档案馆(TCD MS…),第一手资料难以找到,故本文所引用的贝克特"笔记"大都引自 Matthew Feldman 的《战争间的笔记》一书,下文不另作注。

② Samuel Beckett, *Murphy*, London:Picador ed. Pan Books Ltd., 1973, p. 31. 本书对《莫菲》引文均出自于此版本,由笔者自译,以下关于这部小说的引文页码均直接置于文中括号内,不另作注。

③ 参见罗素,《西方哲学史》(上卷),第 59 页。

原理。

然后又在页边注明自己的观点：

> P. 肯定发现了决定音阶中和谐音程的数值比例。和谐（Apmonia）在古希腊音乐中并非指和音（和弦）而是指旋律的进行，意思是说，先"起音"然后进入"音阶"。（TCD MS 10967/26）

毕达格拉斯关于"和谐"（Apmonia）、"极限"和"数字"的学说在《莫菲》中得到了充分的演绎，抑或是戏仿（见 Mu, p.6）。贝克特试图说明人们亲身体验的现实生活并不能同毕达格拉斯完美的理论体系相吻合，如奈瑞最终所感悟的："生活完全是不合常规的。"（Mu, p.152）可见贝克特毕氏学说并非完全赞同，而是持批评态度的。

另一位对贝克特产生重要影响的前苏格拉底哲学家是赫拉克利特（约 540—480？BC），他是古希腊唯物主义哲学和辩证法的奠基人；他也是一个神秘主义者，但又不同于毕氏的神秘主义，他的学说挑战了毕达哥拉斯学说。赫氏学说是最激动、有力、充满魅力的哲学。贝克特被他简洁有力的哲学思想和格言所深深吸引，他哲学笔记中摘录最多的是赫拉克利特的学说。赫氏相信火是宇宙之根本，火是原质，其他万物都是由火而生成的。他认为，人的灵魂中主要是火，因而灵魂是"干燥的"，"这个世界不是任何神或任何人所创造的；它的过去、现在和未来永远是一团永恒的活火，在一定的分寸上燃烧，在一定的分寸上熄灭"。[①] 贝克特也认同赫氏的这一观点，如他在"笔记"中写道：

> 他[赫拉克利特]的主导思想即是睡着与醒着、生与死的对立。生存、睡眠和死亡相当于火、水、土，后者要通过前者去认识。睡眠和死亡归因于湿度的增加。"是灵魂的死亡生成了水。"清醒和生存是由于温暖与火的增加："干燥的灵魂是最智慧、最优秀的。"当睡眠与清醒、生与死交替轮回，火便会受到水蒸气的滋养，而蒸气又会生成温暖的火。
>
> 整个宇宙，黑夜与白昼、夏季与冬季的轮回也是如此。太阳是完美的火，是引领整个世界的智慧。（TCD MS 10967/26.1）

"永恒的变化"是赫氏的信仰。他最著名的观点是"一切都处于流变中"。在赫氏的世界里只能期待永恒的变化，因此，"人不能两次踏进同一条河流"。[②] 赫氏还有另一个更重要学说，那就是对立面的混一的学说，即

---

① 参见罗素，《西方哲学史》（上卷），第 70—72 页。
② 同上书，第 74 页。

"对立的力量可以造成和谐",这就是他特别信仰战争的缘故。因为他认为在斗争中对立面结合起来就产生运动,运动就是和谐。世界中有一种统一,但那是一种由分歧而得到的统一:"结合物既是整个的,又不是整个的;既是聚合的,又是分开的;既是和谐的,又是不和谐的;从一切产生一,从一产生一切。"由此引出,"上升的路和下降的路是同一的。"①

贝克特最为赞同的就是赫氏的"一切处于流变中"和"对立面的混一"之学说,其实这也是贝克特的信仰,是他的作品所传达的基本思想。如小说《莫菲》的主旨其实就是演示对立的事物相互作用相互转化的观点。贝克特在其著名的论文《但丁...布鲁诺.维柯..乔伊斯》中运用了16世纪意大利哲学家布鲁诺的关于对立面相互转化的观点:"最大限度的腐败(破坏)与最小程度的生成是等同的:据此,破坏就等于创造。"②其实这一观点就源自于赫拉克利特的学说(这将在下一章中详述)。贝克特在《论普鲁斯特》中所阐发的一切皆处于流变中的观点也与赫拉克利特朴素的唯物主义思想如出一辙,尽管这一思想的主旨无疑也受到了先锋派的超现实主义的启发。③

贝克特深知赫氏对毕达哥拉斯学说的不屑与挑战。小说《莫菲》中,主人公莫菲其实就是赫拉克利特的代言人,他与奈瑞的矛盾恰好代表了赫氏辩证法与毕氏的理性信仰之间的冲突。贝克特在"笔记"中写道:"毕达格拉斯认为:'很多学问不教会人们去思考。'智慧并不等于对许多事物的认识,而只是对一种事物的认识。那就是他所描述的'永远真实'的逻各斯。"(TCD MS 10967/26)贝克特显然对毕氏所谓的永远的真理或"逻各斯"持怀疑态度;他更赞同赫氏关于"流变"的思想,如《莫菲》的主人公所追求的自由自在的思想境界,即头脑的第三个区域,"那里有流动的形式,那是不断聚合又不断分裂的形式"。(Mu, pp. 65—66)这就是对赫氏"流变思想"的演示。贝克特在"笔记"如是写道:

> 事物的"流变"就是对立面不停的斗争,斗争是万物之父……对立的统一就是生成(变化)。(TCD MS 10967/25)
>
> 在万物的不断变化中没有什么特别的东西留存下来,只有秩序,在秩序中实现了对立事物的激烈交锋——这种变化法则,它建构意

---

① 转引自罗素,《西方哲学史》(上卷),第72页。
② Samuel Beckett, "Dante... Bruno. Vico... Joyce," *Our Exagmination Round his Factification for Incamination of Work in Progress*, London: Faber and Faber, 1972, p. 6.
③ 陆建德先生认为贝克特的这一思想"无疑来自于先锋派的超现实主义",见"自由虚空的心灵——萨缪尔·贝克特的小说创作",载《破碎思想体系的残编》(陆建德著),北京大学出版社,2000年,第266页。

义和整体价值……赫拉克利特式的变化中没有存在,正如巴门尼德的存在中没有变化一样。(TCD MS 10967/26)

赫氏朴素的唯物主义和辩证法思想吸引并影响了后来的许多哲学家,譬如,柏拉图、亚里士多德、黑格尔等都接受并发展了他的学说。另一位前苏格拉底哲学家德谟克利特的学说与赫氏也有一些相同之处。

其实,贝克特最推崇的前苏格拉底哲学家当属德谟克利特,此人在贝克特哲学图谱中占有举足轻重的位置。贝克特尤为欣赏德谟克利特的一个观点,即:"虚无就是最真实的存在。"("Naught/Nothing is more real than nothing.")并在其小说《莫菲》和《马洛纳之死》中均引用了这句名言;[①]这正是贝克特所有作品所演示的一个悖论。(这会在本书第六章第一部分和第七章第二部分详细论证)

德谟克利特(约 460—370 BC),阿布德拉人,是古希腊唯物主义哲学家,原子论创始人之一。按时间排序,德谟克利特应该算作苏格拉底和智者们同时代的人,但是因为他和留基波(约 450—420 BC)同是原子论的创始人,二人难以被分开,所以在西方哲学史中他的名字总是被排在稍前的位置。德氏"在知识的渊博方面要超过所有的古代和当代的哲学家,在思维的尖锐性和逻辑正确性方面要超过绝大多数哲学家"。[②] 其伦理学主张是:幸福是人生的目标。德氏一生喜欢周游四海,追求知识,曾游历过南方和东方诸国,还到过埃及和波斯。据传德氏好嘲笑世人无知,被称为大笑的哲学家。为了永远保持快乐的心态,他剜去了双眼。[③] 贝克特在《莫菲》中所提到的"阿布德拉人的狂笑"(*Mu*, p. 138)就是指的德谟克利特。

德氏所创立的原子理论要比古希腊哲学中任何理论都更接近于现代科学的理论。他相信世间万物都是由原子构成的;原子之间存在着虚空;原子是不可毁灭的,它们在不停地运动着;原子的数目和种类是无限的。其实原子(atoms)本来就是个希腊词语,意思是"不可分割的",它们首先在空间运动,然后在互相碰撞的过程中形成宇宙以及其中的所有自然物体。据此,世间万物处于永久的运动状态,事物在运动中不断生成。在这一点上,德氏的原子理论是与苏格拉底、柏拉图、亚里士多德学说相悖,因为他不以目的论的观念来解释世界,而"后来的古希腊哲学家大都对目的

---

① See Samuel Beckett, *Murphy*, p. 138. *Malone Dies*, New York: Grove Press, 1970, p. 16.
② 罗素,《西方哲学史》(上卷),第 96 页。
③ 参见陆建德,"自由虚空的心灵——萨缪尔·贝克特的小说创作",载《破碎思想体系的残编》(陆建德著),第 270 页的注释①。

论的问题更感兴趣,于是就把科学引进了死胡同"。(罗素语)①贝克特非常认同德氏这一观点,它与赫拉克利特的"流变"的学说颇为相似。贝克特的创作从一开始就试图展示一种动态的进程,以揭示意义是在不断生成之中。原子理论承认某种非物体的东西(虚空)的存在,也就是说一个事物可以是实在的而又不是一个物体(事实上笛卡尔的"我思故我在"之论证也与德氏原子理论暗合)。德氏认为:人的灵魂、思想、感知也都是由原子组成的,它们也是在运动中,思想也是物理过程,人的内心的感悟最接近真实。对此贝克特的"笔记"中有如下解读:

> 我们身外的原子会在没有特殊感官干预的情况下而直接影响我们的心灵灵魂原子。心灵原子渗透到身体中能够立刻接触到外部原子,从而了解它们的真实状况。可见,D.[Democritus]同苏格拉底一样拒绝将感觉与思想分离。"可怜的头脑"他促使感官说话(Fr. 125)②"正是从我们这里你才获得了抛弃我们的证据。你的抛弃是一种失败。"纯粹的知识并非思想,而是一种内心的感觉,带有亚里士多德所指的"普通的感知者"的目的。(TCD MS 10967/79)

贝克特主要接受了德氏关于知觉与思想之间的关系的论断。德氏认为知觉/知识可分为感性的和悟性的两种,如贝克特"笔记"中所说,"知觉有两种形式,即纯正的(trueborn)和杂种的(bastard)。视觉、听觉、嗅觉、味觉、触觉,这些都属于杂种的知觉。纯正的知觉与这些截然不同。(Fr. 11)"(TCD MS 10967/79)依照德氏的理论,人的内在感觉和直觉作为非实体的事物(虚空)不仅是一种存在,而且是更本真的存在,因此,虚空是存在的本质。人通过感官感知的东西有时是不可靠的,"真知就在内心深处"("truth is in the depths" TCD MS 10967/78.1)。这一德氏的悖论深深吸引了贝克特,并且成了贝克特作品的思想支撑。譬如,小说《莫菲》中的主人公对精神病人安东(Endon)的偏爱,生动演示了德氏的大笑哲学及其悖论,因为 Endon 本身就是希腊词,意为"内部"(within),象征着"虚空"。如叙述者所说,"那位阿伯德拉人狂笑着说,虚无就是真实的存在"。(见本书第六章的文本阐释)因此,有学者认为:"与其说《莫菲》是一部笛卡尔式哲学小说,莫如说它是依据贝克特哲学笔记建构的一部德谟克利特式的思想小说。"③尽管这一观点有些片面,但是,贝克特第一部小说《莫菲》无疑已成了他以后作品的"原型",他二战之后的作品,如:《镇静

---

① 罗素,《西方哲学史》(上卷),第100页。
② (Fr. 125)意为德氏哲学片断(Fragment 125)笔者加注。
③ Matthew Feldman, *Beckett Books*, p. 59.

剂》(*The Calmative* 1946)、《马洛纳之死》(*Malone Dies*,1951)、《无意义的文本》(*Text for Nothing* 1951)、《怎么回事》(*How It Is* 1960),和戏剧《快乐时光》(*Happy Days* 1961)等等,都在不同程度上展示德氏的悖论,尤其是德氏关于"感官/感觉之不可靠"、"感知与思想的矛盾与对立"的思想。

关于德氏的感知学说,贝克特在"笔记"中写道:

> 我们通过高级的火原子感知事物。事物中散发出的流溢使人的灵魂原子开始运动。这些流溢就是由(无限微缩的)事物的图像构成,由此他们继续运动,对火原子产生影响,这样就构成了感知/感觉。(TCD MS 10967/75)

这段笔记似乎可以解释为贝克特对德谟克利特关于"火"原子理论的接受和认同。小说《莫菲》也印证了这一观点。主人公莫菲在煤气爆炸中死亡;在一种绝妙的气体与混沌("excellent gas, superfine chaos")中死亡(*Mu*, p.142)。但是笔者认为,这段文字与赫拉克利特的"火是万物之根本"的观点更为接近,似乎是德氏对赫氏学说的接受,或者是贝克特不自觉地将德氏和赫氏学说嫁接在一起,从而形成了自己的观点。"一切事物都换成火,火也换成一切事物","火生于气之死,气生于火之死",[①]其实莫菲之死恰好是对赫氏的这一学说的诠释。

贝克特作品的主人公大都被一些看似简单的、最基本的问题所困扰,如我是谁?我在哪儿?我为何在这里?现在是什么时候?谁在说话?等等,从而揭示了现代人对存在的拷问,即通过感官所了解的世界和内心所真切感悟的世界,哪个更真实?贝克特(笔下的人物)似乎只能在德谟克利特和赫拉克利特那里寻求答案。

德谟克利特和赫拉克利特都是唯物主义哲学家,他们都相信永恒的运动。但是赫氏性格不够和蔼,对人不友善,对各种宗教持敌视态度;在伦理学上,他奉行一种高傲的苦行主义。因此贝克特"笔记"中将他称为"阴暗、晦涩、哭泣的哲学家"。他信仰斗争(包括与自己的愿望作斗争),但斗争是艰难的,"无论他所希望获得的是什么,都是以灵魂为代价换来的"。[②] 可见赫氏的世界观是悲观的,恰好与德谟克利特的人生态度形成了对比。因此德谟克利特和赫拉克利特分别以大笑的哲学和大哭的哲学而闻名。贝克特在其短篇故事"胆怯"("Yellow")中专门谈到赫氏大哭的哲学和德氏大笑的哲学,并通过讽喻的方式揭示了主人公复杂的内心

---

① 罗素,《西方哲学史》(上卷),第73页。
② 同上书,第70页。

活动:"在我们这些聪明人中,我相信会有很多人嘲笑赫拉克利特的哭泣,而没有人会为德谟克利特的大笑而哭泣。"①主人公贝拉克最终在哭与笑的抉择中,选择了笑。不难看出,贝克特在这个故事中对赫拉克利特和德谟克利特的提及并不是为了揭示严肃哲学问题,而是为故事增添了一定的幽默和诙谐的色彩。因此有些评论家认为,贝克特对前苏格拉底哲学家毕达哥拉斯、德谟克利特和赫拉克利特思想的运用有时并不是严肃认真的,而是将其作为趣事玩味的。德氏的大笑(Democritean guffaw)还出现在贝克特的戏剧如《快乐时光》、《残局》、故事集《无意义的文本》中,它似乎已经成了贝氏黑色幽默的符号。

贝克特从前苏格拉底哲学中学到的主要是二元论和朴素的辩证唯物论,这是前苏格拉底哲学思想的精髓。贝克特哲学笔记中列出了一些古希腊哲学的二元论对立结构,譬如,比达格拉斯式的最基本的对立结构就是"一"和"多"的对立;

一 .... 多
有限 .... 无限
奇数 .... 偶数
雌性 .... 雄性
光明 .... 黑暗
热 .... 冷
干燥 .... 潮湿
善 .... 恶
静止 .... 运动
值,方形 .... 曲,长方形 (TCD MS 10967/17)

贝克特对此做如是解释:由此可见他们的世界观是二元的;……然而二元对立的法则都统一于数字一,所以在整个世界中这些对立面相互调节达成和谐。世界就是数的和谐。(TCD MS 10967/17.1)

另一种是恩培多克勒(Empedocles 493—433 BC)式二元结构,它更接近赫拉克利特的思想,体现爱与斗争的关系(这在《莫菲》第6章中有所体现)。贝克特笔记中有这样一段文字:

不断重复的世界原型是在这种双重庇护下循环运转的。由(非世俗的)爱通过现象世界达成与其对立面恨的统一,到恨的世界之解体并且又重新纳入非世俗之爱的统一体。爱——斗争——恨——直

---

① Samuel Beckett, *More Pricks than Kicks*, London: Calder and Boyars Ltd., 1970, p. 175.

到永远。

因傲慢地渴求个体的存在而体验着某种补偿。从植物到动物到人，人最终应该回到原始的和谐统一。繁殖是一种不幸，因为它会拖延原始统一体的重构。（TCD MS 10967/28）

不难看出，贝克特将恩培多克勒视为达尔文的前辈。他的二元论主要是基于人与自然或宇宙的关系，即自然界/宇宙中的四大物质和人与生俱来的四个根本要素的对应关系。土对应于人的实体（固体）部分；水对应于人的液体部分；气对应于人的呼吸；火对应于人的精神（心智）：

土 ·················· 人的固体（实体）部分
水 ·················· 人的液体部分（血液）
气 ·················· 人的呼吸
火 ·················· 人的精神（心智）（TCD MS 10967/28）

由此可以推演出左边的土、水、气、火构成了大的客观世界；而右边的实体、液体、呼吸、精神又构成了个体的围观的小世界，二者构成了二元世界。其实，笛卡尔的二元论就是从古希腊哲学家的不同二元对立结构演化而来的，而贝克特作品中所贯穿的二元论的思想也是吸收借鉴了前苏格拉底哲学家的二元对立思想和笛卡尔的二元论而形成的。类似的二元对立的实例在贝氏的作品中也随处可见。他的小说《莫菲》和三部曲中的《莫洛伊》、《马洛纳之死》无论是内容上还是小说结构本身都是二元对立的体现。因此，从严格意义上讲，贝氏作品中所演示的对立结构并不完全符合笛卡尔式的身—心交互作用之学说，它是建构于西方古典哲学的二元论基础之上的。因此，"贝克特批评中普遍运用的那些笛卡尔式二元主义思想应该被纳入那个更加宏大的由前苏格拉底学派首创的辩证之思"。[①]

除了前面讨论的前苏格拉底哲学家，贝克特还熟知古希腊米利都学派（泰勒斯、阿那克西曼等）、智者派（普罗泰格拉和高尔吉亚等）、埃利亚学派（主要代表芝诺）的哲学思想，以及苏格拉底后的柏拉图认识论、亚里士多德的形而上学、伊壁鸠鲁派、斯多葛主义等等。虽然有些古希腊哲学家的名字在贝氏作品中没有直接提到，但是他们的思想，思维方式却渗透到了贝克特的作品中。譬如，《残局》中汉姆在其独白中所提到的"那个希腊老人"（"that old Greek"）其实就是指古希腊智者派哲学家普罗泰格（490？—420？BC）；该剧中还提到了欧布利德斯（Eubulides）的"谷堆悖论"等。贝克特在写给该剧导演施耐德的一封长信中曾幽默地谈到过这

---

① Matthew Feldman, *Beckett Books*, pp. 72—73.

些哲学家。(见本书最后一章对《残局》的解读)

贝克特推崇的智者是埃利亚学派的主要代表芝诺(Zeno of Elea 490?——430? BC),此人被亚里士多德视为辩证法的发明者,他维护巴门尼德关于"事物不是流动"的"一"之学说。贝克特在给导演施耐德的信中也谈到了芝诺的关于"飞箭、阿基里与龟"的悖论。约翰·皮林在其贝克特研究中曾指出芝诺对贝克特的影响,他认为,"贝克特之所以喜欢芝诺,是因为他是具有破坏性的哲学家,不给人任何建议……但是却喜欢揭露已被认可的哲学体系的缺点"。① 贝克特被芝诺的丰富想象力所吸引,他的文学创作自始至终都在不自觉地演示芝诺式关于运动和静止的悖论(抑或是笛卡尔的运动和静止的悖论)。如贝克特在哲学笔记中所说,"芝诺的论证矛头直指恩培多克勒、阿那萨哥拉和原子主义哲学家们确立的关于运动学说的假定。……这些论点证明了思想与感知的对立"。(TCD MS 10967/14)

智者派的高尔吉亚(Gorgias 483?—376? BC)也对贝克特的世界观产生了重要影响。虽然贝克特作品中从未提到过他的名字,但是贝克特的观点和信仰却同高氏哲学极为吻合。高尔吉亚学说否认任何存在,根据贝克特笔记,高氏在《论非存在或论自然》中提出了三个著名的命题:(1)无物存在。(2)即便它存在,亦不可知。(3)即或它可以被认知,亦不可言传。(TCD MS 10967/48)贝克特对高氏的这三个命题尤为赞同,这也正是他的三部曲中《难以命名者》所传达的悖论,亦即一切皆无可言说,所以"我无法继续下去,我将要继续下去"成为小说悖论式的结局。1958年4月21日,贝克特在写给好友 A. J. Con Leventhal 的信中也谈起了高尔吉亚的命题,认为第三个命题是决定性的,并将其稍加修正:"即便有什么事物存在,并且它是可知的,亦不可用言语表达。"② 这一观点其实就是 20 世纪初维特根斯坦和毛特纳的语言哲学思想的源头,贝克特三部曲和后期作品所传达的(后结构主义的)"语言表征危机"与这一观点一脉相承。由此可见高氏学说对贝克特的深远影响。

贝克特对古希腊哲学的接收和喜爱从他的哲学笔记中便可见一斑。他对作为西方哲学思想渊源的古希腊哲学,其发展脉络,流派,史实,甚至哲学家的轶事等都了如指掌,并且能在自己的创作中信手拈来,运用自如,恰到好处地将古希腊哲学家的思想及其典故揉进自己的作品中。正是因为有了如此深厚的古希腊哲学的基础,才使贝克特能够进一步理解或重新认识笛卡尔哲学,才使他能够很好地探索和把握后来的哲学家及

---

① John Pilling, *Samuel Beckett*, p. 125.
② Qtd., in Matthew Feldman, *Beckett Books*, p. 76.

其整个西方哲学的思想精髓,从圣奥古斯丁的哲学与神学到近代哲学的始祖笛卡尔;从笛卡尔学派的斯宾诺莎、格林克斯到后笛卡尔时代(或启蒙时期)哲学家康德、黑格尔、叔本华到 20 世纪初的语言哲学家毛特纳,再到 20 世纪的非理性主义哲学(柏格森)和现代心理学(弗洛伊德、荣格等)。贝克特一生都在致力于这样一个有趣的思想旅行,绘制着自己的哲学图谱,体验着其中的奥秘和乐趣,破解哲学难题。这样的思想旅行也为贝克特带来的源源不断的创作灵感。

四、贝克特与笛卡尔主义信徒格林克斯、斯宾诺莎等

笛卡尔主义(Cartesianism)是指笛卡尔哲学追随者及其学说,主要包括比利时裔哲学家格林克斯(Geulincx:1624—1669)、法国哲学家马勒伯朗士(Malebranche:1638—1715)、荷兰哲学家斯宾诺莎(Spinosa:1632—1677)等。这些笛卡尔信徒都继承了笛卡尔学说,但也在不同程度上对笛氏哲学进行了修正,废弃了笛氏体系中的一些理论。他们的学说对贝克特的影响甚至超过了笛卡尔原本的思想。在小说《莫菲》中,贝克特就直接引用了格林克斯和斯宾诺莎的格言;在《怎么回事》中特别提及了马勒伯朗士。

1962 年贝克特在同美国学者劳伦斯·哈维的一次谈话中坦言,假如他自己是一个批评家想写一部贝克特研究专著(感谢上天他不是),他就会从两个引文入手:一个是引自格林克斯的"当你的存在毫无价值时,你也就别无所求"("Ubi nihil vales, ibi nihil veils");另一个是德谟克利特的"虚无就是最真实的存在"("Nothing is more real than nothing.")。[①]这两个引文均出现在《莫菲》中。贝克特是在有意向哈维透露他作品的思想来源和根基。的确,除了前面谈到的德谟克利特外,格林克斯应该是贝克特最推崇的哲学家之一。

其实,贝克特在创作《莫菲》之前就对格林克斯学说有所了解,但是,他系统研读格林克斯哲学原著是在 1936 年初(创作《莫菲》之后)。贝克特在三一学院图书馆认真读过格氏的《伦理学》和《哲学歌剧》,同时做了大量读书笔记,还摘抄过很多格林克斯的哲学观点,然后又将其打印出来(因为当时唯有都柏林三一学院图书馆藏有格林克斯的著作)。贝克特在与朋友的通信中多次提到格林克斯及其哲学思想,以及他的读书体验等,这足以证明他对格氏哲学的喜爱与赞同。如 1936 年初,他与朋友麦克格里维通信中写道:"我一直在三一学院读格林克斯,不知道为什么,或许是

---

① See Lawrence Harvey, *Samuel Beckett: Poet and Critic*, pp. 267—268.

因为他的文本太难弄到……我本能地认为这是值得做的工作,因为它充分肯定:从来世的角度,幻想是使人活着的唯一理由。"① 格林克斯的名字和思想不仅出现在《莫菲》中,还在贝克特后来的小说中出现。譬如,在《莫洛伊》中有这样一段文字:

> 我曾经喜爱过老年格林克斯的形象,英年早逝,他让我感到自由,在尤利西斯黑色的船上,徐徐驶向东方,顺着甲板。对于像他那样没有开拓精神的人而言,那就是最充分的自由,从船尾面朝波浪沉思,一个悲喜交加的奴隶,我的目光跟随着那傲慢而又无用的尾流。它载着我从无国界之地,驶向安全与平和。②

贝克特的短片故事"结局"也有同样的描述。其实这样的场景和情境就源自贝克特的格林克斯伦理学笔记:

> 正如踏上一艘载着乘客快速驶向西方的海船,没有什么能阻止他走上一艘完全相同的驶向东方的海船;如同上帝的意志可承载万物一样,任何事物中也都包含决定性的动力,没有什么可以阻止我们中的任何人……我们完全靠自己的抉择来同意志抗争。(TCD MS 10971/6/9.1)

贝克特1936年初在写给朋友阿兰德·厄谢尔(Arland Ussher)的信中传达了他对格林克斯哲学思想价值的深刻领悟:"我真心地向你推荐他(格林克斯),尤其是他的《伦理学》,最重要的是第一篇第二章的第二部分,在那里,他专门探讨了他的第四个美德,谦卑及其卑贱式否定"。③ 格氏伦理学将"谦卑"视为人的重要美德,它意味对自我的否定与忽视。其实,否定自我的目的是为了更好地认识自我,这正是贝克特小说三部曲所传达的思想。

格林克斯伦理学是将笛卡尔理性主义和基督教神秘主义兼容并收的哲学。贝克特对格氏哲学的接受使他对笛卡尔式思维即"我思"(Cogito)有了更新的理解,他发现了(并且开始关注)人的思维与"无知"或"我不知"之间的密切关系。在格氏看来,"我思"即"我不知"(Cogito = nescio)。④ 这也是最令贝克特着迷的观点。贝克特也将"自我"作为"我思"的基础和出发点。"认识你自己",这是古希腊智者提出的人生目标,但是贝

---

① Qtd., in James Knowlson, *Damned to Fame*, p. 219.
② Samuel Beckett, *Molloy*, New York: Grove Press, 1970, p. 68.
③ Qtd., in Matthew Feldman, *Beckett Books*, pp. 131—132.
④ Anthony Uhlmann, *Samuel Beckett and the Philosophical Image*, Cambridge: Cambridge UP, 2006, p. 90.

克特从格林克斯那里领悟到,"自我"作为认知和"我思"的基石,其实是不能被认识和理解的。正如《难以命名者》中的叙述者"我"经常挂在嘴上的一句话"我不能说我,对于我自己,我一无所知"。① 但是,问题的关键是,为何不能认识"自我"? 在这一问题上,贝克特不能完全认同格氏的观点,因此他修正了格氏的观点。格氏仍将"上帝"的权威作为知识的牢不可破的根基,所以在这个问题上格氏仍然固守着笛卡尔的观点。而在贝克特看来,作为绝对意义的上帝并不存在,因此人(现代人)在宇宙中没有根基;"自我"既是迷失的又是自由的,如贝克特在《莫菲》种所描述的,自我仿佛是"黑暗中一颗绝对自由的尘埃","没有出处的发射物"。(*Mu*, p. 66)"自我"越是试图确定其身份就越是飘忽不定,并向四周延伸,永远无法确定自身。

通过阅读格氏哲学,贝克特领悟到了人的无知,他尤其赞同格氏的"不可言喻"(ineffable)的观点,这与他试图创造的"不可言说的文学"或"非语言的文学"(Literature of unword)②是一致的。贝克特在小说三部曲中自觉地建构并演示了这种"不可言说"的理念(这一观点也在某种程度上影响了德里达、福柯等思想家的后结构主义或解构主义的思想观点)。格氏认为,遵从上帝并不意味遵从理智或理性,因为无论我们喜欢与否,都要无条件地遵从上帝的意愿;但是有时试图理解上帝的意志并无实在意义,因而也是徒劳的。贝克特在阅读格氏的论文"自我的审视"时摘抄了该文的脚注(29):

> 某种事物被视为"不可言喻的",不是因为我们无法思考或言说它(因为它将会是"无","无"与"不可思"是等同的),而是因为我们不能凭借理性去思考或概括它是怎样实施的。从这个意义上讲,不仅上帝本身难以言说,而且他的作品也难以言喻。比如:我,作为一个人,是他的作品……事实上,我是那个作品,这其实是我再清楚不过的事了;但是至于他是通过什么方法将我塑造成一个人,并将我同我的身体融合……我无从知晓;我只知道我永远不会理解此事。……对于上帝创造的其他作品也是如此。当彻底探究这些作品时,最终总会发现有某种东西缺失,这种东西又是难以言说的。因此……因为你不能把握一种事实是怎样发挥效用的就否认他,这样做是十分错误的;在此,怀疑论者……非常缺乏感知力……他们会剥夺人们首要的,最伟大的神性,即,"不可言喻性。"("Notes to Arnold Geu-

---

① Samuel Beckett, *The Unnamable*, New York: Grove Press, 1970, p. 165.
② 参见詹姆斯·诺尔森,《贝克特肖像》,王绍祥译,第49页。

第二章 哲学旅行及其创作思想溯源

lincx", p. 23.)[①]

在格林克斯看来,有两种无知(不知):一种是可克服的"无知",它可以通过努力倾听我们内心深处(发出)的理性声音来克服;另一种是不可克服的"无知",因为它涉及我们无法用语言解释的、不可知的事物。[②]正是受到了格氏这一观点的启发,贝克特在他的作品中生动地演绎了两种无知,它们均与指导人们行为的理性"声音"有关。但是,在贝克特那里,这声音并不十分清晰可辨,它有时是含混不清的。

贝克特在其"笔记"中专门摘抄了格氏关于"听从理性"的重要论断。在格氏看来,人类最重要的美德"勤奋"意味着"听从理性";然而,理性声音未必十分清晰,因为这声音往往被激情和欲望所遮蔽,"任何在情欲支配下去寻求理性的人永远不会发现理性,因为他的情欲总是引领他偏离理性"。("Notes to Arnold Geulincx", p. 11)贝克特的三部曲之一《莫洛伊》恰好演示了这一观点。小说中的主人公莫兰,作为理性和知性的化身,在一种理性声音的驱使下去寻找莫洛伊,并试图写一篇关于寻找莫洛伊的报道,但是在寻找的旅途中他却渐渐偏离了理性,变成了莫洛伊式的人物,而莫洛伊恰恰是情欲的表征(见本书第七章对《莫洛伊》的文本解读)。格氏理论认为,全身心地服从理性,其实就表明了"自由"。贝克特在"笔记"中记录了这一观点:"服从的结果即是自由。服从于理性,人不会成为任何人的奴隶,正因如此,他才是完全自由的。"("Notes to Arnold Geulincx", p. 12)因此,理性的声音总是以象征的形式出现在贝克特小说三部曲中。贝克特用讽拟的方式展示了这声音的飘忽不定和难以理解,因而《莫洛伊》中的莫兰和《难以命名者》的叙述者"我"永远无法听清,也无法专注于这一理性的声音,因为它被激情、陋习和欲望所淹没,这也正是对现代人类的浮躁的思想和境遇的隐射。

不难看出,贝克特对格氏哲学思想的接受和赞同程度远远超过了他对笛卡尔哲学的接受。西方学界普遍认为,贝克特的文学创作(包括各个时期的小说、戏剧等等)是建立在笛卡尔的"我思故我在"及其二元对立理论之上的,他早期的作品《徒劳无益》和《莫菲》也足以证明这一点。因此,多年来,贝克特研究者们总是倾向于以"我思"作为出发点去探究贝氏作品中人的存在、意识、认知、语言等问题,而对格氏哲学对贝克特作品的影

[①] Geulincx, *Opera philosophica*, pp. 214—215; Beckett, 1936 typescript, "Notes to Arnold Geulincx", p. 23. Qtd., in Anthony Uhlmann, *Samuel Beckett and the Philosophical Image*, pp. 93—94. (以下对"贝克特的格林克斯笔记"的引用均引自 Anthony Uhlmann, *Samuel Beckett and the Philosophical Image*,不另作注。)

[②] Anthony Uhlmann, *Samuel Beckett and the Philosophical Image*, p. 94.

响并没有过多关注,只是近几年,才有学者(如 Anthony Uhlmann 等)开始专门探讨格氏哲学对贝克特文学创作的重要影响。

诚然,作为笛卡尔的信徒,格林克斯哲学思想源自于笛卡尔哲学,并发展了笛氏学说,但是他并未全盘吸收和继承笛氏学说,而是对笛氏哲学做了重要的修正和补充。其实,格林克斯对笛氏哲学的修正,在某种程度上使西方现代哲学的重心发生了前所未有的转变,抑或是西方哲学认识论的转向。因此,由理性转向非理性,由"我知"转向"我不知",这样的转向并不是20世纪发生的,而是应该从格林克斯开始。这种认识论的转向正是贝克特作品所要着力表现的观点,也是当下一些后现代思想家、作家普遍关注和探讨的问题。

譬如,在上帝是否存在的问题,笛卡尔认为:"上帝的存在"就如同"我"的存在一样确定无疑,据此,我们头脑中清晰的、与众不同的想法一定是上帝赋予的,这些想法给我们提供了建构知识的手段;但是,我们获得的知识是有限的;由于我们不能真正了解我们自身以外的事物,所以我们对外界的感知是不可靠的。可见,笛卡尔也并非对"无知"熟视无睹,只是他更关注建构知识(而不是"无知")的方法,即知识得以确立的方法。而他的信徒格林克斯则更强调获得知识的不可能性。格氏的可爱之处或许就在于他更讲求变通,他巧妙地将笛卡尔的"我思"转换成了"我不知",亦即我越努力思考越不能了解事物的本质。因此,"笛卡尔将我们从灰暗朦胧状态引向光明即知识,而格林克斯则将我们带入黑暗蒙昧境地(并且使我们感到无望),所以我们可以承认自己无知,反之也就承认了上帝的全知全能。格氏的悖论就在于,上帝的存在并非通过理性的光芒呈现,而是通过我们的蒙昧无知反衬出来"。[①] 其实,格氏同笛卡尔一样承认上帝的存在,只是论证上帝存在的方法不同而已。

从贝克特的作品及其创作理念看,他显然更认同格氏的方法。"不知"(nescio)是贯穿格氏哲学的核心思想。笛卡尔哲学的基本命题"我思故我在",而格林克斯却将它转换成了"我不知故我在",这一悖论式的命题似乎为贝克特的作品提供了理论依据,也是贝克特戏剧和小说的核心思想。贝克特作品的主人公(包括贝克特本人)都承认人的"无知"与"无能",如他自己曾坦言:"我的写作就是表现无能、无知。"[②] 的确,他的小说和戏剧主要探索了"无知"的领域。贝克特在其"笔记"中做了如下引证:

> 我的身体是世界的一部分,居住在第四区域,并要求获得一个位

---

① Anthony Uhlmann, *Samuel Beckett and the Philosophical Image*, p. 102.
② Israel Shenker, "An Interview with Beckett" (5 May 1956), reprinted in *Samuel Beckett: The Critical Heritage*, (eds.) Graver and Federman, p. 148.

置,介于各类物种之间,并被它们摆布。作为一个能够脱离自己的感官,并且其自身既不能被看到、听到,也不能被触摸到的人,"我"绝不是世界的一部分。这些感官(感觉)均在我体内占有一席之地,没有任何东西可以超越它们而进入我的体内。我躲避每一种外表,我没有颜色、形状、或尺码,我既无长度也无宽度,尽管所有这些特质属于我的身体。我只能被知识和意志所定义。("Notes to Arnold Geulincx", p. 14.)

这段引文同贝克特的《难以命名者》中"我"的陈述颇为相似,难以命名者认为自己处于独特的位置,是一种中性的存在:"或许那就是我的本质,将世界一分为二的东西,一边是外面,一边是里面……,我有两个外表而没有厚度,也许那就是我感觉到的,我自己在来回摆动,……一面是头脑,一面是世界,我不属于任何一边……(N. p.134)。不难看出,贝克特通过这部小说演示了格氏哲学思想,即人的真实存在并非由身体的感官、外表所决定,而是由(内在)知识和意志所掌控这一观点,从而揭示了人的理性之局限。(见本书第七章)。

关于"意志",格林克斯和笛卡尔的观点并不矛盾。笛卡尔认为,人的意志是在上帝(神)的控制下的一切生命中唯一可以称作无限的东西。[①] 因为人的意志能包含所有事物,包括超出它能力之外的事物,所以它是无限的。而格氏认为,我们的意志是我们的生命中唯一可以摆脱上帝权威的方面,它也被视为我们生命中唯一积极活跃的存在,据此,它有更重要的意义。[②] 因而,如何把握意志又与自我救赎和惩罚有着直接的关系。贝克特也同样认为人的本质的存在是由"意志"掌控的,其实这也正是日后叔本华生命意志哲学的核心思想。

格氏的观点与笛卡尔的另一信徒(也是对贝克特影响的另一位哲学家)斯宾诺莎(1632—1677)恰好形成了鲜明的对比。格林克斯是"否定"与"无知"的哲学家,而斯宾诺莎却走向了另一个极端,是"肯定"哲学的代表,或者说他甚至比笛卡尔更信仰理性的力量。斯宾诺莎的哲学主要强调实体,认为实体只有一个,就是"神即自然"。[③] 他哲学思想的精髓是认为一切事物都受这种逻辑的必然性支配,一切事情都可能用逻辑和理性加以证明。贝克特对斯宾诺莎伦理学和神学思想的了解从他的小说《莫菲》中便可看出。小说第六章的篇首引用了斯宾诺莎的关于知性(理

---

① Descartes, "Principles of Philosophy", p. 204, qtd., in Anthony Uhlmann, *Samuel Beckett and the Philosophical Image*, p. 102.
② Anthony Uhlmann, *Samuel Beckett and the Philosophical Image*, p. 103.
③ 参见罗素,《西方哲学史》(下卷),第 95 页。

性)之爱的神学命题"Amor intellectualis quo Murphy se ipsum amat",中文意思是:"莫菲赋予他自身以理性之爱",但是贝克特却通过篡改其中一个字(即将"上帝"改成莫菲),对其哲学神学思想进行了反讽。(见本书第六章对《莫菲》的文本阐释)可见贝克特并不认同斯宾诺莎的观点。而有些学者却认为斯宾诺莎对贝克特创作思想产生的影响要远远大于格林克斯,譬如,P. J. 墨菲在其论文"贝克特与哲学家"中用了大量篇幅讨论斯宾诺莎的哲学和伦理学思想在贝氏早期作品《莫菲》中的体现,而对于小说中出现的格林克斯的观点及其语录却一笔带过,他认为莫菲的思维方式,和莫菲头脑的三个区域的展示都应归功于斯宾诺莎的伦理学。[1] 这样的说法显然不够准确。其实贝克特也是在完成《莫菲》之后才获得斯宾诺莎伦理学第一手资料并阅读了其原著,此前他得到的关于斯宾诺莎(还有其他一些笛卡尔信徒)哲学的信息大都来源于温德尔班(Windelband)所著的《西方哲学史》。根据诺尔森的《传记》,1936年夏贝克特在给麦克格里维的三封信中均提到,他从好友那里借来了斯宾诺莎《伦理学》原著。[2] 其实,即便他认真研读了斯宾诺莎《伦理学》,也并不意味他赞同斯氏的学说。从贝克特的作品可以看出,他更加认同并推崇的是个格氏学说而不是斯氏的观点,他尤为不赞同斯宾诺莎的"万事皆由神定"的观点,因此,在《莫菲》中,贝克特对斯氏"理性之爱"(intellectual love)进行了反讽。

另一位对贝克特产生一定影响的笛卡尔哲学信徒是17世纪法国唯心主义哲学家马勒勃朗士(1638—1715)。贝克特在小说《怎么回事》中特别提到他的名字,如叙述者说:"马勒勃朗士缺少玫瑰色彩"(Malebranche less the rosy hue)[3],其实是在暗示,马氏缺少人间情怀。从纯哲学的层面,贝克特颇为欣赏马勒勃朗士的"世界没有任何存在之理由"和"人难以观测自身"等观点。马氏从另一个角度修正了笛卡尔哲学,即笛氏的二元论。他不赞同笛氏所谓的精神与物质之间的实质上的相互作用,而承认二者的全异性与不相干性。马氏也不认为人的有限头脑具有笛卡尔所假定的能力。他似乎更认同圣奥古斯丁的学说,即人永远无法成为照亮自己的明灯。[4] 马氏认为,人的认识来源于神,万物包含于神之中。若世界存在于神之外,世界就是恶的。贝克特不认同马氏的神学思想,如约翰·皮林所指出,贝克特的观点更接近经验主义哲学家休谟的思想,即神存在

---

[1] See P. J. Murphy, "Beckett and Philosophy", in *The Cambridge Companion to Beckett*, (ed.) John Pilling, Cambridge: Cambridge UP, 1994, p. 226.

[2] See James Knowlson, *Damned to Fame: The Life of Samuel Beckett*, p. 746 n.127.

[3] Samuel Beckett, *How It Is*, London: John Calder Publisher, 1996, p. 33.

[4] John Pilling, *Samuel Beckett*, p. 116.

于世界之外(是神之错)。① 然而,贝克特却从马氏哲学中找到了理论支撑,即"人与神、物质与精神之间有种永远无法跨越的深渊"②。贝克特的小说《莫菲》和三部曲就生动展示了这种两极之间难以逾越的区域。

总之,贝克特最欣赏的笛卡尔信徒还是格林克斯,他对贝克特的创作思想和世界观产生的深远影响不亚于笛卡尔。

五、贝克特与经验主义哲学家贝克莱

贝克特对爱尔兰大主教、哲学家乔治·贝克莱(George Berkeley 1685—1753)的接受,从他在三一学院读书时就已开始,他当时的辅导老师 A.A 鲁斯(前面的生平中曾提到)是当时知名的研究贝克莱的学者,并编辑出版了权威版的贝克莱著作。或许是在老师的熏陶下,年轻的贝克特那时就对这位也曾就读于都柏林三一学院的校友、哲学家产生了兴趣。后来贝克特在 30 年代又细读了贝克莱的哲学作品,尤其喜爱其哲学对话《海拉司和费罗诺斯的对话》(1713)。对话主要探讨了"存在"与"感知"的问题;贝克莱认为:"除各种神灵以外,我们所认识的或设想的一切都是我们自己的表象。"③在贝克莱看来,物质对象无非由于被感知才存在,据此,"存在就是被感知"。贝克特在他的第一部小说《莫菲》和《电影》(电影剧本)中生动演示了贝克莱的这一观点。

然而,贝克莱所指的"存在"和"被感知"并不是可以画等号的,因为人们感知的存在并不是物质的和实体的东西,而是事物的种种性质。因此,"存在是一回事,被感知是另一回事",④而被感知对象的实在性就在于被感知。贝克特在小说《莫菲》中套用了贝克莱的"存在就是被感知"这一命题,但却对此做了一些修正,如小说叙述者说,"这是有生以来罕见的快乐,成为一种有感知但又不被感知的虚无的存在"(Mu, p. 138)。在贝克特看来,无论是被感知还是存在都是不幸,是"巨大的惨败"(Mu, p. 65),因此,被感知即是痛苦。

贝克特 1934 年在写给好友麦克格里维的信中曾谈到他在细心研读贝克莱的著作并对其《哲学对话》采取的哲学立场感兴趣。⑤ 他也被贝克莱的对话风格深深吸引。在贝克特 1949 年与杜休的《三个对话》中我们

---

① John Pilling, *Samuel Beckett*, p. 116.
② Ibid.
③ 罗素,《西方哲学史》(下卷),第 190 页。
④ 同上书,第 184 页。
⑤ Anthony Uhlmann, *Samuel Beckett and the Philosophical Image*, pp. 118—119.

就不难发现,贝克特的话语风格其实就是对贝克莱哲学对话的直接效仿。《三个对话》在思想内容上也暗示了贝克莱的观点,即探究艺术家作为感知者与被感知的问题。贝克特在对话中中明自己的主导思想:仅仅复制自然决不是现代艺术家的目的;他说,我所指的自然,如同最朴素的现实主义者所认为的,意味着感知者与被感知者的混合体,而不是素材和经验。①

贝克特不仅细读过贝克莱的《对话》,他还一直珍藏着它,甚至在临终前还仍保存贝克莱《对话》的文本。由此,贝克特对贝克莱哲学的喜爱程度可见一斑。弗雷德里克·史密斯在"贝克特与贝克莱"一文中对他们之间的关系作了如下评论:

> 从贝克莱身上,我们看到了一个文笔细腻的哲学家,他的论点在很大程度上得益于他作品的形式;而从贝克特身上,我们却看到了一个文学家,他喜欢通过操纵形式来处理贝克莱所关注的最紧迫的哲学问题。②

贝克特的确通过自己的文学实验生动演示了贝克莱的"存在即被感知"的哲学思想。

英国另一位经验主义哲学家大卫·休谟也对贝克特产生过一定的影响。但是贝克特对休谟的兴趣却远不及对贝克莱的兴趣。据里查德·艾尔曼(Richard Ellmann)在乔伊斯传记中记载,乔伊斯曾与贝克特专门探讨过休谟的历史观,他问道:"唯心主义者休谟是怎样撰写历史的?"贝克特概括地回答道:"表象的历史"。③ 可见贝克特对休谟的历史观是持保留态度的。或许休谟哲学最吸引贝克特的地方是他关于因果分割的重要论断,贝克特在论文《普鲁斯特》中曾借鉴了这一观点。

六、贝克特对康德和叔本华的批判继承

笛卡尔以后的西方哲学主要沿袭笛氏的认识论及其理性思维模式,但是却逐渐摒弃了笛氏哲学的核心价值:即"我思故我在"和形而上学的

---

① Samuel Beckett and George Duthuit, "Three Dialogues", in *Critical Essays on Samuel Beckett*, (ed.) Patrick A. McCarthy, Boston: G. K. Hall & Co., 1986, p. 228. Reprinted from *Disjecta: Miscellaneous Writing and a Dramatic Fragment*, (ed.) Ruby Cohn New York: Grove Press, 1984.

② Frederik Smith, "Beckett and Berkeley: A Reconsideration", SBT/A7 (1998), pp. 331—347. Qtd., in Matthew Feldman, *Beckett Books*, p. 10.

③ See Richard Ellmann, *James Joyce*, Oxford: Oxford UP, 1965, p. 661.

思辨。贝克特对后来的哲学家,尤其是叔本华非常感兴趣。叔本华在贝克特的哲学图谱中占有举足轻重的位置。然而,一谈起叔本华就不能不提到康德,因为叔本华曾经是康德哲学的追随者,叔氏学说就建立在康德哲学基础上并对其进行了批判和修正,并且贝克特也深受康德的影响。

首先,贝克特对康德哲学的接受不应忽视。贝克特 1930 年从巴黎高师回到在都柏林三一学院教书期间曾研读过康德(1724—1804)哲学。1937 年他专门给德国出版商写信联系订购了旧版的康德全集,并收到了一套柏林科学院 1923 年出版的没有注释的康德哲学著作。贝克特对这套书爱不释手,当时他花了大量时间阅读康德的代表作《纯粹理性批评》和《实践理性批评》,因此贝克特对康德哲学的主要观点十分清楚。康德的《纯粹理性批判》的主旨是证明,虽然我们的知识中没有丝毫能够超越经验,然而有一部分仍旧是先天的,不是从经验按归纳方式推断出来的。我们所感知的客体的本质就是"物自体",它是我们感觉的原因,是不可认识的。"物自体"不在空间和时间中,它不是实体,也不能用康德所称之为"范畴"那些一般概念中的任何一个来描述。① 康德的理性神学是建立在道德律之上的。他认为,神(上帝)、自由和永生是三个"理性的理念"。但是纯粹理性虽然使我们形成这些理念,它本身不能证明这些理念的实在性。这些理念的重要意义是实践上的,理性的唯一正当行使就是用于道德目的。因此康德又在《实践理性批评》中论证:道德律要求正义,也就是要求与德性成比例的幸福。只有天意能保证此事,所以存在神和来世;而且自由必定是有的,因为若不然就会没有德性这东西了。康德的另一重要的著作《道德形而上学》就是要建立"一种不夹杂半点神学、物理学或超物理学的完全孤立的道德形而上学"。康德认为"一切道德概念都完全先天地寓于理性,发源于理性"。② 其实,这也正是弗洛伊德心理学所涉及的问题,但是弗氏心理学中的道德、良心和"超自我"是等同的,它们不应该是先天的。

贝克特所欣赏的是康德关于纯粹理性的论证。如哈维认为:康德作为德国唯心主义的奠基人,特别是他对纯粹理性所做出的界定非常接近于贝克特(1945、1948 和 1949 年)探讨范·魏尔德(Van Velde)兄弟绘画艺术的文章中所表达的美学思想。他们都赞同主体不能认识客体的本质这一基本观点。人的感官只能传达表层的东西(现象)。贝克特总是忠实于他基本的"思想与感觉(知觉)"的二元论模式。③ 的确,贝克特的作品大

---

① 参见罗素,《西方哲学史》(下卷),第 249—250 页。
② 引自罗素,《西方哲学史》(下卷),第 253 页。
③ See Lawrence Harvey, *Samuel Beckett: Poet and Critic*, p. 209 [note 19].

都表现了这种二元论对立的基本模式,其实这也正是前苏格拉底哲学家德谟克利特的主要观点。

贝克特尽管受到了康德的理性神学的影响,但是在他的作品中却很少提到康德的名字,只有在他同杜休的《三个对话》(1949)之第二个对话中提到过一次,并且还是借用弗洛伊德对康德的解读间接提及的。这个对话围绕法国超现实主义画家马松而展开,杜休表明:"马松试图将古典画家的精神和技巧与现代的透明度问题相结合以展现虚空。"贝克特表示赞同并强调指出他[马松]对悠闲自在的便利生活感兴趣,贝克特说:"星空无疑是壮观的,弗洛伊德在解读康德关于上帝之存在的宇宙论时如是说。若只专注于这些事物,我看他[马松]是不可能做出任何不同于前人,包括他自己,已经取得的最好成绩。"①这里,星空显然是代表崇高或道德良知(super—ego),而舒适便利的生活代表着平凡和现实(贝克特是在隐晦地批评马松只关注现实中的琐事)。贝克特实际上是在讨论艺术家的良知和表达的困境(关于贝克特对艺术表现力的见解将在下一章详述)。这其实和心理学有着密切的关系。在贝克特心理学笔记中有长篇的关于弗洛伊德《精神分析引论新讲》中"精神人格的剖析"的摘录和解读,"笔记"如是写道,[弗洛伊德说:]"哲学家康德曾断言没有什么比星空和我们内在的良知能更有力地向他证明上帝的存在。群星的确是宏伟的……"(TCD MS 10971/7/6)但是贝克特却略去了弗洛伊德后面的一段话,便开始直接解读弗洛伊德的"超自我"、"自我"、"本我",及其三者的关系。其实,令弗洛伊德不解的是康德为何会将我们心中的良知(super-ego)与星空相提并论,他在《精神分析引论新讲》中指出:

> 一个敬神的人,很可能效仿康德的论断,把良心和星空尊为上帝的两件杰作。星空的确是宏伟的,但在良心方面,上帝却做了一件质量不均的和粗心的工作,因为大多数人与生俱来的良心都不多,甚至少得不值一提。……虽然良心是我们身上的某种东西,但在人的生命之初却并无良心。这一点正和性生活相反,后者产生于生命之初。②

但是贝克特并没有像弗洛伊德那样感到不解(因此他在笔记中省略了对这部分文字的阐释),他倒觉得康德的这个说法很有趣。贝克特非常清楚这个观点来自于康德的《实践理性批评》(1786);它显示出这位伟大的哲学家的自相矛盾。康德最著名的更早出版的《纯粹理性批评》(1781)第一

---

① Samuel Beckett and George Duthuit, "Three Dialogues", in *Critical Essays on Samuel Beckett*, (ed.) Patrick A. McCarthy, pp. 228—230.
② 弗洛伊德,《精神分析新讲》(苏晓离、刘福堂译),合肥:安徽文艺出版社,1987年,第66页。

节就对那不合理的上帝之存在的宇宙论进行了批判,而在后来的《实践理性批评》中,康德表明了另外一些信仰上帝的理由。

贝克特对康德的思想的接受已经渗透在他1940年以后创作的小说中,如《瓦特》、《莫洛伊》、《难以命名者》、《无意义的文本》等。因此,近些年来西方学界也开始关注康德对贝克特的影响,一些学者运用康德的哲学思想阐释贝克特的作品,如批评家墨菲(P. J. Murphy)在"贝克特与哲学家"一文中较为详细地论述了康德哲学在贝克特作品中的体现。一些学者在贝克特研究中也在脚注中常提到康德。[①]《瓦特》是贝克特研读了康德哲学之后(1942)创作的第一部小说,因此墨菲认为它是一部典型的康德式小说(Kantian novel)。康德的关于纯粹理性的界定,关于思想与感知、实体(本质)与现象的区别,关于神性与崇高的美学等等,都明显地表现在这部小说中,其中也包含着贝克特对康德思想的批判。《莫洛伊》所传达的思想是最接近康德道德哲学思想。如皮林所评论的,主人公莫洛伊并没有全身心地去信奉"绝对命令"即康德式的道德律令,他发现自己甚至不能服从"假言命令",康德将这种律令同那些仍然在意志和相对主义的世界中生存的愚昧无知的人们联系在一起。[②]究竟是应该听从理性的召唤,还是听从心灵的呼唤,《莫洛伊》的主人公最终选择了后者,这或许也暗示了贝克特了对康德的所谓纯粹理性不屑和批判。

贝克特最崇拜、最欣赏的现代哲学家是叔本华(1788—1860),他也是西方哲学中最与众不同的哲学家。如罗素所说,

> 几乎所有其他的哲学家从某种意义上讲都是乐观主义者,而他却是个悲观主义者。他不像康德和黑格尔那样十足的学院派,然而也不完全处在学院传统之外。他厌恶基督教,喜欢印度教和佛教。他是一个有广泛修养的人,对艺术和伦理学同样有兴趣。他异乎寻常地没有国家主义精神;他熟悉英国法国的作家就如同熟悉本国的作家一样。[③]

读过贝克特传记的人会发现,无论是就其世界观、信仰、生活态度而言,还是在其表现的艺术世界、创作思想,甚至人生经历方面,贝克特都与叔本华极为相似。其实,这也并非偶然,因为贝克特年轻时就喜爱叔本华哲学,并且他各个时期的作品如诗歌、小说、戏剧和文学批评中都渗透着叔氏的哲学思想,贝克特的文学作品可以说是叔本华哲学的文学版。

---

① See P. J. Murphy, "Beckett and the Philosophers", in *The Cambridge Companion to Beckett*, (ed.) John Pilling, p. 238, [note 21].
② John Pilling, *Samuel Beckett*, p. 126.
③ 罗素,《西方哲学史》(下卷),第303页。

叔本华开创了一种新的哲学,即强调"生命意志"的哲学;"意志"也是成了 19 世纪以来西方哲学关注的重心。叔氏是康德哲学的追随者,他的哲学建立在康德哲学基础之上,如叔本华在《作为意志和表象的世界》第一版的前言中宣称他将从伟大的康德所研究的成果入手展开讨论。但是他又修正了康氏关于"物自体"的学说,亦即用"意志"取代了康德的"物自体"。叔氏认为,"意志"虽然在(康德)形而上学上是基本的东西,在伦理学上却是罪恶的,这是一种悲观主义的立场。[1] 贝克特尤为欣赏叔本华关于"意志"的学说。

因此,叔本华在贝克特的哲学图谱中可算作一个举足轻重的人物,他对贝克特的深远影响超过了笛卡尔。贝克特最早接受的是笛卡尔和叔本华的哲学思想;在对他们的哲学(原著)进行研读之后才开始全面阅读西方哲学并做了大量的、系统的哲学笔记。虽然在贝克特的"笔记"中仍能找到对这两位哲学家思想的记录,但是我们不难发现,随着他对古希腊哲学(尤其是前苏格拉底哲学)和格林克斯、毛特纳等哲学家的迷恋,贝克特对笛卡尔哲学的浓厚兴趣逐渐淡去(或许是他发现了笛卡尔学说原本脱胎于古希腊哲学的缘故吧)。但是对叔本华的喜爱却始终未减。从贝克特"笔记"中,也可看出,他只是从温德尔班(Wnidelband)的《哲学史》中摘录下来有关笛卡尔哲学的主要观点,似乎是对他早已熟悉的笛卡尔思想的归纳和总结,并没有自己的阐述;而关于叔本华哲学的笔记却带有边注和补充说明等,并非是直接摘抄。如"笔记"中有如下文字:

> <u>非理性主义在叔本华那里被发展到极致</u>并去除了其宗教成分。对他而言<u>迫切的要求和本能变成了生存的意志</u>和 TII(物自体 Thing-In-Itself)。然而,这种只指向自身的原动力对于费希特(1762—1814,德国唯心主义哲学家)来说却是伦理学上的自我能动性的自由,对于施莱格尔(1767—1845,德国文学批评家、语言学家)来说是具有讽刺意味的幻想游戏,而对于亲爱的阿瑟(叔本华),它却<u>是绝对无理性的无目的的意志</u>。它无休止地孤独地创造自身,永远不感到满足,那个不幸的意志;既然世界只是意志的自我表露(客体化),它一定是<u>令人苦恼的世界</u>。(TCD MS 10967/252.1)[下划线为作者所加,括号中的说明为笔者所加]

这段笔记不仅包含贝克特对叔氏哲学更深刻理解和评论,还透露出他个人对叔氏的喜好和他们之间的思想共鸣。因此,贝克特研究者皮林指出,

> 贝克特从不掩饰他是多么地喜爱叔本华所呈现的哲学思想。不

---

[1] 罗素,《西方哲学史》(下卷),第 303 页。

仅是被他的风格所吸引,贝克特还非常认同他的很多理论思想。他不能接受康德的"物自体",因为康德的理性批判只表明我们所能思考的事物的限度(范围),不能回答任何其他的问题。贝克特躲进了叔本华的"物自体"即意志中,因为它(意志)是全人类所熟悉的东西,并且它不需要思考。①

贝克特在上个世纪30年代中期写给麦克格里维的信中曾说道他在阅读叔本华,并强调"他[叔氏]对苦难的辩护很值得一个对莱奥帕尔迪和普鲁斯特感兴趣的人去仔细探究"。② 贝克特在其文学评论《普鲁斯特》中对叔本华独创的美学思想(如"作为理念的音乐"等理论)进行了生动的诠释(见下一章有关《普鲁斯特》解读)。叔氏哲学思想,尤其叔氏的"意志"在贝克特的文学创作中也被演绎得淋漓尽致。

贝克特的作品所传达的人生哲学,尤其是所展示的艺术世界与叔本华式世界图景极为吻合。叔本华同笛卡尔一样也认为世界是建构在二元论的基础之上的,但是叔氏更强调世界由两种存在形式构成,因而它具有两种现实,即现象的和本质的世界。笛卡尔的二元世界呈现某种理性的秩序,而叔本华的世界则更为荒芜和冷漠,如英国学者詹纳维(Christopher Janaway)所说:"他的世界图景在某种程度上比我们想象的他所生活的时代更加荒凉和冷酷,它更接近于存在主义的世界,甚至贝克特式的世界图像。"③这恰好说明了贝克特与叔本华之间的相通之处。贝氏和叔氏虽然生活在不同的时代和不同的国度,但是他们表现的世界图像却惊人地相似。他们在思想上的共鸣与相通之处首先反映在贝克特早期创作的诗歌"多特蒙德"("Dortmunder")中(见本书第四章对该诗的解读)。

在叔本华看来,世界具有意志和表象两个侧面,如他在《作为意志和表象的世界》中所指出的,"'世界是我的表象':这一真理符合每一个活生生的有感觉的存在……因此整个世界对于主体而言,只是客体,是感知者所感觉,简言之,就是表象"。④ 其实,叔本华所说的意志和表象就等同于主体与客体;世界是作为表象而存在,它是被主体表现和感知的,而这个主体的本质就是意志,即"盲目的、无法抗拒的强烈欲望"。⑤既然现象的

---

① John Pilling, *Samuel Beckett*, p. 127.
② Qtd. , in James Knowlson, *Damned to Fame*, p. 118. (莱奥帕尔迪:1798—1837,意大利19世纪著名浪漫主义诗人,贝克特喜爱的诗人之一)
③ See Christopher Janaway(ed.), *The Cambridge Companion to Schopenhauer*, Cambridge: Cambridge UP, 2005, p. 1.
④ Arthur Schopenhauer, *The World As Will And Representation*, (trans.)E. F. J. Payne, New York: Dover Publications, Inc. , 1969, p. 3.
⑤ Ibid. , p. 275.

世界只是对意志的真实反映,"这个世界将永远伴随着意志就像身体和它的影子一样形影不离;只要意志存在,生活,世界就存在"。① 因而,外部客观世界是主体经验的表象,是意志的外化。"而这个主体又是'一只不能看到他自身的眼睛'。它永远不会作为自己的客体出现,因而也永远无法在时间,空间和因果秩序中获得一席之地。"②贝克特笔下的人物,从早期的主人公贝拉克、莫菲到瓦特、莫洛伊、难以命名者,再到后来的戏剧人物等,都生活在叔本华式的世界中,并且无一不受到一种盲目意志和欲望的支配和掌控(这会在以下章节的文本阐释中得到验证);意志超越理智和头脑掌控,却又将个体和大的外部世界连接在一起。每一个置身于大的客观世界的个体都不得不在这种盲目意志的驱使下生存,生存就意味着抗争,因而,掌控这种盲目的意志便成了贝克特笔下人物的终身追求。贝克特同叔氏一样认为人类要想从这种生存的烦恼中解脱出来,首先要抵制意志,放弃所有欲望,最重要的是性欲,从而达到一种无意念的状态,它如同佛教中的涅槃;也就是《莫菲》的主人公试图要达到的头脑的"第三个区域"或者是"黑暗的区域"。贝克特的作品大都生动揭示了自我如何从表象的世界到意志的世界的穿越过程。然而,颇具反讽意味的是,意志的世界最终却被证明是虚无,如叔本华在《作为意志和理念的世界》中所说:"无时间和空间……无主体和客体;一切都废除了。没有意志:没有表象,没有世界。在我们面前的确只有虚无。"③因此,贝克特的人物最终都在死亡或完全的沉寂中到达这种无意志的状态,这充分体现了贝克特悲观的人生哲学。

叔氏的二元世界即是表象和本质的世界,他认为由感知和理智建构的表象世界并非是真实的世界,唯有直觉所能把握的世界才最真实。这种叔氏的二元世界其实与笛卡尔的二元论有着必然的联系。其实,叔氏和笛氏都凭直觉和知觉把握世界,都认为现象的世界不真实。但是这并不意味着两位哲学家有着完全相同的世界观。他们之间最重要的区别就在于叔氏的世界图像没有提供一个代表绝对意义或真理的上帝,唯一可以信赖的就是人的意志,而意志又是苦难的根源,因此叔氏的世界是灰暗的。而笛氏的世界则是由代表意义和理念的上帝掌控的,因而它还是一个充满阳光的理性世界。贝克特显然更加认同叔氏的观点,从他早期创

---

① See Christopher Janaway (ed.), *The Cambridge Companion to Schopenhauer*, p. 8.
② Schopenhauer, *World as Will and Idea*, volume I, p. 531. 引自罗素,《西方哲学史》(下卷),第 308 页。
③ Schopenhauer, *World as Will and Idea*, volume I, p. 531. 引自罗素,《西方哲学史》(下卷),第 308 页。

作的小说、诗歌到后期极端反传统的实验小说《难以命名者》,可以看出,贝克特的创作一直延续着叔氏的非理性和唯意志的路线。

简言之,叔本华的哲学是悲观的、虚无主义的哲学,他关于"意志"的学说改变了西方哲学的走向,使其向着非理性的方面发展。既然它是非理性的,又何以言说?因此叔氏哲学逐渐将我们引向哲学的尽头,那是难以名状的境界——沉默。这也正是贝克特以及后现代作家和思想家所试图探究的语言表征问题。

七、贝克特与语言哲学家毛特纳

语言表征问题与现代哲学的语言论转向有着直接的关系。说起贝克特对语言表征问题的关注就不能不谈到一位对他产生重要影响的语言哲学家毛特纳。

弗里兹·毛特纳(Fritz Mauthner 1849—1923)是奥地利文学批评家、作家和语言哲学家(也有人称其为实证哲学家)。他在西方哲学史上的地位同格林克斯一样,算作不显眼的二流哲学家。格林克斯虽说是二流哲学家,但是作为笛卡尔门徒,他的名字还是被一些搞哲学的人所熟悉。罗素《西方哲学史》[下]第九章讨论笛卡尔哲学时还顺便提到了格林克斯(虽然只有几句);在《牛津哲学词典》中也有关于他的条目。然而,毛特纳却没有格林克斯那么幸运,他在西方哲学中可算作无名小卒,尤其以英语作为母语的读者和学者对他更是知之甚少。无论是在罗素的《西方哲学史》中还是在《牛津哲学词典》中都找不到他的名字(我国的刘放桐等编著的《现代西方哲学》也没有提到他)。其主要原因或许是,毛氏的哲学文本根本就没有译成英文,所以英语学者很难接触他的著作,更不用说了解他的学说了。还可能是因为在毛特纳生活的时代(19 世纪后半叶到 20 世纪初)语言哲学还没有引起学界的足够重视,也没有被哲学领域完全接纳,直到 20 世纪维特根斯坦的《逻辑哲学论》(1921)的问世,才引发学界对语言哲学的兴趣和重视,于是便有了哲学的语言学转向;因而毛特纳开始被贝克特、乔伊斯,以及当下的一些结构主义和后结构主义理论家和批评家所关注,这或许是维特根斯坦的功劳。

虽然毛特纳在西方哲学中是被边缘化的人物,但是在贝克特的哲学图谱中他却占有极其重要的位置。毛氏对贝克特的影响非同一般,这一点已经引起了西方学者的重视。如最早的贝克特研究者马丁·埃斯林、贝克特的传记作者诺尔森、知名的贝克特研究者约翰·皮林、琳达·本-兹维(Linda Ben-Zvi)、理查德·贝格姆(Richard Begam)等等都在他们的研究中提到或探讨过贝克特对毛氏语言哲学的接受。本-兹维甚至将毛特纳视为"最直接地塑造了贝克特独特的思想的哲学家。"①

根据菲尔德曼《贝克特图书》考证,毛特纳是贝克特作品中提及的最后一位哲学家。贝克特在1976年作品 Rough for Radio II 中提到了毛特纳的名字(此后贝克特的作品几乎未涉及任何哲学家);格林克斯是唯一一位贝克特在十多年的创作中,即从《莫菲》到《莫洛伊》中明确提到的哲学家。"格林克斯和毛特纳都强调(事物或意义的)不确定性和人的努力的最终失败,前者从伦理学层面,后者通过语言学,都为贝克特对人性的观察和思考提供了至关重要的思想基础。"②毛特纳对贝克特的重要意义就在于他从语言的层面揭示了人的理性之局限,毛氏学说与前面讨论过格林克斯所谓的人的"无知"(nescio)和"不可言喻"(ineffable)的观点有异曲同工之妙。贝克特作品所呈现的人的无知、无能,尤其是三部曲所揭示的"难以命名"、"不可表达"等思想与毛氏的观点惊人的相似。毛氏的"唯名论"(nominalism)也与后现代哲学和后结构主义诗学所传达的语言表征的本质相符合。

毛特纳是西方语言哲学的奠基人,他比维特根斯坦(1889—1951)年长40岁,然而,他的名气却远不如维特根斯坦。但是他们两人的背景基本相同。毛氏(同维特根斯坦一样)也出生于19世纪奥匈帝国的犹太家族,成长在布拉格,后来定居德国。正是由于不同文化语境的生活经历,才使他能够精通三种语言,并且从小就对语法规则感兴趣。尽管毛特纳曾经有过令人尊敬的戏剧评论家、记者、讽刺作家等职业,他当今还是以其语言哲学的成就而闻名。他编写过《哲学词典》(1910);他最主要的成果是长达2200页的语言哲学著作《语言的批判》(1901—1903),该著作的主旨是想创建一种全新的革命性的认识论学说。据说毛特纳完成初稿后很失望,意识到了自己的无知,并将初稿烧毁,尔后又花20年的时间潜心钻研,重新撰写《语言的批判》。然而,有趣的是,虽然这部深奥的长篇巨制终于在1901年至1903年陆续出版,但是"'失败'依然是它的主导思想"。③毛氏的研究成功地证明了:语言总是空洞无用的,只有当我们超越语言的限制,才能了解是事实真相,才能把握事物的本质,但是,我们是不可能超越语言的框限而存在的。

最早的也是最权威的英文版毛特纳哲学论著应该是格森·韦勒

---

① Ben-Ziv, "Mauthner for Company", *Journal of Beckett Studies* 9: 67. (Qtd. ,in Richard Begam, "Beckett and Postfoundationalism, or, How Fundamental are those Foundational Sounds", *Beckett and Philosophy*, ed. Richard Lane, New York: Palgrave Publishers Ltd. 2002, p. 17.)

② See Matthew Feldman, *Beckett Books*, pp. 116—117.

③ Matthew Feldman, *Beckett's Books*, p. 124.

(Gershon Weiler)所著的《毛特纳的语言批评》(1970)(他还在1958年发表过论文"论毛特纳的《语言批评》")。韦勒在书中探讨了毛特纳和维特根斯坦这两位奥地利语言哲学家的本质区别,指出:这种强调语言表达的流动性的语言观同理念性的语言观形成了对比,后者是指维特根斯坦所试图证明的。维特根斯坦认为"命题就是对现实的描绘"(其实,维氏后期的《哲学研究》在很大程度上修正了这一命题);而毛氏对语言的隐喻性的理解却是相反的,即现实只不过是用语言勾勒出的抽象的图像。可见毛氏对语言能否真实描述世界是持怀疑和否定态度的。他认为语言是一种无用的工具,因为它不能描绘真实的生活世界,只能建构抽象的概念或思想。在毛氏看来,语言好像充当着主体和客体之间一种糟糕的转换媒介,而这一转化就是通过哲学成功实施的。① 贝克特发现在文学艺术领域也是通过语言实施着这种主客体的互动和转换,并且这种互动和转换是有缺陷的,所以他为当前艺术家的"表达困境"而担忧。贝克特显然受到了毛氏的影响并同其语言观产生了某种共鸣。

那么,贝克特是怎么接触到毛氏哲学的呢?毛氏学说对贝克特究竟有多大影响?贝克特(精通法语、意大利语、德语、拉丁语)曾认真读过1923年版本的毛特纳的《语言的批评》(以下简称《批判》)德文原著,并深深被毛氏学说所吸引。贝克特在同一些评论家或朋友的谈话或通信中曾多次谈起他是如何对毛氏学说感兴趣,譬如,本-兹维(Linda Ben-Zvi)在她的论文"塞缪尔·贝克特、弗里兹·毛特纳和语言的极限"中写道:贝克特1978年写信答复我的问题时坦言:他仍藏有三卷本的《语言的批判》,……并且最近他依然能认识到毛特纳的重要价值。"② 贝克特在信中还说出了他欣赏(毛氏)《批判》的理由:"对我来说它归结为:思想即词语/词语即空洞之物/思想亦即空洞/ 这正是我的变幻不定。"③

贝克特对毛氏的兴趣同乔伊斯有直接关系,他曾对约翰·皮林说过,是乔伊斯首先让他接触到了毛氏著作。④ 热衷于文字革命的乔伊斯非常推崇毛氏的《语言的批判》,在创作其长篇巨作《进行中作品》(即《芬尼根的守灵》1939)时,乔伊斯不时地到毛特纳的《批判》中去寻求灵感和理论依据;在其《进行中作品》后期的创作笔记中,就有66条毛氏《批判》的摘录。根据理查德·艾尔曼在传记《乔伊斯》中记载,贝克特是在1932年开

---

① Matthew Feldman, *Beckett's Books*, pp. 124—125.
② Linda Ben-Zvi, "Samuel Beckett, Fritz Mauthner and the limits of Language", *PMLA* 95, p. 185. (Qtd., in Matthew Feldman, *Beckett's Books*, p. 126.)
③ Linda Ben-Zvi, "Fritz Mauthner for *Company*", in *Journal of Beckett Studies* (1984), p. 66. (Qtd., in Matthew Feldman, *Beckett's Books*, p. 126.)
④ See John Pilling, *Samuel Beckett*, p. 127.

始阅读《批判》,但有学者(如 Linda Ben-Zvi)认为贝克特其实早在 1929 年为乔伊斯做助手时就读了毛氏的哲学,指出:"贝克特 1929 年就有了用词语来谴责词语的想法,那时在乔伊斯的吩咐下,他读了《语言的批判》"。① 当时乔伊斯患严重的眼病,阅读困难,贝克特曾为他读过其中片断,还帮助乔伊斯做过一些读书笔记,并且是从德文翻译成英文的。在此期间,贝克特也对毛氏学说产生了极大的兴趣。照此说法,毛氏语言哲学思想,尤其是他的"唯名论"的理论观点在贝克特早期的作品如《梦》、《莫菲》,还有论文《普鲁斯特》中都应该有不同程度的体现,但事实并非如此。后来著名的贝克特研究专家皮林经过翔实的史料考证认定,贝克特是 1938 年 5 月末开始读毛氏《批判》的,这一说法是最为准确的。其实,贝克特在两次战争期间发表的文章和美学方面的论文和他创作生涯的前十年作品并不都是建立在毛氏的怀疑主义语言论的基础之上。然而,值得注意的是,贝克特对语言问题的关注并非是读了毛氏哲学之后而是在他创作之初就已经开始了,并且他早已意识到了语言的局限性;(或许)是毛氏的《批判》给了他更多的灵感和理论依据。如乔伊斯研究专家 Geert Lernout 在其论文"詹姆斯·乔伊斯与弗利兹·毛特纳和塞缪尔·贝克特"中指出:"如果这里所界定的时间是正确的,那么,在读毛氏《批判》时,贝克特对语言和文学的态度早已根深蒂固:贝克特的诗学似乎并没有在 1938 年形成实质性的分野。"②

贝克特主要研读了《语言的批判》的第 2 卷和第 3 卷的部分章节。同乔伊斯一样,他也对关于"认识论的唯名主义"那一章特别感兴趣。凭借着自己的德语功底,贝克特摘抄了毛氏《批判》中的部分片断翻译成英语。贝克特对毛氏学说的接受的确对他日后的作品的走向起到了决定性的作用,确切地说,它为贝克特文学创作的语言学转向提供了理论支撑,它与西方哲学及诗学(后结构主义诗学)的语言学转向不谋而合。譬如《瓦特》就是贝克特读了毛氏的《批判》后创作的,小说所展示的现代人的认知危机和语言表征的危机恰好印证了毛氏的学说。詹尼·斯科尔(Jennie Skerl)1974 年发表了一篇题为"贝克特《瓦特》中的毛特纳之'语言的批判'"的论文,专门探讨了贝克特对毛氏语言哲学的接受。在《瓦特》之后,几乎贝克特所有的作品,尤其是荒诞戏剧和晚期的短剧都传达了毛氏的语言观,坦率地表明了语言的空洞和苍白无力。如贝克特"笔记"所说:

---

① Qtd., in Matthew Feldman, *Beckett's Books*, p. 126.
② See Geert Lernout, "James Joyce, and Fritz Mauthner and Samuel Beckett", *In Principle*, *Beckett is Joyce*, (ed.) Friedhelm Rathjen, Edinburgh: Split Pea Press, 1994, pp. 21—27.(Qtd., Matthew Feldman, *Beckett's Books*, p. 131.)

"谈论和思考理性或语言问题是超出我们智力范围之事。"(TCD MS 10971/6/7.1)因此,《瓦特》是对毛氏怀疑主义语言观的诠释,它向我们证明:语言不能解释和描述现实,任何试图通过语言去了解事实真相的人都必然会失败。

贝克特另一个"笔记"(Whoroscope Notebook)将毛氏哲学论点概括为:"失败"、"认识上的无知"——哲学、心理学、神学的最高体现。

> 人的话语决不会帮助他了解世界。无论谁在说话都只是在记忆自己的感觉;任何听话者都决不会体验到比他所知道得更多的东西,不会体验超越他的词汇中已经包括的东西。这当然是无法言说的。……我们所有人头脑中固有的一个根深蒂固的东西就是信仰规律性。若没有一定程度的重复,我们的感觉当然不会自己转换成文字表述,我们也不会去思考。我们的信仰几乎神话般地夸大了规律性的事物,只是为了使我们能够思考。在火车非常有规律地运转的情况下,我们相信先前的时刻表,正如我们希望明天早晨太阳会照常升起。大概不会有什么变化。(RUL MS3000,pp. 50—52)①

毛氏《批判》的主旨即是用文字去揭露文字在描述人的感知时的局限性,《瓦特》的结尾就生动地戏仿了这种语言的失败和规则的神秘化。(关于《瓦特》的文本分析,见本书第六章第二部分)

尽管毛特纳在《批判》中对西方哲学前辈的思想进行了批判,如亚里士多德、维柯、康德、叔本华,还有古希腊的智者们都在毛氏《批判》中谈到,但是他对这些前辈却怀有崇敬之心,因此批评的语气较为谦和,认为他们都犯了"'一个美丽的错误',即相信对全部知识的渴望本身就是知识的增殖"。(韦勒语)②语言就是思想,二者在本质上相互渗透叠合。哲学所能达到的目标只是指出人的思想之不足,人的感觉、思想和通信的隐喻特征也只能期待成为主客体之间最透明的窗户。③ 贝克特非常赞同毛氏对叔本华欣赏,因为叔氏哲学最具隐喻性,如贝克特所的摘录毛氏观点:

> 叔本华——暂且不谈他的体系中的缺点——是最伟大的哲学作家之一——与黑格尔相反——他使世界退回到其合适的位置,因为他试图使思路清晰。因此人们怀着钦佩之心去读他就像人们从前欣

---

① Reading University Library Manuscript 3000 (RUL MS3000, pp. 50—52) (Qtd., in Matthew Feldman, *Beckett's Books*, p. 138.)

② Gershon Weiler, *Mauthner's "Critique of Language"*, Cambridge: Cambridge UP, 1970, p. 270, (Qtd., Matthew Feldman, *Beckett's Books*, p. 139.)

③ Matthew Feldman, *Beckett's Books*, p. 139.

赏柏拉图作品那样。任何只求在哲学中感受最大限度的明晰性，及对抽象概念最生动的比喻性表述的人，都应当称他[叔本华]为了不起的诗人思想家。（TCD MS 10971/5/4）

在毛氏看来，叔本华是具有诗人特质的哲学家，他思想的透明性和隐喻性使哲学又回到了对词语的探究，或许是叔本华促使毛氏将语言学看作心理学的一部分。他认为"意义（意图）永远不能同词语分离并且在思维心理学上它们是不可分的。意义（意图、内涵）是纯心理学概念"。（韦勒语）[1]可见哲学作为语言批评与心理学有着必然的联系。毛氏学说也是借鉴了叔本华、康德的方法，也借鉴了德国心理哲学家冯特和哈特曼的思想而建构的。贝克特尤其欣赏毛氏这种将哲学和心理学融为一体的研究教路，他在笔记中写道：

> 叔本华，他[康德]强有力的对手，重新发现了康德的方法并时常用力地撼动语言批判之门。但是他的体系最终也达到了巅峰并以词语的迷信、神话式的人、意志而告终，它后来被哈特曼冠以一个不言而喻的名字"潜意识"。（TCD MS 10971/5/3）

毛特纳学说中最能引起贝克特共鸣的是他关于诗歌与哲学的界限的思考，因为毛氏本身就是文学批评家和作家出身，因此他非常欣赏"思想诗人"（poets of thought）。如贝克特"笔记"中谈到，毛氏在《批判》中称赞歌德为最突出的诗人，认为歌德的散文风格似乎真的超越了所有的语言界限……因为他使用了具有反讽意味的词语。（RUL MS3000，p. 52）在毛氏看来，语言具有隐喻性特征，所以它是"不合格的求知工具"（unfit tool for knowledge）[2]。然而，语言也并非完全无用，毛氏也承认语言的灵活性和变通性，从他对叔本华、歌德的诗性的语言风格的赞赏便可看出，他似乎相信语言是诗歌的最有力的工具。据此，他也承认："词语的这种感召力使语言成为艺术表达的绝好工具……只有当文字被用来间接地暗示一种情绪（心境）而不是用来做精确的文字陈述时，才能发挥它们真正的作用。"[3]毛氏的关于语言弹性的观点自然也体现在贝克特的作品中，这一点在下面章节中对贝克特作品的文本解读便会得到充分证实。

毛氏的另一著名论断是语言游戏说，这也正是贝克特作品所传达的思想，它恰好与当下后结构主义或解构主义语言观相吻合。根据毛氏语

---

[1] Matthew Feldman, *Beckett's Books*, qtd., p. 140.
[2] Gershon Weiler, *Muathner's "Critique of Language"*, p. 175. (Qtd., in Matthew Feldman, *Beckett's Books*, p. 141.)
[3] Ibid.

言观,语言只不过是语言的习惯,它是一个过程或一种游戏,贝克特如是记录:我愿意坚持本书的基本观点。语言是否或多或少地益于让说话者去认识世界。在这一点上,所有的比较语言学研究的结果都把它视为一场游戏,其水准相当于儿童玩的彩色鹅卵石游戏。(RUL MS3000, p. 50)贝克特小说《莫洛伊》中主人公就生动地演示了这种玩鹅卵石的游戏,莫洛伊吮吸小石子的情节其实就一种认知游戏,贝克特写这部小说时无疑受到了毛氏的语言游戏说的启发。语言/文字的游戏在《瓦特》中得到了得更好的体现(见本书的第六章)。毛氏所谓的语言游戏本身并无固定规则,其中自然会有矛盾产生。他反复强调,矛盾本身就是一种语言学的观念。也就是说,矛盾只存在于语言和我们使用的词语中。是人而不是事物相互矛盾。① 在贝克特二战之后的作品中,如《难以命名者》的否定式叙事话语,矛盾修辞法,悖论式的结局,还有《无意义的文本》(*Texts for Nothing*)结尾那自相矛盾的叙述声音等等……大都表现了毛氏的充满矛盾的语言游戏。语言的游戏所彰显的就是语言内部的矛盾性和张力。

  毛氏《批判》的一个核心思想是:"所有的哲学所能达到的终极目标只是语言的批判,据此,哲学、心理学、特别是艺术——在它们最佳状态——都只试图达到隐喻性的自我解体。"(TCD MS 10971/5/1)这一观点恰好呼应了叔本华关于"哲学的失败"的虚无主义思想。在毛氏看来,任何用语言的命题都值得怀疑。也就是说,凡是用语言给出的命题都是不可靠的,但是,如若没有语言,也就无从命题/命名。所以命题的过程只是语言的游戏,它注定要以失败而告终。用语言去戳穿语言本身的虚伪性,就等于"语言的自杀"②,抑或是"思想的自杀"。

  毛氏《语言的批判》的意义就在于提示后人"从语言中解放出来才是自我解放的最高目标"。③这一目标,在叔本华看来,就是"意志";因为唯一可信赖的就是自由的意志。而在贝克特看来,这一目标也只能是沉默,他的文学创作最终达到了这一目标。贝克特"笔记"中唯一引自毛氏《批判》第三卷的一段文字表明他对这种语言观的认同:

> 这种认识论上的唯名主义不是一种可以证明的世界观。如果它自称超越感觉,超越与世界相对应的个体的人的性情,那它就不是唯名主义……有思想者,像抒情诗人一样,不断地探索以便通过有限的词语去捕捉那情绪(心情),而当他不再相信词语的时候,他所捕捉到

---

  ① Gershon Weiler, *Muathner's "Critique of Language"*, p. 175. (Qtd., in Matthew Feldman, *Beckett's Books*, p. 141.)
  ② Ibid. p. 296. (Qtd., in Matthew Feldman, *Beckett's Books*, p. 144.).
  ③ Ibid. (Qtd., in Matthew Feldman, *Beckett's Books*, p. 144.).

的必定是稀薄的空气。(RLU MS 3000, p. 48)①

这里所说的"空气"("thin air")显然就是(叔本华式的)虚无或虚空、存在主义所谓的"不存在"/不在场、后结构主义所指的罗各斯(唯一真理)的缺失,也就是德里达所指的意义之无限的延宕——"异延"。总之,它就是贝克特通过荒诞、诙谐的艺术形式和文学的想象所揭示的那种"虚无"和"空洞",如小说三部曲表现的意义的缺失和"自我"的难以命名;《等待戈多》、《快乐时光》等荒诞剧中人物大段的语无伦次的无意义对白和独白等等,都试图向世人证明语言的空洞、苍白、无力。

鲜活的生命、本真的自我、活生生的生活情境是语言和理性无法抽象出来的,毛氏的《批判》使贝克特对语言和写作的本质有了更深刻的理解,因此,在他看来,理性的、合乎逻辑的文艺作品其实是更加荒谬、愚蠢的,如贝克特1961年同德奥伯里德谈话中坦言:"我并不是知识分子。感觉是我的全部。当'莫洛伊'和其他的人物出现在我的作品中之日,就是我意识到自己的愚蠢之时。直到那时我才开始写我所感触到的事情。"②诚然,贝克特早期的作品还是遵循理性的、写实主义的创作原则,但是,从《瓦特》开始,他的创作发生了悄然的变化,虽然(如前面所说)不是突然的、决定性的转折。贝克特从三部曲第一部《莫洛伊》开始改用法语写作,这意味着他语言的转向,但是更主要的还是小说形式、叙事视角、话语模式的转变。从那时开始,贝克特作品更加关注形式实验,语言问题和艺术的发展走向(这将在本书第七章"话语的转向"中详细阐述,并将通过对三部曲的解读得到充分的印证)。因此,致力于研究后现代主义特征的学者认为三部曲标志了贝克特从"现代主义诗学"向"后现代主义诗学"的转变。这样的划分自有一定道理。

贝克特的"两次战争期间的笔记"以毛特纳《语言的批判》而结束。在十多年对西方哲学的潜心阅读的过程中,贝克特不断同西方思想家对话,不断质疑、扬弃、批评、修正前辈的哲学思想,从而形成了他自己独特的哲学思想和创作理念,这一独特的思想被西方学者视为"非欧几里得逻辑"(Non-Euclidean Logic),③笔者认为,它是致力于反叛西方传统的理性主义单一固定的体系的逻辑和方法,贝克特的文学创作就是对他的"非欧几里得逻辑"的演绎。但是,有意思的是,在贝克特的哲学图谱中,我们很难

---

① Qtd., in Matthew Feldman, *Beckett's Books*, p. 145.
② Beckett to D'Aubarede in interview of 16 February 1961, reprinted in *Samuel Beckett: The Critical Heritage*, (eds.) Graver and Federman, p. 217.
③ 这一术语在菲尔德曼的《贝克特图书》中被反复提到。参见 Matthew Feldman, *Beckett's Books*, pp. 2, 5, 13, 40, 137—139, 145—146.

找到20世纪哲学家的名字(譬如,胡塞尔、海德格尔、萨特等),贝克特好像有意回避这些思想家,仿佛对他们的思想熟视无睹。其实,贝克特与20世纪哲学思潮有着密不可分的关系,尤其是与后现代思想家,如福柯、德里达、德勒兹等有着必然的联系;并不是这些思想家影响了贝克特,而是贝克特的作品在一定程度上启发了这些思想家,并预设了后结构主义理论思想。另外贝克特对现代心理学的接受也不应小视。因此,有必要对贝克特与现代心理学和20世纪哲学思潮的联系做简要综述。

八、贝克特与现代心理学和20世纪哲学思潮

贝克特的创作不仅仅是以西方哲学作为"前文本",而且也有现代心理学作为支撑。他认真阅读过伍德沃斯著的《当代心理学流派》(1931)[①],并做了系统的心理学笔记,所以他熟知当代西方心理学的发展脉络和各种流派。贝克特尤其对行为主义、格式塔心理学和精神分析学感兴趣;他认真研读过奥地利心理学家阿德勒的《神经症体质》、兰克的《出生的创伤》、斯戴克尔的《精神分析和建议疗法》、弗洛伊德精神分析论文和英国的精神分析学家厄内斯特·琼斯的《弗洛伊德精神分析论文集》等等,[②]因此他的作品中自然带有心理学的元素和精神分析的成分,生动展示了人的"精神现实"。如小说《莫菲》第一章就提到了格式塔心理学派代表苛勒和他的《猿猴的智力》的学说和格式塔心理学关于图形和背景的理论,后期的哑剧(Act Without Words I)进一步演示了格式塔心理学的观点。他的文学评论《普鲁斯特》、小说《梦》、《瓦特》、《莫洛伊》、《伴侣》和广播剧《所有倒下的》(All That Fall)等都传达了奥地利心理学家兰克的《出生的创伤》(The Trauma of Birth)的思想(他的心理学笔记中对兰克的理论摘录是最全面的)。

其实,贝克特对心理学的兴趣主要还是源自对哲学的兴趣,他的一些心理学知识也主要从西方哲学中获得。因为哲学主要探索人的心灵和认知问题,这其实也是心理学所研究的问题,这一点在西方学界早已达成共识。譬如贝克特所喜爱的,并且最早接触到的哲学家笛卡尔的学说就对心理学有直接的影响(他的身/心二元论就是聚焦于人的精神活动和个体经验);他所喜欢的英国经验主义哲学家贝克莱、休谟等都对现代心理学做出了重要的贡献。贝克特的关于"无意识"或"潜意识"的理论知识其实

[①] Robert R. Woodworth, *Contemporary Schools of Psychology*, London: Methuen, 1931.

[②] See James Knowlson, *Damned to Fame*, pp. 177—178, p. 738 [notes 47,48].

并非来自于弗洛伊德,而是最先从17世纪德国自然主义哲学家莱布尼兹(1646—1716)那里获得的,他主要吸收了莱氏的"生命原理"(entelechy)、"单子"(monads)、"细微感知"(petites perceptions)等观点(这些观点在小说《莫菲》中都有所体现)。所以贝克特将莱布尼兹看作西方精神分析学的先驱。贝克特1933年12月读了莱布尼兹的《单子论》,并且他的哲学笔记中重点摘录了莱布尼兹关于无意识的理论观点。如"笔记"如是写道:

> 将无意识等同于非精神之荒谬。意识只是心智的一个组成部分。……
>
> 因此,根据精神分析学说,无意识可以被概括为头脑的一个区域,它的内部特征为(1)被压抑(2)意欲(3)本能(4)幼稚/婴儿(5)无理性(6)性主导一切。最典型的展示所有6个特征的无意识过程的实例是:一个小女孩希望她母亲死亡以便她能够和父亲结婚。(TCD MS 10971/8/9)

这种关于无意识的观点同弗洛伊德无意识和恋母情结的学说如出一辙,但是,(在贝克特看来)这种观点是莱布尼兹预先阐明的。著名心理学家荣格也承认是莱布尼兹首先提出了"无意识精神活动的假定"。[①]莱布尼兹在贝克特思想旅行中是哲学和心理学的交汇点,通过阅读莱氏的学说使贝克特的哲学和心理学知识达成了融合。(关于贝克特对心理学的接受以及他作品中表现的精神分析现象,会在下面章节中的文本解读中随时谈到,在此先不赘述)

但是,应当指出的是,贝克特之所以对心理学情有独钟,尤其是对精神分析学如此感兴趣,其实另有原因。如第一章已经谈过,贝克特本人年轻时曾患过抑郁症,并且在1933年至1935年期间曾在伦敦"塔维斯托克诊所"(The Tavistock Clinic)接受临床心理医生威尔弗莱德·R.拜恩(Wilfred Bion)的心理治疗。其间,贝克特还去听过荣格的心理学系列讲座,以缓解他的忧郁和心理问题。贝克特的心理学笔记在很大程度上是他针对自己的心理问题进行自我诊断、自我治疗的手册。贝克特笔记尤其详细地记录了英国精神分析学家(弗洛伊德学说的追随者)厄内斯特·琼斯的关于忧郁症的分析,还有阿德勒关于神经衰弱症的分析,兰克关于出生的创伤理论等,其目的就是为了更好地解决自己的心理问题,虽

[①] See Wilhelm Windelband, *A History of Philosophy*, (trans.) James Hayden Tufts, London: Macmillan, 1910, pp. 462—463. (Qtd., in Matthew Feldman, *Beckett's Books*, p. 97.)

然这些观点也反映在了他的作品中。贝克特的早期小说《莫菲》正是这期间创作的,因此小说中心理分析成分较为明显;小说表现的主人公的一些心理问题与贝克特当时的精神状态比较吻合。

因此,西方有些学者专门用心理学和精神分析理论来解读贝克特的作品,这方面的研究成果颇多,似乎成了(上个世纪 80、90 年代)贝克特研究的主要途径。[①] 但是,其中有些对贝克特作品的精神分析解读显得过于牵强,甚至有歪曲和过度阐释之嫌。譬如,安兹耶(Anzieu)的论文"贝克特与拜恩"还过分强调拜恩对贝克特的影响,他在解读贝克特最后的小说《怎么回事》时给出如下假定:

> 贝克特强调其主人公的生活和在泥泞中爬行中的三个阶段:在皮姆之前,与皮姆在一起和在皮姆之后,我将这译解为:在拜恩之前、与拜恩在一起和在拜恩之后……在《怎么回事》中两个主要人物皮姆和鲍姆是同一个人的两个外表(方面)。现在如果将两个音节组合在一起,结果无疑是:Pim=Bom+(P)Biom, i. e. Bion(近似于拜恩名字的英文发音)。我们再加上一点,即在英语中 Bom 听起来像重击声,而鲍姆与皮姆交流的方式确实是通过用开罐器击打皮姆的臀部……[②]

这样的解读显得有些牵强附会,并且没有事实根据,可以说是对贝克特作品的曲解或误读。安兹耶甚至暗示了作品中的两个人物之间的同性恋关系,其实是影射贝克特同拜恩之间的这种关系,这显然有失公允。只要阅读诺尔森的《传记》便会发现,事实并非如此。贝克特对心理学的关注主要是在 1933 年至 1934 年间,而他的主要兴趣还是在哲学和艺术上,如菲尔德曼所说,"随着贝克特心理治疗计划的终止,他对精神分析理论的兴趣也渐渐淡去,并且越发偏爱潜在的审美素材"。[③]《怎么回事》(1961)是贝克特最后的长篇小说,是致力于探索一种全新的文体形式和表达方式的实验小说,它生动展示了艺术与生活、语言与存在(自我意识)之间的奇

[①] 关于贝克特研究的心理学方法主要有:Phil Baker's *Beckett and the Mythology of Psychoanalysis* (London: Macmillan Press, 1997); J. D. O'Hara's *Samuel Beckett's Hidden Drives: Structural Uses of Depth Psychology* (Gainesville: University Press of Florida, 1997); Didier Anzieu's "Beckett and Bion" (1989), (trans.) Stanley Mitchell, *International Review of Psycho-Analysis* 16/2 (1989); Rubin Rabinovitz's "Beckett and Psychology", *Journal of Beckett Studies* 11/12(1989); Raymond Riva's "Beckett and Freud" in *Critical Thought Series*: 4. *Critical essays on Samuel Beckett*, (ed.) Lance St. John Butler (Aldershot: Scolar Press, 1993), etc.

[②] Qtd., in Matthew Feldman, *Beckett's Books*, p. 82.

[③] Matthew Feldman, *Beckett's Books*, p. 113.

妙关系(关于《怎么回事》的详尽解读参见本书第八章)。贝克特日后作品中所渗透的心理学和精神分析的理论(如对人物意识和潜意识活动的探究)颇具象征和隐喻性,而他著名的三部曲所采用的主观的意识流式的叙述视角主要是受到了乔伊斯和普鲁斯特的影响。这将在下一章中探讨。

其实,进入20世纪以来,现代西方经济、科学和信息技术的高速发展,自然而然地会影响到人的认知和思维方式,因而人文科学和社会意识形态也随之发生变化。于是现代派文学和艺术发生了"非理性转向",因为现代作家普遍认为传统的理性的、写实主义的作品远远不足以描述现实世界,尤其不足以认识人类无限丰富、错综复杂、变幻莫测的精神和心灵活动……因此必须把眼光从传统的理性原则转向长期被忽视的非理性方面,吸收借鉴了克罗奇和柏格森的生命哲学和直觉主义;弗洛伊德、荣格的无意识和潜意识理论;卡西尔的"隐喻思维"等等。[①]所以哲学、心理学、美学、语言学的界限变得越来越模糊了,它们彼此相互渗透,已经形成了多学科交汇的跨学科领域。现代主义文学作品,大都在不同程度上受到了现代心理学的影响,运用精神分析的方法,发掘人们精神生活中的潜意识与无意识的广大领域。其实这一种普遍自觉的(并非刻意的)对现代心理学,尤其是对精神分析理论的运用。贝克特的作品自然也不例外,但是,若单纯从心理学和精神分析层面去考察他的作品,显然不能充分揭示(反而会掩盖)贝克特作品的丰富的思想内涵和隐喻。贝克特的作品是典型的跨学科性文本,生动体现了哲学、心理学、诗学和语言学的互溶与互动。不仅如此,贝克特作品还透露出对现代科学的接受,譬如,早期的诗歌和小说反映了对笛卡尔物理学关于相对运动与相对静止观点的思考,也反映了对爱因斯坦相对论的接受,他著名的三部曲又与后结构主义理论思想达成了某种融合等等。因此,对贝克特的研究应该拓宽思路,进行多元的、跨学科、多层面交互研究。

关于贝克特与20世纪哲学思潮(尤其是存在主义)的关系也是存有争议的话题。长期以来,西方哲学大体上呈现人本主义和科学主义两大主潮。二战之后,西方思想界又形成了实证主义和现象学并置的倾向,前者延续了科学主义的传统,偏重于语言哲学(即语言学转向);后者仍坚持人本主义的传统,发展为存在主义哲学。从上文对贝克特作品的哲学背景的研究可以看出,贝克特的创作思想和思维方式更倾向于实证主义和语言哲学。然而,一些早期的贝克特研究者更喜欢用存在主义哲学来解读贝克特的作品(特别是他的荒诞派戏剧),并给他加上存在主义的标签。这样的界定有些简单化,并且不符合贝克特的创作初衷。事实上,贝克特

---

① 参见朱立元主编,《当代西方文艺理论》,上海:华东师范大学出版社,1998年,第6页。

从未承认过自己是存在主义者（虽然他在巴黎高等师范学院期间结识了萨特），他小说和戏剧也没有像萨特和加缪那样有意识地、系统地宣扬存在主义哲学观点。但是贝克特出生于20世纪之初，一生经历了两次世界大战，特别是二战期间他在法国参加了抵抗组织，他亲眼目睹了战争是怎样无情地摧毁了人类的尊严，把人类代入苦难的深渊。因此，他二战之后的作品呈现了现代社会人的荒诞生存境遇和内心世界的极度空虚和荒芜，这自然而然地同当时盛行的存在主义哲学达成了共识。然而，这并不意味着贝克特喜欢萨特的存在主义哲学。贝克特似乎对存在主义心理学颇感兴趣，赞同实验心理学家铁钦纳的"体验/经验等同于存在"观点，并将铁钦纳视为存在主义的主要代表。在1934年发表的文章"爱尔兰新诗歌"中，贝克特将好友麦克格里维称为"存在主义抒情诗人，'现代抒情诗中的铁钦纳'"。①贝克特最为认同的是二战之后盛行的伯格森的生命哲学，他在都柏林三一学院任教时曾做过关于伯格森的"直觉主义"的学术讲座；但是他对柏格森的哲学也是批判性地接受。贝克特并不认同将直觉视为了解内在的精神活动与外部的客观世界对立关系的先决条件；他认为直觉远比人们想象的要复杂得多，它体现的是自我与世界之间纷繁无序的互动关系。②

贝克特甚至不认为20西方哲学对他产生了什么影响，如在一次访谈中，德奥伯里德曾问贝克特"当代哲学家对你的思想产生了影响吗"？贝克特如是回答："我从来不读哲学家的东西。我从来搞不懂他们写的任何东西。"③这里贝克特显然是暗指存在主义哲学家。贝克特在同美国学者德莱瓦的谈话中说道："当海德格尔和萨特谈及存在与本质的对立关系时，他们或许是正确的，我不知道，但是对我来说他们的语言太哲学化了。我不是哲学家。一个人只能谈论他眼前发生的事情，那就是混乱。"④贝克特坚持认为自己是一个艺术家而非哲学家，并且在访谈中经常说自己对哲学了解甚少。但是在别人看来，他却是一个具有扎实的理论和古典哲学功底的学识渊博的作家和艺术家。

贝克特从不固守任何已有的哲学体系，他却喜欢从各种哲学体系中汲取创作灵感，建构自己的艺术思想。如1956年他和英国戏剧评论家哈罗德·霍布森的谈话中表白："我不偏袒任何体系。我只对思想的形态感

---

① Samuel Beckett, *Disjecta*, (ed.) Ruby Cohn, New York: Grove Press, 1984, p. 74. (Qtd., in Matthew Feldman, *Beckett's Books*, p. 78.)

② See Anthony Uhlmann, *Samuel Beckett and the Philosophical Image*, p. 117.

③ Beckett to Gabriel D'Aubarede, in interview of 16 Feb, 1961, in *Samuel Beckett: The Critical Heritage*, (eds.) Graver and Federman, p. 217.

④ Ibid. p. 219.

兴趣。"①贝克特从西方哲学各种体系或流派中提炼和吸收一些有价值的思想观点（如笛卡尔、格林克斯、叔本华、茅斯纳的学说等），并对其进行修改，将它们揉和在一起，从而创造了他自己的思想体系和他自己的思想图像。贝氏的思想图像，如尤尔曼所说，"是关于'自我在场的缺席'的思想图像，而他所描绘的这一思想图像又被勃朗肖、福柯、德里达等一代法国哲学家吸收并进一步发展。"②可见，贝克特的哲学思想和创作理念与后现代西方哲学思想也有着某种必然的联系，他对后结构主义理论家福柯、德里达、巴特、德勒兹等产生的重要影响，以及对后现代诗学的预设的确不可忽视。关于贝克特的作品与后结构主义及解构主义的互文关系问题会在本书第六、七、八章的文本阐释中反复谈到。

　　贝克特博览群书，知识广博，其阅读领域包括古典文学、艺术、哲学、历史、心理学等等。他所涉猎的哲学家远远不止本章所谈到的，譬如黑格尔、尼采，还有他早期作品中提到过的法国哲学家布里丹等等都对贝克特特产生了一定的影响。若想全面深入地探讨贝克特与哲学家的联系，恐怕一本专著也难以谈透，更无法面面俱到。因此，笔者在此不得不有所选择。从上面展示的贝克特哲学图谱不难看出，对贝克特的任何归类和标签化界定都有失准确、恰当，因为贝克特是 20 世纪西方文坛最复杂、细腻、深刻而博学的一位作家。如英国著名的贝克特研究专家理查德·贝格姆所评价的："贝克特的思想隐晦而不混乱——惯于错综复杂，但又不自相矛盾。"③贝克特的作品向我们展现的是不断变换、延伸的"思想图像"或幻象，（"image of thought"）④这一图像并非纯虚构的，而是建构在牢固的哲学、心理学和美学基础之上的，它形成了动态的、多维的、充满多样性的艺术和思想文本。贝克特是最具哲学意味的作家、思想家。

---

① Qtd. , in Michael Worton, "Waiting for Godot and Endgame: theatre as text", in *The Cambridge Companion to Beckett*, (ed.) John Pilling, p. 75.

② See Anthony Uhlmann, *Samuel Beckett and the Philosophical Image*, p. 113.

③ Richard Begam, "Beckett and Postfoundationalism, or, How Fundamental are those Fundamental Sounds" in *Beckett and Philosophy*, (ed.) Richard Lane, London: Palgrave Publishers Ltd. 2002, p. 13.

④ "思想图像"（"image of thought"）这一概念是法国当代哲学家德勒兹在其哲学著作《磋商》中首先提出的，它指对尚未形成的哲学理论的假定或预设，是一种潜在的先于哲学的设想。参见 Gilles Deleuze, *Negotiations*, 1972—1990, (trans.) Martin Joughin, New York: Columbia University Press, 1995, pp. 147—148. 另见 Anthony Uhlmann, *Samuel Beckett and the Philosophical Image*, p. 86.

第三章 美学路径与创作理念

贝克特文学创作就其美学追求、艺术形式与叙事话语而言,主要受到了他所崇拜的伟大诗人但丁和两位现代主义文学大师乔伊斯、普鲁斯特的影响与启发。贝克特的两部文学批评作品《但丁...布鲁诺.维柯..乔伊斯》和《普鲁斯特》为我们研究乔伊斯和普鲁斯特以及西方现代主义小说提供了极为宝贵的资料。其实,在这两篇论文中,贝克特不仅以新颖独特的视角探究并揭示了两位文学大师与众不同的创作理念和美学思想,而且也透露出他本人对艺术本质的深刻洞见和对现代小说诗学发展趋向的预设,据此,两篇论文的问世,在某种程度上,也意味着一种新的小说理论和诗学的诞生。本章将全面系统的探讨贝克特对文学前辈的接受,以及他自己的美学主张。

一、贝克特的但丁情结

贝克特自幼喜爱文学,上中学时就阅读过大量的文学作品,他尤其喜爱意大利诗人但丁及其《神曲》,在三一学院读书时,贝克特曾在他的意大利裔私人女教师比安卡·艾丝波西托的引领下细读了但丁的《神曲》(原文)。但丁也成了贝克特日后创作灵感的重要来源,他对但丁的钟爱,以及但丁对他产生的深远影响,在他各个时期的作品中都有明显的反映。因此,贝克特的创作生涯中自始至终贯穿着一种"但丁情结"。但丁和他的《神曲》似乎已成了贝克特生活和创作生涯中不可或缺的部分。如同基督教徒总是随身携带《圣经》一样,贝克特的身边始终有一本旧版的但丁《神曲》陪伴着他,那是他学生时代读过的那本《神曲》,书中页边注有密密麻麻的笔记。贝克特一生反复阅读过《神曲》,甚至他晚年在疗养院生活时,还重读过这本意大利原文的《神曲》(如第一章所述,直到他临终前,枕边还珍藏着但丁这部作品[①])。有学者将这本《神曲》称为贝克特的"自由

---

① Lois Gordon, *The World of Samuel Beckett 1906—1946*, New Haven and London: Yale University Press, 1996, p.66.

指南"①正是这本书引领贝克特进入了美妙的艺术境界,他的自由王国。

贝克特文学创作始终是在但丁诗学的关照下进行的。在对但丁(即《神曲》)不断地重读或回访、再审视、扬弃、甚至颠覆的过程中,贝克特建构了他的艺术世界,也建构了他自己的诗学。纵观贝克特各个时期的作品,从文学评论到诗歌到小说到后来的戏剧作品,都提到过但丁或影射过但丁《神曲》中意象,但丁的影子随时都会出现在贝克特文本中。然而,有趣的是,但丁的形象总是以不同的姿态在贝克特不同的作品中显现,他仿佛就是贝克特作品中一个特别的客体,或者是不断审视、借鉴、戏仿、颠覆、和与之交流对话的"他者"。在传统文学的宏大叙事的语境下,但丁代表西方文学与文化的源头,是基督教理想与神学终极意义的表征。但是在贝克特那里,但丁既代表外在的权威和价值(如在贝克特的两篇重要文学评论《但丁...布鲁诺.维柯..乔伊斯》和《普鲁斯特》中,但丁显然被视为某种标尺或典范),有时但丁又是贝克特作品中戏仿和颠覆的对象;他既是主体,又是客体,也是完美的主客体的统一。如丹尼拉·凯瑟莉(Daniela Caselli)所说:"但丁可以被假定为贝克特作品中外在的文学和文化权威的先驱,同时也是怀疑和瓦解某些权威的参与者。"②譬如,贝克特第一部小说《梦》和故事集《徒劳无益》的主人公贝拉克的名字就来自于《神曲》,并且主人公的性格,精神状态等都与但丁的主人公极为相似。但是贝克特并没有完全模仿但丁,相反,他在作品中对《神曲》所宣扬的基督教和上帝的思想以及主人公宗教信仰和对生活终极意义的追求进行了戏仿。

但丁在《神曲》中讲述的是他自己追求幸福与爱情的经历:即他的灵魂先后在象征着智慧和爱的维吉尔和比阿特丽丝(Beatrice)的引领下,经过地狱进入炼狱,最终抵达天国。在但丁的笔下,人的灵魂经历一个不断上升的过程,最终到达幸福之境。但丁的《神曲》显然是对上帝的神圣力量与仁慈的赞颂,因此达到了崇高的审美效果;而贝克特作品的主人公"既无法升入天堂也下不了地狱,而不得不在炼狱的入口处徘徊度过一生"。③因为贝克特没有但丁那么乐观,他要呈现的是现代人在混沌的世俗世界中的痛苦挣扎。贝克特早期作品的主人公贝拉克既没有上帝也没有比阿特丽丝的引导,唯一可以依赖的就是他的"自我"和赤裸裸意志。

---

① See Sighle Kennedy, "Beckett's schoolboy copy of Dante: a handbook for liberty", *Dalhousie French Studies*, 19 (Fall Winter 1990), pp. 11—19.

② Daniela Caselli, *Beckett's Dantes: Intertextuality in the fiction and criticism*, Manchester: Manchester University Press, 2005, p. 2.

③ James Acheson, *Samuel Beckett's Artistic Theory and Practice*, London: The Macmillan Press LTD, 1997, p. 18.

通过贝拉克这个但丁式的人物,贝克特似乎在表达他对但丁式的神学的和目的论的质疑,其实也对传统文学的终极论的法则,如现实主义小说模式和人物刻画等,提出了挑战,如丹尼拉·凯瑟莉所言,"贝克特早期的作品在尽力消解传统的文学概念"。①虽然贝克特笔下的贝拉克与《神曲》中的贝拉克都具有较强的隐喻功能,但是他们却表现了人类不同时代的情感和价值观;就其追求的终极目标而言,现代版的贝拉克和古典的贝拉克恰好背道而驰。

贝克特不同的作品中出现的但丁形象并不是固定的类型而是不断变换的,而不同的但丁形象构成了贝氏作品的内在的"镜像迷宫",②它是一种通过戏拟、变形的镜像对传统的文学理念进行解构,从而建构自己诗学的策略。因此不同的但丁其实折射的是不同的贝克特。但丁既是贝克特整个创作生涯的起点、原型,也是一种隐喻和内在的参照,他对贝克特独特创作风格和美学思想的形成有着重要的意义。因为但丁的影响贯穿贝克特整个创作过程,几乎渗透到贝克特的每部作品,这会在下文的文本阐释中反复谈到,在此且不一一赘述。

诚然,贝克特的文学或美学思想是建立在但丁的古典诗学的基础之上。贝克特对但丁推崇备至并把他当做是自己的文学教父(就像但丁将伟大的罗马诗人维吉尔当成自己的导师一样);但是,贝克特大学毕业后,特别是在法国巴黎高师任教期间,与当时的现代派(或先锋派)艺术家和作家有过亲密接触,并对现代派文学艺术产生了浓厚的兴趣。因此,在美学追求和文学创作上,贝克特无疑更加认同两位现代派文学大师乔伊斯和普鲁斯特的创作道路。贝克特的创作理念和他独特的小说和戏剧形式是传统与现代性、古典诗学与现代派艺术风格相互碰撞的产物。

二、"朋友"和"他者":贝克特与乔伊斯关系考

詹姆斯·乔伊斯(1882—1941)和贝克特是当代世界文坛最具影响力的两位文学巨匠;他们的名字已经成了两个文学符号:一个是"意识流"小说和现代主义诗学的代表;另一个则代表"荒诞派"、后现代或解构主义文学。虽然乔伊斯和贝克特不属于同代作家,创作风格迥异,但是他们之间却有着非同寻常的密切的关系,以至于每当谈起贝克特文学创作,就不能不谈到乔伊斯,反之亦然;甚至他们交往中的一些轶事在西方文学界也广为流传。那么,他们之间有怎样的密不可分的关系呢?他们的关系对

---

① Daniela Caselli, *Beckett's Dantes*: *Intertextuality in the fiction and criticism*, p. 22.
② Ibid., p. 2.

彼此的文学创作具有怎样的意义呢？下面笔者将从乔伊斯与贝克特的关系入手来展示贝克特对乔伊斯的模仿与背离。

1. 走进乔伊斯的世界

贝克特在法国巴黎高等师范学院执教期间(1928—1930)，在好友麦克格里维的引荐下认识了当时已在欧洲文坛颇具声望的乔伊斯，并进入了乔伊斯的文人社交圈子。乔伊斯当时已经是著名的意识流小说家、现代派文学大师；而贝克特则是一个刚刚大学毕业的文艺青年，他们之间无论是在年龄上还是在资历上都有着相当的差距。因此，贝克特初次见到乔伊斯时的情景就如同一个学生见到了一位德高望重的师长，充满了钦佩和崇敬之情（绝无 26 年前乔伊斯初见叶芝时的轻狂和不屑之举）[①]。乔伊斯也对年轻的贝克特格外和蔼友善，他非常赏识贝克特的语言功底、学识和才华。贝克特曾回忆道，乔伊斯总爱用他的小名（昵称）"塞姆"称呼他，使他倍感亲切。[②] 当时一批先锋派的知识分子和文人正在巴黎文学艺术领域进行着一场颇具轰动效应的"文字革命"（见本章第三部分）。乔伊斯作为"文字革命"的倡导者正在创作他的超级实验性的作品《进行中作品》（后来定名为《芬尼根的守灵》，也可译成《芬尼根们的苏醒》或《芬尼根们的守灵》）；贝克特很快就成了乔伊斯的助手，并亲自参与和实践了这场"文字革命"。贝克特为自己能成为乔伊斯的助手（也有人称其为"私人秘书"）而深感荣幸。因此，他也成了乔伊斯家的常客，几乎每天下午（晚餐前）都按时去乔伊斯家，为乔伊斯的《进行中作品》做一些书稿整理、资料收集、翻译等工作。60 年之后贝克特回忆这段往事时仍然能清楚地记得乔伊斯在巴黎住所的地理位置、街区和周边景象，他甚至依然能毫不含糊地说出乔伊斯家当时的电话号码。年轻的贝克特对乔伊斯的敬佩几乎到了"英雄崇拜"的程度，他不仅追捧乔伊斯的写作风格和技巧，而且在着装、生活习惯和举止上（如饮酒、拿香烟的方式等）也都效仿乔伊斯。

乔伊斯的家人也都对贝克特很友好，特别是乔伊斯的女儿露西亚（Lucia），1928 年 11 月第一次见到年轻英俊的贝克特，就被他深深吸引。露西亚很快就爱上了这个高个子、蓝眼睛的爱尔兰青年，并且向他大胆表

[①] 据说，年轻的乔伊斯初次见到著名的文学前辈叶芝时表现出一种无礼和不屑的姿态，因为他对叶芝的宗教观和"狭隘的民族主义"立场颇为反感。参见 Richard Ellmann, *James Joyce*, p. 104.

[②] James & Elizabeth Knowlson (eds.), *Beckett Remembering Beckett: Uncollected Interviews with Samuel Beckett and Memories of Those Who Knew Him*, p. 45.

第三章 美学路径与创作理念

露了爱情。贝克特出于友情和礼貌(也有人认为是为了讨好乔伊斯),时常陪露西亚去餐馆吃饭,去剧院,还去观看过她的舞蹈演出,但是他却始终将露西亚看做很好的朋友,并没有对她产生爱情。为此露西亚感情受到很大刺激,并因为失恋而精神失常。① 这件事虽然曾让乔伊斯和他的妻子很生气,并且有一段时间乔伊斯不再欢迎贝克特到他家做客,但是实质上并未影响乔伊斯和贝克特的友情。贝克特后来回忆道:每当我去见她父亲时,露西亚都在场。当时她已经有严重的精神错乱症,但有时也很正常。我后来不得不告诉她我去她家不是为了见她,而是为了见乔伊斯。贝克特说:露西亚非常漂亮、妩媚,是一个很有天赋的舞蹈演员。② 贝克特为此事深感歉疚,后来他把露西亚写进了自己的作品,如《徒劳无益》中的故事"外出"的女主人公露西(Lucy)其实就是以露西亚作为原型,并把她塑造成理想恋人的形象。

  贝克特与乔伊斯虽然年龄相差二十几岁,但是他们却能彼此理解,平等对话,自然达成默契,这主要是因为他们有着相同的知识和文化背景、相同的性格和志趣。他们都是爱尔兰人;尽管就读于不同的大学(乔伊斯在爱尔兰国立大学;贝克特在都柏林三一学院),他们大学所学的专业都是法文和意大利文,并都在都柏林获得了学位。他们有着共同的兴趣爱好,都非常喜欢文学,尤其是都对但丁情有独钟;他们都具有语言的天赋,乔伊斯有着超乎寻常的词汇量并对古文字和现代语言中的俚语行话极为感兴趣,这也正是贝克特所欣赏并试图效仿的。③ 虽然他们的家庭宗教信仰不同,乔伊斯来自天主教家庭,贝克特的父母却是虔诚的新教徒,但是"他们都强烈地反对教权主义,并都对宗教和上帝持怀疑态度"。④ 尤为重要的是,他们都对自己的故乡都柏林怀有爱恨交织的情感并都渴望旅居他乡过放逐的生活。他们的性格禀赋也非常相近,如他们都喜欢喝酒,沉思,性格都比较忧郁、矜持,并带有几分悲情。他们都不善言谈,甚至他们多次在谈话的过程中陷入沉默,如艾尔曼在《乔伊斯传记》中所描述的:"他们进行交谈时经常彼此静默,两人都充满忧伤,贝克特主要是为世界而忧伤,乔伊斯大部分是为自己而忧伤。乔伊斯习惯于两腿交叉、盘腿而坐的姿势;身材细高的贝克特,也摆出同样的坐姿。"⑤他们的谈话往往是心与心的交流,沉默多于话语。或许对于他们,沉默和语言交流同

---

① 关于贝克特与露西亚关系的详情,参见 Knowlson, *Damned to Fame:The Life of Samuel Beckett*, pp.103—105.
② James & Elizabeth Knowlson (eds), *Beckett Remembering Beckett*, pp.49—50.
③ See James Knowlson, *Damned to Fame*, p.98.
④ Ibid., p.98.
⑤ Richard Ellmann, *James Joyce*, p.661.

样有意义。其实,沉默不仅仅是一种性情,它更是一种思维方式和意义的体现。

乔伊斯那时患有严重的眼病,读书和写字都很困难;作为乔伊斯的助手,贝克特的主要任务是给乔伊斯朗读一些图书资料,帮助他写作。有时是乔伊斯口述,由贝克特代笔写作《进行中作品》。贝克特帮助乔伊斯写作时非常投入,一丝不苟,他能准确无误地记下每句话,甚至每个字。为此曾发生过一件令西方学者津津乐道的趣事:一天,乔伊斯在口述的过程中恰好有人敲门,他顺便说"进来"("Come in"),贝克特当时太全神贯注,根本没听见敲门声,就将"进来"写进书稿中。当他后来检查那段文字时发现了这个错误,而乔伊斯却坚持让这个词就留在那里("Let it stand")。① 这正好符合乔伊斯写作风格。(后来有很多学者费尽心机试图在《芬尼根的守灵》的文本中找出这个无意插入的词语,均未能找到)②其实,乔伊斯的写作本身就是展示无拘无束的符号游戏;《芬尼根的守灵》不仅是一部伟大的意识流巨著,也是一部丰富的语言实验的力作,乔伊斯在书中囊括、杂糅了很多种语言(外语、古文字、方言等等),重新编排英语语言构词,还发明了许多千奇百怪的新词汇。若想在如此浩瀚的文字的海洋中寻觅那个"多余"词语,简直是难于上青天。年轻的贝克特被乔伊斯这种独特的写作风格所吸引。20多年之后(1956年)贝克特同伊斯雷尔·森克会面时如是评价乔伊斯:"他[乔伊斯]是最杰出的素材的操纵者,他能让文字绝对地、最大限度地发挥作用,在他那里,没有一个音节是多余的。"③

乔伊斯对贝克特的职业的转向起到了非常重要的作用。贝克特的职业生涯一开始走的是学术路线,他遵从父母的意愿,选择了大学教师的工作,以便成为一个资深教授、学者。如贝克特自己所说:"当我初次见到乔伊斯时,还没有当作家的想法。"④但是在巴黎与乔伊斯相识后,贝克特越来越喜欢上了文学创作,尤其是形式实验。当时在乔伊斯的影响下,他

---

① 这件事已被乔伊斯和贝克特的研究者们传为佳话,如乔伊斯的传记作者艾尔曼(参见 Richard Ellmann, *James Joyce*, p. 662)和贝克特的传记作者诺尔森(参见 James Knowlson, *Damned to Fame*, p. 99)等学者均谈论过此趣事;贝克特本人在回忆乔伊斯时也清楚地记得此事,参见 James & Elizabeth Knowlson (eds.), *Beckett Remembering Beckett*, p. 45.

② 关于这个"多余的"词语,学者们做了种种猜测和解释,认为是乔伊斯最终又做了修改。格拉克在《贝克特与乔伊斯》中一一列出西方学者们的不同推测并给出了较为合理的解释,参见 Barbara Reich Gluck, *Beckett and Joyce*, p. 175, Note 59. 笔者认为,若想在乔伊斯的长篇巨作《芬尼根的守灵》中寻觅那个"多余"词语是根本不可能的;这样的研究实在不可取,也没有意义。

③ Israel Shenker, "An Interview with Beckett (5 May 1956)", reprinted in *Samuel Beckett: The Critical Heritage*, (eds.) Graver and Federman, p. 148.

④ James Knowlson, *Damned to Fame*, p. 105.

已经开始尝试着写文学作品了。贝克特最终(于1932年)辞去三一学院的教职,并选择以写作为生,这与乔伊斯的影响不无关系。

然而,西方学者往往只注意到乔伊斯对年轻的贝克特的影响和激励,而忽视另一个事实,即贝克特对乔伊斯的帮助和贡献。其实,贝克特在乔伊斯的生活中,特别是他创作生涯的后期,起到了非常重要的作用,可以说没有贝克特的帮助,乔伊斯不可能完成他的鸿篇巨制《芬尼根的守灵》。除了上面谈到的贝克特为乔伊斯做的工作外,贝克特对乔伊斯最后作品《芬尼根的守灵》的成功问世做出了两个重要贡献。首先,贝克特凭借他出色的法语功底(这也是乔伊斯赏识他的缘故)和朋友阿尔弗雷德·佩隆帮助乔伊斯将《芬尼根的守灵》中的重要部分("Anna Livia Plurabelle")译成法语。贝克特担当主要译者,乔伊斯对他翻译的初稿非常满意,但是因为贝克特在巴黎高师任职期满,1930年秋回都柏林三一学院任教,译文的修改整理工作由别人接替。最终译文于1931年5月在《法文小说期刊》发表,乔伊斯将它视为成功之作。虽然这部文体晦涩的超级实验性作品在当时也遭到了许多学者的批判和抨击,但是它在巴黎文学界产生了极大的影响,这自然有贝克特的一份功绩。第二,为赞美《进行中作品》,贝克特遵照乔伊斯的意图撰写了长篇论文《但丁...布鲁诺.维柯..乔伊斯》,该文于1929年6月首先在《转变》杂志上发表,后来又被收入一个专门评论《进行中作品》的论文集。据说,乔伊斯《进行中作品》(后来的《芬尼根的守灵》)的部分章节在《转变》杂志上连载后,在当时的文学界引起了颇多的争议,甚至乔伊斯的朋友,如思想比较开放并支持形式革新和"文字革命"的庞德也对这部超级实验性的作品提出了批评。为了提升《进行中作品》的价值和声誉,乔伊斯召集了12个青年学者,也是他的崇拜者,为他撰写评论文章,因此,这12个人被戏称为乔伊斯的12信徒。①乔伊斯将12篇论文汇编成一个论文集出版(即 *Our Exagmination round his Factification for Incamination of Work in Progress*, Paris, Shakespeare & Co., 1929)。贝克特的论文《但丁...布鲁诺.维柯..乔伊斯》深得乔伊斯的赏识和认同,所以被排在该文集之首。论文高度赞扬了乔伊斯独特的创作风格,反驳了对该作品的反面批评观点,成了为《进行中作品》声辩的力作,因此,它可算作贝克特对乔伊斯做出的最重要的贡献。笔者稍后将对这篇论文进行详尽的分析和解读。

---

① See Barbara Reich Gluck, *Beckett and Joyce*, London: Associated University Presses, 1979, p. 26.

2. 贝克特对乔伊斯的效仿与偏离

关于贝克特与乔伊斯在文学创作上的关系,是西方学术界颇感兴趣的话题。大多数评论家认为贝克特的作品并没有传达乔伊斯声音和笔法,如科林·威尔逊所言:对这两位作家进行任何比较研究都是无意义的。他们唯一相同之处就是他们都是都柏林人。① 而大卫·海曼则将乔伊斯视为贝克特的"文学教父"。② 也有的评论家认为贝克特的小说更接近卡夫卡而不是乔伊斯(笔者也赞同这一观点)。然而,乔伊斯和贝克特共同的朋友玛利亚·约拉斯女士却反驳了威尔逊等批评家,认为乔伊斯和贝克特在文学上有着密切联系,如她在庆贺贝克特 60 岁生日时说道:在他们的作品中,"我听到了同样柔和的都柏林声音,我感觉到同样辽阔的文化背景,同样激烈而又温和的讽刺,相同的人性和罕见的智慧……"③ 但是,玛利亚·约拉斯也承认他们有着根本的区别,即"乔伊斯依然能给出肯定的回答'是',而塞姆则只会说'不'"。④ 有学者认为乔伊斯和贝克特在创作意图与技巧上是根本对立的,如马丁·艾斯林认为,乔伊斯的艺术和语言是向外扩张的,而贝克特的却是一种收缩的话语模式。诚如贝克特自己在《普鲁斯特》中所说,"艺术创作的趋向不是扩张,而是收缩"。⑤ 但是也有学者认为贝克特和乔伊斯所表现的世界图像是互依互补的,而不是相互对立的,等等……总之,学者们的观点纷纭,莫衷一是,难以达成共识。笔者认为,贝克特与乔伊斯始终是非常好的朋友和知己,但是他们在文学创作上却有一种微妙的若即若离的关系。其实,贝克特从一开始就试图寻求自己的创作路线,只是当时还没有找到更合适的方法和途径而已。贝克特在后来的文学创作中逐渐摆脱了乔伊斯的影响,并且建构了他自己的诗学和创作理念。然而,乔伊斯的影响无疑在贝克特整个创作生涯中留下了深刻的印迹,因此,如诺尔森所说,"他[贝克特]不得不承认摆脱乔伊斯的创作方法是极其艰巨的任务"。⑥

那么,贝克特的作品在多大程度上受到了乔伊斯的影响呢?

乔伊斯的影响其实主要体现在贝克特早期的作品中,尤其是在语言风格和笔法上。贝克特早期创作的散文和诗歌、小说等似乎都有意识地

---

① Qtd., in Barbara Reich Gluck, *Beckett and Joyce*, p. 9.
②③ Ibid, 10.
④ Ibid, 172, (Note 19).
⑤ Samuel Beckett, *Proust*, London: Chatto & Windus, 1931, p. 47.
⑥ James Knowlson, *Damned to Fame*, p. 105.

模仿乔伊斯的语言风格(譬如,使用华丽词语、玩文字游戏;刻意使用双关语、诙谐的类比、多种语言典故、甚至直接引用乔伊斯《进行中作品》的句子等等);这些作品在创作主旨和主题上也有乔伊斯的影子。如芭芭拉·格拉克在《贝克特与乔伊斯》中将贝克特的第一部重要作品,故事集《徒劳无益》(1934),视为效仿乔伊斯的习作,并将它与乔伊斯的第一部作品《都柏林人》(1914)做了比较。① 这两部作品都是短篇故事集,它们在主题,艺术风格,结构等方面颇为相似:它们都以都柏林作为背景,用写实的手法展现了20世纪初都柏林人的生存状态。但是,细细品味两部作品,便会发现它们其实有着根本的区别。《都柏林人》是一个瘫痪的大都市的真实写照,揭示了不同人物的精神困顿和异化;而《徒劳无益》虽然也是以都柏林为背景,但它是围绕这一个核心人物,即贝拉克·舒亚展开的,并且是主人公贝拉克的出场将十个故事连接在一起。在《都柏林人》中都柏林市是故事的中心,它仿佛被前景化(foregrounded),并且每个故事都是独立的,并没有一个贯穿所有故事的中心人物;然而,在《徒劳无益》中,都柏林市永远只是背景,正是在它的衬托之下,主人公贝拉克及他的精神世界才突显出来。

  有学者认为,贝克特早期作品在人物塑造上也深受乔伊斯的影响。譬如,《徒劳无益》和小说《平庸女人的梦》中的主人公贝拉克仿佛就是对乔伊斯《一个青年艺术家的画像》的主人公斯蒂芬·迪达勒斯的模仿,因为两个年轻人都是自传性的人物(抑或是两位作者青少年时代的真实写照)。贝拉克和迪达勒斯都陷入精神的瘫痪状态;他们都与自己所生活的世界格格不入,都面临共同的困境:即"自我"与大世界的疏远,"不仅是与都柏林疏远,而且是与所有的人际交往的疏离"。② 但是,事实上乔氏和贝氏的人物是基于两个完全不同的原型,有着很大的区别。乔氏主人公迪达勒斯来自于古希腊神话,带有浓重的史诗色彩,而贝氏的主人公贝拉克则来自于但丁的《神曲》。贝克特早期的创作灵感主要源自于他奉为文学"教父"的但丁和他所钟爱的哲学家笛卡尔,所以他早期塑造的人物贝拉克是具有鲜明个性的,建立在笛卡尔式的"沉思"和"内省"之上的贝氏典型人物。因此,贝氏早期作品也并非全无独创性。其实,《徒劳无益》刚一问世就受到了乔伊斯的好评,如他在给家人的一封信中写到,"贝克特已经出版了他的作品《徒劳无益》……我觉得,他很有才华……"③ 当时乔伊斯已经意识到贝克特的写作才能和独特的和思维方式。贝克特后来

---

① See Barbara Reich Gluck, *Beckett and Joyce*, pp. 57—58.
② Barbara Reich Gluck, *Beckett and Joyce*, p. 58.
③ Deirdre Bair, *Samuel Beckett: a Biography*, p. 180.

在文学创作上的成就也证明了乔伊斯的判断是正确的。

因此,西方一些评论家认为年青的贝克特一直在乔伊斯的阴影下写作,其实并非完全如此。诚然,贝克特早期的文学创作在语言风格和创作手法上受到了乔伊斯的影响,但是这种影响并不是持久的。即便是贝克特早期的作品也没有对乔伊斯的创作模式亦步亦趋,如约翰·皮林评论道:"尽管他[贝克特]最初在写作中走的是乔伊斯路线,但是,在小说《平庸女人的梦》中他也走了贝克特自己的路线,如果没有超越乔伊斯的话,那他至少走到了乔伊斯不想去的地方。"①1931年贝克特完成了第一部小说《梦》之后,就逐渐从乔伊斯的影响下走出来,并开始了自己的艺术旅行。从小说《莫菲》开始,贝克特自觉地彰显他自己的创作主旨和风格,并逐渐走上了属于他自己的艺术实验的道路。

3. 贝克特与乔伊斯的根本区别

贝克特和乔伊斯主张"文字革命"和"形式革新"的创作初衷是一致的,他们都秉承超现实主义精神致力于艺术形式的实验。但是,事实上他们在文学创作上走的却是两条平行的,永远无法重合的路线。所以说"贝克特是乔伊斯的信徒,但是这信徒的确走的是自己路线"。②贝克特中期和后期的成功作品的风格的确与他的文学导师乔伊斯的风格大相径庭。尽管他们都对语言哲学感兴趣,尤其对毛特纳的语言哲学感兴趣,但是他们对毛氏的接受却怀有截然不同的目的,如菲尔德曼指出:"他们就像是一扇窗户的双面玻璃,展示着不同的图像:一边是正在努力完成他的代表作(《芬尼根的守灵》),并且自始至终坚守着自己的创作方法的作家;而另一面则是一个梳理自己的艺术观点和路径,逐渐与乔伊斯式'英雄主义'背道而驰的作家。"③关于两位作家之间究竟有着怎样的本质区别,或许贝克特自己的声音更具说服力。贝克特在同美国记者伊斯里尔·森克的一次谈话中特别谈到他同乔伊斯的根本区别:

> 乔伊斯了解的事物越多就越有能力把握事物;作为艺术家,他向往全知全能。而我所研究的是无能、无知。我认为无能是从未开发的领域。……我所探索的仅仅是艺术家不屑一顾的、无用的、存在的

---

① John Pilling, *Beckett Before Godot*, Cambridge: Cambridge UP, 1997, pp. 93—94.

② J. Mitchell Morse, "The Ideal Core of the Onion: Samuel Beckett's Criticism," *French Review* 38 (October 1964): 24. (Qtd., in Barbara Reich Gluck, *Beckett and Joyce*, p. 11).

③ Matthew Feldman, *Beckett Books: A Cultural History of Samuel Beckett's "Interwar Notes"*, pp. 130—131.

完整区域——确切地说是与艺术极不协调的东西。①

贝克特同他的朋友马丁·艾斯林的谈话中也曾回答了是否受到了乔伊斯的影响的问题,他说道:

> 除了他[乔伊斯]的严肃认真态度和他对艺术的献身精神影响了我之外,我并没有真正受到他的影响。我们是截然不同的,因为乔伊斯是一个综合者(synthesizer),他想要把所有的东西,整个人类文明都写进两部书中,而我是一个分析者(analyzer),我剥去了所有附属的成分,因为我想要直达最本质的要素,即原型。②

这两段文字恰好揭示了贝氏和乔氏截然不同的创作思想和美学追求。首先,他们写作所探索的是完全不同的领域:乔伊斯向往全知全能、包罗万象;而贝克特则只关注人类"无能"与"无知"的领域,他不想像乔伊斯那样试图在作品中涉猎世间所有事物。第二,他们后来作品的语言风格和话语模式也截然不同。如乔伊斯研究者梵赫尔(Van Hulle)指出:"乔伊斯在寻找词语(文字);贝克特试图发现'无词语'('unword')。"③乔伊斯的语言风格无论多么无拘无束、不合章法、暗含典故,但是那还是具体、透明的可以理解的语言;而贝克特作品的语言却极其抽象、晦涩,难以把握。尤其是二战之后,贝克特改用法语创作,这可以说是贝克特创作生涯中的一次彻底的转变(其实也是一种话语或语言学的转向);这也意味着贝克特告别了自己过去的写作风格,即跳出母语的语境,特别是摆脱乔伊斯式华丽文体的束缚,从而开始更加大胆的形式实验。在贝克特看来,唯有用外语(法语)写作才能使他放弃所有非本质的修饰成分,用最简单直白的方式去表现本真的存在。第三,虽然他们都致力于形式革新,但是乔伊斯毕竟还是现代主义作家,他试图建构完整的形式和艺术世界;而贝克特则走向了后现代诗学,他是形式的破坏者,试图解构任何形式、规则和秩序。譬如,乔伊斯的代表作《尤利西斯》和《芬尼根的守灵》尽管内容庞杂、人物的意识流动飘忽不定,但是它们隐喻了爱尔兰民族的兴衰和发展史,有着史诗视界和厚重的历史感。如尤金·韦伯所说:"乔伊斯在其作品中建构了一个组织严谨的宇宙,其中每一个细节都有充分的象征意义;而贝克特的小说则结构散乱,纷繁无序。"④因此,乔氏实验小说还是

---

① Israel Shenker, "An Interview with Beckett" (5 May 1956), reprinted in *Samuel Beckett*: *The Critical Heritage*, (eds.) Lawrence Graver & Raymond Federman, p. 148.
② James & Elizabeth Knowlson (eds.), *Beckett Remembering Beckett*, pp. 47—49.
③ Ibid., (Qtd.), p. 131.
④ Eugene Webb, *Samuel Becket*: *A Study of His Novels*, London: University of Washington Press, 1970, p. 16.

在编织一种宏大叙事,属于建构(结构主义)诗学。而相比之下,贝克特的小说三部曲(《莫洛伊》、《马洛纳之死》、《难以命名者》)则表现了叙事的危机。它们不仅折射出后现代世界人的荒诞的生存境遇和虚空的、荒原般的精神世界,更主要的是展现了一个错综复杂的语言世界,叙事的迷宫,深刻揭示了后结构主义语境下语言表征的本质,因而贝氏实验小说属于地地道道的解构诗学。(这一切从本书第六、七、八章的文本阐释中便可以得到充分的印证)由此不难看出乔氏和贝氏代表作的本质区别。所以贝克特认为乔伊斯对他的影响主要是精神上的,即为探索艺术形式而献身的精神。乔伊斯既是贝克特的榜样和引领者,又是他的一面镜子;既是朋友又是他者。如洛伊斯·戈登所说:"乔伊斯为贝克特提供了一个'理想的他者'——只有在幻想中而非现实中才可预见。"①

应当特别指出的是,贝克特1942年在巴黎参加了抵抗德国法西斯的斗争(而乔伊斯则在二战期间,即1941年,于瑞士苏黎世病逝),因此他对战争给世界带来的灾难以及对人类精神的残害有着更深刻的理解。贝克特的巅峰之作,即小说三部曲和荒诞派戏剧,都是二战之后创作的;它们以抽象、戏拟的方式呈现二战之后的西方世界图像,这主要和他亲历了第二次世界大战有直接的关系。

贝克特从乔伊斯忠实的追随者逐渐转变成了一个特立独行的艺术家。然而,他在文学创作实验中也取得了像他的文学导师乔伊斯那样的辉煌的成就,并成了与乔伊斯比肩的文学大师。两位爱尔兰裔作家各自以不同的方式实践了文学形式的革新和"文字革命",他们为世界文学和人类艺术所做出了独特的贡献,为后人留下了两份珍贵的文学遗产。

三、《但丁…布鲁诺.维柯..乔伊斯》: 为乔伊斯《进行中作品》声辩

贝克特的写作生涯是以写文学评论开始的。他发表的第一个作品就是文学评论《但丁…布鲁诺.维柯..乔伊斯》(1929),此文的主旨是为乔伊斯"文字革命"和《进行中作品》声辩。为了很好地理解这篇论文,首先要对"文字革命"的背景做简要介绍。

---

① Lois G. Gordon, *The World of Beckett*, 1906—1946, p. 80.

第三章　美学路径与创作理念

1. 关于"文字革命"

1926年以约拉斯夫妇(Eugene and Maria Jolas)为核心的一批先锋派的知识分子和文人在巴黎学界发起了一场"革命",它并非像马克思主义的政治革命,而是一场文学艺术领域的革命;他们发表了颇具轰动效应的"文字革命"宣言,有16位人士在宣言上签字。实际上,这批主张文字革命的作者是在进行30年前奥斯卡·王尔德所致力的反对平庸或俗人(philistines)革命。他们认为,艺术和文明在工业化的进程中被剥夺了所有真实情感,变成了摄影图片式的、呆板现实主义(photographic and stagnant realism)①,因此,有必要实施一次"文革",其主旨是创造一种全新的艺术,以挑战腐朽的社会意识形态。这种所谓新的艺术形式力图从语言文字本身出发创造出一个自足自立的、"真实的"世界。如约拉斯主张作家应不受任何规则和形式的约束,达到思想的狂放不羁,即知识或思想的无政府状态(intellectual anarchy②)。约拉斯夫妇1927年秋创办了当时巴黎文艺界最具影响力的核心期刊《转变》(Transition),专门刊发致力于"文字革命"和形式实验的先锋派艺术家和作家的作品,当时移居巴黎的乔伊斯和美国著名先锋派作家斯泰恩、庞德、海明威等都在刊物上发表过作品,后来贝克特也成了该刊的撰稿人。倡导文字革命的核心人物约拉斯在《转变》发表文章指出,"实用的效力已经粗暴地玷污了诗的语言,使其丧失了原本的独立自主特质。因而作家应该做精神的反抗,以赋予语言与文学以'新的魔力'(new magic),若达此目的,首先要对语言成规进行消解"。③也就是说,语言不是静态的,而是处于永远的流动、变化和生成状态,而作家在运用语言时也应该柔韧有余、灵活多变,他有权利消解传统的语言或句法规则。作家使用语言的过程应该是自然的、无拘无束的;"对神奇文字展开自由,无限的想象,让普通读者见鬼去吧。"④我国学者陆建德如是评论道:"这'文革'的实质就是摆脱历史和社会的诸多牵绊,到文字或反文字的九霄云外做积极的逍遥游。创造本身,或空前绝

---

① Barbara Reich Gluck, *Beckett and Joyce*, p. 21.
② Eugene Jolas, "Revolt Against Philistines," *Transition* 6 (December 1927): 176 (Qtd, in Barbara Reich Gluck, *Beckett and Joyce*, pp. 21—22.)
③ "Suggestions for a New Magic" (editorial), *Transition* 3 (June, 1927): 178 (Qtd in Barbara Reich Gluck, *Beckett and Joyce*, p. 22.)
④ Ibid.

后的表现,才是唯一的目的。"①贝克特1928年来到巴黎,虽然未赶上在"文字革命"宣言上签字,但是他却有幸成了乔伊斯的朋友和助手,并亲自参与和实践了"文字革命"的大业。1932年贝克特同另外八位诗人在《转变》上再发与"文字革命"精神相同的"垂直诗"("Poetry Is Vertical"②)宣言,提出了诗歌创作十条原则。首先(第一条)呼吁诗歌幻想(想象)的独立自由;主张"内心的生活支配外部的生活"③的原则,反对古典理想主义诗学。"垂直诗"宣言第八条强调:作家追求"'自我'在创作过程中彻底消解",这其实也是贝克特日后文学创作所追寻的原则。青年贝克特不仅赞赏乔伊斯的"文字革命"和《进行中作品》,而且还身体力行,投身于"文字革命"的实践。为了表明自己的文学主张,贝克特效仿乔伊斯的笔法创作了他的第一个文学作品,即短故事"假设",并于1929年6月在《转变》杂志上和论文《但丁...布鲁诺.维柯..乔伊斯》同时发表。这个故事虽然篇幅很短,没有受到文学界的重视,但是它在叙事技巧和话语模式上极具创新性和实验性,也预示着贝克特未来写作的趋向。贝克特的论文《但丁...布鲁诺.维柯..乔伊斯》不仅赞美了乔伊斯的《进行中作品》(即《芬尼根的守灵》),将其视为致力于"文字革命"和形式实验的力作,它似乎也在向读者宣告,作家可以不顾及任何规则和成法随心所欲地创造语言和文学。

2. 论文题目之隐喻

首先,论文题目《但丁...布鲁诺.维柯..乔伊斯》看似很普通,但是事实上它本身就暗藏玄机,其玄妙之处就在于标点的使用。读者或许会感到费解,为什么作者将几个人物名字用不同的点分开依次排列?贝克特后来对此这样解释道:"从但丁到布鲁诺跨越了三个世纪,从布鲁诺到维柯大约有一个世纪,而从布鲁诺到乔伊斯之间相隔两个世纪。"④可见,这些表面看似随意、有失规则的标点其实暗示了一种历史的维度,并且从物理时间的层面精准地确立了这几个伟人在历史长河中的位置。遵照乔伊斯的意图,贝克特在《但丁...布鲁诺.维柯..乔伊斯》中将意大利历史上的三位伟大人物:但丁、布鲁诺、维柯与乔伊斯进行纵向比较,试图凸显乔伊斯作品与三位伟人思想之一脉相承的关系,从而暗示乔伊斯将会作

---

① 参见陆建德,"自由虚空的心灵——萨缪尔·贝克特的小说创作",载《破碎思想体系的参编》(陆建德著),第263页。
② Hans Arp, et al., "Poetry Is Vertical", in *Transition* 21 (March 1932):pp.148—149.
③ Qtd., in Barbara Reich Gluck, *Beckett and Joyce*, p. 22.
④ Qtd., in Deirdre Bair, *Samuel Beckett: A Biography*, p. 76.

为又一位伟人被载入史册。

　　好像是在呼应论文题目中不合规则的标点,贝克特在评论的开篇就宣称,"危险就在于认识的整齐统一"。("The danger is in the neatness of identification.")①以此来告诫读者:在伟大的作品中寻找规律和抽象系统的意义是一件危险的事情;然而有趣的是,贝克特推崇意大利哲学家维柯坚持的"哲学的抽象与实际经验的完全吻合"(3)的观点。贝克特认为,乔伊斯的《进行中作品》中蕴含着一些抽象的思想概念,如对立面的统一,循环发展的必然性,自我延伸(self-extension)的视界等……并试图证明乔伊斯在文学中再现生活和人类思想的方式可以与维柯再现历史的方式媲美。但关键是如何去做类比,"我们是否一定要改变或调整某个体系,以便将其塞进一个现代人的文件架,还是修改文件架的尺度,以满足这种类比呢?文学批评不是账目登记("Literary criticism is not book-keeping." 3—4)其实,贝克特也在暗示文学批评应该被当做一种无拘无束的思想表达或创作活动。

3. 维柯的"历史循环"结构与乔伊斯的"直接表现"形式

　　贝克特首先从维柯的神话论和历史循环理论的视角剖析了乔伊斯《行进中作品》的结构和话语模式。论文指出,(依照维柯的历史循环论)人类社会要经历三个时代:即"神的时代"、"英雄时代"、"人的(civilized)时代";并且与三个时代相对应有三种语言文字,即象形文字(hieroglyphic/sacred)、隐喻(metaphorical/poetic)和哲学(即可抽象概括的语言)……经过这三个历史阶段后,又回到起点。人类历史就是这样周而复始、循环不已。贝克特认为维柯提出的社会循环发展的观点具有独创性,尽管这种观点起源于16世纪意大利哲学家布鲁诺的对立统一之学说。(4)乔伊斯的《进行中作品》展示的小说世界与维柯式循环结构,即"预定循环论"(preordained cyclicism)相符合。贝克特最欣赏的是维柯独到的关于诗和语言起源的理论,亦即指出神话的重要意义,认为野蛮社会的本质就是以暴力抗拒传统。(5)乔伊斯的《进行中作品》就隐晦地传达了维柯的思想,主张以大胆的形式革新来颠覆传统的形式。"现代语言的抽象字母文字(即哲学的概括)苍白无力,只有在象形文字里形式和内容才能合二为一。《进行中作品》里词汇的任意拼写和句法不通被贝克特视为象形文字

---

① Samuel Beckett, "Dante...Bruno. Vico.. Joyce," *Our Exagmination Round his Factification for Incamination of Work in Progress*, London: Faber and Faber, 1972, p. 3.(引文由笔者自译,下文对该作品的引文页码均直接置于括号内,不另作注。)

的特征。"①因此贝克特称赞乔伊斯的作品是一种"直接表现"(direct expression, 13),如同象形文字一样,内容和形式完全叠合。

贝克特认为维柯对语言、诗歌和神话的动态处理在一定程度上借鉴了布鲁诺的理论,认为人类的语言从任意的具象文字发展为哲学的抽象。在布鲁诺看来,对立面是可以相互转化的:无限的圆周与直线并无区别;最小与最大的对立等同于一;最小的热度等同于最小的寒冷,因为变化是循环往复的。最大的速度就等于静止状态;最大限度的毁坏等同于最小程度生成,破坏就等于创造。所有的事物最终都统一于上帝,宇宙本身就是不可分的整体,即单子(Monad)。(6)布鲁诺的单子论旨在强调物质和精神的统一体。正是基于布鲁诺的理论,维柯发展了他的科学和哲学史理论。人类的进步依靠个体的运动,同时又由于预定的循环周期而不依赖于个体。贝克特着重阐述了维柯的历史循环论,认为个性(殊相)是普遍性(共相)的具体化,每个个体的行动同时也是超个体的行动。"人性本身是上帝赐予的,因此人性是神圣的,但是,没有任何人是神圣的。"(7)历史是一种必然,它被一种神圣的力量(天意)掌控着。因而"人类社会的三个基本习俗:教堂、婚姻、葬礼都源自于天意"。(7)其实,这三个看似普通的习俗既符合人类社会的自然法则,又适于呈现循环结构,即出生、成熟、死亡、再生。贝克特认为,乔伊斯的作品恰到好处地表现了这三个习俗并呈现了维柯式的社会和历史循环结构。据此,贝克特提出了独到的关于动态形式的观点,他指出,"我所说的结构不只是外部轮廓,纯粹的房屋构架。我是指随着这三种节拍实质上的、无穷尽的变奏,三个主题〔教堂、婚姻、葬礼〕内在的紧密连接仿佛编织成阿拉伯式样的装饰毯……"(7)依照维柯的观点,诗是语言的基础,当语言中包含手势(姿态)时,口语和书写就达到一致。象形文字,抑或维柯所说的神圣的语言,并非哲学家表达深奥思想的工具,而是古人共同的需求。据此,维柯将写作与"直接表现"区别开来。"直接表现"就意味着形式和内容密不可分。(12)

贝克特在文中赞美乔伊斯写作技法和语言的天赋,认为乔伊斯的《进行中作品》就是一种"直接表现",展示了维柯式的动态语言和形式。贝克特反驳那些质疑或诋毁乔伊斯作品的人,将其视为平庸之辈(philistines),他为乔伊斯辩护道:

> 这是"直接的表现"——书中的一页又一页。女士们,先生们,如果你们不能理解,是因为你们太颓废,无法接受它。你们只有在形式

---

① 参见陆建德,《破碎思想体系的参编》,第264页。

与内容完全分离的情况下才会满足,那样你们就只需理解一个方面,而不用顾及另一方面。(13)

据此,贝克特得出结论:"内容即形式,形式即内容","他[乔伊斯]的写作不关乎外物,它本身就是意义之所在(His writing is not about something, it is that something itself)"。(14)论述至此,贝克特引用了乔伊斯《进行中作品》的"安娜·莉维亚"结尾的一段话来印证自己的观点:"当感觉处于休眠状态时,文字也进入睡眠状态;当感觉舞蹈时,文字也跟着跳舞。"(14)贝克特呼吁那些对乔伊斯的作品持反对意见的著名作家和史学家去接受这一事实。他明确指出:乔氏的语言是动态的,《进行中作品》之美感不只是在空间呈现,因为对它的充分理解既要依赖于视觉也要凭听觉。唯有时间和空间统一方能领悟。(15)乔伊斯的动态的语言形式就是时空统一的最好范例。贝克特批评道,现代语言过于老道,英语是所有语言中最矫揉造作、最抽象的语言。(15)因此,乔伊斯式的"直接表现"就是以文字革命为己任,还语言以本来的面貌,使其回到单纯简约的原初状态的创作实验。《进行中作品》标题本身就是"形式即内容"的极好体现,它形象地预示了一种动态的形式和历史的循环与延续。

4. 但丁的《俗语论》与乔伊斯的"文字革命"

贝克特在文中引用了但丁的《俗语论》(*De Vulgari Eloquentia*)为乔伊斯的"直接表现"寻找依据。如前面所论述的,贝克特从少年时代就喜爱并读了但丁的《神曲》,尤其欣赏但丁作品中自由流畅的语言风格(即表达自由)。然而,在这里但丁并不是一个古典诗人,而以一个现代主义实验家和文字革命先驱的形象出现,他仿佛是乔伊斯(其实也是贝克特)效仿的楷模。实际上但丁的《俗语论》旨在批驳只重视拉丁语,轻视意大利语的倾向,显示这位古典诗人对建构民族语言文化的担当精神。贝克特认为乔伊斯《进行中作品》所实施的"文字革命"同但丁的《俗语论》的主旨不谋而合。但是,贝克特好像有意回避一个事实,即但丁生活的时代还是欧洲的中世纪,当时的意大利还不是今天意义上的统一国家,而是由不同的城邦组成的分散的区域,因而也没有统一的意大利民族语言。在中世纪欧洲,拉丁语是正式的文学语言;但丁虽然熟知拉丁语并对拉丁语文学有深入的研究,但是他却不用中世纪正式的文学语言拉丁语而是地方方言,即"托斯卡纳方言"①,进行创作。在古典意大利文学中,但丁应该是

---

① 现代意大利语言就是以"托斯卡纳方言"方言为基础。

最早使用活语言（即普通民众的语言）写作的作家，他的作品对现代意大利文学语言的形成，整合意大利语言，作出了重要贡献。但丁也是第一个张扬人文主义理想的作家，所以恩格斯将他称为中世纪的最后一个作家，同时也是"文艺复兴"新时期的第一个作家。在这一点上，乔伊斯显然不能同但丁相媲美。

但丁并没有认为自己的方言比别的方言更好，更有优势，或者以他会说托斯卡纳方言而感到自豪。据此，贝克特认为但丁完全超越了普通民众狭隘的地方主义偏见。《俗语论》的核心思想即是："讹误是所有方言的通病，作家不可能只选择一种方言作为文学表述的形式，所以用普通民众语言写作的作家必须从各种方言中汲取最纯粹的元素来创造一种至少超越地方趣味限制的综合（合成）性语言。"(18) 在贝克特目中，乔伊斯《进行中作品》所创造的语言就是这样的合成语言；乔伊斯同但丁一样可以做到在语言表达上的游刃有余。但值得注意的是，但丁虽然不用单一的佛罗伦萨或那不勒斯方言写作，可是他运用的方言或"俗语"其实就是民众普遍接受的自然通俗的本土语言（vernacular），它是从各种方言和日常用语中提炼出来的合成语言，可谓是源于生活但又高于生活。但丁秉承为理想的意大利读者而创作的宗旨，他《神曲》中的语言至少是他所生活的城市、街区市民所熟悉并感到亲切的语言。正因此，《神曲》能够普遍被广大读者所接受，并成为深受意大利读者（乃至全世界读者）所喜爱的经典作品（虽然普通的意大利市民不会说《神曲》的语言）。而乔伊斯的《进行中作品》(《芬尼根的守灵》) 却恰恰相反，它对于任何层次的读者来说都是一部极其晦涩难懂的"天书"，连资深学者，作家都对其感到费解，并加以批评，更何谈普遍被广大读者所接受和喜爱。这一点贝克特自然也非常清楚，然而，他似乎在有意忽略这两位作家之间的根本区别。他为乔伊斯辩解道：《进行中作品》里的语言同但丁的《神曲》的语言一样，也无人能说，因此，有理由承认它为世界性的（国际）特例，就像 14 世纪《神曲》中的语言作为不同区域交互的特例被人接受一样。(18—19) 在贝克特看来，乔伊斯正在从事统一世界文字的大业，写作的过程就是创造语言，产生意义的活动，对此，西方学界（尤其是后结构主义文论家们）不难达成共识。我国学者陆建德对此做如是评论：

> 一旦把写作视为无本之木，无源之水，作家可以根据个人所好从事种种囿于任何约定俗成的规范的实验，写作就成了无拘无束的符号游戏。乔伊斯后期的作品成了有些气扫六合的理论家取之不竭的宝藏，往往被用来作为某些理论的依据。……在甲为乙证，乙为甲证

者圆满的循环往复里显然有贝克特的一份功绩。①

可见,贝克特与其说是在为乔伊斯《进行中作品》辩解,莫如说是在预设一种无拘无束的写作形式,亦即后结构主义式的符号游戏。

5."流动的艺术形式"与"炼狱的世界"

贝克特从乔伊斯的《进行中作品》中发现了一种内在的自然活力,那里有词语的不断萌生、成熟、腐败,永远处于动态的循环之中。不同的表达媒介被还原成原始的简约直白形式,这些最原初的要素融会贯通便会将思想外化成一种统一的(艺术)形式。(16)在论文的最后部分,贝克特将乔伊斯的小说形式与但丁《神曲》的形式做了对比,指出两者的不同之处是:但丁作品的形式是圆锥形的,因而暗示着高潮或顶点;乔伊斯的小说形式是球形的,它拒绝高潮的到来。一个是从实际的生存状态提升至理想状态,另一个是没有上升;一个展示的是绝对的进程和完满的结局,另一个是不断的流变——前进或后退,是一种表面的结果;一个是单向的运动,向前一步就代表一次新的提高,另一个则是无明确方向的运动,确切地说,向前一步就是一次后退(21—22)。由此可见,但丁作品呈现的是可以通向天堂的人间伊甸园;而乔伊斯的小说展示的是一个流动的过程,包含对立事物不断地转换、融合和分离;整体的不断消解与建构的过程。所以乔伊斯的文本呈现的既不是天堂,也不是地狱般的世界,它更接近炼狱的世界。据此,贝克特在论文结尾做如是解释:

> 那么,在什么意义上,乔伊斯的作品是炼狱的呢?是在绝对性的绝对缺失的意义上。地狱是一种无发排遣的邪恶的无生命静止状态。天堂是一种无法排解的完美的无生命静止状态。炼狱则是运动的洪流和这两种要素结合释放出的生命力。……没有抵抗,没有爆发,只有在天堂和地狱才没有爆发,那里不可能也不需要爆发。在这炼狱般的世界,恶行和美德——你可以用它们来指涉人类任何一对对立的因素——必须被不间断地净化,使之成为反叛精神。这样,就会形成起支配作用的善或者恶的外壳,对抗就会出现,爆炸会适时发生,机器会随之运转。(22)

这里贝克特显然借用了前苏格拉底哲人赫拉克利特的强调流变,和赞美"对抗、斗争"的观点,形象地描绘了炼狱图像,"那里既没有奖赏也没有惩罚;只有一连串的刺激,使小猫去捉它自己的尾巴"。(22)其实,贝克特试

---

① 陆建德,《破碎思想体系的参编》,第264页。

图证明唯有炼狱才是动态的流动的世界,这不仅仅是乔伊斯的小说呈现的动态形式,其实也是贝克特日后的写作所要达到的境界。

6. 对贝克特的文学评论之评论

贝克特的论文《但丁...布鲁诺.维柯..乔伊斯》可谓见解独到、立论新颖,充分显示了他深厚的学术功底,不失为一篇具有创建性的学术论文。应当指出,贝克特写此文时,还只是一个刚刚走出校门的文艺青年,并且是带着对自己的偶像乔伊斯的崇拜与景仰之情去为乔伊斯《进行中作品》辩护,因此对乔氏作品的评价自然有失客观、公正,并且带有个人情感和主观因素。有学者认为,"贝克特写这篇论文时表露的对乔伊斯的盲目奉献精神就如同 29 年前乔伊斯写关于易卜生的文章时所表现的盲目奉献"。[①]笔者认为,这篇论文也恰好反映了贝克特的批评风格(抑或是一种局限性)。他并非以文本外的批评家或旁观者的身份去评判作品,而是深陷文本之中,以故事的参与者或叙述者,甚至作者的姿态,去认同作品并加以主观的阐释。然而,值得注意的是,当时贝克特不仅仅追随乔伊斯,他还深受 20 世纪初现代派各种文艺思潮的影响;他本人就非常热衷于表现主义、达达主义、超现实主义的技巧。因此在某种程度上,贝克特的论文《但丁...布鲁诺.维柯..乔伊斯》也传达了他自己的美学理想,他与其说是在评论和阐述乔伊斯创作主旨与"文字革命",莫如说是在阐释或建构一种新的创作理念。如约翰·皮林指出,"对《进行中作品》的评论为贝克特提供了绝好的机会进行'直接表达',即表现他自己的机会,或者至少让他首先窥见如何将'自我延伸'的前景变成现实"。[②]从这一角度看,贝克特为乔伊斯《进行中作品》的声辩也并非纯粹出于对乔伊斯的盲目奉献精神。

约翰·皮林也曾认为,《但丁...布鲁诺.维柯..乔伊斯》笔法过于晦涩、充满隐喻和典故,表现出一个年轻学者的"自我放纵"(self-indulgent)[③],大有借题发挥,过度诠释之嫌。这样的批评也不无道理。贝克特在 1989 年 9 月同诺尔森的谈话中透露:乔伊斯当时之所以提议让他写这篇文章,是因为他有很好的意大利语基础,并熟读过但丁的作品。但

---

① Melvin J. Friedman, "The Novels of Samuel Beckett: An Amalgam of Joyce and Proust", in *Critical Essays on Samuel Beckett*, (ed.) Patrick A. McCarthy, Boston: G. K. Hall & Co, 1986, p.11.

② John Pilling, *Beckett before Godot*, p. 16.

③ John Pilling, *Samuel Beckett*, p. 6.

是，贝克特当时对另外两位意大利哲学家布鲁诺和维柯并不很了解，为此他花了大量时间在巴黎高师图书馆阅读布鲁诺和维柯的著作。乔伊斯对这篇论文非常满意，他觉得唯一的不足是写布鲁诺的篇幅太少。[①] 的确，从整篇论文可以看出，贝克特主要关注的是维柯（神话、历史循环论），其次是但丁（《俗语论》），而布鲁诺（对立面的相互转化观点）似乎只是作为陪衬，只是简要谈及，一笔带过。可见贝克特并没有完全遵从乔伊斯的意愿，而是按自己的喜好取舍三位大利思想家的理论观点来与乔氏的《进行中作品》做类比，并且在论述的过程中不自觉地流露出他的"自我"意识。

四、《普鲁斯特》：透视与揭秘时间、生命、艺术创作的本质

另一位对贝克特的创作技巧和美学思想产生过重要影响的作家是法国 20 世纪最具影响力的现代主义作家、意识流小说的先驱马塞尔·普鲁斯特。贝克特 1931 年发表的长篇论文（专著）《普鲁斯特》可谓是一部文学批评的佳作，在当时学界产生了很大的反响。

1. 普鲁斯特和《普鲁斯特》的写作

马塞尔·普鲁斯特（1871—1922）出生在巴黎"上流社会"的富裕家庭，但他自幼体弱多病，性格敏感、内向。从青少年时期开始，普鲁斯特经常出入于所谓上流社会的交际场合。中学毕业后，他为报刊撰写有关贵族沙龙生活的专栏文章，发表评论，二十岁左右开始写小说和随笔，翻译了英国 19 世纪思想家约翰·罗斯金的两部著作《亚眠的圣经》和《芝麻与百合》。普鲁斯特因患有严重的哮喘病，不能出门，从大约三十五岁起就终年生活在一间门窗紧闭的房间中，这种足不出户的生活一直持续到他 51 岁去世。然而，十五年的禁锢生活，他并不觉得沉闷、枯燥，反而感到充实快乐，因为他的内心充满活力。在这期间，普鲁斯特生活在回忆中，回忆他逝去的时光，并利用他非常特殊的生活方式，写成一部长篇巨著《追忆似水年华》（全书共七部，十五卷）。1912 年，普鲁斯特将小说前三部交给出版商，受到冷遇，1913 年他自费出版了第一部《在斯万家那边》，文学界反应冷淡。后来《在斯万家那边》逐渐获得文艺界的赞赏。普鲁斯特也因此成名。于是，各大出版社竞相与普鲁斯特签订合同，以求取得这部多卷集的其余几部作品的出版权。但不久，第一次世界大战爆发，出版工作被搁置下来。战争结束后，小说的

---

① See James Knowlson, *Damned to Fame*, p. 100.

第二部《在少女们身旁》于1919年出版,获龚古尔文学奖,使普鲁斯特声名鹊起。此后,小说的第三部《盖尔芒特家那边》和第四部《索多姆和郭穆尔》相继于1921和1922年出版,最后三部《女囚犯》(1923)、《逃亡者》(1925),和《重现的时光》(1927)则是普鲁斯特逝世后才出版的。

近一个世纪以来,西方文学评论界对普鲁斯特及其《追忆似水年华》的研究成果数不胜数,并给予极高的评价,如法国著名作家阿纳多尔·法朗士(1844—1924)、安德烈·纪德(1869—1951)、安德烈·莫罗亚(1885—1967)等都曾写文章赞扬普鲁斯特的艺术手法和思想深度无与伦比。贝克特可以说是最早的、最有建树的英语的普鲁斯特研究学者和批评家,他的长篇论文《普鲁斯特》对普鲁斯特及其《追忆似水年华》的创作技巧和美学价值进行了深入细致的剖析和阐释,并提出了自己独到的观点。

《普鲁斯特》是贝克特在法国巴黎高等师范学院任教期间(1930)完成的,贝克特曾回忆说,这本书主要是在学校附近的咖啡馆写的。为了写这部文学评论,他曾利用整整一个假期阅读了两遍十五卷的长篇巨著《追忆似水年华》。后来他回都柏林三一学院任法文教师时,在文学课堂上经常给学生讲解分析这部作品。可见,贝克特对普鲁斯特的兴趣非同一般。《普鲁斯特》所关注的问题仍然是贝克特在评论乔伊斯论文中所探讨的主题,即形式与内容、主体与客体以及语言表现力等关系问题。他从普鲁斯特的"时间"观念(其实也是他自己的"时间"观)入手展开讨论,通过对普鲁斯特的小说《追忆似水年华》进行细致的剖析和解读揭示了"时间"的深刻内涵以及时间与主体、存在、艺术形式之间必然联系。贝克特的《普鲁斯特》凸显了普鲁斯特的时间观和记忆的神话。

2. 普鲁斯特方程式:时间——惩罚与拯救的双面怪兽

普鲁斯特的《追忆似水年华》以"时间"这一主题开始,也以时间结束。因此,贝克特的论文《普鲁斯特》开门见山,直奔主题——"时间"。论文以及其简约的方式开始,第一句:"普鲁斯特的方程式从来都不那么简单"(The Proustian Equation is never simple)[①],道出了他对普鲁斯特作品的总体印象。贝克特接下来将普氏方程式中的未知数比作"从各种价值的贮藏库中挑选出来的秘密武器,它也不可知"(1)。这也是贝克特在三一学院的文学课上曾提出的一个命题。贝克特教过的三一学院毕生

---

① Samuel Beckett, *Proust*, p. 1.(引文由笔者自译,以下对该作品的引文页码均直接置于括号内,不另作注。)

(Mary A. McCormick)回忆道:我最感兴趣的是贝克特关于普鲁斯特的讲座,记得他曾在黑板上画图讲解"普鲁斯特的方程式并不是简单的等式"。①当时所有的学生都没有理解贝克特这句话的含义,认为这是他对普鲁斯特的戏弄。其实,这突兀的、暗含戏弄但又不乏深意的陈述也令很多文学批评家和作家费解,更何况三一学院的学生呢。贝克特认为,普鲁斯特非常清楚由于受文学惯例的约束,作家需要做出很多让步,所以普氏还无法完全彻底地跳出传统因果关系的思维定式。其实,"鲁斯特式的方程式/等式"暗指普鲁斯特《追忆似水年华》中诸多精心安排的对称结构,诸多相对的事物组成的"二元的世界"(dualism),正是在这看似简单的形式下面蕴藏着世界和生命的全部奥秘。所以说"普鲁斯特的等式从来都不那么简单"。贝克特指出,普氏采用"透视法"(perspectivism)来表现这种二元结构和事物的内在时间顺序,据此,提出了一个独到的命题,即"时间是惩罚与拯救的双面怪兽"。(1)

论文第二段援引了普鲁斯特《追忆似水年华》结尾的文字试图说明普鲁斯特的文学立场和时间观念:"如果准予我时间来完成自己的作品,我一定给它打上那时间的印记,现在时间这个概念如此强有力地出现在我的头脑中,我会在作品中描写人们在时间中所占有的位置要远比他们在空间上占有的位置重要得多,即便是冒着将人物表现成怪物之危险;人在时间中的位置无限延伸,如同庞然大物投身于岁月,人们同时触摸他们生活中的那些时期——被如此多的日子分开——在时间上相隔如此遥远。"(2)所以时间就是生命,就是整个世界,这是普鲁斯特作品的基本主题,也是贝克特论文的核心思想。

人类自诞生之日起就在时间的隧道中行走,生命本身就是时间的延续。一切都处于流变中,我们周围的一切都会在时间的永恒流逝中销蚀,自我和意识也会在流动的时间中逐渐消解。但是,时间既可以毁灭也可以拯救;毁坏一切的遗忘与拯救一切的记忆形成了永久的二元对立,所以时间像个双面怪兽。如何克服冥冥中产生的遗忘,如何将美好的记忆留住,这是时刻困扰普鲁斯特的难题,也是贝克特在文中关注和探讨的问题。人类毕生都在与时间抗争,试图从时间中拯救和保存自我。贝克特认为:普鲁斯特(也是所有作家)笔下的人物就是时间的牺牲品,他们无法逃脱每一小时,每一天,既无法逃避明天,也无法回避昨天。(过去)的时间已经使我们发生变化,同时也被我们所改变。昨天的志向只适合昨天的那个自我;我们会感到失望,因为我们已达到的目标会失去效力。主客体的统一才是最高的目标。然而,那个所谓的主体已经死亡,并且在时

---

① James & Elizabeth Knowlson(eds.), *Beckett Remembering Beckett*, p.53.

间的流程中已经死亡了很多次。(3)在普氏作品中有两种日历,即"事实的日历"(the calendar of facts)和"知觉的日历"(the calendar of feelings)(4)它们是并行发展的,即便二者能奇迹般地重合,从而实现欲望客体与主体的完美统一,人们同样会感到失望,因为获得成就的时间状态完全抵消了渴望达到的时间状态。"个体不过是一个不断倾注的过程而已,亦即从一个盛放未来时间液体的容器倾注到盛有过去时间液体的容器中去的过程。"(4—5)一切都在流变中,流变就意味着时间的延续。

贝克特认为普氏作品呈现的是活动的主体与理想的客体保持永恒不变的互依、互存关系。"观察者以他自己的灵活性去感染被观察的对象。"(6)这样客体不仅会被赋予主体的机动性,而且还会具有独立的个性,因而主客体之间达成内在同步与统一。但问题是,在人与人交流的情况下,客体不仅会具有主体灵活性和作用,它还是独立的、具有个性的存在,所以主客体内在的活力难以达到同步。"无论面对怎样的客体,我们的控制欲都是难以满足的。一切控制都在时间中实现,无论是在艺术中还是在生活中,事物在一系列的不断分离与合并中被控制、摆布。"(6—7)因此,时间是决定的因素,一切都在时间的流动中消解、重构。可见普氏作品的谜底就是时间,时间既创造又毁灭,因此它是拯救与惩罚的双面魔鬼,这便是最基本的"普鲁斯特方程式"。

3. 习惯与记忆——时间之癌

贝克特认为,习惯和记忆(回忆)是时间之癌的两个症状或特征(7),它们控制着普氏作品中最简单的事件。首先,记忆的法则受最普遍的习惯法则所支配(论文中贝克特显然将习惯等同于习俗)。如文中所说:习惯意味着个体与环境的妥协;呼吸是习惯,生命是习惯,抑或生命是一连串的习惯,因为个体是一连串的个体;世界是个人意识的投射(亦即叔本华所说的个人意志的客体化)……世界并非一经创造就一劳永逸,而是每天都在被创造着(8)也就是说,唯一真实的世界其实是不存在的,因为每个人看到的世界都受到他/她个人欲望或意志的扭曲。有多少双眼睛在观察世界,就有多少个世界。习惯就是所有的主体和与之相对应的客体之间共有的条约。对习惯的过分热爱会麻痹我们的注意力。贝克特风趣地指出,习惯就像普鲁斯特家永久的女仆,弗朗索瓦丝,①她知道该做什么,并且会夜以继日地在厨房辛勤劳作,而从不认为自己是在忍受枯燥乏味的劳动。(10)贝克特引用普鲁斯特的话:"如果习惯是第二天性,那么,它使我们对第一天性一无所知,并摆脱第一天性的残忍和迷惑。"(11)我们的第一天性与我们内在的本能相符合,它不仅仅是动物的自卫本能,而是人们与生俱来的秉性。习惯淹没了我们内在的天性,剥夺了我们表现内在本能的机会。贝克特认为,在普氏作品中,"习惯是最不需要培育的,并且它第一个出现在最贫瘠岩石的荒芜表面"(16),因此得出结论:习惯的基本任务就是永远不断地调整我们的感官,使其适应周围的世界,而苦难就意味着对这一责任的疏忽。苦难向着真实敞开一个窗口,它是艺术体验的主要条件。用普鲁斯特自己的话概括:"如果压根没有习惯这回事,那么,生活对于每时每刻都受到死亡威胁的人们,亦即全人类,必然是美好的。"(16—17)

时间之癌的另一症状或特征是记忆,贝克特评论道:

> 普鲁斯特记忆力不佳——因为他做事效率低,这已成了习惯。一个记忆力极强的人不需要去记忆任何事情,因为他不忘记任何事。……记忆显然是以感知为条件(其实,也是一种条件反射)。……在极端的情况下,记忆与习惯有着如此密切的关系,这个词[记忆]本身就是肉体(实体),它不仅仅适用于紧急情况,而是习惯性的强迫。(17—18)

其实,"记忆"和"回忆"并不是一回事,如我国学者吴晓东在评论《追忆似水年华》时所说:"记忆是留存在心理深处和下意识中关于过去的体验和经验片断,而回忆则是一种重新唤起这些过去的片断的行为。……在分析《追忆似水年华》时必须把两者区分开来。"②贝克特认为《追忆似水年华》对过去的回忆是见建立在普鲁斯特独特的记忆形式之上的(因此有西方学者认为普鲁斯特的《追忆似水年华》是否算作真正的意识流小说,还是存有争议的问题)。贝克特详细阐述了普鲁斯特式两种记忆模式,即"自觉的记忆"或"有意识记忆"(voluntary memory)和"不由自主记忆"即"无意识记忆"(involuntary memory)(19—20)。自觉记忆是智能性的统

---

① 弗朗索瓦丝是普鲁斯特家中的老女仆,一个农村出身的朴实妇女,普鲁斯特在《追忆似水年华》中回忆起这位女仆,她从年轻时就在主人家服务,已经干了很多年,主仆之间建立了感情;女主人很信赖她,喜欢她,常拿弗朗索瓦丝的农民思想和天真言论开玩笑,增加了小说的生活气息和人情味。

② 吴晓东,《从卡夫卡到昆德拉:20世纪小说和小说家》,北京:三联书店,2009年,第50页。

一记忆;凭借它可以重现我们对往事的一些愉悦的印象,它是由意识和知性形成的记忆。然而,它对我们平时经历的大多数事物中所疏漏的神秘的成分不感兴趣。普氏将这种记忆行为类比作翻看相册的动作,它的图像是凭想象任意武断地选取的,因而是脱离现实的。可见,"自觉记忆"是受习惯支配的,在普鲁斯特看来它的价值远不如"不由自主的记忆",普氏自己的作品呈现就是后者。

"不由自主的记忆"即"无意识的记忆",它也是一种自由联想式的回忆过去的方式。贝克特在论文中重点阐述了普氏的"不由自主的记忆",认为,"不由自主的记忆"具有爆发性,是一种即刻发生的、完整的、美好的爆发过程,在爆发的激情中习惯被耗尽,展现出虚假现实经验所永远无法暴露的真实。(20)贝克特极为欣赏普氏的这种与众不同的时间和记忆概念并形象地把普氏"不由自主的记忆"比作"无拘无束的魔术师"(20)。贝克特说,"我不知道这样的奇迹在普氏作品里出现的频率有多大,我想(在《追忆似水年华》中)有12、13次吧。但是第一次——茶水中浸泡着的玛德莱娜甜点——这个极妙的情景就有力地证明他(普氏)的整部作品是一座不由自主记忆的丰碑和无意识回忆行动的史诗"。(21)在《追忆似水年华》第一部《在斯万家那边》,叙述者〔其实就是普氏本人〕回忆自己童年时代喝一杯热茶的情境:在某个早晨,他去给姨妈请安,姨妈把一块玛德莱娜小点心浸泡在一杯椴花茶中给他吃,他可以同时喝茶吃点心,其美味使他终生难忘。普氏写《追忆似水年华》最后一部《重现的时光》时,重又回想起此事,仿佛回到了20年前的童年时代,把当时的生活环境和身边的人物都带回到记忆中,使过去和现在重合,你中有我,我中有你,两者相互映射形成真实的生活情境。

贝克特评论道:普鲁斯特对讲了什么(即讲话的内容)并不十分感兴趣,而是更加关注以何种方式讲话。(63)也就是说,《追忆似水年华》的真正价值和意义并不在于回忆本身,而是在于它教给人们回忆过去的方式,即上面谈及的两种记忆的方式。"自觉记忆"("有意识记忆")是通过推理,文件和佐证去重建过去。这种记忆决不能使我们感到过去突然在我们面前显露,唯有"不由自主的记忆"才能使过去的美好时光突然显露,才能找回失去的时间,使我们意识到自我的长存。"不由自主的记忆"是通过当前的一种感觉与一个记忆之间的偶合发生的。如安德鲁·莫罗亚在《追忆似水年华》的出版"序言"中所说,叙述者一旦辨别出这种形似贝壳的甜点(玛德莱娜甜点)的滋味,整个贡布雷市便带着他当年在那里感受到的全部情绪从一杯椴花茶中浮现出来。时间被找回来了,同时它也被战胜了。这一时刻艺术家感到自己征服了永恒。①但是并非所有艺术家能有这样的感觉,唯有普鲁斯特会在直觉的引领下,使已经遗忘的美好世界从一杯茶中整个涌现出来。

据此,贝克特意识到,艺术创作与艺术家的生命融为一体,"普鲁斯特的整个世界源自于一个茶杯,不只是他童年生活的那个小城贡布雷(Combray)……对童年的自然而然的回忆是被那久违了的热茶中浸泡的玛德莱娜甜点心的滋味唤起的"。(21)这种神秘的经历就是"不由自主的记忆",它是普氏作品的基本主题。贝克特将"不由自主的记忆"视为偶发的、意外的生命中的救赎。(22)对时间女神的信仰和崇拜是全人类的天赋,没有一个延伸到时间维度的客体能容忍被控制/占有,占有意味着完全的占有,唯有主客体的完全统一方能实现这一目的。(41)一切活跃的、被包裹在时间和空间中的事物都被赋予了某种抽象的、理想的、绝对的不可渗透性。普氏的立场是:"我们想象的我们欲望的客体是一个摆在我们面前,被装入体内的存在。这种存在延伸到它所占据的和将要占据的空间和时间的方方面面。假如我们没有接触到这样的地点、这样的时刻,我们就不会拥有那种存在。"(41)也就是说,唯有我们的生命触摸到的世界才是最真实的存在,但是这种存在和自我会在时间的流逝中逐渐解体。所以"唯一真实的乐园是已经逝去的乐园"。(14)然而,它并不会完全消失,它会在梦中,在回忆中重现。普氏就是在"不由自主的记忆"中找回了失去的乐园。可见,时间可以摧毁一切,但是回忆却具有保存作用,它可以使逝去的岁月重现。

4. 艺术创作:对生命的书写

贝克特尤为欣赏普鲁斯特的艺术表现力和思想的深度。普氏可以通过"不由自主的记忆"或自由联想使生活转变为艺术,因此,他的艺术创作就是对生命的礼赞(尽管这生活中也有痛苦),他真实表现人对生活的感知和精神活动,这是普氏作品与传统小说的区别所在。传统现实主义作家巴尔扎克着重于从事物的外部现象观察世界、描写世界;普氏则刻意突出内部世界,增加作品的深度与立体感。在普氏看来,对绝对客观世界的研究是科学家该做的工作,文学家只能真真切切地反映他自己感觉到的事物,表现对生命的赞美和热爱。在这一点上,《追忆似水年华》表现的最彻底、最动人。贝克特评论道:精神上的发展是指深度感。艺术的趋向不

---

① 参见《追忆似水年华》(1)《在斯万家那边》,安德鲁·莫罗亚"序",施康强译,译林出版社,译者:李恒基、徐继曾,1989年。

是扩张而是收缩。艺术是对孤独的颂扬。没有交流,因为无交流的对象。所以友谊就是对那人人都会面临的无可救药的孤独的一种否定,它只有表面价值,毫无精神意义。唯一富于创造力的探索是一种挖掘式的,沉浸式的,精神的紧缩。艺术家是活跃的,但是却逆向地从外部的世界中退缩,深入到"内在的漩涡中心",(46—48)即潜意识的领域。这也是贝克特对艺术创作的深刻思考。

贝克特在论文中提出了独到的、悖论性的"理想核心"的观点和"剥洋葱"意象;他把普鲁斯特的小说形式比作一种动态的挖掘过程(excavatory process,17),认为艺术创作就如同剥洋葱一样,试图剥去层层自我和世界的表象,剥去层层传统的思维模式,以达到一种最小的"理想的核心"(the ideal core of the onion)(16),一种存在的本真。其实,现代主义作家的创作大都是向着这种"理想核心"的延伸,而贝克特本人的小说创作更是对这种动态挖掘过程的精彩演示。因此"剥洋葱"这一意象也经常被后结构主义作家和文论家(如罗兰·巴特)用来指涉及后现代的艺术形式,它已经成了后结构主义和解构主义叙事的表征。如贝克特在论文中所评论的,"洋葱的理想核心"是对艺术挖掘工作的最好赞扬。(17)虽然它是一种虚空,但是却更有生命力。贝克特显然在暗示,真正的艺术家所追求的真实并不在外部世界,而在于内心;作家只有向内心深处探索,才能发现真实。

贝克特认为普鲁斯特的作品完全不考虑道德问题,因为他的世界总是处于没有主体的意识流动中,因而也不存在对与错;既无罪过也无惩罚。但是贝克特又批评指出,普鲁斯特在那些描写战争的段落中却不再是个艺术家,而是将自己的声音混同于平民百姓、乌合之众、暴民。贝克特强调普氏作品里,唯一的罪孽是出生。因此悲剧不关注人类正义,它只是一种补偿(赎罪)性的陈述。悲剧性人物表现了对原罪的补偿,即对人的"出生之罪过"(the sin of having been born)的补偿。(49)不难看出,贝克特同普鲁斯特一样对生活和世界持悲观的态度,认为存在意味着磨难、痛苦是不可避免的,因此,贝克特提出"人的出生本身就是一种罪过"这一观点颇具主观性,是他本人对存在的理解。

《追忆似水年华》所揭示的基本思想是:人生就是一系列不断脱节和调节的过程,在现实中无论是神秘事物还是美好的东西都不再是神圣的、永恒的,只有无法排遣的厌倦是持久的。因此小说的主人公(普鲁斯特)发现作家贝戈特(就是对法国著名作家法朗士的影射)所说的"精神的愉悦"是何等的空虚。甚至艺术,他一直视为腐败世界中仅存的理想的、圣洁的元素也已经变得虚假、枯燥乏味。(50)艺术家只有通过对周围事物的观察、感知和对逝去时光的(不自觉)记忆、才能表现最真实的世界。使当下发生的事与过去的经历结合,让过去的行为在现实中重现就意味着同时分享理想与真实,想象与直接感知,象征与实质。(55)所以贝克特认为,普氏的作品是纯粹艺术,它是对生命过程的呈现。普氏作品对过去的复制既是想象的又是经验的,是再现与直接感知的统一,它不仅仅是实际的真实,也不只是抽象的理想,而是理想的现实,它是本质的,超越时间的存在。(56)使生命与时间同在,在艺术中永存,这就是贝克特所推崇的普氏作品的理念和境界。

5. 艺术:既摧毁现实又创造现实

贝克特在文中探讨了普鲁斯特作品所揭示的现实与传统小说所表现的"现实"之区别,认为普氏能很好地理解波德莱尔对现实的定义,即主客体的充分结合。但是,波德莱尔式的主客体统一的现实,还是从诸多简单的事物中抽象出来的,因此是概念化的现实,而普氏追求的不是概念而是真实。贝克特评论道:在具有创造性和毁灭性的时间中,普鲁斯特发现了一个作为艺术家的自己:"我懂得了死亡、爱情、职业、精神之快乐和痛苦的意义。"(59)贝克特赞同普氏对传统现实主义和自然主义作家的蔑视。在普氏看来,现实主义和自然主义作家"崇拜经验的残渣,屈从于表层的突发的癫痫,满足于描绘表面的,正面的东西,而思想不过是表象背后的囚徒"。(59)。贝克特欣赏普氏的表现手法,即"阿波罗活剥马西亚斯(Marsyas)[①],无情地夺得其精髓,弗里吉亚[②]的水域"。这本质其实就是通过对世界和生活的感知和对往事的记忆获得的更深层次的现实。"没有能力毁灭现实的人也没有力创造现实。"[③](59—60)贝克特在此借用了19世纪意大利文学理论家德·桑克蒂斯在其《意大利文学史》中评论但丁的一句话,发表了他本人对传统作家的批评观点。贝克特认为传统的现实主义作家无法做到像普鲁斯特那样用生命和血肉之躯去创造艺术,让艺术再现真实。据此,贝克特暗示,传统作家所表现的现实只是平

---

① 马西亚斯(Marsyas):古希腊神话中擅长吹笛子的神,他曾与阿波罗约定比赛,阿波罗弹竖琴,他吹笛子,输者被剥皮,结果他输了,被处死。(笔者注)

② 弗里吉亚:古安纳托亚中西部的地区,古希腊人把这一地区的人当成奴隶。(笔者注)

③ 贝克特在论文最后部分引用该句的意大利文原句("chi non ha la forza di uccidere la realta non ha la forza di crearla")这个引语来自19世纪意大利著名的文学理论家德·桑克蒂斯的《意大利文学史》(Francesco De Sanctis' Storia della litteratura italiana, p.160);笔者是根据英文译文而翻译成中文,英文翻译出自James Terence McQueeny's Ph. D. Thesis, "Samuel Beckett as critic of Proust and Joyce", University of North Carolina, 1977, p. 124.

面的、寓言性的现实,①而只有摧毁这种现实,才能创造深度的、立体的现实。古典主义作家/诗人,甚或是被誉为世界上最杰出的、无可挑剔的伟大作家但丁,也都试图呈现一个理性的带有象征意味的现实,其实那只是一种比喻或寓言。这种传统的创作理念恰恰是对艺术创作本质的否定。但是,德·桑克蒂斯却认为但丁是唯一可以超越他的时代的艺术家(而非预言家),因而他的创作达到了真正的艺术境界。然而,但丁有时仍不能完全脱离他那个时代的寓言精神和习俗。贝克特在文中指出:"但丁,如果说他的作品有败笔的话,那是因为他创造了纯寓言性的人物形象(如Lucifer, the Griffin of the Purgatory, the Eagle of the Paradise……),这些人物只具有表面的形式的意义。这是寓言的失败,经常发生在诗人身上。譬如,斯宾塞的寓言在短短的几个篇章中就以失败告终。(60)但丁还是比其他古典作家更胜一筹,因为他是一个艺术家,而不是预言家。一个真正的艺术家就应该具有自由的精神,去超越寓言的王国,唯有摧毁寓言式的现实(平面的现实)才能创造真正的、立体的更高层次的真实;贝克特称其为隐而无形的现实(Invisible Reality)(72)。

　　在贝克特看来,传统的作家的创作方法都是平面的写作,因此只能创造平面的现实、扁平的人物;而普氏的创作手法是立体式的深度写作。普氏比较热衷于波德莱尔式的象征主义,但是他又修正了波德莱尔式的象征主义。在普氏笔下,客体可以是一个活的象征,是他自身的象征,因而他的作品是建立在自主象征(autosymbolism)基础之上的。(60)普氏不像古典艺术家和现实主义小说家那样想当然地将自己视为先知或全知全能的上帝,他的写作就如同他在不断流逝的时间中生活一样自然。因此,在普鲁斯特的世界里,本能的感知(直觉)是首要的。依照普氏的观点,艺术作品既不是创造的也不是选定的,而是被发现、被揭示、被挖掘出来的,它预先存在于艺术家头脑中,是他(艺术家)自己天性的法则。据此,贝克特指出"唯一的现实是象形文字展现的现实,是灵感感知(主客体的统一)触及的真实"。(64)普鲁斯特非常欣赏他在小说中塑造的印象主义画家埃尔斯蒂尔(Elstir)和他的印象主义式的艺术风格,即表现他所看到的而不是表现他确信他应该看到的事物。贝克特认为普氏作品借鉴了印象主义的创作技法,完全依照自己的感知去对现象世界做非逻辑叙述,由此贝克特联想到了叔本华的艺术观,叔本华将艺术创作视为不依赖理性原则去观察世界的过程。(66)普氏的创作很好地体现了叔本华的艺术观,这

---

　　① 贝克特在文中没有直接提到"平面现实"和"寓言式现实",而是指出了传统作家的寓言式风格是"平面写作"(flat writing),笔者认为"平面写作"所揭示的就是"平面现实"或"寓言式现实"。

其实就是贝克特日后的文学创作始终遵循的原则。

在论文的最后,贝克特探讨了音乐在普氏作品中的意义以及音乐与现实的关系。在普氏的笔下,应该有一部揭示音乐的重要意义的书。叙述者回忆聆听作曲家凡德伊(Vinteuil,暗指当时法国浪漫主义钢琴演奏家、作曲家圣·桑)的奏鸣曲和七重奏时给他带来的喜悦,这也为整部小说增添了的音乐节奏感。的确,整篇小说就像一篇宏大的交响乐章,它凑出两个主题:摧毁一切时间和拯救一切的记忆,它们相互对立又完美统一,最后,成为欢乐的乐章,这种快乐对于普鲁斯特来说是一种解脱,它仿佛来自天堂。贝克特认为普氏的这种音乐的表现力无疑受到了叔本华的影响。叔本华不赞成莱布尼兹式的将音乐视为"玄妙的数字"的观点;在叔本华的美学中音乐不像其他种类的艺术那样只能创造适合于现象的思想;而事实上音乐本身就是思想,它无视现象的世界,完美地存在于宇宙之外,它不能在空间而只能在时间上被理解,因此不为目的论的假象所动。(71)因此,贝克特得出结论:"在普氏作品中,音乐是一种催化性的元素。音乐使他坚信他对人性的永恒性和艺术的真实性的怀疑立场。"(71)唯有音乐才是最本真的美的形式,普氏擅长描写对音乐的神秘感受,如叙述者在凡德伊的七重奏的乐章中所体验到的独特的美,独特的世界,那才是纯粹的思想的、非物质的真实,即"无形的现实"(invisible reality 72)。音乐是"对一种独特的美,一个独特世界之本质的最为理想的非物质的表述"。(72)所以音乐所表现的是最高层次的现实。

普鲁斯特是西方文坛最早对小说形式进行大胆实验和创新的作家,他的小说对西方现代派小说的发展做出了巨大贡献,也对20世纪50年代法国出现的"新小说"产生了一定的影响。普氏小说与传统小说最大的不同就在于它没有贯穿始终的中心情节,只有回忆和意识活动;他的这种新小说对人的精神世界的重新发掘,使人的精神重新置于天地的中心,因此,法国作家莫罗亚认为普鲁斯特实现了一场"逆向的哥白尼式革命"[①]。但是,值得注意的是,普氏的小说同乔伊斯式的意识流小说和法国"新小说"有着很大的区别。普氏的创作主旨不是(像乔伊斯和"新小说"流派那样)为创新而创新,或"为艺术而艺术",他的作品完全是为表现他对生命和世界的特殊感受而创造的新的小说形式。我国已故著名学者,罗大冈先生在《追忆似水年华》中文版(译林出版社,1989)的"代序"中说:"我们赞赏和提倡'为人生而艺术',反对'为艺术而艺术',所以我们重视从真实生活中产生,有强烈的生活气息的名著《似水年华》。"其实,普氏小说创作是"为生命为艺术",强调艺术对生命的书写;它从真实生活中产生;将生

[①] 引自吴晓东,《从卡夫卡到昆德拉》,第44页。

活转变为艺术,使艺术重现真实。因此,在某种意义上,普氏的作品比传统现实主义小说(如巴尔扎克的作品)更具有人情味和生活气息,同时也是最唯美,最艺术的现代派小说。因为普氏采用的"透视法",将心灵作为透视镜去反映和体会生命的深层含义。所以他的小说是能唤起人们对生命的热爱和眷恋的艺术形式。在这一点上,没有作家可以超越普鲁斯特,贝克特同样没能超越。贝克特推崇普氏在艺术表现手法上的大胆创新,并在他早期的作品中试图效仿普氏的创作方法;但是,贝克特在后来的文学创作的道路上却与普氏的创作道路渐行渐远,并且越来越注重形式实验和语言表达问题,成了纯粹的"新小说"和"反小说"形式的实验家。

6.《普鲁斯特》在学界的反响

如果说贝克特的第一篇论文《但丁…布鲁诺.维柯..乔伊斯》是完全出于对乔伊斯的崇拜,遵循乔伊斯的意图而写,并且是以乔伊斯的代言人姿态为其摇旗呐喊;那么,他的《普鲁斯特》却是一篇不带有任何功利性和盲目奉献精神的文学评论。在《普鲁斯特》中贝克特完全传达了他自己的声音和思想。因此,《普鲁斯特》比前一篇论文更具独到见解和学术价值,可谓是一篇更成熟的、更有建树的学术论文。写作此文时,普鲁斯特已经去世9年,贝克特与这位文学大师之间的距离感,可想而知。所以贝克特将普鲁斯特作为一个理想的审美客体,并能以一个文学评论家和观察者(而非崇拜者)的姿态,较为冷静、全面地去品评普鲁斯特的作品,将自己的思想自然而真切地传达出来(虽然其中也不乏主观性的阐述和较为激进的词语)。我国学者陆建德评论道:"没有严师在旁督导,没有争论与功利的目的……文章里常见一种冷峻悲苦但绝无一丝多愁善感的优美。表示极端怀疑主义的惊人之语源源涌出,但在怀疑后是对自己立场正确性的坚定不移,于是又让读者感到咄咄逼人的宣言风格。"[①]此文一经出版便受到了当时文艺界的广泛关注和认可,也为贝克特带来了一定的声誉。当时学界对贝克特的《普鲁斯特》的各种评论声音和反响远远超出了人们对普鲁斯特本人及其作品的关注和评价,当然其中也不乏批评的声音。1931年4月2日的《泰晤士文学副刊》评论道:在此我们很难用简要的文字勾勒出贝克特先生的书(《普鲁斯特》)之概要;他竟然能设法用七十二页的篇幅承载大量细致的作品分析。他的散文结构紧凑、充满活力

---

① 陆建德,《破碎思想体系的参编》,第266页。

第三章 美学路径与创作理念

并富于重要的隐喻……"①1931 年 4 月 18 日,著名学者博纳米·德伯里在《旁观者》上发文批评道:"贝克特论普鲁斯特的小书是一部充满活力的作品,但是它太过于'巧辩'了……贝克特先生自己过多地闯入评论中并沉湎于大量离题的讨论。尽管如此,它仍不失为一本令人愉快、兴奋的小册子。"②英国诗人和散文家 F.S. 弗林特也认为贝克特的论文关于流动的客体与主体的论述过于晦涩难懂。③ 英国剑桥著名学者克莫德认为,"《普鲁斯特》文风晦涩、迂腐,没有对他所评论的作品进行应有的批评判断。然而,……它不仅显示了贝克特创作初期的才能,也探讨了重要作品被禁止讨论的东西,即思想(理念)。它即使不是对普鲁斯特的最好介绍,也是对贝克特思想的极好介绍"。④加拿大知名文学批评家诺斯罗普·弗莱指出:作为小说家,贝克特继承普鲁斯特和乔伊斯的风格,他的普鲁斯特论文是探究(检验)他自己作品的最好的出发点。⑤由此可见,《普鲁斯特》不只是一篇文学评论,它本身已经成了一种次生文学(secondary literature),成了文学批评的对象,同时它也为我们认识和了解贝克特创作思想提供了一个切入点。英国知名的贝克特研究学者约翰·皮林指出《普鲁斯特》读起来既像是一部批评研究《追忆似水年华》的专著,又像是贝克特对他自己创作的最基本的美学和叙事问题的思索。⑥ 这应该是对论文《普鲁斯特》较为恰当的评价。

长篇论文《普鲁斯特》是贝克特的一次大胆的批评实践和他美学思想的充分展示。论文的写作思路和方法本身就是对传统批评模式的颠覆。贝克特在论文正文之前做了一个极为简短的不足一百个单词的序言,其实它更像是一个宣言,向读者表白:此书不涉及普鲁斯特的传奇人生、他的死亡、他接触的贵妇人、诗人、散文家等等……这就是贝克特对自己的批评立场的明确陈述。贝克特主张文学作品的自足自立,内容和形式无法分离,因此文学批评也不应关注文本之外的事物。这其实就是 20 世纪 50 年代出现的新批评的方法,但是,在贝克特写《普鲁斯特》时,这样的批

---

① "Unsigned Review", *Times Literary Supplement* (2 April 1931, p. 274), reprinted in *Samuel Beckett: The Critical Heritage*, (ed.)Lawrence Graver & Raymond Federman, p. 39.

② Bonamy Dobrée in "Spactator" (18 April 1931, 641—642), reprinted in *Samuel Beckett: The Critical Heritage*, (eds.) Graver & Federman, p. 40.

③ See F. S. Flint in "Criterion" (July 1931, 792), reprinted in *Samuel Beckett: The Critical Heritage*, (eds.) Graver & Federman, p. 41.

④ Frank Kermode in "Encounter" (July 1960, 73—76), reprinted in *Samuel Beckett: The Critical Heritage*, (eds.) Graver & Federman, pp. 198—199.

⑤ Northrop Frye in "Hudson Review" (Autumn 1960, 442—449), reprinted in *Samuel Beckett: The Critical Heritage*, (eds.) Graver & Federman, p. 206.

⑥ John Pilling, *Beckett Before Godot*, p. 37.

评思路还是颇为标新立异的,是对传统批评方法的背离。

五、贝克特的美学主张:动态挖掘过程、理想核心、无可言说的真实

贝克特的两部文学批评作品《但丁...布鲁诺.维柯..乔伊斯》和《普鲁斯特》不仅对乔伊斯和普鲁斯特作品艺术价值做出评判,而且也传达了贝克特自己对艺术创作的思考,在评论两位文学大师的作品的过程中贝克特也充分地、自由地展示了他自己的美学立场和主张,因而,这两篇论文可以看做是贝克特自己的美学思想的宣言,为他日后的文学创作奠定了美学基础。

1. 内容即形式,形式即内容

贝克特反复强调的一个观点即是内容与形式的不可分离。"形式即内容,内容即形式",这不仅是对乔伊斯的《进行中作品》(《芬尼根的守灵》)的创作理念的精辟概括,其实也确立了一个大胆的、颇具创见性的美学思想。贝克特高度赞扬乔伊斯在小说形式和语言上的实验和革新,将他的作品看作内容与形式、主体和客体完全融为一体的象形文字,是一种"自我的延伸"和"直接的表现"。因此,他提出了独到的创作理念,即乔伊斯式的创作:"写作不关乎外物,它本身就是意义所在。"这一精辟论断现在已成了文学批评家经常引用的名句,因为它道出了后现代写作的本质特征。在贝克特看来,文学创作的初衷并不是讲述什么故事,或描写世界,写作本身就是产生意义的过程。在论文《普鲁斯特》中,贝克特重申了内容和形式的合二为一,他说,"对普鲁斯特而言,犹如对画家一样,文体是想象力的问题而并非技巧问题。语言的质量比任何道德和美学体系都重要。他认为内容与形式不可分离;一个是另一个的具体化,是对一个世界的揭示。"(67)贝克特赞同两位文学前辈将文学作品视为自足自立的系统的观点,并在他自己的创作中坚持不懈地追求主题与表达方式、幻想和形式的完全融合。

贝克特的写作(尤其是早期的作品)虽然在很大程度上模仿了乔伊斯的语言风格,但是在创作的主导思想和对艺术与生活关系的理解上,他更能与普鲁斯特达成默契。这从他早期的作品《梦》和《徒劳无益》中便可看出,因为它们同普鲁斯特的《追忆似水年华》一样都是建立在对童年和故乡的记忆的基础上的(这将在下一章详述)。贝克特的美学思想在《普鲁斯特》中表现得最为充分。他对普氏的时间观的独到的解读在很大程度上渗透了他自己的思想,如弗兰克·克莫德在评论《普鲁斯特》时所说,

第三章 美学路径与创作理念

"贝克特自己对时间表现出的热情远远大于他所评论的作品。……虽然这与普鲁斯特不无关联;但它却凸显了贝克特自己所专注的带有悲观色彩的柏格森主义。"① 的确,贝克特同普鲁斯特一样都深受法国哲学家柏格森的影响。普氏的《追忆似水年华》对时间和记忆的处理似乎就是对柏格森哲学的核心思想,即时间之"延续"、"绵延"思想的生动演绎,这一点目前西方文学界,特别是法国文学评论界已普遍达成共识。但是贝克特写此论文时西方文学界对普氏作品尚无此定论,他在文中明确指出了普氏作品的柏格森主义创作倾向,这充分体现了一个年轻学者对现代主义艺术创作本质的洞察力。但是,至于普氏如何受到柏格森哲学的影响以及在多大程度上受其影响,贝克特并未做详细论证,只是对普氏创作体现的"本能的感知——直觉"大加赞赏。其实,贝克特是在表明他自己的美学立场,彰显一种直觉主义的美学思想。这种建立在直觉主义基础之上的创作理念就是贝克特创作的主导思想。

贝克特早期作品《徒劳无益》和《梦》是紧随两部评论作品之后创作的,尽管当时年轻的贝克特的写作风格和文学形式尚未成形,但他已经捕捉到了他日后文学创作的美学方向,即通过直觉去感悟世界和人生。如哈维所言,"尽管年轻的作家离发现自己的小说创作模式还有很长一段距离,但是他很确信自己想写什么"。② 如在第一部小说《梦》中,贝克特就通过主人公贝拉克表达了他对文学创作的理解:

> 头脑仿佛一下子进入墓穴,然后积极地投入一种愤怒和充满活力的狂想曲中,轻快地涌向出口,这便是整个创作活动的最终模式或要素,它的质子,无可言传;但是在那里,坚持不懈的无形的告密者,在艺术外表散乱的星象图背后,坐立不安。头脑的循环运转逐渐升级穿过黑暗到达顶点,……与此相比,所有其他的模式,所有礼貌的婉转方式,都成了上发条的玩偶。③

从这段文字中我们已经看到一个年轻艺术家富有创造力的头脑:它生动揭示了贝克特对艺术创作的感悟,预示了他日后文学创作的道路。贝克特在书中也公开表明了他对传统现实主义作家(如巴尔扎克、简·奥斯丁等)的批判。(这将在下一章的文本阐释中详述)

简言之,贝克特早期的文学创作在叙事视角、语言风格和主观的意识流的叙事技巧方面,无疑受到了乔伊斯和普鲁斯特的影响。在题材和技

---

① Frank Kermode in "Encounter" (July 1960, 73—76), reprinted in *Samuel Beckett : The Critical Heritage*, (eds.) Graver & Federman, p. 199.
② Lawrence Harvey, *Samuel Beckett : Poet and Critic*, p. 340.
③ Samuel Beckett, *Dream of Fair to Middling Women*, pp. 16—17.

巧上，贝克特的写作可以说是从普鲁斯特的"透视法"开始；在话语风格上，效仿了乔伊斯，但是，贝克特在后来的形式实验的道路上却比两位文学前辈走得更远，更极端，甚至完全偏离了两位现代派大师的创作路线。因此，西方文学界倾向于将贝克特视为后现代文学和解构主义的杰出代表。贝克特的文学创作自始至终都遵循着他"形式即内容，内容即形式"的美学主张。

2. 艺术与"混沌"

贝克特的小说所关注的不仅仅是人类的生存境遇，更主要的是小说艺术的发展走向。二战之后，贝克特对世界和艺术的本质又有了进一步的理解，他认为艺术若要反映本真的生活和世界，就必须包容"混乱"，因为二战之后的世界本来就是混乱无序的，人的内心世界更是错综复杂，难以把握。1961年贝克特在同美国学者德莱瓦的一次谈话中对艺术与混乱的关系发表了独到的观点：

> 混乱并不是我的发明。我们听人谈话不到五分钟便会强烈地意识到混乱。它就在我们周围，我们现在唯一能做到的就是容纳它。我们革新的唯一机遇就是睁开双眼注视混乱。那不是你所理解的混乱。

> 混乱怎么可能被接纳？因为它与形式完全对立，因而它可以摧毁那个艺术赖以存在的东西（形式）。但是目前我们不能再将其拒之门外，因为我们进入了一个时时刻刻都经受混乱侵袭的时代，它就在那里，它必须被包容。[①]

上述引文进一步揭示了贝克特的美学追求，贝克特认为艺术家所面临的问题就是如何处理艺术与混沌的关系问题；"发现一种能够包容'混乱'的形式，这就是当前艺术家的任务。"[②]贝克特二战之后的文学创作就是以完成这样的任务为宗旨，并取得了成功。

"混沌"就是贝克特作品所表现的基本主题，它既揭示了现代人变幻莫测的内心世界，也概括了二战之后西方世界荒诞、混乱、无序的社会现实。他的小说三部曲和荒诞派戏剧作品都恰到好处地展现了这一主题，达到了内容与形式的高度统一，可算作"艺术包容混沌"的范例。既然混

---

① Tom Driver, "Interview with Beckett" in "Columbia University Forum", reprinted in *Samuel Beckett: The Critical Heritage*, (eds.) Graver & Federman, pp. 218—219.

② Tom Driver's "Interview with Beckett" in "Columbia University Forum", reprinted in *Samuel Beckett: The Critical Heritage*, (eds.) Graver & Federman, p. 219.

沌意味着荒诞、无序,它何以能用传统的合乎逻辑的、理性的艺术形式去表现?在贝克特的文本中,混沌既是形式也是内容,因而他也实现了"内容即形式,形式即内容"的美学主张。但是应当指出,并不是贝克特创造了混沌,而是他所处的特定时代产生了混沌;而混沌恰好创造了一个独具匠心的作家、艺术家贝克特。在貌似狂人呓语的混沌背后蕴藏着贝克特对世界、存在和艺术表达问题的缜密的理性思考。

在贝克特看来"混沌"就意味着缺乏透明性和清晰性,(无明确界限划分的)难以理解的事物。他笔下的人物在生与死之间抗争,如戈戈和狄狄在存在的边缘徘徊,试图自杀,但又眷恋生命,欲罢不忍;《终局》中的汉姆生活在一个毫无生机的死亡的世界;《幸福时光》中的温妮即将走进坟墓,仍然感觉生活的美好,等等,因此,德莱瓦曾问贝克特,这类生与死的问题是否就是混沌的一部分?贝克特对此给予肯定的回答,他说:"如果生和死不同时呈现在我们面前,就不会如此难以把握。如果只有黑暗,一切都会清晰可辨。正因为不仅有黑暗,而且还有光明,我们的情形就变得难以解释。……如果我们相信事物的反面,问题也可以解决。"贝克特给出的答案是,"我戏剧中的关键词就是'或许(perhaps)'"①,贝克特认为传统的现实主义文学所表现非此即彼的、清晰透明的生存状态其实是不存在的。世界是不可知的,一切都处于流变中,没有什么可以确定无疑。贝克特作品所呈现的是动态的、不断变换的,模糊的二元世界,或者是多元并存的流动的世界,因而它也是说不清,道不明的,难以言说的世界。

3. "动态的自我生成形式"与螺旋式挖掘过程

贝克特的作品无论展示的是怎样怪诞离奇的艺术世界和形式,其实都是对社会现实的一种折射,因此,有西方学者认为他的作品仍然是一种"模仿形式"("imitative form")②。但是贝克特的"模仿形式"并不像传统小说那样反映外部的客观世界或人与社会的关系,而是注重真实呈现人的精神活动、生存状态和他自己对生活的幻像;它也不完全等同于普鲁斯特式的小说形式。贝克特的作品可以说是对思维和意识结构的模仿,更主要的是对艺术创作过程的不自觉的呈现。因此,用"模仿形式"来界定贝克特的作品显然不够准确,应该有更合适的术语。笔者认为,贝克特作

---

① Tom Driver's "Interview with Beckett" in "Columbia University Forum", reprinted in *Samuel Beckett: The Critical Heritage*, (eds.)Graver & Federman, p. 220.

② 关于贝克特小说的"模仿形式",参见拙著《走向虚无:贝克特小说的自我探索与形式实验》,北京语言大学出版社,2005年,第10—11页。

品的形式可以概括为"动态的自我生成形式"。既然意识是流动的不断变幻的,贝克特的小说形式也一定是动态的、流动的。

贝克特在《普鲁斯特》中,把艺术创作比作是一种向着理想核心的挖掘过程,试图达到一种本真的存在。他的文学创作就是不懈地追求这种"理想的核心"的挖掘过程。因此,贝克特小说的形式与传统小说不同,是一种"动态生成形式",强调内容与形式的互动与融合。他的"动态形式"所展示的并非形式本身,而是他艺术的创作过程,也就是一种动态的进程,即从不同层面挖掘自我和形式实验的过程。俄国著名理论家巴赫金在他的关于艺术形式的论文中探讨了两种不同的艺术形式,一个是"建构形式"(architectonic form),另一个是"布局形式"(layout form),二者有本质的区别,但是它们也极易被混淆。① 前者是动态的形式,强调形式与内容的完全融合和艺术创作的过程;后者是静态的,指素材的组合或作品的结构。贝克特小说的动态形式显然属于前一种,巴赫金将这种建构形式视为一种积极的表现,它可以渗透到内容中并且实现内容。② 这样的形式并非是创作之前设计的,而是写作过程中不断建构和实现的。据此,贝克特作品的形式不仅是动态的,而且还是自我生成的,它既是艺术的创作过程,也是意义的生成过程。

但是,贝克特建构的艺术形式或艺术世界并不是逐渐扩大,而是不断缩小,向着纵深发展;动态进程也不是直线发展,而是螺旋式深入直至到达那个"理想的核心"(ideal core of the onion)。诚如贝克特在《普鲁斯特》中所说,"唯一可能的精神发展是深度意义上的,艺术创作的趋向不是扩张,而是收缩"。(47)。据此,贝克特建构的艺术形式不仅是动态生成形式,而且还是"逐渐递减的螺旋形"(见本书最后一章对贝氏戏剧形式的讨论),它更接近但丁的《神曲》所展示的世界图像,即圆锥形;它是向纵深挺进的螺旋式挖掘过程,也呈现了一种循环结构。总之,"动态的自我生成形式"和"螺旋式的挖掘过程"是本书提出的核心观点,以下章节对贝克特作品的解读和剖析将进一步演示这一观点。

4. 对现代艺术家及其"艺术表达困境"的思考

贝克特的诗学及其创作理念的形成与他对绘画艺术的喜爱,尤其是对现代派(抽象派)绘画的鉴赏力和独到理解,有着密切的关系。贝克特发表过多篇专门探讨抽象派艺术的文章,其中最能反映他独特的美学思

---

① 参见《巴赫金全集》(第一卷),何晓、贾泽林等译,石家庄:河北教育出版社,1998年,第317—319,357—365页。

② 同上书,第359页。

想的文章有:《范·魏尔德兄弟绘画艺术或世界与裤子》(1945)和《障碍的画家》(1948)。两篇文章都聚焦于在巴黎工作的两位荷兰裔画家,他们是吉尔·范·魏尔德(Geer van Velde)和亚伯拉罕·范·魏尔德(Abraham van Velde)兄弟;虽然他们不及同时代的抽象派艺术家马蒂斯和毕加索那么赫赫有名,但是贝克特却格外欣赏这两位画家。第一篇文章暗含反讽意味,高度赞扬了范·魏尔德兄弟的绘画风格,同时也隐晦地讥讽了评论界对他们的批评,仿佛是在为当时艺术界的小人物声辩,实则是在传达自己对现代派艺术,对主客体关系问题的思考。贝克特认为,各种表现艺术一直热衷于在表现时间的同时留住时间。亚伯拉罕·范·魏尔德描绘了时间的长度;而吉尔·范·魏尔德描绘了时间的延续。他们所表现的是一个更广阔的领域,这里一切都在动,在浮动,在逃去,在返回,打破自己,重构自己。一切停止,没有停止。简直是分子的暴动……在他们作品里,时间在小跑,他们用某种违反自然的浮士德的疯狂去刺激时间。① 贝克特认为,这两位画家其实对绘画不感兴趣。他们感兴趣的是人类的状态。他们通过探索艺术的疆界来探究人类存在的疆界。他们描绘的是一个复杂的对象,它与其说是一个对象,不如说是一个过程。贝克特赞叹:"他们让我想起塞万提斯笔下的画家,当人家问'您画什么'时,他回答:'画我笔下流淌出来的东西。'"②贝克特指出,有两种主客体的关系需要调整:一个是艺术批评家(鉴赏者)与绘画作品的关系;另一个是画家和他描绘的对象之间的关系。

在另一篇文章《障碍的画家》中,贝克特指出,"绘画史就是绘画与绘画对象的关系史,这些关系务必要首先朝着广度发展,然后向深度发展。但是现在主客体关系出现了危机:表现对象的本质就是不可表现性,范·魏尔德兄弟就顺从了这一本质。他们代表两类不同的画家,为了表现对象他们都看不见对象,因为吉尔·范·魏尔德表现的对象就是对象存在的形式;亚伯拉罕·范·魏尔德表现的对象就是他自己存在的形式,这两种障碍(对象障碍和眼睛障碍)其实就是表现对象的重要组成部分。阻碍画画的东西被画出来了,这就是新的艺术表现形式。因此,贝克特认为,"范·魏尔德兄弟的绘画脱颖而出,摆脱了批评的所有关注,属于一种批评的和拒绝的绘画,拒绝把古老的主题——对象的关系,作为前提"。③

1949年贝克特同乔治·杜休的《三个对话》对现代艺术家所面临的

---

① 参见贝克特选集(1)《世界与裤子》,郭昌京译,长沙:湖南文艺出版社,2006年,第17—22页。
② 同上书,第23—26页。
③ 参见贝克特选集(1)《世界与裤子》中的"障碍的画家",郭昌京译,第345—352页。

表达的困境问题发表了自己的看法。在第一个对话中贝克特对法国抽象派画家皮埃尔(Pierre Tal Coat)的作品做如是评论：艺术家（画家）充分表达在自然中的体验，无论是通过屈从于自然还是征服自然的方式，其结果都是从自然中获得的。但是，杜休却认为：画家所发现的、设置的、传达的东西并非来自自然。一幅风景画作品与画家在某个时代、某个季节、某个时间所观察的自然风景之间有何关系呢？贝克特指出：我这里所说的自然，就像最天真的现实主义者的看法一样，意味着感知者与被感知者的混合体，它不是素材，也不是（个人）体验。贝克特是想说明这幅画的完成和它的旨意都是基于此前的作品，力图扩大折中性的表现方式。法国革新派艺术家马蒂斯和皮埃尔唯一能做的就是扰乱适宜的平面上的某种秩序。据此，贝克特指出了现代艺术家面临的表达问题，即"无可表达的表达，没有借以表达的工具，没有表达的主体，没有表达的能力，没有表达的愿望，有表达的义务"。[①]贝克特是在暗示，艺术家越是想尽力表现，越是无从表现；越有能力表现，就越不能表现。画家处于一种有义务去画但有不能画的尴尬境遇；因为没有绘画的对象/客体，也没借以绘画的工具。这也是贝克特本人及现代作家所面临的表达的困境。因此需要建立一种新的艺术秩序。在第三个对话中，贝克特再一次赞扬荷兰裔画家亚伯拉罕·范·维尔德，认为他代表艺术的新趋势，他是第一个意识到主客体（即画家和他的表现客体）之间关系的瓦解，并且承认"做一个艺术家就意味着失败，因为没有别人敢于失败，那种失败就是他的世界……"[②]贝克特用反讽的方式暗示，绘画是画家存在的方式，他必须创作就像普通人必须活着一样。既然绘画作品失去了表现力（传统意义上的，合乎逻辑的表现方式），他的存在方式就是失败。因此贝克特说：我们现在需要做的就是将这种对失败的屈从、接受和忠诚变成一种新的机遇，新的主客体关系和新的表现形式，即便这表现方式只能表现它自身，它也是一种（在逻辑上不可行、不真实的）新艺术。贝克特坦率的承认他自己正面临着这样无能力表达而又不得不表达的困境。的确，贝克特与杜休谈话时，他正在创作小说三部曲中第三部《难以命名者》（法文版），它也标志着贝克特对小说形式最大胆的革新和实验，可谓是一部地地道道的"反小说"。小说解构式的叙事策略和自相矛盾的话语模式，深刻暗示了现代作家和艺术家所面临的表达困境，同时也表达了他对小说艺术未来的忧虑和惶惑。（本书第七章将对这部小说做详尽解读）

---

① Samuel Beckett and George Duthuit, "Three Dialogues", reprinted in *Critical Essays on Samuel Beckett*, (ed.) Patrick A. McCarthy, pp. 227—228.

② Ibid., p. 231.

5. 崇尚"不可言说的"真实

贝克特的创作从一开始就试图摆脱传统的思维模式,传统的文学惯例,他后来甚至摒弃了他所崇拜的反传统的权威乔伊斯的创作路线,完全走自己的路。贝克特的美学信条(aesthetic credo),如前面已经谈过,就是试图在作品中表现艺术家和作家从未涉及的领域,即"无知"和"无能"。贝克特在 1937 年写给他的德国朋友 Axel Kaun 的一封信中表达了他更加激进、极端的美学主张,他渴望看到一种能够穿透语言面罩的写作形式,亦即超越语言表达的"不可言说的文学"(literature of unword)[1]的诞生:

> 我们不能马上消除语言,但是我们可以尽我们所能,让语言渐渐声名狼藉。我们必须让语言千疮百孔,这样,隐藏在语言背后的某种东西,或者根本就没有东西的东西,就会显露出来;我想这可能就是当代作家最崇尚的理想……有什么理由不让语言表象这种可怕的物质像声音表象一样融化呢?在贝多芬的第七交响曲中,语言被巨大的停顿声撕裂了,所以,我们在整个页面中除了一个萦绕在令人眼花缭乱的高空中的声音之外,一无所有,同时又将深不可测的沉默联系在了一起……[2]

这就是贝克特文学创作的方向,并且他的文学创作最终真的达到了那深不可测的沉默。贝克特非常赞同语言哲学家毛特纳观点,认为,凡是用语言给出的命题都是不可靠的,命题的过程只是语言的游戏;(见本书第二章第七部分)因此,"从语言中解放出来才是自我解放的最高目标"。[3] 贝克特试图打破传统的、逻辑严谨的、建立在一些修辞手段之上的语言系统,因为它不过是一套陈腐的修辞术。在贝克特看来,这样的语言非但不能够讲出真理,描述世界,反而会掩盖事实真相。唯有彻底放弃那些诗意化的修辞手法,剥去层层华丽的语言的面纱,方能呈现最本质的世界和真实的存在,这就是贝克特所崇尚的写作的理想境界。那么,贝克特的写作是怎样达到这一境界的呢?下文中对他各个时期的作品分析和阐释会给出答案。

---

[1] Samuel Beckett, *Disjecta*, *Miscellaneous Writings and a Dramatic Fragment*, (ed.) Ruby Cohn, London: John Calder, 1983, p. 52, p. 171,引自詹姆斯·诺尔森《贝克特肖像》,王绍祥译,第 49 页。

[2] 转引自詹姆斯·诺尔森,《贝克特肖像》,王绍祥译,第 49 页。

[3] Qtd., in Matthew Feldman, *Beckett's Books*, p. 144.

第四章 诗歌创作：抒情与写实

1928 至 1936 年是贝克特文学创作的起步阶段，也是练笔期。刚刚步入文坛的贝克特在文学创作上还没有明确的方向，他尝试着各种文学体裁（文学评论、散文、诗歌、短片故事、小说等），以寻求一条更加适合他自己的创作道路。此外，这一时期他还为先锋派杂志撰写了一些有关现代主义诗歌的评论文章，翻译了一些法国现代诗（如兰波、艾吕亚、阿波里耐等诗人的诗歌）。虽然贝克特早期的创作在语言风格上有明显的模仿乔伊斯的痕迹，但是，在题材和创作主旨上，他确确实实是在写他自己，可以说是对他的自我和存在的书写。从更实际的角度看，早期的贝克特在某种程度上，也是在为生存而写作。因为贝克特当初毅然决定离开大学教师的岗位时，他很清楚自己的生活会面临怎样的窘境：父母因为强烈反对他这种愚蠢的选择，只给他提供有限的经济资助；没有稳定的经济收入，自己的创作生涯又前途未卜。可见，尽管有着中产阶级富裕的家庭背景，年轻的贝克特依然生活拮据，入不敷出。所以他需要不停地创作、投稿，以便能够获得更多稿酬来维持生计，以发展自己的创作事业。据此，写作既是贝克特存在的方式，也是他谋生的手段。

贝克特在巴黎高师做交换学者期间就已经涉足文坛，早期的作品自然带有较浓重的学者情结和书生气；他作品中充满了哲学隐喻和典故，透露出一个青年作家，诗人骨子里的清高、自信和优越感。据此，文学评论界认为贝克特的早期作品要比他后来的作品更加晦涩难懂，甚至有些评论家批评他早期的创作（尤其是文学评论和诗歌作品）是炫学的表现。以笔者之见，贝克特早期作品虽然暗含典故和哲学意味，书生气十足，但并非是有意炫弄之举。其实，细细品味这些作品，便会发现，他早期作品最直白、坦诚地表现了贝克特个人经历和情感世界，因而也是最能反映贝克特的个人生活、知识和文化背景的传记性写作。因此，贝克特早期作品的主要特征即是抒情与写实，无论是诗歌，还是小说都是对他自我、爱情和生存状态的真实写照。

青年贝克特首先是以一个诗人的形象步入文坛的，他更具有诗人或艺术家的气质和禀性。然而，在贝克特的所有作品中，他的诗歌却是最不受文学评论界关注和重视的边缘地带。西方文学界似乎只愿意接受和追

第四章 诗歌创作：抒情与写实

捧作为小说家和戏剧家的贝克特，而将诗人贝克特拒之门外。在大多数西方学者看来贝克特的诗歌与他的小说和戏剧相比实在不值得一提。但是，我们不能因此而否定贝克特诗歌的价值，其实他的诗歌向我们展示了一个更加真实的贝克特，或许正是他的诗歌创作才成就了这位伟大的小说家和戏剧家。有学者认为贝克特的诗歌充满隐喻，难以把握，如大卫·佩蒂所说，他早期的诗歌和其早期的散文一样"显示出咄咄逼人的渊博学识，使读者望而却步"。①正因如此，学界很难对他的诗歌做出评价和界定。西方学界对贝克特诗歌的研究的确是非常有限，只有美国学者劳伦斯·哈维的《塞缪尔·贝克特：诗人和批评家》(1970)对贝克特诗歌及其诗学思想做了颇有建树的深入系统的研究。哈维的研究也深得贝克特本人的认同，因此他也成了贝克特的朋友。英国的贝克特研究专家约翰·皮林的两部专著《塞缪尔·贝克特》(1976)和《戈多之前的贝克特》(1997)都有对贝克特的诗歌详细介绍和阐释的章节。另外，也有几篇专门探讨贝克特诗歌的论文，如罗杰·利特尔(Roger Little)的"贝克特的诗歌和诗歌翻译：贝克特与诗歌的极限"；②帕特丽夏·考夫兰(Patricia Coughlan)的"诗歌是另一双衣袖：贝克特、爱尔兰和现代主义抒情诗"。③除此之外，在大量的贝克特研究专著中，绝大多数都对他的诗歌创作避而不谈，即便有些专著谈及贝克特诗歌，也只是一笔带过，没有深入研究和解读。如大卫·佩蒂的《贝克特批评指南》一书只用了不足两页的篇幅对贝克特的部分诗歌做了极其有限的简略概述。其实，贝克特的诗歌是他所有作品中最能体现理性、知性和情感交汇的区域，并非像评论界认为的那样晦涩。下面笔者将对贝克特的一些具有代表性的诗歌进行详细的分析和解读。

一、传记诗《星象》(Whoroscope)：笛卡尔式的开始

若探讨贝克特的诗歌创作，就不能不谈他的长诗《星象》(Whoroscope 1930)，这是贝克特只用一天(10小时)创作的98行长诗，可算作他创作生涯中的一个奇迹。(如本书第二章探讨贝克特与笛卡尔哲学时已经谈到)这首诗的创作灵感来自于笛卡尔，因为贝克特当时正在系统研究笛卡

---

① David Pattie, *The Complete Critical Guide to Samuel Beckett*, London & New York: Routledge, 2000, p. 98.
② See John Pilling (ed.), *The Cambridge Companion to Beckett*, Cambridge: Cambridge UP, 1994, pp. 184—195.
③ See Jennifer Birkett & Kate Ince (eds.), *Samuel Beckett* (Longman Critical Readers), Harlow: Pearson Education Ltd., 2000, pp. 65—82.

尔哲学；他主要是受到了阿德里安·贝雷(Adrien Baillet)的《笛卡尔传记》的启发，贝克特将笛卡尔生活中的一些轶事和他的一些哲学观点高度浓缩在这首长诗中，揭示了笛卡尔如何沉醉于对一些科学和哲学问题的思索。值得注意的是，贝克特是以学者和大学教师的身份而不是专业诗人的身份创作这首长诗的，因此诗中所透露的深奥哲理，及其隐喻性或隐微的笔法，自然也在情理之中。创作此诗时贝克特还没有明确的职业倾向；他似乎还在学者和作家(诗人)之间徘徊。这首诗的发表或许对贝克特日后由学者到作家的转型起到了一定的作用。

谈起这首诗的创作背后还有一件趣事：1930年6月15日下午，也就是贝克特在巴黎高师潜心研究笛卡尔哲学期间，贝克特的朋友麦克格里维来到他房间告诉他一个信息：南希·康纳德和理查德·奥尔丁顿(此人也是英国诗人、小说家、作曲家)的时间出版社(Hour Press)正在举办关于时间主题的诗歌竞赛评奖活动，截稿时间是次日凌晨，优胜者将获得10英镑的奖金。于是，在朋友的建议下，贝克特决定试一试，不仅仅是为了证明自己的能力，其实是那10英镑的奖金对他更有吸引力，因为在当时10英镑可以支撑他在巴黎度过整个夏天，以便他能潜心准备写那篇关于普鲁斯特的论文。贝克特翻看着关于笛卡尔的读书笔记，立即开始构思。晚饭前完成了诗稿的前半部分，匆匆吃过晚饭，又回到房间继续创作，直到早晨三点钟，终于完成这首长诗，然后他亲自将诗稿投到了出版社信箱。当评奖结果公布时，贝克特惊喜地获悉，他的诗歌竟得了最佳诗歌奖，并于1930年夏由南希·康纳德在时间出版社发表。这也是贝克特发表的第一个重要的文学作品。有趣的是，文学评论界对长诗《星象》的内容并不十分感兴趣，而是对这首诗的创作过程津津乐道，如狄尔达·拜尔和詹姆斯·诺尔森的《传记》，约翰·皮林、劳伦斯·哈维等的贝克特研究专著都不约而同地谈到这件趣事。或许这首诗的创作过程本身更加耐人寻味。

长诗《星象》(Whoroscope)的确笔法隐晦，可以称作"现代派玄学诗"。其实，当时举办诗歌竞赛的南希·康纳德和理查德·奥尔丁顿也未能读懂该诗的含义，他们对作者贝克特的名字更是一无所知；但是他们都对这首诗赞不绝口："多么非凡的诗行，多精彩的图像和类比，多么生动的色彩！多么独特的技巧！……这首诗一定是出自一个非常知性的，具有很高学术修养的人之手。"[①]迪尔达·拜尔在《贝克特传记》中评论道，他们之所以授予贝克特最佳诗歌奖，是因为他们为贝克特能在如此短的时间

---

① Qtd., in James Knowlson, *Damned to Fame: Life of Samuel Beckett*, p.112.

第四章 诗歌创作：抒情与写实

里完成如此深奥的长诗而感到震惊，也为他的才华和学识所折服。[1] 贝克特以如此快的速度完成这首长诗，并在截稿的最后时刻送到，这本身就体现了时间主题，也颇具戏剧性。诺尔森在《传记》中写道："《星象》充满机智、博学、甚至神秘。你需要成为笛卡尔研究的专家或读过贝克特所读过的有关书籍方能理解其中诸多隐晦的典故。"[2]

有学者（如劳伦斯·哈维、迪尔达·拜尔等）认为这首诗在语言风格和技巧上主要受到了乔伊斯和艾略特的影响。的确，贝克特效仿乔伊斯，在诗中运用了一些双关语，造字法或文字游戏。首先，诗的题目（Whoroscope）非常令人费解，它是贝克特创造的具有双重含义的生词。Whoroscope 是由 whore（娼妓）和 scope（视野、镜）组成的合成词，因此，在我国，有人将其译成《婊子镜》或《妓女镜》，也有人按发音译成《胡偌斯格珀》。其实这两种译法都不合适，尤其是第一种译法与诗的主旨不太符合，有些牵强。虽然诗中也以诙谐的双关语提到了"妓女"，但是这决不是全诗的主题。其实，这首诗主要是关于笛卡尔的生活经历以及他的最终命运。"Whoroscope"和"horoscope"（占星／星象）在发音和拼写上相同，据此，应该译成《星象》更为贴切。这个题目源自笛卡尔的生活经历，即他在 1640 年 1 月 29 日写给物理学家、数学家麦尔赛纳的一封信中谈到有个名叫霍登休斯的人在意大利根据自己的星座去算命，预测了死亡的日期……所以贝克特隐晦地采用"Whoroscope"（horoscope）《星象》作为诗的名字，似乎暗含了对人的命运的裁决。贝克特有意在"星象"（horoscope）前加一个字母"W"，使这个词的意思显得模糊不清，这或许也表示他本人对占星术的不屑。贝克特在诗中还模仿乔伊斯的造字法，造了一些类似的生僻词语，如 "prostisciutto"（意大利语，意为"火腿"，在诗中暗含"妓女"的意思）、"Jesuitasters"（或许是 Jesuit 的蔑称）等等，有学者称它们为"蹩脚的双关语"（lame puns）。[3] 正是这类双关语增添了诗歌的神秘色彩。另外，贝克特也受到了艾略特的长诗《荒原》的启发，如哈维在他的研究中发现，《星象》和《荒原》有共同的特征，两首诗都运用不连贯的诗行；最为相似之处是他们都采用隐晦的笔法。[4] 因此贝克特《星象》也像艾略特的《荒原》一样后面附有许多注解，这也显示了诗的晦涩性和难度，以及诗人的学养。其实，贝克特的《星象》只是在语言风格和形式上效仿了乔伊斯和艾略特，而在诗的主旨和意象上还是颇具独创性的。

---

[1] See Deirdre Bair, *Samuel Beckett：A Biography*, p. 104.
[2] James Knowlson, *Damned to Fame：Life of Samuel Beckett*, p. 112.
[3] See Barbara Reich Gluck, *Beckett and Joyce：Friendship and Fiction*, p. 45.
[4] Lawrence Harvey, *Samuel Beckett：Poet and Critic*, p. 3.

《星象》与其说是一首长诗,莫如说是浓缩的笛卡尔传记,它更像是一篇散文独白,叙述者就是虚构的笛卡尔。因此,哈维认为贝克特的文学生涯是以笛卡尔开始,即以传记诗开始;"这是一首由一个爱尔兰人用英语写成的关于一个法国人热内·笛卡尔的诗。"①贝克特巧妙地将贝雷(Adrien Baillet)的《笛卡尔传记》浓缩成一篇98行的长诗,但是字里行间所透露的并不完全是对他所崇拜的哲学家笛卡尔的赞美,其中也不乏诙谐的嘲弄。贝克特在诗中既展示了笛卡尔的思维方式和宇宙观,又对其生活习性和癖好进行了揶揄。如贝克特在注解中说道,笛卡尔拒绝告诉别人他的生日就是因为他怕占星家预见出他的生辰和命运,②这其实暴露了作为科学家和哲学家的笛卡尔迷信的一面,所以长诗的题目《星象》(Whoroscope)本身就带有反讽意味。

长诗《星象》以简单、滑稽、自问自答的方式开始:"那是什么?/是个鸡蛋吗?/有布特兄弟作证,它正发出臭味。/把它交给纪罗处理吧。"(What's that? /An egg? /By the brothers Boot it stinks fresh. /Give it to Gillot. lines 1—4)这看似简单的四行诗,其实暗含着很多的信息,从笛卡尔的生活琐事到时代背景,再到学术发展等,都体现在这四行诗中。若没有贝克特自己的注解,加上哈维先生对全诗深入细致的解读和详细的背景知识介绍,根本就无从理解其含义。长诗首先给出"鸡蛋"的意象,并且这一意象在诗中反复出现,其目的是揭示主人公的饮食习惯和私密的生活。贝克特在注解中说,笛卡尔早餐喜欢吃煎蛋饼,并且只吃被母鸡孵过8至10天的鸡蛋做成的煎蛋饼,如果鸡蛋孵的时间过长或过短,会令他恶心。③贝克特似乎有意暴露这位大哲学家的癖好,以使他的生活习性与他伟大的哲学思想形成鲜明的对照。第三行提到的布特兄弟(brothers Boot)既传达了笛卡尔所生活的时代信息,也传达了贝克特的主观声音。布特兄弟是17世纪荷兰裔医生,在英国伦敦行医,他们大胆挑战了亚里士多德的学说,然而,他们驳斥亚里士多德的论著是1642年在都柏林问世的。因为贝克特是都柏林人,他也不完全赞同亚氏学说,所以他自然与布特兄弟产生了共鸣。另一方面,这也完全符合笛卡尔时代的特征,当时新的科学和哲学思想层出不穷,向传统的哲学思想体系挑战,据说每天都会有旧的哲学体系遭到新哲学家的抨击,布特兄弟对亚里士多德的驳斥就是一个范例。至于贝克特为何在诗中提及并不知名的布

---

① Lawrence Harvey, *Samuel Beckett: Poet and Critic*, p. 3.
② Samuel Beckett, *Whoroscope* in *Collected Poems* 1930—1979, London: John Calder, 1999, pp. 1—6.
③ Ibid., p. 5. 参见贝克特自己的注解。

特兄弟,迪尔达·拜尔将这归因于乔伊斯的影响,如她在《贝克特传记》中所说:"乔伊斯坚持认为诗人应该写属于个人的私密的、特别的事情,对于他来说,就是写都柏林。"①(这种解释虽有些牵强,但也不无道理)或许是为了写都柏林发生的事,写鲜为人知的特别的人和事,贝克特在此提及布特兄弟,并且以一种酷似严肃的发誓,实则诙谐戏仿的方式(By brothers Boot=By God),这不失为一种隐晦的笔法。第四行提到的纪罗(Gillot)(根据贝克特的注释)是笛卡尔的男仆,其实也是助手,笛卡尔总爱把一些简单容易的解析几何题交给他的仆人纪罗去解决。

长诗的第一部分通过"鸡蛋"的意象透露了主人公(笛卡尔)的生活习性,而与此形成鲜明反差的是,第二部分叙述者(笛卡尔)对伽利略、哥白尼的学说,即"地球围绕太阳旋转"之学说的思考(贝克特注释说:笛卡尔对伽利略持轻蔑态度)②。其实这部分是在展示笛卡尔自己如何沉醉于对相对运动和相对静止的辩证关系的思索中。叙述者在第8—9行用水手与骑手的形象来说明这一概念:水手与骑手,不管他们走得多么快,他们只是假定在移动,因为相对于承载他们的船和马来说,他们是静止不动的,只是他们的交通工具(船和马)在移动而已(We're moving he said we're off——Porca Madonna! /the way a boatswain would be, or a sack-of-potatoey charging Pretender.),紧接着在第十行出现了相对运动的意象,"那不是移动,那是移动"(That's not moving, that's moving)。③这一悖论式的命题更像是贝克特自己提出的,此处叙述者,即虚构的笛卡尔和作者贝克特的声音融为一体,难以分辨。其实,是谁的声音无关紧要,因为它在揭示一个看似自相矛盾,但却是普遍的真理。哈维评论道,"这里,无论是在诗中还是在人类生活中,静止和运动都密不可分地连在一起"。④"那不是移动,那是移动"其实是典型的贝氏修辞方式,即"矛盾修辞法"。一切都处于运动中,正如地球承载着万事万物围绕太阳运转一样,因此,一切都在运动,而相对地球而言,一切又都是静止的。年青的贝克特如此热忠于笛卡尔相对运动观点,他在日后创作的短篇故事"叮咚"中生动表现了"运动的静止"(moving pause)的主题;他的小说《莫菲》

---

① Deirdre Bair, *Samuel Beckett: A Biography*, p. 103.
② 笛卡尔对伽利略的确有一些误解。根据 Baillet 的《传记》,笛卡尔很可能是将天文学家、物理学家的伽利略(1564—1642)与其父,音乐家、数学家凡山杜·伽利略(1520—1591)相混淆。当时有人认为笛卡尔剽窃了伽利略的观点。而笛卡尔却认为伽氏的学说并非他首创,而是从他(笛氏)那里获得的;笛氏曾辩驳道:"我 19 年前,还没有到过意大利就已经写下了同样的观点。"(参见 Lawrence Harvey, pp. 13—14)。
③ Samuel Beckett, *Collected Poems 1930—1979*, p. 1.
④ Lawrence Harvey, *Samuel Beckett: Poet and Critic*, p. 48.

和《莫洛伊》、《难以命名者》以及荒诞戏剧《等待戈多》等都演示了运动与静止的辩证关系。(这将在后面的文本阐释中详细论述)

第三部分,叙述者又回到了笛卡尔的生活琐事,发出了一系列的疑问:"What's that? /A little green fry or a mushroomy one? /Tow lashed ovaries with prostisciutto? /How long did she womb it, the feathery one?"(lines 12—15)。这几行呈现了做煎蛋饼的过程,鸡蛋在油锅中慢慢煎熟,呈蘑菇状,暗示了主人公对这一美味佳肴的期待。这几行诗将"鸡蛋"、"卵巢"、"妓女"、"子宫"的意象联系在一起,似乎与诗的题目 *Whoroscope* (whore+scope)相呼应。叙述者由"鸡蛋"的意象联想到了生命的孕育和形成的过程;又用"卵巢"(ovary)一词替换"鸡蛋"暗示生命的源头;由此又联想到子宫(How long did she womb it...);再联想到妓女(prostisciutto),由于遭受强暴,女性的生命力受到挫败,由此揭示生命的脆弱和短暂,人的命运同鸡蛋的命运一样。① 而在接下来的诗行中,叙述者又开始探讨新的科学和哲学问题,尔后,又回到生活,然后再转入哲学思考……

由此可见,整首诗的节奏和叙事策略就是:从笛卡尔的生活习惯和细节入手转入笛卡尔的思想活动,即他对同时代科学家的学说的态度以及他自己对自然哲学问题的思考,然后又回到笛卡尔的生活琐事,再转入笛卡尔的思维方式,对上帝存在问题的思考……正是通过这样不断地由具体生活到抽象思想,从感性到理性的来回转换,才使叙述逐渐深入下去。叙述者(也是贝克特)不断呈现新的意象,新的典故,向我们传达了丰富的信息,同时展现了不同的笛卡尔形象:即普通的凡人笛卡尔、科学家笛卡尔、哲学家或思想者笛卡尔以及受经院哲学影响的迂腐的笛卡尔……这些不同的侧面构成了一个更加真实的、立体的笛卡尔。这也是诗的深度感所在,体现了一种贝克特式的"垂直诗"的风格。譬如,第五部分叙述者转而又变成了一个天才数学家的笛卡尔,在 17、18 行叙述者提到了三位德国数学家的名字(Faulhaber, Beechman and Peter the Red)并暗示了笛卡尔对他们的蔑视态度。根据贝雷的《传记》记载,这几位以顶级的资深数学家自诩的数学前辈曾经对年青的笛卡尔不屑一顾,但是笛卡尔却破解了令他们困惑的一道道数学难题;笛卡尔为自己的数学天赋颇感自豪和满足。②

再譬如,诗的第 26 行("Them were the days I sat in the hot-cup-

---

① See Lawrence Harvey, *Samuel Beckett: Poet and Critic*, p. 57.
② 参见贝克特自己的注解(Samuel Beckett, *Collected Poems 1930—1979*, p. 5.)和哈维对《星象》的解读(Lawrence Harvey, *Samuel Beckett: Poet and Critic*, pp. 15—17.)

board throwing Jesuits out of the skylight."），其中的关键词"hot-cupboard"（译成"温室"），指笛卡尔当时生活的小屋，它即揭示了笛卡尔的生活状态和习惯，也透露了笛卡尔独特的科学研究方法和思维方式。本书第二章已经谈到，笛卡尔喜欢独立探索，为了躲避外界的干扰，充分享受思想的自由，将自己整天关在一间温室里（sat in the hot-cupboard）苦思冥想。正是在这种状态下，他彻底摆脱了传统知识的束缚，将他在耶稣会学校获得的基于经院哲学的知识体系抛到九霄云外（throwing Jesuits out of the skylight）。这也正是贝克特最为赞同和向往的一种状态，尽管贝克特知道笛卡尔并没有也不可能完全彻底地摆脱经院哲学的影响。笛卡尔反对传统的循规蹈矩的科学研究方法，认为知识和个体经验是通过个人独立思考获得的。贝雷的《传记》写道，笛卡尔很少读书，他的研究不是借助书本知识（即前人研究的成果），而是经过自己直接对自然界的研究和思索去独立地探寻真理。因此，他认为博学/学识（erudition）和知识（knowledge）有着很大的区别，真知来自于内省。①笛卡尔显然是在暗示，一般科学家或哲学家的学识属于 erudition 的范畴，而他自己的学识（真知）则属于 knowledge 的范畴。

除了以上谈到的科学家外，叙述者（笛卡尔）还提到了其他著名的科学家、哲学家，如英国著名生理学家威廉·哈维，哲学家培根，法国哲学家、天文学家伽森狄，还有古罗马神学家圣奥古斯丁等。但是叙述者（笛卡尔）并没有将他们尊为科学家、哲学家或学术权威加以褒奖，而是把他们当做自己的对手或敌手，与他们展开思想的交锋，或对他们的权威学说进行批评或嘲弄。其实，这在某种程度上反映了贝克特对科学研究和学术的态度。虽然贝克特当时是大学教师并将与学术结缘，但是他却不喜欢刻板的、中规中矩的学术方法。在这一点上，他非常推崇笛卡尔"敢于挑战权威"的精神、尤其是笛氏独特的思维方式以及注重个体经验和实证的推理研究的方法。另外，写作这首诗的过程中，贝克特本人也经历着内心的矛盾，冲突和思想斗争；那是作为青年学者、知识分子的贝克特与青年艺术家、诗人贝克特之间的对抗与交锋。最终诗人贝克特战胜了学者的贝克特。这就是年轻的贝克特最终放弃大学教师的职位，放弃传统的学术道路的缘故。

贝克特同笛卡尔一样反对抽象的哲学思辨，他通过虚构的笛卡尔来抨击传统的思想体系和抽象的哲学思辨，以此来传达他本人对传统的学术路线的不屑和反感。但是，有意思的是，贝克特在展示叙述者（笛卡尔）对过往科学家和哲学家的讽刺和批评的过程中，其实也不时地对笛卡尔

---

① Qtd., in Lawrence Harvey, *Samuel Beckett: Poet and Critic*, p. 37.

本人的理性哲学,即他的推理方式进行了抨击。譬如,诗的第 72 至第 76 行叙述者提及古罗马基督教哲学家圣奥古斯丁改宗前放荡不羁的生活,和他游移不定的思想状态(这正与青年贝克特当时的生活和心态相吻合)。叙述者套用了圣奥古斯丁认识论的命题"我错误所以我存在"("Si fallor, ergo sum");奥古斯丁以这样的观点来反驳当时的怀疑论者。但是,贝克特有意将圣奥古斯丁的原话中的"假如"(Si)删去,并将奥古斯丁的"我错误所以我存在"与笛卡尔的"我思想所以我存在"(Cogito, ergo sum)在形式和内容上合二为一,即"fallor, ergo sum",于是"我思"变成了"我错误"。这显然是对笛氏以"我思"为基础的认识论的戏弄,在此贝克特也巧妙地传达了他自己对这一命题的怀疑;而通过叙述者(笛卡尔)说出"我错误所以我存在",似乎更具反讽意味。贝克特是在暗示,笛卡尔的"我思故我在"这一认识论模式并非是他首创,而是圣奥古斯丁在《忏悔录》中首先使用的,诚如罗素所说,圣奥古斯丁不仅是康德时间论的先驱了;也是笛卡尔的"我思想"学说的先驱。[①]贝克特非常清楚,无论笛卡尔怎样蔑视传统的论证方法和哲学思辨,他仍然不能彻底脱离古典经院哲学和神学思想的影响。

《星象》的最后一部分,也是笛卡尔生命最后阶段的写照,描述了笛卡尔在瑞典斯德哥尔摩度过的生命的最后时光,以及他在家人的陪伴下辞世的情境。这一部分仍以诙谐戏弄的方式开始:你是否终于成熟/我那苗条苍白的可鄙的双乳?/她的气味多么好闻,/这是一只雏鸟的夭亡!(Are you ripe at last,/my slim pale double-breasted turd? / How rich she smells,/this abortion of a fledgling! Lines 84—87)这几行显然呼应了长诗开始时给出的鸡蛋(煎蛋)的意象(这里"double-breasted"也可以解释成"双黄蛋"),暗示了生命的脆弱和短暂。笛卡尔的一生仿佛就像是期待着美味佳肴"煎蛋"的过程。美味的煎蛋烹制熟了,也意味着一个生命的终结。笛卡尔在生命的最后时刻恳求医生:"再一次赐予我/无星光的难以预测的时间"(and grant me my second/ starless inscrutable hour. lines 97—98)。《星象》以笛卡尔的生活细节早餐开始,以笛卡尔的生活的最后时刻(死亡)结束,为他的人生画上了一个句号。全诗以"小时"(hour)结束,巧妙地揭示了"时间"的主题。哈维评论道:"在叙述者(笛卡尔)看来,最重要的是在生命终结时去重新体验那瞬间的存在,它在流逝的时光中战胜了巨大的破坏者,时间。"[②]《星象》的结尾同前面探讨的普鲁斯特《追忆似水年华》的结束语极为相似,酷似贝克特对普鲁斯特的

---

① 参见罗素,《西方哲学史》(上卷),何兆武、李约瑟译,第 436 页。
② Lawrence Harvey, *Samuel Beckett: Poet and Critic*, p. 44.

第四章 诗歌创作：抒情与写实

模仿。但是事实上，贝克特创作这首诗的时间早于他的论文《普鲁斯特》（1932），并且在写作该诗时贝克特还没有细读普鲁斯特的文本。可见，贝克特早就开始了对时间问题的思考和探究。

作为贝克特的第一部重要作品，《星象》体现了贝克特作品的一个重要主题——时间，也为他后来写作论文《普鲁斯特》做了重要的铺垫。贝克特后来的作品，如《莫菲》、《瓦特》、《等待戈多》、《美好的日子》、《残局》等都以戏拟的方式，甚至以极端荒诞的形式揭示了时间的残酷性，隐喻了未来的不确定性和世界的不可知。没人知道"戈多"何时会到来，如《等待戈多》中以一句台词，"天下事没有一件事是说得定的"。《星象》的结尾道出：天空无星光，一切都无法预测；长诗的题目似乎暗示，唯一可以确定和预测的就是死亡。

贝克特以如此隐晦而又诙谐方式演示了时间的概念。虽然在诗中没有直接提到时间（time），但是"时间"的主题却贯穿全诗。诗的题目《星象》本身代表一种宏观的（广义）时间。根据占星术，出生的时辰似乎能准确预见死亡的时间（hour），所以出生的小时与死亡时间有着必然的联系。长诗《星象》以广义的时间开始，以具体的时间（"小时"或"钟点"）结束。这样整首诗本身就绘制了一个隐喻性圆形。①这种首尾相接的环形结构其实也是贝克特日后的小说和戏剧所呈现的形式。

从叙事策略上看，叙述者"我"既是虚构的笛卡尔或其"替身"，也是贝克特创造的"隐含作者"，即作者的"另一个自我"；因此，这个虚构的笛卡尔具有双重身份，他在两种角色之间游移，时而与哲学家笛卡尔融为一体，时而与贝克特汇合，笛卡尔的声音和贝克特的声音交替出现。由此可见，贝克特创作《星象》的初衷不仅仅是再现笛卡尔的生活经历，同时也试图通过展示不同的笛卡尔形象来寻找他自己。从另一角度看，贝克特在展示笛卡尔和他的思想体系的过程中，实现了从内部颠覆笛卡尔形象，从而创造了一个新的笛卡尔，抑或是贝克特的另一个自我（alter-ego）的目的。贝克特没有按时间顺序去展示笛卡尔的生活经历，而是将笛卡尔一生中不同时期的生活片断随意串联在一起，构成了一种自由联想式的不合逻辑的、不连贯的记忆，从而暗示：笛卡尔谜一般的生活与他的思想一样高深莫测。这其实也是贝克特惯用的策略，即瓦解式的叙事策略，如哈维所说，"在《星象》中，我们见证了典型的现代派消解形式的开始，也是贝克特在作品（如小说《怎么回事》）中将进一步实施的形式解构，或许他比20世纪任何其他作家都更成功地实施了对形式的解构"。②

---

① Lawrence Harvey, *Samuel Beckett: Poet and Critic*, p. 48.
② Ibid, p. 50.

这首诗的与众不同之处就在于它是完全依据贝雷的笛卡尔《传记》描述了笛卡尔所经历的真实事件;但是贝克特成功地通过叙述者"我"的声音和隐含作者的方式调和了艺术创作与真实生活的关系,从而使艺术与生活、虚构与现实(真实)自然融为一体,所以读者很难辨别虚构与现实之间的界限。24 岁的贝克特在他第一部作品中(并且是诗歌中)就能如此巧妙地处理叙述者、作者和主人公的关系,不能不令人佩服。

二、"格言"(Gnome):彷徨与抉择

如果说长诗《星象》写的是笛卡尔的生活经历,或者说是通过描写笛卡尔,贝克特表达了他自己对理性和学术的看法;那么,贝克特此后创作的诗歌则完全是在写他自己,直接表达了他对学术、爱情、世界的理解和他内心的困惑。贝克特 1932 年 1 月辞去了三一学院的教职,不久写了一首题为"格言"或"箴言"(Gnome)的短诗,表达了他对学者生涯的和学术的态度。该诗两年后(1934 年)发表在《都柏林杂志 IX》上。它只有四行,没有标点符号,读起来很流畅,就像一个长句子。这首诗的形式和风格主要受到了歌德和席勒合写的《讽刺短诗集》(*Xenien*)的启发。[①] *Xenien* 是由对句或格言组成的短诗集。贝克特的这首短诗也采用了对句形式:

Spend the years of learning squandering	多年的学识耗尽
Courage for the years of wandering	浪费勇气消磨光阴
Through a world politely turning	游遍世界委婉转身
From the loutishness of learning [②]	只缘粗野的学问(笔者译)

这首诗旨在拷问知识和学问的价值,同时暗示了贝克特刚刚离开三一学院时内心的茫然和惶惑。前两行展示了作者双重的(二元的)思维模式:即内部现实和外部现实的对立。"学习/学识"(learning)和"游荡/漫游"(wandering)暗示了两种截然不同的存在或生活方式:数年的学习只为学者生涯做准备,这与他期待的数年的漫游(旅行)形成了对比,前者倾向于内在的,精神的世界,而后者则关注外部的世界。这种对立的模式其实就是贝克特以后作品的思想基础,它源自于笛卡尔的二元论。这里无论是"求知"还是"漫游",其实都是"旅行",一个是在知识的领域中漫步、求索,另一个是在大的物质世界中实实在在的身体旅行。由于多年的苦读,贝克特已经厌倦了学术领域纯精神的生活,因此他决定跳出学术圈

---

① See Samuel Beckett, *Collected Poems 1930—1979*, p. 173 [notes].
② See Samuel Beckett, *Collected Poems 1930—1979*, p. 7.

子,转向外部世界,试图通过旅游去认识世界,同时去重新认识他自己。贝克特在诗的第一行用了一个具有反面意义的词"浪费/挥霍"(squandering),但是这里挥霍的不是金钱,也不是时间,而是学业,还有勇气(squandering/Courage)。这似乎揭示了一个事实,即多年的学习虽然增长了知识,但是却削弱了他的生活能力,削弱了他"成为他自己"的勇气和决心,从而暗示了做学问的徒劳无益。诗的后两行表达了作者选择的另一种生活方式。"委婉转身"(politely turning)暗示他生活和事业的转型,即由纯学术生活转向世俗的生活。但是,贝克特以诙谐的语气将这种对学术的背离视为是礼貌的、委婉的转向,同时也道出了他对自由生活的向往。诗的重点(也是亮点)在最后一行,贝克特用了一个悖论式的短语,"知识/学问的粗野"(the loutishness of learning),表明了他对学术的态度。在贝克特看来,多年的学习无礼地占有了他的身心;剥夺了他的自由。因此,做学问本身并非儒雅之事,而是残酷、粗暴、无礼之事;学问会使人变得严谨、迂腐,成为呆板的书呆子。

这个短诗揭示了一个学子多年苦读背后的辛酸和单调、寂寥的生活情景。学习不仅浪费了他的精力和时间,更主要的是,在这期间,他没有明确的目标,感到茫然无望。其实这是青年学生在求学过程中的普遍心态,当下大学生也都普遍存在着这种焦虑和纠结,以及对未来的惶惑。所以"格言"这首短诗是最能体现青年贝克特也是青年学生真实心理状态的作品。它也预示了贝克特1930年代的作品,以及日后作品的主题思想与框架,因为它展示一个了最基本的二元对立的雏形:内在的学术生活与大世界的漫游构成了既对立又统一的二元结构。另外,这首诗的形式也恰到好处地揭示了主题。四行诗一气呵成,没有一个标点,每行都以现在分词 ing 形式结尾,[即 squandering, wandering, turning, learning]形成了格律严谨的双韵(对句),这样的格调既暗含反讽意味,抑或是青年贝克特的一种自嘲,又给人一种动态感,读者会感到一种持续不断的运动和流畅自如的来回转换。

在某种程度上,这首短诗也呈现了青年贝克特的生活轨迹,即"小世界——大世界——小世界"。其实,他思想始终在两个世界间徘徊、摇摆。从学术的小世界游移到大的客观世界之后,贝克特开始到德国、法国、英国游历,最后又回到小世界,但不是学术的小世界,而是艺术创作的小世界。几年的游荡生活使他越发感到迷惘、焦虑。选择什么职业?怎样维持生计?这是他面临的两大问题。为此贝克特曾陷入了两难的境地:是遵从理性,还是听从心灵的呼唤;是顺从父母的意愿,做个孝子,还是过自由自在的放逐生活;是回归还是背离理性。两种选择同样痛苦,又同样令人期盼。在这首诗中,贝克特有意选用"游荡"(wandering)一词而不用"旅行"(travel),因为 wandering 本身就具有多重含义,它不仅仅是指"漫游",也有"迷路"、

"偏离方向"的意思,它暗示了作者对未来职业的茫然,所以即便他摆脱了封闭的学术系统的束缚,也只能在大世界中漫无目地游荡;虽然他获得了身体的自由,但是他没有获得真正的思想自由。贝克特的第一部小说《莫菲》就生动演示了精神自由和身体自由之关系的主题。

"格言"这首小诗也生动揭示了贝克特的矛盾心态。虽然他不喜欢封闭的学术生活,但是几年漫游生活又使他感到若有所失,他曾感叹自己"失去了最好的东西"。[①] 这其实是为自己几年虚度时光,荒废学业而感到惋惜。贝克特最终选择回归小世界,去默默无闻地读书、写作。尽管贝克特对学术表现出不屑一顾的姿态,但事实上他始终没有放弃对学问的探究,如本书第二章已经谈到的他 30 年代的哲学读书笔记就充分证明了这一点。贝克特决定通过文学想象去探讨存在和艺术的本质,传达他的哲学和美学思想;他试图通过文学去建构一个世界,因为当时他还坚信语言能够描述现实世界和揭示真理。在贝克特看来,写作既是他理想的职业,也是他维持生计的手段,是他生活的唯一出路。

既然选择文学创作,那么,如何处理生活与艺术的关系(life-art balance),是贝克特写作生涯中需要协调的另一种二元对立关系。调整生活与艺术的关系其实也涉及写作的侧重点的问题,即在写作中关注生存问题还是关注艺术和美学问题;注重表现现实还是注重形式实验的问题。贝克特在法国巴黎高师做交换学者期间以及在三一学院任教时发表的作品,包括文学评论,大都热衷于探讨现代派艺术形式和实验、文字革命、和抽象的哲学问题。离开三一学院后,贝克特没有经济收入,他首先面临的是如何维持生计的问题,因此他 30 年代的作品自然将侧重点转向生存问题,因而更具写实的特征(可以说他首先是为生存而写作)。为了谋生,贝克特于 30 年代初为巴黎的一些文学期刊翻译了很多法国现代诗歌,写过一些书评等,并得到一定的稿酬。小说《平庸女人的梦》就是贝克特 1932 年在穷困潦倒的状况下仅用了几个星期的时间完成的,因为当时他急需用钱,希望尽快发表这部作品。但遗憾的是,当时没有出版商愿意接受它,这部小说直到他去世后才得以出版。[②] 除了生存的压力,这一时期贝克特还经受了失恋的打击和感情的创伤;更主要的是经受了失去亲人的痛苦(见第一章),因此这一时期的贝克特无论是物质生活还是感情生活都处于最低谷;为了寻求心理的解脱,他在伦敦度过了两年消沉低迷的时光。诗集《回音之骨》和小说《莫菲》都是在这期间创作的。如哈维所说,在这非常的时期,贝克特在文学上和传记上的重要发展就是在艺术-生活

---

① Lawrence Harvey, *Samuel Beckett: Poet and Critic*, p. 222.
② See Deirdre Bair, *Samuel Beckett: A Biography*, pp. 152—154.

的天枰上重心向生活倾斜(转移)。① 他这一时期的作品(尤其是诗歌)大都反映了现实的生存问题、情感问题、揭示爱情的主题,尽管也有一些作品(如《平庸女人的梦》),涉及艺术和美学问题。

三、"多特蒙德"(Dortmunder):来自酒神的灵感

贝克特的早期诗歌"多特蒙德"(Dortmunder)是最能体现知性和情感(感性)的融合,也是最富哲理和美学价值的诗歌,它体现了青年贝克特与叔本华哲学思想的共鸣与相通之处。该诗旨在探讨两种生存方式之间的冲突,即叔本华式的白日的生活与黑夜的生活的对立(其实也是理智与情感、意识与潜意识的对立)。这首诗被收入贝克特的诗集《回音之骨和其他沉积物》中(稍后将对这个诗集进行全面评述);诗的题目("Dortmunder")同《星象》(Whoroscope)一样令人费解,它是贝克特 1932 年在德国东部城市卡塞尔创作的,"多特蒙德"是当时德国的一种啤酒品牌。②因此,贝克特声称这个题目与诗的内容毫无关系。但事实上它还是与创作背景和主题有一定的关系。贝克特喜好喝酒,或许是"多特蒙德"啤酒对他的思想和意志产生了影响,使他有了写诗的冲动,于是在宁静的夜色中,伴随着柔和的音乐,借助酒神的力量,他创作了这首诗。这也体现了诗歌"多特蒙德"的主题和意境;似乎在暗示:诗歌创作本身就是诗的内容和思想,因此这种诗歌带有"元诗歌"的性质,它使读者感到生活与艺术的界限开始消失。

全诗共十四行,展现了从黄昏进入深夜的美妙经历,诗的第一部分:

In the magic the Homer dusk
Past the red spire of sanctuary
I null she royal hulk
Hasten to the violet lamp to the thin K' in music of the bawd. ③
(lines 1—4)

这四行诗句暗示了诗人对黑夜生活的向往。因此,赞颂黑夜、享受黑夜,诋毁白昼,是诗的主题。如第一行("In the Magic the Homer dusk")将荷马史诗中描绘的黄昏视为具有魔力的时间,它也意味着幸福时光的开始。当夜色降临时,史诗中的人物复活了,在黑夜的引领下进入音乐的王国,

---

① Lawrence Harvey, *Samuel Beckett: Poet and Critic*, p. 67.
② Ibid., p. 77.
③ Samuel Beckett, *Collected Poems 1930—1979*, p. 16.

那是一个令人神往的远离白昼的奇异王国。但是诗的第二行出现了一个教堂的意象(red spire of sanctuary)颇具反讽意味,因为在诗人看来,教堂属于令人厌恶的白昼。诗人还用了一些与宗教氛围有关的词,如"royal hulk"(女王的显赫躯体/船体),"violet lamp"(紫色的灯光),还有下一行的 "bright stall"(教堂内高坛的牧师座位),这些带有崇高意境的词语与第一行提出的古希腊诗人荷马史诗相呼应。尔后,贝克特又颠覆了这些神圣的宗教意象:用"鸨母"(bawd)替代圣母的形象,因此,教堂成了灯红酒绿的妓院,是鸨母经常光顾的地方。第三行的选词很好地彰显了一种被动消极的主题。诗人把自己看成是"无用之人"(null)与女王高贵巨大的身体(hulk)形成对比;而具有反讽意味的是,这女王并不高贵,而是笨重的废船(hulk),它暗指娼主(bawd)或妓女的躯体,它在生活的航程中,超负荷运行,最终破损,即将解体。贝克特将诗人和妓女联系在一起,因为无论是诗人还是妓女,都渴望夜晚的生活。接下来,第二部分聚焦于夜晚的生活:

> She stands before me in the bright stall
> sustaining the jade splinters
> the scarred signaculum of purity quiet
> the eyes the eyes black till the plagal east
> shall resolve the long night phrase. (lines 5—9)

诗人用了"jade splinters"(破碎的玉片),"purity quiet"(纯净平和)这样的字眼来暗示黑夜的清静如玉;唯有黑夜才能使人进入这种宁静、平和、沉思的心境,它与白日的活动形成对比。然而,美好的夜晚也并非完美无瑕,它仍带有伤痕(scarred)。娼主的琵琶弹奏出支离破碎的乐曲在夜空回荡。接下来诗人使用了一个音乐的术语(plagal),意为由下属和弦转成主和弦。黎明的到来就意味着"进入主和弦的东方"(plagal east),它暗示打破和谐的节奏。第三部分揭示了黎明到来时的情境:

> Then, as a scroll, folded,
> and the glory of her dissolution enlarged
> in me, Habbakuk, mard of all sinners.
> Schopenhauer is dead, the bawd
> puts her lute away. (lines 10—14)

在这里,夜晚被比作优美和谐的"画卷"(scroll),但是当东方的破晓即将溶解这黑夜的优美乐章时,诗人在第十三行突兀地提到"叔本华死了"。正是这一行凸显出全诗的意义,如哈维评论道,"'叔本华死了'因为他相

第四章 诗歌创作：抒情与写实

信可能会出现的黑夜般的涅槃，欲望熄灭时借助音乐获得的审美的平和心境，最终会随着黎明的闯入和白昼的展开而不得不让位于意志的抗争"。① 叔本华厌恶基督教，喜欢印度教和佛教，深信人的意识可以达到佛教的那种特殊境界，即涅槃②。它意味着寂灭，即叔本华式的无意念的状态。在叔氏看来，意志是邪恶的，人的苦难起因是强烈的意志，我们越少运用意志，就越少受苦。③ 因此，人生就是不断地同意志抗争的过程。贝克特同叔氏一样认为白昼的生活就意味痛苦的抗争（包括同自我意志抗争、同外部世界和他者抗争），而放弃抗争就意味着对他者的认同；唯有在黑夜，在自我的小世界中，才能进入至福的境界。"多特蒙德"呈现了叔本华式的二元世界，即白昼和黑夜二元对立的世界。黑夜（即人的内心世界）才是最本真的世界，因此当黎明到来时，"叔本华死了"，这意味着叔本华式的世界幻象消失了。

从这首诗中，不难看出贝克特对叔本华"艺术哲学"思想的接受。叔氏认为，我们在音乐中所体验到的艺术的沉思可以帮助我们逃离现实世界的痛苦。④ "多特蒙德"以黎明到来结束。当鸨母放下琵琶，音乐停止了，美妙的画卷闭合了（as a scroll, folded,），诗人的沉思也随之终止。作为诗人的哲学家叔本华死了。另外，对鸨母（bawd）的描写其实也暗示了叔氏的女性观，即女性永远处于从属地位，是被征服的对象，因而，妓女问题无关道德问题，她没有能力担当任何责任。⑤ 在诗中（bawd）与其说是弹奏琵琶者，莫如说是受难者。贝克特将诗人和妓女联系在一起，因为无论是诗人还是妓女，他们的生活都仿佛是伤痕累累的画卷，在黑夜展现，随着黎明的到来而合拢。这里似乎暗含着贝克特式的黑色幽默，暗示了诗人的生活同妓女一样不幸，也传达了对妓女和弱者的同情。

值得注意的是，第三部分，诗人角色发生了根本转变：叙述者（诗人）在第一部分将自己描写成无用之人（null），首先以一个被动的观察者（旁观者）的姿态出现，而在第三部分却变成了直接的参与者，并且变成了一个诗人或作家哈巴库克（Habbakuk）⑥和哲学家（叔本华）。这两个人物

---

① Lawrence Harvey, *Samuel Beckett : Poet and Critic*, pp. 75—76.
② 涅槃，(Nirvana)：佛教术语，断绝一切烦恼的至福境界；生命之火的熄灭。
③ 参见罗素，《西方哲学史》（下卷），马远德译，第306—307页。
④ Qtd. , in Lawrence Harvey, *Samuel Beckett : Poet and Critic*, p. 76.
⑤ Ibid. , p. 75.
⑥ "Habbakuk"应该是"Habakkuk"，它有两层意思：(1)哈巴谷，希伯来的先知（约公元前七世纪）；(2)《哈巴谷书》：《圣经》《旧约全书》中的一卷。哈巴谷虽然遵从耶和华的指令写作，但是他也是敢于质疑上帝权威的反叛者。或许是贝克特有意将这个名字拼错，使其成为现代的反叛权威的形象。

都代表诗人的另一个自我(alter-ego)。诗人希望自己像《圣经》旧约中的先知哈巴库克/哈巴谷(Habbakuk)一样记录他的所见所闻。哈巴库克是《圣经》中极具反叛精神的形象,他敢于质疑上帝的权威,请求上帝担当管理世界的责任。他仿佛就是诗人贝克特质疑理性和权威的代言人。如果说叔本华代表诗人的艺术家的自我,抑或是消极悲观的自我,那么,哈巴库克则是诗人积极的"反叛者"的自我。作为饱受生存压力和精神的焦虑与烦恼折磨的受难者,诗人自己不时地被所谓的"罪恶"(即反叛精神)所诱惑,成了一个反叛者。这首诗写于1932年1月,当时贝克特已决定离开三一学院。这种抉择就意味着与家庭、社会决裂,也意味着违背权威(即父母、导师、理性)的旨意。在贝克特以后的作品中,我们不难发现总有一种对立的诱惑,其实这诱惑就是他自己,或者说他的另一个自我。贝克特的诗歌大都带有既屈从又叛逆的语气,表明了青年贝克特对人生和世界所持的一种游移立场,即"介于叔本华式的虚无主义消极态度和Habbakuk式的形而上的反叛精神之间立场。对于一个爱尔兰的流放者来说,这两极具有同样的吸引力"。①

四、《回音之骨及其他沉积物》:寻找感情的归宿

诗集《回音之骨及其他沉积物》(*Echo's Bones and Other Precipitates*)(简称《回音之骨》)是最能反映青年贝克特情感生活和爱情主题的作品,它由贝克特写于1931至1935年间的13首诗组成,这些诗歌中最短的只有四行,最长的七十六行。诗集反映了一个知识分子由象牙塔中的纯学术生活转向现实的普通人生活的复杂心态。但是这些诗在形式和主题上并无创新性,它们可以追溯到古典文学或民谣传统。无论是在诗歌还是在小说、戏剧中,贝克特都喜欢采用古典文学或哲学中的典故;要么运用一种传统的形式和视角,将其变成他个人艺术世界中的组成部分;要么将传统文学中的一些有用的东西拿来,打乱重组,使其变形,成为新的形式。② 这是贝克特惯用的手法——嫁接法。

1. 回声女神和美少年的故事

《回音之骨》的题目(*Echo's Bones*)来自于古希腊神话中的典故,即

---

① See Lawrence Harvey, *Samuel Beckett*: *Poet and Critic*, p. 78.
② 关于贝氏"嫁接法"(grafting technique)的详细解释,参见 James Knowlson, *Damned to Fame*: *Life of Samuel Beckett*, p. 106.

回声女神厄科(Echo)和美少年那喀索斯(Narcissus)的爱情故事。厄科是居于山林水泽的仙女,因爱恋那喀索斯遭到拒绝而变得憔悴消瘦,最后只留下声音在山林中回响;而美少年则因拒绝回声女神的求爱,只爱恋泉中自己的身影憔悴至死,死后化作水仙花。哈维认为,诗集《回音之骨》主要受到了古罗马诗人奥维德的长诗《变形记》第三部中的厄科和那喀索斯的爱情故事的启发,"如果说这些诗歌传达了单一的文学和哲学的洞见,即一个核心思想的话,那就是揭示了诗人对男女之间爱情生活及生活的流变的感知"。① 其实,诗集所揭示的"爱"的主题具有更宽泛的意义,它不仅仅是指男女之间的爱情,还包括父子或母女之爱、兄弟姐妹的手足之情,还有对祖国、故土的眷恋,甚至是对自己(自我)的爱。"人需要占有他者,或者将自己奉献给他者。总之人与他者的复杂关系问题,以及随之而来的孤独感,是贝克特写作中贯穿始终的重要问题。"②回声女神和美少年的故事颇具隐喻性,它也是贝克特抒情诗所依据的原型。

《回音之骨》中的抒情诗表现了对爱情的渴望与获得爱情之艰难。如"伊纽伊格 I"("Enueg I")、"伊纽伊格 II"("Enueg II")、"晨曲"("Alba")、"爱情小夜曲 I"("Serena I"),等等,都表达了这一主题。这些抒情诗表现的不只是美好的爱情,而更主要的是表现了获得爱的阻力,即那得不到爱的滋味和感受,暗示了爱情的神圣和遥不可及。可见《回音之骨》就是现代版的"回声女神和美少年"神话;然而,它表现的主题却远没有古希腊神话或奥维德的《变形记》中的爱情故事那么浪漫、凄美。贝克特的《回音之骨》更具有写实性,它凸显了现实的残酷:疾病、苦难、衰老、死亡等都是摧毁爱情的凶手,但是它们又是不可抗拒的自然规律,因此爱情自然会伴随痛苦。诗人由对恋人,对他者的关心转向关心自我,成了那喀索斯式的人物,表现出一种"自恋情结"(Narcissism)。如哈维所评论的,"贝克特的向内心转向与其说是向往理想的美好境界,莫如说是寻求理解和存在的根基"。③ 另一方面,《回音之骨》强调变化,即世界的流变,人和事物变迁等。譬如,在"爱情小夜曲 II"中,母亲的膝盖变成了都柏林郊外山上的石碑,小孩晚上得跪在上面祈祷:

the fairy-tales of Meath ended
so say your prayers now and go to bed
your prayers before the lamps start to sing behind the larches
here at these knees of stone

---

① Lawrence Harvey, *Samuel Beckett: Poet and Critic*, p. 68.
② Lawrence Harvey, *Samuel Beckett: Poet and Critic*, p. 69.
③ Lawrence Harvey, *Samuel Beckett: Poet and Critic*, p. 70.

then to bye-bye on the bones。①

这一意象显现的正是贝克特童年的经历,是他儿时听保姆给他讲述古老米斯郡山的童话("the fairy-tales of Meath")和他两三岁时睡觉前跪在妈妈膝盖上做祷告的情境,②暗示了贝克特对家庭宗教仪式的深刻记忆。但是他已经从一个不懂事的孩子成长为一个有思想的青年,这种刻板严格的仪式已经变成古老的过去,母亲的膝盖已化作石碑。再譬如,另一首抒情诗"马拉喀德"("Malacoda"),它真切表达了贝克特对他父亲的爱和父亲去世时他的沉痛心情。叙述者将父亲的尸体视为昆虫变为成虫的阶段:"mind the imago it is he / hear she must see she must"。这里"成虫"(imago)还有另一层心理学的含义,即"无意识的意象",此处指童年时期形成的对父母的不由自主的记忆,成年之后仍保留不变。在贝克特看来父亲的死只是身体的死亡,而他的美好形象永远留存在他的内心世界。

2. 古朴的普罗旺斯吟游诗风格

《回音之骨》中的抒情诗大都借鉴了民谣或吟游诗的传统,尤其是效仿法国南部吟游诗人(troubadour)的风格。"吟游诗人"(Troubadour)这一术语专指中世纪法国南部普罗旺斯(或意大利北部)诗人,但是他不同于传统意义上的民间吟游诗人(minstrel),普罗旺斯吟游诗人大都是有一定的文化层次和修养的贵族诗人,他们专门创作关于优雅宫廷生活的抒情诗或情歌,这种抒情诗风格对整个西方文化和诗歌产生了重要的影响。③ 贝克特的抒情诗主要借用了普罗旺斯吟游诗的主题和形式。

首先,贝克特借用了"晨曲"("aubade")的抒情形式,如"多特蒙德"(Dortmunder)、"阿尔伯"(Alba)、"Da Tagte Es"都属于这类普罗旺斯传统抒情诗,主要描写清晨热恋中的情人离别时的情景。"多特蒙德"就生动描述了黎明到来时诗人的哀叹和苦恼,所以它既是哲理诗,也是"晨曲"。从传统角度看,黎明象征着新的开始,也是宗教意义上的复活(resurrection)和救赎(redemption),而夜晚却代表黑暗和恐怖。按照常理"黎明"(dawn)应该是一个美好的正面的意象,但是贝克特颠覆了这美好

---

① Samuel Beckett, *Collected Poems 1930—1979*, p. 24.
② 关于贝克特这段幼儿时期经历的详细描述,参见 James Knowlson, *Damned to Fame: The Life of Samuel Beckett*, pp. 15—16.
③ 参见《牛津文学术语词典》(Chris Baldick, *Oxford Concise Dictionary of Literary Terms*, Oxford & New York: Oxford UP, 1996.),上海外语教育出版社,2000 年,第 230—231 页。

的意象,将黑夜视为渴望达到的理想境界(乌托邦),而这美好的意境却被黎明的到来所破坏,因为贝克特同叔本华一样相信黑暗的"涅槃"。《回音之骨》中的倒数第二首诗"Da Tagte Es"(英文意思是"Then Came the Dawn")是典型的"晨曲",它只有四行,题目来自于中世纪一位德国抒情诗人(Walther von der Vogelweide)。① 这四行带有格言性质的短诗生动呈现了恋人最后分别时的情景:在诗中黎明被看做幻灭感的开始,是恋爱生活的转折。

《回音之骨》中的"Alba"可以算作地地道道的"晨曲",因为诗的题目"alba"本身意思就是"普罗旺斯晨歌"("alba"="aubade")。这首诗表现了贝克特在三一学院读书时的一段刻骨铭心的爱情,即他对艾斯纳·麦卡锡(Ethna MacCarthy)纯真的爱情。但是,"Alba"不只是一首单纯的爱情诗,它还有其深刻的美学寓意,其美学意义就在于对但丁及其诗学的借鉴和讽喻。全诗共十七行,分三部分,主要暗示了两个并行的爱情故事,即诗中的一对恋人与但丁和他所爱慕的理想少女比阿特丽丝(Beatrice)。尽管诗中只出现了但丁的名字而并没有提到 Beatrice 的名字,但是,(在贝克特看来)但丁对比阿特丽丝的忠贞不渝的爱早已成了西方文学中脍炙人口的故事,它就是纯美爱情故事的原型,与"Alba"中的现代爱情故事相呼应。《神曲》中的比阿特丽丝使但丁获得了宗教和艺术上的救赎;而 Alba 则是诗人(贝克特)艺术灵感的来源。② Alba 既是这首诗的名字,也是叙述者的恋人的名字;其实也是贝克特的小说《平庸女人的梦》中的一个女主人公的名字(她的原型就是贝克特的第一个恋人 Ethna MacCarthy)。为了理解这首晨曲的意境和内涵,先看一下诗的第一部分:

> Before morning you shall be here
> And Dante and the Logos and all strata and mysteries
> And branded moon
> Beyond the white plane of music
> That you shall establish here before morning③ (lines 1—5)

这是比较典型的"晨曲"的意境。诗的第 1 行("Before morning you shall be here")首先给出全诗的时空范围,第 5 行又把我们带回到起点,重复第一行的词语(here before morning),只是语序稍有变换。这样,第一部分就呈现了一个封闭的结构,仿佛是对但丁《神曲》中的抽象的循环模式的

---

① Lawrence Harvey, *Samuel Beckett: Poet and Critic*, p. 84.
② Lawrence Harvey, *Samuel Beckett: Poet and Critic*, p. 100.
③ Samuel Beckett, *Collected Poems 1930—1979*, p. 15.

讽喻。第 2 至 4 行暗示了一种从高向低的下降趋势：从代表崇高精神境界的诗人但丁、基督教教义中与神同一的"道"或理性（Logos）以及这一层面上所有的神秘事物，降至世俗层面的"打有烙印的月亮"（the branded moon），因为月球与地球形影不离，月亮像镜子一样照映地球，最后停留在人世间的艺术（"white plane of music"）。也就是说从精神层面到现实层面；从深奥抽象的哲学到具体、通俗的可以把握的事物。这种从理性到感性的下滑延续到第二部分："grave suave singing silk/ stoop to the black firmament of areca/ rain on the bamboos flower of smoke alley of willows"（Lines 6—8），这三行中的关键词是"stoop"，意为"俯身"、"堕落"，它既指身体下弯，也暗示精神的低落；接下来是"下雨"（rain）的意象，暗示着下降是一种自然的流变，从理性的"逻各斯"到感性的艺术——音乐，再到具体的（制作乐器琵琶的）材料"槟榔树"（areca）。[①] "俯身"（stoop）这一关键词也呈现了具体的少女弹奏琵琶的姿势，这一意象在第三部分重现：

> Who though you stoop with fingers of composition
> to endorse the dust
> shall not add to your bounty
> whose beauty shall be a sheet before me　（Lines 9—12）

这两部分形成了鲜明的对照：如果说第二部分采用的是隐喻的手法呈现少女拨动琴弦，降至"黑暗的苍穹"，暗示诗人进入他自己的"黑暗王国"（自我的小世界），柔和的乐曲使他心绪平和；那么，第三部分却采用具象的方式，描写少女躬身"用纤细的手指弹奏乐曲"。这一意象暗含宗教的隐喻，如哈维所指出的，它使第一部分代表三位一体的"理念"（Logos）由崇高降至世俗的层面，由圣人变成了具有宽容之心的基督徒，于是基督耶稣的天赋与少女的恩惠形成了对比。[②]因此，整首诗就像一曲旋律优美的乐章；文字构成的音乐与少女的琵琶弹奏出的悠扬音乐相互叠合，融为一体。

但是，应当指出的是，"Alba"的基调不仅仅是下降，其实还暗含着上升，即宗教意义上的复活，因此，升、降是这首诗的旋律。但丁的《神曲》描写了诗人落入地狱（inferno）后，如何向着炼狱挺进，最后升入天国。是比阿特丽丝（Beatrice）从天上来到人间，引领但丁走上通往天堂的路。诗人

[①] 槟榔树木材是制作中国琵琶的材料。参见哈维注解（Lawrence Harvey, *Samuel Beckett*: *Poet and Critic*, p. 102.）

[②] Lawrence Harvey, *Samuel Beckett*: *Poet and Critic*, p. 101.

第四章 诗歌创作：抒情与写实

贝克特将自己假想成但丁，他的另一个自我（alter-ego），然而，诗人的境遇却同但丁《神曲》的意境形成了反差。贝克特颠覆了但丁的形象，因为他并不热衷于上升，而是更加关注下降的路径，也就是说诗人对纯精神的宗教和道德层面的东西比较排斥，而是对世俗的，现实生活中的美更感兴趣。如第 11 至 12 行用了两个对应的词："慷慨"（bounty）和"美"（beauty），揭示了"善"（good）和"美"（beautiful）的概念。这两个词分别代表不同的领域，即理性王国的宗教和感性的艺术。但丁的《神曲》表现的是天堂和世俗社会、神与人之间有意义的联系，Beatrice 就是沟通天国和人间（世俗世界）的天使，她象征着至善至美的境界；而贝克特诗中的 Alba 的美却不同于 Beatrice，因为 Alba 只代表世俗的美和现世的幸福美好爱情。诗人所追求的是 Alba，即实实在在的爱情体验，而不是 Beatrice 所代表的纯精神的，抽象的爱。因此，诗人对黎明的来临感到厌恶，因为黎明意味着上升，复活，如晨曲的最后几行：

A statement of itself drawn across the tempest of emblems
so that there is no sun and no unveiling
and no host
only I and then the sheet
and bulk dead. (Lines 13—17)

不难看出，诗人为黎明的到来而感到无奈，他多么希望清晨没有太阳，永远被黑夜笼罩（no sun and no unveiling）。诗的结尾是"体积的消失"（"bulk dead"），意味着身体或物质的暂时缺失，取而代之的是纯精神的体验和感悟。值得注意的是，第 12、16 行的中的"床单"（sheet）一词颇具隐喻性，它不仅暗示男女之间的性爱关系，它还与第 4 行的 "white plane" 相呼应，起到了点题的作用，因为"白色"或"苍白"是晨曲的主要色调，它指黎明前夜空出现的闪亮的白色。该诗采用了传统"晨歌"的结尾形式，传达了诗人的一种愿望，即希望时间到此终止，黎明永远不会到来。

第二，《回音之骨》中的另一种抒情诗体是"爱情小夜曲"（serena），它与晨曲的主题基本一致，表达恋人白天的忧愁、苦恼和对黑夜的期待，渴望与恋人在夜间重聚的心情。诗集中的三首"爱情小夜曲"（"Serena I"，"Serena II"，"Serena III"）生动描述了诗人的情感发展历程，其实它们表现的不仅仅是对恋人的感情，而是更宽泛的(广义的)对他者，对自我以外的世界和社会的关怀，尽管这种情感和态度比较消极、悲观。如"Serena I"描写了年轻诗人在大都市伦敦的感受；"Serena II"描写了诗人在大自然中，即爱尔兰都柏林南部的威克洛群山和爱尔兰西部地区的体验；"Serena III"则表现了诗人对艺术和爱情以及自己未来去向的思考。三首诗都不同程度地运用了具有鲜明对比的意象,即光明和黑暗;它们都暗示了诗人渴望逃避现实,但又无法逃避的境遇。譬如,Serena I 表达了诗人试图逃离白天伦敦市井生活的浮躁和烦恼,去伦敦的大英博物馆、水晶宫等肃静的场所去寻求心灵的慰藉的愿望;这些地方是他所向往的艺术和美的理想王国,它们与伦敦严酷、混乱、令人厌恶的社会现实形成了鲜明的对比。Serena II 反映了叙述者试图通过睡觉去逃避痛苦和烦恼的情境:他希望摆脱童年的记忆和那不可名状的焦虑,远离祖国、故乡、母亲;然而,即便是睡眠也无法逃避这一切,因为梦境同现实一样残酷可怕。Serena III 表现诗人逃避社会角色(辞职),躲进自我的小世界,揭示了诗人如何调整自我与社会的关系,也大胆直白地表现爱情主题:如前四行:

> fix this pothook of beauty on this palette
> you never know it might be final
> or leave her she is paradise and then
> plush hymens on your eyeballs　　(Lines 1—4) ①

若想与这个世界保持联系,艺术是最佳的途径;若想逃离现实世界,艺术也是最好的途径。简言之,艺术可以协调自我与社会的关系。然而,艺术与爱情既有着密切关系又相互冲突。诗人(贝克特)仿佛处于两难的境遇:是投身于爱情,还是献身于艺术呢? 第三行(leave her she is paradise)中的代词"she"的指向有些含混,"她"既代表第一行中的"美"或"艺术",也指爱情或恋人。而第四行表明了诗人的立场。"hymens"(处女膜)意思是"婚姻之神",这一行"plush hymens on your eyeballs"暗示了一个事实,即沉溺于幸福温馨的爱情生活会使你的视线模糊,从而失去判断力,失去美好的幻象;而没有想象力(幻想)也不可能成就艺术;天堂里的天真纯洁的爱情的确很美好,但是它也会使诗人变得盲目无知。接下来诗人用了直白的写实手法首先描写了对性爱生活的态度,然后描写了恋人的永远分离。这首诗以表示行走和移动的诗句结束("hide yourself not in the Rock keep on the move / keep on the move" Lines 26—27),暗示了诗人摆脱了各种情感的纠缠,放弃了爱情和宗教的庇护,继续他孤独的漫游和流放生活。贝克特最终选择了逃离,既是心灵和精神的逃避,也是身体的逃离,他决定永远离开爱尔兰,去法国巴黎定居。《回音之骨》中的抒情诗大都表现了这一主题:即诗人(或艺术家)与他者的关系和他在大世界中的孤独境遇。如果他也有幸福感的话,那也只与爱情,音乐和黑夜紧密相连。

---

① Samuel Beckett, *Collected Poems 1930—1979*, p. 25.

第四章 诗歌创作：抒情与写实

第三，除了"晨曲"和"爱情小夜曲"，《回音之骨》中还有一种普罗旺斯抒情诗，即"伊纽伊格"（"Enueg"），这个词来自于拉丁语，意思是"烦恼"（vexation）或令人烦恼之事。因此，这类抒情诗主要抒发诗人生活中的各种烦恼与不幸。但是，贝氏的"Enueg"不只是表现烦恼，而是主要表现忧伤或悲痛，带有悼亡诗的气氛。如"Enueg I"描述了叙述者的心上人身患重病，即将离开人世，他走出病房心情无比的悲痛；"Enueg II"表现了叙述者在葬礼上的悲痛和失落之情。这其实就是在记述贝克特深爱的表妹因患肺结核死亡的情境和诗人的极度悲伤。这两首诗揭示了人在残酷的现实面前的苦楚与无助，但是也表现了诗人对命运的反抗和对现实的讽刺。如诗人在"Enueg I"中所表达的不满情绪："my skull sullenly/ clot of anger/... / bites like a dog against its chastisement"。（Lines 12—15）①再譬如"Enueg II"中的几行："sweating like Judas/ tired of dying/ tired of policeman"，（Lines 12—14）②表达了一种叛逆性格和生存的焦虑。由此可见，借助"Enueg"这种抒情诗形式，青年贝克特发泄了苦闷、悲伤，也表达了他与传统观念的抗争以及他辞去教职后的复杂心态。

其实，诗集的全名《回音之骨和其他沉淀物》本身就带有几分反讽意味。诗歌这种本应该展示崇高主题的艺术形式在这里却蜕变成了以碎骨和沉淀物组成的残篇。诗集以六行短诗"秃鹰"（vulture）开始（"秃鹰"也是贝克特此后作品中反复出现的意象，它隐喻艺术家创作的原初状态，关于这首诗和秃鹰的意象，见本第八章的解读），以五行不完整的碎片式短句"回音之骨"（"Echo's Bones"）结束，它们勾勒出了整个诗集的轮廓和主题：即生活（生命）的过程，从低级的生命秃鹰以觅食为生到最后变成本真的生命要素，即骨头。在诗集中诗人贝克特运用了最传统的比喻，即将人生比作"旅行"，这一意象也预示了贝克特后来许多作品的主题。③开头和结尾的两首诗均无标点符号（《回音之骨》中的诗歌大都没有标点，这也是贝氏诗歌的主要特征），整部诗集以现在分词开始：dragging his hunger through the sky（"Vulture" Line 1），④但是又不像真正的开始，因为第一个字母是小写。诗集的最后一首"回音之骨"，也同样没有开头（以小写字母开始），没有结尾，也没有标点，五行诗句互不关联，可算作地地道道的支离破碎的残篇：

---

① Samuel Beckett, *Collected Poems 1930—1979*, p. 10.
② Ibid., p. 13.
③ Roger Little, "Beckett's poems and verse translations or: Beckett and the limits of poetry", in *The Cambridge Companion to Beckett*, (ed.) John Pilling, p. 189.
④ Samuel Beckett, *Collected Poems 1930—1979*, p. 9.

asylum under my tread all this day
their muffled revels as flesh falls
breaking without fear or favour wind
the gantelope of sense and nonsense run
taken by the maggots for what they are ①

这首诗展现了一种死后的生活或者来世的图像,最后以"蛆虫"(maggot)的意象暗示了一种腐化、阴森的氛围。诗的最后一行以现在时态(are)结束,没有句号,仿佛人世变迁连绵不断,没有终结。贝克特颠覆了诗歌的传统,实施着由表现爱情到表现死亡的转变。贝克特诗歌的意境往往是灰暗的,因为他不相信残酷的现实能够被成功地转换成完美的艺术。"在他的诗歌中不存在美丽,因为他迫切地需要表现真实。"②在贝克特看来,艺术就是试图保留在不断变迁中的一些值得回味的记忆,那是最珍贵的情感的沉积。

五、情感的最后回声与《卡斯康多》

那么,贝克特的诗歌保留的是怎样的记忆呢?对此,贝克特有他独到的理解。如他在早期的小说《平庸女人的梦》中,就通过主人公贝拉克之口道出了他对诗歌(也是文学创作)的理解。在小说中,主人公将诗歌表现的视界或意象分为"近视"和"远视"两种,认为:"诗歌不关注正常的景象,即文字和图像相吻合的景象。"文字就好比"视网膜"("verbal retina"),在这张文字视网膜前聚焦的情感图像就是近视图像,在它背后的是远视图像。近视图像所聚集的情感被词语锁定;而在远视图像中,词语却被情感所延伸。在后一种远视的诗歌模式中诗人能更完全彻底地表现他自己。③贝克特的诗歌创作经历了从近视图像向远视图像转移的过程。可见,贝克特早期的诗歌所关注的还是诗的视界(poetic sight)问题。他起初试图通过诗歌去寻求那种古典作家,如荷马、但丁、拉辛、兰波诗歌的崇高意境,但是,贝克特不得不承认现实生活远不如诗歌的意境那么惬意美好,所以他的诗歌更多地呈现了的苦闷、恐惧和忧伤。因此贝克特从描写爱情转向了描写死亡(from poet of love to poet of dying),如约翰·皮林所说,"从追求激情自然爆发的诗人到被激情耗尽的回音之骨",④也就是从对精神或感情世界的关注转向了对存在的本体论问题,即生命的本

---

① Samuel Beckett, *Collected Poems 1930—1979*, p. 28.
② Lawrence Harvey, *Samuel Beckett: Poet and Critic*, p. 73.
③ See Samuel Beckett, *Dream of Fair to Middling Women*, p. 170.
④ John Pilling, *Beckett before Godot*, p. 90.

第四章 诗歌创作：抒情与写实

质要素(bones)的关注。

抒情诗集《回音之骨》可以说是贝克特所有作品中最具生活气息,最有人情味的作品,诗集把贝克特的复杂的感情世界展示得淋漓尽致,也传达了他渴望摆脱复杂情感的牵绊和对另一种清静自由的生活的向往。因此,如约翰·皮林所说,"《回音之骨》似乎也是对他感情生活的告别或了断：即对他的父亲、表妹、和他所爱慕的女性(Alba)的道别,也是对诗歌本身的告别"。[①]然而,诗集《回音之骨》出版后不久,贝克特又创作了抒情诗《卡斯康多》("Cascando",1936)[②],全诗共 36 行,是贝克特二战之前创作的最后一首英文诗(此后,贝克特的写作以小说为主,也写了一系列法语诗歌),其题目"Cascando"意思是"音量或速度渐渐变小",因此,它可以被看做青年贝克特"最后的情感回音"。那时的贝克特已经不再关注诗的"视界",而是更加关注表达问题,即如何去言说的问题,如贝克特在诗的开始就将这首诗比作一种"运用词语的时机"或"词语场"("occasion of / wordshed" Lines 2—3)。[③] 这首诗的主旨依然是表达一种情感的失落,或爱情的失败。但是,这种情感将词语不断延长,有如永远的回音,呈现了一个由情感无限延伸的"远视图像"。此时的贝克特仿佛将自己化作"回音之骨"；他的写作只能发出回音。由此可见,"Cascando 是贝克特的第一首也是唯一的一首表现从失败中取得成功的诗歌,不仅仅是从个人的角度,更主要的是在美学的层面"。[④] 虽然爱情失败了,但是"爱情"却在诗中被无限延伸。这首诗创作意图是避免说"我爱你",而诗中却不断回响着"爱"这一字眼："如果你不爱我,我就不会被爱/ 如果我不爱你,我将不会爱"("if you do not love me I shall not be loved/ if I do not love you I shall not love" Lines 23—24)。这种近乎文字游戏的诗句其实是在表白：是爱的词语(而非情感)被不停地言说,这种无休止的爱的言说本身建构了诗歌的形式,这也就是诗歌和所有文学写作的本质,这也为贝克特二战之后的创作所揭示的语言表征的本质留下了伏笔。

总之,贝克特的诗歌是对他 30 年代的生存状态和感情世界的书写,它们充分反映出贝克特的创作天赋和语言功力,同时也透露出他自己独特的诗学思想。

[①] John Pilling, *Beckett before Godot*, p. 90.
[②] 贝克特 1961 年 12 月用法语创作了同名广播剧 *Cascando*,这是个音乐术语,意为音调或音量逐渐减弱。
[③] Samuel Beckett, *Collected Poems 1930—1979*, p. 29.
[④] See John Pilling, *Beckett before Godot*, pp. 91—92.

第五章 《徒劳无益》和《平庸女人的梦》的写实风格："自我"与"表象"的世界

如果说贝克特早期创作的诗歌是对他30年代生存状态和自我的书写，是他情感的自然流露，那么，他早期的叙事作品就更具有自传性和写实性。所以贝克特首先应该是写实主义作家，尽管在西方文学界，贝克特的名字总是被归入先锋派、实验派或反传统作家之列。半个多世纪以来，西方学者对贝克特的研究大都聚焦于其抽象的实验小说和荒诞派戏剧。近些年来，有学者将贝克特研究引入了现代主义/后现代主义之争，并且至今尚无定论。然而，人们似乎忽略了另一个事实，即贝克的文学创作（即小说创作）并非从一开始就是反传统的，而是经历了一个由比较传统的现实主义作品到极端的反传统的实验性文本的发展演变过程。贝克特早期创作的短篇小说集《徒劳无益》(More Pricks than Kicks)和小说《平庸女人的梦》(Dream of Fair to Middling Women)等都应该算作现实主义的作品，而这些经常被文学评论界忽视的作品，其实在贝克特整个创作生涯中占有重要的位置，是他小说形式实验的重要组成部分；若没有这些作品作为铺垫，贝克特日后也不可能创作出那些具有新奇形式的实验小说和戏剧作品。如艾恩·奥伯利安所说，贝克特的第一部小说"追溯到贝克特早期的创作思想渊源，并且预示了他后来的诗学、小说和戏剧创作发展趋向"。① 本章将着重探讨贝克特早期小说及短篇故事，以展示青年贝克特对外部世界的关注和对存在、爱情的真切体验，以及对人与自然、人与世界的关系的思考。

一、贝克特式写实主义

首先应该指出，"现实主义"在西方文学批评界是一个颇有争议并且存有悖论的话题。近些年来，"现实主义"概念的涵义发生了较大的嬗变，因此也出现了一些新的不同的定义或术语。现实主义大致可以分为：

---

① 参见艾恩·奥伯利安(Eoin O'Brien)为贝克特的小说《平庸女人的梦》所写的前言。(Samuel Beckett, *Dream of Fair to Middling Women*, Eion O'Brien and Edith Fournier (eds.), Dublin: The Black Cat Press, 1992, p. viii.)

第五章 《徒劳无益》和《平庸女人的梦》的写实风格："自我"与"表象"的世界

(18、19世纪的)"传统的现实主义"、亨利·詹姆斯式的"写实主义"、伍尔夫式的"心理现实主义"和20世纪"愤怒青年"式的"激进的现实主义"等等……笔者在此所探讨的贝克特的写实主义作品主要是相对于他后来创作的抽象的、荒诞的实验性文本而言的,但是,贝克特的写实主义与这些现实主义也不无联系。

相对于贝克特后来创作的极其晦涩、怪诞、抽象的实验性文本而言,他早期的作品,如《徒劳无益》和《平庸女人的梦》,甚至《莫菲》,可以说是比较传统的小说,因为它们大都采取了明晰的现实主义创作手法,向我们展示了一个具体的、真实可信的小说世界。《徒劳无益》(1934)是贝克特正式出版的第一部作品,它由贝克特写于1931年至1933年间的十个故事片段组成。这部作品在很大程度上得益于贝克特童年的经历和对家乡的记忆,它真实描述了他所熟悉的人和地方,以及他身边发生过的事情。若探讨这部作品就不能不提到贝克特的第一部小说《平庸女人的梦》(以下简称《梦》),该书是作者1932年于法国巴黎完成,但一直未能出版①,它主要记述了贝克特青年时代的爱情经历,因为这两部作品几乎是同时创作;它们可以被视为两个相互重合的文本。《徒劳无益》中包含着《梦》中的一些主要故事片段,并且所有故事的主人公都叫贝拉克(取自于但丁《神曲》"炼狱篇"的主人公名字),因此,它们是关于同一个人的故事,即一个思想单纯、性格孤傲、与外部世界格格不入的青年学生的故事。据此,这部作品可以被看做模仿英雄史诗性的(mock-heroic)作品,因为主人公的形象"既是对但丁式主人公贝拉克的戏仿,也是对作者本人的自嘲"。②但是,笔者更愿意将《徒劳无益》看作自传性或半自传性的写实作品,因为它不仅真实记录了主人公的生活经历,而且也呈现了他的思想和精神活动以及他对外部世界的观察和感知。

因此,《徒劳无益》一经问世,就有评论家认为贝克特的创作"沿袭了菲尔丁和斯特恩的传统"③,也就是说贝克特作品继承了英国18世纪的现实主义传统。但是,18世纪的现实主义作家也不尽相同,菲尔丁和斯特恩其实是代表两种不同风格的现实主义大师,前者注重从外部写实,而后者侧重从内部展示主人公的思想活动(因而斯特恩被视为对现代派作家普鲁斯特、乔伊斯、伍尔夫产生了重要影响的小说家)。贝克特的早期作品似乎是对两者的融合,其中又不乏亨利·詹姆斯和乔伊斯式的新"写

---

① 《平庸女人的梦》在贝克特去世三年之后才于1992年在都柏林首次出版。
② James Knowlson, *Damned to Fame: The Life of Samuel Beckett*, p. 74.
③ Arthur Calder-Marshall in *The Spectator* (June 1934), qtd. in James Knowlson's *Damned to Fame: the Life of Samuel Beckett*, p. 184.

实"成分,笔者姑且将其称作具有现代意识的"贝克特式写实主义"(Beckettian Realism)。

应当指出,《徒劳无益》虽然在叙事方法上、在对环境和外部世界的描写和真实记录个体经验方面,都明显表现出现实主义的特征,但是它并没有完全沿袭现实主义的传统,因为它的故事情节并没有像传统的自传体或"成长小说"那样线性发展,也没有按时间顺序叙述主人公的生活经历(而是将一个个故事片段随意组合或并联起来),所以也不能像传统小说那样展示连贯完整的社会生活画面;但是我们却能从中看到对主人公生活经历的碎片式的呈现,和对外部世界及主人公内心世界的散漫的自然主义描述。因此,有学者将"贝克特式写实"称作"碎片式现实主义"(fragmentary realism)①,其实也不无道理。但笔者更认同劳伦斯·哈维对贝克特的早期创作所做的评价,即"贝克特并没有沿着理想主义者的道路,试图从混沌中创造秩序,而是选择了现实主义的道路。与他之前的其他现代作家一样,他选择了在艺术中为现实创造一面镜子"。②的确,贝克特的创作也遵循了亚里士多德的"摹仿"理论"选择在艺术中给现实创造一面镜子";但他又不像传统小说家那样循规蹈矩,因为他拒绝"从混沌中创造秩序"。

诚然,贝氏写实作品同传统的现实主义作品一样,也是以追求"真实"为最高目标,但他却不赞同传统小说追求的所谓"真实性"或"逼真性"。在第一部小说《梦》中,贝克特就(通过主人公)对传统作家(如巴尔扎克、简·奥斯丁等)进行了如下讽刺和批判:

……他们的作品写的是处于生活的余波中的人物变迁,或者变迁的缺失,仿佛这就是故事的全部。然而,事实上这只是故事的微不足道之处……读巴尔扎克会令人感觉进入了一个麻木迟钝的世界。他是创作素材的绝对主人,他可以在创作中随心所欲,可以预见甚至推算出最细微的变化,可以在第一段还没写完,就知道小说的结尾,因为他将他创造的所有人物都变成上了发条的甘蓝,需要他们停止时,他们就会停下,想让他们以什么样的速度朝什么方向走都可以……为什么是人间喜剧?③

---

① 笔者在剑桥大学英文系曾听过那里的资深学者 Rod Mengham 的"现代文学"课,他专门以贝克特的一个短篇 "As The Story Was Told" (1973)为例,分析了他的写实风格,指出此类小说既有现实主义的特征,又带有现代主义和新现代主义(后现代主义)的色彩,应该算做"碎片式现实主义"(fragmentary realism)。笔者也比较赞同这一观点。
② Lawrence Harvey, *Samuel Beckett: Poet and Critic*, p. 52.
③ Samuel Beckett, *Dream of Fair to middling Women*, pp. 119—120.

第五章 《徒劳无益》和《平庸女人的梦》的写实风格:"自我"与"表象"的世界

这段文字不仅传达了贝克特对传统现实主义作家的不满(虽然他的观点有些偏激),也表明了他自己的美学立场。贝克特主张作家应该按照生活的本来面目去呈现本色的世界和真实的生活,而不应该像传统作家那样按照自己的意愿去虚构一个"仿真"的世界,贝克特将其称为"麻木迟钝的世界"(chloroformed world),甚至像操纵发条玩具一样去操纵他笔下的人物。其实,真实的生活不应该像传统小说表现得那么合乎逻辑,那么井然有序,而应该是由一些平淡的琐事和生活碎片拼接成的(甚至是带有瑕疵的不规则的)动态的情景,贝氏写实主义不仅向我们呈现了这样的生活情境,更主要的是,还通过一些平凡的生活琐事揭示了生活的本质。譬如,在《徒劳无益》的第一个故事"但丁和龙虾"中,贝克特就将三个简单的没有必然联系的情景"午饭"、"龙虾"、"意大利语课"组合起来,生动展示了主人公一天的生活,并夸张地将它们看作主人公所面临的"三大任务"。其实,这三件不相干的事物揭示的就是生活的全部内容和存在的本质(它们包括生理需求,更高的奢望和精神追求),也是对弗洛伊德的"本我、自我、超我"学说的精彩演示。但贝克特却用一种简约清晰的现实主义的笔触将这看似简单但实际上却富于深刻寓意的"三个情景"呈现出来,并且在酷似严肃认真的叙述中透露出一丝不动声色的滑稽和幽默,这正是贝氏写实风格的独到之处。

贝氏写实主义在追求真实性上有两个突出的特点:第一,依据真人真事创造的"实际的现实"(factual reality)[①];第二(也是最重要的),建立在"内省"、"感知"、"观察"之上的个体经验的真实,笔者将其称为"经验的现实"(empirical reality)。

首先,用真实的人物和地点营造真实的艺术世界是贝氏写实主义的显著标记,如詹姆斯·诺尔森在《传记》中指出,他第一部作品的"叙述者仍然非常关注外部的真实,即人物和地点的真实"[②]。的确,《徒劳无益》和《梦》中的人物大都来自真实的生活,几乎每个人物都有对应的生活原形。如"但丁与龙虾"中的意大利语老师(Signorina Adriana Ottelenghi)就是对贝克特学生时代的意大利语私人教师比安卡·艾丝波西托(Bianca Esposito)的模仿[③]。还有故事中与主人公有过恋爱关系的三位女性角色,都是以对贝克特感情生活产生过重要影响的几位女性为生活原型,譬

[①] 关于"factual reality"的论述参见 Richard Brinkmann, "Afterthoughts on realism" in *Realism in European Literature*, (ed.) Nicholas Boyle and Martin Swales, Cambridge: Cambridge UP, 1986, p.188.

[②] James Knowlson, *Damned to Fame: the life of Samuel Beckett*, p.147.

[③] See James Knowlson, *Damned to Fame: the life of Samuel Beckett*, pp. 51—53.

如,"雨夜"中的奥尔芭(Alba)就是对贝克特的第一个恋人伊丝娜·麦卡锡的模仿;故事"外出"中的女主人公 Lucy 的原型其实就是乔伊斯的女儿 Lucia;而故事"斯麦拉狄娜的情书"展示的就是贝克特的表妹 Peggy Sinclair 写给他的情书。另外,贝克特还将他的一些朋友、大学同学,甚至他非常敬重的导师鲁迪也都写进了这部作品中(关于这些人物的原型及其现实主义刻画,笔者稍后会进一步阐述)。除了人物的真实外,《徒劳无益》还完全采用了真实的地名,譬如:作品中经常出现的都柏林郊外的狼山(Hill of Wolves,)、蓝贝岛(Lambay Island)、堡垂恩疯人院(Portrane Lunatic Asylum)、还有贝克特家的宅邸所在地库尔德里纳(Cooldrinagh)、豹城赛马场(Leopardstown race course),此外,还有都柏林城内的珀斯街、公爵街、库壁贫民区、红灯区、利菲河、消防站、牙科医院、以及肯尼迪酒馆和穆尼酒吧……即使现在我们也能在都柏林地图上找到这些地点的准确位置。艾恩·奥伯利安在《贝克特的故乡》一书中,对这些地点和地名进行了详细考证和介绍并配有生动的插图,对贝克特早期作品的源起也做了说明。[①]总之,真实的人物和真实的地名在作品中反复出现给读者一种社会生活和地理上的真实感,同时也向我们暗示了年轻的贝克特如此深受他所成长的环境的影响以及他对自己的祖国和家乡的怀念。

第二,追求个体经验的真实是贝氏写实主义的主旨。在这一点上,或许贝氏写实主义与传统的(18 世纪)现实主义不谋而合。依恩·瓦特将现实主义小说的起源追溯到现代哲学的开始,即笛卡尔的哲学(即"哲学现实主义"[②]),因为,笛卡尔认为个人通过知觉(感知)可以发现真理,认识客观世界。据此,瓦特认为小说的总体目标是追求"个人经验的真实";瓦特指出,"笛福的小说情节完全服从于自传体回忆录的模式,这种主张个人经验在小说中的首要性,如同在哲学中笛卡尔的'我思故我在'的首要性一样富于挑战性"。[③]年青的贝克特,作为笛卡尔的崇拜者,他的写实作品自然同笛卡尔有着特别的渊源关系,如本书第二章所阐述的,贝克特的创作灵感主要来自于笛卡尔哲学,并且他的早期的作品主要是建立在笛卡尔的二元论和内省之上。但是与传统小说不同的是,贝氏写实主义试图捕捉个体在生活中的某个瞬间的真实体验,更像是伍尔夫所强调的

---

① See Eoin O'Brien, *The Beckett Country: Samuel Beckett's Ireland*, Dublin: Black Cat Press in association with London: Faber and Faber, 1986.
② Ian Watt, *The Rise of the Novel*, Middlesex: Penguin, 1983, pp. 12—13.
③ Ibid., pp. 13, 15.

第五章 《徒劳无益》和《平庸女人的梦》的写实风格:"自我"与"表象"的世界

"瞬间的感受"("moments of being"),①即在日常生活中的某个时刻突然领悟到事物的本质(如下面的文本分析中所展示的主人公烤面包时对生活的感悟);并且更加凸显通过"自省"、"沉思"和"感知"获得的个体经验,因为贝克特同笛卡尔一样认为真知来自于内省。《徒劳无益》的第一个故事开篇就向我们生动展现了一个少年"思想者"的形象:主人公在读但丁的《神曲》,他在为其中的一个章节冥思苦想……(尽管这形象略显滑稽,仿佛是对笛卡尔"内省"的戏仿)可见,"自省"和"沉思"既是主人公性格的表征,也是贝氏写实作品的主要基调。

其实,《徒劳无益》主要聚焦于主人公的思维活动,而他的思维活动又准确而细致地呈现了他对生活和世界的感知、体验和领悟(其实也在某种程度上反映了20世纪20年代爱尔兰的社会现实)。因此,在叙事视角上,尽管贝氏写实作品都采用了19世纪小说的第三人称全知叙事视角,但叙述者的眼界并不像传统的全知全能叙述者那样一览无余,它只局限于主人公生活的空间,并仅仅展示主人公的所见所闻,其实这更像是亨利·詹姆斯式的"限知视角"(the limited point of view),或"自由间接叙事方式"②(这将在下面的文本分析中得到证实)。因此,贝氏写实主义所展示的并不是传统现实主义所试图描绘的普遍认同的客观世界(更何况主人公是带着讥讽、自嘲和怀疑的意味去玩味和关注现实的呢),而是主人公主观世界的呈现,亦即贝克特所主张的乔伊斯式的"自我延伸"(self-extension)的小说世界③,而主人公贝拉克在很大程度上又是青年贝克特的真实写照,因此,《徒劳无益》所呈现的世界也是作者的"另一个自我"(alter-ego)的外延。

但是,应当特别指出的是,贝氏写实主义所展示的并非像现代主义小说所表现纯主观的或内心的世界,而是自我世界和现象世界相叠合的表象世界,它更接近于叔本华式的世界图景(贝克特对叔本华哲学的自觉接受在他的诗歌、文学评论以及实验小说中都有充分的体现)。叔本华在《作为意志和表象的世界》中开宗明义地指出,"'世界是我的表象':这一真理适用于每一个活生生的有感觉的存在,但是只有人能将它纳入自省的、抽象的意识……因此整个世界对于主体而言,只是客体,是感知者的

---

① 伍尔夫写了一个题为"moments of being"的文集,后来它成了伍尔夫创作理论中的一个关键词。See *Moments of Being*, (ed.) Jeanne Schulkind, London: Hogarth, 1985.
② "自由间接叙事话语"(free indirect discourse)是一种不需要明显的外部叙事者作为中介来呈现人物的思想和言语的叙事方法。参见 Deborah Parsons, *Theorists of the Modernist Novel*, London and New York: Routledge, 2007, p.29.
③ Samuel Beckett, "Dante...Bruno. Vico..Joyce," *Our Exagmination Round his Factification for Incamination of Work in Progress*, p.3.

感觉,简言之,就是表象。"①

也就是说:世界对于每个人来说只是作为表象而存在。表象世界并不等同于纯现象的世界,而是通过我们的感性、知性和理性所能观察和把握的世界。唯有被主体感知和认识的世界才是表象的世界;它是主体与客体相互作用的产物。据此,叔本华认为,主体与客体统一于表象之中,不可分离。② 贝克特的早期作品《徒劳无益》所呈现的就是主人公贝拉克通过内省所感知和把握的世界,如叙述者所说,贝拉克最大愿望就是"玩味世界"(relish the world),③而主人公所玩味和体验的世界自然就是他的表象,是他自我意志的外化。那么这是怎样的一个表象世界呢?下面就从如何描摹世界和塑造人物两个方面来探讨贝氏写实风格。

二、世界是"我"的表象

1. 自然与心灵相互印证的表象世界

《徒劳无益》以20世纪20年代的都柏林及其郊区为背景,向我们展示了两种不同的世界图像:自然的田园风景和现代城市景观,如故事"芬戈"、"外出"、"爱与忘河"等等都以都柏林郊区的群山和森林为背景;而"但丁和龙虾"、"叮咚"、"潮湿的夜"、"多么不幸"等故事则是以繁华的都柏林市为背景。对于主人公贝拉克来说,大自然是他心灵的归宿,而都市是他物质生活的寄托。他总是陷于矛盾的境遇:渴望回归自然成为自由独立的个体,但又无法脱离城市的物质生活。其实主人公对自然与都市这两种外部世界的不同感知和体验恰好演示了两个既简单而又深刻的话题:前者揭示的是人与自然的关系;后者则体现了人在社会中的处世之道。这一小节先探讨主人公与自然的关系。

《徒劳无益》对自然景物的描述并不是作为整个故事的背景;而是作为一面镜子,它折射的是主人公的内心世界,因而也向我们展现了一个自然与心灵相互印证的表象世界。其实自然或外部世界只是一个客观存在,它本身并无特别之处,关键是人能否从自然中发现其美好和独特之

---

① Arthur Schopenhauer, *The World As Will And Representation*, trans. by E. F. J. Payne, New York: Dover Publications, Inc., 1969, p. 3. 引文为笔者自译。
② Ibid., p. 5.
③ Samuel Beckett, *More Pricks than Kicks*, London: Calder and Boyars Ltd., 1970, p. 39. 本书中《徒劳无益》的引文均出自同一版本,由笔者自译,下文中的引文页码均直接置于文中括号内,不另作注。

第五章 《徒劳无益》和《平庸女人的梦》的写实风格:"自我"与"表象"的世界

处,并赋予自然以意义和本质。主人公贝拉克对自然有着独特的感悟,因而自然对他也具有非同寻常的意义。譬如,故事"芬戈"就表现了贝拉克与他的女友截然不同的自然观:贝拉克同女友维尼到都柏林北郊的芬戈去游玩,当他们登上狼山顶端共同观赏芬戈的景致时,他们却看到了完全不同的景象。贝拉克眼前呈现的是"一片神奇的土地",因为他(其实也是贝克特本人)过去常来这山上俯瞰芬戈的景色;他说,"越看它越像一个僻静之地,越像一个圣所,一个你不需要盛装出席,而是只需穿着便服,抽着雪茄自由漫步的地方。这里是可以默默忍受痛苦之地……"(27) 然而,维尼却不以为然,她说,"这里一切都是梦,除了三亩土地和一些母牛我什么也看不见"(27)。不难看出,深深吸引贝拉克的并不是芬戈外在的自然景色,而是它内在固有的本质;而维尼却只关注它外在的显而易见的东西。贝拉克俨然以大自然之子的姿态欣赏和感受自然;而维尼却以一个临时造访者或过客的身份观看自然。或许对于其他的参观者来说,芬戈的自然风景并无特别之处,但是在贝拉克眼中,它却是神奇、美妙的。首先,在他看来,自然(芬戈)是神圣的精神乐园,也是他生活中不可或缺的组成部分;芬戈美丽的自然风景属于他的内心世界,如叙述者说,"他会将它锁在自己的头脑中"(27),而他的心也永远属于芬戈。第二,贝拉克将自然视为母亲、生命的本源,因此他渴望回归自然,就如同他渴望"回到胎膜里,永远躺在黑暗中"(31),这也暗示了他对大自然母亲的依恋。可见,自然也唤起了他头脑中最深层的潜意识和本真的自我。

然而,令贝拉克更加神往的是远处"高大的红色建筑"(28),贝拉克对女友说:"那是堡垂恩精神病院","我的心就在那儿"(26);而维尼却说(它)"看起来像个面包工厂","我认识那儿的一个医生"(26)。他们的对话暗示了他们不同的心理趋向。维尼所联想到的只是外部的更具体的事物,如朋友、面包工厂等;而贝拉克则更加关注心灵的归属。贝拉克将精神病院视为宁静的心灵家园,因为那里的生活更加本真,也更接近自然。其实精神病院的意象也多次出现在贝克特后来的作品中(如《莫菲》、《瓦特》、《莫洛伊》、《马洛纳之死》等等),并且贝克特笔下主人公大都对精神病院情有独钟。如《莫菲》的主人公将他所工作的莫德林精神病院视为精神家园,他甚至认为那里的病人"并非被驱逐出了利益系统,而是逃离了(大世界的)巨大的惨败"(*Mu.* 101)。通过这些人物,贝克特向我们传达了他自己对纷繁复杂的物质世界的厌倦,和对宁静的精神家园的向往。

对于贝拉克,大自然就是远离城市喧嚣的精神避难所;他渴望与自然融为一体。因此,在故事"爱与忘河"中,贝拉克和另一位女朋友茹贝一起去山上实施他们谋划好的自杀,以便逃脱浮躁的城市生活,永远在大自然的怀抱中安息。但是当他们到达山顶时,却不禁被眼前的自然美景所

151

打动：

> ……年轻的牧师在山坡的树林里歌唱。他们听到了歌声，看到了他们点燃的烟火。西边山谷里的一大片落叶松差点让贝拉克潸然泪下，直到他将不自然的目光移向远处斑驳的格兰度斜坡，他想到了辛格（爱尔兰戏剧家），又振作起精神。威克洛城错落起伏，是他不愿意想的。茹贝也有同感。以他们目前的心境，北部的城市和平原毫无意义，不过是人类发展初期的一块粪土。（100）

这是通过贝拉克的视觉和听觉感受到的宁静和谐的田园风光，而与这美景形成反差的是，北部的城市和平原，（在贝拉克眼中）它们如同粪土一样肮脏。尤其耐人寻味的是，主人公在看到落叶松时流露出的一丝伤感和怀旧。后来，落叶松的意象还出现在故事"外出"中，进一步揭示了主人公（也是作者）对童年和对故土的眷恋：

> 这个乡下少年不能辨别橡树和榆树，但是，落叶松他却认得，因为当他还是个胖孩子时候，他就爬这种树，他被山坡上生长的一片翠绿的落叶松所吸引，这是一种带有刺鼻气味的木犀草类植物，既有强烈气味有又具有镇静作用，这植物伴随他成长，对他产生的影响是重大的。（110）

此处，落叶松的意象不仅代表自然生物，也象征贝克特自己的美好纯真的童年生活。贝克特在都柏林郊外的库尔德里纳（Cooldrinagh）度过了舒适的童年，他家的宅邸四周由各种高大的树木环绕，其中落叶松是贝克特的最爱，如 艾恩·奥伯利安在《贝克特的故乡》中所说，"库尔德里纳的一片落叶松林对贝克特而言犹如玛德琳蛋糕对普鲁斯特一样珍贵"。[①]落叶松唤起了贝克特对过去的记忆，这种记忆就是普鲁斯特式的"不自觉的记忆"（involuntary memory）。贝克特小时候也很爱爬树，喜欢从大树顶上俯冲而下。在小说《梦》的第一部分也有类似的描述："看，贝拉克，一个胖孩子蹬着脚踏车，越蹬越快，咧着嘴，张大鼻孔，跟在芬德拉特的篷车后面，碾过一片毛绒般松软的山楂林……更有甚者，几年以后他很吃惊地发现自己竟在乡下爬树，在镇上的体育馆滑绳。"[②]这显然是贝克特童年经历的再现。贝拉克对童年及落叶松的回忆，不仅反映了他对宁静和谐的田园生活的向往，而且也反映了作者对逝去的纯真年代的怀念。在前一个故事"爱与忘河"中，落叶松的美好意境甚至使贝拉克更加渴望自杀以

---

① Eoin O'Brien, *The Beckett Country: Samuel Beckett's Ireland*, pp. 3—4.
② Samuel Beckett, *Dream of Fair to Middling Women*, p. 1

第五章 《徒劳无益》和《平庸女人的梦》的写实风格："自我"与"表象"的世界

便和自然永远融为一体,然而,精心安排的自杀最后却在宁静的田园风光中变成了两个年轻人的婚礼。

《徒劳无益》中的故事所描绘的并非是静态的自然风景,而是主人公的行为和情感与大自然融为一体的动态场景,它极具隐喻性,并且更易于揭示主人公细微的心理变化和瞬间的感受。譬如,故事"外出"以这样一段自然景色描写开始:

> 在一个决定性的,美好春天的夜晚,他在波斯·克罗科的盖洛普斯森林停了下来,那里再也看不到马儿,他停下来不是为了休息,而是让自己沉浸在这景色中。那头勇敢的母马"漂亮的波丽"就埋在附近。在晴朗的日子漫步走过宽阔的绿草地,有如面朝城堡穿过香特利赛马场。……贝拉克倚着拐杖穿行于此间,他为在过去岁月中逝去的马儿们感到惋惜,如果他们活着,会为这风景增添一些色彩,这是羊群所无法替代的。羊羔每分钟都在出生,草地上闪烁着胎盘的鲜红血色,百灵鸟在歌唱,树篱在折断,太阳依旧照耀,天空是玛丽的披风,雏菊在绽放,一切都井然有序,只是没有了布谷鸟,这样一个春季的夜晚,让人不由得想到上帝。(109)

这一段文字向我们展现了一幅人物和自然风景融为一体的蒙太奇式的动感画面。然而,在这看似宁静和谐的田园风景中却暗含贝拉克的复杂情感:首先暗示了他对过去生活的怀念("他为那些逝去的马儿们感到惋惜"),同时也使人感觉到某种缺失(如"再也看不到马儿了","只是没有了布谷鸟"等)。更主要的是,本段开始就使用了"决定性的"或"宿命的"(fateful)一词,为整个故事奠定了一种神秘而阴郁的基调,而那些看似和谐宜人的景色如"百灵鸟在歌唱","太阳在照耀","一切都井然有序"等等又为这种阴郁氛围增添了某种张力。所有这一切似乎预示了悲剧即将发生,即贝拉克的未婚妻露西不幸遭遇车祸。因而,在故事的结尾我们读到了与开头相呼应的一段文字:

> 就在此刻他听到这个季节的第一只秧鸡扑腾着飞走了,他的心情沉痛,因为他还没有听到布谷鸟的叫声,……他不由得觉察到一定是出事了,他没有看到长着光滑羽毛的布谷鸟的幸福欢唱,却听到了罕见的秧鸡的垂死哀鸣。(119)

通过这段文字我们可以感受到贝拉克在见到女友前的焦虑、紧张不安的心绪。之后,他不得不去面对女友被车撞成残疾这一严酷的现实。这种带有隐喻性的自然主义描述不仅凸显了主人公的细微心理波动,而且也为爱情故事增加了戏剧性和浪漫的元素。

简言之,《徒劳无益》所描摹的大自然是主人公(即贝克特)身临其境真切体验的自然,因此,故事向我们展现的与其说是自然风景,莫如说是主人公在自然中所进入的某种精神境界。贝克特在作品中并没有刻意地"描写",而是直接(通过主人公感官)呈现自然和外部世界,使自然风景与主人公的内心世界相互印证,从而揭示了人与自然的默契关系,达到了外部写实与心灵真实的和谐统一。

2. 孤独的个体与冷漠的现代都市互溶与互动的表象世界

《徒劳无益》向我们展示的另一个世界就是与宁静和谐的大自然形成鲜明对照的喧哗、浮躁的都柏林市。在贝拉克看来,都柏林就是一个冷漠的纷繁无序的现象世界,但是那又是他无论如何都无法脱离物质世界。贝拉克不仅带着自省、自嘲和怀疑意味去"玩味"这个世界,而且全身心投入其中,并且用生命去感知这个世界。贝拉克通过感知认识了这个世界(即他的个体经验所接触的世界),而这世界也塑造了他的自我。因此,这个世界是他的表象,这表象世界是在自我世界与现象世界、主体与客体的互溶与互动的过程中实现的。

如果说贝拉克在大自然中可以怡然自得,我行我素,那么,在都市生活中他却总是显得焦虑不安、不合时宜。贝拉克最大的愿望就是"玩味世界",然而,通过玩味世界,他首先意识到个体与现代社会的矛盾与冲突;自我在世界中永远是孤独的个体。其实,这正是贝克特当时的心境。前面已经提到贝克特的早期作品主要是建立在笛卡尔的二元论之上,贝拉克可以说是贝克特笔下第一个深受笛卡尔身心二元对立问题困扰的主人公,而困扰他的难题即是:如何才能融入复杂的社会生活中并在其中保持身心俱静的和谐状态。

第一个故事"但丁和龙虾"就生动地表现了贝拉克如何在精神世界与大的物质世界间周旋并努力调和身心的二元对立关系。故事开始时,贝拉克在读但丁《神曲》中"天堂篇"的开头章节,此时他的头脑陷入了沉思:"他正在思考那令人费解的一段,就在这时他听到正午的钟声响起,于是立刻结束了思考……"(9)可见,无论他怎样深陷沉思之中,最终他还得回到现实中来。现实也让他意识到沉思或精神追求并不能解决生存的根本问题。于是他想起:"他面临三大任务,第一,午饭,然后是龙虾,最后是意大利语课。"(10)在他看来,这三个任务就意味着生活的全部内容。三大任务的排序也表明,无论有多么高远的精神追求,身体的需要总是第一位的。因此贝拉克不得不首先满足身体的基本需要(吃午饭),然后再考虑更高的奢望(龙虾),最后才是精神的追求(意大利语课)。

第五章 《徒劳无益》和《平庸女人的梦》的写实风格:"自我"与"表象"的世界

其实,贝拉克逐一完成这三个任务的过程就是他对现实生活的体验和认知的过程,譬如,他在准备午餐(烤面包)的过程中对生活的领悟:

> 首先要锁上门……然后他打开煤气灶,将挂着的方形平底烤面包机、石棉烧烤架取下,并将其准确地放到火上……现在圆桶型长面包从饼干盒里出来了,一头平稳地落在了麦考伯的脸上。切面包机无情地切两下,两片整洁的圆面包,于是他这顿饭的主食就摆放在他的面前了……(10—11)

> 现在是露一手的时候了。这时……他用脸颊贴了一下软软的面包,感觉很有弹性,很温暖,富有活力……他稍微关小了火,拿起一块松软的面包残忍地贴到了炽热烤架上,适时而准确,整体上就像一面日本国旗……(11—12)

作者用近三页的篇幅来描述贝拉克作面包的过程,这不禁使人联想到被伊恩·瓦特视为现实主义力作的《鲁宾逊漂流记》对主人公制作面包过程的细描。然而,笛福的《鲁宾逊漂流记》第十章(题为"制作面包")是对主人公制作面包所有步骤详尽而客观的展示(譬如,从耕种土地到收获粮食,然后制作研钵将粮食磨成面粉,到建造炉子,烧制盛粮食的器皿、餐具,再到用水和面、发酵直到最后将面团置入器皿中用火烧烤等等),其目的就是为了使这些步骤形成完整的因果链条,从而反映个体如何通过实践逐步获得知识和积累经验。贝克特对制作面包过程的细描也真实记录了个体经验,但是他却更加突显了主人公当时真实感受、思考和想象,从中我们不仅看到一个中学生(即少年贝克特)丰富而独特的想象力,比如:"面包放在烤架上,整体上看就像一面日本国旗"这样的联想;更主要的是,通过烤面包这件平凡的小事,贝拉克突然领悟到了一个真理,即"如果一件事情值得做,就值得做好"(12)。后来,让他感到快慰的是他又悟出了"活到老,学到老"(17)这一道理,这就是他对生活真谛的瞬间感悟("moment of being")。贝拉克似乎意识到,"活着"和"学习"设定了人生的两个目标,满足了身与心二者的需要;但是,在他看来,精神追求和身体的需要永远不能同时得到满足。

贝拉克想要"玩味世界",但是他又不能很好地融入这个世界,因为他更渴望独处,甚至将吃午餐也看做是自己的隐私:"重要的是避开别人的搭讪,这时被人拦住,同他聊个没完,对他来说简直就是个灾难……"(13)对于贝拉克来说,独自吃午餐可以使他享受思考和遐想的自由,这其实也是对笛卡尔式内省形象的滑稽模仿(即笛卡尔为了躲避外界的干扰,整天将自己关在一间温室里"潜思")。贝拉克不喜欢同外界交往,因

而也不能同外部世界建立和谐关系,这一点从他和一个普通的小商贩的接触中便可以看出:

> 杂货店老板一边用围裙边擤着鼻涕,一边睁大眼睛瞅着离去的背影。他是一个热心人,他既同情又怜悯这个古怪的顾客,因为他看上去总是体弱多病、很沮丧的样子。但同时他也是个小商人,不要忘了,重要的是他有小商人的尊严。三便士,他算了算,一天三便士的奶酪,一星期是二十一便士,不,他决不会为这点小钱而巴结任何人,决不,哪怕是这个国家最体面的人。他有他的自尊。(15)

这段引文其实包含三种不同的视角:首先是从全知的叙述者角度对杂货店老板以及他做买卖的世俗方式的生动的描述;其次是杂货店老板对贝拉克的观察:"他看上去总是体弱多病、很沮丧的样子。"最后是从贝拉克的角度暗示他对杂货店老板的印象:"但他是个小商贩……重要的是他也有小商人的自尊。"通过这种多重的"自由间接叙述视角",可以看出贝拉克与大世界的格格不入和他在这个世界中的孤独境遇。

小商贩的精明,随和似乎与贝拉克的冷漠形成了鲜明的对比。作为青年学生,贝拉克自视清高,对商人心存偏见,譬如,他对卖龙虾的小商贩的反感:"这些该死的小贩,永远靠不住。"(16)然而,叙述者却从全知的视角纠正了他的观点,认为这个商人性格开朗,"总带着一种愉快的微笑。的确,在这个世上,一点礼貌和善意就行得通。一个普通工人的一个微笑和一句高兴的话,就可以让世界充满欢乐"。(17)这段对小商人的客观描述进一步凸显了贝拉克与他者的不和谐关系。与这些商人的精明世故相比,贝拉克显得既无经验又不谙世事。尽管他有更高的精神追求(但丁和意大利语课),但他对处世之道却远不如普通小贩那么精通。

值得注意的是,通过"玩味世界",贝拉克也发现了现代社会的不和谐、人的异化和社会的瘫痪等问题,这也是乔伊斯在《都柏林人》中揭露过社会问题。譬如,故事"叮咚"描写了一场交通事故:一个小女孩手里拿着刚买来的牛奶和面包在急冲冲地往家赶路时被汽车撞死,然而,面对这惨状人们的反应却极其麻木、冷酷:

> 在皇家电影院排队买票的人们左右为难:是待在原地排队买票呢,还是去看热闹。他们伸长脖子高声叫喊着想知道最坏的消息,但还是原地不动。只有一个放荡的女孩,裹着一条黑毯子,在队伍的尾部离开了,拿起了那块面包。她将面包夹在毯子下,慢条斯理地朝马克街走去,转入马克巷。当她回到队伍中时,她的位置当然已经没有了,然而,她的离队只使她落下不过几码的距离。(41)

第五章 《徒劳无益》和《平庸女人的梦》的写实风格:"自我"与"表象"的世界

这段文字生动而自然地揭露了"这座城市自私的灵魂"。①在现代都市繁华的外表背后是人的情感异化和精神麻木;人甚至失去了本能的对生命的尊重和对死亡的畏惧;一个女孩竟然能占另一个死去女孩的便宜,拿走她的面包。由此可见,在描写现代社会的残酷现实和非人道方面,贝克特的写实作品并不亚于乔伊斯的《都柏林人》和其他现实主义作家的作品,尽管贝氏写实作品中社会的瘫痪和人的异化主要是通过主人公贝拉克的视角来观察和呈现的。

虽然故事没有直接描述贝拉克对小女孩遭遇车祸的反应,但叙述者却暗示了他对小女孩之死的同情和对世人冷漠态度的不理解。他尽力避开了这悲惨的一幕,如叙述者所说:"贝拉克向左转进入朗伯德街……然后进了一家酒馆。"(43)但是他坐在酒吧时,心情变得很"沮丧":"他弄不明白为什么会这样。是珀斯街上被车碾死的小女孩让他自觉不自觉地感到心神不宁? 或许是……"(45)通过揭示贝拉克的心理活动,可以看出,与世人的冷酷无情相比,贝拉克的冷漠只是一种表面现象,而他本质上是单纯、善良的。

贝拉克以他特有的方式"玩味世界",而世界也像一面镜子,折射出他的品格和本质。他对待麦考伯案件的态度更加表现了他的纯真和善良。麦考伯是当时都柏林人人皆知的杀人嫌疑犯。②他的名字在"但丁和龙虾"中出现了五次,暗示了一个单纯的青少年对发生在复杂的大世界中的事情的不理解。叙述者不无幽默地叙述道:"贝拉克一边吃着三明治,大口地喝着啤酒,一边想着牢狱里的麦考伯",令他感到遗憾的是,"尽管这个国家有半数的人都签了名,但马尔希德的杀人犯的赦免请求还是被拒绝了,那个人黎明时就要在蒙特乔依被绞死,谁也救不了他……"(17)在故事接近尾声时,贝拉克又禁不住想到了麦考伯:

> 为什么虔诚与怜悯不能并存? 为什么宽恕与神圣不能并存? 为了一点仁慈而承受牺牲,带着少许宽恕去欣然地反对审判。他想到约拿和葫芦,还有嫉妒的上帝对尼尼微的怜悯。可怜的麦考伯,黎明就要被绞死,他现在在干什么? 感觉如何? 他还能享受最后一顿饭,最后一个夜晚。(20)

贝拉克并没有向其他人那样去思考判处麦考伯死刑是否公正(尽管以上文字也暗示了他对这个判决的质疑),而是以一颗纯真善良之心去猜想麦

---

① Barbara Reich Gluck, *Beckett and Joyce: Friendship and Fiction*, p. 63.
② 麦考伯确有其人,在上个世纪 20 年代,他被指控为杀人犯,并在证据不足的情况下处以绞刑。参见 James Acheson, *Samuel Beckett's Artistic Theory and Practice*, p. 25.

考伯最后一晚的感受,并同情他的处境,尽管在表达同情和怜悯时带着一丝幽默。这在某种程度上是作者本人真实性格的表露。贝克特的作品经常被认为是荒诞、冷漠和唯我主义的,然而,这部早期的作品似乎揭示了贝克特人格鲜为人知的一面:即他的同情心和多愁善感。洛伊斯·戈登对贝克特的性格做了如是肯定评价:"贝克特是一个温和而又英勇的人,他身上蕴藏着一种坚韧和力量,使他能够实现既无私又自我的艺术追求。"①

但是,在另一个故事"多么不幸"中,贝拉克对他妻子露西的死表现得却是出奇的冷漠,如叙述者所说,"令死者的亲朋好友感到十分反感的是,他脸上没有一丝应有的悲伤的表情"。(124)这或许从一个侧面反映了作者更加看重的是精神而非肉体的存在;因此,对于贝拉克来说,爱妻的死亡只是肉体的死亡,而她的精神和她的美将永远留存在贝克特内心世界(关于贝拉克对爱情的态度将在下一部分详述)。因而,叙述者认为贝拉克所具备的"那点怜悯之心"是"非个人化的怜悯","不受环境影响,无选择地给予所有活着的人"(124)。因此,贝拉克的非个人化的同情心超越了个人的怜悯或悲伤;它实际上是一种公正和无私,这在某种程度上是贝克特本人真实性格的体现。

贝克特本性矜持、内向,很少在小说中直接表达自己的柔情,因而他笔下的主人公大都长着一幅冷漠,孤傲的面孔,但事实上在冷漠的外表背后却是对周围世界人性化的关注与对生活的感伤,虽然表达这些感情的方式略显天真、滑稽。更值得注意的是,这种柔情总是为那些弱者而流露,甚至对将死的龙虾,贝拉克也表现出极大的同情。在"但丁和龙虾"中,当贝拉克的姑妈将一只活龙虾放入沸水中时,他惊叫,"可是它还没死,你不能那样煮它"。(21)在他姑妈看来,他"一定是疯了",才会如此"大惊小怪"。(21)贝拉克太单纯,他不知道"龙虾总是活着煮的",而对世人而言,这不过是个常识(所以贝拉克显得很无知)。因此,他只能寄希望于上帝,希望龙虾能速死,少受点罪。然而,叙述者像一个全知全能的上帝立即说道,"不是(速死)"。(21)这个声音出现在故事的结尾,仿佛是最后审判,它粉碎了贝拉克所有天真的愿望。

通过玩味世界,贝拉克感到现实世界不仅冷酷,而且充满危险;在这样的世界里,他显得天真、无知并且无能。正如贝克特本人所言,"我的写作是建立在无能和无知的基础上"。②的确,贝克特的文学创作从一开始

---

① Lois Gordon, *The World of Samuel Beckett 1906—1946* , p. 3.

② Israel Shenker, "An Interview with Beckett" in *New York Times* (5 May 1956), reprinted in *Samuel Beckett: The Critical Heritage*, (eds.) Graver and Federman, p. 148.

第五章 《徒劳无益》和《平庸女人的梦》的写实风格:"自我"与"表象"的世界

就向我们揭示了一个事实,即个体在冷漠的物质世界中的无能和无助。贝拉克的无能在故事"胆怯"中表现得尤为突出。在一个切除肿瘤的小手术中,由于医生的疏忽,贝拉克不幸死亡。因为那个医生刚刚参加完婚宴,"像新郎一样跳到手术桌前"(186);由于太兴奋,他根本没法确诊病情。结果贝拉克就如同那只成为人类餐桌上美餐的龙虾一样,沦为别人手中不经意的牺牲品;他的命运完全掌握在别人手里,而他自己面对噩运却无能为力。如戴维·佩蒂所评论的,

> 如果说他是这个世界的一部分,那他也是在它的掌控之下;在《徒劳无益》中,贝克特创造了一个充满危险的外部现实世界,它不仅威胁到主人公内心的宁静(如同在《梦》中一样),而且威胁他的身心的健康。作品中的人物不断受到来自冷漠无情并略显滑稽的危险世界的威胁……总之,这个世界以随意而残忍方式对待它的居民……在主人公头脑之外的外部世界是一个没有分明的人与物的区别的世界,在那里苦难和死亡可以成为最简单,最无情,最残忍的字眼。[①]

从龙虾之死到那个遭遇车祸的小女孩之死再到主人公的意外死亡,不难看出,他们都受到一个冷漠无情的世界的任意摆布。因此,在贝拉克看来,个体是孤独的;现代社会是冷漠而瘫痪的。这就是他的感觉和生命所触摸到的现实世界,在这个世界里他既体验到了"内省"与"沉思"的乐趣,也见证了痛苦、不幸和死亡。这也是年青的贝克特所理解和把握的世界,也是他所创造的表象世界,其实,这也为他后来的小说和戏剧所展现的带有黑色幽默的,极其悲观、虚无的艺术世界做了重要的铺垫。

三、一个青年学生、恋人和艺术家的自画像

1. 写实主义的人物刻画

贝克特式写实作品的另一个显著特点是对人物的现实主义刻画。实际上,《徒劳无益》和《梦》中的角色大都来自真实的生活,他们都是以贝克特年轻时的朋友、邻居以及亲戚为原型创造的。诺尔森指出,"小说(《梦》)中的许多人物的塑造都是基于贝克特所认识的人们——有些时候他们太接近真实了,反而造成了贝克特后来的尴尬,最初他还试图发表这

[①] David Pattie, *The Complete Critical Guide to English Literature*, pp. 55—56.

部作品,但后来却极不愿意在他或他们的有生之年看到它出版".①

首先,(如上文所述)两部作品中的几位女性角色都有其生活原型。故事"潮湿的夜晚"和《梦》中的女主人公奥尔芭(Alba)就是对贝克特的第一个恋人伊丝娜·麦卡锡的模仿,她是贝克特在都柏林三一学院的同学,也是他一生中最崇拜并真心爱过的女人。根据诺尔森《传记》记载,伊丝娜聪慧、漂亮、前卫,喜欢社交,并经常被邀去参加贝克特也应邀出席的晚会,而这些晚会又为贝克特在"雨夜"中所讽刺的卡斯·弗里克家的聚会提供了生动的素材。②诺尔森还对奥尔芭这个角色和生活中麦卡锡之间的关系有如下评论:

> 她(奥尔芭)是一个特别的女人,一个非常现代的女人:她经常喝白兰地……受过良好教育,讲一口流利的法语和西班牙语,能够理解贝拉克高深的或文学性的典故并对其做出善意的回应……奥尔芭的所有这些特点都来自于贝克特曾迷恋的伊丝娜·麦卡锡。③

在贝克特的早期作品中,奥尔芭是一位理想的女性形象,她对贝克特笔下的主人公贝拉克而言,就如《神曲》中的比阿特丽丝(Beatrice)对但丁笔下的贝拉克一样重要。

《梦》中的另一个女性人物 Syra-Cusa 其实是对乔伊斯的女儿露西亚(Lucia)的模仿,她曾热恋着年轻的贝克特。诺尔森在《传记》中指出,"像 Syra-Cusa 一样,露西亚也有优美的身材,并以其诱人的魅力而闻名"。④《徒劳无益》中的故事"外出"的女主人公露西(Lucy)的原型也是乔伊斯的女儿露西亚。她被描写成主人公最理想的恋人,后来在"多么不幸"中他们成了夫妻。露西也是贝克特笔下最不幸的女主人公(她遭遇车祸,死亡)。如芭芭拉·R. 格拉克指出,"从名字和身体状况而言,露西都让人想到乔伊斯的女儿露西亚。她的心智,就像露西的身体一样,变得严重残疾……尽管她身体状况如此糟糕,他的热诚如此令人质疑,但贝克特还是让贝拉克娶了露西,或许贝克特在下意识地排遣他当年抛弃露西亚的愧疚之情"。⑤实际上,露西在贝克特的早期作品中代表精神之爱,她是女性美的表征,从这一角度,露西的生活原形更接近伊丝娜·麦卡锡。因此,露西也是贝克特塑造的一个典型女性人物,她融合了贝克特交往过的几位女性的所有美德和可爱之处。

---

① James Knowlson, *Damned to Fame: the life of Samuel Beckett*, pp. 146—147.
② Ibid., pp. 58—59.
③ James Knowlson, *Damned to Fame: the life of Samuel Beckett*, p. 151.
④ Ibid., p. 150.
⑤ Barbara Reich Gluck, *Beckett and Joyce*, p. 66.

第五章 《徒劳无益》和《平庸女人的梦》的写实风格:"自我"与"表象"的世界

另一位主要的女性角色 Smeraldina-Rima 显然是以贝克特的表妹、他年轻时的恋人佩吉·辛克莱为原型。如诺尔森所说,"小说中与这个角色有关的事件其实都曾经发生在佩吉身上:她与贝克特在爱尔兰的初次见面,贝克特到她学习音乐和舞蹈的地方莱森堡探访她,后来在卡塞尔的逗留……以及佩吉写给他的情书如洪水般涌来……"①《徒劳无益》和《梦》中的"Smeraldina 的情书"向我们展示的就是佩吉写给年轻的贝拉克的一篇浪漫情书,因此该作品出版时,贝克特同佩吉(Peggy)父母的关系变得很紧张。②

不仅如此,还有一些次要的人物大都以贝克特的老师和朋友为原型。如前面提到的"但丁与龙虾"中贝拉克的意大利语老师(Signorina Adriana Ottelenghi)就是完全以贝克特年轻时的私人教师比安卡·艾丝波西托(Bianca Esposito)作为原型塑造的,是她首先让贝克特接触到但丁的《神曲》,从而激发了他对但丁的热爱。故事"潮湿的夜晚"中走路摇摇晃晃,滑稽幽默的喜剧性人物"极地熊"(Polar Bear)据说是对三一学院的,深受贝克特敬重的导师拉德莫斯-布朗的模仿。而贝克特的朋友玛丽·曼宁和她的母亲苏珊·曼宁则是"潮湿的夜晚"中弗雷卡母女的原型。因此,贝克特在这些故事发表时心情如此复杂与矛盾:"一方面,他非常兴奋地期待着看到自己第一部作品的发表并希望它能带来更多的约稿,另一方面又担心这些故事可能会冒犯一些亲戚和朋友。"甚至在 50 年之后,贝克特告诉诺尔森,他"仍然感到歉疚"。③由此可见,《徒劳无益》和《梦》不仅是写实主义的,而且是高度自传性的作品,因为它记述的是贝克特青少年时代的生活经历,特别是他的爱情经历。

2. 贝拉克:青年贝克特的真实写照

贝克特早期作品的最成功之处就在于他塑造了一个真实可信的主人公贝拉克,他其实就是贝克特作为一个青年学生、恋人和艺术家的自画像。这个主人公也被赋予了多重意义,因此,他又是一个复合型的角色。

贝拉克的名字来自于但丁的《神曲》,是"地狱篇 IV"中的一个人物。贝克特使他成为自己作品《梦》和《徒劳无益》中的主人公,并赋予他以现代青年的思想意识,同时又使他带有几分但丁式主人公的气质和心境,这样贝拉克就成了贝克特笔下具有鲜明个性和现代自我意识的典型人物;

---

① James Knowlson, *Damned to Fame: the life of Samuel Beckett*, p. 148.
② Ibid., p. 183.
③ Ibid., Qtd., from Interview with SB, 20 Sept. 1989.

后来贝拉克式的人物形象也出现在《莫菲》和《莫洛伊》等作品中,只是名字不同而已。不仅如此,这个主人公还具有叙事和结构功能:在《徒劳无益》中,贝拉克像一条主线将所有的故事串联成一个连贯的叙事序列;在小说《梦》中,贝拉克是核心人物,也是意识的中心。正如丹尼拉·凯瑟莉所评论的,"贝拉克的名字是文本内在连贯性的明显标记,它也是使所有故事统一起来的最适合的连接手段,使其单个故事片段的开放性与一系列的内在隐喻均衡发展"。① 更主要的是,贝拉克作为贝克特的另一个自我,成功地传达贝克特对爱情的态度,对艺术本质的最初探索和思考。

其实,贝克特更加关注的是主人公的精神世界的真实(即本质的世界),试图展现主人公纯粹的,本真的精神活动。贝拉克的精神现实是建立在笛卡尔的"我思"和怀疑论之上的,因而,这个人物的塑造既是心理现实主义的,又具有"哲学现实主义"的特征。

主人公贝拉克同其他大世界中的人们一样,也陷入一种精神的瘫痪状态。他体验到了"自我"与大世界的疏远,"不仅是与都柏林疏远,而且是与所有的人际交往的疏离"。② 从这个意义上说,贝拉克更像乔伊斯的《青年艺术家肖像》中的斯蒂芬·迪达勒斯,因为两个年轻人都是自传性的人物,都是与他们所生活的世界格格不入的孤独的个体。所不同的是,贝拉克以自嘲的方式去面对诸多生存的悖论,即矛盾境遇。

(1) 对上帝权威的嘲弄

首先,贝拉克表现了对宗教以及上帝的无限权威的怀疑态度,这实际上表明年轻贝克特对上帝的质疑。《徒劳无益》的书名(*More Pricks Than Kicks*)也可译成《刺多踢少》,其实它就来自于《圣经》第九章第五节:"索尔在去大马士革的路上被人打倒了,这时他听到耶稣基督的声音,'我是受你迫害的耶稣,对你来说用脚踢刺是困难的'。"③ 对此詹姆斯·艾奇逊评论道:"这并不意味着贝克特相信生活中的痛苦一定是上帝加给我们的。通过作品的题目,贝克特暗示了一种解释人类苦难的方式——但是这只是许多种解释中的一种——即阐明上帝是存在的,但他却不做任何事情来减轻他所创造的人类的痛苦。"④ 上帝真能拯救绝望中的人们吗?这似乎是困扰贝拉克的基本问题。在第一个故事中,麦考伯的死和龙虾的死很容易让我们联想到耶稣基督被钉在十字架上受难的情景:麦考伯"在黎明时就要在蒙特乔依被吊死"(17);龙虾在被活着下锅

---

① Daniela Caselli, *Beckett's Dantes: Intertextuality in the fiction and criticism*, p. 58.
② Barbara Reich Gluck, *Beckett and Joyce*, p. 58.
③ Qtd., in Deirdre Bair, *Samuel Beckett: A Biography*, pp. 179—180.
④ James Acheson, *Samuel Beckett's Artistic Theory and Practice*, p. 26.

第五章 《徒劳无益》和《平庸女人的梦》的写实风格:"自我"与"表象"的世界

前是"被晾在油布上成十字形"(21),这些情景都给读者以强烈的宗教暗示。玛丽·布莱登评论道,"因而,贝克特小说中的耶稣基督的形象不是一个神或人,不是一个有特权的存在,也不是救世主和人性的化身,而是人类极端苦难的范例"。① 在贝克特的小说世界里,不存在所谓的上帝和救世主,所以现代人注定要面对苦难和死亡,因为生活就意味着受磨难。

贝拉克不仅怀疑上帝的权威,而且将上帝作为调侃嘲弄的对象。因此耶稣或上帝这样的字眼会经常挂在叙述者的嘴上。例如,当贝拉克包装好的龙虾差点被法语老师的猫撕碎时,老师问贝拉克里面包裹着什么,但他不知道龙虾用法语怎么说,所以就说,"鱼"。叙述者说道,"鱼也很好。对于耶稣基督、上帝之子、救世主来说,鱼是够好了,对法语教师格雷小姐就更不用说了"。(19)如此随意、诙谐地谈及基督和上帝,并将格雷小姐与上帝相提并论,本身就是对上帝和基督的不屑,这样的讽刺性文字在书中随处可见。再譬如,在故事"胆怯"("Yellow")中,贝拉克想出一个故事(笑话)来排遣手术前的恐惧心理。这个笑话是关于一个牧师被邀请在一部业余剧作中饰演一个小角色。他全部的动作就是,当枪响时,他捂住胸部,哭喊道:"上帝啊(by God),我中枪了!"然后倒地而死。牧师本来还想用更世俗的词语,如"可怜啊"(Mercy)、"的确"(Upon my word)等,来代替神圣的字眼"上帝啊"。结果这个剧组的确很业余,手枪真的走火了,牧师被子弹射穿。临死时,牧师真的哭喊道:"哦……上帝啊,我中枪了!"(184)这个笑话太逗人了,如叙述者所说,"它使贝拉克笑出眼泪来"。其实这正是贝克特自己对宗教信仰和上帝的威严的嘲笑。贝克特年轻时就对宗教信仰不屑一顾,尤其厌恶新教,他后来曾经坦言,"我的家人都是新教徒,但我觉得宗教令人厌恶……我母亲和哥哥在临终时并没有从宗教中获得安慰。关键时刻它并不比校友之间的互助之情更深刻。"②

可见,在宗教信仰上,贝克特与他所崇拜的作家但丁截然不同。贝克特笔下的贝拉克是对但丁《神曲》中的贝拉克形象的反讽(关于贝克特的宗教信仰问题,本书第二章已做详细论述)。

(2) 生存悖论与矛盾境遇

贝拉克所面临的矛盾境遇与生存的悖论体现了作者本人的世界观和对存在的哲学思考。贝克特擅长运用矛盾修辞法(悖论),并且在几乎所

---

① Mary Bryden, "Beckett and Religion" in *Palgrave Advances in Samuel Beckett Studies*, (ed.) Lois Oppenheim Houndmills: Palgrave Macmillian, 2004, p. 163.

② Mary Bryden, "Beckett and Religion" in *Palgrave Advances in Samuel Beckett Studies*, pp. 157—158.

有的作品中(从最早的诗歌、短篇小说到后来成熟的实验小说和戏剧)都熟练地使用这一修辞手法。矛盾修辞法不只是贝克特的作品的表现形式,也是主题和内容,它暗示了一种生存境遇。但是,只有在《徒劳无益》中(即在故事"叮咚"中),贝克特才明确提到这个词。譬如,叙述者讥讽地说道:"贝拉克特别偏好矛盾修辞法。"("Belacqua had a strong weakness for oxymoron." p.41)这句话本身就是最精彩的矛盾修辞法的实例。这里矛盾修辞法不仅仅具有修辞的作用,贝克特还赋予了它更深的形而上的意义。在他小说实验的巅峰之作《难以命名者》中,贝克特将矛盾修辞法演绎到极致,并且将其发展成一个哲学和诗学的概念,即"难解之结(aporia)",这也是亚里士多德修辞学中的术语,后来它又成了后现代和解构主义理论中的一个关键词。①在《徒劳无益》中,矛盾修辞法主要体现贝拉克所面临的诸多的生存悖论。存在的本质就在于努力争取在各种矛盾的境遇中寻求某种和谐与平衡,而这在贝拉克看来是难以实现的。

　　第一个悖论是"矛盾的爱情观"。它是指贝拉克对爱情的矛盾心态,也就是对爱情的若即若离态度:他既被爱情所吸引,又拒绝爱情。作为一个青年学生,贝拉克有两个生活目标:一个是成为一个情人,另一个是成为一个艺术家,二者也分别代表了他的生理需求和精神追求。正如杰瑞·L.克鲁尔所评论的:"读者第一眼便可认出贝拉克是学生、艺术家,和恋人:一个但丁的爱好者,一个具有波希米亚气派的学生,一个恋人眼中快乐形象的创造者。从爱尔兰漫游到欧洲大陆然后又返回原地,可是,贝拉克还是难以维持他为自己构建的诸多身份。"②对贝拉克而言,同时成为艺术家和恋人似乎不可能,因此他对爱情产生了既接受又排斥的矛盾态度。他曾和六个女孩谈过恋爱,并先后同其中的三个结婚,因此,他的生活可以概括为不断恋爱和不断放弃爱情的过程。他别无选择,只能不断地接近爱情,又不断地回避爱情,在两极之间徘徊不定。贝拉克是个既浪漫又知性的青年,他真正渴望的是纯粹的精神恋爱,即《莫菲》的主人公所追求的"理智的爱情"("the intellectual love")。事实上,他是在寻找但丁《神曲》中的比阿特丽丝式的理想爱人,然而,现实生活中又不存在那样完美的女性。因此,贝拉克总是对他的恋人或妻子感到很失望。

　　故事"芬戈"就表现了贝拉克对他的恋人维尼的失望。尽管维尼是一

---

　　① 关于对贝克特的"难解之谜"的论述参见笔者拙文:《难以命名、异延、意义之谜——赛缪尔·贝克特小说〈难以命名者〉之解构主义阐释》(载《外国文学评论》,2006年,第3期),本书第七章也对此有详细阐述。

　　② Jeri L. Kroll, "Belacqua as Artist and Lover: 'What a Misfortune'" in *The Beckett Studies Reader*, (ed.) S. E. Gontarski, Gainesville: University Press of Florida, 1993, p. 35.

第五章 《徒劳无益》和《平庸女人的梦》的写实风格:"自我"与"表象"的世界

个"漂亮,热情,聪明"(25)的女孩,但是当他们一起观赏芬戈的自然风景时,贝拉克发现他们对自然有着截然如此不同的感受。因为维尼缺乏对自然的爱和鉴赏力,他们无法交流,所以贝拉克找借口说先去教堂那边看一看,以便回避与维尼交谈。(32)于是,他将维尼丢给她的朋友沙尔图医生,而他自己却偷偷骑上了她朋友的自行车飞快地离开了。(35)需要指出的是,自行车是贝克特的作品中经常出现的道具,它不仅仅是一个交通工具,它还具有更深层的象征意义。早期的贝克特研究者,休·肯纳曾将贝克特式的主人公称作"笛卡尔式的半人半马怪物"("the Cartesian Centaur"),这个"怪物"实际上就是"一个骑自行车的人"。[①]笛卡尔认为,人的身体就是一架机器,而这机器的能量又是有限的。因此,在这里,自行车似乎是对人体这架不完善的机器的补充,它也是贝拉克逃脱不理想爱情(undesirable love)的工具,这也暗示贝拉克是在理性工具的驱使下寻求纯粹的精神爱情,而这种建立在纯粹理性基础之上的爱情是难以实现的。

  这种对爱情的失望在故事"多么不幸"中表现得更加生动、细致。故事的题目既表达了贝拉克对失去爱妻露西的惋惜和忧伤,也揭示了他未来婚姻生活的不幸。贝拉克,在妻子死后,莫名其妙地爱上了一个极其平庸的名叫塞尔玛·博格斯的女孩,她出身于一个市侩的中产阶级商人家庭,正如叙述者所描述的,"她没有露西那样的美貌,更不用说像奥尔芭(Alba)那样超凡脱俗的美,……她既不能吸引上年纪的男人,也不能打动年轻人,她确实太丑了,过去一直如此,以至于只要见过她一面就难以忘记"。(127)但是与叙述者客观叙述视角相矛盾的是,贝拉克声称被这女孩"迷人的个性"(127)所吸引,并娶了她,这就使故事更具有反讽意味和内在张力。贝拉克之所以取塞尔玛·博格斯为妻,或许是出于生理的需求和对物质生活的渴望,因此将她视为"物质的女孩"(girl of substance 127)。因为女孩的家庭代表的就是充满铜臭味的物质世界;而具有讽刺意味的是,女孩的父母同意将女儿嫁给他,是因为他是一个诗人。故事的大部分篇幅用来描写女方父母为女儿筹办婚事的全过程和婚礼的热闹场面,通过讽刺漫画式的笔法,淋漓尽致地揭露了爱尔兰中产阶级的庸俗、浅薄、虚荣和过分讲究排场(这样的细描可以同现实主义大师狄更斯作品中对中上层社会的无情讽刺相媲美)。其实贝拉克与其说是被塞尔玛"迷人的个性"所吸引,莫如说是被物质生活所吸引。但是他最终发现塞尔玛同维尼一样缺乏情趣,他们根本没有共同语言,因为他们之间存在着思想

[①] Hugh Kenner, "The Cartesian Centaur" in *Critical Essays on Samuel Beckett*. (ed.) MacCarthy, Patrick A. Boston: G. K. Hall & Co., 1986, pp. 55—64.

和文化修养上的差异。可是这一次贝拉克却无法逃避这个所谓的迷人女孩;因为他既然选择了结婚,就无法摆脱婚姻的束缚。而这种俗套的爱情和婚姻只能让他更深地陷入生存困境,如叙述者在故事的结尾所说,"当他闭上眼睛,无比清晰地看到,一头深陷泥潭的骡子,背上骑着一个水獭挥舞着木剑"。(160)这一句暗示了贝拉克本人陷入婚姻的泥潭,而骑在他背上的水獭象征贝拉克的生理欲望,正是在这种欲望的驱动下,贝拉克不断地坠入爱河,又不断地努力地逃脱爱情的泥潭。

故事"赛蒙蒂娜的情书"和"残渣"更深刻地反映了爱情的不稳定和变化无常。"萨蒙蒂娜的情书"真实流露了一个少女对其男友热烈而真挚的爱情。然而令人费解的是,萨蒙蒂娜向贝拉克表白自己的忠贞爱情的当天,她又承认晚上要去和另一个男人跳舞;而在最后一个故事"残渣"中,贝拉克刚去世,还没等举行完葬礼,他的第三任妻子萨蒙蒂娜就已经投入贝拉克的朋友长毛昆的怀抱。这些故事都揭示了一个事实,即纯粹的精神之爱在现实社会中是不存在的,更何谈永恒的爱情。贝拉克的恋爱经历只能表明他对真爱的渴求与实现真爱的不可能性这一严酷现实。

只有在故事"外出"中,贝拉克与露西的爱情达到肉体与灵魂的和谐统一,这就是真爱,但这段爱情却非常短暂。贝拉克虽然已与露西订婚,但他仍然担心,"性的结合虽然会使他达到二元对立的统一,但是肉体需求的满足也会让他的艺术或精神自我枯竭"。①因此他有了一个很荒谬的想法,"如果他的妻子愿意养一个情夫,一切将多么美满"!而且"他一再恳恳她(露西)将婚姻生活建立在这种通奸的坚实基础之上"。(110—111)但露西无论如何也不会接受这种婚姻。贝拉克对婚姻既渴望又担忧的心理使他陷入窘境;他更羡慕在野外修壶补锅的流浪汉的生活,他发现"这个绝妙的家伙身上的那种本能的高贵,他傍晚在手推车下的私生活、他的快乐与烦恼是与生俱来的"。(112)贝拉克称这个流浪汉为"真正的人",因为这个人摆脱了叔本华所说的"盲目的意志和欲望"的驱使,而生活在"无意念"(will-lessness)的状态下,这也就是贝拉克所追求的理想境界。而贝拉克仍处于这种意志/欲望的掌控之下,因此他喜欢到大自然去中感受生活,以"振奋精神"("sursum corda"),②如他对露西说,"最好的事情就是去林中振奋一下精神"。(115)他所谓的"精神振奋"体现了

---

① Laura Inez Deavenport Barge, *God, the quest, the hero: thematic structures in Beckett's fiction*, Chapel Hill: U. N. C., Dept. of Romance Language, 1988, p. 93.

② 这个词首先出现在故事"芬戈"中,在故事中,贝拉克告诉维尼他们谈论的教堂是"令他精神振奋"之地(p.30),它再次出现在"外出"中。它原意是"举心向上",指宣读弥撒圣典的前言之前的心理反应。参见 Mary Bryden, *Samuel Beckett and the Idea of God*, London: Macmillan Press Ltd., 1998, p. 61.

第五章 《徒劳无益》和《平庸女人的梦》的写实风格:"自我"与"表象"的世界

他的两种既对立又统一的需求:既生理需求和艺术追求。他既被性爱吸引又对之感到厌恶,因而他在婚姻的殿堂外徘徊;直到露西遭遇车祸,"终身残疾,美貌俱毁"(118),贝拉克才与露西幸福地结婚,并且打消了先前设想的露西与情夫私通的念头,因为此时他们的婚姻已不是性的结合。如故事中所叙述的,"他们整天坐在那里听留声机,舒伯特的《音乐颂》是他们共同的最爱,他从她的眼睛中看到了比现实更美好的世界……"(121)在音乐的陪伴下他们享受了纯美的"精神恋爱"。这正是对贝克特在论文《普鲁斯特》中揭示的叔本华的美学思想的演绎,即"音乐本身就是思想,无关现象世界,理想地存在于宇宙之外,只能在时间中而不是在空间中才能领会,不受目的论假设所影响"。① 由此可见,审美活动是遏制生存意志的有效方法,贝拉克与露西在美妙的音乐中找到了他们幸福的生活。贝拉克在露西眼中看到的"美好的世界"就是他试图达到的理想境界:即肉体之爱与精神之爱和谐统一的境界。

如前面讨论过的,露西是贝拉克生活中的比阿特丽丝,她是理想爱情的象征。但有趣的是,正是当她身体残疾后,她才成为贝拉克理想的爱人。这就是故事的悖论所在。这也深刻暗示,对贝拉克而言,理想的爱情并不依赖于外貌或身体,而在于精神,其实这也反映了贝克特对理想爱情的向往。诺尔森指出,"年轻的贝克特很难协调肉体的欲望与精神的渴望之间的关系。或许唯有伊丝娜(他的第一个恋人)让他看到了一丝肉体和精神和谐的可能性,其中被爱者既是欲望的对象又是仰慕的对象"。② 和作者一样,贝拉克也很难在肉体的欲望与精神的渴望之间达成和谐统一。露西是唯一一个让他达到"肉体和精神和谐"的爱人,然而,这种理想爱情却是转瞬即逝的,并且很难在现实生活中找到,因此,当露西去世时,贝拉克"越发感觉到需要露西的眼睛这通向美好世界的窗口"。(126)

《徒劳无益》中的一个突出的意象即是死亡。对贝拉克而言,爱情和死亡是等同的,如在"爱与忘河"中,叙述者通过贝拉克的视角道出:"爱情和死亡——停顿——不过是一回事。"(105)确实,他最终的意外死亡结束了他在"肉体的欲望和精神的渴望之间的"摇摆,他似乎在死亡中达到了他所向往的和谐与平静。然而在最后一个故事中,全知的叙事者以反讽语气说道,"贝拉克经常期待能够遇见那些女孩,尤其是露西,面纱后面那神圣而美好的形象。这是怎样的希望啊!死亡治愈了他的天真"。(195)

通过贝拉克的这些恋爱经历,我们可以清楚地看到他对爱情既亲近

---

① Samuel Beckett, *Proust*, p. 71.

② James Knowlson, *Damned to Fame*, p. 61.

又回避的矛盾态度,事实上,这也反映了贝克特本人对爱情的态度,并且这种对爱情和女人的矛盾心态延伸到他后来的作品中,如在《莫洛伊》中,这种矛盾心态转变成一种对女人,甚至对母亲的厌恶。戴维·佩蒂指出,"贝拉克喜欢的生活,像莫菲的一样,发生在他头脑的黑暗区域中;女人造成的威胁就在于她们会把他从内心的精神世界拽回到外部的物质世界中"。① 作为一个青年恋人,他无法抗拒这些"迷人的"女孩对他的吸引力,但是作为一个具有艺术天赋的学生,他希望将爱情提升到更高的境界。因此,他试图在他和这些女孩之间找到一种艺术上的共鸣,以便达到肉体和精神的和谐统一,正如叙述者在故事"爱与忘河"的结尾所企盼的:"希望他们的夜晚总是充满音乐。"(105)但事实上,贝拉克只在同露西短暂的婚姻中获得了这种和谐,而在死亡中他获得了永久和谐与宁静。

第二个悖论是"运动的停顿"(moving pause)。贝拉克面临的另一种境遇是运动与静止的交替状态,这也标志着贝克特对笛卡尔的动与静辩证法的接受。在这里动与静已经完全超出了物理学的意义,而是代表两种存在方式,它们既是对立的,又是统一的,时而交替出现,时而完全重叠。故事"叮咚"就是对动与静的辩证法的精彩展示。故事完全是从贝拉克的朋友的角度讲述的。叙述者把他与主人公的关系比作希腊神话中的一对好朋友奥列斯特和皮拉得斯,(40)以便使故事听起来更真实客观,这一点从故事的第一段就可以感受到:

> 我以前的朋友贝拉克准备在玩味世界之前,让他唯我主义的最后阶段充满了活力,他相信最好的事情莫过于不停地从一个地方到另一个地方的运动。他不知道是如何得出这一结论的,但肯定不是因为偏爱哪个地方。想到只要使自己动起来就可以逃避复仇女神,他很高兴。至于活动的场所,哪个地方都一样,因为一旦他身在其中,所有的地点都会消失。不管从哪里来到哪里去,只要站起来行走就对他有好处……(39)

不难看出,故事以"动"开始,但这种动更多地表现在言语或叙事话语上,与主人公的心理活动相呼应,并非是实际的身体运动。故事所揭示的悖论就在于贝拉克只是想着让自己动起来,但是他身体的运动总是不能与头脑的活动协调一致。叙述者接下来说道:"他本性懒惰,陷在惰性中不能自拔,他什么都不想做,只想原地不动听从那些所谓的复仇女神的安排。"(39)贝拉克深知运动的形式本身就如同"飞镖,投出去可飞回原处"(40),因而,对他来说,无论去哪儿都没有区别,他唯一的目的就是"使自

---

① David Pattie, *The Complete Critical Guide to Samuel Beckett*, p. 53.

第五章 《徒劳无益》和《平庸女人的梦》的写实风格:"自我"与"表象"的世界

已动起来,以摆脱复仇女神的追赶"。在古希腊神话中,复仇女神的职责是惩罚罪恶,维持世界秩序。贝拉克就像希腊神话中的奥瑞斯忒斯拼命想逃脱法律的惩罚一样,试图通过不停的运动来逃脱外部世界的秩序对他的束缚。而不停的运动又没有任何实质的变化和进展,因为他发现无论运动速度有多快,他最终还是得返回原处。在运动中他经历了一种"贝多芬式的停顿"("Beethoven pause" 40),即"运动的停顿"(a "moving pause" 41),其实就是相对的运动和相对静止。动中有静,静中有动,似乎静止也等同于运动。这就是贝克特式的矛盾修辞法,它揭示了世界万事万物的存在形式和人类生存的本真状态。从表面看,这好像是在演示笛卡尔式的相对运动和相对静止的学说,但是,叙述者对这种矛盾的状态有如下描述:

> 这种纯粹的空白运动或"移动"毫无吸引人之处就在于,不论主体同意与否,它都能完整接收所有外部世界的模糊的印记。没有目的地可言,也就无须躲避那些无法预料的事物,也不用避开那些有趣的突如其来的滑稽场面。这种感觉就在于这种以虚空开始的漫游之枯燥乏味,这种纯粹的以乐观姿态迎接困境的行为之枯燥乏味。而这也正是最索然无味之处。(41)

贝拉克的运动实际是一种"没有目的"的循环运动,因而也是毫无意义的"纯粹空白运动"。"运动的停顿"其实是头脑的片刻安宁,或者说是思考与存在,自我与他者的暂时平衡状态。这是一种静态的无感知的状态,实质上就是叔本华指的无意志沉思的时刻,那是一种无忧无虑的境界,类似于"极乐境界"或"涅槃"(Nirvana)。极乐境界是一种无痛苦、无欲望、无自我的超脱状态,在这种状态中,主体摆脱了因果循环,它代表佛教的最高境界。贝克特同叔本华一样认为幸福存在于内心世界,是心灵的愉悦。我们在音乐中感到的艺术沉思有助于我们从世界的苦难中逃脱,而这种解脱要靠放弃意志来完成。① 因此,贝拉克所经历的"贝多芬式的停顿"与艺术沉思相关。在沉思中贝拉克想到了贝多芬的第七交响曲,它的特点就在于间隔式沉默。②但是这一刻转瞬即逝,经历短暂的沉默之后人类还得回到现实中去,回到不和谐的世界。从这个角度看,贝拉克同作者一样对生活持悲观态度。

动与静的辩证关系也反映了身心的二元对立。当身体运动时,头脑就会处于静止状态,反之亦如此。这一观点在《莫菲》中被演示得极为生

---

① Lawrence Harvey, *Samuel Beckett: Poet and Critic*, p. 76.
② Samuel Beckett, "Letter to Axel Kaun", in Cohn ed., *Disjecta*, p. 53.

动(见下一章)。莫菲通过将自己的身体绑在摇椅上,来获得思想的自由;而不停地晃动摇椅,又能使他身体获得快感。贝拉克同样是想通过不停的运动来摆脱外部世界规则和秩序的束缚,以使自己获得精神的快乐。然而,他所获得的只是片刻的宁静——运动中的静止,使他在身与心之间获得的暂时的和谐,这只等同于莫菲头脑中的第二个区域(半黑暗区域),而他永远无法达到莫菲所能进入的头脑的第三区域,那是一个完全封闭的黑暗区域。与贝克特下一个主人公莫菲相比,贝拉克更容易受外界的各种事物所左右,并且他总是被从自我的小世界拉回大世界。

因此,身体的运动与思想活动的对立更加突显了主人公无能和瘫痪的形象。第一个故事"但丁和龙虾"一开始就向读者呈现了这样一个形象:"现在是早上,贝拉克被卡在月亮诗篇的第一节,他深陷其中,既不能前进也无法后退。"(9) 这段文字生动地描述了一个青年学生在读《神曲》时的情景和他的心理感受;他被第一章中描写月亮的一节难住了,深深陷入沉思中,试图弄明白《神曲》中的比阿特丽丝对月亮上的黑点的解释。不管头脑多么积极努力地思考,他仍然被困在那儿。这里,"陷入困境"(being bogged)等同与"陷入泥沼",这是《徒劳无益》的主导意象,它也曾在《梦》中出现,后来它演化成了贝克特所有作品中的一个典型的荒诞意象,如在他此后的小说《瓦特》、《莫洛伊》、《马洛纳之死》、《怎么回事》,和他著名的荒诞剧《等待戈多》等戏剧中均有类似的人在泥沼中跋涉、挣扎的场景,深刻揭示了现代人荒诞、混沌的生存境遇。

在贝克特的早期作品中,"陷入泥沼"象征着人的无能与精神瘫痪,这也是乔伊斯早期作品曾表现过的基本主题。但是,与乔伊斯不同的是,贝克特从叙述话语的层面通过矛盾修辞法生动展示了生活的悖论,使作品更具有哲学的内涵和深度。"陷入泥沼"暗示了一种生活中的尴尬处境或矛盾境遇。故事"叮咚"就是对这种矛盾境遇的精彩展示:贝拉克由于无力运动而陷入矛盾状态,"他发现自己就像布里丹的驴子一样,不能向左也不能向右,不能向前也不能向后"。(41) 布里丹的驴子注定是要被饿死的,因为他面对两堆草,永远不能决定应该吃哪一堆。贝拉克也同样无法决定走哪条路更好,所以,他只能从一个地方移动到另一个地方,并且这些地方对他来说没有区别,他最终发现自己还在同一个地方运动。可见,无论他走得多快、多远,他的运动都是徒劳无益的,因为他实质上哪儿都没去,只是"像球体一样不声不响地旋转"。(42)这种毫无意义的重复性运动就等同于原地踏步或非运动,因而是"运动的停顿"。这种"去了又回来的飞梭运动"(40)恰好呼应了贝拉克在故事"芬戈"中所渴望达到的终极目标,即"回到胎膜中,永远躺在黑暗中"(31),也转达了贝克特在《梦》中提出的"从子宫到坟墓的人生轨迹"(womb-tomb trajectory)(45)。

第五章 《徒劳无益》和《平庸女人的梦》的写实风格:"自我"与"表象"的世界

由此不难看出,贝克特作品内部的互文关系和文本之间主题的互涉不仅生动揭示了"循环运动"这一人生哲理也展示了作品的环形结构,从而预示了贝克特后来作品的螺旋式循环模式。而这种结构又是贝克特从乔伊斯那儿借鉴来的,如丹尼拉·凯瑟莉所言,贝克特"在《但丁…布鲁诺.维柯..乔伊斯》中强调,但丁的炼狱是圆锥形的,因此它暗示着极点,而乔伊斯的炼狱是球形的没有极点的,《徒劳无益》中贝拉克在都柏林周围做的无目的的循环运动反映了乔伊斯的所谓球形结构。"①

最后,《徒劳无益》揭示的另一个生存悖论就是亦悲亦喜的生活态度,体现在主人公对哭与笑的选择上。贝克特以幽默的文笔描述贝拉克在危机时刻所采取的人生态度。故事"胆怯"("Yellow")主要描写了贝拉克在做手术前的恐惧心理:是选择哭还是选择笑呢? 其实是采取悲观与乐观生活态度的问题,这对于贝拉克来说是一个痛苦的抉择。然而,贝拉克首先想到的是两位古希腊哲学家德谟克利特和赫拉克利特以及他们截然不同的世界观,这使故事于幽默中透露出人生的哲理,也反映了贝克特的对两位古希腊哲学家的接受。如本书第二章所述,两位哲学家代表了两种不同的生活态度:德谟克利特是乐观的,而赫拉克利特则是悲观的,因而,他们也分别被称为大笑的哲学家和大哭的哲学家。故事中的主人公陷入两难的境地:他不知道(在关键时刻)对人生应该采取什么态度。

贝拉克同贝克特一样本性悲观。然而,在他即将做手术的关键时候,他非常希望自己表现得勇敢、乐观,以不让他人失望。因此,为了别人,他最终在哭与笑的抉择中,选择了笑。然而,他只能"装出一副笑脸"。如叙述者所说,"关键时刻,慷慨的上帝带着邓恩的一句悖论来帮助他了:在我们这些聪明人中,我相信会有很多人嘲笑赫拉克利特的哭泣,而没有人会为德谟克利特的大笑而哭泣"。(175) 邓恩的诗句揭示了生活的悖论,也使贝拉克深受启发。尽管他已意识到,无论是笑还是哭,最终结果都是一样的(175),他还是要认真地做出选择,如叙述者所说:

> 此时,正像每一个重大的关键时刻,他牺牲了个人特有的感知力以求得给他人留下某种印象,一种近乎于勇敢的印象。他必须将自己完全隐藏起来,做个渺小的战士。正是经过这种认真的权衡,才使他决定选择德谟克利特,或者随便你叫他贝母、邦母、格洛克什么的,而将阴暗的一面推移到不显眼处。这是一种自我克制,因为贝拉克很难抗拒一个爱哭的哲学家,正像赫拉克利特一样,更何况是当他处

---

① Daniela Caselli, *Beckett's Dantes: Intertextuality in the fiction and criticism*, pp. 62—63.

于灰暗的时刻。现在正是他适宜忧伤流泪的时刻,尤其是当这种眼泪来自一个被公认的杰出的前苏格拉底哲人,就更显奢侈。(176)

这段文字真实反映了贝拉克的内心活动。在笑声与眼泪的背后实际上透露出自我与世界或他者的关系。贝拉克最终决定放弃他心爱的哲学家赫拉克利特而选择了他更为欣赏的德谟克利特,然而,德谟克利特式的乐观也并非轻易可得的。贝拉克的后继者莫菲和马洛纳都从德谟克利特那里获得对存在本质的顿悟,即"虚无是更真实的存在"(*M*,138)或"没有什么比虚无更真实",(*MD*,16)然而,德谟克利特式的虚无只能在完全黑暗的无意识的世界中才能达到。贝拉克只想在自我的小世界中发泄他的痛苦感受,但他又害怕其他人"错误地把他的眼泪或他的悲观态度归结到他脖子后面那砖块大的肿瘤上,而不是归结于普遍的人性中所隐藏着的徒劳愚蠢之举"。(176)因此,经过权衡利弊,他最终决定忘却自我,"做一个小战士"(do the little solider,176)。贝克特生活的态度虽然有些悲观,但这并不影响他采取勇敢的行动,这是贝式幽默所在。马丁·艾瑟林对此有如下评价:

> "做一个小战士",以便在面对死亡和绝望时,给人"一种近乎勇敢的印象"——这些短语彻底揭示了贝克特苦涩幽默的本质,是他的作品所达到的情感宣泄;正是以勇敢来面对厄运,人才能在毁灭和绝望中始终不渝地保持一种乐观积极的因素——即在这笑声中超脱一切的人类纯粹的精神之崇高。①

这里"崇高"一词传达了贝克特所珍视的人类品质。尽管贝克特式的主人公与海明威式的硬汉派英雄相差甚远,但他们却拥有一个共同的品质:即面对绝望的勇气,只是他们呈现勇气的方式不同而已。贝克特以幽默和反讽的方式揭示了生存的悖论和人性的本质。贝拉克在做手术前,努力想要保持乐观的态度"表现出少许的坚定",但具有讽刺意味的是,他最爱的哲学家相信生活是不断变化的,对立面是相互转化的,因此,无论是选择笑声还是眼泪,最终结果是一样的(176)。贝拉克的意外死亡使德谟克利特的乐观(大笑)哲学显得苍白无力。生活的全部反讽和人生无常都暗含在最后一句突降式的结尾,"上帝啊,他真的死了!他们全然忘了给他听诊!"(186)

从罪犯麦考伯之死到龙虾之死再到最后的主人公之死,整个故事集展示的是一种生与死的循环。年轻的贝拉克作为学生、恋人和丈夫在这

---

① Martin Esslin, "Doing the Little Soldier" in *Critical Essays on Samuel Beckett*, (ed.) Lance St. John Butler, Aldershot: Scolar Press, 1993, p. 169.

第五章 《徒劳无益》和《平庸女人的梦》的写实风格:"自我"与"表象"的世界

充满悖论的大世界中周而复始地漫游,最终进入了他最后一个角色——死者,而这似乎又回应了乔伊斯的《都柏林人》中的最后一个故事"死者"的笔调。乔伊斯的故事更具象征意味,而贝克特的故事却带有黑色幽默色彩和哲学隐喻。当贝拉克死亡时,他所面临的矛盾和二元对立也都随之终结,然而,对他者来说,生活依然在继续,如叙述者在故事的结尾说道,"世界照常运转"。(204)生活总是徒劳无益,这便是青年贝克特对人生的理解。

总之,贝克特早期的短篇故事通过展示生活中诸多悖论和矛盾境遇,生动真实地反映了自我与他者、主观的小世界与大的客观世界的对立。在爱情的吸引和对爱的拒绝之间,贝拉克要想找到一种精神之爱的理想状态;在动与静之间,他体验到一种"运动着的静止——瞬间的和谐";在笑与哭之间,放弃了自己的愿望。在这些选择中,他会获得一时的平衡与和谐,但这种状态却不会持久,因为在这个世界中没什么东西是固定的和永恒的,这是存在的本质。因而,贝克特式的写实作品表现的是一种动态的流动现实,它有别于传统的现实主义。后者通过操纵现实来呈现一副看似连贯统一的、合乎逻辑的、逼真的生活画面,而贝克特早期的写实作品则试图还原生活的本来面目,深入挖掘贝拉克作为青年学生、恋人和艺术家的不可捉摸的内心世界。贝克特致力于"毁灭现实以便重构更高层次的现实"。[①]这种更高层次上的现实只能通过自我的感知和观察才能实现,它是自我的延伸,因为贝克特同叔本华一样认同"世界是自我的表象"。

应当指出,贝克特早期作品所呈现的表象世界,无论多么错综复杂,甚至荒唐可笑,还是可以通过理性和知性把握的世界,因此它是一个此岸世界;而贝克特后来的创作则逐渐穿透了表象世界去探究更加本真的世界,亦即(叔本华式的)纯意志的世界,那是一个只有通过非理性和直觉才能达到的神秘、虚空、混沌的彼岸世界。

[①] Daniela Caselli, *Beckett's Dantes: Intertextuality in the fiction and criticism*, p. 28.

第六章 《莫菲》和《瓦特》：
从写实主义向现代主义的转变

贝克特的长篇小说创作从 1935 年开始,这也标志着他文学生涯中一个新的阶段的开始。自此,贝克特的小说创作逐渐走向成熟,他以小说为载体,深入挖掘了人的存在问题、大的客观世界与自我的微观小世界的关系问题以及认知和语言表征等哲学问题。

一、《莫菲》：大世界与小世界的对立

作为贝克特创作于二战以前的第一部重要的长篇小说,《莫菲》不仅反映了他的世界观、生活态度和创作风格,也展示了贝克特小说的基本模式,预示了他后期小说的发展走向。这部小说创作于 1935,在遭到四十多个出版商的拒绝后,才于 1938 年在伦敦出版。有学者将《莫菲》视为一部心理分析小说,因为它是上个世纪 30 年代贝克特在伦敦疗养,接受心理治疗期间创作的(关于这部作品的创作背景本书第一章已做了简要介绍),因此,小说中含有大量的精神分析的成分。有一些学者将其看作一部哲理小说,主要展示了笛卡尔式的哲学思辨;而大多数学者认为《莫菲》是一部现实主义作品,真实描写了贝克特在伦敦的经历,并且故事是基于真实的人物、地点和背景而写成的,譬如,莫菲工作的精神病院就是伦敦的一家精神病院,贝克特的朋友杰弗里·汤普森(Geoffrey Thompson)就是那里的一个医生,为了创作这部小说,贝克特曾去那里做过护工。本书认为,《莫菲》主要还是一部富于深刻哲理的现实主义的作品,虽然它具有极强的写实性,但是,贝克特创作的初衷却是试图通过主人公演示他对存在问题的哲学思想。

因此,在贝克特所有的小说中,《莫菲》是最富于哲学隐喻和典故,并且晦涩难懂的一部小说,但它也是贝克特小说中最传统的一部,正如艾伯特所评论的:"尽管《莫菲》具有模棱两可的情节,它仍然不失为一部传统的小说。"[1]这部小说以第三人称全知的叙事角度描述了一个落破知识分

---

[1] H. Porter Abbott, *The Fiction of Samuel Beckett*: *Form and Effect*, Berkeley: University of California Press, 1973, p. 38.

第六章 《莫菲》和《瓦特》：从写实主义向现代主义的转变

子,由于对社会现实不满,从爱尔兰逃到伦敦,以寻求理想生活的冒险经历和思想演变过程。从主人公莫菲身上我们或许可以窥见贝克特当年离开自己的祖国爱尔兰,漫游欧洲,在伦敦等地生活的踪迹。从这一角度看,《莫菲》可以算是一部现实主义小说,但它又不是一部完全意义上的现实主义小说,因为它全知全能的叙述视角已经超越了传统的全知叙述视域。叙述者不仅对外部的客观世界无所不知,同时也能深入到主人公的内心深处,甚至能透视到莫菲的心智和头脑内部的三个区域。这种对外部客观世界和人的内心世界的双重关照使《莫菲》这部小说在结构和主题表现上都具有独特的审美意蕴。因而,《莫菲》既是一部社会讽刺小说,作者用夸张的手法生动刻画出一组漫画似的都柏林人在伦敦的冒险生活；同时,它又是一部严肃的富于哲理的心理探索小说,旨在追述和展示一个古怪的,不愿意同现实社会妥协的悲剧人物神秘莫测的内心世界。再换一个角度看,《莫菲》也可以被理解为传统与现代性融合的小说,它同时包含两个不同的小说,即"内部小说"(inner novel)和"外部小说"(outer novel)①,并揭示了两个对立的世界。

1. 二元对立的小说世界

如果说贝克特的整个小说创作与实验是他有意识建构不同层面的二元对立的艺术世界的系统工程,那么,《莫菲》便是这个工程的第一个重要步骤,它展示了一个最基本的二元对立的世界。"正是在两极的中间,即理性与非理性,思考(cogito)与疯狂的中间区域,贝克特展现了他的第一部小说《莫菲》。"②首先应该指出,大多数西方评论家倾向于用笛卡尔哲学阐释和研究这部作品,并聚焦于作品中的笛卡尔式的二元对立(即身/心、运动/静止、大世界/小世界的对立关系)的哲学思辨。因此,《莫菲》曾被西方学界普遍公认为是一部笛卡尔式哲理小说(a Cartesian novel)。这样的定论显然不够准确。如本书第二章已经阐明,贝克特不只接受笛卡尔哲学思想,而且也受到了整个西方哲学的影响。因此,《莫菲》不仅呈现了笛卡尔式的二元对立的结构,而且还充满了诸多的哲学隐喻,从前苏格拉底哲学家德谟克利特到笛卡尔信徒斯宾诺莎、格林克斯,从爱尔兰神学家贝克莱再到当代法国思想家马尔罗等等都在小说中有所提及,这充

---

① 关于"内部小说"和"外部小说"的提法是里查德·贝格姆在他所著的《塞缪尔·贝克特与现代派的终结》中首先提到的。参见 Richard Begam, *Samuel Beckett and the End of Modernity*, Stanford: Stanford University Press, 1996, p.57.

② Richard Begam, *Samuel Beckett and the End of Modernity*, p.40.

分表明了贝克特对整个西方哲学的接受。可以说《莫菲》是一部多种哲学思想相交融与互动的文本,抑或是一部生动的哲学讽喻。据此,后来有些贝克特研究者对这部作品的研究就转向了探讨古希腊早期哲学对贝氏的影响,并取得了一些研究成果。①笔者试图从小说所展示的二元对立的叙事框架入手,着重探讨其二元对立的小说世界,传统与现代性的融合。

展示二元对立的小说世界是《莫菲》的主要特征,也是贝克特小说的一个典型特征。如大卫·H. 海斯勒所说,他的小说世界呈现的是"由对立面组成相反相成的整体(syzygy),每一个大笑都带有泪水,每一个立场都有对立面,每一个论点都有反论,每一个肯定都带有否定。他的艺术是德谟克利特式的艺术……"②综观贝克特各个时期的小说,从早期的《徒劳无益》、《莫菲》、到二战期间创作的《瓦特》再到他二战以后创作的著名的小说三部曲③以及他后期创作的他自己称其为"文本"或"片段"的短篇,都无一例外地演示了某种二元对立的相互作用和相互转化的过程:即精神和肉体,表象和本质,光明和黑暗,希望与失望,生和死,语言和沉默等等的对立与转化的过程。

《莫菲》以笛卡尔式的二元论意象开始,展现了两种截然不同的世界,即大的客观世界与小的精神世界:"太阳普照大地,一切都没有任何改变,莫菲坐在布朗普顿西区的一间小密室里,避开外面的阳光,仿佛是一个自由人。"(5)这就是小说的开始,它首先建构了一个基本的二元对立的世界,也为整篇小说提供了叙述框架。太阳有规律的运行代表外部的客观世界,与之相对立的是莫菲的小屋,它象征着内部的、封闭的精神世界。前者是固定的、永恒的、受自然法则和物理时间支配的大宇宙;后者则是一个不确定的,不断追寻内心快乐的精神王国,它是在幻想和心理时间控制下不断变化的。

主人公莫菲在某种程度上继承了贝克特早期小说主人公贝拉克的性格特征,但是他却不如贝拉克那么单纯、可爱。莫菲是贝克特笔下第一个"反英雄"(anti-hero),用叙述者的话说是"一个精神萎靡的唯我主义者"(a seedy solipsist)(50)。他生活穷困潦倒,懒散成性,有悲观厌世情绪;但他又耽于幻想,有着丰富的内心世界。同作者一样,莫菲也深受笛卡尔

---

① 关于"《莫菲》与古希腊哲学"的研究参见 Michael Mooney, "Presocratic Skepticism: Samuel Beckett's *Murphy* Reconsidered", *ELH* 49(1882), pp. 214—234; Sylvie Debvec Henning, "The Guffaw of the Abderite: *Murphy* and the Democritean Universe", *JOBS* 10 (1983), pp. 5—20. 本书第二章已经讨论过这个问题。

② David H. Hesla, *The Shape of Chaos: An Interpretation of the Art of Samuel Beckett*, Minneapolis: University of Minnesota, 1971, p. 10.

③ 贝克特的《三部曲》包括《莫洛伊》(1951),《马龙之死》(1951),《难以命名者》(1953)。

第六章 《莫菲》和《瓦特》：从写实主义向现代主义的转变

唯理哲学的影响，倾心于精神生活和自由思考。然而，他却与笛卡尔式的宇宙格格不入。笛卡尔认为世界是由精神和物质构成的，是二元的世界。而莫菲却偏要把精神和物质分裂开来，在他看来二者是无法协调统一的。因此，他在大宇宙和自我的小世界间徘徊，孤独地探寻一种存在的本真，为了进入非他莫属的绝对自由的境界，他陷入二元对立的矛盾中，即思想自由和身体禁锢的对立，精神与肉体的对立，自我和他者的对立。莫菲的状态其实是对笛卡尔二元论和"我思故我在"的反讽。笛卡尔的"我思"，即精神活动，是受理性掌控的，因此在笛卡尔看来，精神比物质更是确实，更重要。外部的物质世界只能依靠内在的精神世界去推断。而莫菲的精神世界不受理性所支配，虽然他外部生活贫困孤独，但是他的精神世界却充满快乐；对于莫菲来说，他的精神生活不需要外部世界，也不依赖于物质的东西而存在，所以他拒绝笛卡尔式的二元世界。据此，贝氏二元对立的思想也是对笛卡尔二元论的反讽。

2. 莫菲：精神与肉体既对立又统一的自我

莫菲首先是一个矛盾的自我。尽管他排斥二元的世界，但是他自身就是二元对立的具体体现。小说开始时，莫菲赤身裸体将自己绑在摇椅上，通过不停晃动摇椅，他心中获得无限快感和喜悦，"首先给他身体带来快感，然后又带给他思想的自由，这种精神的快乐是无法用文字形容的"。(6)摇椅是唯一可以使他逃避大的物质世界，从而达到他理想的精神世界的工具。"莫菲坐在摇椅里的时候表现了他的某种企盼，他不仅企图得到想象带给他的短暂自由，最主要的是想获得一种能完全超脱世俗和物质欲望的永久的自由。"①然而，这种生活方式不能使他的精神和肉体协调一致，所以他陷入思想自由和身体禁锢的矛盾。若想获得思想自由，他的身体必须镇静并被束缚。因此，他坐在摇椅里所得到的快感是以牺牲身体自由为代价的。相反，如果他要享受身体的自由，就得走出他的小世界，到外面的世界去工作，与人交往，这样他的身体可以获得宽松的活动空间，但这也意味着他失去了更大的幻想空间，失去思想自由。在身体自由和思想自由之间，莫菲倾向于后者。他感觉只有当他独自一人被缚在摇椅上时，才能进入快乐的境界，在这样的境界里，他的思想与外界隔绝，成了一个"封闭的系统"(64)，一个"大的空心的球体"(63)，在这里，他的思想随着想象力而自由飞翔。"他的身体所拥有的是无生命的物质材料，而他的思想所容纳的却是宝贵的财富。"(65)

---

① James Acheson, *Samuel Beckett's Artistic Theory and Practice*, p. 51.

那么,莫菲所神往的"封闭的系统"又是怎样的一个世界呢?小说的第六章作为全书核心部分向我们展示了莫菲头脑的内部,即"一个空心的球体"。莫菲的心智和头脑被分为"光明、半光明和黑暗三个区域"(65),每个区域都有其与精神和肉体的经验相关的快乐原则。在光明的区域有与大的物质世界并行的形式,"在这里,肉体的经验被转化成了肉体的享乐,他可以按照自己的意愿调整自己的行为,使其适应于大的外部世界,但同时他又可以获得在大世界所无法得到的自由"。(65)在莫菲看来,外部的物质世界是"巨大的惨败",而在这里,巨大的惨败却变成了"极大的成功"(65)。在半光明的区域里,有着与大世界截然不同的形式,这里的快乐来自于沉思和幻想。在这个区域,他能获得更大的思想自由,因为他不必顾及大世界,也没有必要调整自我,以适应外部的物质世界。进入这两个区域,所获得的是不同形式的自由。然而,在第三个区域(黑暗的区域),莫菲找到了绝对的自由。这里只有"流动的形式,即不断融汇和不断分离的形式"(65),这是只属于他自己的小世界,只有在这里,他才能享受绝对自由带给他的快乐。如果说在第一和第二个区域,莫菲能得到一种身心的宁静与和谐,使他感到是个"神圣和自由的"自我,那么,第三个区域却是一种"无意念"的境界,在这里,莫菲可以享受到无限的,可以超越存在极限的自由。在这一境界,自我不仅仅是自由的,而是"黑暗中一颗绝对自由的尘埃",是"不尽根的母式",是"没有出处的发射物","进入非牛顿运动的混乱中"。(66)这是莫菲所能想象的最高层次的、最理想的境界,他渴望进入并永远停留在这种境界。

莫菲是一个"肉体与精神相分裂"的自我(64)。肉体的莫菲需要依赖大世界而生存,而精神的莫菲却想躲进自我的小世界。对于莫菲来说,身体和精神表现了两种无法调和的需求,哪一个都无法逃避,但二者又无法统一。生活既"有心理的事实,又有肉体的事实,两者虽然获得的快乐不同,但却是同样的真实"。(63)莫菲的二元性首先表现在他对爱情的态度上。一位名叫西利娅的妓女爱上了他,莫菲也被她的美貌吸引并与她同居。莫菲经常沉醉于甜蜜的爱情中,但同时他也想摆脱这爱情。他并不能全身心地爱西利娅,只有他的一部分,即肉体的莫菲深爱着西利娅,而那个精神的莫菲却依恋自我的小世界。譬如:当莫菲坐在摇椅上享受着精神的快乐时,西莉娅突然打来电话打断了他的快乐;如叙述者所描述的,他拿起电话时感觉到"他所厌恶的自己的那个部分渴望见到西利娅,而他所喜爱的自己的那一部分一想到她就变得枯萎了"。(8)由此可见莫菲对待爱情的矛盾心态。莫菲所经历的是两种不同形式的爱,一种是肉体的,指他对西利娅的爱;另一种是"理智的爱"(102),指他对自己的爱。在自我的小世界中,"只有他自己是可爱的"(102)。当身体的莫菲战胜精

第六章 《莫菲》和《瓦特》：从写实主义向现代主义的转变

神的莫菲时，他需要西利娅的爱；当精神的莫菲战胜肉体的莫菲时，他排斥西利娅，并沉溺于自恋状态。

其实，小说第六章的篇首引语或主题句(*Amor intellectualis quo Murphy se ipsum amat.*)(63)就充分揭示了莫菲这种爱情观。这个(拉丁文)引语的英文翻译是"*The intellectual love with which Murphy loved himself*"，中文意思是"莫菲赋予他自身以理性之爱"，它源自于荷兰哲学家斯宾诺莎的一个哲学命题["*Deus se amore intellectuali infinito amat.*"]①但是贝克特对斯宾诺莎的命题做了戏拟性的模仿。斯宾诺莎认为上帝(*Deus*)作为永恒的、完美的理想化身，赋予他自身以"理性的爱"(intellectual love)。②但是贝克特却将句中的上帝换成了莫菲，这一字之差却改变了爱的性质，即由"love of God"转换成了"self-love"。其实贝克特是在嘲弄主人公的"自恋"。依照斯宾诺莎的哲学命题，当个体在理性的启迪下接近上帝的"理性之爱"，他就会被纳入宇宙的永恒秩序中，上帝就是理性和秩序的化身。③ 然而，对莫菲而言，大世界中的理性、规则、秩序都不可信，唯一可以信赖的是人的自我和精神世界。这也是贝克特对笛卡尔信徒斯宾诺莎关于上帝作为绝对理性之学说的颠覆。

莫菲和西利娅是一对恋人，但他们也代表了相互对立的两极，代表精神和肉体的二元对立，唯有爱情可以协调这二者的对立关系。西利娅追求的是肉体或物质的东西，而莫菲则追求精神的快乐；但是，莫菲又不能抵制肉体的诱惑和吸引。莫菲意识到西利娅能给他带来无与伦比的快乐，但他对西利娅的爱也阻碍了他达到他理想的境界，去享受绝对的自由。为了结束妓女生活，西利娅希望莫菲出去觅一份体面的工作，以维持他们两人的生活。莫菲却认为"工作会毁掉他们两个人"(16)。但是不管多么不情愿，莫菲还是暂时放弃了精神追求而屈从于肉体的需要。而西利娅从某种程度上，也被莫菲所同化。在和莫菲共同生活的日子里，她开始用莫菲的眼光观察生活并逐渐理解了莫菲的生活态度和世界观，她也常像莫菲一样坐在他的摇椅里，试图进入美妙的精神世界。莫菲离开她后，她也有同莫菲一样的幻灭感，对周围的人和世界变得冷淡，甚至不想去照顾她那疾病缠身的祖父。当莫菲想返回大世界，回到她的身边时，她却像莫菲一样退缩进她自己封闭的小世界。莫菲和西利娅的关系既反映了精神和肉体的二元对立，又体现了对立面的相互作用与相互转化。

---

① Qtd., in P. J. Murphy, "Beckett and the Philosophers" in *The Cambridge Companion to Beckett*, (ed.) John Pilling, p. 225.
② Ibid.
③ Ibid.

3. 虚空、混沌、死亡——二元对立的消解

尽管莫菲讨厌出去工作，但是为了爱情和生计，他不得不到外面的大世界去找工作。有意思的是，当他在莫德林精神病院找到一份当男护理员的工作时，他却格外喜欢这份工作。因为在那里，他可以欣赏那些精神病患者专一美妙的生活。小说第九章细致地描述了莫菲在精神病院工作的情形和他的感受。如叙述者所言，莫菲羡慕病人的处境，在他看来，精神病院就是"圣地"或"避难所"(sanctuary)，"这里的患者并不是被驱逐出大的物质世界的人，而是逃脱了巨大惨败的人"。(101)莫菲深深地被精神病院的一切所吸引，他不想再回到大世界，甚至对西利娅也失去了兴趣。但是他非常清楚自己的处境，他既不属于大世界，也不属于小世界，(101)这个"小世界"就是指精神病院。作为一个有意识的、理性的存在，无论他多么羡慕精神病院的生活，他依然不能被精神病人所接纳。

值得注意的是，在第九章的篇首，贝克特引用了法国当代作家和政治家马尔罗的名句："对于生活在社会(社交圈)之外的人来说，很难做到不去寻找自己的同类。"(*Il est difficile à celiu qui vit du monde de ne pas rechercher les siens.* 90)这是本章的主题句，它暗示：莫菲进入精神病院工作就意味着与现实社会脱离了关系，因此他需要寻找自己世界、寻找新的他者。叙述者说道："一旦看到了幸福的'洞穴幻象'(idols of his cave)①，他怎么还能容忍现实社会的巨大惨败呢？"(101)那么，莫菲在那里体验了怎样的幸福和快乐呢？叙述者略带嘲讽地引用了笛卡尔信徒阿诺德·格林克斯的名句："当你的存在毫无价值时，你也就别无所求"(101)，②以此来揭示莫菲所向往的、美妙的小世界——虚无的境界。

如本书第二章所述，贝克特非常推崇格林克斯哲学并认真研读了格氏的《伦理学》，1936 年 1 月 16 日，贝克特在写给麦克格里威的信中说：我突然看到莫菲在格林克斯的哲学命题，"当你的存在毫无价值时，你也就别无所求"("Where you are worth nothing, there you should want nothing.")和马尔罗的观点即"对于生活在社会之外的人来说，很难做到

---

① idols of his cave = idols of the cave (or den)：由于性情怪僻、离群索居而产生的谬见，这个短语源于培根哲学的"洞穴幻象"说(idol 即幻象)；培根把因个人的原因而产生的认识谬误看做是"洞穴幻象"，认为'洞穴幻象'是个人的假象，每个人都有他自己的洞穴。洞穴即指个人特有的天性与特征。

② 此处贝克特引用了格林克斯的一句名言(拉丁语)：*Ubi nihil vales, ibi nihil veils*，其英文意思是："Where you are worth nothing, there you should want nothing." 中文为笔者译。

第六章 《莫菲》和《瓦特》：从写实主义向现代主义的转变

不去寻找自己的同类"之间垮掉。① 莫菲到精神病院工作就意味着逃脱了大的物质世界和爱情的束缚，同时也暗示他进入了纯精神的世界；这精神世界就是精神病院。然而，莫菲所向往的精神病人的生活又是完全无意念的生活，在这样的世界里，除了虚无他还能期盼什么呢？这就是贝克特所演示的悖论。

莫菲喜欢上了一个名叫安东的，有自杀倾向的精神病患者并极力去接近他，同他下棋。从安东身上，莫菲似乎看到了他的另一个自我，并发现了自己最真实的存在。因此，莫菲不仅把安东看成是自己的朋友，而且是自己的一面镜子，他能折射出莫菲心灵深处最隐蔽的那一部分，也就是黑暗的第三区域。其实，安东的名字（Endon）本身就源于一个希腊词，意思是"内部"。② 所以莫菲与其说被安东吸引，莫如说被他的内在自我所吸引。莫菲渴望进入安东的世界。然而，他却始终不能被安东所接纳，安东对待莫菲同对待外部世界一样冷漠。他最后一次同安东下棋时才意识到原来安东只是对棋盘上的棋子感兴趣，而对莫菲却不予理会，甚至没有意识到他的存在。为此，莫菲陷入极大的痛苦和失望，他不得不推枰认输，并"带着灵魂中傻瓜的同伴引退"。(138)莫菲陷入一种精神恍惚的状态，他好像真的进入了黑暗的第三区域，进入一种混沌虚无的境界：

> 莫菲开始看到一个无色彩的虚无的世界，这是有生以来罕见的快乐，成为一种有感知但又不被感知的虚无的存在（权且滥用一下这细微的差别）。他的其他感觉器官也都处于平静状态，进入一种从未有过的快乐，这并非是感觉暂停时的麻木，而是积极意义上的平静。一切事物都让位于虚无，那位阿伯德拉人大笑着说，虚无就是最真实的存在。(138)③

相对于他的心智来说，大的物质世界是不真实的、虚假的，唯有黑暗的潜意识世界才最真实，只有进入这一境界，莫菲才能达到一种存在的本真。而潜意识的领域又是虚无的，不被感知的，因此，贝克莱主教的"存在就是被感知"的命题被彻底颠覆，在这里"虚无就是最真实的存"。莫菲似

---

① Qtd., in James Knowlson, *Damned to Fame*, p. 219.
② 一些西方评论家（如 Richard Begam, David H. Hesla 等）在评论《莫菲》时都曾提到过 Endon 的词源，认为他源于希腊语，意思为"内部"。
③ 引文中的"阿伯德拉人"指古希腊哲学家德谟克利特，他的出生地是阿伯德拉。因为他好嘲笑世人愚昧，又被称为大笑的哲学家。关于德氏名言"虚无就是最真实的存在"（Naught is more real），请见本书第二章。据传他为使思想更为深刻剜去自己的双眼。参见陆建德，"自由虚空的心灵——萨缪尔·贝克特的小说创作"，载《破碎思想体系的参编》（陆建德著），第 270 页（注释 1）。

乎在古希腊哲学家德谟克利特式的虚空中寻找到了生存的真谛。

就在莫菲从潜意识王国走出时,他发现安东已经离开了房间。莫菲找到安东并把他安置上床。当他最后一次注视安东的眼睛时,他惊恐地发现自己已不被对方所感知,因为安东已经离开了人世。他在对方无意识的目光中只是"一颗小斑点"(140)。莫菲似乎从安东的眼睛中瞥见自己的命运:他苦苦寻求的理想竟然是一个不被感知的小斑点。莫菲感到在与安东的交往中,他"既发现又丧失了他自己,重新发现又重新失去了自己"①。莫菲进入安东的小世界的理想破灭了。他不得不重新调整自己,以适应于大世界。于是,他又回到他的小屋,重新坐在摇椅上,他想摇摆一阵后,如果感觉尚好,便穿上衣服,回到他已抛弃了的大世界,"回到西利娅那充满情歌和梦幻曲的现实世界中去"。(141)他仿佛进入了贝拉克所体验到的"运动中的静止"状态,"他不停地摇晃,摇摆越来越快,时间持续越来越短,光线消失了,笑容消失了,无星星的漆黑夜晚也消失了……不久他的身体就会安静下来,不久他就会自由"。(142)可是,随着一阵疯狂的摆动,莫菲在一声煤气爆炸的巨响中结束了他的生命。他终于在"极妙的煤气"和"精神的混沌"中抵达他苦苦寻求的理想境界;然而,他如此执着追求的理想境界其实就是自我的完全消解,就是混沌和死亡。混沌就等于黑暗,就是莫菲头脑的第三区域。莫菲曾把"煤气"(gas)和"混沌"(chaos)从词源学的角度联系在一起。他意识到"煤气将变成混沌,混沌即煤气,它会使你发困,感到温暖,想笑,想哭,使你不再痛苦,使你活得长久一些,使你死得更快一些"。(100)正是煤气导致了他的死亡,使他进入混沌的黑暗区域。莫菲的自我探寻以他的死亡而结束,只有死亡才能把他带入那种混沌的、自我意识完全消解的境界,使他最终成为"一颗绝对自由的尘埃",死亡不仅使他成为对立面的统一,也使统一消解。

在莫菲的生活中,他只被两个人所吸引,一个是大世界里的西利娅,另一个是属于封闭的小世界的安东。西利娅是莫菲肉体的追求,安东是他精神的向往。西利娅代表莫菲所憎恨的那一组成部分——肉体,而安东则是体现了莫菲的内心世界——精神的自我。肉体的莫菲需要西利娅,而精神的莫菲却渴望进入安东的世界,因为他爱自己胜过了爱西利娅。莫菲虽然在精神病院找到了精神家园,但他却不属于这个家园。莫菲发现在他与安东之间有着一条不可逾越的鸿沟。他最终既无法进入安东的小世界,也不能回到西利娅的身边。他的死把他永远固定在大世界与小世界中间,在这一境地,大世界和小世界的差别已经消失,精神和肉

---

① Leslie Hill, *Beckett's Fiction in Different Words*, Cambridge U P, 1990, p. 16.

体的差别已不复存在,只有混沌,"只有炼狱式的循环,在他死时又把他重新循环进平常的生活,在他返回时,又使他走向绝境"。①

4. 自我与他者、内部小说与外部小说的对立

小说的二元对立还体现在自我的微观世界与大的群体社会的对立。因此,《莫菲》也可以被理解为同时包含着两个不同的小说,即"内部小说"和"外部小说"。这部作品总体看来是传统的现实主义小说,但是其中的第六章、第九章、第十一章显然是具有现代主义倾向,因此是"内部小说"。内部小说揭示的是莫菲的内心世界,外部小说却描述了一群爱尔兰人到伦敦寻找莫菲的经历。两个小说的相互交替与重叠反映了两种小说模式的对立与统一,也反映了现代(modernity)与传统(tradition)的相互排斥与融合。现代总是以传统为基础,传统又为现代提供参照,莫菲神秘的小世界正是在大的现实世界和群体社会的衬托下凸显出来的。因此,小说的人物可以分为相互对立的两极,代表两种截然不同的追求和不同的小说世界:一极是生活在大世界的奈瑞、威利、卡妮含小姐、库柏、西利娅等,他们被视为心智健全的人;另一极是以安东为代表的精神病患者。莫菲实际上是在大世界和小世界间徘徊的人,由于他在探寻自我的道路上走得太远,最终抛弃了大世界,而躲进了自我的小世界。莫菲始终在寻找他自己——那个最真实的"自我",而同时他又是大世界里人们寻找的对象。正像叙述者所描述的,"莫菲实际上被他身外的五个人追求",(113)他们对莫菲的追求象征着外部小说向内部小说的探寻。但是当奈瑞和他的同伴最终聚集在莫得林精神病院,找到莫菲的住所时,他们并没有找到莫菲本人。"他们所能发现的只是他不在场的标志,外部小说所能把握的只能是内部小说的不可知性。"②

作为外部世界的典型代表的奈瑞是同莫菲对立的人物,他们的故事形成了外部小说和内部小说的鲜明对比。奈瑞以学者形象登场,他是毕达格拉斯学说的学者;莫菲本打算拜奈瑞为师,学习毕氏学说,但却无法归顺于其理性和秩序,因此与奈瑞的系统决裂。贝克特塑造奈瑞这一形象显然暗含着对学者、理性、规则的嘲讽。奈瑞和莫菲有着不同的思维方式、生活态度,因而他们开始了不同的求索。奈瑞严格地遵循牛顿式的自然法则,认为"任何生活都是由图形和背景构成的";(6)莫菲则渴望进入"非牛顿式运转的混乱中"。(65)奈瑞试图去划分事物的界线,努力去发

---

① Leslie Hill, *Beckett's Fiction in Different Words*, p. 17.
② Richard Begam, *Samuel Beckett and the End of the Modernity*, pp. 57—58.

现界限的规则(如他的论文《界限的原理》所暗示的);而莫菲却努力去超越一切界限,试图成为一个"没有来源出处的发射物"。(65)奈瑞渴望与人交往;而莫菲则试图逃避大世界的一切人和事。奈瑞试图寻找两个极端之间的中介,以使欲望和物质的追求协调一致;而在莫菲看来,两个对立面是无法调和的,因此无中介可寻。奈瑞主要对女人感兴趣;因此他的求索以及他的关于世界是由"图形和背景构成的"见解并不是基于某种理性思考,而是受欲望驱使的;而莫菲所求索的是一种绝对自由的"无意念的"境界,而不是性爱。其实,莫菲和奈瑞都生活在各自封闭的系统里。他们对待生活的截然不同态度可以从下面的对话中表现出来:

> 奈瑞从他的一次死一般的睡眠中醒来,说道:
> "莫菲,任何生活都是图形和背景。"
> "但也是寻找家园的漫游。"莫菲说道。
> "是面孔"奈瑞说,"或者是由面孔构成的系统,映衬在大的,
> 开着花的,充满嘈杂声的混乱中。我想到了德威尔小姐。"(6)

对于奈瑞来说,唯一能够吸引他的图形是女人。他说,"能获得德威尔小姐的爱情,哪怕只有短暂的一小时,会使我永远受益"。(7),但是由于他对爱情的追求是受欲望支配的,他没能得到德威尔小姐的真爱。奈瑞在恋爱中不断受挫又不断改变追求的面孔,一个欲望消失了,新的欲望又会出现。恋爱的失败仿佛是大世界里的常见病症,正如小说中的人物威利讲述的马医之女的故事[①]所预告的"一旦一种病症消除,另一种就会加剧",人生就是这样,"一口井里有两个桶,一个被落下去装满了水,另一个提上来倒空"。(36)对于奈瑞来说,欲望永远不会满足,追求永远不会终止。

但是具有反讽意味的是,奈瑞感叹道:"事实上一切都是废物,眼下无论如何,它[图形]都不是德威尔小姐。是荒原上的一个没有形状的封闭的图形,是虚空!我的四位一体(tetrakyt)!"(7)奈瑞将他自己的系统称为tetrakyt,这个术语来自于毕达哥拉斯哲学,意思是说4个整数之和能得出最完美的数字"10",即前四个正整数之和(1+2+3+4=10)(关于毕氏的"四位一体"学说,参见本书第二章,第3部分),而在小说中这个完美的系统却用来暗示奈瑞的交际圈子和荒谬的多角恋爱的模式,即甲爱乙、乙爱丙、丙爱丁、丁爱甲,由此可见作者贝克特对理性秩序和学者生活的讽刺。

因此,在奈瑞的世界里,恋爱就像一场追逐游戏,在一个受欲望支配

---

① 马医之女的故事来自于《圣经》旧约全书的《谚语》第 30 章,第 15 条。

的封闭系统里自行运转。在这一系统里,谁追求谁并不重要,重要的是追求永不停止。这样,在外部小说里我们常能读到一连串的恋爱追踪,如"奈瑞爱上了德威尔小姐,德威尔小姐爱上了一个叫埃里曼的空军中尉,埃里曼中尉又爱上了一个叫法瑞的小姐,而法瑞小姐爱上的却是一个叫法德·费特的男子,但法德·费特又爱上了……又爱上了奈瑞"。(7)对于大世界的人来说,生活的全部意义就是追求爱情和金钱,这种追求就像一个没有尽头的漫长旅程。这个充满三角恋爱情节的外部小说实质上是对19世纪传统现实主义小说的讽刺性模仿。

与奈瑞的追求形成鲜明对照的是莫菲对精神世界的渴望。莫菲认为生活是"寻找家园的漫游",这一家园正是他所寻求的小世界——那个黑暗的区域。莫菲对理想的追求是执著的、专一的;而奈瑞对"面孔"的追寻是不断变换的,常常由一个面孔跳到另一个面孔,最后他追求的目标竟从女人转移到莫菲。他寻找莫菲不仅仅因为他是自己的情敌,更主要的是他想了解莫菲,想与他交流,因为在他周围的人中莫菲是唯一没有受商业社会腐蚀的人。奈瑞对莫菲的追求暗示了大世界里的人对精神世界的向往。与奈瑞相反,莫菲则挣扎着要从欲望和物质的大世界中逃脱出来。为了过一种绝对自由的生活,他宁愿抛弃西利娅美丽的面孔而选择安东可怕的面孔。莫菲一步步走向家园,同时他也越来越远离大世界。正是莫菲对大世界的冷漠和超脱吸引了奈瑞和其他寻找他的人。然而,奈瑞越是需要莫菲,莫菲就越是难以得到。正像一个人的潜意识活动无法被世人了解和把握一样,对于大世界的人来说,莫菲永远是神秘莫测的。

莫菲尽管如此迷恋自我的小世界,但他仍然摆脱不了笛卡尔式的二元世界。他必须面对现实的世界,而现实是由物质和精神两个部分组成的,二者既对立又统一,缺一不可。任何一个正常人都不能只生活在一个与外部世界完全隔绝的小世界里,莫菲也同样不能割断自己与大世界的联系,"即使他傲慢地抛弃外部世界,他还是完全被它包围着,莫菲试图超越按照笛卡尔式坐标绘制的大世界,但是他最终发现他不能逃避它;他试图从思考状态转入疯狂状态,但他发现不带着他属于大世界的那一部分,这种转变是何等的困难"。① 莫菲不愿意像奈瑞那样在大世界中任其欲望和需要摆布,但他又无法像安东那样只生活在封闭的精神世界里,因为唯有精神错乱,完全失去理智的人才能彻底超脱现实社会的生存烦恼。这种矛盾心态与困惑决定了他只能在大世界与小世界间徘徊,不断地探索属于他的自由,这种探索唯有当生命终结才会停止。直至死亡时莫菲才获得了非他莫属的自由,才达到了本真的存在。"虚无就是最真实的存

---

① Richard Begam, *Samuel Beckett and the End of Modernity*, p.56.

在",这不仅是莫菲对生存的感悟,也是贝克特小说的基本主题,这一主题在他后来创作的《瓦特》、《莫洛伊》、《马龙之死》、《难以命名者》中表现得更为淋漓尽致。

莫菲的自我探寻以他赤身裸体坐在摇椅上开始,他的生命也以最后一次坐在摇椅上而终结。当他又回到了起始点时,也就走到了生命的尽头。小说中的一个耐人寻味的细节更说明了这一点:莫菲的尸体火化前,西利娅辨认出了他臀部的"一个大的胎痣",他的出生和死亡都是靠这个胎痣来辨认的,因此这个胎痣是他存在和非存在的标志。正像小说中的那个验尸官说的"在某种程度上,这是多么美好的事啊,出生的胎痣成了死亡的标记……使生命圆满结束,难道这不是完整的圆形……"(130)莫菲探索自我的旅程也同他的生命一样成为一个环形,这环形给人以循环往复永无止境的感觉。环形结构已成为贝克特小说主要形式并在他后来的小说中,特别是在他的三部曲中得到了进一步的发展,使其演化成一种螺旋式连续不断的动态形式。

然而,小说并不是以莫菲的死亡而结束。写到最后,贝克特自觉地从莫菲的小世界中撤出,又返回大世界,又回到现实主义的立场。小说的最后一章描写了西利娅和她的祖父凯雷先生的遭遇。年老体弱的凯雷就要离开人世,西利娅将孤独地生活下去。西利娅推着坐在轮椅里的祖父顶着寒风艰难地走在一条小路上,"回家的路是没有捷径的,……西利娅闭上双眼,精疲力竭"。(158)小说结尾深刻地反映了西利娅对生活的幻灭感,然而"精疲力竭"不仅仅表现了西利娅对生活的悲观失望,而且也概括了所有的,包括莫菲和作者本人在内的现代人的生存境遇,即一种身心疲惫,自我耗尽的状态。正如詹姆斯·艾奇逊在评论这部小说时所指出的:"贝克特最终摘掉了讽刺的面具,使原本是讽刺小说的结尾变成了一首哀歌——一首发自内心的,真诚的,而不是全知角度的,讽刺性的哀歌——为我们不能决定自己的幸福,为我们面对死亡而无能为力而感到悲哀。"[①]因此,西利娅将要面对的孤独和绝望不仅仅是一个失去恋人,失去亲人的女人所要面对的,而是西方社会任何一个现代人都要面对的现实,它深刻揭示了现代西方社会人们普遍感受到的自我的丧失和生存的毫无意义。

《莫菲》以其所展示的独特的小说世界成为一部与众不同的小说。它从大世界和小世界的层面揭示出两种截然对立的人生追求和理想,既反映了大的物质世界中的社会现实,又折射出了人的内心深处更真实的一面。虽然这部小说并无明显实验小说的痕迹,但它可以被看做是贝克特

---

① James Acheson, *Samuel Beckett's Artistic Theory and Practice*, p. 58.

第六章 《莫菲》和《瓦特》：从写实主义向现代主义的转变

小说实验的前奏；它既为贝克特的小说实验作了铺垫，又成为他日后小说创作的导向。如小说对莫菲的内心世界，特别是对他头脑内部的三个区域的详细描绘都是以第三人称全知的叙述角度展开的，而呈现给读者的却是莫菲主观的意识流动和内心独白。这可以说是贝克特对传统叙事方法的第一次大胆"革新"。对莫菲头脑内部的三个区域的描绘其实也预示了贝克特小说的发展走向，他的著名的《三部曲》(《莫洛伊》、《马龙之死》、《难以命名者》)所展示的不同的小说世界正是莫菲头脑中光明、半光明和黑暗这三个区域的扩展与延伸。在写作《莫菲》的过程中，贝克特或许想让他的主人公莫菲脱离笛卡尔式的宇宙，即脱离大的现实世界，以便使自己从此走上小说实验的道路。然而，他那"没有出处的发射物"却没有按照预期的目标进入超现实的区域，而是在中途化为碎片，并慢慢飘回现实的世界。这表明"贝克特在决定走上小说实验的道路而放弃传统的创作方法时是极其严肃认真的"[①]，同时也暗示出小说形式实验的艰难。但是无论多么艰难，贝克特后来还是坚定不移地走上了"反小说"实验的道路。

二、小说创作的转向：从写实到实验

贝克特的小说创作从《莫菲》之后发生了很大的变化，也就是说，他的小说开始从较为传统的写实主义向现代主义或实验性文本的过渡。《瓦特》是贝克特继《莫菲》之后创作的又一部重要长篇小说。这部小说写于1942—1945年的战乱时期，但由于它晦涩难懂而遭到了许多出版商的拒绝，直到1953年才正式出版。《瓦特》在叙事技巧、语言风格以及它所展示的小说世界方面都与他以前的小说有很大不同，它标志了贝克特的小说创作的转变，不仅是艺术形式和题材上的转变，也是思维方式和认识论的转变。正如海斯勒所评论的："这部小说标志着贝克特新的创作道路的开始，即一个艺术家努力去发现和使用一种合适的艺术形式去认真地反映'混乱'的创作实验的开始。"[②]虽然在主题上，《瓦特》是对《莫菲》的继续，它将对自我和世界的探索又向前推进了一步，使其更接近存在的本质；但是，从《瓦特》开始，贝克特摆脱了他先前作品的传统现实主义手法，并实验运用更加抽象的、非现实主义的手法，因此，就小说形式和小说世界而言，《瓦特》比《莫菲》更加抽象、也更具隐喻性。

首先，这两部小说的最大区别就在于它们展示了完全不同的小说世

[①] H. Porter Abbott, *The Fiction of Samuel Beckett: Form and Effect*, p.45.

[②] David H. Hesla, *The Shape of Chaos: An Interpretation of the Art of Samuel Beckett*, pp.59—60.

界。《莫菲》中的人物所生活的世界还是一个清晰可辨的现实世界。尽管主人公莫菲总是沉溺于自我的小世界中,但是他依然生存在一个真实的社会,并且他的精神世界是在大的客观世界的衬托下凸显的。所以说《莫菲》所展现的依然是一个理性的、具体的客观世界,它至少是可以用语言描述的世界。然而,《瓦特》的主人公所生活的世界却是一个与世隔绝的领地,对读者来说,那是一个陌生的、虚幻的、光怪陆离的世界,它是难以用语言形容和描述的世界。第二点,两部小说表现了不同的现实。尽管《莫菲》和《瓦特》都表现了现代人的困境和难以忍受的生存状态。然而,正如贝克特研究专家艾伯特所言,《莫菲》中表现的生存困境,"总的来说,只是一种不和谐而不是神秘莫测的东西",[1]因而从《莫菲》中会看到"那种秩序中存在的不和谐"。[2]而《瓦特》向我们呈现的却是无法理解的谜团。主人公莫菲所关注的是精神生活的快乐,而瓦特则关注认知和表达问题。如果说莫菲经受着自我和外部世界的不和谐之烦恼,那么,瓦特则承受着认知的失败;他不能区分主体与客体、能指与所指,不能区别任何事物。因此《瓦特》被一些评论家视为"认识论的闹剧"。[3] 第三点,就叙事话语而言,《莫菲》采用的是全知视角叙述故事,并且明确交代时间和地点。如海斯勒所评论的,"人物的行为尽管有着反常的动机,但依然能做出相应的因果反应"。[4]而《瓦特》几乎没有情节,小说的叙述是碎片式、不合逻辑的,叙述视角也含混不清。《瓦特》的故事起初像是以全知的视角叙述的,但是,到小说的中间部分,读者会发现叙述者是瓦特的朋友,并且他讲述的一切都是瓦特讲述给他的,所以他是在转述瓦特的故事。另外,尽管《瓦特》的开始和结尾都展示了现实社会的场景(给人一种写实主义的图像),但是,现实主义的情境只是作为框架/画框,其内部是错综复杂的叙述和含糊不清的故事,暗示了一种叙事危机。通过将两部小说加以对比不难发现,《莫菲》传达了贝克特的消极悲观的生活态度,而《瓦特》则反映了作者的怀疑主义和不可知论的世界观。

如果说贝克特的小说《莫菲》以及他早期的短篇小说中的主人公大都在精神世界和物质世界间徘徊,孤独地探寻一种存在的本真,那么,《瓦特》则抛开了对精神世界和物质世界的终极关怀,转向了认识,即从认知和语言入手,探讨意义层面。从表面上看,《瓦特》确实是一部晦涩难懂而

---

[1] H. Porter Abbott, *The Fiction of Samuel Beckett: Form and Effect*, p. 49.
[2] Ibid.
[3] Qtd., ibid., p. 56.
[4] David H. Hesla, *The Shape of Chaos: An Interpretation of the Art of Samuel Beckett*, p. 60.

第六章 《莫菲》和《瓦特》：从写实主义向现代主义的转变

又极其荒诞的小说，书中的主人公瓦特，同贝克特其他作品中的人物一样，也是一个精神失常的，其言行显得十分怪诞离奇人物，曾有人宣称"只有精神崩溃的人才能写得出这样的作品来"[①]。然而，贝克特却清楚地意识到自己在写什么，他是带着缜密的理性思考写这部小说的。贝克特每个时期的作品所展示的艺术世界都同他当时的生活世界密不可分的。第二次世界大战爆发时，贝克特在巴黎积极参加了法国的抵抗运动。他亲眼目睹了战争是怎样无情地摧毁了人类的尊严，使人类丧失理性，因此他对战争给人类带来的灾难与西方世界的丑恶有了更深刻的认识。1942年为了躲避盖世太保的追捕，贝克特与妻子苏珊逃到法国维希政府控制下的鲁西荣乡下过隐居生活，以当农业工人谋生。正是在那里，贝克特开始创作长篇小说《瓦特》；也正是从那时起，他开始认真反思西方文明，开始怀疑西方文明，怀疑理性和秩序。当时贝克特曾同他来鲁西荣的赞助人马塞尔·洛布展开激烈的争论。洛布是一个老派的唯理性主义者，深信心灵和理性具有解决所有难题的力量。贝克特则认为这是荒唐和狂妄的。[②]《瓦特》正是通过戏拟性的讽喻对唯理性主义的有力抨击，同时它也是一个务实的论证，试图说明理性并不能解决所有问题。虽然这部小说创作于20世纪40年代，但在书中，贝克特却有意识地思考和探讨了日后盛行的后现代主义文论所关注的一些问题，如主体与客体的关系，能指与所指的关系，语言与世界的关系等问题。

通过《瓦特》这部作品，贝克特对曾经被神化了的理性，即语言"意义"，进行了深刻的反思。传统的语言观把语言视为再现世界万事万物，描摹自然的一面镜子，然而，在贝克特的小说中，这面镜子却无可挽回地破碎了。《瓦特》的主人公为了寻求生存意义，来到诺特家做佣人，瓦特试图用他的理性和语言来解释他在那里所感知的一切，可是越解释越使他陷入茫然，因为对他来说，语言与现实世界不能统一。贝克特借助这部小说对语言能否真实、清晰地表现客观世界提出了质疑，深刻反映了现代人在认识自我、认识世界时的一种永远无法摆脱的困惑，进而揭示出二战期间西方社会人的信仰危机导致的认知危机和语言表征的危机。

[①] See Knowlson, *Damned to Fame*, p. 334.
[②] Ibid.

三、《瓦特》：从认知危机到语言表征危机

1. 瓦特对意义的探寻和认知的危机

　　《瓦特》的故事情节并不复杂，叙述了一个中年男人动身去探索一个未知的世界，在遭遇了种种不幸和挫折后，又回到传统的现实世界的经历。但实际上它更像是一个探索生存意义的现代寓言，小说中人物的名字都被赋予某种寓意。主人公瓦特（Watt）的名字与英语的疑问词"什么"（what）读音相同，表示人类对世界的探询；诺特（Knott）的名字又恰好同英语中的否定词（not）读音相同，意味着存在之虚无；林奇一家的姓氏（Lynch）恰好就是英文单词"酷刑"，象征着现代人的生存境遇。主人公瓦特被描写成一个衣衫褴褛、无家可归、来历和身份不明的流浪汉。为了结束流浪生活，他动身去诺特先生家做佣人。瓦特起初把诺特先生家视为"乌托邦"式的理想王国，他本以为在那里可以过上一种有意义而又有秩序的生活，然而，诺特先生家却是一个阴森森的、神秘莫测的类似于卡夫卡城堡的地方，比外面的世界更加荒诞不经。在这样一个世界里，瓦特试图用他的理智和语言来解释他的所见所闻，可是越解释越使他陷入茫然，因为对他来说语言和现实世界不能统一。瓦特感到困惑，他不能理解这个世界里所发生的一切，不能发现任何意义，也不能表达任何意义。

　　首先，诺特先生的宅邸本身对瓦特来说就是一个难解之谜。尽管瓦特最终进入了诺特先生的宅邸，但是，他永远也搞不明白自己怎么进去的，因为，那里所有的门都紧锁着，对此，小说中有如下细描：

> 　　那房子周围一片漆黑。
> 　　瓦特发现前门锁着，就走向后门。他不能按门铃或敲门，房子周围一片漆黑。
> 　　瓦特看后门也锁着，回到了前门。
> 　　瓦特看前门还是锁着，回到了后门。
> 　　瓦特看后门现在开着，哦，不是敞开，而是人们所说的上着门拴但没有锁，他可以进去。
> 　　看到后门刚才还锁着，现在开了，瓦特很吃惊。他想到有两种可能。第一种是他熟练掌握的关于锁着的门的知识这一次却出了毛病……第二种可能是当他发现后门是锁着的时候它确实是锁着的，但当他从后门到前门，再从前门到后门来回行走时，有人从里面或从外

第六章 《莫菲》和《瓦特》：从写实主义向现代主义的转变

面开了门。①

无论瓦特怎么推断，他仍然不知道门是如何开的。像这类详尽琐碎的描述在《瓦特》中并不产生任何意义，反而掩盖了事实的真相。如我国学者陆建德在评论这部小说时所言，贝克特以对细节的无限关心来表现"表皮和突发癫痫"世界的无限荒唐和无聊。②其实，小说中充斥着大量的琐碎的重复性的细节描写，不仅表现了世界的荒唐无聊，而且也是对理性的世界和传统的自然主义表达方式的嘲弄。

更加荒唐可笑的是，在诺特先生家，瓦特要严格遵守一系列莫名其妙的规则。比如家里只能有两个仆人：新仆人和老仆人，他们的分工和待遇有严格的区别。新仆人负责管理一层楼，而老仆人要照料二层，也就是诺特先生居住的地方。当一个新仆人到来时，那个在一层做事的仆人就要到楼上去服侍诺特先生，这意味着"提升"，但这也意味原先在二层工作的仆人结束了他在诺特家的服务期并要离开诺特先生的领地。瓦特作为一个新仆人自然要从底层做起。过了一段时间，瓦特发现一个陌生人出现在底层接替他的工作，瓦特又被提升到了二层。这种仆人不断进来出去，频繁更替已经成了诺特先生家的一个不可改变的常规，这就是所谓的有意义而又有秩序的生活。瓦特被深深卷入这种生活秩序中，并被它所困扰。

诺特先生的家园所发生的一切，即便是最普通的一件小事都会使瓦特感到疑惑不解。他所遇到的第一个典型事件就是高尔父子的来访。一天，父子俩自称为钢琴调音师来到诺特先生家，当瓦特把他们领进了琴房时，他不知自己这样做是否正确。"他感觉自己做的是对的，但他又不敢肯定。"(71)面对高尔父子，瓦特产生诸多的疑问，他弄不明白他们到底是亲生父子关系还是养父子关系，或是师徒关系。瓦特甚至怀疑他们是否真的把钢琴的音调准。高尔父子来访一事"虽然已经过去，但并没有结束，它在瓦特的脑海里不断地从头至尾地展现"。(72)而瓦特越是一遍遍地回忆此事，它的意义越变得模糊不清。其实，"他所关心的并不是一种解释能够怎样反映一个特定的事件，而是这种解释究竟有多大的可信性"。③瓦特似乎意识到他所能把握的只是事物的现象而不是事物的本质。他渴望越过现象直接把握事物的本质，而本质究竟是什么，这对瓦特

---

① Samuel Beckett, *Watt*, New York: Grove Press, 1959, p. 36. 引文由笔者自译，下文中《瓦特》的引文页码均直接置于文中的括弧内，不另作注。

② 参见陆建德，"自由虚空的心灵：萨缪尔·贝克特的小说创作"，载《破碎思想体系的残编》(陆建德著)，第272页。

③ Richard Begam, *Samuel Beckett and the End of Modernity*, p. 76.

来说,却永远是一个未知数。这样,他在诺特先生家的经历就成了一种认知与无知的混合体,因为他总能意识到事情在不断发生,至于这事件意味着什么,他却一无所知。因此,面对高尔父子的来访,瓦特的感觉是"没有什么事情发生,有一件事即'没事'发生"。(76)

2. "词"与"物"、"能指"与"所指"关系的断裂

使瓦特感到不安的是,在诺特先生的领地不仅仅是任何事件就连具体的物品都失去了它的本质特征。于是他努力地给事物命名,以便使自己对周围的世界有清晰认识和理解。但是,就像瓦特无法弄清楚高尔父子来访事件一样,他同样无法用语言解释清楚物体的含义。瓦特惊恐地发现他无法将事物的名称与具体的事物联系起来。这突如其来的语言表征危机使瓦特陷入茫然:

> 比如,看着一只罐,或想着一只罐,诺特先生所有罐中的一只,瓦特说罐,罐,无济于事。或许并非无济于事,但几乎是。它不是一只罐,他越是仔细看,越是认真想,他就越发确信那根本不是一只罐。它像一只罐,它几乎是一只罐,但它不是人们通常说罐,罐,并感到心安理得的一只罐……(p.81)

对于瓦特来说,把握事物的本质固然重要,但是更为重要的是把词语即事物的名称与具体的物体或事物统一起来。只要名实相符,他才能发现意义。"并不是瓦特希望获得知识……他渴望把词语应用于他周围的一切事物。"(81)可是,这一点瓦特也难以办到。"如果说高尔父子事件表现了逻辑与理解系统的失调,那么'罐'所引发的烦恼则体现了客体和与它相对应的语言符号之间的普通关系的脱节。"① 瓦特无法将诺特使用的罐(pot)与"罐"这个词的含义等同起来。在他看来,那确实是一只罐,因为它外形特征像一只罐。但它又不是普遍意义上的罐,即人们通常用来煮饭,烧水的罐,它只是用来盛诺特先生家厨房泔水的罐,因此,它已经失去了罐本来的作用,但瓦特又不能把它称为别的东西。当他努力为诺特先生的罐取名时,他似乎发现概念与实物之间存在着必然的鸿沟,"问题的关键是语言能否从单一到普通,从具体到抽象解释实物"。② 在瓦特看来,符号与它所指的对象之间最基本的关系已经不相称了。因此,他无法使罐的一般概念和诺特使用的具体的罐之间的差距缩小,更无法将二者

---

① Richard Begam, *Samuel Beckett and the End of Modernity*, p. 76.
② Leslie Hill, *Beckett's Fiction in Different Words*, p. 28.

第六章 《莫菲》和《瓦特》：从写实主义向现代主义的转变

统一。

词语与实物，能指与所指之间关系的不吻合，使瓦特失去了辨别事物的能力。当他迫不及待地给自己命名时，他同样难以把词语"人"和他自己联系在一起。他痛苦地意识到作为典型的"人"的概念与作为有个性的肉体的他之间的关系已经失调，二者不能等同。就像他不能为诺特家的罐命名一样，他也不能为自己冠以名字。他的自我同罐一样具有不确定性，于是，便有了失去自我的危机感。瓦特虽然不能称他自己为人，但他又想不出该把自己称为什么。于是，他继续把自己看作是一个人，"正如他母亲教他说的那样：有一个善良的小人，或者有一个美丽的小人，或者有一个聪明的小人。但是这些话尽管给了他很大的安慰，他仍然认为自己是一个盒子，或者是一只瓮"。(83) 瓦特想弄清楚自己的身份，他不断重复着，"瓦特依然是一个人，瓦特是一个人，或者瓦特走在街上，是成千上万的人中的一个。"(82) 瓦特很快意识到他自己的名字本身就是一个大大的问号，是一切不确定性之根源，所以"人是什么？"（Watt[What] is a man?）将是永远困扰瓦特的难题。

瓦特的名字不仅意味探询，同时它也代表一个能量单位。瓦特对诺特家的每一个细枝末节都煞费苦心，寻根究底，确实显示出了他无限的精力与活力。因此，"他自己被卷入了纷繁的事物当中"。(81) 比如，他对诺特先生的膳食以及他那古怪的食谱极为好奇，他不知道是谁负责安排和配制诺特一周来每顿所需的饭菜，他为此做出种种假定。瓦特又对主人吃剩的饭菜如何处理感到疑惑，为此他又推断出一个解决的办法：为了避免浪费，必须在当地找一个养狗的人，即"一个贫穷的、养着一只饥饿的狗的主人"。(100) 这也就是为什么诺特先生宅里总要养一条狗，并雇佣一家人来料理狗务的缘故。瓦特最终得知这家人姓林奇，这个家庭祖祖辈辈都受先天疾病的折磨，残废畸形。但尽管如此，他们照样繁衍子孙后代，生生不息，使家族逐渐壮大。在诺特家园，一切都是虚幻的，难以把握的，唯有林奇一家或许是这个小世界中比较真实存在。瓦特对他的自我、对人的本质的追问似乎在林奇们身上找到了答案。这个家庭其实就是现代人生存境遇的一个缩影，象征着丑陋扭曲的人类。他们身体的残疾，旺盛的繁衍后代的能力，日复一日的枯燥乏味的劳作（料理狗务），这一切不正是对二战期间人的荒诞生存境遇的真实写照吗？而他们的名字（Lynch）"酷刑"更意味着存在即烦恼，生存就如同受酷刑，就是巨大的痛苦。

3. 诺特家园——圆形——虚无之源

小说中的一个突出意象就是"圆形",它也是最让瓦特迷惑不解的难题。诺特家的一个房间里挂着一幅画,上面只有一个圆形,但它不是一个完整的圆圈,因为在它的底部有一处缺口或者是断开部分,在圆形的外部有一个小圆点,它好像是在一个与圆形不同的、变换的平面上:

> 显然是用圆规划出的一个圆形,并且在最底部有一处断裂,它占据着这幅画最显眼的中间部位……在朝东的背景上出现一个点,或者是一个小圆点。圆周线是黑色的。小点是蓝色的,只是蓝色!其余部分是白色。至于这视觉效果是怎么获得的,瓦特全然不知。(128)

瓦特试图从不同角度欣赏这幅画并对其含义作了种种猜测。《莫菲》中的奈瑞曾把生活看作是由图形和地面(背景)构成的,瓦特则试图弄清楚图形和背景的关系,他想弄明白画的哪部分应当算作背景,哪一部分是图形。"是这圆形和它的中心在各自寻找对方,还是一个圆形和它的中心在分别寻找另一个中心和另一个圆形,或者是……"(129)然而,不管他怎么挖空心思去推测都没能理解这幅画的含义。

其实,这圆形正是小说中一个关键的隐喻,它既勾勒出小说的基本结构,也暗示了小说的主题。从传统的美学角度看,圆形是圆满和完美的象征,因此,也就是"意义"的象征。但是,这幅画呈现给瓦特的却是一个带有缺口或裂缝的圆形,这不仅使瓦特感到困惑也使读者感到费解。正是这缺口使原本简单的事物变得复杂化,也正是这缺口把瓦特推进了一个怪圈,促使他不断探询。因此,带有缺口的圆形象征了现实世界的复杂性和不可知性。其实,小说中隐含了诸多的圆形,有完整的,也有断裂的;有抽象的,也有具体的。它们以不同的方式显现,检验着瓦特,也检验着读者识别事物和解决问题的能力。1959年纽约版的《瓦特》就是以这带有断裂的圆形作为书的封面。其实,小说本身就描绘出一个大的带有缺口的圆形。小说以主人公从都柏林乘火车去诺特先生家开始,以他返回起始点,即他将要回到都柏林时而结束。正如艾奇逊所评论的:"故事几乎把我们带回——但又不完全是——带回到它的起始点,并要求我们解决贝克特提出的难题。"①

对于瓦特来说,诺特先生的家园或许就像一个完美的圆形,诺特就是

---

① James Acheson, *Samuel Beckett's Artistic Theory and Practice*, p. 62.

这圆形的中心。瓦特希望画面上的小圆点从底部悄悄进入圆圈内,最终抵达中心,就如同他自己希望进入诺特先生的领地,以寻求生活的意义一样。这样,诺特先生的领地自然就成了瓦特所追求的理想的小世界——现代的"伊甸园"。作为这个理想世界的中心人物,诺特俨然是这里的立法者和上帝,是绝对理念和知识的化身。瓦特就是现代的亚当在这伊甸园中寻求生活的意义。所以瓦特在诺特先生家做仆人的经历其实也是一个现代人探寻未知世界,获取知识的精神旅程。然而,对于瓦特来说,他所探索的对象诺特却永远是可望而不可即的。就像那幅画上的圆形一样,诺特先生是一个完美的形象;但这形象在现实生活中却难以找到。

那么,诺特是否就是绝对意义的化身呢?回答是否定的。绝对意义应该是永恒不变的,而瓦特发现他的主人形体和仪表是不断变化的。小说对诺特先生的相貌是这样描述的:"他时而身材高大、肥胖,面色苍白、灰暗,时而身材瘦小,脸色红润,时而他又是中等身材,脸色蜡黄;时而……"(209)总之,这位神秘的诺特仿佛无所不是,但他又好像什么都不是,他的名字即是对他自己的彻底否定。诺特家里的一切事物也在不断地变化,仆人不断更换,狗也要随时更换,家具的摆设每天都要变换。诺特先生的家园简直就是一个包含诸多不确定和不稳定因素的圆形。这圆形不仅仅指诺特先生的宅邸本身,它也指宅里的一切事物围绕着诺特不断的轮回更替。因此,诺特先生的家园连同它内部发生的一切构成了一个动态的圆形。正如 F.M.罗滨逊所评论的:

> 这圆周是一个象征,它特别形象地描绘出仆人们围绕着诺特固定的周而复始的运行,也形象地勾勒出一个总体的围绕着一个基本的虚空来来往往,进进出出的意象,这一切是不能被体会和感知的,除非通过不断的循环往复。这圆形所包含的虚无已被圆周赋予了某种含义,即便它依然是虚无。①

这个动态的圆形没有任何意义,瓦特恰好卷入了这个无意义的圈子。其实,诺特的名字不仅意味着"无",也有难解之结(knot)的含义。瓦特所苦苦追寻的生活意义就是一个谜团,他越是探询越深深陷入错综复杂的谜团中。因此当他即将结束在诺特家的服务期时,他感到自己什么也没学到,对于他的主人,瓦特仍然一无所知。他所获得的唯一知识就是,"没有什么是可以确定无疑的"。②这圆形仅仅代表了诺特先生家周而复始不停

---

① Fred Miller Robinson, "Samuel Beckett: *Watt*", in *Modern Critical Views: Samuel Beckett*, (ed.) Harold Bloom, New York: Chelsea House, 1985, p. 178.

② Eugene Webb, *Samuel Beckett: A Study of His Novels*, p. 58.

运转的事物,而这不停的运作却不产生任何意义,只有虚空。因此,诺特先生的家园并不是意义的本源,而是虚无之源。在这样的世界里,瓦特是无法获得生活的意义和秩序的,因为一切都在不停地变换,而变化又不产生任何意义。诺特先生也不是绝对意义的化身,而是一切不稳定因素的具体体现。所以瓦特自我探寻的结果是对生活的迷失。

尽管如此,瓦特仍然渴望了解一切,渴望获得知识。瓦特的故事隐喻了人类对知识的好奇与渴望的天性。自从上帝创造了第一个男人和女人,人类便开始了对知识漫长的求索。亚当和夏娃因偷吃知识之树的禁果而被逐出伊甸园,而瓦特对知识的探求使他失去了精神的安宁,使他理想的精神乐园逐渐坍塌。人类求知的本性注定了人类要不断认识世界,探求生存的意义。而这生存的意义究竟是什么,这是困扰瓦特,也是困扰现代人的一个难题。瓦特需要了解这个世界,因此他不懈地追求,也正是他对知识的不断追求使他意识到自己存在。"只有当人们有某种需要时,这种存在才能被感知。"①如果说贝克特的第一部小说《莫菲》中的主人公对生存的理解是笛卡尔式的"我思故我在"的话,那么,瓦特对存在的认识已转变成了"我需求故我在"。正是需求促使瓦特不断探询,而越是探询越使他困惑,越使他失望。

瓦特的故事就是不断询问和不断否定的故事,它生动展示了人类对生存意义的不懈探究,而这意义却根本不存在,小说的荒诞性也正在于此。小说所要着力表现的就是一个现代人对西方现代文明"由探究到否定,由怀疑到虚无"②的认知过程。《等待戈多》中那个虚无缥缈,神秘莫测的"戈多"就是上帝(God)的谐音,他永远也不会出现,因为他的本质就是不存在。同样,诺特先生的本质即"无",也就是意义的缺失。瓦特所探索的目标就是虚无,所以他对生活意义的追问永远不能得到肯定的答案,只有否定。然而,正如叙述着所说的:"在谈论根本不存在的事物时,唯一的方法是把它看作某种存在的事物,就像人们谈论上帝时,唯一的方法是把他看作一个人。"(77)对于探索生活意义的瓦特来说,即便这意义并不存在,它也像是某种存在,这个存在即诺特(not)。"虚无就是最真实的存在"(M.138)是《莫菲》中的主人公对生存意义的感悟。这也是贝克特所有小说所要表现的一个悖论,瓦特的故事更生动地演示了这个悖论。

---

① Lawrence E. Harvey, "Watt", *On Beckett: Essays and Criticism*, (ed.) S. E. Gontarski, New York: Grove Press, 1986, pp. 113—114.

② Richard Begam, *Samuel Beckett and the End of Modernity*, p. 70.

4. 语言表征危机

　　瓦特所面临的另一个难题就是语言表征问题,这也是小说所要揭示的主题。瓦特由于不能理解他周围所发生的一切,不能表达任何意义而感到苦恼,他失去了"主客体和谐统一的乐园"。[①]更不幸的是,他的语言表达能力逐渐蜕化,因此他话语模式也变得越来越错综复杂,难以理解。不断重复,玩文字游戏,采用倒装语序等,这是整篇小说的话语模式,也是贝克特小说的一个主要语言特征。首先,小说中反复地运用排列法,即把几件东西用数学中排列组合的方式搭配起来。如瓦特所看到的诺特先生的双脚是这样描绘的:

　　　至于他的脚,有时他每只脚穿一只短袜,或者一只脚穿一只短袜,另一只脚穿一只长袜……或一只靴子,或一只鞋子,或一只拖鞋;或一只短袜和一只靴子,或一只短袜和一只鞋子,或一只短袜和一只拖鞋;或一只长袜和一只靴子,或一只长袜和一只鞋子,或一只长袜和一只拖鞋……(200)

　　像这样的排列组合文字在小说中随处可见,它持续近一页之多,但却毫无意义,其目的就是要表现主人公奇怪的思维方式和世界的荒诞、无聊。

　　第二,玩文字游戏是小说话语的另一特征,这其实也是对毛特纳的"语言游戏说"的生动演示(参见本书第二章,第七部分)。譬如,瓦特在诺特家的感受是这样描写的:"他想也许他感觉平静、自由和高兴,或者如果不平静、自由和高兴,至少是平静而自由,或自由而高兴,或高兴而平静,至少是平静的、或自由的,或高兴的……"(135)像这类文字游戏生动地表现了瓦特是怎样试图将自己感知的东西准确地表达出来,但是,瓦特越是努力去表达,他越是无法表达。

　　最后,小说中频繁地出现倒装句和颠倒的语句表明瓦特已失去了常人的理性思考能力和语言能力。由于失去了语言表达能力。瓦特被送进了精神病院,在那里,他把自己在诺特先生家的经历和对诺特的理解讲给了他的病友山姆(Sam),也就是小说的叙述者。瓦特先是把句子中的词序颠倒,又将单词中的字母颠倒,后来又把句子的序列颠倒。总之,他尽可能地将句子的每一个成分颠倒。如他把"请原谅"(Beg pardon)说成"Pardon beg"但是他对这样语序颠倒并不满意,于是他又颠倒了单词中字母的序列,把"Beg pardon"读作"Geb nodrap",最后他又将词序和字

[①] Richard Begam, *Samuel Beckett and the End of Modernity*, p. 72.

母的序列同时颠倒,把它说成"Nodrap geb"。(168)这只是一个最简单的例子。在小说的第四章瓦特对诺特做了七次描述,全都是用的倒装的文字,它们代表瓦特对诺特认知的不同阶段。譬如,第一次描述他和诺特的相遇是这样的:

> Day of most, night of part, Knott with now. Now till up, little seen so oh, little heard so oh. Night till morning from. Heard I this, saw I this then what. Thing quiet, dim. Ear, eyes, failing now also. Hush in mist in, moved I so. (164)

正常的语序应该是:

> Now with Knott, part of night, most of day. Oh, so heard little, oh, so seen little, up till now. From morning till night. What then this I saw, this I heard. Also now failing, eyes. Ear, dim dim, quiet thing. So I moved, in mist in hush. (笔者改写)

像这样的倒装文字还是可以理解的,因为句子的顺序并没受到影响,只是句中的词语的颠倒。这表明瓦特起初的意识还算比较清楚,因而诺特的形象也不那么模糊。但是随着瓦特意识的逐渐混乱无序,他的颠倒的话语模式变得极其复杂,诺特的形象也随之变得模糊不清。如瓦特最后一次对诺特的记忆:

> Dis yb dis, nem owt. Yad la, tin fo trap. Skin, skin, skin. Od su did ned taw? On. Taw ot klat tonk? On. Tonk ot klat taw? On. Tonk ta kool taw? On. Taw ta kool tonk? Nilb, mun, mud. Tin fo trap, yad la. Nem owt, dis yb dis. (p. 168)

正常的语序是:

> Sid by sid, two men. Al day, part of nit. Dum, num, blin. Knot look at Wat? No. Wat look at Knot? No. Wat talk to Knot? No. Knot talk to Wat? No. Wat den did us do? Niks, niks, niks. Part of nit, al day. Two men, sid by sid. (笔者翻译)

这段引文呈现的简直就是混乱无序的陌生的符号,若没有译文,根本无从知道其含义。因为整段文字从头至尾完全颠倒,不仅单词的字母颠倒,语序倒装,而且所有的句子都是颠倒的,需要从后往前读或从右向左读。瓦特连篇累牍地使用这样的颠三倒四的,含糊不清的语言,不仅使读者迷惑不解,就连叙述者也感到费解。语言形式往往决定语言者对世界的看法。瓦特的晦涩难懂的话语模式恰好说明了他周围的世界是怪诞离奇、无法认知、无法

第六章 《莫菲》和《瓦特》：从写实主义向现代主义的转变

理解的，因而也是无法用语言解释，同时也证明了瓦特想同他周围的人和世界建立一种和谐的、有意义的关系的努力是徒劳的。其实，长期困扰瓦特的难题，也就是现代西方社会人们所面对的信仰危机的问题。正是由于信仰危机，才有了认知的危机，从而导致了语言表征的危机。

所谓语言表征危机"是人们对通过语言媒介对于世界的把握产生了某种怀疑，怀疑这样所把握的世界是否仅仅是一个'幻象'（simulacrum），怀疑语言媒介再现世界时的真实性、可靠性"。① 实际上，贝克特通过《瓦特》这部小说对语言能否真实，清晰地表现客观世界提出了质疑，从而深刻揭示出现代人在认识自我，认识世界时的一种永远无法摆脱的困惑。"语言表征"究竟能不能继续忠实无误地充当人与世界的中介，我们通过语言对于世界的把握是不是一个"幻象"？② 这不仅是困扰瓦特的难题，更是始终困扰现代人的一个难题。瓦特奇特的语言生动表明，作为人与现实世界的中介的语言已经失去了它的稳定性和明晰性。他那颠倒的语句正是对现代语言的解构与重构，也是对曾经被神化了的理性，即语言"意义"的颠覆。从另一角度看，瓦特的奇特的表达方式，还有一个重要的作用，即掩盖话语的真实含义。正如莱斯利·黑尔所评论的：

> 它具有任何神秘语言的功能，既掩盖了话语的含义，又使所讲的话含而不露……借助于神秘的语言，瓦特似乎设想了多种语言并存的可能性，或者至少是不同层面的语言，记忆或话语并存的可能性。当瓦特用一种令人费解的语言讲话时，他似乎在表达对一种新的语言的渴望，用这种语言可以表达用他母语所难以表达的东西。③

瓦特所面临的语言困境，在某种程度上，暗示了贝克特本人在创作中所遇到的语言表达的难题。这也就是为什么贝克特在完成《瓦特》之后开始用法语创作的缘故。他似乎意识到，用一种外语讲话时，"说话人同他所采用的语言之间的关系会发生变化，这可以在很大程度上改变说话人的自我意识"，④ 使说话人毫无顾忌地表达任何他想要表达的，任何用母语所不愿意表达的思想。对于贝克特来说，用法语创作可以使他逐渐脱离爱尔兰语境，特别是摆脱爱尔兰文体的束缚。当他用法语写作时，他的

---

① 盛宁，《人文困惑与反思——西方后现代主义思潮批判》，北京：三联书店，1997年，第75页。
② 同上书，第61页。
③ Leslie Hill, *Beckett's Fiction in Different Words*, pp. 34—35.
④ 参见卢永茂等著的《贝克特小说研究》中"《瓦特》：失去种属的世界"一文，河南大学出版社，1995年，第145页。

主观性要重构,语言行为也随之改变,① 他要放弃母语的话语模式和词语规则,正像瓦特使用模糊语言所显示的那样。因此,瓦特在诺特先生家所经历的语言表征的危机正是贝克特本人所面临的语言困境,以及他对一种新的语言的向往。关于贝克特为何改用法语创作,将在下一章第一部分"话语的转向"中详述。

5. 含混的叙述声音与叙事的危机

那么,如何表现语言表征危机,这与叙事方式有直接的关系。《瓦特》的叙事技巧非常错综复杂。小说由四部分组成,但它们不是按时间顺序排列组合,也没有连贯统一的叙述声音。如在小说的第四部分一开始叙述者山姆(与瓦特同住精神病院的患者)就指出:"瓦特讲述的故事开始时,不是第一部分,而是第二部分,最后不是第四部分,而是第三部分,现在他正讲述结尾。瓦特故事的次序是二、一、四、三。"(215)令读者感到疑惑的是叙述视角和声音含混不清;小说中似乎包含着两个既分离又重叠的叙述声音,一个是瓦特给叙述者山姆讲述的他自己的经历;另一个是山姆给读者讲述(转述)关于瓦特的故事。但是,读者却不知道到底谁在叙述故事,仿佛小说根本就没有叙述者或作者。艾伯特如是评论道:

> 瓦特不但追寻诺特而且他自己还被叙述者山姆所追逐。的确这三个人物通过自省或反射的意象相互连接在一起,首先将瓦特与诺特联系在一起,然后,将山姆和瓦特等同起来。结果主体对自己的追寻呈现的不仅是认识论的问题;而是通过山姆的干预变成了叙事本身。②

如果说瓦特经历了认知的失败,从而导致了他语言表征的危机,那么,山姆(作为作者/叙述者)却面临着讲述的困境,即叙述的危机。山姆试图通过记录瓦特的故事,进入瓦特的世界,但是瓦特对于山姆就如同诺特对瓦特一样神秘莫测。山姆与瓦特的相遇同莫菲在精神病院遇见安东的情境惊人的相似。山姆从瓦特身上看到了他自己,也看到了人的本性。根据山姆的回忆,他和瓦特曾经是邻居,他们两家的花园被围墙隔开。山姆通常在花园里同瓦特会面,瓦特向山姆讲述他的经历,山姆认真地把瓦特所讲的记录在他的笔记本上。(163)山姆叙述的最有趣的一幕是,山姆

---

① 参见卢永茂等著的《贝克特小说研究》中"《瓦特》:失去种属的世界"一文,河南大学出版社,1995年,第145页。

② Richard Begam, *Samuel Beckett and the End of Modernity*, p. 81.

第六章 《莫菲》和《瓦特》：从写实主义向现代主义的转变

和瓦特家的花园围墙各自出现了一个洞，并且是同时出现的。正是通过墙上的洞山姆进入瓦特的花园同他会面。这样的面对面的交谈象征着另一种自我映射。如山姆所说，"我觉得仿佛我站在一面大镜子前，镜子中映照的是我家的花园"。(159)这也暗示了瓦特就像一面镜子，它折射出山姆的真实自我。通过山姆转述他同瓦特面对面交谈的内容，我们获悉瓦特同诺特的几次相遇。瓦特对意义的追寻以失败而告终，山姆试图了解瓦特的努力也以失望而结束。由于瓦特含混不清的话语模式和古怪的想法使山姆费解，山姆不得不在他的手稿中留下了一些空白并打上一些问号。这就是为什么我们在阅读《瓦特》的过程中会不时发现一些空白处和问号的缘故。由此可见，山姆被叙事的难题所困扰，他面临着叙事的危机。其实，后现代思想家利奥塔认为，语言表征危机就是叙事危机。[①] 贝克特通过《瓦特》这部小说，预设了这一后现代思想观点。

那么，山姆是谁？他的名字(Sam)是塞缪尔(Samuel)的昵称，由此可以推断他既是叙述者也是作者贝克特本人。故事中留下的空白和问号使读者感觉叙述者当时不知用什么词语表达，要么，或许是作者贝克特"在鲁西荣乡下的农舍创作这部小说时，手头根本没有字典和词典"。[②] 诺尔森在《传记》中写道，在二战期间"贝克特写作《瓦特》就是为了使自己保持清醒头脑和理智"。[③] 山姆尽力真实地记录瓦特的故事并把它呈现给读者，但是，在小说的第二部分他就已经告诉读者，"这并不意味着瓦特讲述中没有遗漏，同时也可能将从未发生过的东西塞入文本"。(126)文本中有的地方还出现一些省略号，和"原稿不清"或"原稿中断"的字样。由此不难看出，小说的叙述者山姆就是作者贝克特，他在有意识地展示自己创作这部小说和编辑故事的过程，并时时提示读者作品的虚构性。从这一角度看《瓦特》是贝克特创作生涯中第一部具有"自我指涉"性的小说，即"元小说"，它在展示语言表征危机的同时也探讨和揭示了叙事的本质。因此，《瓦特》标志着贝克特小说形式实验的一个重大转折，即从对存在意义的探寻到对语言、写作和叙述本身的探索；从结构主义写作到后结构主义写作的转变。

让我们再看一看《瓦特》的形式，如前所述，小说本身就呈现了一种环形结构。瓦特探索生存意义的旅行就是在这环形结构中进行的。瓦特最

[①] 利奥塔将后现代主义(文学流派)看做是对一切元叙事的质疑，他所说的元叙事就是"宏大叙事"，亦即整个现代哲学和文化的理论体系或体制。参见 Jean-Francois Lyotard, *The Postmodern Condition：A Report on Knowledge*, Minneaplois：University of Minnesota Press, 1984, pp. xxiii—xxiv.

[②] H. Porter Abbott, *The Fiction of Samuel Beckett：Form and Effect*, p. 65.

[③] James Knowlson, *Damned to Fame*, p. 333.

终离开了诺特的家园,带着诸多的疑问又回到了现实世界,重新开始流浪生活,继续探索生存的意义。有趣的是,瓦特凌晨 1 点钟来到火车站等待清晨的第一班火车;他发现远处有一个模糊的身影,他很想知道那是谁,但那陌生人却始终没走近他一步;瓦特看不清那人穿的衣服,好像是身上裹着"床单,或者是一个布袋,或棉被,或一个地毯"。(225)这一幕就像小说开始时瓦特出现在车站时的样子,在黑暗中人们看到了一个身影,它像是"一个包裹,卷起来的地毯……或是用深色的纸包裹着的一卷油布,中间用绳捆绑着"(16)。这似乎是在暗示:瓦特在他的旅行即将结束时所遇见的就是他自己的影子。瓦特所探究的客体不是别的正是他自己。因为瓦特探索世界的强烈欲望由内心燃起的,它最终要返回他自身。也就是说,瓦特所需要认识的并非什么客体,而是欲望本身,是他自己欲望的外延或投射。据此,瓦特探究生存意义的旅行同莫菲探求绝对自由的旅行一样只能回到起点。如哈维所说:

  如瓦特离开诺特家时所产生的幻象所显示的,人类的进步并非是前进。既然欲望的火焰总是在它自己的灰烬上重新燃起,人的所有行为,《瓦特》中表现的激励我们行为的欲望,是徒劳的。所有的运动都等同于停滞不前,因为它会把我们带回到起点:需求。[①]

最后,瓦特手提旅行袋,头戴帽子,走向车站售票处,但是他却不知道买票到何处去。他上了一列火车,开向很远的目的地。(244)没有人知道他要去哪儿。小说的结尾又回到了现实的场景,清晨几个火车站的员工目送瓦特离去,观看日出:

  太阳已经远远地超过了可见的地平线。戈尔曼先生、卡斯先生和诺曼先生转身面向它(太阳),清晨人们通常会这样做……漫长的夏日已经有了一个极好的开始。如果它照这样继续下去它的结束会值得一看。

  但同时,戈尔曼先生说道,生活不是像这样恶劣的老家伙(指瓦特)。他高高举起双手,伸展开,做崇拜的手势……(245—246)

小说以大世界的人们欣赏美好的日出而结束,这恰好与小说开始,即傍晚时分一群普通人在公园中的场景相呼应,正是通过这些普通人的谈话引出了瓦特的故事。这就构成了小说环形的叙事模式。

《瓦特》以戏拟的形式证明了人的理性和认知能力是有限的,无论是

[①] Lawrence E. Harvey, "Watt", On Beckett: Essays and Criticism, (ed.) S. E. Gontarski, pp. 105—106.

外部世界还是人的内心世界都难以用语言来把握,同时也暗示了那个时代的不可把握性和世界的不可知,揭示了二战期间西方人生存境遇的本质特征:即"绝对意义的绝对缺失"。① 任何一部发人深省的作品都不应该画上一个完整的句号,正像《瓦特》中那个带有缺口的圆形,贝克特的小说留给读者的总是一个问号。因为人类对世界的认识是永远不会有最终定论的。"'我是谁?'这是一个永远没有最终答案,因此也就永远将存在的问题。"② 因此瓦特探寻生存意义的旅程也将永远没有尽头。

本章探讨的两部小说《莫菲》和《瓦特》代表贝克特整个文学创作动态进程中的一个不可或缺的重要阶段,前者是一部开拓性的作品,可以被看做贝克特小说实验的前奏;后者则标志着贝克特小说创作的转折,即从较为传统的写实主义向现代主义的转变;从对二元对立的世界及二元对立的叙事结构的关注到对意义、认知、语言和叙事本身的探索。因此,《瓦特》可以算作一部真正的实验小说,它为贝克特日后彻底的、更加极端的"反小说"形式实验做了铺垫。

---

① James Acheson, *Samuel Beckett's Artistic Theory and Practice*, p. 79.
② 盛宁,《人文困惑与反思——西方后现代主义思潮批判》,第11页。

第七章 三部曲：走向后现代主义诗学，探究"不可言说"的真实

贝克特的文学创作从 1945 年（二战结束后）开始进入了多产的黄金时期，从那时开始他的创作实验也发生了彻底的转型。代表他小说实验最高成就的三部曲：《莫洛伊》、《马洛纳之死》、《难以命名者》，就充分体现了贝克特作品在创作理念、话语模式和叙事视角上的根本的转变。三部曲的第一部《莫洛伊》(1951)的出版，可以说是西方文学界的一见大事，曾被一些评论家称为 20 世纪实验小说的杰作。它也标志着贝克特那高度抽象的、没有情节，甚至没有段落划分、没有标点符号的"反小说"(anti-novel)形式实验阶段的开始。在探讨这三部小说之前，让我们先看一看贝克特二战之后在创作理念上发生的实质性变化。

一、话语和语言的转向：法语写作的开始

首先，最明显的变化就是语言的改变。思想的变化必然要伴随着表达方式的改变。自《瓦特》之后，贝克特改用法语写作，确切地说是用双语写作；他 1945 以后的作品大都是用法语写成的。对于长期旅居法国的贝克特来说，用法语写作其实是非常自然的事，但是，有意思的是，他后来又娴熟地将这些作品译成了英语，如英国作家、批评家 A. 阿尔瓦雷兹所评论的：

> 一个居住在法国的爱尔兰人，用法语写作关于爱尔兰人的故事，然后自己洋洋得意地再将其译回英语。并且在此过程中真正改变了他自己：通过翻译他自己的法语作品，他表现得像一个英语散文大师，这当然是他只用英语写作所不能达到的。[①]

所以说贝克特改用法语写作并非只是语种的改变，更主要的是信仰、世界观和思维方式的改变。至于贝克特语言转向的初衷，这也是西方学者和评论家颇感兴趣的话题。如梅尔文·J. 弗里德曼认为，用法语写成的三

---

① A. Alvarez, *Beckett*, p. 47.

第七章 三部曲：走向后现代主义诗学，探究"不可言说"的真实

部曲"揭示了一个完全不同的贝克特。仿佛是语言的改变达到了改变作者人格（个性）的效果"。①知名的贝克特研究者约翰·皮林指出，贝克特改用法语写作的一个主要原因是出于对英语语言的不满。②的确，贝克特在论文《但丁...布鲁诺.维柯..乔伊斯》中写道："没有比英语更复杂的语言了，它已抽象到了极点。"(15)因此，皮林认为，"改用法语不仅仅是技巧的问题；这样也使他陷入语言的陌生化/异化状态，这种异化在心理上甚至比他曾经历过的地理上的异化更重要"。③而阿尔瓦雷兹则认为：贝克特"采用法语写作意味着脱离他的母语爱尔兰文体的束缚"。④作为一个爱尔兰作家，贝克特早期的作品以其独特的爱尔兰似的幽默，双关语，矛盾修辞法等表达方式而闻名，他也曾为这种华丽的文体而感到满足。但是，当贝克特在法国亲历了第二次世界大战后，他越来越认识到了现实的残酷和现代人的信仰危机。那时，他已经不再满足于华丽的文体，而是需要一种中立的，更加精确的媒介来表现他所感受到的世界的荒芜和人类内心的绝望。"法语正是贝克特达到这一目的的工具，因为它是不适于随便使用双关语的语言；它自身的特殊修辞风格不断地向抽象化发展。这正是贝克特所需要的，那时他已完成了从传统小说向那些没有情节、地点的独白作品的转移。"⑤贝克特的语言转型或许还有另一个原因，如艾奇逊所说："那就是渴望自己脱离乔伊斯的影响，以便不再被视为乔伊斯的效仿者，不再用《莫菲》和《瓦特》中所使用的华丽的文体，贝克特开始用法语写作似乎是希望以他自己的实力确立他自己的作家身份。"⑥可见，贝克特的语言的改变在他的创作生涯中具有至关重要的意义，也是他小说实验的一个重要步骤，这意味着贝克特告别了自己过去的写作风格，即跳出母语的语境，尤其是摆脱乔伊斯式文体的束缚，从而开始新的文本形式。

但是，贝克特对此却有自己的解释。如，法国《转变》杂志的编辑曾问他为何二战以后开始用法语创作，当时贝克特用不够标准的法语简洁地回答道："为了唤起自己的注意力。"(Pour faire remarquer moi.)⑦而他回答德国学者尼克劳斯·格斯纳提出的同样问题时更加直截了当，他说：

---

① Melvin J. Friedman, "The Novels of Samuel Beckett: An Amalgam of Joyce and Proust", in *Critical Essays on Samuel Beckett*, (ed.) Patrick A. McCarthy, p. 16.
② John Pilling, *Samuel Beckett*, p. 9.
③ Ibid.
④ A. Alvarez, *Beckett*, p. 44.
⑤ Ibid., p. 46.
⑥ James Acheson, *Samuel Beckett's Artistic Theory and Practice*, pp. 80—81.
⑦ *Transition* (1948) p. 46, Qtd., in James Acheson, *Samuel Beckett's Artistic Theory and Practice*, p. 80.

"因为用法语更易于写出没有华丽文采的作品。"①这表明,贝克特用法语创作的目的就是为了更简单直白地表达自己的思想。然而,值得注意的是,他的小说三部曲和他后期的许多法语作品尽管已经不再带有华丽的辞藻,但是它们并非简单明了,而是比先前的作品更加晦涩难懂。因此,笔者认为,贝克特决定用法语写作,主要的是由于世界观和写作所关注的重心的转移,也就是说他更加关注形式实验和语言表征问题。贝克特对语言表征危机有更自觉意识,如上一章所论述的,贝克特同瓦特一样在创作中遇到了语言表达的困境,他似乎意识到,只有用一种外语写作,他才能自由地、毫无顾忌地表达任何他想要表达的,任何用母语所不愿意表达的思想。

其实,贝克特在创作法语小说三部曲之前就已经进行了法语写作实验。他 1946 年创作了法语小说《梅西埃与卡米耶》(*Mercier et Camier*),这也是他的第一部法语小说,它主要描写了两个男人在一个都市的旅行或流浪经历,他们试图离开在这座城市(大约是都柏林),但是未能如愿,不得不返回。这个小说预示了贝克特后来的戏剧《等待戈多》的情节和主题。完成这部法语小说后,贝克特将书稿保存并不想出版,直到 1970 年获得诺贝尔文学奖后才出版这部法语小说;1974 年英文版《梅西埃与卡米耶》才出版。此外,1945 至 1946 年间,贝克特还写了四个法语短篇小说或故事,《结局》(*La Fin*)、《被驱逐的人》(*L'Expulse*)、《镇静剂》(*Le Calmant*)和《初恋》(*Premier amour*),前三个故事被收入短篇小说集《故事与无意义的文本》中,于 1955 年出版。这个故事集后来又被译成英文,1967 年出版。后来《四个短篇》英文版(*Four Novellas*)于 1977 年在伦敦出版。这些短篇故事都是以第一人称的视角叙述的,它们的主人公,即叙述者都很相像,似乎就是同一个人物;这些故事内容也都大同小异,它们绘制了同一幅画像。如《被驱逐的人》的叙述者在故事结尾说道:"我不知道我为什么讲述这个故事。我本来可以讲另一个故事。或许下一次我会讲点别的。活着的人们,你们会看到它们是多么相似。"②这段话真实概括了贝克特作品的主要特征——"重复"。贝克特不仅在这些短篇小说中重复着同一个故事,而且在他日后的作品三部曲和戏剧中也重复着同一个故事,即关于"寻找"的故事,只是寻找者和被寻找者的角色不断变化而已。故事所展示的图像也由清晰写实的画面逐渐变成了抽象派的画像。这些早期的法语作品为贝克特创作小说三部曲并达到小说实验的巅

---

① Ibid. 注意:这是个不合乎语法的法语句子,正确的句子应该是:Pour me faire remarquer. 这似乎说明贝克特的回答只是一种玩笑。

② Samuel Beckett, "The Expelled", *Four Novellas*, London: John Calder, 1977, p. 48.

第七章 三部曲：走向后现代主义诗学，探究"不可言说"的真实

峰提供了过渡和衔接。

其实，贝克特创作语言的改变也意味着他创作生涯中的认识论的转向，就如同西方哲学的语言学转向，它决定着贝克特形式实验的走向。随着语言的转变，贝克特的写作也发生了叙事视角的改变，即由第三人称全知叙事视角转向了意识流的主观叙事视角；最明显的是艺术世界的转变：由表象世界转向了自我的本质世界，把读者带入黑暗的潜意识领域，尔后又带回表层的迷宫般的语言的世界和符号的王国。因此，致力于研究"后现代主义"特征的学者认为三部曲标志了贝克特从"现代主义诗学"向"后现代主义诗学"的转变。这样的划分自有其道理。

二、理论与虚构作品的整合

贝克特的小说三部曲的真正意义和价值不仅仅在于其独特的创作理念和形式实验，而是在于作者通过自己的创作实验对艺术本质的揭示和对后现代理论的预设。早在 20 世纪 40 年代或者更早，贝克特就自觉不自觉地通过小说创作对后结构主义理论进行了实验，并预先揭示出解构主义叙事理论的一些假定。他创作于 1946 至 1950 年间的小说三部曲可以说是预示未来小说发展走向，开后结构主义先河的后现代性文本。据此，贝克特可以被看做一位理论小说家和后现代诗学的预言家，他的小说具有理论性虚构的特征，也可称作"理论小说"。

顾名思义，"理论小说"(theoretical novel)即是包含理论内容的小说。这一概念是英国叙事学家马克·柯里首先提出的，他在《后现代叙事理论》中以普鲁斯特的小说创作为例指出："如果小说偶尔成了比论文更好的思想载体，那么这时小说就成了有着理论内容的小说或叫理论小说。"[①]理论小说是新叙事学的产物，它们不仅包含着深刻的理论内容，而且还是探究元语言与文本自身意义的小说，即帕秋夏·沃所认为的，"通过虚构作品的写作来探讨关于虚构作品理论"的小说。[②]多年来，文学批评界在探讨这类实验小说时大都习惯使用"元小说"(metafiction)这一概念。其实，"理论小说"比"元小说"更加凸显其理论性虚构的特征，并且与后结构主义和解构主义理论之间达到了某种融合。也有学者将这类小说定义为"批评小说"，如美国著名作家兼文学批评家雷蒙·费德曼 1993 年发表的文集就是以"批评小说"(*Critifiction*)作为书名，主要探讨了贝克

[①] 马克·柯里，《后现代叙事理论》，宁一中译，北京大学出版社，2003 年，第 58 页。

[②] Patricia Waugh, *Metafiction: The Theory and Practice of Self-Conscious Fiction*, London and New York: Methuen, 1984, p. 2.

特式实验小说以文本和语言形式本身作为表现对象的后现代写作特征。笔者更倾向于用"理论小说"或"批评小说"这一术语来界定贝克特的小说，而不用"元小说"（尽管三部曲有着这明显的"元小说"特征）。柯里认为"理论小说意味着巴特所描述的那种理论与虚构作品的整合。……在整合中，虚构作品与批评彼此吸收了对方的见解，产生出一种更富创造力的批评和一种新的具有思想性的小说"。① 贝克特的小说就是集实验性、哲理性、讽喻性，解构性于一身的理论小说。虽然它们向我们展示的是极其荒诞、混乱的小说世界，但却是"以高度的理性井井有条组织起来的混乱"。② 如三部曲之第一部《莫洛伊》从心理学的深度解构了清醒/疯狂、真实/想象、理性/非理性、生/死等二元对立命题。《马洛纳之死》揭示作者与文本，写作与意义，叙述者与作品人物关系，并通过叙述者道出："写作只不过是一场游戏"这一后结构主义观点，进而隐喻了作者权威的逐渐消失，宣告了"作者之死亡"。《难以命名者》以讽拟的方式生动地揭示了后结构主义与解构主义理论思想，生动演示了"作者之死"、"人之死"、和"主体消解"之后的小说发展趋势和意义永远缺失的文本世界。难怪后现代文论家福柯、德里达、罗兰·巴尔特等经常到他的作品中去考证他们的理论。因为贝克特的作品激发了这些后现代文论家的灵感，"是他们理论顿悟的源泉"。③ 贝克特的理论小说与后现代理论大师们的理论似乎是互为注脚互为印证的关系。简言之，贝克特的小说三部曲既是虚构作品，又是跨学科性的理论文本，它们甚至成了比理论书籍或论文更好的思想载体。

　　从形式上看，贝克特的小说创作是在展示一个动态的发展进程，即一个向着自我的核心，也就所谓的"理想核心"（the ideal core of the onion）的螺旋式动态挖掘过程，同时也是一个不断超越自身意义并产生新的意义的过程。如果说，第一部小说《莫菲》为贝克特的小说实验建构了一个基本的二元对立的叙事框架和环形的小说形式；《瓦特》又在这个框架内开始了另一个探寻意义的环形旅行，那么，三部曲无疑是在《瓦特》的环形叙事模式内进一步演示了这个挖掘过程。每一个故事都环绕同一个中心展开，并且是螺旋式的逐层深入，正如乔伊斯所主张的"追溯到生活真相的最底层"。④ 这样，三部曲的第一部《莫洛伊》便建构了另一个内部的环形，更确切地说，是一个大的虚空；《马洛纳之死》又在这一环形之内开始

---

① 马克·柯里，《后现代叙事理论》，宁一中译，第 60 页。
② 参见陆建德，"显赫的隐士，静止的走动"载《麻雀啁啾》（陆建德著），北京三联书店，1996 年，第 70 页。
③ 马克·柯里，《后现代叙事理论》，宁一中译，第 63 页。
④ 转引自戴从容，《乔伊斯与形式》，载《外国文学评论》2002 年第 4 期，第 7 页。

了另一个环形。从空间的位置看,"《马洛纳之死》在《莫洛伊》之下的某一点开始向下延伸,直至抵达最底层,即三部曲的最后一部《难以命名者》"。①

这三部小说与贝克特前两部小说的最大不同就在于它们的主人公都生活在更加狭小的空间,其实,他们只生活在自己的精神空间或心灵空间,如哈桑指出:

> 这些主人公不再仅仅是像但丁笔下的贝拉克那样懒散——瓦特和莫菲的原型——总是蜷缩着将头垂在双膝中间;他们也不是渐渐与外界的人们和云彩、树木疏远的人。他们必要的活动都受到了严格的限制,从一开始就与现实完全脱离。他们被封闭在精神的空间,在黑暗中游走、衰弱、变换声音;在所有其他的方面被控制,他们缺乏对独特身份的把握。②

更加耐人寻味的是,小说三部曲中的主人公兼叙述者都有一个共同的特征,即他们都是作家、探寻者和旅行者,三部小说都表现了其主人公的旅行或漫游,但他们漫游的方式却各不相同。《莫洛伊》中的两个主人公所进行的首先是身体旅行,并且是朝着明确目标进行的实实在在的旅行,尽管他们的旅行也象征着对精神世界的探索;《马洛纳之死》则表现了一个生命垂危的老人处于弥留之际的精神漫游;而《难以命名者》的叙述者却是在文字的迷宫中游戏,所以它向我们展示的是文字和叙述的旅行。不难看出,贝克特的小说三部曲表现的是从身体的旅行逐渐到精神的漫游再到文字和叙述的旅行这样一个演变过程,也就是由动态向静态、由外部世界向内心世界,然后再从内心回到文本世界、从语言到沉默的发展过程。这也是作者不断挖掘自我和探寻艺术本质的过程。这一切恰好与后结构主义的理论达成了共识。下文将对三部小说逐一进行细致的文本分析与阐释,以论证贝克特的创作理念与后结构主义,即解构主义理论的必然联系,进而呈现贝克特小说中动态的、多元的,不断"延异"的后现代思想图像。

三、《莫洛伊》:理性与非理性的对话

三部曲的第一部《莫洛伊》是贝克特第一部以第一人称的叙述视角去

---

① H. Porter Abbott, *The Fiction of Samuel Beckett: Form and Effect*, p. 110.
② Ihab Hassan, "The Solipsist Voice in Beckett's Trilogy", in *Critical Essays on Samuel Beckett*, (ed.) Patrick A. McCarthy, p. 64.

探究意识和无意识领域的作品。小说从心理学的深度解构了清醒/疯狂、真实/想象、意识/无意识、生/死等二元对立命题,从而消解分明的二元对立界限,达到了一种"真正的精神现实"。[①]《莫洛伊》无论是在叙事技巧和话语模式上,还是小说视界上都不失为一部新颖、独特的小说。小说由两篇报道构成,它们分别记述了两个主人公莫洛伊和莫兰自我探索的意识流轨迹:莫洛伊在他母亲生前住过的小屋里回忆他寻找母亲、寻找故乡的经过,并试图把这一切用文字记录下来;莫兰作为一个侦探奉命去荒郊野外寻找失踪的莫洛伊,为的是写一篇有关他的报道。两篇报道好像是两个独立的文本,但它们又相互关联、相互对应、有时交叉叠合,错综复杂。最令人费解的是两个主人公莫洛伊和莫兰究竟是什么关系。对此,西方的一些评论家曾做出种种解释,得出过不同结论。有的认为他们是父子关系,有的认为是兄弟关系,也有的认为他们就是两个毫不相关的人物,而更多的评论家则认为莫洛伊和莫兰其实就是一个人,因此,两篇报道是关于一个人的故事。笔者认为,莫洛伊和莫兰既是两个不同的人物又代表两个人格面具和心理层面。若从叙事学和心理学的深度去解读,不难发现两个主人公实际上是叙述主体/叙述客体、意识主体/意识客体,也是理性自我/非理性自我的关系。他们不同的心理状态暗示出一个完整人格的两个不同侧面,也暗示了一个作家的双重自我,同时他们各自的报道揭示出两种不同的构思故事的方法。因此《莫洛伊》不仅仅描述了主人公探寻真实自我的旅程,同时也记述了一个作家如何构思小说的心路历程。据此,《莫洛伊》含有明显的自我指涉性或元小说的特征,揭示了主人公心灵生活中更广泛而重要的,甚至不被自我所意识的领域,反映了贝克特对人的本质和对作家艺术创作本质的双重思考。

1. 莫洛伊:一次回归母亲王国的俄狄浦斯旅行

小说的第一部分以莫洛伊寻找母亲为线索展开。莫洛伊是一个腿脚不便而又失去大部分记忆的中年人,小说开始时他被困在已故母亲的房间里不停地写作。他的任务是把他寻找母亲的漫长旅程,也就是把他来此之前的冒险经历用文字记述下来。每个星期都会有一个陌生人来取走他写好的文稿并付给他稿酬。至于莫洛伊的来历、身世、职业,作者未做任何交代,莫洛伊本人对这一切也搞不清楚。他不知道自己为何寻找母

[①] 弗洛伊德把"无意识"看做是全部精神活动中起决定作用的部分,它不但是意识的源起,而且是真正的精神现实。参见弗洛伊德《精神分析引论新讲》,苏晓离、刘福堂译,合肥:安徽文艺出版,1987年,第79页。

第七章 三部曲：走向后现代主义诗学，探究"不可言说"的真实

亲，母亲是否还活着，他也不知道自己最终是怎么来到母亲房间的，他甚至不知道自己为什么要把寻找母亲的经过写下来，如他自己叙述的："我在我母亲的房间里……我不知道自己是怎样来到这里的。……我现在想做的是把我能够记忆的东西讲出来，然后告别人世，结束我的一生……但是我不是为了钱而写作。为了什么？我不知道。"① 莫洛伊回忆道自己在旅途中历经磨难，到过城镇、乡村、海边、在崎岖艰险而又彼此相像的道路上跋涉。最后他来到荆棘丛生的丛林，他的身体日渐衰弱，腿病越来越重，开始时骑着一个破旧的自行车，后来只能靠双拐行走，最后他无法站立，只能在丛林中爬行，终因体力不支而倒在森林旁的深沟里，莫洛伊寻找母亲的旅行也到此结束。莫洛伊叙述的过程即是他寻找母亲的过程。他最终没有找到母亲，因此，他的叙述也以他寻找母亲的失败而结束，这也意味着他创作的失败和终结。在第一个报道结尾，莫洛伊听到了一个声音在说："我渴望回到丛林，哦，其实不是渴望。莫洛伊只能呆在他刚好到达的地方。"(124)那么，他为什么要寻找母亲？母亲对他究竟意味着什么？

"寻找母亲"原本是一个神圣而崇高的主题，因为在传统的文艺作品中，"母亲"往往是圣洁、善良、美好的形象，她能够唤起人们最美好的情感和发自心底的爱。在西方基督教的传统中，母亲又是女神和圣母的表征。然而，在《莫洛伊》中，"寻找母亲"这一主题却被异化了，因为在这里，母亲的形象同崇高、圣洁、美好这些字眼儿丝毫沾不上边。正像安德鲁·肯尼迪所评论的："这个关于母亲形象的'崇高主题'被降至'卑下主题'的地步，表现的竟是怪诞离奇、荒唐可笑的琐事。"② 莫洛伊是用极其粗俗的语言描绘他母亲的，因为母亲没有给他留下什么美好的记忆。他记得母亲是一个妓女，他从未见过自己的父亲。母亲给他留下最深刻的印象就是"披头散发、满脸皱纹、污秽、流口水，是一个又聋又瞎、身体衰老的疯女人"。(24)莫洛伊寻找母亲的旅行实际上是受一种矛盾情感驱动的。他既厌恶母亲，但又渴望同她团聚。他先称母亲为"可怜的老妓女"(23)，后来又把试图同母亲团聚的愿望描写成"渴望见到母亲的狂喜"(44)，对母亲的依恋是莫洛依生活中的一个重要情结。

依照荣格心理学的原型理论，母亲作为原型使人想起无意识的、自然的和本能的生命。③因而母亲是生命的本源，母亲的房间就是子宫的象

---

① Samuel Beckett, *Molloy*, New York: Grove Press, 1970, p. 7. 本书中《莫洛伊》的引文均出自此版本，由笔者自译，下文中对这部小说的引文页码均直接置于文中括号内，不另作注。
② Andrew K. Kennedy, *Samuel Beckett*, Cambridge: Cambridge U P, 1989, p.110.
③ 参见陆扬,《精神分析文论》,济南：山东教育出版社,2001年,第100—101页。

征。莫洛伊寻找母亲就意味着寻找幸福的源头,因为对他来说,生存就意味着受苦,人的一生中最最幸福的时光是在绝对无意识的状态中度过的,即在母亲的子宫内度过的那些日子。莫洛伊渴望见到母亲实际上就是渴望回到自我的无意识领域,回到他自己所描绘的"我的巨大历史中唯一能持久的,确实能持久的那个阶段",(23)即在母亲子宫里孕育的那段时间。然而,莫洛伊似乎并不爱他的母亲,反而蔑视她,怨恨她。他用极其粗俗下流的语言描绘道,"如果我没记错的话,是她通过她屁股上的一个洞把我带到了这个世界上,首先闻到了粪便的味道"。(20)这其实暗示了贝克特是一位深受基督教传统中原罪思想影响的作家,莫洛伊对母亲的矛盾情感恰好反映了这种愿罪意识。"莫洛伊鄙视他的母亲,认为她是把自己从子宫内的伊甸园中驱赶出来的人,但是他又感到不得不回到母亲身边,因为她是人堕落以前的快乐时光之源头。"①母亲只是把他带到这个混乱的世界,但又不能承担起保护他的责任。莫洛伊认为这是一个大的错误——出生的错误。贝克特在《普鲁斯特》中曾把这错误看做是"出生的罪过"(the sin of having been born)。②正是由于母亲的过错,莫洛伊才开始了漫长而艰难的人生旅行。因此,莫洛伊对母亲的怨恨可以"追溯到最初的失败:竟然被生出来,和母亲阻止他出生的失败"。③莫洛伊对母亲的厌恶后来又延伸到他对所有女人的厌恶,如他在旅途上相继遇到的两个女性露丝和茹丝。

其实,贝克特笔下的母亲形象具有多重身份或角色,她是母亲、情妇、甚至妓女等身份的融合;这种模糊的女性形象构成了一种人物类型或模式。如皮林指出:贝克特之所以聚焦于女性(母亲),是因为她是生命的化身……在给生命赋予肉体的时刻,正是永恒进入时间,生命进入生活之起点。这里其实也是最紧迫的神学难题的起始点,因为,它是人性与神性的交汇之处。④ 寻找母亲的旅行是一次神圣的探寻生命源头的旅行。

由此可见,莫洛伊寻找母亲的旅行是一次回归母亲王国的俄狄浦斯旅行,但它表现的却不是传统的弗洛伊德式的俄狄浦斯情结,而是一种怪诞的"乱伦式的性欲"。⑤他回忆道,母亲经常把他误认为他的父亲,他自己也下意识地在母亲面前扮演起一个丈夫的角色:

> 她从未叫过我儿子,幸好,我不能忍受儿子这一叫法,但是,她称

---

① Richard Begam, *Samuel Beckett and the End of Modernity*, p. 104.
② Samuel Beckett, *Proust*, p. 49.
③ Andrew K. Kennedy, *Samuel Beckett*, p. 110.
④ John Pilling, *Samuel Beckett*, p. 120.
⑤ James Acheson, *Samuel Beckett's Artistic Theory and Practice*, p. 102.

第七章 三部曲：走向后现代主义诗学，探究"不可言说"的真实

呼我丹(Dan)，我不知道为什么，我的名字不叫丹。或许丹是我父亲的名字，是的，也许她把我当成了我父亲。我把她看作母亲而她却把我当做我父亲。……我记得每当我想把她称作什么，我就称呼她迈格(Mag)。……我满足了一个强烈的，无疑是无人知晓的需要，需要有一个 Ma，就是一个母亲，并且响亮地把这事公布出来。因为在你说 Mag 之前，你不可避免地要先发 ma 这个音。Da 这个音，在我这里，意味着父亲。(21—22)

从以上引文我们可以感受到一种扭曲的母子关系。莫洛伊对母亲的依恋可以被看做是一种被压抑的欲望，即一种"恋母情结"。但他却不能像对待他最心爱的人一样对待母亲，他同母亲交流的方式是粗鲁而残酷的。莫洛伊回忆道，他从未听从过母亲的话："我通过敲打母亲的头盖骨与她交流。敲打一下，表示'是'；敲打两下表示'不是'；三下表示'我不知道'；四下，'要钱'；五下，'再见'……"(22)难怪评论家艾伯特认为莫洛伊寻找母亲的旅程"以一种令人难以忍受的，对弗洛伊德寓言反讽性模仿的形式表现的"。[①]说它令人难以忍受是因为莫洛伊并没有真正被他母亲所吸引，他和母亲之间似乎没有什么感情交流，更谈不上爱。这其实折射了作者贝克特本人对他母亲的复杂情感，甚至是反感。

荣格认为母亲原型可以派生出"大地母亲"(Great Mother)的概念。[②]因此，寻找母亲对莫洛伊来说也意味着寻找故土，意味着寻根。他没有亲属，没有伴侣，孤独地在一个陌生的宇宙中漫游。他感到自己虽然生活在这个世界上，但却不属于这个世界，于是便有了失去自我，失去归属的苦恼。所以他渴望找到属于自己的家园，找到他的根，并把寻找母亲、寻找故乡、看做是自己的终生使命：

整个一生，我相信我是在寻找母亲，为的是在一个比较稳定基础上建立我们之间的关系。当我同她在一起时，我经常取得成功，我离开了她，就没做成任何事。当我不在她身边时，我又踏上了寻找她的路，希望下一次做得更好。每当我表现出要放弃，并忙于别的事物，或什么事都不做时，实际上我正在暗中策划并寻找去我母亲住所的路。(118)

莫洛伊寻找母亲的旅程即是他回归家园的旅行，但他的家乡在哪里，他却搞不清楚；当在旅途中遇到警察盘问他的姓名和住址时，他竟一无所知。莫洛伊在他的叙述中始终没有记起母亲和他家乡的名字，直至小说的第

[①] H. Porter Abbott, *The Fiction of Samuel Beckett: Form and Effect*, p. 93.
[②] 参见陆扬，《精神分析文论》，第 100—101 页。

二部分从莫兰的叙述中我们才得知莫洛伊的家乡或许在一个叫巴里的小镇。其实,他家乡的名字和母亲的名字对他来说并不重要,因为莫洛伊与其说是在寻找母亲、寻找故乡,莫如说是在寻找精神的避难所、寻找精神乐园。正如贝克特第一部小说《莫菲》中的主人公所说:"生活是寻找家园的漫游",(Mu,6)而这家园,其实就是那黑暗的潜意识的王国,就是本真的存在。

由此可见,莫洛伊寻找母亲的旅行就是寻找"本我",探寻存在本质的精神旅行。虽然他最终没有找到母亲,但实际上,在寻找母亲的过程中,他自己变得越来越像母亲了,如他自己所说:"我占有了她的房间。我睡在她的床上。我在她的便盆里大小便。……我一定越来越像她了。"(8)莫洛伊在寻找母亲的旅途中由寻找者逐渐转变成了被寻找的对象。在母亲的房间里,他感到自己似乎回到了最初的生存状态,在心理上更接近母亲了。其实,莫洛伊越来越接近的是他最本真的自我,而他的母亲却仍然离他很遥远,对他来说母亲的形象永远是模糊不清的,因而他寻找母亲的旅行也是毫无结果的。母亲的问题将是永远困扰莫洛伊的难题。小说的第一部分实际上是一个现代的俄狄浦斯寓言,揭示了二战以后西方社会一些知识分子失去信仰和精神支柱后的内心孤独、迷惘和绝望。

2. 莫兰:跨越理性的疆界,探寻"真实的自我"

小说的第二部分是由另一个主人公莫兰叙述的关于他寻找失踪的莫洛伊的旅行。但它比第一部分的情节要复杂得多,因为它不仅仅是一个简单的侦探寻找失踪者的故事,还是从更深层面表现了一个作家寻找主人公、寻找真实的自我,从而实现对自我的重构;同时从心理学的深度揭示了作家潜意识活动和构思小说的过程,展示了意识主体和意识客体、理性自我和非理性自我的交流与互动。

莫兰是同莫洛伊截然不同的人物,他是一个体格健壮、精力充沛、办事果断而又自信的男子汉。他在故事的开始就把自己的情况做了详细的交待:他有家产、儿子、女仆,并过着舒适安定的生活;他的职业是侦探,为一个神秘的组织做事,这个组织的头目叫尤蒂(Youdi)。八月里的一天上午,尤蒂派一个名叫盖博(Gaber)的信使来到他家,命令他去寻找莫洛伊并写一篇关于莫洛伊的报道。于是,莫兰在儿子的陪伴下踏上了寻找莫洛伊的旅程。有趣的是,在旅途中他遭遇了同莫洛伊相同的磨难,像莫洛伊一样,他的腿也变得越来越僵硬,无法行走,他只好派儿子到附近的城镇买了一辆破旧的自行车,后来他儿子抛弃了他,并偷走了自行车。莫兰最终精疲力竭,倒在了丛林中。这时,盖伯又带着尤蒂的命令出现了,

第七章 三部曲:走向后现代主义诗学,探究"不可言说"的真实

让他马上回家。莫兰没有完成任务就开始往回赶。他在荆棘中爬行了整整一个冬季。当他终于回到自己的家园时,发现一切都变了。先前的那个舒适温馨的家已不复存在,门锁已经生锈,整齐的家具都破损了,佣人已经离开了,就连他自己也已不是先前的他了。莫兰整理了房间,便开始写他的报道。此时,他似乎意识到自己已经不再按着尤蒂的指令行事了,而是被一个内在的声音操纵着。其实,尤蒂同《等待戈多》中的戈多和《瓦特》中的诺特一样,是个神秘的角色,他就是理性和意义的象征,而那个内在的声音其实就是内在的、无意识的自我。这意味着莫兰正在由一个理性的、有意识的自我向着非理性的、无意识的自我转化。他这样写道:"也许我会见到莫洛伊。我的膝关节未见好转,但也没变得更糟。我现在用双拐。我将来会走得快一些……"(240)这暗示出莫兰正在一点一点地接近莫洛伊,在写作的过程中,他将会逐渐发现莫洛伊。

莫兰的旅行实际上是朝着内部的、无意识的领域,即他的那个最隐蔽的自我进行的,它揭示了一个作家进行艺术构思时真实的心理活动。在出发之前他曾在自己的房间里思索:"我在脑海中漫游,慢慢地,并非经过迷宫中的每一个细节,它的路径就像我家花园中的小路一样让我感到熟悉,像心灵期盼的一样空虚,或者是充满奇遇……深不可测的心灵,时而是灯塔,时而是海洋。"(144—145)这说明作为一个受习惯和理性支配的人,莫兰对外部的客观世界十分熟悉,而对人的内心世界,甚至对自己的潜意识的领域却感到茫然。他的意识和心智就像他家花园的路径一样清晰可辨,而他的潜意识世界却像大海一样深不可测。作家创作唯有深入到潜意识的领域才能达到真正的精神现实。①尽管对莫兰来说,莫洛伊的形象是神秘的、陌生的,而且是难以触及的,但他却越来越被这个神秘的人物所吸引。其实,莫兰的头脑早就被那个神秘的人物占据了。他一遍又一遍地想象莫洛伊的样子并逐渐捕捉到了自己心目中的莫洛伊,他说:"或许我已把他虚构出来了,我是说我发现他已经在我的头脑中成形了。"(152—153)由此可见,"莫兰对莫洛伊的探寻首先是莫兰逐渐发现他内心的那个莫洛伊的过程,一个资产阶级分子被流浪汉同化的过程"。②在寻找莫洛伊的旅途中,莫兰一步步地走近他内在的自我、走近他的灵魂。

莫兰原本有一个美满、舒适而又稳定的家庭。他的生活原本是受理性、意志、规律和宗教信仰所支配的。然而,当他奉上级指令去寻找莫洛伊之时,便感到自己脱离了有秩序的、理性的世界,仿佛被抛进了一个神

---

① 陆扬,《精神分析文论》,第18—19页。
② Eugene Webb, *Samuel Beckett: A Study of His Novels*, p. 88.

秘的、不可知的、非理性的、混沌的宇宙，成了一个孤独的漫游者。莫兰不但没有找到莫洛伊，他自己却在丛林中迷路，失去了先前的那个自我，而变成了莫洛伊式的人物。他那个优雅、闲适而又自信的自我被一个焦虑不安的"反自我"所取代，而这个"反自我"正是他苦苦追寻的目标莫洛伊。对于莫兰来说，莫洛伊不仅仅是他追寻的目标和他将在报道中描写的主人公，他简直就是自己的一部分，他们两个其实是不可分离的。因此，莫洛伊和莫兰可以被看做是一个人物，或一个作家的两个不同的侧面，即理性与非理性、意识与无意识、自我与反自我。莫洛伊是莫兰潜意识的、反面的自我。莫兰一旦发现了这个真实的自我，便会意识到，"他最终已不再是一个与他的外表协调一致的人了，而是变成了他的对立面——一个与他的灵魂相一致的人"。① 所以莫兰追寻的目标与其说是莫洛伊莫如说是他自己——他真实的、完整的自我，即外表和灵魂相互吻合的自我。

3. 莫兰/莫洛伊：作家与角色的交流与互动

莫洛伊和莫兰的旅行是朝着不同方向进行的：一个是从未知的世界，或许是从荒郊野外出发去寻找故乡，寻找母亲；另一个则从温暖舒适的家园出发向着不可知的、混沌的大世界，向丛林挺进。从表面上看莫洛伊和莫兰是两个截然不同的，甚至形成鲜明反差的人物。但是他们的行为、外貌和旅途中的遭遇有很多相同之处。首先，他们都是小说中的"我"，既是叙述者又是经历者；他们都是作家和寻找者。但是他们都未能达到他们所追寻的目标，并且最终他们都由寻找者变成了被寻找者。整部小说就是在演示着寻找者与被寻找者、作家与角色的相互对应与转化过程。莫兰与莫洛伊的关系可以被看做作家与角色、叙述者与被叙述者的关系。其实，莫洛伊故事中的一个细节就已经暗示了这一点。莫洛伊回忆道：他在去寻找母亲之前曾蹲在一坐山丘上观看着下面的两个陌生人在乡间的小路上漫步，他们不时地凑到一起交谈几句，然后又分开朝着不同的方向赶路。莫洛伊给他们取名为 A 和 C。"他们各自赶路，A 往回城的方向走去，C 则走上似乎他自己也不十分清楚的路。"(10)这两个陌生人正是莫洛伊和莫兰的影子。莫洛伊好像更同情 C，因为 C 的境况与他自己的情况很相似：像莫洛伊一样，C 看上去上了年纪，身体虚弱，行走不便，因此他手里拿着一根粗大的木棍作拐杖。"我看着他渐渐远去，被他的焦虑困扰着，至少是一种未必属于他自己，但他又与人分担的焦虑。谁会知道这就是我自己的焦虑在困扰他呢。"(12)

---

① James Acheson, *Samuel Beckett's Artistic Theory and Practice*, p. 111

第七章 三部曲：走向后现代主义诗学，探究"不可言说"的真实

而陌生人 A 则与 C 截然不同，他看上去像是一个绅士，"没戴帽子，穿着凉鞋，抽着雪茄，带着他的狗在悠闲自在地散步"。(13)莫兰也有吸烟的习惯，他也是像 A 一样有身份和地位的人，至少在他去寻找莫洛伊之前是这样的。A 和 C 虽然只是莫洛伊漫长旅途中遇到的过路人，但他们却暗示了两个截然不同方向的旅行，即向着已知的领域和向着未知领域的旅行，也暗示了小说中两个叙述者，莫洛伊和莫兰之间微妙的关系。A 和 C 的影子也在莫兰寻找莫洛伊的旅途中隐约出现，折射出两个不同的自我。

A 和 C 既是莫洛伊创造的两个不同的人物又代表两个人格面具，他们同莫洛伊的关系就好比莫洛伊同莫兰的关系。其实，A 和 C 的关系暗示了作家和他笔下人物的关系，因为他们恰好是两个英文单词 Author 和 Character 的第一个字母。①因此，莫兰寻找莫洛伊的旅行就是一个作家为他的作品寻找人物的过程；而莫洛伊寻找母亲的旅行也就是人物为自己寻找作者的旅行。莫洛伊似乎觉得母亲就是自己的作者，因为是母亲给了他生命，把他带到了这个世界，使他成为现在这个样子。他就是母亲的作品。所以莫洛伊即是："一个人物在寻找一个能把他写进故事，为他找到归宿的作家，以便使他结束无休止的流浪生活"。② 遗憾的是他最终没有找到母亲，但他却来到的母亲的房间，占据了母亲的位置，这意味着莫洛伊由人物变成了作者并开始写有关自己的故事。而莫兰作为一个作家在一种神圣的使命感即理性的驱使下寻找着自己的人物，但在寻找的旅程中，他逐渐发现了他自己的另一个自我，于是由作家变成了他自己作品中的人物。自我最终由意识主体变成了意识客体，这充分印证了弗洛伊德的观点，自我能够使自己成为客体，能够像对待其他客体一样对待自己，观察自己，批评自己。③

贝克特在这部小说中更进一步演示了理性与非理性、主体与客体之间的二元对立，特别是从叙事学角度探讨了作家与文本、叙述者与被叙述者之间的对应与互动关系。莫洛伊和莫兰演绎了叙述者和被叙述者之间的难题，他们不但各自讲述着自己的故事，而且他们的故事还在结构上相互关联，似乎一个故事是另一个故事的变体。莫兰和莫洛伊都是身兼数职的角色：莫兰是作家兼叙述者和寻找者，而莫洛伊则既是叙述者又是被叙述者；既是外在的主人公，即莫兰要创造和虚构的人物，又是莫兰内

---

① 关于 author 和 character 这一观点是海斯勒提出的，参见 David H. Hesla, *The Shape of Chaos: An Interpretation of the Art of Samuel Beckett*, p. 102.
② David H. Hesla, *The Shape of Chaos: An Interpretation of the Art of Samuel Beckett*, p. 103.
③ 参见弗洛伊德，《精神分析引论新讲》，苏晓离、刘福堂译，第 62 页。

在的自我,即他追寻的目标。外在的主人公是由理性和意识把握的,而内在的自我却是由潜意识所支配的。正是内在的莫洛伊吸引了莫兰并驱使着他去寻找、去写作。结果是一个潜意识的、反面的、放荡的自我被那个有意识的、过于自信的、英俊的自我发现,他们相互补充,彼此同化,你中有我,我中有你。由此可见,莫兰寻找莫洛伊的旅程和写作过程揭示了一个作家同他的主人公不断对话和互换角色的过程,也揭示了作家从主人公身上寻找真实自我的创作过程

4. 两个文本:理性与非理性、酒神世界与日神世界的对立与融合

从艺术美学和形式实验的角度,《莫洛伊》以报道的形式描绘了两个并行的、相互对应的艺术世界。两个文本既展示了一个作家潜意识和意识的两个心理层面又代表两种精神,即酒神精神和日神精神。尼采在《悲剧的诞生》中曾把艺术世界概括为展示两种精神的不断融合与不断分离的世界,这两种精神就是阿波罗(日神)精神和狄俄尼索斯(酒神)精神。前者象征着幻想、希望、理性和道德,而后者则象征享乐、放纵、疯狂和本能。[1]只有两种精神的合一才是艺术的本质,才能达到最本质的、真实的世界。总之,阿波罗-狄俄尼索斯式的二元性表现了两种并行发展的创作倾向,它们通常形成鲜明的对立。[2]莫洛伊和莫兰的故事正是酒神精神和日神精神的真实写照,他们就是现代主义语境下的狄俄尼索斯和阿波罗。整部小说就是在展示这两种精神的相互对立、相互转化和融合的过程。莫兰对莫洛伊的追寻意味着一个现代作家从对理性的客观世界的关注转向对非理性的、潜意识领域的探索。正如科恩所评论的:"莫兰-莫洛伊的旅行可以被视为以尼采的美学思想为基础,脱离阿波罗的世界,从而达到狄俄尼索斯式的艺术境界的旅行。"[3]

作为酒神世界和日神世界的表征,两个文本在叙事视角、话语模式以及所展示的艺术世界上自然是不同的。莫洛伊的故事表现的完全是他潜意识的活动,因而是支离破碎、含糊不清并且没有任何时间概念的。他只是回忆起"大约11点至正午时分,教堂奉告祈祷的钟声吵醒了我,想起不久后的基督显灵,我决心去见我的母亲"。(19)但对他此前的情况和他

---

[1] 参见尼采,《悲剧的诞生》,刘崎译,北京:作家出版社,1986年,第13页。
[2] See Hazard Adams (ed.), *Critical Theory since Plato*, Irvine: Harcourt Brace Jovanovich, Inc., 1971, pp. 636—638.
[3] Edith Kern, "Moran-Molloy: The Hero as Author", in *Modern Critical Views: Samuel Beckett*, (ed.) Harold Bloom, p. 15.

第七章 三部曲：走向后现代主义诗学，探究"不可言说"的真实

行为的动机，我们不得而知。莫洛伊开始叙述时就不断重复着："我从这里开始……我从这里开始，"(8)但他却不知道怎样开始自己的故事；不知如何下笔，诚如他自己所说："我忘记了怎么拼写，一半的词语也已经忘光。"(8)而从莫兰的叙述中我们却能听到一个清晰、自信、理性的声音：

> 我所做的一切既不是为了莫洛伊，也不是为了我自己，而是为了一个事业。因为莫洛伊对我来说并不重要，我对自己也没寄予什么希望；事业需要我们去完成，而它又是根本不知名的，并且当建造它的不幸的工匠们都不在了，它将继续下去，它让人难以忘怀。(157)

莫兰有清醒的意识和时间概念，他是这样开始叙述的，"此时是午夜时分，雨点不停地敲打着窗户。我镇静自如……"(120)他很清楚自己在奉上级的指令整理一篇有关寻找莫洛伊的报道，他对自己写作的素材也有较全面的把握，因此他显得镇静、从容。他说，"我起身走到书桌旁……台灯放射出柔和而稳定的光线……我的报道会很长。或许我会写不完"。(125)从两篇报道的开头不难发现两个叙述者属于两个截然不同的世界，"莫洛伊的生活完全与那些附属的、有用的事物相脱节，既无形式也无理性。而莫兰则肯定是一个在时间和空间中生存的个体"。① 莫洛伊属于一个无意念、无因果关系、无时空界限、难以用文字形容的混沌的宇宙。在这样的世界里，莫洛伊像《莫菲》中的主人公一样成了"黑暗中一颗绝对自由的尘埃"；(Mu,66)在这样的世界里，莫洛伊面临着《瓦特》的主人公在诺特家所面临的同样难题，即如何认知和用语言解释这个世界；在这里，没有任何具体的事物，一切都是模糊不清、难以命名，正如莫洛伊自己所叙述的："一切都在消失，海浪和粒子，没有事物，只有无名的事物，没有名字，只有无物的名字。"(41)生存在这样的环境里，莫洛伊所描写的只能是无生机的、虚无的世界："我所认识的一切就是文字所认识的，无生命的事物……说话就等于编造，错了，绝对错了，你编造的是虚无……"(41)而莫兰则属于一个有秩序的、具体的、可以被感知的现实世界。在莫兰的世界里，我们可以感知到实实在在的人际关系：如父与子的关系、主人与仆人的关系、上级与下级的关系等。在莫兰的世界里，一切都是可以用语言形容，每个人和物都能找到确定的位置，正如贝格姆所说的：莫兰的世界"好像是一个我们能够准确绘制出它的时间、空间和因果关系坐

---

① Edith Kern, "Moran-Molloy: The Hero as Author," in *Modern Critical Views*: *Samuel Beckett*, (ed.) Harold Bloom, p. 10.

标的世界,是一个可以被认知的世界"。①总之,莫洛伊和莫兰的叙述揭示了两个相互对立又相互补充的艺术世界,也暗示了两种生活态度和两种艺术构思的方法。从他们的叙述中,我们似乎听到了两种声音——理性的声音和非理性的声音,酒神和日神在叙述的过程中不断融合又不断分离,构成了一个动态的艺术世界。

从形式上看,两个故事都是环形发展的,莫洛伊在母亲的小屋开始他的故事,也是在这个小屋他的意识活动终止,这也意味着他的故事的终结。莫兰是在半夜,外面下着雨的时候,在自己的房间开始写他的报道,也是在同样的时间和地点,他结束了自己的报道。两个故事又构成了一个大的环形的叙事框架,并且它们的前后顺序是可以随意调换的。如海斯勒所评论的,"整个小说是环形发展的,莫兰的探索将被莫洛伊的探索继续下去"。②贝克特小说始终在演示这种循环模式。如前面所论述的,从他的第一部小说《莫菲》开始,贝克特就建构了一个环形的叙述框架,他的三部曲就是在进一步演示这样一个不停运转的、无休止的叙事圈,使其最终发展成一种螺旋式连续不断的动态形式。更加耐人寻味的是小说的结尾,莫兰叙述道:"我回到房间继续写作,此时是午夜时分。雨点不停地敲打着窗户。那不是午夜。也没有下雨。"(241)这种自我否定的话语模式是贝克特的小说的一个典型叙事特征,这也就是后结构主义叙事学所指的"消解叙述"(denarration),即先报道一些信息,然后又对之进行否定。③在三部曲的最后一部《难以命名者》中,这种不断自我否定的话语模式表现得更为突出。其实,最后这两句自相矛盾的话语已不再是故事内的叙述者莫兰发出的,而是故事外的作者(贝克特)本人的表白,其目的就是要提示读者:莫兰作为一个作家正在虚构一个故事,从而揭穿一个事实,即作家所写的一切作品都是虚构的。因此读者会对这自相矛盾的结束语感到费解:外面是否在下雨,莫兰的故事是否真实可信? 其实,莫兰在开始叙述时就已道出"或许我会写不完",这也为小说的结尾留下了伏笔。莫兰似乎对故事的结局感到忧虑和茫然,因为他永远也不会知道故事的结局。这实际是在暗示一个有自我意识的作家对越来越无法把握的世界、对人生、对作家和艺术的未来的惶惑和忧虑。诚然,对贝克特来说,现代小说已不能再用传统的写实的手法表现二战以后人类荒诞的生存境遇和复杂的内心世界,然而,小说实验将向何处发展? 小说艺术将向

---

① Richard Begam, *Samuel Beckett and the End of Modernity*, p. 102.
② David H. Hesla, *The Shape of Chaos: An Interpretation of the Art of Samuel Beckett*, p. 96.
③ 申丹,《"故事与话语"解构之"解构"》,载《外国文学评论》2002年第2期,第49页。

何处发展？没有人能给出固定的答案。这或许就是困扰贝克特的一个艺术难题。

总之，《莫洛伊》以其独特的小说形式和叙事话语而成为20世纪实验小说的经典。贝克特巧妙地将"旅行"和"寻找"融入叙述和写作过程，使人感觉旅行和寻找自我的过程即叙述的过程，旅行的终结就意味着叙述和写作的终结。贝克特写这部小说的初衷并不是为了给读者讲述一个动人的故事，而是试图揭示一个作家进行艺术创作和小说实验时的全部精神活动，并证明作家的创作过程就是不断发现真实自我，即潜意识的自我，并实现意识主体与意识客体、理性与非理性的交流和对话的过程，从而也实现了作家与灵魂的一次对话。

四、《马洛纳之死》："作者之死"的寓言

> "文学以只关注它自身为原则。倘若文学也关注作者，那么也只关注作者的死亡、沉默和消失，哪怕是正在写作的作者。"
> ——米歇尔·福柯[①]

作者问题，尤其是作者的"生"、"死"问题是后结构主义文论大师们所格外关注的一个话题。早在20世纪60年代，作者与文本就已经被他们解构得伤痕累累。无论是德里达的《书的终结，文字的开始》(《论文字学》第一章，1967)，巴特的《作者之死》(1968)，还是福柯的《作者是什么？》(1969)，都在不同程度上宣布了"作者的死亡"。然而，贝克特的《马洛纳之死》却是最早的一部以小说形式讲述作者死亡，探讨作者问题的文学作品。该书在形式实验上和探寻自我方面是对前一部小说《莫洛伊》继续；而在话语层面上它却是对前一部小说的超越，因为它更加飘忽不定、难以把握。《马洛纳之死》从题目看是一部关于死亡主题的小说，但实际上它是通过描写死亡来探讨作者与文本、写作与意义、叙述者与作品人物关系的小说。值得注意的是，这部小说创作于20世纪40年代(1947年)[②]，但贝克特在书中却预见性地暗示了60年代末期后结构主义文论家的理论思想。贝克特不仅通过这部小说描写了一个作者的死亡，而且也向我们展示了一场精彩的写作游戏以及游戏中贯穿始终的张力，从而隐喻了作者权威的逐渐消失，宣告了"作

[①] 转引自陆扬，《后现代性的文本阐释：福柯与德里达》，上海：上海三联书店，2000年，第210页。

[②] 贝克特1947年11月开始创作法语小说《马洛纳之死》，只比《莫洛伊》晚创作半年，两部小说(法语版)在1951年先后出版。所以说《马洛纳之死》是对《莫洛伊》故事的继续。

者的死亡",同时更深入彻底地实验了他所追求的"'自我'在创作过程中彻底消解"的创作原则。因此,《马洛纳之死》可以说是第一部预示着未来后结构主义理论思想的后现代主义小说。下面就从元叙述的角度来剖析和解读这部小说,通过小说与小说内的文本之间的互文关系来阐释文本的意义,以揭示贝克特对作者存在问题的思考。

1. 从"写作"向"游戏"的转变

要想读懂这部小说,首先应该了解它在贝克特整个小说实验中的位置。如果说三部曲所展示的是一个从上向下的朝着"理想核心"的动态挖掘进程,那么,《马洛纳之死》就是这一进程中的一个不可或缺的中间环节。从小说的题目看,《马洛纳之死》似乎预示着某种终点或结局,但耐人寻味的是它既不是三部曲的开始也不是结尾,更不代表贝克特小说实验的终结。它恰好是故事的中间部分,因为作者的死亡和文本的解构并不意味文本的消失,而是意味着重新确立文本的意义走向。

如果将《马洛纳之死》和《莫洛伊》加以比较,我们便会发现两部小说都是独白式的意识流小说,但它们在叙事结构和话语模式上却有很大不同。首先,《莫洛伊》中人物的意识流动还是比较合乎逻辑的,因为它还有一个较清晰的情节,有人物用想象和幻觉编织出的故事,并且人物还有一定的活动和行为能力。而马洛纳的意识流却是错综复杂、支离破碎的。《马洛纳之死》完全以主人公的内心活动和意识流动的过程为情节和叙事结构,向我们展示了一个变幻莫测、扑朔迷离的无意识领域。第二,两部小说都表现了其主人公,即叙述者的旅行或漫游。但是《莫洛伊》中的两个主人公所进行的首先是身体的旅行,并且是朝着明确目标进行的实实在在的旅行,尽管他们的旅行也象征着对潜意识领域和精神世界的探索;而《马洛纳之死》却表现了其主人公纯粹的心理和精神旅行。马洛纳是个年逾八旬的老人,他已无任何行动能力,自始至终躺在病榻上,等待死神的召唤。他唯一能做到的就是无休止的无意识的内心独白。因此西方一些文学评论家称他为十足的"精神流浪汉"(psychological picaresque)[①]。最后,但也是最重要的一点,马洛纳同《莫洛伊》中的两个主人公一样,也

[①] 帕特雷克·伯尔斯在评论贝克特作品时首先使用了"精神流浪汉"(psychological picaresque)这个短语。参见 Patrick Bowels, "How Samuel Beckett Sees the Universe", *The Listener*, June 19, 1958, p. 1011(qtd., in Melvin, J. Friedman, "The Novels of Samuel Beckett: Amalgam of Joyce and Proust", *Critical Essays on Samuel Beckett*, ed. Patrick A. McCarthy, p. 21)。

第七章 三部曲：走向后现代主义诗学，探究"不可言说"的真实

是一位作家，即小说中的"我"，但他们对待写作的态度却是截然不同的。如果说《莫洛伊》的主人公是在一种使命感的驱使下写有关自己的真实报道，并把写作看做是严肃的任务，那么，马洛纳却沉溺于编故事，并把写作看作是一种游戏或消遣。对于马洛纳来说，写作和叙述不仅是一种游戏，而且也是打发时间，排遣孤寂的手段。马洛纳大部分时间是处于无意识或弥留状态，但他却清醒地意识到自己在等待死亡。他开始叙述时就用醒目的大写印刷体告诉读者："无论如何我最终都将死去。也许是下个月。那么将是四月或五月。"① 可见，马洛纳既是一个处于弥留之际的不自觉创作的作家，又是一个"有意识的感受死亡的自我"。②

从形式实验角度看，《马洛纳之死》标志着贝克特向着新的叙事领域的探索，因为它并没有沿着前一部小说所建构的叙述框架走下去。如 H. P. 艾伯特所评论的，"贝克特已经耗尽了写报道的模仿潜能，他要将马洛纳的创作向着另一个方向推进，以帮助他走出困境。"③ 所以马洛纳一再声明他现在讲的这些故事与以往的故事不同，"它们将是平静的，不再有丑陋、美丽和激动，它们几乎是无生气的，就像它们的讲述者一样"。(2) 这实际是作者（贝克特）本人的表白，他在暗示《马洛纳之死》与他以前创作的小说完全不同。"这一次我知道我将向何处走，它不再是关于很久前的一个夜晚，最近的一个夜晚。现在它是一场游戏。"(2)这恰好预示了后结构主义思想家福柯视文学创作为"游戏"的观点。

因此，《马洛纳之死》表现了一个作家的双重探求，即探求本真的存在和探求一种新的写作形式。二者相互渗透，相辅相成。寻求本真的存在是在写作和叙述的过程中进行的，而写作过程又反过来记述了自我探索的发展历程。所以小说可以从两个层面去理解：一个是心理学的层面，表现了马洛纳向着心灵深处，即自我的核心挖掘的精神旅行；另一个是"理论性虚构"或"元叙述"的层面，它揭示了叙述者，也是作者（贝克特）对新的写作形式的尝试和思考。正如《长篇小说概论》(*Critical Survey of Long Fiction*) 所指出的：

> 同贝克特一样，马洛纳是一个强迫自己写作的，并且永远不满足于自己作品的小说家。因此，《马洛纳之死》是 20 世纪元小说流派中，或者是关于小说本质的小说中，最彻底的自我批评和自我参与的小说之一。它以幽默和无情的自我剖析展示了小说的极限、小说的

---

① Samuel Beckett, *Malone Dies*, New York: Grove Press, 1970, p.1. 书中《马洛纳之死》的引文均出自此版本，由笔者自译，下文中的引文页码均直接置于文中括号内，不另作注。
② Andrew K. Kennedy, *Samuel Beckett*, p.125.
③ H. Porter Abbott, *The Fiction of Samuel Beckett: Form and Effect*, p.109.

娱乐性以及小说可接受的替代形式的匮乏。①

因此,《马洛纳之死》隐喻了一种新的文本形式,它已经不再讲述什么有趣的故事而只是讲述关于写作的故事,这种写作更像是一种游戏。

2. 写作:向着生命尽头的一次精神漫游

首先,《马洛纳之死》是一部关于死亡主题的小说,它描写了一个老人,也是一个作家的死亡过程。死亡过程既是写作和游戏的过程,也是一个漫长的沉思和等待的过程,而这种等待又是一种无望的、无奈的"等待戈多"式的等待。

小说开始时马洛纳已经是一个病入膏肓的老人,孤独地在死亡的边缘徘徊。然而,他却以极其坦然、平和、冷静的心态面对死亡,并把死亡看做是生命的一个组成部分,是人生的一个自然阶段,他说:"我最终会变得自然,我将会忍受较大的痛苦,然后痛苦会减轻一点,没有任何结论,我会更少地关注我自己,我会变得不热也不冷,变得微温,我死时体温将是温的,没有热情。我不会看着自己死去,那样会太扫兴……"(1—2)为了轻松愉快地度过这段时光,马洛纳决定给自己讲几个故事,写些东西,仿佛要把他一生的体验尽可能地记述下来,留给世人。虽然此时的他"作为一个作家已经被降到最低的程度",②他已经丧失了活动能力,但他仍然可以享受思想和想象的自由,因为他的意识还在流动,他的一只手的手指和手臂还能活动,更重要的是他还有表达的愿望。至于表达的工具,他身边有一个小学生练习本和一支短小的、两头削尖了的铅笔。可是马洛纳毕竟已处于创作的暮年,已无法再像从前那样以清晰的理性去审视自我。因此他决定改变自己的写作风格,即由严肃的自我思考转向游戏和消遣(亦即虚构他人的故事),并给自己制定了一个写作计划:

> 我必须在夜晚考虑我的时间表。我想我会给自己讲四个故事,每一个故事涉及一个主题。第一个是关于一个男人的故事,第二个是关于一个女人的,第三个是关于一件事,最后一个故事是关于一个动物,或许是一只鸟。我想就这些吧。或许我将把男人和女人放到同一个故事里写;男人与女人没多少区别,与我也没什么区别。可能我没有时间完成我的故事。我也许会很快就写完。(3)

---

① Frank N. Magill, ed., *Critical Survey of Long Fiction*, Revised ed., Vol. I, Pasadena: Salem Press, 1991, p. 261.

② David H. Hesla, *The Shape of Chaos: An Interpretation of the Art of Samuel Beckett*, p. 103.

第七章 三部曲：走向后现代主义诗学，探究"不可言说"的真实

他计划的最后一项是把自己的财产列出一个清单，然后结束这一切。他将依照这样的程序，走完自己生命的最后一段旅程。

马洛纳制定的写作计划实际上就是整篇小说的叙述策略，它恰好勾勒出一个完整故事的开始、中间和结局。然而，他实际的叙述程序却与他的计划大相径庭。在他的计划中并没有"讲述他自己"这一项，但他在叙述的过程中却不断插入他自己的思绪，使讲故事与自我思考交错出现。马洛纳确实想回避写他自己，但是，他的叙述没过几行便情不自禁地又回到了讲述他自己。他叙述中使用频率最多的词语就是"烦死了！"（What Tedium!）他不时地用这样的叹息打断他的叙述："烦死了……我不知道我是否又在讲述我自己。我难道不能从头至尾地就另一个主题编造点什么吗？"(12)由此可见，"马洛纳既在讲述关于他自己的故事（第一人称，现在时），又在写自传的空隙虚构一些故事的片断（第三人称，过去时）"。[①]这似乎是对传统作者介入式叙事方式的戏仿。他实际的叙述顺序是这样的：首先描述他自己目前的境况，然后开始编造他的第一个故事，即一个关于名叫萨博的男孩的故事，当这个故事使他厌烦时，他就会中断叙述并插入自己的思绪和内心独白。尔后，他又开始了另一个故事，即一个叫麦克曼的男子的故事。可是没过多久，马洛纳就由于病痛发作而中断叙述，立即列出自己的遗产清单，然后又继续讲述麦克曼的故事。此时的麦克曼已经被送进了一个精神病院，由一个叫莫尔的女护士照顾。后来莫尔离开了他，又有一个叫雷缪尔的男护士来护理他，由此又引出了雷缪尔的故事。这时，马洛纳又一次病痛发作，中断了故事，然后又是一个关于他个人经历的插曲……他最终进入平静状态。马洛纳死了，他的叙述也到此终结。

不难看出，马洛纳的叙述是内心独白、意识流、自传和故事片段的组合，也是多种小说形式和多种叙述技巧和叙事角度并存的复合体。因此，在他的叙述中没有固定的人称和时态，第一人称和第三人称的叙事角度、作者的意识流动和他笔下人物的独白、现在时和过去时交替出现，真实表现了一个作家的自我思考与有意识的创作之间的互动。如安德鲁·肯尼迪所评论的："传记和故事都服从于反复出现的、无拘无束的、围绕着或超越中心文本的议论：元传记主要关注自我的精神活动，而元小说则主要关注写作问题。"[②]所以马洛纳难以实施他的时间表，他也根本不可能完成自己的写作计划。因为既然他把写作当成一种游戏，并想通过讲故事的方式来消遣，他就很难去严格地遵循一个理性的、清晰的计划。他的

[①] Andrew K. Kennedy, *Samuel Beckett*, p.125.
[②] Ibid., pp. 131—132.

理智需要他依照一个理性计划去写作,而他的潜意识却驱使他去随意地、自由自在地创作。

马洛纳写作的过程就是向着生命尽头行进的一次精神漫游,并且这精神漫游是在游戏和编造他人故事的掩饰下进行的。但是不管他怎样掩饰,我们还是能从他的叙述中辨认出他心灵深处那个痛苦灵魂的独白。马洛纳曾自问,"头脑内部是否是一个虚空?……仿佛灵魂必须被遮掩,那个灵魂拒绝接受也无济于事……"(47)对于马洛纳来说,"死亡的实质问题就是在死亡来临时能否达到一种真实的永恒的自我"。①这"永恒的自我"也就是一种非物质的、自我的"理想核心",即是一种虚空的存在。马洛纳探寻本真存在的旅行与寻求写作游戏的过程是并行的、交叉叠合的,而且是随着他精神和身体的逐渐衰弱而层层深入的。

3. 叙述游戏与痛苦的自省

那么,马洛纳是怎么游戏的呢?游戏本来应该是自由而又快乐的活动,可是马洛纳的叙述游戏却给他增添了无尽的烦恼。如他自己所说,"我打算游戏,但直到现在我还不知道怎么游戏"。(2)马洛纳无论怎样消遣和游戏,他的故事都在反映他自己那隐蔽的内心世界,他的写作仍然在间接地转达他的过去、他的历史。"他总是在痛苦的自我反思和叙述的消遣之间摇摆。"②这或许是任何一个作家都无法逃避的事实。

他讲述的第一个故事,即萨博的故事,以传统的第三人称全知的叙事视角描述了一个少年成长的历程,具有"成长小说"的特征。马洛纳本来想把萨博塑造成一个纯虚构的人物,可是不经意间却使他成为一个与他自己有些相像的半自传性人物。马洛纳在中断叙述时隐约记起,他同萨博一样也曾生长在乡村的一幢房子里,"我好像又听到了我童年的声音……它从远处降临到我枕旁,在旷野上的这间屋子里,疯狂而又轻柔,在我所能听到的地方,不久就令人厌烦了"。(31)马洛纳甚至还意识到萨博的眼睛颜色也与他自己的有些相像,并且这双眼睛使他想起他过去曾遭遇的事故:

> 萨博总爱两眼直视前方,目光像水鸟的一样暗淡而又稳固。我不喜欢这双水鸟的眼睛。它们使我想起过去的一次海难,我忘记了是哪一次。我知道那是一件小事。但是,我现在很容易后怕。我知

---

① Andrew K. Kennedy, *Samuel Beckett*, p. 127.
② Richard Begam, *Samuel Beckett and the End of Modernity*, p. 126.

第七章 三部曲：走向后现代主义诗学，探究"不可言说"的真实

道那些看似无关紧要的短语，一旦你插入它们，便会玷污全部的话语。*虚无就是最真实的存在*。它们从地狱升起，直至你被拖入黑暗才会了解什么是真实的存在。(15—16，斜体为作者所加)

其实贝克特第一部小说《莫菲》的主人公那双眼睛也被描绘成"像水鸟的眼睛一样，冷漠而稳固"。(*Mu*,5)如果说莫菲是贝克特创造的第一个半自传性人物，从他身上可以发现作者青年时代的影子，那么萨博自然也是一个半自传性的人物，他不仅有着同叙述者马洛纳和作者(贝克特)一样暗淡的蓝眼睛，他的故事也反映了作者少年时代的某些经历。①德谟克利特的名句"虚无就是最真实的存在"也曾在《莫菲》中出现，这不仅仅是莫菲努力去达到的一种境界，也是马洛纳对存在的感悟，这其实是贝克特写作所要演示的一个悖论式的命题。由此可见，"贝克特使自己同小说中的马洛纳和萨博融为一体以阐明一个简单的事实，即每个作家的创作都源自于他个人的经历"。②叙述者马洛纳苦于无法把自己同他虚构的人物分离开，无法把对自我的关注与叙述游戏分离开，这恰好说明了贝克特试图证明的文学常识，即作家不可避免地要从个人经历中提取创作素材。所以，"尽管马洛纳努力去以超脱和客观的态度叙述，他的故事还是大部分在揭示他自己的生活，特别是他的精神活动"。③

如果说萨博的故事只是模糊地反映了马洛纳的生活经历，那么，在马洛纳虚构的第二个故事里，即麦克曼的故事里，作家与作品、叙述者与人物的融合则表现得十分清楚，这个故事简直就是对马洛纳后期生活状况的清晰模仿。麦克曼同他的叙述者马洛纳一样最终也丧失了生活能力，成了精神失常的病人，并且也被安置在医院的一个小屋里。我们可以从小说中发现很多并行的、对应的情节。譬如：马洛纳和麦克曼身边都曾有一个女人照顾他们，给他们端饭，倒便盆等等，如下列两个片断所描写的：

门半开着，(她的)一只手伸进来，将一碗饭菜放在那个小桌上……把前一天的那个空碗拿走，尔后门又关上了……那是汤……每当我房间的便盆满了我就把便盆放到桌子上，放在碗的旁边……最重要的是吃饭和排便。碗与便盆，碗与便盆，这就是两极。(7)

她给他送饭(每天一大碗，开始吃时是热的，然后又变凉)，每天

---

① 拜尔在她的《贝克特传记》中曾写道：贝克特承认萨博连同他那双"水鸟的眼睛"与他自己很相像。(参见 Deirdre Bair, *Samuel Beckett : A Biography*, p. 376.)
② James Acheson, *Samuel Beckett's Artistic Theory and Practice*, p.119.
③ Ibid., p.120.

> 早上要做的第一件事就是给他倒便盆然后教他怎样给自己盥洗,教他每天洗脸洗手,洗身体的其他部位并且要在一星期内持续这样做。(86)

不难看出,以上两段叙述分明讲述的是发生在一个人身上的事。如果说有所区别的话,那只是叙事角度的不同。第一段叙述是马洛纳对自己当时状况的描述,因此,运用的是第一人称主观的叙述视角,而第二段则是马洛纳为了消遣而给自己编造的故事,运用的是第三人称全知的叙事视角。

再譬如,马洛纳和麦克曼有着相同的衣物。他们都曾有过一顶帽子,一件大衣和一双靴子,并且他们都在病床上发现自己的衣物不见了:

> ……衣服无影无踪了,且不说靴子,帽子和三只袜子了,我曾清点过它们。我的衣服哪里去了,我的大衣,我的裤子,还有那件法兰绒内衣,那是秦先生送给我的,他说他不再需要它了。或许它们被烧掉了。(79—80)

> 他立即开始大声叫喊着要衣服,或许也包括他衣兜里装的东西,因此他喊着,我的东西!我的东西!一遍又一遍地,在床上翻滚并用手掌拍打着毯子。当时莫尔(他的女护士)就坐在他床边……告诉他他的衣服肯定已不复存在了。(87)

从这两段叙述同样可以看出前一段描述的是马洛纳自己的遭遇。当他考虑列一份财产清单时突然发现自己的衣物丢失了,而几乎是在同时他故事的主人公麦克曼在精神病院也遭遇了同样的不幸。

更有意思的是,马洛纳同他笔下的人物不仅有着相同的境遇,而且他们的动作和病情的发展都是惊人的一致。随着马洛纳身体状况的恶化,他笔下的人物麦克曼的精神和肉体也在逐渐衰弱。当马洛纳第二次病痛发作时,麦克曼病情也随之加重,他进入昏睡状态,梦见自己从泥泞中向着干净的地方翻滚:

> 麦克曼在地上滚来滚去,这已经不是第一次了,他总这样做,没有任何自觉的隐蔽的动机……并且不减速,开始梦见一片平地,在那里,他永远不必要站立着使身体保持平衡,比如先右脚着地,然后左脚着地,在那里,他可以来回走动,因此可以像一个被赋予某种认知和意志功能的巨大滚筒一样继续生存。(73—74)

这不停翻滚的动作正是对马洛纳临死前在病榻上的折腾抽搐动作的模仿,"任凭你翻过来仰面躺着,然后又折过去趴着,都是徒劳的"。(69)这

第七章 三部曲：走向后现代主义诗学，探究"不可言说"的真实

动作不仅形象地反映了一个危重病人身体的痛苦，而且也暗示了等待的漫长与叙述的单调乏味。这一幕似乎也预示了贝克特此后创作的荒诞剧《等待戈多》的基本动作和主题（《等待戈多》就是在这部小说刚一完成后创作的）。马洛纳不停地写作、不停地独白以及他笔下人物不停地翻滚其实同《等待戈多》中两个流浪汉不停地做无聊的动作，不停地来回走动一样，都是一些徒劳的、毫无意义的活动。马洛纳原本想通过给自己讲故事的方式来排遣等待死亡的孤寂，但他却发现他编造故事的过程比他等死的过程还要枯燥、还要艰难，因为他与其说是在讲故事自娱，不如说是在记述他在生命最后时刻真实的内心体验。

从讲故事和游戏的角度看，马洛纳的写作或许是失败的，因为他太严肃认真而无法进入游戏和消遣状态，也创作不出与自己截然不同的喜剧人物。但是他却通过自己虚构的故事重新发现了他自己，并成功地再现了他自己的生活经历，特别是他生命的最后阶段真实的意识流动，同时也使痛苦的等待，即等死的这段时间被赋予了某种特殊的意义。

4."自我"在创作过程中的彻底消解

如何处理作者与文本、写作与意义、叙述者与人物之间的关系，如何把握文本意图，其实是现代作家和文学批评家所共同面临的一个艺术难题。致力于颠覆中心和作者权威的解构主义批评家们倾向于将小说的作者与叙述者、作者与故事分离，让作者完全撤出文本，以使作品成为一个封闭的、独立自足的系统，让人物在其中自由表演。然而，贝克特通过《马洛纳之死》似乎对作者与作品、叙述者与人物是否能够分离提出了质疑。如里查德·贝格姆所说："萨博和麦克曼发挥着马洛纳替身的作用，而且这种作品与创作者之间的关系再一次提出了如何将自我和作品，叙述者和被叙述者联系在一起的难题。"[①]马洛纳作为一个作家和叙述者不断打破自己制定的游戏规则，在叙述的过程中使自己的思绪和内心独白逐渐融入他创作的故事，最终叙述者同故事的主人公之间的界限，现实与幻觉之间的界限均在一种意识流动中消失。这一点在小说结尾表现得更为淋漓尽致。

小说即将结束时，马洛纳同死神进行了最后的抗争，此时他笔下人物也相继死亡。首先是女护士莫尔的死亡，马洛纳曾用细腻的文笔描述麦克曼和莫尔的恋爱故事。后来他粗鲁地宣布："莫尔，我要杀了她。"（94）结果莫尔在麦克曼的拥抱中窒息而死。尔后，男护士雷缪尔，即马洛纳创

---

① Richard Begam, *Samuel Beckett and the End of Modernity*, p. 133.

造的最后一个人物出现了。其实雷缪尔恰好代表马洛纳生命最后时刻那个绝望的、孤注一掷的自我,同时他又充当了马洛纳的杀手;他用斧头砍了麦克曼的头部、砍死两个水手,然后带着他的患者们一起乘船驶进一个港湾:

> 他们灰暗的尸体乱成一团。寂静的、暗淡的,或许他们相互牢牢地抱在一起,他们的头都被斗篷遮盖着,他们的尸体摞成一堆,在夜晚。他们在遥远的港湾。雷缪尔划着桨,船桨在水里漂动。整个夜晚被荒诞无序笼罩。
>
> 荒诞的光线、星星、灯塔、浮标、大地上发出的亮光和深山峡谷里发出的微弱火光。麦克曼,我最后的,我的财产,我想起来了。他也在那儿,也许他睡着了。雷缪尔。
>
> 雷缪尔接管了一切,他举起沾满鲜血的斧头,但是他不会再用它砍人,他不会再杀任何人,他不会再碰任何人,无论是用它(斧头)还是用……
>
> 或者用它或者用他的锤子或用他的棍子或用他的拳头或陷入沉思之中在梦境中我的意思是永远不会他永远不会
>
> 或者用他的铅笔或者用他的棍子或者……
>
> ……
>
> 在那里永远不再他永不
>
> 一切将永远消失
>
> 在那里
>
> 不再　　(119—120)

小说以支离破碎的、重复的、逐渐稀少的文字而结束。有的评论家竟把这看作是一种"高潮性的结局",[①]其实也不无道理。然而,这绝不是传统作品中的那种高潮性的结局,因为它生动地记述了一个人在生命尽头奄奄一息的情景,也表现了一个作家在创作暮年的身心疲惫但又欲罢不忍的焦虑与绝望。从表面看这最后一幕充满了血腥、暴力和残忍,但它却达到了一种独特的审美效果。当小船漫无目的地在黑暗中漂泊,马洛纳也进入了无意识的状态,走到了生命的尽头。当他最后一次病痛发作时,他笔下的人物雷缪尔举起沾满鲜血的斧头,但他的手却没有落下,因为此时马洛纳的铅笔刚好停止移动。马洛纳的铅笔与雷缪尔的斧头、棍子和拳头已经完全融为一体。至此,真实的世界与虚构的文本世界完全重叠。小说的内容与形式、意识与主体、叙述者与故事人物的完美统一被演示到天

---

① Andrew K. Kennedy, *Samuel Beckett*, p.137.

第七章 三部曲：走向后现代主义诗学，探究"不可言说"的真实

衣无缝的程度，如哈桑所说："当马洛纳终止写作时，雷缪尔变得麻木僵硬了；当雷缪尔停止活动，手举着斧头时，马洛纳死了。躲在马洛纳背后的贝克特就如同躲在雷缪尔背后的马洛纳一样，以含而不露的方式自行消解。"① 这自然是指那个鲜活的、显赫的作者形象的消失。因此，小说结束之时就是故事中的主人公和作者马洛纳的意识活动终止之时，也是小说的作者开始保持沉默之时。

作者叙述和写作的过程即是他意识流动的过程，因为思维在活动，笔也在跟着走，因此创作活动即产生意义的过程，创作过程即是小说文本的意义所在。这是贝克特通过这部小说所要揭示的创作理念。贝克特曾推崇乔伊斯的小说创作，认为"他的写作不关乎外物，它本身就是意义所在"。② 值得注意的是，德里达在《论文字学》中提出的核心命题就是"文本之外一无所有"，③ 与贝克特的观点不谋而合。看来贝克特早已预见后结构主义小说主要特征，并将自己的小说实验朝着这个方向推进。《马洛纳之死》所要着力表现的并不是马洛纳所叙述的各类人物的故事，而是他的叙述和写作活动本身，即创作过程。萨特在"为何写作"一文中也强调，"我们并不很意识到自己创作的东西，却更多地意识到自己的创作活动"。④ 其实贝克特所关注的不仅是创作过程，而且是作者（自我）在创作过程中的存在意识，以实现"'自我'在创作过程中的彻底消解"⑤，也就是使自我完全融入创作活动中。这一点是不言而喻的，《马洛纳之死》中的一个耐人寻味的情节即是马洛纳在叙述中不断提到练习本和铅笔，而练习本和铅笔的变化又标志着他写作的进程。譬如，在讲述萨博的故事时，他不时地独白，"我担心我一定又睡着了。我徒劳地摸索着，没能找到我的练习本。但我手里仍攥着铅笔"。(33)铅笔的不断变小又同马洛纳记忆的减退、他身体和精神的逐渐衰弱和意识的日渐混乱在时空上相对应。他总会提醒自己："我的小铅笔一点一点地变短，这是不可避免的，那一天很快就会到来，到那时除了一个短小的作品残篇没有什么东西会留存下来……"(48→49)可见马洛纳在叙述中用了很多的篇幅来描写他的铅笔和笔记本，有的评论家甚至认为，"他与其说在讲述故事不如说是在描

---

① Ihab Hassan, "The Solipsist Voice in Beckett's Trilogy", in *Critical Essays on Samuel Beckett*, (ed.) Patrick A. McCarthy, p. 70.

② Samuel Beckett, "Dante...Bruno. Vico..Joyce," *Our Exagmination Round His Factification for Incamination of Works in Progress*, p. 14.

③ 参见方生，《后结构主义文论》，第 199 页。

④ 萨特，《萨特论艺术》（[美]韦德·巴斯金编），欧阳友权、冯黎明译，桂林：广西师范大学出版社，2002年，第 131 页。

⑤ John Pilling, *Samuel Beckett*, p. 19.

述他借以描述的工具或手段"。①连篇累牍的关于对找回的铅笔和练习本的议论似乎在向读者传达一个信息,即马洛纳是一个创作中的作家,只有在写作的过程中,他才能意识到自己的存在。马洛纳将自己的存在方式概括为"生活"和"创作"("live and invent" 18)。的确,对于一个作家来说,"生存"与"创作"是无法分开的,生存就意味着创作,创作即生存的意义所在,那么,作者的死亡自然就意味着写作的终结,也就是意义的终结。然而,在贝克特看来,写作的终结并不等于小说的完成,因为没有什么意义会超越创作而存在,所以一部小说永远不会达到它的终极目标,因此也永远不会成为一个完整的故事。《马洛纳之死》恰好揭示了后结构主义思想家所主张的"任何文本都不具有确定意义"②的观点。

5. 谁在游戏?

游戏做完了,但问题到这里还没有完结:究竟是谁在游戏?游戏的目的何在?实际上是作者(贝克特)在游戏,一向擅长文字游戏的贝克特这一次为我们展示一场精彩的写作游戏,并通过这场游戏成功地演绎了作者与文本、作者与人物之间那剪不断,理还乱的关系。从表面看作者(贝克特)同叙述者是完全分离的,但实际上,在小说中作者的声音和叙述者的声音时而分离时而叠合。读者会发现一个有意思的现象,即马洛纳竟有意无意地充当贝克特以前小说的作者,并在叙述中时常提到贝克特以前小说中人物的名字:

> 让我们还是放弃这些恐怖的题材并继续我那关于死亡的故事,两三天后,如果我没记错的话。到那时一切都将结束,那些莫菲们、莫尔希尔们、莫洛伊们、莫兰们,还有马洛纳们通通都会完蛋,除非这一切会一直延续到死后,到阴间……我杀了几个人了?击打他们的头部还是放火烧他们?我只能随意想起四个……(63)

究竟谁在叙述,实在是难以辨别,因为此时马洛纳的声音似乎已经同贝克特本人的声音融为一体。当叙述者宣布他的死将意味着贝克特以前作品中所有人物的死亡时,这实际是贝克特在说话。因为是贝克特而不是马洛纳创造了这些人物,所以上述人物的死亡是作者精心安排的,作者应当对他们的死负责。总之,是作者(贝克特)不时地闯入自己的作品并直接

---

① Lawrence Miller, *Samuel Beckett: The Expressive Dilemma*, New York: St. Martin's Press, 1992, p. 128.

② 参见陆扬,《后现代性的文本阐释:福柯与德里达》,第24页,第197页。

表白自己的观点。他不仅在刻画自己的人物,创作自己的故事而且也在修改和评论自己的作品。诚然,贝克特还将继续马洛纳未讲完的故事并继续向着新的表达方式、新的叙事领域探索。虽然作者和人物已经死亡,但语言和话语仍在,一个声音还在不停地讲述自身的形式,并将向我们展示一个纯粹的语言的世界,文字的迷宫。这一切会在三部曲的最后一部《难以命名者》中得到充分的表现。

总之,《马洛纳之死》从不同层面探讨了作者问题,可以说是一部关于作者存在问题的寓言。作者死了,但其死之艰难、其死之无奈,这或许连贝克特开始创作这部小说时也未曾预料。如何看待作者在作品中的位置,是否应该承认作者的存在,依然是小说留给我们的一个悬而未决的问题。其实贝克特只是借"作者之死"来隐喻那个全知全能,无所不在的作者权威的消失和以作者为中心的文学创作与文学批评的时代的结束。"作者之死"似乎也预示着一个自由的、无拘无束的表达形式的开始。但是,这并不意味要彻底否定作者的存在。作者在创作过程中的主体作用不容忽视,上述分析和解读足以证明这一点。至少,按照后结构主义文论大师们的论断,作者作为一种话语和语言的功能不会消失。①那么,语言是什么?难道不是对作者思想的呈现吗?在小说即将结束时,贝克特借马洛纳之口道出:"我的故事结束了,但我还会活着。"(115)这似乎更加辨证而深刻地暗示了优秀的文学作品的永恒的、无限的生命力。作者的名字,如同宣判了"作者之死亡"的德里达、福柯、巴特的名字一样将会与作品共存,与时间同在。

五、《难以命名者》:难以命名、延异、意义之谜团

> 我们之所以需要讲故事,并不是为了把事情搞清楚,而是为了给出一个既未解释也未隐藏的符号。……我们传统中伟大的故事之主要功能,也就是在于提供一个最难以解释的符号。
>
> ——J.希利斯·米勒②

三部曲的最后一部《难以命名者》(1953)可谓是一部真正没有情节,没有段落划分,没有标点符号,甚至没有人物的"反小说",他代表贝克特对小说形式最大胆、最彻底的革新和实验。正是这部小说将贝克特的创

---

① 参见陆扬,《后现代性的文本阐释:福柯与德里达》,第154页。
② J.希利斯·米勒,《解读叙事》,申丹译,北京大学出版社,2003年,第14页。

作实验推向极致,也使他的写作陷入僵局。因此,《难以命名者》可以被看作 20 世纪实验小说的集大成之作。这部超级实验小说的重要认识价值在于它从叙述话语、认识论、本体论、语言哲学等层面预先提出了后结构主义和解构主义诗学的种种假定。事实上,小说中的关键词"难以命名"(unnamable)、"难解之谜(aporia)"、"鼓膜(tympanum)"等都已经成了解构主义理论中的关键词。下面就对《难以命名者》进行解构主义阐释,以展示这部小说与解构主义理论之间的必然联系以及它的重要理论价值和后现代审美特征。

1."难以命名"——"延异"

保罗·德曼在《阅读的寓言》中指出:"所有文本的组成模式都包含一个比喻和对它的解构。"[1]贝克特的三部曲就是对西方文学及诗学从理性主义向非理性主义、从人本主义向实证主义、从结构主义向后结构主义以及解构主义的演变过程的隐喻。如果说《莫洛伊》揭示了作者进行艺术创作时的全部精神活动,即理性与非理性的对话与互动过程;《马洛纳之死》隐喻了作者权威的逐渐消失和作者的死亡;那么,《难以命名者》,作为一部解构主义寓言,则是对写作和叙事本身的隐喻。后结构主义已不再将叙事作为讲故事的方式,而是把它视为"一种思维与存在的方式"。[2]《难以命名者》就是对解构主义思维方式的呈现。因此,从理论性虚构的角度,这部小说是对前两部小说的超越,如 H. 波特·艾伯特所评论的,"《难以命名者》似乎展现一种虚构的来世生活。在某种意义上,它是小说死亡之后,作者所持的态度"。[3]这里所谓的小说死亡,显然是指传统小说模式之解构和罗兰·巴特所说的"作者之死",同时也暗示了约翰·巴思所担忧的"文学的枯竭"。[4]从叙事话语的层面看,这部小说明显表现出后现代修辞风格,标志着一种全新的小说形式的开始,用贝克特自己的话,即是"无可言说的文学"(literature of unword)[5]的开始。贝克特的文学创作从一开始就试图探寻一种"无可言说的文学"形式,如他在 1937 年写

---

[1] Paul De Man, *Allegory of Reading*, New Haven: Yale University Press, 1979, p.205.

[2] 马克·柯里,《后现代叙事理论》,宁一中译,第 8 页。

[3] H. Porter Abbott, *The Fiction of Samuel Beckett:Form and Effect*, p.124.

[4] 约翰·巴斯在他的"文学的枯竭"(1969)中表达了对未来文学的担忧。他认为文学中所有的形式和主题已经耗尽,又没有新的故事出现。

[5] See Samuel Beckett, *Disjecta:Miscellaneous Writings and a Dramatic Fragment*, (ed.) Ruby Cohn, New York: Grove Press, 1984, p.173.

第七章 三部曲：走向后现代主义诗学，探究"不可言说"的真实

给他德国朋友阿克赛尔·考恩的信（德语）中就表达了对这种写作形式的渴望，他认为作家的最崇高理想就是尽力去"消解语言"，以便揭示隐藏在语言背后的某种东西，即便它是一种虚无。①（关于贝克特"无可表达"和"消解语言"的观点会在下一章讨论贝克特戏剧特色时进一步阐述）福柯和德里达或许受到了贝克特"不可表达"或"不可言说"的观点的启发而发展了他们的后现代主义诗学。因此，"难以命名（unnamable）"、"不可言说（unword）"、"不加思考（unthought）"这类字眼也已经成了日后出现的解构主义理论的关键词，如在德里达的《写作与差异》（1967）、《论文字学》（1967）、《哲学的边缘》（1972）和福柯的《事物的秩序》等哲学著作中，就不难读到这样的词语。贝克特的创作理念同后结构主义（解构主义）诗学之间的必然联系，由此可见一斑。

因此，贝克特对后现代文论家，特别是对德里达应该是产生了不小的影响。但是有意思的是，德里达曾写过多篇评论文章来解构和阐释一些有影响的现代主义作家，如卡夫卡、乔伊斯、布朗肖，甚至还有古典作家莎士比亚等等，而对贝克特，德里达却始终保持沉默。德瑞克·阿特瑞奇在一次访谈中曾问过德里达：为什么从未写过关于贝克特的评论文章？德里达坦率地回答道："这对我来说太难也太容易做了"，他第一次或许也是唯一一次对贝克特做如下评论：

> 这是让我感到最亲密的，或者是我最愿意使自己同他亲近的一个作家；但是也未免太亲密了。正是由于这种亲密感，……或许我有些回避他。太难是因为他的写作——是用我的语言，用一种在某种程度上属于他，在某种程度上属于我的语言（对我们两个人来说，它是一种不同的外语）——是一些我感到既亲切又很遥远的文本，即便我能对它们做出回应。②

其实，德里达回避评论贝克特还有一个更真实的原因，那就是贝克特的作品本身已经是解构性的理论文本，并生动展示了德里达想要表达的解构之思，所以面对贝克特的作品，德里达自然无话可说。事实上无论德里达怎样回避贝克特，他的理论与贝克特小说之间的必然联系是不言而喻的。这两位大家在不同的领域，或是殊途同归，或是不期而遇，总之，他们以不同的形式诠释了同一种新的理论思想，一种新的思维方式。

---

① 贝克特，《杂集，文选及戏剧片段》（*Disjecta*, *Miscellaneous Writings and a Dramatic Fragment*, London: John Calder, 1983, p. 52, p. 171; 引自詹姆斯·诺尔森，《贝克特肖像》，王绍祥译，第 49 页。

② Jacques Derrida, *Acts of Literature*, (ed.) Derek Attridge, New York: Routledge, 1992, p.60.

德里达的解构主义理论最重要的一个概念即是"延异"。其实,这个意义含糊的术语同贝克特的"难以命名"思想更是有着惊人的相似之处。"延异"和"难以命名"之间不仅有着必然的联系,它们甚至可以相互替换,因为"'延异'既不是一个词语也不是一个概念"(德里达语)①,所以它无法写出、难以用语言形容、难以命名。《难以命名者》这部小说把我们带入了一个极其陌生化的超越语言表达的文本世界——一个认知的空白区域,这个区域既不是某种存在或在场,也没有本质,所以它是永远无法命名的,它就意味着"延异",如德里达所说:

> 这样的延异在我们的语言中没有名字。但是我们"已经知道"如果它难以命名,它并非暂时如此,不是因为我们的语言还没有发现或接受这个名字,或者是因为我们需要在另一种语言中,在我们有限的系统之外去寻找它。而是因为它本来就没有名字,甚至没有本质或存在。②

"延异"这一术语,对于了解一点儿解构主义理论的人来说并不陌生,它是德里达上个世纪60年代末提出的,指意义在时间和空间上的无限延宕。或许在后现代话语盛行的当下,"延异"已经不再是什么新名词和新理论了。然而,至今令人感到新奇的是,贝克特早在50年代初就预先通过《难以命名者》这部小说将"延异"的思想演绎到极致,尽管他没有直接使用这一术语。小说以极其夸张的形式揭示了这样一个后现代文论家公认的事实,即文本的终极意义永远无法得到确定,它只能向四面八方扩散,"一环环延宕下来,由一种解释替代另一种解释而永无达到本真世界的可能"。③其实,"延异"恰好替代了传统意义上的"逻各斯",即唯一真理或意义。《难以命名者》向我们展示的就是一个意义永远缺失的虚空的文本世界,在这样的世界里,如《莫洛伊》的主人公所说:"没有事物,只有无名的事物,没有名字,只有无物的名字。"(M 41)在这里,自我永远是一个漂浮不定的符号,并总是在形成差异中运动,兼及时间和空间的"延异"。④如果说德里达当初提出"延异"这一术语,只是从语言学层面修正或解构了索绪尔的"差异"(difference)理论,因而,这一术语不指向任何事物,只是指涉及语言自身永不停息的运动与游戏;那么,贝克特的《难以命名者》则不仅从叙事话语及语言层面,而且从认识论、本体论的角度全方位地、生

---

① Jacques Derrida, *Margins of Philosophy*, Trans. Alan Bass, Chicago: University of Chicago Press, 1982, p. 3.
② Jacques Derrida, *Margins of Philosophy*, p. 26.
③ 陆扬,《后现代性的文本阐释:福柯与德里达》,第24页。
④ 同上书,第25页。

第七章 三部曲：走向后现代主义诗学，探究"不可言说"的真实

动地暗示了"延异"和"延异"之"难以命名"的本质，仿佛向我们宣告："逻各斯"已不复存在。

2."矛盾修辞法"与"意义之谜团"

从叙事话语的层面，《难以命名者》采用的是矛盾修辞法，这也是贝克特小说的主要修辞风格[他在早期作品《徒劳无益》中就生动地展示了"矛盾修辞法"（见本事第四章）]。《难以命名者》开始就提出了一个修辞学的术语"aporia"，其实，它也是解构主义理论的关键词。根据《牛津文学术语词典》，该词指面对问题时不知所措，自相矛盾；在解构主义批评中，这个术语常被用来指"难解之谜"、"不可解结"或"意义死角"、"僵局"等。几乎所有关于解构主义理论的著作都要提到"aporia"这个词，如在乔纳森·卡勒的《论解构》一书中，就有不下7处谈及这个术语。但是没有一本书或词典能像《难以命名者》一样把这个词的真实含义演示得如此淋漓尽致。小说以一系列的疑问句开始："现在是哪里？谁在讲话？现在是什么时候？"①接下来是一段不连贯的陈述，似乎同前面的疑问句相对应："不加疑问的。我，说我。不相信的。质疑，假设……坚持下去，继续，把那叫做坚持，叫做继续。"(3) 但这样的陈述持续了十几行后，叙述者又反驳道："但是我什么都没做。我似乎在讲话，不是讲我，不是关于我。"然后又是一系列的疑问："我打算做什么，我将要做什么，我应该做什么，在我所处的境遇中，怎样继续下去？"尔后，他又说自己什么都不相信："就凭这单纯的难解之谜（aporia）？或者已经说出的无效的肯定与否定，或迟早？总的来说。还会有其他的变换。……在我继续讲述，进一步往下讲述之前，我得提一下，我说难解之谜，但我并不知道它是什么意思。"(3—4) 像这样变幻不定、自相矛盾的话语充斥着整篇小说，这恰好揭示了一个没有名字没有身份的"自我"的处境和心态。这里"aporia"既是指一种修辞手段，也是小说所要表现的内容，或许正是贝克特当时的心理状态。然而，具有反讽意味的是，叙述者声称他不知道这个词的意思。其实他的自相矛盾的叙述话语本身就是对这个词的精彩诠释。它恰好暗示了在某些场合作家的言语与其真实思想之间的矛盾；反映了文本所要表达的与它所无法表达之间的差异。简言之，"aporia""既可以指一种文体表明说话人的怀疑，也可以指一种方法去发现某种僵局或近乎不可能之事，以便达

---

① Samuel Beckett, *The Unnamable*, New York: Grove Press, 1970, p. 3. 书中《难以命名者》的引文均由笔者自译，下文中的引文页码均直接置于文中括号内，不另作注。

成和解"。①叙述者似乎意识到只有通过不断地怀疑和否定自我,他才能将叙述继续下去。这就是贝克特式的"悖论"。

因此,小说的叙述是"否定式前进"。这种叙述方式被后结构主义叙事学家定义为"消解叙事"(denarration),即"先报道一些信息,然后又对之进行否定"。②布赖恩·理查森2001年在美国《叙事》期刊第2期发表了一篇关于"消解叙事"的论文,就主要以贝克特的小说三部曲为例来集中探讨"消解叙事"特征的。③《难以命名者》生动而具体地演示了"消解叙事"的过程。小说开始的一系列疑问和不断否定与肯定的陈述真实地反映了叙述者"我"也是现代作家试图解释他当前境遇,而又"无法解释的绝望"④。小说的叙事就是在不断否定和质疑中展开。叙述者给出的每一个有关他个人的信息,都会被立即否定,因此,叙述也就没有真正意义的前进。譬如,叙述者说,"我好像在说话",但很快就加以否定,"不是我,不是关于我"。(3)他声明,"开始时我不会孤独",然后又说,"我当然是孤独的"。(4)他自称,"关于我自己我不需要知道什么。这里一切都很清楚",接下来立刻反驳自己:"不,一切都不清楚。"(7)其实整篇小说的叙述进程就是不断质疑,不断地否定与肯定的过程。正是在这种自相矛盾的进程中,叙述才建构和产生它自身的形式。小说形式就是"一个不断声明与否认,肯定与否定的序列",⑤它会无限延伸。

不难看出,《难以命名者》给我们讲述的并非动人的故事,而是对其自身叙述进程的隐喻。叙述者"我"尽管在滔滔不绝地述说,但故事却没什么实质性进展。譬如,叙述者讲述的关于马胡德回家的故事其实既是对叙述方式的呈现,也是对叙述者目前纷繁思绪的真实模仿。如安德鲁·肯尼迪指出,"讲故事的路线,在难以命名者自己的故事中形成一个螺旋状……模仿着叙述者的意识状况"。⑥所以马胡德回家的旅行,只是环绕同一地点不停运转,没有尽头:

> 我已经前进了十大步,如果它们可以被称为步的话,不是直线式前进这根本不需要我说,而是明显的曲线式,如果我继续沿这一曲线走下去,它有可能使我返回我的起始点,或者接近起点。我一定是被卷入了一种逆转的螺旋式进程,我是指螺旋进程的一个圈,它不是逐

---

① Andrew K. Kennedy, *Samuel Beckett*, p. 140.
② 参见申丹,《"故事与话语"解构之"解构"》,载《外国文学评论》2002年第2期,第49—51页。
③ 同上书。
④ Andrew K. Kennedy, *Samuel Beckett*, p. 141.
⑤ David H. Hesla, *The Shape of Chaos*, p. 114.
⑥ Andrew K. Kennedy, *Samuel Beckett*, p. 146.

第七章 三部曲：走向后现代主义诗学，探究"不可言说"的真实

渐扩展，而是越来越小，并且最终……将会由于缺乏空间而终结。(p.39)[重点号为笔者所加，以示强调]

这里叙述旅行最终变成了螺旋式进程，它形象地演示了小说自身的形式，这也是贝克特式的小说形式。它揭示的是运动和静止的辩证法，即"进非进，退非退，行非行，止非止"。①叙述者"我"实际上处于静止状态，所以根本就不存在身体的旅行，只有文字和叙述的旅行。从以上文字中可以看出，尽管叙述者使用了"前进"、"继续走"这样表示行走的动词，但是，"这只表示一种前进动作的幻影"。②事实上，马胡德的旅行和叙述者讲故事的活动都没有真正的身体的前进，如果有的话，也只是一种"曲线式"逆向的"螺旋式"叙述进程。因此马胡德的旅行所能达到的目的只是起点，如他自己所说："总之我又折回来，无可否认地变得虚弱了……"(41)至于马胡德是否真的回到了他的家人身边，小说并没有清楚的交代。根据叙述者"我"的讲述，马胡德"从未到达他们身边"(42)，但是没过几页他又说马胡德回到了家，并且将他回家时的场面描绘得栩栩如生。可是在马胡德回家的旅行结束时，"我"的声音又否认了先前的说法："够了，这都是胡说。我从没去过任何地方，只是呆在这儿，没有人让我离开过这里。"(50)这显然是在描述叙述者自身的状况，似乎暗示了一个事实，即叙述者"我"从未动过地方；他始终处于静止状态，因而叙述不可能继续向前发展。但是，他不能就此终止，因为叙述必须得通过他不停述说维持下去；他的述说就像一只舞动的鞭子，使陀螺不停地运转，尽管只能在同一地点螺旋式运转。

可见，叙述无论多么精彩，其实都是对叙述自身的阐释，而叙述本身又是对意义不断追问和反思的过程，也是试图破解意义之难解谜团(aporia)的过程。最为精彩的难解之结是在小说的中间部分：叙述者"我"通过沃尔姆的故事对自己的身份提出了大胆的质疑和否定，"我像沃尔姆，没有声音或理智，我是沃尔姆，不，假如我是沃尔姆，我就不会知道此事，不会说此事……但是我什么都没说，我什么都不知道，这些声音不是我的，这些思想也不是我的"。(83)这种自相矛盾的文字不仅表达了叙述者"我"的焦虑心态，而且也进一步揭示了叙述的本质。叙述者想搞清楚自己的身份，然而，他越讲述越无法确定自己的身份，因为没有语言能够定义他本真的存在，没有语言能呈现绝对的意义。其实叙述的本质就在于展示其内在矛盾和张力(aporia)：总是试图达到终极目标，但又永无到

---

① 参见陆建德，"显赫的隐士，静止的走动"载《麻雀啁啾》(陆建德著)，第62页。

② Andrew K. Kennedy, *Samuel Beckett*, p.146.

达终极目标的可能。整篇小说的叙述本身就是对解构主义视意义永无可能的"难解之谜"的纯粹显示。

3. 作者:"有义务说话"但又"无可言说"的窘境

从本体论的层面,《难以命名者》是对现代作家处境和写作本质的讽喻。"现在是哪里？谁在讲话？现在是什么时候？"(3)小说开门见山提出了这些看似简单,但却耐人寻味的哲学问题。如果说从哲学本体论的角度,这些问题是对现代社会人的存在本质的拷问,那么,从文学本体论的层面,它们则是对叙述者或作者存在问题的探究。作者的"生"、"死"问题正是后现代理论大师们所格外关注的话题。罗兰·巴特在他的"作者之死"(1968)一文中,开篇引用了法国现实主义大师巴尔扎克的小说《萨拉辛》中的一段叙述,然后就发出贝克特式的疑问：谁在说话？[①]巴特似乎在提示我们：究竟是作者巴尔扎克,还是叙述者,还是小说的主人公在说话,其实是难以辨别的,因为叙述声音将永远是含糊不清的,即便是在像巴尔扎克这样现实主义大师的作品中,也是如此。由此,巴特提出了颠覆性的论题,即"不是作者,而是语言在说话"。[②]其实,贝克特在接下来创作的《无意义的文本》(1950—1951)中就不无荒谬地回答了这个问题："谁在说话有何关系,某人说谁在说话有何关系。"[③]可见贝克特早已识破了写作的游戏功能。在他看来谁在说话并不重要,重要的是作者是否有权利说话,在何种场合、以何种方式说话。好像是在呼应贝克特,福柯在他的"作者是什么"(1969)一文中说道："我将以贝克特精确阐明的论题开始：谁在说话有何关系,某人说,谁在说话有何关系。"[福柯在后半句中添加了一个逗号]接下来福柯强调指出：今天的写作已经使写作本身从表达意义的维度中解脱出来,而只指涉及自身。写作犹如一场游戏,在不断超越自身的规则和违反其界限中展示其自身。写作的主旨,只是创造一个可供写作主体永远消失的空间。作者必须在写作的游戏中充当一个死者的角色。[④]那么,贝克特对"作者之死"又做何感想？

其实,贝克特并不甘心作者就这样死去,因此他试图通过难以命名者"我"的不停述说来重新确立作者的身份。那个声音在努力表白,"我不得

---

① Roland Barthes, "The Death of the Author", in *Image, Music, Text*, (Trans.) Stephen Heath, New York: Hill and Wang, 1977, p. 142.
② Roland Barthes, "The Death of the Author", in *Image, Music, Text*, p. 143.
③ Samuel Beckett, *Texts for Nothing*, London: Calder & Boyars Ltd., 1974, p. 16.
④ Michel Foucault, "What Is an Author" in *The Foucault Reader*, (ed.) Paul Rabinow, New York: Pantheon Books, 1984, pp. 101—102.

第七章 三部曲：走向后现代主义诗学，探究"不可言说"的真实

不讲话。我永远不会沉默，永远"。(4)尽管他在三部曲的第二部《马洛纳之死》中宣告了作者的死亡与叙述的终结，然而，在贝克特看来：作者的死亡并不等于文本的消失，而是意味重新确立文本意义的走向，因为"解构本身就是文本的自我建构"；①作者的声音也永远不会消失，因为语言和话语仍在，一个声音还在不停地述说自身的形式，只要声音不止，叙述就会继续下去；因而写作也会继续下去。《难以命名者》似乎在继续讲述已经死去的作者未完成的故事并向着新的叙事领域探索，如詹母斯·艾奇逊所说，"《难以命名者》表现的是地狱的幻象，在地狱中人思想的磨难，特别是感到自我永远不能被定义的痛楚"。②其实，小说所要表现的不仅是一个全新的领域，而且也是作者从全知全能的上帝的位置被赶下来之后的境遇。所以难以命名者"我"把他当前所处的位置看作现实世界之下，而把过去的生活视为"在那个岛国之上"(54)。诚然，他(作者)永远不会再回到"那个岛国之上"。他必须向前走，向地球的深层更远的地方挺进。他说，"这会让我自由地思考我将怎样更好地继续讲述我自己的事情，……这会让我自由地考虑如何着手进一步展示我自己"。(54)但是，有意思的是，他对自己却一无所知，反倒对自己的前辈(贝克特以前小说中的人物)十分熟悉，并把他们称作傀儡或者替身。因此，难以命名者"我"的眼前时常浮现他以前人物的幻影："马洛纳在那儿。……他无疑每隔一会儿就从我面前经过。"(5)然后，他发现不仅是马洛纳，而是所有的前辈都在这里，至少从莫菲开始(6)。其实，叙述者"我"是想通过提及以前的人物来恢复他先前的自我，以寻到合适的词语为自我命名，因为难以命名者"'我'是一个涉及许多个自我的我，是一个寻找一个名字，一个世界的我"。③总之，这个"我"的声音代表着贝克特以前小说所有叙述者和主人公的声音，它就是作者、叙述者和小说人物声音的汇合。

叙述者"我"似乎意识到他的存在依赖于发现正确的词语或名称来给他赋予新的生命。但是他已经不再有自己的词语，因为他耗费了大量词语，甚至数卷长篇巨制来描绘他笔下的人物，如他自己所说，"所有那些莫菲们、莫洛伊们、马洛纳们都不要愚弄我。他们使我浪费时间，使我无端地受苦，使我在本应该谈论我并且唯独我自己时，谈起他们，其目的就是为了终止说话"。(21)显然，这是作者(贝克特)本人通过"我"的声音在揭示叙述和文学创作的本质，并向我们表白：作者在过去总是创造戏剧

---

① 参见马克·柯里，《后现代叙事理论》，宁一中译，第146页。
② James Acheson, *Samuel Beckett's Artistic Theory and Practice*, p.140.
③ Enrico Garzilli, "Myth, Word, and Self in *The Unnamable*", in *Critical Essays on Samuel Beckett*, (ed.) Patrick A. McCarthy, pp.87—88.

性的、半自传式的人物,并且将自己的痛苦与焦虑强加给他的人物。人物只不过是代表作者讲话的传声筒或替身。他们代表不同的声音,不同的名称;但是遗憾的是,他们中没有一个能够完全表达叙述者"我"所经历的苦难。虽然他们每个人都代表他(叙述者/作者)人格的某个方面,但每个人又不同于他自己,因而也没有一个能真正解释"我"的身份。所以这一次他决定不再讲述他人,只讲述自己:

> 现在我必须讲述的是我自己,即使我不得不用他们的语言,这将是一个开始,是走向沉默和疯狂行为终点的一个步骤,不得不去述说但又不能说的疯狂,除非说一些与我无关的事,没有价值的事,我不相信的事,他们灌输给我的满脑子的事,以便阻止我说我是谁,我在哪儿,阻止我采用能够使叙述终止的方式来做我必须做的事,我不得不做的事。(51)

叙述者"我"渴望讲述自己,但又不知如何讲述自己,因为他没有自己的语言。他似乎在忍受着不得不说与不能说的双重折磨。但无论如何,他必须说话,因为这是他的义务。他将这个义务拟人化,称它为"师傅"(master),有时师傅不是一个人,而是一个由神秘人物组成的团体。这"师傅"就像《瓦特》中的若特(Knott)和永远缺席的戈多(Godot)一样神秘;或许他就是理性或意义的化身。然而,让难以命名者困惑的是,"他们(师傅)为什么不断绝与我的关系让我获得自由呢?那样将对我有好处"。(35)可见难以命名者所期望的是不再按"师傅"的意图行事,而是成为一个无拘无束的自由说话者。其实这个"师傅"只不过是个赤裸裸的事实,即必须讲述而又无话可说的事实。因此,难以命名者认为他有义务说话,而"这个义务只是他必须说话"。①"我不得不讲话,无论这意味着什么。没有什么可说,除了别人的词汇没有词汇……"(36)他仿佛在告诉我们,他(作者)无论处于什么位置,都应该发出自己的声音。

为了履行说话的义务,以实现为自己命名的目的,叙述者"我"不得不为自己创造一系列新的替身(人物),因为他只有通过别人的声音和语言才能达到讲述他自己的目的。首先他创造了巴西尔(Basil),然后又给他更名为马胡德;马胡德最后又被沃尔姆所取代。可见讲故事的过程就是不断重新命名的过程,并且这种重新命名的过程可以无限延续下去。沃尔姆可以被某个叫琼斯的所取代;琼斯又会被另一个专有名称取而代之,这就是写作的本质。从这一层面看,难以命名者"我"创造的每一个人物都代表作者写作过程的某个阶段,如肯尼迪所指出:"这是对写作过程的

---

① David H. Hesla, *The Shape of Chaos*, p. 116.

第七章 三部曲：走向后现代主义诗学，探究"不可言说"的真实

一个精心的戏仿——达到了最孤独或最唯我主义的程度。由此我们可以联想到贝克特最初给这部小说取的书名为'马胡德'——现在的书名是后来才得出的，大概是在写作的过程中，他发现叙述者总是回避他的真实身份，他的'专有名称'。"[①]其实，这些名字只是一连串的漂浮不定的符号或能指。旧的符号会被新的取代；新的会被更新的取代……一个符号推向另一个符号，其终极目标似乎只是虚无。由于"这种意义跨越其他符号的散布是无限的……它在从能指到能指的无限指涉及中没有穷尽"，[②]所以难以命名者永远不会确定自己的身份。然而，对于难以命名者来说，似乎谁取代谁并不重要，重要的是叙述必须继续下去，因为"讲述是唯一可利用的了解自我的途径"。[③]但问题的关键是叙述只能展示"虚假自我的清晰声音"，[④]难以命名者永远不会用自己的声音讲话，因为他的本质并不属于他自己，而是属于他创造的人物，属于他的替身巴西尔、马胡德、沃尔姆，或者是那些莫菲们、莫洛伊们、马洛纳们等等。虽然通过这些人物的声音他也讲述了自己，但是他永远不会成为他自己，如他自己所说，"我，不能成为我"。(165)

"成为自己"，这不仅是难以命名者所要完成的使命，其实也是所有作家和思想家的永恒追求。19世纪的伟大哲学家尼采就发出这样的呼唤："成为你自己！你现在所做、所想、所追求的一切，都不是你自己。"[⑤]若想"成为自己"，谈何容易。福柯曾经以尼采的这句名言作为自己追求的终极目标。但是，他却发现每一次"成为自己"，都是又一次"摆脱自己"。[⑥]因为每一次成功都使他面对新的未知领域，面临新的挑战，所以"要描述我之成为当前之我的进路是有些困难的，有一个很好的理由就是，我希望我还没有达到目的地"（福柯语），[⑦]因而也就永无达到终极自我的可能。《难以命名者》以极端的、戏拟的形式演示了这个事实。难以命名者的遭遇似乎证明：对自我的命名总是在进行途中，指向未来，永无止境，所以，如哈桑所说，难以命名者"我"注定会永远去述说不可言说的，去命名无法

---

① Andrew K. Kennedy, *Samuel Beckett*, p. 148.

② 参见马可·柯里,《后现代叙事理论》, 宁一中译, 第86页。

③ Steven Connor, *Samuel Beckett: Repetition, Theory and Text*, Oxford: Basil Blackwell Ltd., 1988, p. 74.

④ Ibid., p. 74.

⑤ 尼采,《疯狂的意义：尼采超人哲学集》, 周国平译, 西安：陕西师范大学出版社, 2002年, 第9页。

⑥ Michel Foucault, *Dits et ecrits*, Vol. 1, Paris: Gallimard, 1994, p. 601. 转引自方生著《后结构主义文论》第113页。

⑦ 同上书。

命名的,不能确定任何事物。①

叙述者"我"有义务讲述自己,以便成为自己,但荒谬的是,他无法讲述自己,因为他没有借以讲述的工具,即自己的语言。因此他哀叹:"无能力讲述,无能力达到沉默,孤独……"(153)诚如贝克特在1949年同乔治·杜休的一次对话中指出的现代艺术家面临的表达困境:那是"无可表达的表达,没有借以表达的工具,没有表达的主体,没有表达的能力,没有表达的愿望,有表达的义务"。②"有义务表达",但又"无可表达",这正是叙述者"我",或许也是现代作家的尴尬处境,这也是小说所传达的悖论。

4. 主体的死亡与界限的消失

从认识论的层面,《难以命名者》生动展示了一个新的哲学维度,一个没有中心,没有主体,没有二元对立界限的认知领域,这正是解构主义文本的主要特征,因为解构主义始终是界限的破坏者。小说中出现的另一个与解构主义有关的词即是"tympanum",这是难以命名者最后给自己取的名字,它与"tympan"词义相同,意思是"鼓膜"、"鼓室"或"衬垫"等,暗示两者间的空隙。其实,"鼓膜"也是德里达理论中的一个关键词,它更形象地揭示了"延异"的真实内涵。德里达写了一篇题为"鼓膜($Tympan$)"的论文作为他的《哲学的边缘》一书的前言,文章通过对鼓膜(tympanum)的不同特质的详细阐述,探讨了哲学的本质,指出:"在哲学文本之外并非是空白的、未开发的、虚空的边缘地带,而是另一个文本,是一个没有任何中心作为参照的由各种势力的差异所组成的编织物。"③德里达认为这一无形的网状的边缘区域就是一种"未加思考的"(unthought)、"被抑制的"(suppressed)哲学领地,它是无法言说的,难以命名的,它就意味着"延异"开始。④《难以命名者》所表现的就是德里达所指的那种文本世界,一个"被抑制的"陌生区域。小说通过"鼓膜"形象地暗示一种独特的位置,即一种中性的存在,它恰好揭示了难以命名者的本质。如叙述者"我"所说:

---

① Ihab Hassan, "The Solipsist Voice in Beckett's Trilogy", in *Critical Essays on Samuel Beckett*, (ed.), Patrick A. McCarthy, p. 73.

② Samuel Beckett and George Duthuit, "Three Dialogues", reprinted *Critical Essays on Samuel Beckett*, (ed.), Patrick A. McCarthy, 228.

③ Jacques Derrida, *Margins of Philosophy*, (Trans.) Alan Bass, p. xxiii. (引文为笔者译)

④ Ibid., p. xxviii.

第七章 三部曲：走向后现代主义诗学，探究"不可言说"的真实

……一个外面一个里面而我在中间，或许那就是我的本质，将世界一分为二的东西，一边是外面，一边是里面……我既不是一边也不是另一边，我在中间，我是间隔物，我有两个外表而没有厚度，也许那就是我感觉到的，我自己在来回摆动，我是鼓膜（*tympanum*），一面是头脑，一面是世界，我不属于任何一边……(134)[着重号由笔者所加]

由此可见，难以命名者的本质就是模糊的二元对立。因此，小说中似乎根本不存在清晰的内容/形式、意识主体/认识客体、叙述者/被叙述者、内部/外部、生/死的界限。首先，小说呈现给读者的是纯粹的意识，是一个赤裸裸的大脑以及它探寻自身的复杂精力。大脑活动无疑是小说表现的内容，叙述本身就是对这种错综复杂的混沌的意识活动的呈现，因此，它也是一种形式。第二，小说中没有真正意义上的人物。叙述者"我"与其说是一个人物，不如说是一个虚空的声音，如他自己所说，"我是一个会说话的球，谈论着根本不存在的事物"(24)，因为"小说人物所剩下的只有声音，人的身份模糊不清，难以确定，已经被剥夺了时间、地点、功能和目的"。①第三，小说所谓的主人公兼叙述者所生存的空间并非什么具体场所，只是灰暗、混沌的区域，譬如，一个罐子、一只瓮，或者大脑内部。总之，叙述者已经丧失了人的特征，没有主体，没有性别，没有感觉，没有记忆。如他自己所描述的，"我的肩上扛着一个大的光滑的球，除了眼睛，没有任何特征，眼睛也只剩下两个洞。……我已经不再有鼻子了，为什么一定要有性别呢？"这个"会说话的球"既是一个无生命的存在，又是一个活跃的说话者。主体已经沦落为一个说话的机器，只会不停地述说，但却搞不清自己的身份。

小说突出地表现了作者/作品、叙述者/被叙述者之间界限的消失。难以命名者探究自我的目的就是想搞清楚自己的身份，而能否确定自我身份就在于能否辨别主体/客体、叙述者/被叙述者的界限。叙述者"我"之所以不断创造新的人物，寻求新的名字，就是因为他无法将人物同他自己区分开。他甚至怀疑是这些人物盗用了他自己的名字，并且剥夺了他存在的权利。譬如，当他决定给巴西尔更名为马胡德（Mahood）时，就表达了这样的困惑：

我将称他为马胡德，我更喜欢那个，我感到奇怪。是他给我讲述关于我的故事，代替我生存，由我体内产生，又回到我身边，又进入我的内部，在我的头上堆积了许多故事。我不知道这是怎么一回事。我总是不希望知道什么，但是马胡德说这样做不对。他也不知道，这使他忧虑。是他的声音经常，总是，与我的声音融合在一起，并且有

---

① Andrew K. Kennedy, *Samuel Beckett*, p. 139.

时完全将我的声音淹没。直到他永远离开我,或拒绝再离开我,我不知道。是的,我不知道现在是否他在这里还是在很远……(29)

从这段文字不难看出,"我"的声音是多重的、含混的,它既从故事内部发出,又来自于故事之外;它听起来既像是作者发出的又像是叙述者在讲述马胡德的故事,更像是故事的主人公发出的。叙述视角也随着声音的变换而飘忽不定。从表面看,叙述者在讲述马胡德的经历,但马胡德作为小说的人物,也在讲述有关某个人的故事,或许是叙述者"我"的故事。因此,叙述者认为,"是马胡德代替'我'生存,由'我'体内产生,并且又进入'我'的内部"(29),因为他源自于叙述者"我"。所以马胡德是一个模糊的不确定的人物;他既可以被看做是叙述者创造的人物,也可以被看做叙述者的代言人。同样,叙述者"我"也可以被视为马胡德的人物,也是马胡德的代言人。总之,究竟谁是叙述者,谁是被叙述者,根本无法分辨,其主要原因是他们的角色和位置不断相互转换;他们的声音时而分离,时而完全融合。

如果说在《马洛纳之死》中,叙述者和被叙述者之间的界限已经变得模糊不清,但我们仍然可以将二者区分开;那么,在《难以命名者》中,两者之间的界限已经完全消解。因为"在这里贝克特成功地瓦解了叙述者/被叙述者的关系,进入一种无法区分第三空间……其结果是一个全新的小说种类,一种没有叙述者和被叙述者的小说"。[①] 这种全新的小说即是一种主体永远缺失的文本。沃尔姆的故事更进一步演示了这种文本世界。作为难以命名者"我"创造的最后一个角色,沃尔姆既是"我"的替身也是马胡德最终退化成的样子。马胡德与沃尔姆之间最重要的区别就是"人与非人的区别"。[②] 他们的名字本身就带有象征意义。马胡德的名字是英文单词 manhood(成年人)的谐音;而沃尔姆的名字恰好就是英文词 worm(虫)。因此从马胡德到沃尔姆的转变不仅象征现代人的"异化"过程,也隐喻了作者或叙述者从全知全能的上帝到无名的说话者、从创作主体到虚空的叙述声音的演变过程。沃尔姆的故事其实恰好代表主体消亡之后的故事走向,标志着"人的终结"与"符号的开始"。因为沃尔姆只是一个符号(物体),一个没有生命的存在。他甚至连声音都没有。如果说他还有特征的话,那就是:"什么也感觉不到,什么都不知道,什么都不会做,什么也不想要。"(85)这些特征更进一步证明了作者主体地位的丧失,意味着主体/客体界限的彻底消解。

创作主体最终蜕变成了纯粹的叙述声音,一个飘忽不定的符号,他自

---

① Richard Begam, *Samuel Beckett and the End of Modernity*, p. 156.
② Ibid., p. 163.

然是没有本质的,因而也是难以命名的:"或许它根本就不是一个声音,或许它是空气,上升,下降,流动,旋转,寻找出口,什么都找不到。"(132) 总之,难以命名者是中性的:既不是马胡德也不是沃尔姆;既不是"我"也不是"他";既不是主体也不是客体,而是一个无形的存在。这也就是他最终称自己为"鼓膜(tympan)"的缘故,因为"鼓膜的外形如此完美地唤起了后现代性特有的自我分裂特征"。① 由此可见,"鼓膜"就是难以命名者"我"的典型特征;难以命名者并非具体的存在,只不过是处于主体与客体、叙述者与被叙述者之间的空隙,它代表的是第三个空间;而难以命名者既不在这一空间之内也不在它之外,他与两者有必然的联系,但又不属于任何一方。他仿佛无所不是,但又什么都不是;他可以包容一切,但又被它身外的一切所包围。

总之,难以命名者仿佛就是界限的破坏者,小说所彰显的就是二元对立彻底消解的灰暗区域,在这里已经不再有主体与客体、叙述者与被叙述者、内部与外部的对立,而是主体等同于客体、叙述者等同与被叙述者、内部等同于外部。它是一个主体永远消失的,充满多样性的,流动的空间;它永远无法把握,因此也永远难以命名。

5. 语言的牢笼、叙事的迷宫

从语言哲学的角度,《难以命名者》可以说是一部关于词语的现代神话,它讽喻了后现代主义语境下的"语言表征"的本质。如 A. 阿尔瓦雷兹所评论的,"在《难以命名者》中,唯一的主题就是词语本身和难以忍耐的对使用词语的需求"。② 贝克特一向被看做是爱玩弄文字游戏的作家,但是在这部小说中,似乎并不是作者在玩文字游戏,而是语言自己在游戏。所以叙述者"我"探究自我的活动其实就是对语言意义自身的拷问。

那么,语言究竟是什么? 如果说传统的语言观将语言视为"再现"客观世界,描摹自然的工具;现代主义或结构主义语言观将语言看作存在之家园和赋予万事万物以本质,产生意义的符号系统;那么,后现代主义或后结构主义语言规则认为语言已不再具有清晰性、透明性,"语言仿佛变成一种'浑浊的'载体,意义再也不能一目了然,意义必须依靠阐释才能获得,既然是阐释,就不再存在一个大写的、唯一的意义,而只会是多种意义的可能性"。③ 后结构主义的一个颠覆性论题是:不是人说语言,而是语言说人,或者是语言(通过人)自己在讲述自身。《难以命名者》就是对这种后结构主义

---

① Richard Begam, *Samuel Beckett and the End of Modernity*, p. 177.
② A. Alveraz, *Beckett*, p. 65.
③ 盛宁,《人文困惑与反思——西方后现代主义思潮批判》,第54—55页。

语言观的揭示。小说向我们展示的与其说是一个文本,莫如说是混沌的语言活动场所,因为文本就是语言的游戏与狂欢。而游戏的主体已不再是语言者(人),而是语言本身。小说总共 179 页,起初还有比较完整的句子,也有段落划分,但是从 22 页开始,小说就不再有段落划分,可以说只剩下一段长达 150 多页的文字,其中充斥着许多疑问句;句子开始时很短,后来逐渐变长,小说的最后一个句子长达数十页,中间由逗号断开。叙述者"我"的唯一任务就是通过不停地述说将叙述进行到底。而不停述说又是为了达到最终的沉默。然而,叙述似乎没有开始,也没有结束,因为话语滔滔不绝,叙事似乎永远不会终结,因此也不会有真正的沉默。

如果说整篇小说就是语言的自述,那么,难以命名者就是一个纯粹的符号,在语言的海洋中漂浮游荡,如他自己所说:我在词语中,由词语制成,他人的词语,什么他者,也是地点,空气,墙壁,地板,天花板,所有的词语,整个世界都同我在一起,我是空气,墙壁,被墙围住的东西,一切都屈服了,展开,衰落,有瑕疵,像雪片似的……(139)对于难以命名者来说,存在就意味着述说和被述说,它只存在于词语中。作为无数语言符号中的一员,它只有在文字的世界中不停地游戏,才能彰显自我的个性,因为"一个符号的意义不存在于其本身之内,而是以这种或那种形式散布于其他符号之中"。①但遗憾的是,在叙述的旅程中难以命名者不但没能张扬自我,反倒迷失自我。虽然它被语言包裹着,但它仍然找不到恰当的文字来解释它自己。其实,叙述者"我"之所以难以命名,是因为他被他自身(语言)所束缚,因此"词语可以被看做那个我的障碍,同时也是存在的唯一方式"。②

诚然,难以命名者需要通过词语来表达他自己,但词语又成了表达的障碍。可见语言已经不再是存在之家园,反倒变成存在之牢笼。难以命名者就如同被关在笼子中的动物,如他自己所描述的:他像"出生于笼子中的野兽们所生的野兽们所生的野兽们所生出的一只野兽,出生然后死亡,出生于一个笼子然后死于笼子中,总之,像一只野兽……"(139)这段文字生动地描述了难以命名者所陷入的绝望而又无奈的境遇,也生动地暗示了"语言的牢笼"③这一后现代的语言观。在探究真实自我的叙述进程中,叙述者"我"既是探寻者,又是探寻的对象;既是笼子的建造者,又是被囚禁在笼中的野兽。这使人联想到古希腊神话中的建筑工匠代达罗斯

---

① 马可·柯里,《后现代叙事理论》,宁一中译,第 86 页。
② Enrico Garzilli, "Myth, Word, and Self in *The Unnamable*", *Critical Essays on Samuel Beckett*, (ed.), Patrick A. McCarthy, p. 91
③ 美国后现代思想家弗雷德里克·詹姆逊 1972 年出版一部探讨后现代文化逻辑的专著就是以"语言的牢笼"为书名。参见 Frederick Jameson, *The Prison-House of Language*, Princeton University Press, 1972.

第七章 三部曲：走向后现代主义诗学，探究"不可言说"的真实

的故事：他用自己的巧手帮助弥诺斯国王为牛头人身的怪兽建造起一座豪华的迷宫，以便使进去的人永远找不到出口，不料他自己却被囚禁在自己创造的迷宫中。难以命名者"我"用文字构建了一个叙述迷宫，但他自己也被拘禁在错综复杂的叙述迷宫中。然而，代达罗斯能够凭借自己的智慧打造出翅膀，最终飞出弥诺斯迷宫，并重新获得自由；而难以命名者"我"却无论如何也摆脱不了语言的束缚，因为"他不可能找到逃跑的路径，并且所有类似的企图都会使他更深地陷入语言的牢笼"。[①]两种结局似乎暗示了两种截然不同的思维方式，揭示了传统文学与后现代文本的本质区别，前者暗示了唯一意义的确定，后者则隐喻了意义之永无穷尽。难以命名者，作为后结构主义话语的使者，既是他自身的创造者，又是"谋杀者"；既是自己的天堂，也是地狱。

既然叙述迷宫是由语言编织而成，那么，唯有语言才能使他走出迷宫。所以语言既是解决问题的手段又是目的，既是艺术创造的材料又是作品本身。在小说即将结束时，难以命名者开始了最疯狂的为自我命名的尝试："……现在赶快再试一次，用余下的词语，试着做什么，我不知道……也许这是门，也许我正在门口……我可以离开，不知道我旅行的整个时限，我现在是在门口……这是最后的词语，的确是最后的……"(178)。然而，难以命名者最终非但没有寻到出口，反而进入迷宫的死角（aporia）。他无法逃避，"语言就是最终的难以摆脱的束缚，它无法达到沉默"。[②]最后，那个唯一能够证明他存在的声音在逐渐消失，小说以一段极其荒谬的自相矛盾的文字而结束：

> 你必须继续下去，我所知道的一切就是他们要阻止我，我很明白，我可以感觉到，他们打算抛弃我，将要达到沉默，片刻，好一会儿，或者将成为我的，持久的那一个，那个没有持续下去的，那仍然持续的，这将是我，你必须继续下去，我不能继续下去，你必须继续下去，我将继续下去，你必须说话，只要有词语存在，直到他们找到我，直到他们说我，奇特的痛苦，奇特的罪过，你必须继续下去，或许已经做了，或许他们已经谈论我了，也许他们把我带到了我的故事的起始点，在通往我故事的入口处，那会使我惊讶，如果门被打开，那将会是我，将会是沉默，我在哪儿，我不知道我永远不会知道，在沉默中你不知道，你必须继续下去，我不能继续下去，我将要继续下去。(179)

[①] Roch C. Smith, "Naming the M/inotaur: Beckett's Trilogy and the Failure of Narrative", in *Critical Essays on Samuel Beckett*, (ed.), Patrick A. McCarthy, p.78.

[②] Andrew K. Kennedy, *Samuel Beckett*, p.151.

至此，难以命名者面临着表达的两难境地：停止还是继续？这似乎成了哈姆雷特式的生死抉择。他不能继续下去，因为继续就意味着创作，创作就需要更多的词语，而词语越多就会使叙述的迷宫变得越发错综复杂；但是他必须继续下去，因为只有通过不停地述说，他才有机会使用词语，只有词语才能给他命名。"找到那个本质的'我'的声音似乎是达到静止，达到最终沉默的前提。"①小说自相矛盾的结束语生动地表现了难以命名者内心的矛盾与焦虑——渴望继续，但又无话可说；想保持沉默，但又欲罢不忍的心态。为了给自我命名，叙述者"我"似乎穷尽了所有的表达方式与手段，耗尽了所有词语，但结果是自我在叙述的旅程中彻底消解，"我"最终变成了一个彻底的"难以命名者"。

《难以命名者》的结尾似乎把我们带入了某种沉默，但是它听起来更像是一种焦虑不安的中止音，并非是永久的沉默，因为真正的沉默意味着叙述达到了终极目标，即完成为自我命名的使命，因而叙述者不再有述说的义务。但事实上难以命名者没有实现为自我命名的夙愿便不得不停止叙述。小说的结尾其实暗示了更加强烈的表达愿望，叙述者渴望继续下去，但往何处去？他无从知晓；作者也不能给出答案。即便他继续讲下去，那也只是无穷地延伸，因为终极意义将永远悬而未决，自我永远不能被定义。因此，"我不能继续下去，我将要继续下去"这无可奈何的结束语听起来更像是作者（贝克特）本人的声音，它深刻道出了作者自己，或许也是现代作家和艺术家所必须面临的表达困境和对文学未来的忧虑。这个声音，如安德鲁·K.肯尼迪所说，"反复地在以后的作品中回响，总是企图达到沉默但又无法逃避语言的困扰，随着那有节奏的词语不停运动"。②究竟叙述将向何处发展？文学将向何处发展？终极意义何时达到？其实小说悖论式的结局就是一个绝妙的答案，它给文学评论家留下了一个无穷无尽的阐释空间，一个永远的难解之谜。

《难以命名者》，作为一部解构主义预言，它不仅准确地预设了后现代文学的理论思想，对时代做出了审美判断，同时也以戏仿的方式对后结构主义和解构主义理论的发展前景和可行性，尤其作者是否真的应该"死亡"，提出了质疑。

---

① Andrew K. Kennedy, *Samuel Beckett*, p. 140.
② Ibid., p. 152.

第八章 《无意义的文本》和《怎么回事》：小说的终结与"文本"的开始

西方文学界普遍认为：贝克特的写作因过分走极端而陷入绝境；三部曲最后一部《难以命名者》悖论式的结局："我不能继续下去，我将要继续下去。"(N 179)仿佛暗示贝克特已经穷尽了所有的表达方式与手段，耗尽了所有词语，到了黔驴技穷的境地。果真如此吗？

一、写作的僵局与"失败的艺术"

《难以命名者》的确揭示了一个艺术表达的难题，也预示着贝克特小说实验的失败和终结，这似乎已成定论。其实，贝克特本人也不否认这一点，如他在 1956 年同美国《纽约时报》资深记者伊斯雷尔·森克的谈话中坦言自己文学创作的黄金期（即 1946 年至 1950 年）已经过去：

> 我很快写完了所有的作品——1946 年至 1950 年期间。此后我没有写什么东西。至少没有写任何在我看来有价值的东西。对于一些作家来说，写的作品越多，写作就变得越发容易，而对于我来说写作越来越困难。写作的可能性范围越来越狭小……
>
> 我作品结束时，没有任何东西、唯有尘埃——可以命名。在最后的那一部——《难以命名者》中——那里只有彻底的分裂和解体。无"我"，无"有"，无"存在"。无主格，无宾格，无动词。无法继续下去。①

据此，贝克特的实验小说也可以被称作"失败的艺术"(art of failure)或诗学，如贝克特早期研究者理查德·寇在解读贝克特与杜休《三个对话》时评论道：

---

① Israel Shenker, "An Interview with Beckett", *New York Times* (May, 1956, Section II, 1.) reprinted in *Samuel Beckett: The Critical Heritage*, (eds.) Lawrence Grave and Raymond Federman, p. 148.

  艺术家被驱使——被自己是艺术家这一事实所驱使——去在作品中实现,创造那不存在的,不可能的事,因为当它(艺术)以具体的形式(绘画或文字)被体现时,它就不再是它自己了。因此,它势必要失败。贝克特自己的艺术同样也是一种失败的艺术:它显然在努力实现那根本不可能办到的事……如果它(艺术)揭露人类生存状况的真相,它就不再是它本应该是的东西了。①

  大卫·海斯勒也认为,贝克特的艺术是自觉的失败的尝试,亦即使(艺术)自身适应于人的荒诞生存境遇的尝试。②的确,按照传统的美学观,艺术应该表现完整的、理性的、清晰的世界图像,而贝克特的小说则展现了与艺术极不协调的东西,即荒诞、虚无、混沌,因此它们被视为"失败的艺术"。然而,对于贝克特来说,"失败的艺术"并不在于他的小说呈现了怎样混沌的世界,而主要是指形式实验的失败,即是语言表征的失败,因而也意味着叙事本身的失败和终结。

  但是,笔者并不完全认同"失败的艺术"这一说法。虽然《难以命名者》的矛盾结局暗示了贝克特的创作实验陷入进退维谷的境地,使他无法继续下去,但这也是一个更加开放性的结局,它永远面向未来,预示着文学创作的新的机遇和挑战。因此,它既是结局也是开始,它不仅标志着贝克特创作的一个新的阶段的开始,也隐喻了一个新的文学时代的开始,即一种更加自由的、意义永无穷尽、多元开放、不断延伸、不断流动的文本形式的诞生。这种文本形式也是对二战之后多元的、复杂的文化逻辑和世界图像的呈现。

  关于贝克特三部曲之后的小说创作,法国作家莫里斯·纳德曾做过模棱两可的评论:

  我天真地认为,完成《难以命名者》之后,贝克特不可能将他的艺术探索再向前推进,再进一步向下探寻到孤独和虚无的深渊……贝克特给我们以错觉,仿佛已经走到了那奇怪的苦行运动的终点,此后,当最后的声音停止时,没有句子只剩下沉默、死亡和虚无。在虚无的状态下还能前进吗?我们不得不相信这是可能的,他从一个更低的起点开始,在更加荒无人烟的领地(no-man's-land)结束。③

这段文字仿佛在提示我们,贝克特的形式实验陷入僵局并不意味着他创

---

① Richard Coe, *Beckett*, Edinburgh: Oliver & Boyd, 1964, p. 4.
② David Hesla, *The Shape of Chaos: An Interpretation of the Art of Samuel Beckett*, p. 7.
③ Maurice Nadeau in "Express",(26 January 1961,p. 25) reprinted in *Samuel Beckett: The Critical Heritage*, (eds.) Lawrence Grave and Raymond Federman, p. 224.

第八章 《无意义的文本》和《怎么回事》：小说的终结与"文本"的开始

作的终结。其实，贝克特在创作上也并非无路可走。他从此开始了新的探索和尝试。自1950年之后，贝克特的写作由小说转入了戏剧，并在戏剧领域取得了巨大的成功（关于贝克特的戏剧创作，下一章将详细阐述）。但是贝克特的小说创作也并没有完全中断，他在创作戏剧作品的同时也间或写一些小说。贝克特1950年代创作了一些短篇故事，如《画像》和由十三个片段组成的文集《无意义的文本》（1951）等；60年代初写了长篇小说《怎么回事》（1961），尔后，又写了一系列的短篇故事，如《看不清道不明》、《枯竭的想象力想象吧》等名篇；贝克特晚期（70、80年代）创作了不少他自称为"文本"（texts）的作品。因为这些作品篇幅很短（譬如，最后那篇《静止的躁动》只有一千八百零一个字），不能算作小说，也有学者将其称为"超袖珍式新小说"[①]亦无不可。应当指出，贝克特继《难以命名者》之后创作的两部作品，即《无意义的文本》和《怎么回事》不应忽视，因为它们代表贝克特三部曲之后的重要实验性文本，也是贝克特为挽救叙事所做的最后尝试。

二、"文本"与"书"（"小说"）的对峙

继三部曲之后，贝克特创作的叙事性作品在形式上更加散乱无序、支离破碎，它们已经不再是传统意义上小说。因此，贝克特将他此后创作的短篇故事集命名为《无意义的文本》。他之所以将这些作品称作"文本"，其实也暗示了它们与"小说"的区别。这些文本从表面看是在继续着《难以命名者》探寻自我的旅行，但从形式上它却有着质的变化，其实是艺术体裁的变化，即由叙事性作品向非叙事性写作的转变，也可以说是小说的变异。如迈克尔·罗宾逊所评论的，"这文本是介于小说和诗歌之间的，是一种扩展的散文诗形式，其中回旋着一种声音在寻找意义，它知道自己的无能，它注定会创建虚无"。[②]艾伯特指出，"这些文本一改先前的表现'探索'或'追寻'的叙述类型，而是转向了宽泛的非叙述性的个人沉思式的散文体。"[③]（至于它是怎样的散文体，稍后将具体阐述）。至此，贝克特的写作似乎变成了真正自由的无拘无束的活动；这也意味着贝克特文学创作从"小说（书）到文本"的转向，与后结构主义理论家罗兰·巴特日后

[①] 参见 陆建德："显赫的隐士，静止的走动"，载《麻雀啁啾》（陆建德著），北京：三联书店，1996年，第59页。

[②] Michael Robinson, *The Long Sonata of the Dead*, London: Rupert Hart-Davis Lit., 1969, p. 209.

[③] H. Porter Abbott, *Beckett Writing Beckett: The Author in the Autograph*, Ithaca & London: 1996, pp. 90—91.

提出的"从作品到文本"的观点极为相似。

在后现代或后结构主义理论家看来，"作者的死亡"就意味着作品或书的终结和另一种写作的开始，也是"文本"的诞生。据此，德里达的《论文字学》(1967)的第一部分的第一章开篇就提出"书的终结和文字的开始"这一命题，暗示了写作的游戏功能，书中指出："文字降临时也是这种游戏的降临。今天，这种游戏已经盛行起来，它抹去了人们认为可以用来支配符号循环的界限，它吸引了所有可靠性的所指，消减了所有的要塞、所有监视语言原野的边疆哨所。严格说来，这等于摧毁了'符号'概念以及它的全部逻辑。"①其实，这种取消边界和抹去界限的行为就意味着传统作品的瓦解，它标志着"书"的时代的终结。德里达认为书和文本是对立的，书是按照古老的方式编排的，形式连贯的整体，而文本是旨在打乱那种古典秩序的尝试。1973年，罗兰·巴特发表了《从作品到文本》一文来附和德里达的《论文字学》并提出了独到的文本理论，他列举了文本比传统作品的种种优势：1.文本依赖话语运动，因此变化多多；2.文本不能分类，却能打破文体与学科的界限；3.作品冷清如修道院，文本热闹像游乐场；4.作品讲究来历，文本没爹没妈；5.作品乃一家之言，文本主客不分，相互指涉；6.作品令人消极，文本让人积极参与；7.阅读作品是一种消费。阅读文本却让你进入极乐世界。②可见在巴特看来，传统的井然有序的作品（即再现性的文本）要让位给一种貌似荒诞的文本形式，即"生成文本"，也就是贝克特式的"动态生成形式"。因此，"文本"这一术语已经成了后现代语境下文学批评理论中的一个重要范畴。自上个世纪60年代，后结构主义（后现代）理论兴起之时，"文本"便悄然替代了"小说"、"作品"、"书"这些传统的术语或概念。在后结构主义（后现代）语境下，"文本"是无所不包的概念，无论是文学作品、哲学著作、评论、理论文章，还是官样文件、史料和科技文献等都可以称作文本，总之，文本就是一种越界的书写形式，它是对传统意义上的"书"的模式的突破。

然而，贝克特似乎早已意识到了这种文学发展趋势，所以早在上个世纪50年代初，他就率先用"文本"的概念替换了小说，并对传统叙事作品实施了无情的解构。在贝克特心目中，"文本"的含义比"小说"或"书"更加开放、多元、自由，因而也更具不确定性；它可以没有开始、没有结尾、没有中心思想和主题，没有连贯的合乎逻辑的故事情节，可谓是一种无拘无

---

① 德里达，《论文字学》，汪堂家译，上海译文出版社，2005年，第8页。

② 参见 Roland Barthes, *Image, Music, Text*, Trans. Stephen Heath, New York: Hill and Wang, 1977, pp. 156—164. 这几点的中文归纳及翻译参见赵一凡著，《从胡塞尔到德里达：西方文论讲稿》，北京：三联书店，2007年，第309—310页。

第八章 《无意义的文本》和《怎么回事》：小说的终结与"文本"的开始

束的写作。正因为它没有明确的目的和终极意义，贝克特才将自己的作品戏称作《无意义的文本》。然而，贝克特的"文本"并非像他所说的"无意义"，而是包含着更宽泛，更多层的含义，就如同他在论文《普鲁斯特》中提出的"洋葱"的意象(有意思的是，巴特在其论文《风格与意象》中也将文本比作洋葱头)。这意象隐喻了文本的多层含义和循环模式及其无限可能性，但是它却没有中心，没有唯一意义。

由此可见，作品和文本的本质区别就在于，"作品乃牛顿封闭系统，文本是爱因斯坦开放系统。前者是作家中心论的迷信产物，后者适用于互文生产"①。传统意义上的书或作品依赖于充足的词语去解释与之相对应的事物，即达到能指与所指的完全吻合，因此它是统一的有开头和结尾的线性发展的写作形式，它只在其自己的文本界限内运作，并且指涉着它自身之外的某种现实。与此相反，后现代的文本却是非线性的，多维的，网状结构，没有开始和结尾，它不断地超越自身的文本界限并且只专注于他自身的生成过程。这也是贝克特实验小说，尤其是《无意义的文本》和《怎么回事》的典型特征，它们已不再是刻板的再现，而是一种互文网络，是意义不断散播的动态文本。德里达认为"'书'代表着百科全书式的对神学和理性中心主义的保护"，而文本则以其"格言式的活力"表现"写作的解体"②。德里达主张用文本对抗书的策略，与贝克特小说实验(消解叙事，瓦解作品)的策略如出一辙，由此足以见出贝克特对后现代诗学的影响力。传统意义上的"小说"只能以看似合乎逻辑的、理性的、完整的、结构严谨的方式去再现生活和世界；而贝克特的小说实验却向我们证明：本真的世界和存在并非那么合乎理性和逻辑，若想呈现变幻莫测的精神世界和丰富多彩的、动态的、充满无限可能性的现实世界，唯有"文本"能担此重任。

贝克特1950年代创作的一系列文本，其实是他摆脱小说创作的僵局，使叙述游戏继续下去的一种尝试。但是，他却不经意间使小说形式彻底解体，从而开始了一种新的、自由自在的写作形式。

三、《无意义的文本》之意义所在

《无意义的文本》可以说是贝克特所有作品中不太受文学评论界青睐的作品，但是它在贝克特整个创作生涯和文学形式实验中却占有不可或缺的位置。美国著名贝克特研究专家 H. A. 艾伯特在评价贝克特二战之

---

① 赵一凡著，《从胡塞尔到德里达：西方文论讲稿》，第307页。
② Qtd. in Richard Begam, *Samuel Beckett and the End of Modernity*, p. 123.

后的文学创作时指出:"如果说 1948 至 1950 年间贝克特采取了两个重大步骤的话,第一个就是 1948 年在完成了三部曲之二《马洛纳之死》后,他写了关于'什么都没有发生'的剧本《等待戈多》。……第二个重要步骤即是完成了《难以命名者》之后,他写了《无意义的文本》(1950—1951)。"①可见,《无意义的文本》同《等待戈多》一样在贝克特的创作生涯中具有重要的意义。除了艾伯特之外,约翰·皮林和 P.J.墨菲也对贝克特的《无意义的文本》给予较高的评价,在他们的贝克特研究专著中均辟专章对这部作品做了较为深入细致的分析和阐释,弥补了西方学界对贝克特研究的疏忽和遗漏。②另外,在早期的贝克特研究中(1970 年之前),一些学者,如迈克尔·罗宾逊和休·肯纳、雷蒙德·费德曼也曾对这部作品发表过自己的见解。

1.《无意义的文本》:无拘无束的书写形式

《无意义的文本》(以下简称《文本》)可以被看做是贝克特试图从小说实验的绝境中突围出来的一个重要步骤。贝克特小说实验的初衷是通过尝试着各种叙事策略和话语模式去实现"消解叙事",或"扼杀叙事"(narratricide)的目的。但有意思的是,当他发现《难以命名者》的叙事真的陷入僵局时,他又试图通过其他的途径去挽救叙事,以使叙事和写作游戏继续下去。贝克特在同森克的谈话中说道,"我最近写的作品——'无意义的文本'——就是一种逃脱解体状态的尝试,但是它还是失败了"③。《文本》由十三个文本即随意、散漫的独白或片段组成,这些片段无明确的中心思想和主题,它们的排序也没有逻辑上的联系。但是,至于《文本》为何由十三个片段构成,这或许是贝克特精心安排,有一定的寓意。贝克特好像对"13"这一数字情有独钟,如前面探讨过的诗歌集《回音之骨》也是由十三首诗组成(它原本收集了 27 首诗歌,但是,最终却被贝克特消减成了十三首),这或许与贝克特的颇具传奇性和戏剧性的生日(4 月 13 日)不

---

① H. Porter Abbott, *Beckett Writing Beckett*: *The Author in the Autograph*, pp. 22, 87.

② 关于《无意义文本》的详尽解读,可参见: James Knowlson and John Pilling, *Frescoes of the Skull*: *the Later Prose and Drama of Samuel Beckett*, New York: Grove Press, 1980, pp. 41—60; P. J. Murphy, *Reconstructing Beckett*: *Language for Being in Samuel Beckett's Fiction*, Toronto: University of Toronto Press, 1990, pp. 34—52.

③ Israel Shenker, "An Interview with Beckett", *New York Times* (May, 1956, Section II, 1.) reprinted in *Samuel Beckett*: *The Critical Heritage*, (eds.), Lawrence Grave and Raymond Federman, p. 148.

第八章 《无意义的文本》和《怎么回事》：小说的终结与"文本"的开始

无关联。在西方人看来，"13"这个数字代表"不吉利"或"不幸"。或许这部由 13 个文本组成的作品本身就在营造某种悲剧或失落的氛围。在贝克特看来，这 13 个文本作为摆脱写作困境的尝试是失败的，据此，《文本》连同《难以命名者》的最后结局在贝克特的创作生涯中无疑代表一个灰暗和不幸的时刻，就如同耶稣受难日一样。这也意味着贝克特以后的小说实验前景的暗淡，但是，无论如何，贝克特都会继续下去。他会像仁慈的耶稣拯救人类一样去拯救小说和他笔下人物的灵魂；他会通过辛勤的劳作去建构新的乐园，即新的文本世界和新的写作形式，以给小说人物重新带来光明和希望。

贝克特之所以认为《文本》是一次失败的尝试，因为它在语言风格和主题上仍然没能脱离他三部曲的模式。从第一个文本的开场白，不难看出它就是对《难以命名者》的继续，或者说是《难以命名者》的另一个结局。让我们看一看以下两段文字：

> ……奇特的痛苦，奇特的罪过，你必须继续下去，或许已经做了，或许他们已经谈论我了，也许他们把我带到了我的故事的起始点，在通往我故事的入口处，那会使我惊讶，如果门被打开，那将会是我，将会是沉默，我在哪儿，我不知道我永远不会知道，在沉默中你不知道，你必须继续下去，我不能继续下去，我将要继续下去。(U 179)

> 突然，不，最后，终于，我再也坚持不住了，我不能继续下去。有人说，你不能呆在这里，我不能呆在那儿，我也不能继续下去。……怎么继续？本来就不应该开始，不，还是应该开始。……我已经远离那些争论，我不应该去操心，我一无所求，无论是继续下去，还是停留在我目前的位置，对我真的都是一回事。①

第一段文字是《难以命名者》的结束语，而后一段则是《文本》中第一篇的开始。虽然贝克特的这两部作品中都充斥着简单的、不连贯、不合逻辑的语句，但是这两段引文读起来还是有着明显的逻辑关系，因为它们似乎在谈论同一个话题，亦即是否继续下去的问题，并且都在为这一问题纠结不清。若不注明它们各自的出处，很难看出它们是出自两个文本。后面的文本依然延续着《难以命名者》的自相矛盾的话语模式，它们都采用解构式的叙事策略，如前一章所探讨过的后结构主义叙事学所定义的"消解叙事"(denarration)。可见《无意义的文本》仍然不能使贝克特走出小说创作的绝境，相反会使他陷入更加尴尬的境遇。从这一角度看，它是失败的

---

① Samuel Beckett, *Texts for Nothing*, London: Calder & Boyars Ltd., 1974, p.7. 下文中对该作品的引文均出自此版本，笔者自译，文中标名页码，不另作注。

作品。如迈克尔·罗宾逊指出，"贝克特认为失败的这十三个文本分明在延续《难以命名者》的探寻。它们比先前的小说更加含糊不清、更加零散无序"。①所以《文本》既是对贝克特此前形式实验的继续，又是与前面作品截然不同的文本形式。

如果说贝克特的一生中创作的全部作品可以被看做是一个线性的连续统一体，那么《文本》就代表其中的一个"中止"符，标志着这一整体中的断裂部分。有学者将贝克特文学生涯中 1945 年至 1950 年这一时期视为"最重要的极富创造力的时期"("great creative period")，②贝克特本人也认为这是自己创作最多产的时期。而此后创作的《文本》意味着另一个创作阶段的开始，抑或是贝克特小说创作的转折点。贝克特研究专家休·肯纳倾向于将这些文本看作贝克特毕生作品中具有独创性和原创性的整合体，他指出，"文本，亦即没有真正的主题但却有着奇特凝聚力的短小作品，是贝克特的想象力所探索的一种周而复始的循环模式"。③贝克特的确做了更加大胆的尝试，以恢复叙事的正常秩序，但是他却于不经意间将写作引入了一种非叙述性的领域，从而开启了一种新的、自由的写作形式和文体，即散文体。然而，艾伯特却认为，贝克特的这种文本形式并非什么新玩意儿，更不具独创性。其实，贝克特又回到了古老的散文体风格。这种散文体是由蒙田的《随笔集》(*Essais*)演化而来的，其中蕴含着丰富的浪漫主义抒情联想式的沉思传统，从卢梭的《孤独漫步者的沉思》(*Rêveries d'un promeneur solitaire*)到柯尔律治的对话诗集。④但是笔者并不十分认同艾伯特的观点。贝克特的《文本》，在某种程度上，确实是对传统浪漫主义抒情文体，尤其是对英国感伤派诗歌意境的回访；但是，这些文本或片段充其量也只是对传统古老散文体的一种戏仿(parody)，或者用后现代解构主义的术语，是一种"混成模仿"(pastiche)。贝克特的《文本》绝无传统散文的清晰的思路、优雅的文风和理性的思辨，但是却不乏散漫的，支离破碎的自由联想和对自我和艺术创作本身的思考。笔者权且将其称为"贝氏散文体"。

---

① Michael Robinson, *The Long Sonata of the Dead*, pp. 209, 210.

② Qtd. in Raymond Federman and John Flecher (eds.), *Samuel Beckett: his works and his critics*, Berkeley and Los Angeles: University of California Press, 1970, p. 63.

③ Hugh Kenner, *A Reader's Guide to Samuel Beckett*, London: Thames and Hudson, 1973, p. 119.

④ H. Porter Abbott, *Beckett Writing Beckett: The Author in the Autograph*, pp. 90—91.

2. 在绝境中企盼光明

首先,《文本》展示的是与贝克特此前的作品不同的视界,那是一种令人沮丧和失望的自我错位的世界,但是,也正是那令人绝望之处才是文本的精彩之处。其实,贝克特试图通过这 13 个文本实施双重的整合或重构:即重构自我和恢复叙述秩序。前 6 个文本的叙述者"我"试图以机智巧妙的方式恢复自我与现实社会的联系;而后面的文本则逐渐地流露出对语言表达问题或文本形式自身的专注,试图到达更理想成功的修辞效果。但是,《文本》所表现的本来就是自我的绝望和衰落的境地,何以用理想的修辞方式去表述呢?

虽然《文本》使叙述陷入更加绝望境地,但是,其效果也并非那么绝望和悲观。其实,贝克特在写作的过程中已经开始了一种新的文本形式和修辞风格。英国学者 P. J. 墨菲将其称为"失败的修辞",[1]这并不是说这部作品本身是失败的,而是说它建构了一种关于"失败"的修辞话语。这些文本放弃了讲故事的形式和贝克特此前作品对"旅行"、"探索"或"追寻"的描述性叙述,而是采用了独白或个人沉思的散文形式,其中有一个"我"的叙述声音始终在寻求他在世界中的位置。叙述者"我"仿佛在文本的世界中经受了堕落、下沉的过程。"文本中的'我'在寻找自己的身份。……那声音被迫去言说,陷入一个黑暗的区域,永远被排除在光明的世界之外。"[2]因此,在第一个文本中,这叙述声音"我"向我们表明自己的位置是"在下面";所以"无意义"或"无"(nothing)就是他当前境遇的标签或代名词。可见,"无"("nothing")在文本中并不是指"虚空"或"虚无",也不代表完全的否定,而是暗示一种位置,即"在下面",它指涉处于下面的黑暗世界中的微不足道、不重要的人和事物。从语义学的层面,"无"、"乌有"(nothing)这一代名词与具有肯定意义的词"某事",或"重要事物"(something)相对立,它象征着叙事中的"无人的区域"(No-man's-land),如 P. J. 墨菲所说,"这个术语分明是相对于'人和物的世界'(the world of things and people)而言的,人和物的世界在上面,它是光明的世界"。[3]而"我"当下所处的位置是微不足道的、黑暗的领域。

---

[1] P. J. Murphy, *Reconstructing Beckett: Language for Being in Samuel Beckett's Fiction*, p. 34.

[2] Michael Robinson, *The Long Sonata of the Dead*, p. 210.

[3] P. J. Murphy, *Reconstructing Beckett: Language for Being in Samuel Beckett's Fiction*, pp. 34—35.

因此，第一个文本，一开始就试图回应《难以命名者》结尾所遇到的难题，即是否应该将叙事进行下去的问题。叙述者说道："我无法再继续下去了，我不能呆在那儿，我不能继续。"(7) 接下来叙述者"我"描述自己所处的地方，"那是不值得一提的地方，它的顶部，非常的平，是一座大山，不，是小山丘的顶部，如此的荒凉……"(7)叙述者当前的位置是谷底，他试图爬上山冈，以提升自己的位置。"下面"和"上面"两种世界形成了鲜明对照，如叙述者说道："我在洞穴下面，几百年挖掘出来的洞穴，几百年污秽的处境，平卧着，脸贴近黑暗的浸透着枯黄色雨水的泥土。他们在上面，将我包围、笼罩，如同在墓地一样。我不能抬起头看他们，太遗憾了……"(8)上面的世界是具体的，真实客观存在（somewhere），它显然是指受理性和规则支配的现实世界，因此是确定的"所指"；而叙述者"我"所处的位置是在下面，它是虚幻的乌有（nowhere），它的所指是虚幻的、飘忽不定的。它也绝无托马斯·莫尔所设想的完美的理想的"乌托邦"氛围；它只是相对于具体的物质世界而言的意识的或潜意识的领域。然而，每当叙述声音"我"说到自己的低下的位置时都会同时提到上面的世界，其实是暗示下面的微不足道的世界与上面的有意义的世界之间存在着某种密不可分的关系。这就是贝克特的《文本》所要揭示的一个主题，即有和无、意义与无意义、光明与黑暗、外部世界与自我的世界的对立与互涉；或者从更深层的意义上，是主体与客体、艺术与生活、语言与存在之间的必然联系。

叙述者"我"将他自己的世界称作"洞穴"或"密室"（den），它象征头脑的内部，这一意象仿佛又回到了贝克特的第一部小说《莫菲》中的场景：主人公莫菲为了躲避外面的世界，总是独自呆在自己的小屋，以充分享受精神的自由。（Mu 5）莫菲的小屋被描写成"密室"（mew），它象征着内部的、封闭的精神世界，也是他头脑的内部。然而，《文本》中的叙述者"我"的处境是更加的阴暗、凄凉的区域，它是真正的"洞穴"。其实莫菲和《文本》的叙述者"我"恰好是向着相反的方向努力，莫菲希望深入到这个封闭的精神世界最底部，即抵达头脑的第三个区域——黑暗的潜意识的领域；而《文本》的叙述者"我"却试图从黑暗的底部向上面的光明世界攀爬，也是向着理性世界的回归。叙述者开篇就道出："我本来可以呆在我的洞穴里，但是我不能。"(7)这意味着叙述不可能沿着《难以命名者》探索的轨迹向纵深（向下）发展，而是要向上、向后回溯，以恢复先前的那个完整的自我，也就是使自我再回到传统的叙事中，像传统的小说那样展示悲剧、喜剧、堕落和死亡。

3. 追溯艺术创作的原点

那么,怎样才能恢复先前的那个完整的自我呢?首先,叙述者"我"需要回到古老的故事去追忆自己的过去,同时追溯艺术创作的原点(以达到艺术与生活、语言与存在融合)。因此,叙事又回到了贝克特早期创作的那首六行诗"秃鹰"的意境:

dragging his hunger through the sky	拖着饥饿的躯体在空中飞过
of my skull shell of sky and earth	天地铸就了我的外形和头骨
stooping to the prone who must	必须下落屈身俯卧
soon take up their life and walk	立刻剥夺它们的生命漫步掠过
mocked by a tissue that may not serve	被一层无用的薄纱捉弄
till hunger earth and sky be offal①	直到欲望大地和天空化为碎末(笔者译)

《文本》的叙述者说,"我的双脚将我拖出,我必须跟随它们出发,任凭它们将我拖拽到这里……"(9)这恰好呼应了短诗"秃鹰"的第一行:"拖着饥饿的身体在空中飞过。"(dragging his hunger through the sky)在贝克特的笔下,"秃鹰"就是现代艺术家的象征,这样的比喻虽带有怪异和讽刺的意味,但却十分生动、形象。诗人/作家就如同秃鹰觅食一样在如饥似渴地寻求艺术表现形式。叙述者"我"俨然以艺术家的身份自居,他的创作活动就是对寻觅猎物行为的模仿。如叙述者说:"在秃鹰那充满野性的脸上,贪婪的眼睛在耐心地搜寻,或许已到了食腐肉的时间。"(eye ravening patient in the haggard vulture face, perhaps it's carrion time)(9)这一句呈现的就是短诗最后一行意象:"直到饥饿(欲望)、大地和天空变成内脏/碎屑。"(till hunger earth and sky be offal)"内脏"或"杂肉"(offal)同"腐肉"(carrion)的意思相同,它代表作家想象力所能捕捉到的东西。在《文本》中,"腐肉"(carrion)显然是指陈旧的古老的故事;因此"吃腐肉的时间"也就是讲述过去故事的时间。墨菲评论道:"秃鹰"的行为象征着艺术家的一种神秘的创作冲动和艺术与生活、语言与存在之间既对立又统一的奇妙关系。② 艺术家的创作过程如同秃鹰捕获猎物的过程,它就是艺术表现的客体或内容,但是在这一过程中艺术家想象力又发挥着

---

① Samuel Beckett, *Collected Poems* 1930—1979, p. 11.
② P. J. Murphy, *Reconstructing Beckett: Language for Being in Samuel Beckett's Fiction*, p. 37.

主观能动的作用；他既是创作者，也是创作的对象，据此，在第一个文本的结尾，叙述又一次实现了主客体的统一：

> 是的，我既是我的父亲也是我的儿子，我向我自己提出问题并且能很好地回答问题，每天晚上我都会听人讲述同样的故事，同样古老的故事我熟记在心但并不相信，或者我们一起去散步，手拉着手，……今天晚上那样的情景好像又出现了，我在我自己的怀抱里，拥抱我自己，没有太多的柔情，而是真诚地，真诚地去做。此刻该睡觉了，就像在那盏古老的灯下。一切都融为一体，我疲惫不堪因为这么多的交谈、这么多的倾听、这么多的劳作和游戏。(11)

这段文字又回到了传统的、古老的故事，把我们带回到作者(贝克特)童年时代。它呈现了作者小时候晚上临睡觉前在灯下听着父辈讲故事的情境，表达了作者对童年和父亲的美好记忆。然而，叙述者却说他并不相信那些故事，其实他是在表白，那古老的故事只是哄小孩儿玩儿的，并不涉及严肃的、重大的主题。因为古老的故事是"讲给孩子听的喜剧"(11)，每天都重复同样的故事，所以这些古老的故事显得很单调、枯燥、乏味。现在当年听故事的孩子已经进入中年，变成了故事的叙述者；客体转变成了主体，主客体合二为一，构成了同一个自我。而这自我由两部分构成：即内在的/潜意识的、更真实的自我和外部的、理性的自我，他们时而分离，时而相互叠合。如叙述者所说，"我在上面也在底下，在我的注视下……我们具有共同的思想……在底下，我们彼此爱慕，彼此为对方惋惜，但是，在那里，我们彼此不能为对方做任何事情"。(9)

追溯以前的古老故事就意味着向上爬行，回到山顶上，回到光明的世界，即理性的王国。当年给孩子讲故事的过程只不过是同孩子做的游戏，而如今这种儿童游戏已经变成了更加枯燥、乏味的叙述或写作游戏，一场文字游戏。叙述者已经从一个天真的孩子变成了现代艺术家；他是"自我的创造者"，所以既是父亲也是儿子。从这一角度看，"第一个文本的叙述者勇敢地超越了《难以命名者》，然而，他却没有成功地创作出现代语境下的新故事。他只是通过编造成年人的寓言来满足当下的需要"。①

如果说第一个文本在诗学意义上达到了主客体的互融与互动，那么接下来的文本则凸显了两种世界图像，即上面和下面，光明和黑暗的反差与对比。如第二个文本开始就指出："上面有亮光，元素，一种光，凭借它足以看得见，活着的人可以找到路，不费太大的力气，避免相互接触，结合，逃避障

---

① P. J. Murphy, *Reconstructing Beckett: Language for Being in Samuel Beckett's Fiction*, p. 38.

第八章 《无意义的文本》和《怎么回事》：小说的终结与"文本"的开始

碍……"(12)第二个文本的叙述者以一个局外人或旁观者的身份在观察和辨别着两种世界："你被一层玻璃隔在了下面的世界,不适宜长期居住的地方,是离开它的时候了……你所呆的地方永远不适合长期居住……回到上面去吗？那里有界限。回到那种光明中。再一次看到悬崖,再回到悬崖和大海之间……"(12)若想走出那封闭自我的密室/洞穴(den),走出黑暗的(潜意识)领域,自我就应该放弃目前的位置,向上挺进,使自我重新融入外部的现实世界。然而,回归并非仅仅是自我的回归,而是话语的回归,亦即回归理性话语,回归光明、真理的世界。若达此目的,语言应该担当起重任。但是词语已经耗尽,叙事也变得越来越吃力,叙述者说："词语也是如此,慢慢地,慢慢地,主语在走向动词之前死去,词语也即将停止。"(13)语言仿佛变成了一种陌生的、虚空的声音,它将"我"从混沌中拖出,可是"我"却不知道这声音来自何处,我该向何处去。正如第三个文本开始所说："……谁在说话有什么关系,有人说谁在说话又有什么关系。那会是一个起点,我将会在那里,我不会错过的,那不会是我……"(16)但是,这自相矛盾、语无伦次的话语在第四个文本中又转变成了工整平衡的句子结构,叙述者一开始就发出了一系列的设问："如果我能走,我会去哪儿;如果我能存在,我会是谁;如果我有声音,我会说什么,谁在说这些,说话的是我吗？"(22)这段文字从表面看的确恢复了语言秩序和规则,然而,这完整的、平衡的、规则的语言结构却并没传达比先前更多的实质性内容,反而是更加空洞,因此也使叙事陷入了语言和意义的虚无。

从叙事话语或形式实验的角度,叙述者更像是被禁锢在语言修辞的迷宫中。然而《文本》中的叙述者"我"却比《难以命名者》中的"我"更加乐观向上,譬如,第六个文本中的叙述者仍然对摆脱困境充满希望,他说道："我知道,如果我的头脑能思考,我就会找到一条出路,在我的头脑中,就像许多其他人一样,摆脱比这里更糟的境遇,在我的头脑中世界会再一次与我同在,就如同刚开始一样。"(32)不难看出,这些文本在不同程度上呈现了同一个"视界",同一个主题：企盼回归原点,重建自我与现实世界有意义的联系。

4. 《文本》的视界：词语的"墓地"

回归传统的文学形式似乎是《文本》的叙述者试图摆脱《难以命名者》的叙事困境的途径和叙事策略。《文本》展示了感伤的意境,仿佛是对前浪漫主义的感伤派诗歌,即墓地挽歌派诗人的回访。"夜晚"和"墓地"(graveyard)是《文本》中频繁出现的词语,呈现了一幅凄凉、阴暗的景象。因此艾伯特认为,"这些文本中的许多意象都像是对英国墓地挽歌派诗人的沉思意境的模仿,贝克特无疑受到了爱德华·杨格(Edward Young 1683—1765)的《夜思》(*Night Thoughts*)的启发"。① 譬如,第八个文本展现了:"夜晚时段那具有青春活力的思考",(44)但是叙述者并没有像"墓地挽歌派"诗人那样抒发对死者的哀悼和对小人物命运的同情和感伤,而是呈现了一种现代人在世界中地狱般的生存境遇和形而上的痛苦和焦虑状态。"我知道那不是我,我知道我在这里,在另一个黑暗中,在另一个沉默中乞求不同的施舍,是活着还是死去,更好的是,在出生之前……"(44)这种不连贯的话语表现的分明是叙述者"我"精神上的痛苦挣扎,并非浪漫派诗人的多愁善感。

叙述者试图回归浪漫诗歌的传统,但是却不由自主地使叙述中心偏离传统轨迹,开始了另一种松散的,不合逻辑的,碎片式的散文形式,结果反而成了对传统浪漫主义的一种戏谑或颠覆。如艾伯特所评论的,"在浪漫的传统中,那种散漫自由的形式恰好是对更高度的统一性的期待,其朦胧色彩也是对更高层次的意义的暗示。但是,在贝克特笔下,文本的'散漫'结构增加了相互联系的焦虑和对意义的绝望。这样,贝克特就运用传统消解了基于传统之上的思想模式……这是对理想的西方思想结构的颠覆"。② 因此,"墓地"在贝克特的《文本》中并不是像感伤派诗人所描述的供他们徘徊、沉思和表达忧伤、怀旧心情的具体的场所,而是用词语建构的文字的"墓地",如在第九个文本中,叙述者说:

> 这墓地,是的,那儿是我要回归的地方,这个晚上是在那里,是我的词语创造出来的,如果我能离开这里,换言之,如果我能说话,那儿有一个摆脱困境的出路,某处有一个解决的方法,若想确切地知道在哪里,那只是时间的问题,需要耐心,有条理的思考,和恰当的表达。但是,身体伴随我到那里,身体在哪儿? (49)

墓地、夜晚、黑暗都是由叙述者的语言创造的,也是这些文本不断重复的主题。当所有的主题被耗尽时,叙述便成了一种无休止的自我言说,蜕变成了纯粹的语言行为。叙事将走进无人区(no-man's-land),走进叙事的"墓地"。

从第七个文本开始叙述者越来越表现出对语言表达问题或文本形式自身的关注。如第七个文本的结束语:"夜晚即将到来,也到了我开始的时候。"(39)这暗示了一种新的开始,即更加抽象、空洞的叙事的开始,

---

① H. Porter Abbott, *Beckett Writing Beckett: The Author in the Autograph*, pp. 90—91.
② Ibid.

第八章 《无意义的文本》和《怎么回事》：小说的终结与"文本"的开始

"它只能使失败的修辞话语变得更加和谐有序"。[①]它只能创造新的"虚无"(Nothing)。叙述者始终坚信自己能够找到出去的路："今天晚上就有出去的路，它是转弯的出路。"(45)叙述者说，"那里有出去的路，出去的路就在某处，其余的要来，其他的词语，迟早，抵达那里的能力，还有抵达那里的方法，失去知觉，看到天空的美丽，再一次看到星星"。(49)叙述者仿佛在环绕"墓地"徘徊，那是词语建构的墓地，它更像是语言的迷宫，词语滔滔不绝地涌出，但是却无法同外部世界建立有意义的联系。词语的出路就在于传达意义，如第八个文本的叙述者所说，"唯有终极目标才能赋予词语以意义"。(40)然而，在这里叙事没有终点，它只表现一种话语的循环往复，而这种词语的不断循环或许会产生规则和秩序，但是永远不会产生实质的内容和意义。因此，叙述者在第十个文本中急切地想放弃叙述："放弃，但是一切都被放弃了，这毫无新意，我没什么新的变化。"(50)第十一个文本的叙述者说道："……我孤独地停留在我的位置上，在两种对立的梦想之间，一无所知，不被他人所知，那就是我最终必须说的，那就是我不得不说的，今天晚上。"(57)第十二个文本也以类似的话语开始："这是冬天的夜晚，我曾呆过的地方，我想要去的地方，被牢记，被想象，无论怎样，相信我，相信那是我，不需要，只要有别人在那里，在他者的世界里……"(58)然而，在最后一个文本（第十三个文本）中，叙述者却坦诚地表白，"这是闹剧的结束，使沉默平息，它疑惑，那声音是沉默，或者是我，没有讲述，它是完全相同的梦想，相同的沉默"。(63)最后的文本结尾比《难以命名者》的结尾要平和舒缓，叙述者的心态很坦然，没有像难以命名者那样纠结焦虑："……一切会变得沉默空洞和黑暗，就像现在，很快，当一切都结束时，一切都说完了，它说，它在发出连续不断的低沉声音。"(64)这其实既像是结局，也像是在延续，更像是声音和语言的延绵。从这一角度看，《文本》展现的是词语的自述，是关于语言的寓言。

如果说第一个文本通过古老的故事形式和对往事的记忆，表现了主体与客体、意识与无意识、讲故事的人与听故事的人之间的角色互动与互换，实现了二者的融合，抑或是二元对立的统一；那么，最后的第十三个文本则从语言层面呼应了第一个文本，它完全消解了主格和宾格、能指与所指的二元对立关系。最终，自我被语言述说，因此，叙述者"我"没能重新建构自我与外部世界的有意义的联系。存在与虚无，语言与沉默之间的界限都不复存在，只有一个声音在低声言说，它仿佛成了没有来源出处的发射物。文本的叙述者由开始的活生生个体"我"("I")逐渐转变成非个

[①] P. J. Murphy, *Reconstructing Beckett: Language for Being in Samuel Beckett's Fiction*, p. 45.

人的,非人称的,物化的"它"("it"),无论是主语还是宾语,主体还是客体,自我还是他者,最终都统一于"它","它"就是语言自身。语言的自我言说虽然没有传达任何意义,但是它却生动地展示了一种自由的、流动的文本世界,从这一角度看,《无意义的文本》成功地诠释了贝克特式的失败的诗学和修辞。这也正是后结构主义,即解构诗学的主要特征。

贝克特在《三个对话》中大胆地主张,作为艺术家,就应该敢于失败,为了将这可怕的失败变成可接受的结局,需要服从、接受,忠实于失败,使它成为一种新的机遇……一种表达行动,即便只是表达其自身的行为,不可表达的表达,表达的义务。①在探索新的艺术形式上,贝克特可以说是最为执著的,大胆的敢于面对失败的艺术家。

四、《怎么回事》:献给西方理性传统的"挽歌"

《无意义的文本》标志着贝克特成功地实施了小说形式的转向,即由完整的小说向开放文本,由叙事作品向散文体的转向。贝克特的下一个重要的文本《怎么回事》(1961)被评论界视为他最后的长篇小说,但是笔者认为还是将其称为文本或长篇散文更恰当。

1. 是"终结"还是新的"开始"?

虽然西方文学界早在 50 年代初普遍认为,贝克特的超级实验小说《难以命名者》已经使他的小说走到了尽头,自此,他也从实验派小说家悄然转变成为著名的荒诞派戏剧大师;但是,令人颇感意外的是,贝克特在小说领域沉默了十年之后又创作了《怎么回事》(1961)。这部作品是在完成《无意义的文本》(1951)近十年之后创作的,它先用法语写成(法语书名为 *Comment c'est*)于 1961 年出版,后来贝克特将其翻译成英语(*How It Is*)并于 1964 年出版。这部作品一经问世就引起了西方文学评论界的关注,产生了较大的反响。美国著名作家兼文学批评家雷蒙德·费德曼 1961 年 5 月在《法语评论》上撰文写道:

> 自《难以命名者》之后,贝克特的小说创作已经陷入了永远无法摆脱的僵局,他只能重复过去。因此,人们认为贝克特会长时间地保持沉默。已经将小说的本质要素——情节、人物、行动、语言——赤

---

① Samuel Beckett and George Duthuit, "Three Dialogues", *Critical Essays on Samuel Beckett*, (ed.) Patrick A. McCarthy, p. 230.

第八章 《无意义的文本》和《怎么回事》：小说的终结与"文本"的开始

裸裸地降到最低限度,作家何以再将实验继续向前推进呢? 然而,随着近期出版的小说《怎么回事》贝克特又一次将小说形式引入了一个全新的、原创性的无人的地带(no man's land)。……这一次我们进入了一个被彻底剥去了所有生活准则的世界。①

贝克特的小说创作实验的初衷就是力图对传统的小说形式实施瓦解,或者说是对小说形式实施的一种"暗杀"(assassination)。②然而,当他远离小说形式多年之后,他断定小说还没有被彻底解构,也没有被彻底暗杀,所以他写了《怎么回事》以完成这一使命。可见,并不是《难以命名者》而是《怎么回事》代表贝克特小说实验的终结。我国学者陆建德将这部小说看作"与传统小说彻底决裂的作品",认为"贝克特的小说实验随《怎么回事》到了终结"。③但是也有一些西方学者认为,《怎么回事》代表贝克特的一种新的文体和形式的开始。的确,这部作品使小说形式彻底解体,为贝克特长达近30年的小说实验画上一个句号,但是也于不经意间开始了一种新的、自由自在的写作形式,这也是贝氏"新小说",抑或是"反小说"的开始。

其实,《怎么回事》的法语书名 *Comment c'est* 本身就意味着"开始",因为它与法语动词"开始"("commencer","commencez")发音完全相同,可谓同音异义的双关语。贝克特通过这种带有双重含义的书名巧妙地传达了他对小说创作的留恋,和对开辟一种新的文本形式的期盼。西方文学评论界早就识破了这法语书名的双关含义,艾伯特在《贝克特书写贝克特:亲笔书写中的作者》一书中指出,"这双关语给予那些希望从中看到作者[贝克特]宣告自己的创造力已经复苏的人们以强有力的鼓舞"。④这部作品的英文书名(*How It Is*)本身就是一个疑问句,似乎是作者在自问:如何是好呢? 怎么开始? 怎么重新开始写作呢? 因此,《怎么回事》可以视作一种展示"重新开始的美学"作品。⑤虽然贝克特的写作,自1950年之后,由小说转向了戏剧创作,并且在戏剧领域取得了巨大的成功,但是他的小说创作并没有完全中断,他始终没有放弃继续进行小说实验的念头,只不过他此后写的"小说"性质发生了变化而已。在《无意义的文

---

① Raymond Federman, in "French Review" (May 1961, pp. 594—595), reprinted in *Samuel Beckett: The Critical Heritage*, (eds.) Lawrence Grave and Raymond Federman, pp. 229—230.

② A. Alvarez, *Beckett*, p. 70.

③ 参见 陆建德,"自由虚空的心灵:萨缪尔·贝克特的小说创作",载《破碎思想体系的残编》(陆建德著),第278—279页。

④ H. Porter Abbott, *Beckett Writing Beckett: The Author in the Autograph*, p. 95.

⑤ Ibid., p. 97.

本》和《怎么回事》这两部较有分量的作品之间其实是一个较长的过渡期，也是贝克特小说创作的空白区。但是这期间贝克特也并没有完全沉默，他写了短篇《画像》（它隐喻了现代人混沌的生存状态，与《怎么回事》所展示的文本世界惊人的相似），另外还写了两篇（未发表）的短文或文本，第一篇题为《来自一篇废弃的作品》(1956)；第二篇是《来自未予废弃的作品》(1960)，它们就是《怎么回事》的雏形，这两篇散文也渗透着贝克特对继续小说创作和实验的焦虑与困惑：是放弃呢，还是再尝试一次？贝克特最终没有放弃。

《怎么回事》在贝克特创作生涯中的重要地位并不亚于其巅峰之作《三部曲》。但是，笔者更倾向于认为，这部作品无论在形式上和内容上多么独到新奇，它还是贝克特对自己的小说实验所做的最后补充和结论。因为此后贝克特再也没有创作长篇小说。或许他在小说实验中已经穷尽了所有的表达方式和手段，耗尽了所有的词语，真的到了无话可说的境地。迪尔达·拜尔在《贝克特传记》中指出，"它好像是对《难以命名者》的一个奇特的补遗，……贝克特无疑在尝试创造一种新的写作形式，试图提取《难以命名者》中的原初的情感并将它与一种知性的表达融为一体。《怎么回事》又是对三部曲的超越，贝克特又使写作向前发展了一步。他将他个人的混乱心绪拼合在一起，构成了一种人类普遍状况的呈现"。[①] 写作此书的过程充满了艰辛。如贝克特1959年3月在写给朋友的信中谈到，他在创作此作品时暂时放弃了所有的戏剧和广播剧创作，"努力地从难以命名者将我丢弃的地方挣扎出来，与那近乎虚无的境遇抗争"。[②] 贝克特最终完成了这部作品（法文版），书名所采用的机智的双关语，仿佛在宣告：贝克特又回到了小说领域，重操旧业。不过这一次他重新开始的并非是真正意义上的小说，而是一种与贝克特以往小说风格迥异的文本形式。贝克特传记作者詹姆斯·诺尔森认为，《怎么回事》是贝克特所写的最难的文本之一。原始书稿是由五个笔记本抄写的，初稿取名为"皮姆"(Pim)。[③] 贝克特最终将原稿的书名"皮姆"改为《怎么回事》。那么，它是一部怎样的作品呢？究竟是怎么回事？

2. 自由散乱的文字：对现代人极端生存境遇的呈现

《怎么回事》可谓是20世纪西方文学界的一部"奇书"，它无论是在叙

---

① Deirdre Bair, *Samuel Beckett: A Biography*, p. 522.
② Qtd. in James Knowlson, *Damned to Fame: Life of Samuel Beckett*, p. 461.
③ Ibid., p. 461.

第八章　《无意义的文本》和《怎么回事》：小说的终结与"文本"的开始

事方式上还是语言风格上都极具挑战性、独创性。诚如艾伯特所说：《怎么回事》的散文体在句法上的独到创新和其简洁的不带标点的诗节，以及它近乎完美的、新奇的由三部分组成的对称结构，无疑会使很多人从中看到贝克特艺术的一个重要的新起点，也是一个转折点。[①] 首先，这部作品的奇特之处在于，它表面看似散漫无序、扑朔迷离（全书自始至终无标点符号，段落随意划分），但读起来又不失为一部结构均衡完整的作品。《怎么回事》全书分三部分，即在皮姆之前、和皮姆在一起、在皮姆之后，这三部分也可以解释成：旅行、相聚、背弃。皮姆似乎是全书的中心人物，而事实上叙述者"我"才是全书的中心。小说采取第一人称"我"的视角，即独白的方式，叙述者是一个气喘吁吁的老人，在喃喃自语；词语滔滔不绝地从他口中涌出，这些流动的词语构成了整部作品。

第一部分"在皮姆之前"是孤独的旅行，叙述者即一个精疲力竭的老人拖拽着一个装满罐头食品的破旧布袋子，独自一人在泥沼中匍匐前行。他已记不清自己已经这样爬行多久了，或许是好多个月、好多年、好几个世纪了，但有一点他十分清楚，即他总是朝着东方前行。第二部分"和皮姆在一起"表现了叙述者和他伙伴的关系。叙述者在旅途中遇到了同样拖拽着一袋食物在泥泞中爬行的皮姆，两人结为伴侣。老人不断地用他身上带的仅有的工具开罐器和长钉刺皮姆的臀部、背部，以使他开口说话、唱歌、讲故事；听腻了，就敲打他的头，让他闭口。他不断折磨对方，其实在折磨对方的同时他自己也受着精神上的折磨。然而，他们又相互依恋、难舍难分，这让我们想起了《等待戈多》中的波卓和幸运儿，戈戈和狄狄。这一部分展现了叙述者在旅行中最快乐的一段时光，因为他找到了自己的同类、兄弟，抑或是可以让他随意操纵的对象——皮姆，所以他不再感到孤独；皮姆讲的故事也能唤起叙述者头脑中的一些美好记忆。实际上叙述者与皮姆的关系与其说是伴侣莫如说是主人与仆人、压迫者与被压迫者，隐射了现代社会中自我与他者的若即若离的关系。第三部分，"在皮姆之后"表现了两人的分离。因为他们各自旅行的目的地不同，最终分道扬镳。叙述者"我"抛弃了皮姆，他等待新的同伴鲍姆（Bom）、贝姆（Bim / Bem）或克莱姆（Kram）、克里姆（Krim），究竟在等待何人，其实他自己也搞不清楚，因为随便哪个人都可以成为他的同伴，或许也会成为他的敌人。

不难看出，《怎么回事》通过自由散漫的文字展现了一个极其陌生化的世界，在那里没有什么是能够确定的，就连名字都模棱两可，变幻不定，我们甚至无法确定到底是叙述者还是皮姆在朝着新的伙伴爬行。"唯一

[①] H. Porter Abbott, *Beckett Writing Beckett*, p. 96.

可以确定无疑的就是这种恶性循环,它在无限和有限之间的区域运作。……在一个无限的时间,以及其缓慢的速度,并且总是面朝泥沼行进。"①其实,书中出现的人物的名字只不过是不同的个体(人)的符号。任何人都可以从抛弃者变成被抛弃者,从驯服者变成被驯服者。在接下来的旅行中,叙述者"我"又会变成另一个被折磨的对象,一个牺牲品;他的新伙伴鲍姆也会用他对待皮姆的野蛮方式来对待他。所以名字并不重要,因为无论叫什么名字,都代表人类的总体状况。叙述者"我"在旅途中看到了许多的人像他那样在泥泞中爬行。这样的景象如同"一个巨大的几何星座,严格地遵守着数理法则,虐待者向被虐待者施暴,转而又变成被虐待的对象,……人在世界上对他人的了解是有限的,无法去了解更多的人"。②这或许就是现代社会人际关系的法则。

如果说贝克特此前的三部曲所展示的小说世界是从一个难以把握的荒芜的外部世界到变幻莫测的精神世界(即潜意识的王国),再到一个错综复杂的语言的世界,最后进入文字的迷宫;那么,《怎么回事》却仿佛走出了语言的樊篱,又回到了大的宇宙。但是它展示的是人在一个更加虚空、混沌的世界中的境遇和说不清道不明的人际关系。因此,如纳德在该书刚出版时评论道,"从书中我们可以看到我们自己完全绝望的生存状态的图像"。③这样的世界图像在贝克特的作品中并不是第一次出现,贝克特在其过往的作品中曾多次呈现了这种荒芜和绝望。但关键是这一次,在他最后的长篇"小说"中,这种情境是以一种极其独特的笔法和文体呈现出来,它的确是一本"奇书"。

3. 世界即"泥泞"

"世界即泥泞",这是《怎么回事》的主导意象。《怎么回事》首先是一部极具隐喻性的文本,它展示的世界图像不仅是混沌无序的,而且还是肮脏污秽的,隐喻了人类在一个混沌的宇宙中漫无目的的长途跋涉和极度孤独苦闷的心理状态。因此,叙述者将这种世界图像称作"泥泞"/"泥沼"(mud)。叙述者"我"和他的同伴自始至终都在泥泞中挣扎。"泥泞"就是全书的背景,它不仅昭示了混沌的外部世界,而且也反映了人的内心的绝

---

① Raymond Federman in "French Review" (May 1961, 594—595), reprinted in *Samuel Beckett : The Critical Heritage*, (eds.) Lawrence Grave and Raymond Federman, p. 230.

② Maurice Nadeau in "Express"(26 January 1961, p. 25), reprinted in *Samuel Beckett : The Critical Heritage*, (eds.) Lawrence Grave and Raymond Federman, p. 227.

③ Ibid., p. 225.

第八章 《无意义的文本》和《怎么回事》：小说的终结与"文本"的开始

望和挣扎的情境,这是典型的贝克特式的世界图像。贝克特在1931年的文学批评专著《普鲁斯特》中,首先就在题目下引用了19世纪意大利诗人、哲学家莱奥帕尔迪的一句话:"世界就是泥泞。"这泥泞的世界图像在贝克特其他的作品中也有所表现,譬如,《莫洛伊》中的主人公在寻找母亲的旅途中就曾掉进泥沟中;《等待戈多》中的爱斯特拉冈抱怨道,"我他妈的这辈子到处在泥地里爬! ……瞧这个垃圾堆! 我这辈子从来没离开过它"。① 《无意义的文本》中叙述者说"我在洞穴下面……污秽的处境,平卧着,脸贴近黑暗的浸透着枯黄色雨水的泥土"。(TFN,8)在贝克特的短篇故事《画像》中,这种"泥泞"的情境表现的更为生动,叙述者不仅在泥泞中生存,还以泥泞为食粮:"舌头上满是泥泞唯一的去除办法就是把舌头缩回嘴里转动它泥泞要么吞下它要么吐掉它问题在于它是否有营养……"② 在《怎么回事》中,贝克特将"世界就是泥泞"这一思想演示得更加到位。书中时而出现的肮脏污秽的文字也与"世界即泥泞"这一命题极为吻合。因此,《怎么回事》无论是在形式还是内容上都是对人类生存的极端的状况的隐喻。

"泥泞"(mud)是书中反复出现的意象,它也是书中出现频率最高的词(几乎每两页出现一次)。在书的开始,叙述者说道:"过去的时刻古老的梦境回来了或像那些过往的事情一样新鲜或是永远的事物和记忆我怎么听到它们的就怎么述说它们在泥泞中低声私语。"(HII 7)③ 在书的结尾,这个叙述声音依然在泥泞中回荡:"独自在泥泞中是的黑暗是的肯定是在喘息是的某人听我说不没人听到我的声音有时没有喃喃的声音是的当喘息停止时……"(160)在最后一页,"泥泞"一词竟重复出现了四次,可见,"世界就是泥泞"是贯穿全书的核心思想,它体现了一种悲观的世界观,也传达了贝克特式的黑色幽默和他对人类状况的尖刻的讽刺挖苦。在贝克特的笔下,世界就是一个荒诞、混沌、肮脏的泥潭,在这里没有一方净土;而在泥泞中生存的人类又何以做到出污泥而不染呢? 这或许就是《怎么回事》留给现代人的启示。"世界就是泥泞",从哲学角度暗示了:泥土是宇宙/世界之本体,是人赖以生存的基础。依照古希腊朴素的唯物主义哲学观:人和宇宙构成了二元的世界;宇宙中的四大物质(土、水、气、火)和人与生俱来的四个根本要素相对应,土对应于人的实体(固体),

---

① 见《荒诞派戏剧集》,施咸荣译,上海译文出版社,1980年,第73页。
② 见贝克特选集4,《是如何》,余中先等译,长沙:湖南文艺出版社,2006年,第95页。(笔者将书名译为《怎么回事》)
③ Samuel Beckett, *How It Is*, London: John Calder Publisher, 1996, p. 7. 下文中对这部作品的引文均出自这个版本,由笔者自译,文中注明页码,不另作注。

水对应与人的液体部分(血液等),气对应于人的呼吸,火对应于人的精神(心智)。①无论是自然界还是人类,实体(泥土)都是存在的根基。而从基督教角度,人本身就来自于尘土,因而终究要归于尘土。可是,在贝克特的笔下,世界最本质的元素泥土不再单纯,它已经变成了混沌、污秽的泥沼,人类深陷于这种境遇而无法自拔,这其实是对现代人的精神困顿和迷惘状态的极好呈现。

然而,这"泥泞"无论多么污秽、混沌,它都是语言所描述和创造的,因此,整部作品也隐喻了后结构主义语境下语言表征的困境。从语义学的层面看,英文词"泥"(mud)还有"无价值的东西"和"流言蜚语"的意思。贝克特在书中不时地使用肮脏甚至污秽的词语,其目的就是暗示,语言就如同一个浑浊的"泥潭",已经不再清晰、透明,因而写作也就成了在混沌的语言泥沼中的艰难跋涉。所以"泥泞"不仅概括了人类生存的极端的状况,而且也生动呈现了混乱无序的语言场所,以及现代作家在词语的泥沼中挣扎和博弈。从这一角度看,《怎么回事》传达了贝克特试图挣脱传统语言规则的牵绊,从混乱的文字中建构新的话语秩序和语言生态的愿望。

4. 引述式叙事策略与"动态的词语艺术"

《怎么回事》作为一部超级实验性的作品,其独特之处主要体现在叙事方式上。全书采用的是"引述"或"转述"的叙事形式,使人感觉叙述者自始至终在引述别人的话语。在书的开始,叙述者就以反问的方式说道:"怎么会是我引述在皮姆之前和皮姆在一起在皮姆之后怎么是三部分我怎么听到的就怎么说出"(7),在书的结尾,叙述者提示读者,"……引文到此结束在皮姆之后怎么回事"。(160)书的结尾依然没有标点,但是它读起来像是一个疑问句("怎么回事?"),仿佛叙述在无限延伸,永无终结。

叙述者是一个气喘吁吁的老人,在喃喃自语;词语滔滔不绝地从他口中涌出,这些流动的词语构成了整部作品。老人不厌其烦地重复"我引述"/"我援引"("I quote")或者"我怎么听到的就怎么说"("I say it as I hear it")。贝克特如此强调这样的字眼,其言外之意是在暗示作者的一种存在方式和尴尬的处境,与日后出现的"作者之死"的后结构主义观点达成了共谋。仿佛在表白:作者的权威已丧失殆尽,不再具有说话和叙事的能力,只能转述他人的话语,所以这里说出的话、讲述的故事,无论真实与否,都不是他自己说的,因而他对此不承担任何责任。但实际上文本

---

① 这是前苏格拉底哲学家恩培多克勒的二元论和朴素的唯物论的思想,贝克特深受这种辩证唯物论的影响,并且在其哲学笔记摘录了这一观点,这一点本书第二章,第三部分已详述。

第八章 《无意义的文本》和《怎么回事》：小说的终结与"文本"的开始

的虚构性正是通过引文的方式凸显的，或许正是在"引语"的掩盖下，作者获得了更大的自由和表现的空间。可见"引述"是贝克特所采取的一种隐晦的笔法和叙事策略。

从话语层面看，《怎么回事》语言简单重复，从头至尾没有标点，段落任意分成，因此，它完全颠覆了传统的小说形式，充其量只能算作凌乱的碎片的拼合。但是它也绝不是像乔伊斯的《芬尼根们的苏醒》那样艰深晦涩的"天书"。其实，只要耐心读下去，细心品味，我们不难发现《怎么回事》并不那么抽象难懂，叙述者"我"也不像贝克特此前小说中的"我"那样急迫和焦虑不安，而是以一种较为舒缓平和的语气展开叙述。从这一角度看，叙述者"我"似乎真的已经从《难以命名者》那进退维谷的绝望境地中解脱出来；这也暗示，贝克特的写作仿佛走出了叙事的迷宫，摆脱了小说创作的僵局，又开始了一种明晰的文体。

因此，这部小说的最大亮点和成就在于其简约的笔法。全书建构在一系列不断重复的简单句的基础上。如费德曼所评论的，"尽管表面上语言和叙述是不连贯的，但是小说的整体结构是缜密布局的，其中的情境也是精心设计，使人感觉沉陷于那奇异的小说世界"。[1]英国作家 A. 阿尔瓦雷兹认为，"贝克特从未放弃谨慎细致，因而，这部作品尽管外表令人望而生畏，但是读者一旦艰难地收听到那复杂的波长，便会发现它总是连贯一致的。……如果带着耐心和专注，读者决不会不知所云"。[2]约翰·皮林也认为《怎么回事》叙述的事件有一种孩子般的单纯清晰。[3]《怎么回事》的语言文字确实比贝克特先前的小说（《难以命名者》）更简洁易懂。总体上看，这部作品语言支离破碎，意思含混，但有些片段读起来却如散文诗一样自然、流畅，并且富有节奏感。虽然全书没有一个标点，但是通过不断涌出的简单的词语和自然的节奏我们还是可以断句并把握其思想内涵。有的地方词语极富诗意和想象力，譬如下面两段文字（为了展示其原文流畅的节奏感，笔者且不翻译成中文，间隔符"/"为笔者所加）：

> blessed day/ last of the journey/ all goes/ without a hitch/ the joke dies/ too old/ the convulsions die/ I come back/ to the open air/ to serious things/ had I only the little finger/ to raise/ to be wafted/ straight to Abraham's bosom/ I'd tell him to stick it up (42)

---

[1] Raymond Federman in "French Review", reprinted in *Samuel Beckett: The Critical Heritage*, pp. 230—231.
[2] A. Alvarez, *Beckett*, pp. 70—71.
[3] John Pilling, *Samuel Beckett*, p. 44.

reread our notes/ pass the time/ more about me than him/ hardly a word out of him now/ not a mum/ this past year and more/ I lose the nine-tenths/ it starts so sudden/ comes so faint/ goes so fast/ ends so soon /I'm on it/ in a flash it's over (89)

这两段文字若不加间隔符,读起来确实令人茫然不知所云。但是,通过这样的断句,不难发现,第一段文字展现了一种生命的自然状态;叙述者幻想着在生命的最后旅程中(last of the journey)回归大自然的怀抱,在微风的抚慰下(to be wafted),升入安息之地——天堂(Abraham's bosom)①。这段文字不仅具有诗的意境,还展现了较为明晰、具体场景并暗含宗教意味。第二段仿佛表现了自我与他者之间的关系和事态的突变,文字宛如悠扬的散文诗,尤其是排比句式(it starts so sudden/ comes so faint/ goes so fast/ ends so soon),使读者感受到音乐的节奏和明快、动态的诗歌韵律。词语的活动、变换、跳跃,仿佛是一种"动态的艺术"("kinetic art")②。

其实,全书的文字也并非完全展示叙述者天马行空的想象和意识流动,有些片段带有一定的写实成分,与贝克特自己的生活经历密切相关,其中有一些文字就是贝克特童年和青年生活的直接呈现,譬如:

the huge head/ hatted with birds and flowers/ is bowed down/ over my curls/ the eyes burn with severe love/ I offer her mine/ pale upcast to the sky/ whence cometh our help/ and which /I know perhaps/ even then /with time/ shall pass away… in a word/ bolt upright/ on a cushion on my knees/ whelmed in a nightshirt/ I pray according to her instructions (17)

以上这段文字仿佛呈现了一幅写实画,它就源自于一张贝克特童年的照片③:母亲俯身望着两岁多的小男孩;男孩穿着睡衣,笔挺地跪在垫子上,按照她的教导做祈祷(on a cushion on my knees/…I pray according to her instructions)。这是贝克特儿时跟着妈妈做祈祷时的情境,也是他家庭的一种例行的宗教仪式。这一图像在贝克特其他的作品中,特别是他早期的诗歌中也曾反复出现,暗示了他对新教徒母亲严格教育方式的刻

---

① "亚伯拉罕之怀",(无罪孽者死后)安息之所,天国、天堂或极乐世界。见《圣经》,《路加福音》16:22。
② A. Alvarez, *Beckett*, p. 71.
③ 参见迪尔达·拜尔,《贝克特传记》,第114和115页之间插入的第四张照片。

第八章 《无意义的文本》和《怎么回事》：小说的终结与"文本"的开始

骨铭心的记忆。另外，还有一些片段是贝克特成年之后在巴黎的生活经历的写照。这些自传性的片段就是作者在创作过程中对往事不自觉的记忆，体现了生活和艺术的融合。如诺尔森所说："这个文本主要聚焦于对'存在'本身的探究，它在追问当存在中所有多余的成分被剥离出去时，还有什么东西会留存下来。"①

因此，《怎么回事》所着力表现的是现代人的一种生存状态，即是人物为生存而做的形而上的抗争。书中还不时地出现一些污秽的、不雅的文字，如："I pissed and shat/another image /in my crib /never so clean since"（90）；"suddenly... /I go/ not because of the shit and vomit/ something else not known..."（12，分隔符为笔者所加）。这样的文字直接昭示了存在的污秽和混沌这一贝克特式的命题，与前面所展示的惬意的、诗意的文字形成了鲜明的反差，这也更加凸显了词语的不断跳跃转换；动态的充满张力的文字生动表现了生命的原始状态。这种对生命本真状态和琐碎细节的过分关注其实也是对传统自然主义写实手法的戏仿。贝克特在《普鲁斯特》中曾批判传统的现实主义或自然主义作家只会"崇拜经验的残渣，跪倒在表皮突发的癫痫之前，只满足于描摹事物的表层……"②可见，《怎么回事》中支离破碎的片段和动态的文字看似凌乱无序、毫无意义，实则是贝克特精心设计的，它们既折射了贝克特自己的经历，也透露出他对艺术与生活、语言和存在的关系问题的反思。这也就是贝克特式的动态的词语艺术。

5. 词语向着"无人区域"（"no man's land"）绵延

那么，这种动态的词语从何处来，又将向何处延伸呢？《怎么回事》没有情节，更没有真正意义上的人物。虽然叙述者不时地提到一些人物的名字，但是，那只不过是现实世界复杂的人际关系一种幻象。实际上，早在三部曲中贝克特就使人物逐渐丧失了行动的能力。如果说贝克特的前一部小说《难以命名者》通过戏拟的方式生动地演示了人的"异化"过程，即从"人"（Manhood）到"虫"（worm）的转化，那么，《怎么回事》似乎在进一步实施着对"人"及"人物"的极端的虐待。叙述者"我"虽然身体还算健全，有胳膊有腿，但是他却失去了直立的习性，他四肢伸展在泥沼中匍匐行进，半张脸浸泡在泥泞中。整部作品展示的就是叙述者的独白。然而，叙述者已经丧失了发音功能，因此他的独白只是一种低沉的含混不清

---

① James Knowlson, *Damned to Fame: Life of Samuel Beckett*, p. 463.
② Samuel Beckett, *Proust*, p. 59.

的呓语,唯有他自己才能听得到。一段段的没有任何标点的,含混不清的文字,从他的嘴里,他的内部涌出。他说,"我怎么听到的就怎么说出来"。(7)因此,叙述就是在模仿"我"所发出的低沉声音,就是在展示一个冗长的、绵延的、低沉的声音的发出过程,这其中充满了空隙和停顿,显然对一个老人气喘吁吁的声音节奏和模仿:

> 我的生活/它怎么发生的我就怎么说它/自然的顺序/我的嘴唇在活动/我能感觉到它们/它在泥泞中出现/我的生活依然是不好言说/无法再捕捉到的/当喘息停止时/无法对泥泞发出喃喃私语/眼下所有事物/如此古老的自然秩序/旅行/伴侣/抛弃/当下所有的一切/勉强听得见的零七八碎的东西(22,分隔符为笔者所加)

有趣的是,这绵延不断的词语和声音并不是叙述者直接发出的,而是转述或援引他所听到的,而他听到的正是他的内心独白、他的思想或心声,更像是一种思想和情感的自然溢出。可见,叙述者只不过发挥了一个传声筒或播放器的功能,将他听到的如实传播出来。因此,整部作品所呈现的就是叙述者头脑内部的意识流动;其中有对过去的记忆、年轻时的浪漫爱情,以往经历过的喜、怒、哀、乐等,不断变幻的画面在叙述者的头脑中浮动。所以老人低沉的,气喘吁吁的独白是他复杂的思绪和意识的外化,呈现给我们的是一幅内部的风景画,是他心灵和意识的图像。滔滔不绝的词语随着气喘吁吁的节奏源源涌出,犹如一个动态的文字链,向着原始的"无人地带"(no-man's land)[①]绵延……将我们带进了一个极其陌生的叙事领域,那是贝克特所崇拜的现代主义大师普鲁斯特和乔伊斯都不愿意涉足的领域。

6. 表现存在和生命状态的诗学

《怎么回事》从话语和结构层面对传统小说(书)模式实施了全方位的解构,可谓是一部地地道道的"反小说",因此,这部作品可被视为"献给整个西方理性传统的挽歌"。[②] 它既是对逝去的传统文学模式的纪念,同时也是对新的文本形式诞生的企盼。这种解构的行为本身就是探索小说形式无限可能性的过程,它并不意味着解构的完成。因为文学永远不会(像罗兰·巴特预言的那样)"走向死亡",作者也不会死亡;动态的,不断生成

[①] Raymond Federman, in "French Review" (May 1961, pp. 594—5), reprinted in *Samuel Beckett: The Critical Heritage*, (eds.), Lawrence Grave and Raymond Federman, p. 230.

[②] John Pilling, *Samuel Beckett*, p. 49.

第八章 《无意义的文本》和《怎么回事》：小说的终结与"文本"的开始

的新的文本形式会向着未来不断延伸。

在文本的最后，秃鹰的意象又一次造访，仿佛叙述又转换成了艺术家创作活动，如同秃鹰捕获猎物的活动。叙述者也在极力地捕捉恰当的词语来描述他奇特的存在方式，但这一次秃鹰没有在高空，而是俯伏在泥泞中："腹部朝下平卧/是的/在泥泞中/是的/黑暗/是的/那里没有什么改善/不/手臂伸展开/是的/像个十字架/没有回答/像个十字架/没有回答/是或者不是"(159，间隔符为笔者所加)。十字架似乎在暗示艺术创作所向往的神圣境界，叙述者，亦或是作者，仿佛就是为探索新的艺术形式捐躯的殉难者，如 P. J. 墨菲在《重构贝克特》一书中指出，"叙述者带着他用文字建构的十字架变成了虚构的存在(fictional being)，他正在向着历史的存在(historical being)转变。在前者那里，肉体变成了词语；在后者，词语却变成了肉体。"① 作为探索小说无限可能性的文本，《怎么回事》的内在的张力就在于，它自始至终在追寻着一个结局，一个终点。然而，正像它的法语书名所暗示的，它仅仅是一个开始，没有终结。叙述者在书的结尾说道："好的/好的/第三部分终于结束/最后/即怎么回事/引文结束/在皮姆之后/怎么回事"(160)。结尾又回到了开始，最后的词语(How It Is)恰好又是书的名字，这样，首尾相接，整部作品仿佛就是永远的开始，因此，全书的结尾没有句号。最后的词语："怎么回事"(How It Is)似乎在追问：以后的小说会向何处发展？它究竟会是怎样的文本？以后的小说会怎样？

应当指出，《怎么回事》并非全无文法规则，它演示了贝克特特有的语法和句法的规则或惯例，有学者将其称为一种"句法仪式"("rituals of syntax")。如 J. P. 墨菲在《重构贝克特》一书中指出："《怎么回事》是第一部重要的表现'语法完全衰弱'的范例，贝克特认为，如果让生命进入文学，那么语法必然会软弱无力。"② 叙述者在文本的世界中与规则和形式抗争，试图寻求一种能够证明他自己存在的新模式和常规，那是传统理性文学所无法提供的"非传统话语"。然而，追求新的存在方式的过程也是他深陷泥泞(即混沌)之中挣扎的过程。其实，这也暗示：写作唯有回到"前语言"("pre-speech")的阶段，即意识和语言尚未形成阶段方能呈现存在的本真状态。"这实质上是一种深入洞穴的探寻，它需要向着语言表

---

① P. J. Murphy, *Reconstructing Beckett: Language for Being in Samuel Beckett's Fiction*, p. 72.
② Ibid. p. 63.

层之下挖掘以便寻到存在本身的根基。"①如叙述者所说,"我在黑暗和泥泞中匍匐前行/我看到了我/只是短暂的停息而已……"(10),"原始泥浆的温暖不可穿透的黑暗"(12)。不难看出,《怎么回事》的文体及其话语模式与书中所描绘的情境,即人类最原始本真的生存状态,极为吻合,这也是贝氏文本或"反小说"最突出的特征,他日后的戏剧创作也都遵循了这样的轨迹,不断挖掘存在和生命的深度,直至抵达了生命的最底层。

由此可见,《怎么回事》是贝克特的精心设计的解构主义的杰作,它仿佛是一幅具有后现代艺术风格的混成模仿画(pastiche),但其中也不乏宏大的场景、细腻的画面。贝克特运用普通的简约的文字,建构了超越语法规则的文本形式。虽然这部作品旨在呈现泥泞的世界和人的本真的、混沌的潜意识活动,但是,贝克特成功地"创造了一种绝对精确,绝对清晰的方法,它可以即刻对每一种意向和情绪的变化做出反应。这是一种美学,它等同于科学家所说的'纯学理研究'(pure research)"。②这种"纯学理研究"既致力于技巧或形式实验,试图创造一种纯净的、无任何杂音的语言,同时也关注对自我和人的内心或情感世界的探索。在贝克特的作品中,形式实验和自我探索始终是合二为一、相互印证的。《怎么回事》更生动展示了艺术与生活、语言与存在之间互融互动的奇妙关系,在这里,语言与存在(或自我意识)之间的融合已经达到了天衣无缝的程度,因而也展现了真正的动态的行为话语,亦即后现代叙事中所谓的"施为性叙事"(performative narrative)。③ 贝克特在创作实验中始终保持着对叙事自身的审视和自我反思的姿态,至此,他也彻底实现了"内容及形式,形式即内容"④的美学主张。

综上所述,贝克特在《怎么回事》中创造了一种新的超越传统语法规则但又能够准确表现存在或生命状态的诗学,因此,这部作品被视为"极具原创性的对崇高美学性质的后现代主义的探究"。⑤它彻底摆脱了传统艺术形式所追求的诸多的华丽修辞技巧,生动演示了贝氏独创的句法规则和修辞学,进而充分彰显了传统语法规则的苍白无力和近乎失语症的话语模式,而正是这种文法的衰弱才能促使现代作家去反思传统理性文

---

① P. J. Murphy, *Reconstructing Beckett: Language for Being in Samuel Beckett's Fiction*, p. 63.

② A. Alvarez, *Beckett*, p. 75.

③ 参见马克·柯里,《后现代叙事理论》,宁一中译,第 60 页。

④ 贝克特在他最早的一篇关于乔伊斯的论文中首先提出了这一观点,参见 Samuel Beckett, "Dante...Bruno. Vico..Joyce", *Our Exagmination Round his Factification for Incamination of Work in Progress*, p. 13.

⑤ P. J. Murphy, *Reconstructing Beckett*, p. 75.

第八章 《无意义的文本》和《怎么回事》:小说的终结与"文本"的开始

学的语言表征问题,以便寻找强有力的语言去揭示存在;也促使人们去追问小说形式究竟能走多远,小说应该以何种方式才能呈现真实的世界和人的存在。因此,这部作品既是贝克特献给西方传统叙事文学的挽歌,也是对小说极限的挑战。如同它的法文书名所暗示的,《怎么回事》意味着(新的)开始。它回溯到艺术创作的原点,真正达到了一种罗兰·巴特所认为的(不及物的)"零度写作",换言之,它完全摒弃了故事,放逐了意义的维度,只关注叙事行为和写作本身,从而开启了一种更加开放的、动态的、意义永无穷尽的"文本"形式。在写作的过程中,贝克特也获得了彻底的思想的自由,语言的超越。

贝克特的实验小说是致力于探索新的语言表达方式和艺术手段的小说流派,它是具有解构主义倾向的"反小说",体现了对传统小说准则的背离。如萨特在评价"反小说"时所说:"它是以小说本身否定小说,是在建构它却又当着我们的面摧毁它。……这些奇特的难以分类的作品并不表明小说题材的衰落,而只是标志着我们生活在一个思考的时代,小说也正在对其本身进行思考。"[①]的确,人类进入了新的时代,小说形式应该不断更新。贝克特的实验小说(文本)所呈现的错综复杂、迷宫般的叙事形式,其实直接显示了后现代世界文化逻辑的多元性和复杂性;正是这种复杂性使小说的疆域不断拓宽,也使小说具有了更大的包容性和自我生成性。尽管贝氏的实验小说怪诞、抽象,缺乏生动的故事情节,但是,这些实验性文本却在一定程度上标志着现代作家的认知和思维方式的转变;它们毕竟为我们提供了独特的视角,并且促使人们去追问小说的形式到底能走多远?小说应该以怎样的虚构形式才能更好地呈现现代人的生存状态、复杂的思维方式和多元的、不断变幻的世界图像?

---

① 萨特,《萨特文学论文集》,施康强等译,合肥:安徽文艺出版社,1998年,第292页。

第九章 贝克特式荒诞派戏剧：
从文字图像到视觉的舞台图像的转换

在当今世界文坛，塞缪尔·贝克特不仅仅是小说创作的试验家和后现代思想的预言家，他还有一个更加显赫的身份，即"荒诞派戏剧大师"。尽管贝克特本人认为他的主要成就是在小说创作领域，但是作为荒诞派戏剧家的贝克特似乎更受广大读者的接受和喜爱（尤其是在中国），也深得文学评论界的认可和关注。那么，贝克特是怎样走上戏剧创作的道路呢？

一、在"消遣"中诞生的艺术："荒诞剧"

贝克特在其小说创作和实验的巅峰期（即写作三部曲期间），就已经意识到了他的小说实验即将进入死胡同。当完成三部曲之二《马洛纳之死》时，他深感自己的写作陷入进退维谷的境地，难以继续下去，然而，强烈的表达欲望又使他欲罢不能，尽管如他在《三个对话》中所言，"这是无可表达的表达"，但是作为一个作家，他"有表达的义务"，他不得不另辟蹊径，以使自己尽快从小说实验的困境中走出。于是，在创作《难以命名者》之前，他随意写了剧本《等待戈多》（法文版，1952），权当是放松自己，排遣低沉情绪的方式。然而，令他感到意外的是，《等待戈多》1953年在法国巴黎首演，却获得了巨大的成功，使贝克特一夜成名，也为他开辟了新的创作领域。

可见，贝克特是在小说实验最艰难的阶段，开了个小差，无意中走上了一条通途，可谓"柳暗花明又一村"。谈及转向戏剧创作的动因时，贝克特从来都是一种很随意的态度。他曾说过，"我并没有刻意选择创作剧本，事情自然而然发生了。"[①] 贝克特对他的传记作者迪尔达·拜尔说："我转向戏剧创作是为了摆脱小说创作将自己引入的糟糕的低迷状态

---

① Qtd., in Israel Shenker, "An Interview with Beckett", in *New York Times* (5 May, 1956, section II, pp. 1,3), reprinted in *Samuel Beckett The Critical Heritage*, (eds.) L. Graver & R. Federman, p.149.

第九章　贝克特式荒诞派戏剧：从文字图像到视觉的舞台图像的转换

……那时的生活太苛刻，太可怕了，我想戏剧将会是一种消遣（娱乐）。"①据此，戏剧评论家茹比·寇恩（Ruby Cohn）写了一部贝克特戏剧研究的专著，就取名为"只是游戏"（"Just play"）。②总之，"消遣"、"游戏"这样的字眼是贝克特用来概括他戏剧创作的关键词。的确，剧本（play）一词在英语中本身就有"游戏"的意思。然而，贝克特将戏剧创作视为"游戏"其实有更隐晦含义。他借此巧妙地暗示了《马洛纳之死》中所预设的"写作即游戏"之后结构主义观点，并将这一观点延伸到戏剧舞台。因此贝克特貌似在随便玩的这种"游戏"（即写戏剧），实际上并不那么轻松愉快。但是，这"游戏"却深得学界和广大观众/读者的青睐，也给贝克特带来了前所未有的声誉。

从表面看，贝克特成为剧作家，并且是著名的荒诞派戏剧大师，实属偶然，但事实上，这应该是偶然中的必然。其实，贝克特青少年时代就对戏剧非常感兴趣。在都柏林三一学院读书时，他常去都柏林的艾比剧院（Abbey Theatre）看爱尔兰剧作家辛格和奥凯西的戏剧，并且早已有过戏剧创作的实践：20世纪30年代，他曾尝试着将塞缪尔·约翰逊的长诗《人类的愿望》改写成戏剧片段（但是并不很成功）；1947年写了三幕剧《自由》（*Eleutheria*），这是他较为满意的，也是最长的剧本，但是，此剧直到他去世后1995年才正式出版。贝克特始终将小说看作自己的主业，而戏剧则只是业余爱好。所以说贝克特转入戏剧创作既是一种必然，也是无奈；既是一种挑战也是妥协。约翰·皮林（John Pilling）评论道，"在他创作力很强的时候，尤其是当他将贫乏的传统小说远远抛在后面时，他还期待着与一种新的更为贫乏但也更丰富的体裁达成妥协"。③这种体裁便是戏剧。无论开始时是有心还是无意，贝克特后期全身心地投入了戏剧创作，戏剧舞台给他提供了更加广阔的表达空间，他不仅创作出了一系列荒诞剧，还创作了很多广播剧和电视剧，他尝试各种不同的表达媒介，成功地并将声音、灯光、音乐、舞蹈等元素与语言表达相结合，使得表演媒介成为内容不可或缺的一部分。总之，贝克特从未停止过对艺术形式的探索，因为作为一个纯粹的艺术家，他不仅有表达的义务，更主要的是，他有表达的愿望和热情，尽管在一些批评家看来，贝克特似乎在追求一种"为表达而表达的"艺术形式。

---

① Deirder Bair, *Samuel Beckett: A Biography*, p. 361.
② 完整书名为 Ruby Cohn, *Just Play: Beckett's Theatre*. Princeton: Princeton University Press, 1980. 该短语引自贝克特的短剧《剧本》（*Play*），参见 Samuel Beckett, *Collected Shorter Plays*, London & Boston: Faber and Faber, 1984, p. 153.
③ John Pilling, *Samuel Beckett*, p. 70.

应当指出,贝克特的戏剧在内容、主题和创作主旨上与他的小说并无二致,实际上是同一主题的变奏。贝克特的小说和戏剧是相互补充、相互丰富、相互印证的。他的小说创作为他以后的戏剧奠定了基础,戏剧是对他小说世界的延伸,是对他小说主题和话语的发展。他的戏剧把他小说中表现的二战以后人类的生存境遇和混沌、迷宫般的文本世界变成了更加陌生化的舞台直观图像,让观众去身历其境体味混沌与荒诞,这样很容易使观众联想起自己的处境,尤其是经受过战争创伤的西方人,甚至在监狱服刑的罪犯,观看后更能同剧中人物产生共鸣。正因如此,贝氏戏剧比他的小说更能被人理解和接受,因而也在西方文坛产生了更大的影响。

二、西方"荒诞派戏剧"与贝克特式"反戏剧"

1. 西方荒诞派戏剧

贝克特的戏剧创作(同他的小说一样)一开始走的就是实验性的、反传统的路线,可谓是地地道道的"反戏剧"(anti-theatre),亦即"荒诞剧"。在当下,"荒诞派戏剧"早已不是什么新鲜事物了,然而,在上个世纪50年代,即1953年《等待戈多》在法国巴黎首演的成功时,它却是极其标新立异的戏剧种类,也是二战以后西方戏剧舞台上出现的最有影响的戏剧流派,因而贝克特也成了享誉世界的"荒诞剧"创始人。荒诞剧首先在法国兴起(创始人除了贝克特,还有旅居法国的罗马尼亚裔剧作家尤金·尤内斯库),后来在欧美各国也出现了模仿者(如阿尔蒂尔·阿达莫夫、让·热内、哈罗德·品特、爱德华·埃尔比等)。因为在当时这种戏剧具有反传统,反现实主义的特征,被笼统地称为"先锋派"戏剧。1961年,英国戏剧理论家马丁·艾斯林(Martin Esslin)在他的专著《荒诞派戏剧》中第一次将这种戏剧界定为"荒诞派戏剧"(the theatre of the absurd)(此书已成了研究荒诞派作家的经典之作)。艾斯林在书中对荒诞派戏剧的代表作家及作品进行了全面的研究,并对这一流派的创作思想和艺术特点做出了理论上的阐述。

荒诞派戏剧一经登上西方的戏剧舞台,就颇受诟病和争议。因为它没有连贯的情节,没有完整的舞台形象,人物的对白也语无伦次,完全颠覆了传统的戏剧模式,所以起初观众对这种戏剧感到茫然,摸不着头脑。但是,这种荒诞剧所带来的影响和效果却不是荒诞的,而是引发了更深刻的理性思考。人们逐渐发现了其荒诞背后透露出的现代人普遍状况和内心体验。尤奈斯库的《椅子》剧中的满台的椅子和《秃头歌女》中两对男女

第九章 贝克特式荒诞派戏剧:从文字图像到视觉的舞台图像的转换

的胡言乱语;贝克特的《等待戈多》中两个流浪汉无聊的动作和无望的等待等一系列荒诞的情境,折射出了二战之后人的普遍的生存境遇。如马丁·艾斯林在《荒诞派戏剧》的引论中指出:荒诞派戏剧的每一位作家都把自己视作孤独的局外人,与世隔绝,孤立于自己的小天地之中。每个人都有他自己对待主题和形式的态度……如果他们也有很鲜明的共性的话,那是因为他们的作品敏锐的反映了西方世界里他们大多数同代人的偏见与焦虑,思想与情感。① 这段文字较为精辟地概述了荒诞派戏剧的基本主题和特征。艾斯林还援引了加缪在《西西弗斯神话》中对人类处境的表述:

> 一个能用理性方法加以解释的世界,不论多么的不完善,总归是令人熟悉的世界。然而,一旦宇宙中的幻觉和光明都消失了,人便会觉得自己是个陌生人。他成了一个无可召回的流放者,因为他被剥夺了对失去的家乡的记忆,同时也丧失了对未来世界的希望;这种人与生活的分离、演员与舞台的分离,真正构成了荒诞感。②

据此,"荒诞"一词较为准确地概括了这一流派作家作品所反映的人类生存处境。荒诞派戏剧的主旨就是表现人类在这种处境中的形而上的痛苦感受。

但是,应当指出,人们在谈论"荒诞派戏剧",尤其是贝克特的"荒诞剧"时,自然会联想到萨特的存在主义哲学,并将荒诞派戏剧与萨特和加缪的存在主义作品画等号。这正是认识"荒诞派戏剧"的一个误区。其实,萨特、加缪的戏剧和贝克特式的"荒诞剧"是两种不同的戏剧模式,尽管它们传达了完全相同的主题(即二战之后现代人的生存状况和存在之荒诞等存在主义观点)。前者属于存在主义文学流派,仍然算作理性主义文学,而后者则是致力于颠覆理性和意义的文学形式。萨特和加缪的戏剧类似于易卜生、萧伯纳的"问题剧"或"理念剧"(theatre of ideas),试图用传统的形式来表现新的思想观念;将人类荒诞的处境和不合理的现实用高度清晰的语言、连贯的合乎逻辑的情节和完整的结构表现出来,其中不乏对问题的理性讨论和评判。用理性推理的方式去表现荒诞的非理性的内容,自然也暴露了存在主义文学的局限性或内在矛盾。而荒诞派戏剧则恰好解决了这个矛盾,因为它完全放弃了理性的形式和策略,凭借非理性的"本能和直觉"来演示人类处境的荒诞感和存在的毫无意义,③ 呈

---

① Martin Esslin, *The Theater of the Absurd*, Harmondsworth: Penguin Books Ltd., 1980, p. 22.
② Ibid., p. 23.
③ See Martin Esslin, *The Theater of Absurd*, p. 25.

现绝望的生活场景和图像,从而达到内容和形式的高度统一。这在当时(1950年代)应该是人类戏剧史上的一个创举。

艾斯林将存在主义戏剧和荒诞派戏剧的根本区别视为"哲学家的表达方式和诗人表达方式的区别,就好比是托马斯·阿奎那或斯宾诺莎著作中的上帝的概念与圣十字约翰或埃克哈特所坚信的上帝的直觉之间的差别——亦即理论和经验之区别"。① "荒诞派戏剧"不试图对任何社会、政治问题做出道德评判和争论,它仅仅以具体的舞台形象和道具来呈现人类荒诞的处境。而这种"舞台形象"没有了传统戏剧中精致的舞台布局,性格鲜明的角色,或跌宕起伏的情节,甚至没有理性的,连贯的语言对白,有的可能只是一桌一椅,一棵枯树,一个土丘,和精神萎靡、衣衫褴褛的人物。但这一切却恰如其分地表达了荒诞境遇,让观众身临其境去感受荒诞。因此,尤奈斯库将这种戏剧表达方式称作"纯粹戏剧性",即提倡戏剧要剥去一切非本质的东西,只提供见证,不进行说教,让舞台道具说话,把行动变成视觉形象;② 贝克特将这种表现手法称作"直喻"或"直接的表现"(direct expression),就是将舞台形象和道具变成延伸的戏剧语言,"它不揭示任何意义,而只是一种心理状态、一种感觉的'外化'"。③ 这也是荒诞派戏剧的普遍特征。当然就具体表现手法和舞台形象而言,各个荒诞派作家则各有其特色。

2. 贝克特式"反戏剧"特征

作为荒诞派戏剧的领军人物,贝克特的荒诞剧无疑体现了"荒诞派戏剧"普遍特征,但是,在具体表现形式和创作意图上,贝克特式荒诞剧与其他荒诞派戏剧有很大的不同。最明显的区别就在于,贝氏荒诞剧更加夸张,更加极端,如艾斯林指出,"贝克特式荒诞剧比其他的荒诞派戏剧更加完全彻底地失去了情节,它们实质上通过复调的方式,而不是线性的方法,来展现作者对人类处境的直觉"。④ 所以笔者认为,将贝氏荒诞剧称为"反戏剧"更为准确。贝克特戏剧创作的初衷,不只是呈现人类的荒诞的生存状态,更主要的是继续探索艺术表达问题,尤其是语言表征问题,这也是他永远无法释怀的艺术难题。伦敦《观察家报》的评论家坎奈思·

---

① See Martin Esslin, *The Theater of Absurd*, p. 25.
② 引自朱虹,《荒诞派戏剧集》(施咸荣译)"前言",上海译文出版社,1980年,第31—32页。
③ 同上书,第31—32页。
④ Martin Esslin, *The Theater of Absurd*, p. 45.

第九章　贝克特式荒诞派戏剧：从文字图像到视觉的舞台图像的转换

泰南1958年评论尤奈斯库的戏剧时指出，"现在，终于出现一位作家敢于宣布字句是没有意义的，人与人之间的沟通是不可能的"。① 这样的评论也适用于贝克特，揭示语言的苍白无力，人与人之间的难以沟通，这也正是贝克特"反戏剧"的主旨。

如果说贝氏戏剧所呈现的世界图像同存在主义哲学思想达成了共识，那或许是一种偶合。如本书第二章第八节所述，贝克特曾公开宣称自己对存在主义不感兴趣。他在同美国学者德莱瓦的谈话中说道："当海德格尔和萨特谈及存在与本质的对立关系时，他们或许是正确的，……但是对我来说他们的语言太哲学化了。我不是哲学家。一个人只能谈论他眼前发生的事情，那就是混乱。"② 贝克特的陈述精辟地道出了他的"反戏剧"，即"荒诞剧"与存在主义戏剧的根本区别。在贝克特看来戏剧就是应该直接呈现当下人们所感知的现实，即二战之后混乱的世界图像，而不需要哲学性的说教。贝克特更关注的是艺术形式，也就是如何去表达，以何种方式去表现存在的问题。如1956年他同朋友谈及戏剧创作时曾说道，"我对思想形态"(the shape of ideas)很感兴趣……形式至关重要。"③ 贝克特的这种自相矛盾的陈述，令人费解，也曾引起西方学界的争议，因为他的荒诞剧从表面看完全摒弃了形式，何谈思想形态？其实，这话并不矛盾。贝克特所关注的形式并非传统理性文学的形式，而是能够包容"混沌"的艺术形式。他试图通过消解戏剧形式去建构形式，从纷繁复杂的存在中找到事物的本质。贝克特所追求的是一种无形的精神层面的形式，亦即思想和思维模式。

从西方戏剧发展史的角度看，贝克特戏剧（即《等待戈多》）开启了荒诞剧的先河，是一次伟大的尝试；然而，就贝克特自己的文学创作实验而言，戏剧不过是他整个创作生涯的自然发展阶段，因而可以算作他的美学思想和后结构或解构主义思想的最后试验场。其实，如前面已经谈到，荒诞剧对于贝克特来说并非新玩意儿，其内容和主题是他在小说中早已反复演示过的东西，或许在一些学者看来，他的戏剧与他先前的实验小说相比，不过是小巫见大巫而已。但事实上，贝克特的戏剧决不逊于他的小说，他通过戏剧创作成功地实施了从文字图像到舞台视觉形象的转变，也"实现了想象力的一次飞跃"，④ 这可以说是他创作生涯中的一次重要

---

① 转引自朱虹，《荒诞派戏剧集》，"前言"，第2页。

② Beckett to Tom Driver, interview in *Columbia University Forum* (Summer 1961, 21—5), reprinted in *Samuel Beckett: The Critical Heritage*, (eds.) Graver and Federman, p. 219.

③ Qtd., Michael Worton, "*Waiting for Godot* and *Endgame*: theatre as text", in *The Cambridge Companion to Beckett*, John Pilling (ed.), 1994, p.75.

④ 詹姆斯·诺尔森，《贝克特肖像》王绍祥译，第43页。

突破。

如果说贝克特的小说创作通过元叙事/元小说的策略演示了小说创作和叙事行为本身，从而解构了传统的小说形式；那么，贝氏戏剧也是旨在颠覆传统戏剧模式的元戏剧，它致力于探索新的舞台表现形式，试图突破语言表达的极限，创造一种超语言表达的艺术形式。

在贝氏戏剧中，"无可表达的"东西竟然也表达了，并且是用荒诞的陌生化的舞台形象、让人物和道具直接表现的，仿佛在向我们表白，此处任何语言、说教和评判都会显得多余、苍白无力。这正是贝克特的作品所追求的一种境界，即"无法言说的文学"(literature of unword)境界（这在本书第四章和第七章已经阐明）。贝克特的小说实验最终已经达到了这种无可言说的极致。因此，"无可言说"、"难以命名"是贝克特小说实验的结论或结局。而这一结论又成了贝克特戏剧创作的起点，仿佛目的又转变成了手段。由此，贝克特又开始了新的循环结构，也是一种论证循环。

加缪在《西西弗斯神话》的扉页上写了一个简短的前言，说道："……迄今为止还被看做是结论的荒谬，在本书中是被作为起点而提出的。从这个意义上讲，可以说我的结论中包含某种假设的因素：人们不可能预先对他要实行的立场进行判断。在此，人们只能得到在纯粹状态下对精神痛苦的一种描述。这种描述目前尚未掺杂任何形而上学和任何信仰。"① 同加缪一样，贝克特也将他小说实验的结局作为他戏剧创作的起始；其实他的戏剧创作本身就是对西西弗斯的神话的精彩演绎，不断重复同一主题，循环往复。贝克特的整个文学创作都是在演示他的循环模式，既是结构上的循环，也是主题，亦即语言、时间、生命、自我/意识的循环；最终的结论还会回到原点，终极意义（结论）将永远被延宕。

据此，贝克特戏剧有两个显著特征：

(1) 重复与不断递减的"环形结构"

在前面章节已经谈到，贝克特的整个文学创作是在演示一种动态的螺旋式挖掘过程(excavatory process)，试图抵达那个"理想核心"。其实，贝克特的戏剧就是这动态的螺旋式生成形式的一个最关键部分。有评论家将贝克特的戏剧创作的总体结构形象地比作"逐渐衰减的螺旋结构"(diminishing spiral)如迈克尔·沃顿指出：

> 在二十世纪的戏剧语境下，他[贝克特]早期的戏剧标志着从痴迷于自我观照的现代主义向坚持拼贴、反讽、和碎片化的后现代主义的转变。贝克特并未采用开始、高潮、结局的传统戏剧模式，相反，他

---

① [法]阿尔贝·加缪，《西西弗斯的神话》，杜小真译，北京：三联书店，1998年。

第九章 贝克特式荒诞派戏剧:从文字图像到视觉的舞台图像的转换

的戏剧具有一种循环结构,或更准确地说是一种逐渐衰减的螺旋结构(diminishing spiral)。它们呈现了熵的意象。在这些意象当中,世界和其中的人们在缓慢却无情地滑落。螺旋式递减指向一种最终的闭合,但这种闭合在贝克特式的世界中是找不到的,他的角色只能在重复中寻求庇护,重复自己的言行,或更多时候重复他人的言行——来消磨时光。①

这种"逐渐衰减的螺旋结构"是建立在重复的基础之上,这种重复不仅表现在某一部剧中角色的动作、行为、语言的重复,还表现在不同的戏剧在主题和表达形式上的重复。《等待戈多》、《终局》、《快乐时光》等贝克特的主要戏剧作品其实表达的都是同一意象,即陷在时间之流中的人的困境;在表现这一意象时,所采用的不同手法也有异曲同工之处,都是简单的布局,单调的动作,啰嗦的语言。但另一方面这种重复又非简单的同一,而是一种螺旋式的循环,重复中有递减。剧中角色的行为、动作、言语越来越少,指向最终的闭合,但却永远无法闭合。

循环模式,在某种程度上也体现了一种不确定性,即模糊的时间和空间表征,这也是贝克特作品的基本主题。从下面的文本分析中便会看出,他的所有的戏剧都不明确交待具体时间、地点和历史时代,暗示了人类普遍的生存境遇和世界的不可知。如雷诺·麦克唐纳德如是评论道,"贝克特的艺术似乎对日常生活的细枝末节表现出一种傲慢式的不感兴趣,在作品中,为了一种普遍的真实,历史和政治被放弃了,随之消失的还有地理和国家地貌。——我们被置于典型的无根的贝克特式的情境中。"②其实,贝氏戏剧的寓言性和普世意义也正在于此。

(2) 语言的消解:寻求无可表达的真实

贝克特的"反戏剧"本身就是对传统的主要依赖语言作为表达手段的戏剧形式的挑战,语言不再是构筑虚幻现实的工具,真正的现实存在于语言之外。各个荒诞派作家都在不同程度上解构了传统的戏剧模式,而贝克特则更加凸显了对语言的怀疑和批判。在其小说实验中贝克特就对理性和语言进行了无情的解构,而他的戏剧则试图对语言实施彻底的消解,从而揭示语言背后的无可表达的真实。如贝克特说过(本书第三章已经

---

① Michael Worton, "*Waiting for Godot* and *Endgame*: theatre as text", in *The Cambridge Companion to Beckett*, (ed.) John Pilling, p. 69.

② Ronard McDonald, *Tragedy and Irish Literature*: *Synge, O'Casey, Beckett*, Basingstoke: Playgrave, 2002, p. 141, qtd., in David Pattie, "Beckett and Obsessional Ireland", *A Companion to Samuel Beckett*, (ed.) S. E. Gontaski, West Sussex: Wiley-Bleackwell, 2010, p. 182.

讨论过):"我们可以尽我们所能,让语言渐渐声名狼藉。我们必须让语言千疮百孔,这样,隐藏在语言背后的某种东西,或者根本就没有东西的东西,就会显露出来;我想这可能就是当代作家最崇尚的理想。"①

如何让语言"声名狼藉"或"千疮百孔"?贝氏戏剧舞台为我们提供了见证。贝克特采用了两种悖论的方法。一种是舞台上的絮叨。贝克特的戏剧没有传统戏剧完整连贯的情节和符合逻辑的对话,通常只是一些角色在舞台上的絮叨。《等待戈多》中的戈戈和狄狄在等待戈多的过程中互相说着不相干的话,前言不搭后语。《终局》中的哈姆和克劳夫更是靠不停地说一些琐碎的无关紧要的话来表明彼此的存在。当克劳夫问哈姆为何要留住他时,哈姆的回答是"对话"。而《美好时光》整部戏就是半埋在土里的温妮个人的絮叨,而正是这种絮叨更准确地表现了存在的荒诞,也正是这种絮叨才能使"存在"延续下去。

另一种表现方式则是沉默。贝克特在戏剧创作中似乎找到一种重要的、非常适合表达他的主题的形式,即沉默。而这种形式在小说创作中是无法呈现的,这便是戏剧带给贝克特创作的新突破。"他发现戏剧写作给他更大的自由来让沉默进行交流。"②贝克特的每部剧中都有大量的停顿,而且他严格地标明这些停顿的地方,有时候整部戏都没有多少台词,如《克拉普的最后一盘录音带》只是一部录音机在不停地放着不同的录音片段,他后来的哑剧只是一些物体在舞台上移来移去,而将更多的想象空间留给了观众。随着贝克特戏剧实验的不断深入,角色的语言也越来越少,在后来的广播、电影、电视剧中,贝克特融入更多与表达媒介相关的、更具表现力的元素:光与影,明与暗,黑与白,动与静,音乐,舞蹈等等;后期的电视剧(如《游走四方形》、《夜与梦》等)根本没有角色的声音,"形象完全篡夺了语言的位置"。③(这一点将在下面的"贝克特广播剧与电视剧"中详述)

因此,在贝氏戏剧中,语言不再是表意的工具,而成了表现的对象或内容本身,言说成了一种消磨时间的游戏,沉默反而表达了更多。无论是无休止的絮叨还是沉默,都是对传统语言极大的消解,是贝克特探索新的更适合表达真实存在的文学形式的成功尝试。詹姆斯·诺尔森认为,贝克特"之所以要摧毁传统的语言形式,是因为他想表现'存在',在他看来,

---

① 转引自詹姆斯·诺尔森,《贝克特肖像》,王绍祥译,第49页。
② Michael Worton, "*Waiting for Godot and Endgame: theatre as text*," in *The Cambridge Companion to Beckett*, (ed) John Pilling, p. 75.
③ 詹姆斯·诺尔森,《贝克特肖像》,王绍祥译,第53页。

第九章　贝克特式荒诞派戏剧：从文字图像到视觉的舞台图像的转换

'存在'就是一种无形的、混沌的、神秘的、谜一样的东西"。① 贝克特独特的戏剧语言正契合了这种存在,他找到了"一种可以包容混沌的形式"。

在评论贝克特的戏剧《等待戈多》和《终局》时,迈克尔·沃顿(Michael Worton)高度赞扬了贝克特对现代西方戏剧的贡献,尤其是他在语言方面的突破。他说：

>   贝克特最早出版的两个戏剧作品构成了现代西方戏剧发展中的一个重要契机。它们既拒绝契诃夫、易卜生和斯特林堡(Strindberg)的心理现实主义,又排斥阿尔托(Artaud)倡导的只凭身体表现的"纯粹戏剧"……它们提出的中心问题是语言能做什么或不能做什么。语言不再是直接交流的工具或作为一个可以看穿角色内心活动的屏幕。相反,语言通过发挥其语法、句法尤其是互文性方面的力量使读者或观者意识到我们多么依赖语言,我们多么需要警惕语言对我们的构筑。②

的确,贝氏戏剧仿佛在提示我们,不要过分依赖语言,它会束缚人的思想。贝克特在消解语言的同时,也在消解传统的逻各斯中心主义的思维模式。

下面就让我们看一看,贝克特是如何将"无可言说"、"无可表的"的真实呈现在戏剧舞台上的。

三、《等待戈多》：我等待故我存在

1. 建立在误读上的盛名

《等待戈多》(以下简称《等》)标志着贝克特"反戏剧"实验之肇始。该剧创作于 1948 年(法文版),1952 年在法国出版；1953 年在法国巴黎首演,1954 年贝克特将它译成英文并由纽约丛树出版社出版；1955 年又在伦敦公演,之后该剧陆续在世界各地上演多达 300 多场,打动了无数的观众,也使贝克特成了风靡全球的荒诞派戏剧大师。但是,应当指出,该剧能取得如此的成功,导演的执导自然功不可没。其实,贝克特在 40 年代

---

① 詹姆斯·诺尔森,《贝克特肖像》,王绍祥译,第 17 页。
② Michael Worton, "*Waiting for Godot and Endgame: theatre as text*", in The Cambridge Companion to Beckett, (ed.) John Pilling, p. 68. 这里提到的"纯粹戏剧"是法国著名戏剧理论家阿尔托倡导的,也称作"残酷戏剧",强调凭借演员的姿态动作来表现思想内容的客观表达方式。这一点与贝克特戏剧有一定的相同性,但是,阿尔托着意强调演出的仪式性,想通过有效的手段和密集的动作迅速直接地达到所期望的思想和精神状态。

曾观看了著名法国戏剧导演罗杰·布林执导的瑞典现代戏剧家斯特林堡(Strindberg 1849—1912)的戏剧《鬼魂奏鸣曲》,当时便萌生了让罗杰做自己戏剧导演的想法。那时,贝克特的作品令很多读者和批评家费解,更没有导演愿意执导他的剧本,但是罗杰却能够发现贝氏戏剧的价值并给予很高的评价。罗杰更看好的是贝克特创作的第一个、从未发表的剧本《自由》(Eleuthera),但是他最后还是选择导演《等》剧,因为它只需要5个演员,道具简单,能节省资金(然而,罗杰那时或许不知道,从演员数量上,《等》是贝克特最奢侈的一部剧作,他此后的戏剧中角色越来越少,甚至到了没有具体人物的程度)。罗杰的成功执导,使《等》首演获得了如此的成功,它的受欢迎程度丝毫不亚于经典的戏剧或畅销的通俗文学作品。

尽管评论界对《等》剧褒贬不一,但它巨大的颠覆性和影响力是毋庸置疑的。在巴黎上演之初,就有评论家预言,人们会长久谈论《等待戈多》[1]。的确,直到今天,评论家们仍在从不同角度对它进行着解读。早期的学者从贝克特创作《等》的时代背景入手来分析作品的象征意义和社会意义;也有的从宗教角度分析剧中的宗教隐喻;在后现代语境中,《等》并没有退出评论家的视野,相反,它成了很多后现代术语的元语境。"戈多"被称为"缺席的所指——语言赋予意义的代名词",[2]它的意义的不确定又与德里达的"延异"之说暗合。还有学者颠覆早期的评价,另立新说。如君特·安德斯(Günther Anders)的评论就和传统的一些将戈戈和狄狄当做无政府主义者的观点不同,他认为:

> 他们从他们存在的事实得出结论,一定有某个他们等待的东西,他们倡导这样的信条:即使在这样的显然无意义的情形中,生命必定有意义。因此,说他们代表"无政府主义者"不仅不正确,而且是和贝克特想要展示的正相反。因为他们没有失去希望,甚至不能失去希望,所以他们是天真的、无可救药的、乐观主义的意识形态主义者。贝克特呈现的不是无政府主义,而是人在完全无望的情形下都无法成为一个无政府主义者。[3]

而英国剑桥大学学者罗伯特·麦克法兰却对《等待戈多》做了较为肯定的

---

[1] Sylvain Zegel, in *Liberation* 7 (January 1953), reprinted in *Samuel Beckett: The Critical Heritage*, (eds.) L. Graver & R. Federman, p. 88.

[2] Maria M. Brewer, "A Semiosis of Waiting", in *Samuel Beckett: waiting for Godot*, (ed.) Ruby Cohn, London: Palgrave Macmillan, 1987, p. 151.

[3] Günther Anders, "Being without Time: On Beckett's Play *Waiting for Godot*" in *Samuel Beckett: A Collection of Critical Essays*, (ed.) Martin Esslin, Englewood Cliff (NJ): Prentice-Hall, 1965, p. 144.

正面的评价,他指出:

> 《等待戈多》是一部关于如何赋予世界以意义的剧作。两个人在舞台上等待一件事情的发生。他们想尽办法消磨时间,竭力想从他们的困境中找到意义。在这一层面,它是一部关于渴望创造意义结构的戏剧,是一部关于人类构建和模仿环境的习惯的戏剧。①

凡此种种,评论观点不一而足。而贝克特本人则对别人的解读和评论不以为然。他认为《等待戈多》的成功是源自于"一种误解":"评论家和公众努力要用寓言和象征性的方式来解读一出一直竭力逃避明确定义的剧。"②如前所述,贝克特想以一种"游戏"或"消遣"的姿态摆脱传统戏剧的束缚,以走出他深陷其中的实验瓶颈。事实证明他是成功的。然而,没有定义,便可以有更多的开放性的解读:"戈多"究竟是谁?这一问题给观众和评论家留下一个无穷的阐释空间,这是贝克特想与读者达成的理想共识,也是他后来创作的努力方向。

2. 等待:存在之本真

人生就意味着等待,等待是一种存在的方式,这是《等》剧对人类存在状态的独到的揭示。贝克特在创作此剧时,存在主义已经大行其道了,但与萨特等存在主义作家不同,贝克特并没有用抽象的文字或概念赘述存在的荒诞性,而只是用具体的舞台形象(尽管怪诞离奇的形象)直喻现代人的生存状态和存在中不断出现的烦躁、苦闷的情绪。两个流浪汉戈戈和狄狄,在某一个不确定的日子在一条荒凉的乡间小路上"等待戈多"。等待成了一种存在状态。人注定要在时间之流中轮回,所以,人只能在时间链条的某一个节点等待下一个节点的到来。所以套用笛卡尔的名言,"我等待故我存在"。等待成了人们在时间之流中的难以逃脱的一种状态,时间成了一种异己力量。在漫长的等待中,人们难免会感到焦虑、恶心、厌倦。因此,如马丁·艾斯林所言:"这部剧作的主题并非是戈多而

---

① 本人2006—2007年在剑桥访学期间曾系统修过罗伯特·麦克法兰(Robert Macfarlane)的关于现代文学课程(*Landscape in Modernist Literature*),关于这段《等待戈多》的评论就是麦克法兰讲课中谈到的。2007年11月麦克法兰应邀来北师大和北京语言大学做系列讲座,也重新提及这一观点。此段译文参照了北师大的邝明艳、姚建彬等对罗伯特讲义的翻译稿,并略作改动。

② Qtd., in "Introduction" in Lawrence Graver & Raymond Federman (eds.), *Samuel Beckett: the Critical Heritage*, p. 10.

是等待，是作为人的存在的一种本质特征的等待。"①没有说教，没有评论，有的只是对人类生存状态的一种直接表现；没有情节和动作，有的只是两个流浪汉无聊的而又无望的等待。等待是存在的常态，而企盼着美好的东西降临，亦即"等待戈多"，就是存在/等待的意义之所在。

《等》最与众不同之处在于其舞台布景的设置，体现了贝克特后来戏剧创作中一贯到底的简约派风格（minimalism），简约到不能再简的程度：一条乡间小路和一棵树构成了这部两幕剧的背景。剧中唯一固定的道具就是一颗枯树（上面只有三片叶子），而其他的道具就是人物随身的裤子、皮带、帽子、靴子；也可以说，人物本身就是道具。正是这极其简约的背景和道具将现代人纯粹的"存在"赤裸裸地呈现给观众，并且使人感到震撼，这是任何经典的传统戏剧所无法达到的效果。

该剧的灵感来源于贝克特1937年在德国研习时看到的德国浪漫派画家卡斯帕·戴维·斐德里克的画作《两个男人共赏月》，画面中是两个男人的背影站在一条小路上，其中一个把手搭在另一个人的肩上，他们身旁是一棵大树，远处的月亮散发着朦胧的光。② 但是，贝克特并没有照搬原画。他让《等》中的两个流浪汉弗拉季米尔和爱斯特拉冈站在一棵光秃秃的树旁，他们先后转过身来，面对月亮，陷入了沉思。贝克特所营造的氛围显然有别于原画的浪漫氛围。在斐德里克的作品里，月光是基督和他的承诺的象征，即他一定会归来；所以这是一种希望的象征。而在贝克特的剧本所展现的意境却颇具反讽意味，因为人人都在等待戈多，而戈多最终并没有出现。③ 然而，就舞台效果而言，这一意象最准确直观地呈现了后现代的"荒原"图像，与那两个来历不明的仿佛"被抛到了世上"的流浪汉爱斯特拉冈（小名戈戈）和弗拉基米尔（小名狄狄）浑然天成，构成了一幅动态的立体画面。这便是贝克特所主张的"动即静"、"少即多"。背景的渲染不在多少，而在恰到好处。在背景的处理上贝克特反对自然主义的倾向，他有如下解释：

> 这是一个游戏，一切都是游戏。当四个人都躺在地上时，不能用自然主义的手法来处理，必须以一种人造的，芭蕾式的手法来处理，否则，一切将成为一种模仿，对现实的模仿，它应该很清楚，很透明，但不是枯燥乏味，这是为了生存而进行的一场游戏。④

《等》的另一独到之处是贝克特对时间的处理。该剧第一幕的时间是

---

① Martin Esslin, *The Theater of the Absurd*, p. 50.
② 参见詹姆斯·诺尔森，《贝克特肖像》，第55页。
③ 参见詹姆斯·诺尔森，《贝克特肖像》，第85页。
④ James Knowlson, *Damed to Fame: The Life of Samuel Beckett*, p. 607.

第九章　贝克特式荒诞派戏剧：从文字图像到视觉的舞台图像的转换

"傍晚"，第二幕的时间是"第二天同一时间"，除此之外，剧中没有其他明确的时间指涉。两个人物的时间概念也极其模糊，他们甚至弄不明白他们与戈多约定的时间，如以下对白：

爱：你肯定是在今天晚上？
弗：什么？
弗：他说是星期六。（略停）我想。
爱：你想。
弗：我准记下了笔记。
〔他在自己的衣袋里摸索着，拿出各色各样的废物。〕
爱：（十分凶狠地）可是哪一个星期六？还有，今天是不是星期六？今天难道不可能是星期天！（略停）或者星期一？（略停）或者星期五？
弗：（拼命往四周围张望，仿佛景色上写有日期似的）那绝不可能。
爱：或者星期四？
弗：咱们怎么办呢？
爱：要是他昨天来了，没在这儿找到咱们，那么你可以肯定他今天决不会再来了。
弗：可是你说我们昨天来过这儿。①

贝克特的小说和戏剧都在集中探讨一个问题，即如何对待"时间中的存在"②。在两幕剧中，时间成了一种缓慢的不间断的流动，角色被陷入时间之流，在世间的某一个不确定的地点挣扎。时间并不值得珍惜，反而令人厌恶，如波卓所说："你干吗老是用你那混账的时间来折磨我？这是十分卑鄙的。什么时候！什么时候！有一天，难道这还不能满足你的要求？有一天，任何一天。"(57)准确的时间对他们已经没有意义，他们只是笼统地把时间划分为过去，现在，将来或昨天，今天，明天；或者"有一天"等。时间失去了标志的刻度，变化成了时间流逝的记录：长出了新叶的树枝，变瘸了的幸运儿，变瞎了的波左，这一切都意味着时间的流逝。"他们似乎意识到存在就是时间中的存在。在时间中存在就得忍受过去的罪过，现在的无聊和将来的死亡。"③所以，如何等待，如何打发掉"现在的无聊"

---

① Samuel Beckett, *Waiting for Godot*, New York: Grove Press, inc, 1954, pp. 11—12. 下文中对该剧的引用均出自此版本，笔者自译，文中注明页码。
② Michael Worton, "*Waiting for Godot* and *Endgame*: theatre as text", *The Cambridge Companion to Beckett*, (ed.) John Pilling, p. 70.
③ David H. Hesla, *The Shape of Chaos*, p. 132.

也成了该剧的主要"情节"。

贝克特成功地将"等待"这一毫无动作可言的静止概念转化成人存在中为打发时间而进行的具体行为,即两个角色之间的言语行为和穿插在这些言语之间的一些身体动作。剧中人物的言行或对白,时而简单重复、所问非所答,时而互相谩骂,其中也不乏对往事的无意识记忆。然而,这些看似荒诞不经的无聊对白其实也包含着典故和哲理,例如经常被评论家加以评价的戈戈和狄狄探讨的《圣经》中关于和耶稣基督一起上绞刑架的两个贼的故事;还有狄狄顺口说出的,但却极富哲理的话,如"希望迟迟不来,苦死了等待的人"。(8)还有他讽刺戈戈的话,"你就是这样一个人,脚出了毛病,反倒责怪靴子"。(8)这些典故和哲理穿插在他们无聊的对白中,亦庄亦谐,伴随着这些絮叨对白的还有角色的一些身体动作,例如,开场时戈戈摆弄着他的靴子,狄狄则弄着他的帽子,还有他们为了打发时间玩的各种无聊的游戏,甚至玩上吊,只是没找着合适的绳子才作罢。这些无聊的对白和滑稽的动作构成了该剧的全部情节。在等待中与时间博弈,在时间的流逝中存在、等待,实现着生命和存在的循环。存在的全部意义就在于"等待戈多"。"戈多"会不会来并不重要,重要的是等待的过程和对戈多的期盼,是戈多赋予等待和存在以希望和意义。

剧中一直未出场的戈多并非具体的人物,而是一种抽象的超验,它就是彼岸世界的意义之所在。虽然评论家对戈多是谁做过各种推测,但他的结构(形式)意义要大于他本身是谁。戈多的不确定性使得等待成为可能。他或许是早期评论家认为的上帝或希望,但正如迈克尔·沃顿所言:

> 他既是同时也不是我们所认为的那些东西:他是一种缺席,有时可理解为上帝,死亡,采邑贵族,施主,甚至可能是波卓,然而,戈多更多的是一种功能,而不是意义。他代表了那些羁绊我们的东西,在没有希望的年代,他代表着存在中不可知的希望,他是我们所希望的任何虚构,——只要他能证明生活就是等待。①

等待戈多就意味着希望,如瑞典文学院常务理事吉耶罗在授予贝克特诺贝尔文学奖的演说词中所说道:"幕落了,我们深信眼前看到的残害力量,但我们明白一件事,无论经历怎样的折磨,有一种东西是永远磨灭不了的,那就是希望。"②从另一角度看,戈多的模糊性既符合贝克特本人要逃脱定义的努力,也契合了后现代主义对意义的不确定性的理解。

---

① Michael Worton, "*Waiting for Godot* and *Endgame*: theatre as text", *The Cambridge Companion to Beckett*, John Pilling (ed.), p. 71.
② 参见《诺贝尔文学奖颁奖演说集》,毛德信、蒋跃、韦胜杭译,南昌:百花洲文艺出版社,1991年,第547页。

第九章　贝克特式荒诞派戏剧：从文字图像到视觉的舞台图像的转换

时间不确定,地点不确定,意义又在于不可知的彼岸,这一切赋予了《等》剧超越时空的人类境遇的普遍性。

3. 亦悲亦喜之人生境界

在《等》剧的书名下面,贝克特特意标明"两幕悲喜剧"。贝克特的这一定位更增加了该剧的不确定性。早期的评论家如休·肯纳(Hugh Kenner),卢比·考恩(Ruby Cohn),马丁·艾斯林(Martin Esslin)等都倾向于将贝克特的作品归于喜剧传统,他们着重分析贝克特作品对传统杂耍哑剧等的借鉴以及剧中的喜剧因素。而后期一些评论家则表达了不同的声音。雷蒙德·威廉斯(Raymond Williams)在题为"一出现代悲剧"的论文中将《等》归为悲剧传统,认为,在《等待戈多》中"古老而深刻的悲剧节奏被再现了"。[①] 理查德·凯勒·西蒙(Richard Keller Simon)在题为"贝克特、喜剧和评论家"的论文中也反对将贝克特的作品作为喜剧来研究,他认为"贝克特的文本明显是反喜剧的,是与喜剧文学对立的,它关于个体的死亡,贫乏,分裂"。[②] 是喜剧还是悲剧?评论家们观点各异,这也使贝克特成功地逃脱了被定义。作为一种独立的剧种,悲喜剧(tragicomedy)应该是介于悲剧和喜剧之间。英国文艺复兴时期剧作家弗莱彻为《忠诚的牧羊女》写的"致读者"中就曾对悲喜剧做如下定义:

> 悲喜剧并不是因为剧中的欢乐和屠杀而得名。它之所以成为悲喜剧是因为剧中缺乏死亡,这一点使它无法变成一出悲剧,但很接近悲剧;也是由于这一点是它无法变成一出喜剧。悲喜剧所表现的应该是生活中常见的人,那些有着不至于危及他们生命的麻烦的人们。因此,悲喜剧中的神和悲剧中的神一样具有合法性,而悲喜剧中的小人则和喜剧中的小人一样卑微鄙陋。[③]

《等》中已没有传统意义上的神(尽管也有评论家将戈多当做上帝),但其他方面却很接近弗莱彻的定义:它没有悲剧性的标志——死亡,但却有卑微鄙陋的小人物形象。贝克特在此将其定位为悲喜剧,似乎旨在更直观表达人类生存介于悲喜之间的亦悲亦喜或者无悲无喜的荒诞状态。

[①] Raymond Williams, "A Modern Comedy"(1963), in *Samuel Beckett: Waiting for Godot* (A Casebook), (ed.) Ruby Cohn, London: Macmillan, 1987, p. 111.

[②] Richard Keller Simon, "Beckett, Comedy and the Critics", in *Samuel Beckett: Waiting for Godot* (A Casebook), (ed.) Ruby Cohn, p. 113.

[③] 王佐良、何其莘,《英国文艺复兴时期文学史》,北京:外语教学与研究出版社,1996年,第278页。

《等》剧至少是一部黑色幽默剧或"黑色喜剧"(dark comedy)。

贝氏戏剧的不确定性和开放性,更能引发无穷的联想和解读。直到今天《等待戈多》仍然能给我们以人生的启迪与心灵的震撼,是因为它以戏拟的抽象的方式展现了人类普遍精神和心理问题。一代一代的批评家和观众将不断地追问,"戈多是谁?"而他们也可能随即回答,"戈多就是我自己"。或者,"戈多就是一种精神"。正如当时的《纽约时报》上的评论写到,"《等待戈多》完全是一种感觉,这也是它既令人困惑不解同时又让人信服的原因。观众可以对它大加抱怨,但绝不会忽视它,因为贝克特是一个讲究实效的(valid)作家"。[1]

四、《终局》:生命如棋之僵局,终而不止

如果说,《等》是贝克特小说实验阶段的一个插曲,从某种程度上呼应了贝克特先前小说的主题和结论,因此可以看做他小说实验的回声,那么,贝克特1955年创作的《终局》(法文版),则标志着他从小说到戏剧创作的成功转型。该剧本于1957在法国出版,同年由罗杰·布林(Roger Blin)执导并在英国伦敦皇家剧院首次上演。1958年贝克特将剧本翻译成英语并做了一些修改,同年英文版在美国樱桃巷剧院上演。贝克特对《终局》抱有极大的期望,"他期望写一部作品既能信服地表达他对人性和生活的看法,又能体现一种艺术上精心建构的戏剧手法。对他而言,该剧代表了他那个时期的创作顶峰"。[2]然而,该剧的创作并不像《等》那么轻松,贝克特曾几易其稿,他在给美国导演艾伦·施耐德的信中写到:"我确实完成另一部(剧),但我不喜欢,它是个三条腿的长颈鹿(three-legged giraffe),就结构而言,我拿不准是该去掉还是该加上一条腿。"[3]最终,贝克特将它改为独幕剧。其演出也是几经周折。他对施耐德说,"我迫切想看到它的上演,进而知道自己是否上道,能否继续跟跄前行,还是仍在沼泽当中"。[4] 由此可见,贝克特在《等待戈多》获得成功之后,开始认真考虑将创作中心转向戏剧。如果说《等》是无心之作,那么,《终局》则体现了

---

[1] Brooks Atkinson, Beckett's "Waiting for Godot", in *The New York Times*, April, 20, 1956.

[2] Deirdre Bair, *Samuel Beckett: A Biography*, p. 479.

[3] Maurice Harmon (ed.), *No Author Better Served: The Correspondence of Samuel Beckett & Alan Schneider*, Cambridge: Harvard University Press, 1998, p. 10.

[4] *Village Voice* (19 March 1958, p. 15), in *A Student's Guide to the Plays of Samuel Beckett*, Beryl. S. Fletcher, J. Fletcher, B. Smith & W Bachem, London and Boston: Faber & Faber, 1978, p. 83.

第九章 贝克特式荒诞派戏剧：从文字图像到视觉的舞台图像的转换

贝克特在表现手法上的精心雕琢。

1. 人生"终局"之开始

《终局》(endgame)的标题并非如其字面所示,即游戏之终结,而是指象棋游戏中的最后一局,又称"残局"。在这一局中,胜负已经注定,领先者必胜,双方赛者不过是按步走完棋局而已。如标题所隐喻,剧中的布局,情景以及角色之间的关系,都指向这最后一局来临前的某一刻。剧开始的时候,一切都已经要结束了。所以,正如剧中的哈姆所言,"结局就在开始,而你还在继续"。①

《终局》在主题上可以说是《等》剧的继续,它继续展示人类的存在和生命状态,其实,它将贝氏戏剧的逐渐衰减的螺旋结构(或挖掘过程)又向纵深推进了一大步,逐渐进入人的意识的领域。许多评论家认为,它们是同一出戏中的两个部分,《终局》就在戈戈和狄狄结束的地方开始,它展现的是《等》逐渐弱化的、衰败的持续不断的荒凉情境。②然而,在舞台设置和布景上,《终局》和《等》则完全不同。这一次贝克特将场景从荒郊野外一条小路转移到室内。《等》展现的场景仿佛就是小说《莫洛伊》中的两个主人公在荒郊野外漫游、寻找家园的经历再现;而《终局》的场景则是封闭的房间,四面高墙,只有两扇接近屋顶的窗户是同外界联系的唯一途径,屋子里没有任何装饰,这其实就是对《马洛纳之死》的主人公所住的阴暗病房的模仿。

从剧情上看,《终局》是独幕剧,比《等》更加怪诞离奇。全剧几乎没有动作。剧中有四个人物,全是身体和精神有残疾的人。哈姆双目失明,只能坐在轮椅里,他的父母纳格和奈尔没有腿,被嵌在垃圾桶里,苦度岁月;只有仆人克劳夫能行走,但他只能站着、不能坐下。幕启时,或许正是早晨,这些人刚刚醒来,主人公哈姆坐在房间正中的一把椅子上,腿上盖一块旧布,左前方也是一块旧布盖着的两个垃圾桶,里面待着哈姆的父母纳格和奈尔,不远的门边站着克劳夫。根据开场的一段剧情说明,克劳夫费劲地取来梯子爬到两个窗户上看看外面的世界,然后回到垃圾桶旁将盖着的布掀开,看看每个桶里的人似乎还在,便会心一笑,然后掀开盖着哈姆的布,也是会心一笑,最后回到他原来的位置。透过克劳夫的眼睛,我

---

① Samuel, Beckett, *Endgame*, London: Faber and Faber, 1964, p. 44. 下文中对《终局》的引用均出自此版本,由笔者自译,文中注明页码。

② Peter Boxall (ed.), *Samuel Beckett Waiting for Godot/Endgame: A Reader's Guide*, Cambridge: Icon Books Ltd., 2000, p. 18.

们看到了外面的另一个死寂的世界：从右面的窗户望出去是陆地，但陆地上的一切，在克劳夫看来，就是"零"(zero)、"僵尸"(corpsed)；左边看出去是海，但海上仅有的一点光也逐渐消失了，海上空荡荡，海浪像"铅(lead)"一样，虽然还是白天，但一切都是"灰色的"(grey)。这灰暗的小屋仿佛就是一个封闭的内心世界，其实，这正是对《莫菲》的主人公头脑内部黑暗区域的生动展示，如早期的贝克特研究者休·肯纳所评论的，"这显然是对觉醒的隐喻，使我们幻想舞台就是带有高高的窥视孔的巨大头颅"。[1]但是，这死寂的头脑内部却蕴含着丰富的情感和张力。从某种意义上，《终局》就是对人的意识活动和复杂思绪的呈现。

然而，外边的世界同灰暗封闭的小屋，抑或是大脑内部，一样灰暗死寂。如哈姆说道："老墙！（停顿）外面是另…一个地狱。"(23)从更宽泛的角度看，剧中的角色像被遗弃在这世上的唯一的生物。眼前的景象如洪水灭世后的诺亚方舟，但《圣经》中的方舟承载的是新世界的希望，而这个房间却如同避难所，它仿佛要随着这末日和大自然一起湮灭。如哈姆和克劳夫的对白：

> 哈姆：大自然已经把我们遗忘了。
> 克劳夫：已经没有大自然了。
> 哈姆：已经没有了吗！你夸张了。
> 克劳夫：周围没有。
> 哈姆：但是我们还在呼吸，还在变化！我们没了头发，没了牙齿！没了盛年！没了理想！
> 克劳夫：那她还没忘记我们。(16)

其实，大自然并没有把他们遗忘，他们的对白恰好揭示了自然的法则和规律：一切都在衰减之中，人在衰老。纳格的牙掉了，他和奈尔的视力也不行了。他们借以打发时间或消除痛苦的工具也越来越少，哈姆的毯子没了，止痛药也没了。在精神层面上，"没了盛年！没了理想！"舞台上剩下的便只是这缓慢移动着的，静静等待着这"残局"终结的人。

哈姆和克劳夫同《等》中的人物一样被卷入时间之流中，他们同样忍受着重复和习惯带来的厌倦：

> 哈姆：没多大乐趣。（停顿）但每天结束时都是这样，是吧，克劳夫？
> 克劳夫：总是这样。
> 哈姆：又一天结束了，和其他的日子一样，是吧，克劳夫？

---

[1] Qtd., in A. Alvarey, *Beckett*, p. 90.

第九章 贝克特式荒诞派戏剧：从文字图像到视觉的舞台图像的转换

克劳夫：像是这样。(17)

虽然时间在接近终点，但却似乎永无达到终结的可能。在剧的开头，克劳夫就说，"结束了，结束了，就快结束了，一定快结束了。一颗谷粒加一颗谷粒，一粒接着一粒，有一天，突然变成了一堆，一小堆，不可能的一堆"。(12)这里贝克特隐射了古希腊哲学中麦加拉学派的欧布利德斯(Eubulides)的"谷堆悖论"，但所指的是时间的推移。一粒谷子犹如时间中的一个瞬间，一个个不曾觉察的瞬间的不断重复构成了不可思议的人生。在快结束的时候，哈姆再次用到这一意象，"一刻加一刻，急速下跌，像……那个老希腊人的……米粒一样（他犹豫了），一辈子都在等着它能堆成一生。(停顿。他张开嘴想继续，放弃了。)"(45)但透过那些犹豫和停顿，我们读出了另一层意思，正如"谷堆悖论"中很难确定那构成谷堆的最后一粒谷子一样，人生那最后的一刻也似乎遥不可及。人生就像一条抛物线，无限接近轴线，但永远达不到那相交的最后一点。在剧的结尾，舞台上的哈姆又回到了开始时的样子，"脸上蒙着手帕，手搭到扶手上，一动不动了"。(53)而已经收拾好东西要离开的克劳夫，还一直站在门口。艾伦·施耐德曾评论道，"正如《等待戈多》是关于承诺却永远也没有兑现的到来，那么，《终局》是关于承诺却没有实现的离开"。[①] 角色从动到静，完成一个圆满的循环，但这种循环并不是线性的，而且似乎也永远无法完全闭合，如果还有第二幕，它会继续沿着螺旋形的轨迹，周而复始，向着那渴望而不可及的中心挺进。意义不在最后的结局，而在于走向结局的过程。

2. "对话"：无可言说的存在之维

《终局》中的角色之间的关系就如同象棋游戏中的棋局，这一点西方学者不难达成共识，这或许与贝克特本人喜爱象棋游戏有直接关系。[②]哈姆看上去是棋局中的"王"（将），因此总是处于舞台的中心，他是统帅一切但也最易受伤的"王"；克劳夫是棋局中保护"王"的马(knight)，他虽步履蹒跚，却依然尽心辅佐国王；而呆在垃圾桶里的哈姆的父母纳格和奈尔则成了无行动自由的卒子。有评论家认为，哈姆的言谈举止很容易让人联

[①] Alan Schneider, "Working with Beckett" in *Chelsea Review* (Autumn 1958, pp. 3—20), reprinted in *Samuel Beckett: the Critical Heritage*, (eds.) L. Graver & R. Federman, p. 181.

[②] 贝克特本人酷爱下棋。贝尔在其《贝克特的传记》中曾提到一位非常厉害的象棋高手马塞尔·杜尚对贝克特创作《终局》的影响；批评家肯纳、艾奇逊等曾提到贝克特的角色安排像如棋局，见 Hugh Kenner, *Samuel Beckett: A Critical Study*, London: John Calder, 1962, p. 156. James Acheson, *Samuel Beckett's Artistic Theory and Practice*, p. 150.

想到莎士比亚笔下的哈姆雷特,普罗斯珀罗和李尔王。①他凭借自己的权威对周围的其他角色呼来喝去,甚至对自己的父母大声训斥,对自己的中心地位保持着高度的警觉。虽然哈姆已双目失明,身体残废,但是他仍然想了解外面的世界。剧中一个荒诞可笑的细节是:哈姆让克劳夫推着他在屋子里四处转转,感受一下世界,把这称作"周游世界",然后又要求把轮椅推回房间的中心。哈姆不停地问克罗夫"我是在正中心吗?""把我挪到正中心!"而克罗夫的回答总是:"大致"、"差不多"、"我认为是",他还拿来卷尺量出正中心的位置。(23—24)这一幕看似荒诞,但却反映出人类在一个虚空的毫无意义的世界里对意义的渴望。

哈姆将自己假想为这末世王国中的最高的权威,但他内心清楚他已是一个失去了效力的国王,他的权力只能体现在他在言语上对别人的控制。然而,哈姆的身份需要他人的存在来界定,而别人对他的依赖也是出于某种生存的需要。这种主体与客体、自我与他者的互依互存的共生关系,也是贝克特的第一部戏剧《等》和小说(如《莫菲》、《莫洛伊》、《怎么回事》等)反复表现的主题。克劳夫想要离开哈姆,但又无处可去,如哈姆和克劳夫的一段对话:

> 哈姆:……你为什么和我呆在一起?
> 克劳夫:你为什么收留我?
> 哈姆:没有其他人。
> 克劳夫:没有其他地方。
> (停顿)
> 哈姆:你一直要离开我。
> 克劳夫:我在努力。
> 哈姆:你不爱我。
> 克劳夫:不爱。
> 哈姆:你曾经爱过我。
> 克劳夫:曾经。(14)

这段对白也表明,哈姆和克劳夫只能用这些无聊的对话打发时光。在这无限的虚无之中,对话成了角色创造存在机遇的手段,也是哈姆借以对抗"沉默"和"静止",推延那最后结局的方法。可见,对话是将角色绑定在舞台上的纽带,正如剧中克劳夫和哈姆的对话所揭示的:

> 克劳夫:我要离开你。
> 哈姆:不行!

---

① 参见露比·寇恩,"贝克特作品中莎士比亚的余烬",孙家译,载《戏剧》,1997年02期。

第九章 贝克特式荒诞派戏剧:从文字图像到视觉的舞台图像的转换

> 克劳夫:这儿有什么可以留得住我?
> 哈姆:对话。(39)

如保罗·列维所言:"语言游戏是一件讨厌的事……但是若没有语言提供的避难所,存在是难以忍受的。"①哈姆和克劳夫之间的"对白"尽管是不连贯的,没有实质内容的,但却是维系存在的唯一手段。

贝克特戏剧中的角色大都是成对的关系,《等》剧中的波卓和幸运儿、戈戈和狄狄;《终局》中的哈姆和克劳夫、纳格和奈尔;《快乐时光》中的温妮和威利等等,他们之间要么是主仆(或压迫者和被压迫者)关系,要么是伙伴、要么是夫妻关系,他们都彼此依赖但又相互排斥。其实,这正是贝克特小说中反复探讨的主体与客体、自我与他者的关系直观的呈现。主体或自我无论处于怎样的优势地位,无论怎样高高在上,都必须依赖他者的认可而存在,因此,根据拉康的主客体关系的理论,主体是他者的产物,而"语言是主客体间的契约"。②《终局》中的哈姆和克劳夫之间看似不经意的对话却揭示了他们之间的权力关系。哈姆作为国王,他的中心位置不仅体现在行为上指挥控制其他人,而且体现在话语权力上。他在与克劳夫的对话中,总是那个发问者,而克劳夫从不主动和他对话,因此,克劳夫曾多次向哈姆抱怨,"一辈子都是同样的问题,同样的答案"。但有意思的是,虽然他们的身份从一开始决定克劳夫处于劣势,但是克劳夫不时地以自己的方式来消解哈姆话语中的权威,并通过一种具有挑战性的回答,暗示了对主人行为的不满。其实克劳夫也在某种程度上控制了哈姆的行为。因此有评论家认为,克劳夫在面对哈姆的权威话语时,采用一种"适应策略"(strategy of accommodation),③实际上这种策略就是取消哈姆的提问的有效性的方式。随着终局的临近,克劳夫的反抗也变得越来越明显,他甚至主动开始歌唱;哈姆要他的狗时,他竟然把狗砸到哈姆头上;当哈姆要求他说一些"发自内心的……东西"时,他第一次主动说出他内心的感受,而且他自嘲说,"这就是所谓的退场"。(50—51)可见,克劳夫简短回答犹如象棋游戏中的"将军",一步步紧逼老将走进僵局。

另一对角色纳格和奈尔的话语关系类似哈姆和克劳夫的关系。纳格总是掌握着话语的主动权,他津津乐道地讲着他过去的关于裁缝的故事,

---

① Paul Lewey, "Symbolic Structure and Creative Obligation in 'Endgame'" in *Journal of Beckett Studies*, No. 5, Autumn, 1979. http://www.english.fsu.edu/jobs/num05/Num5lawley.htm.

② 转引自赵一凡《西方文论讲稿:从胡塞尔到德里达》,第331页。

③ Rei Noguchi, "Style and Strategy in 'endgame'", in *Journal of Beckett Studies*, No. 9, spring, 1983. http://www.english.fsu.edu/jobs/num09/Num9Noguchi.htm.

自觉很可笑,完全沉浸在对过去的回忆之中,喃喃自语,但奈尔却毫无反应。纳格的这种话语上的主动权也挑战了处于中心地位的哈姆的权威,结果他自己的笑声也被哈姆的喊声中断了,哈姆对纳格用的最多的一个词就是"安静",借此来剥夺他讲话的权利。

哈姆虽然总想在话语上控制周围人,但这也恰好暴露了他自己的无能和无知。作为一个身体残疾而又双目失明的人,他对周围世界的认知完全取决于仆人克劳夫,所以他总是在问克劳夫,"什么事要发生?"而克劳夫的回答也总是,"某件事正发生着"。而且,虽然他意识到终局即将来临,一切已经无可挽回,但他还是自欺,不断地说着,"我们有进展"。角色之间的对话既消解了时间构筑的牢笼,也表现了一种存在的荒诞性。但无论多么荒诞、无聊,对话都是维持存在或生命的唯一手段。艾伦·施耐德说,"《终局》中最令我兴奋的是塞姆(贝克特)在语言和节奏方面的特殊天赋,他使崇高变得荒诞,荒诞变得崇高"。① 的确,《终局》的最精彩之处就在于人物之间看似无聊但又蕴含哲理的对白。

3. 终局之谜底:悬而未决

就意义层面而言,贝克特本人也曾说过该剧"相当难理解并多省略"(rather difficult and elliptic)。② 正是这种省略为评论家留下了更多的想象的空间,所以《终局》之结局的不确定性,绝不亚于《等待戈多》。它也是贝克特所有戏剧中最令评论家着迷的一部剧作。

《终局》无疑是一部极具隐喻性和象征意味的剧作,然而,西方学者在评论和解读这部戏剧时往往舍近求远,喜欢用一些标签或现成的概念去界定它,如从自然主义、象征主义、表现主义,弗洛伊德主义(精神分析)等角度去阐释其深层主题。关于对《终局》的这些标签化的批评方法,詹姆斯·艾奇逊在其《贝克特的艺术理论和实践》一书中曾做了全面地分析和评述。③其实,无论从哪个角度,以何种方式解读,都与贝克特的创作初衷有一定的出路。贝克特尤其反感批评家用抽象理论性的标签去框限《终局》。譬如,表现主义的解读方法,将哈姆和克劳夫看做是思维实体和身体感官,从而进行笛卡尔式的解读;或者将哈姆和克劳夫视为理性和情感

---

① Qtd. in L. Graver & R. Federman, eds, *Samuel Beckett: The Critical Heritage*, p. 181.

② Maurice Harmon (ed.), *No Author Better Served: The Correspondence of Samuel Beckett & Alan Schneider*, p. 11.

③ See James Acheson, *Samuel Beckett's Artistic Theory and Practice*, London: Macmillan, 1997, pp. 150—157.

第九章　贝克特式荒诞派戏剧：从文字图像到视觉的舞台图像的转换

的代表。① 颇有新意的解读或许是用弗洛伊德的"自我和本我"的理论来解读《终局》，将剧中的四个角色哈姆、克劳夫、纳格和纳尔分别对应于弗洛伊德的本我、自我和超我。② 这些解读都略显牵强、机械，难尽如人意。1957 年 12 月 29 日，贝克特在给执导该剧的著名导演施耐德的信中说道：

> 对付那些批评家，我感觉唯一的回答就是拒绝给出任何解释。坚持表现极其简单的戏剧情境和问题。……我的创作就是尽可能充分地发出基音(fundamental sound)，此外，我不再承担任何责任。如果人们要为那些弦外之音头疼，让他们头疼好了，自己备好阿司匹林。哈姆如剧中所示，克劳夫如剧中所示，一切都如剧中所示，……在这样的一个住所，这样的一个世界，这就是我所能表现的一切，仅此而已。"③

或许，在贝克特看来，这部戏剧表现的就是人类在世界中最纯粹的生命状态和生存困境，这是显而易见的，无需对此做过多的理论性阐释和评论。

其实，《终局》最明显的隐喻和象征就在于题目本身。如前所述，剧中人物的关系就如同象棋的棋局，作为棋局中的"王"，哈姆面临被将死的危险。而谜底就在于，谁在下这盘棋？谁是要将死哈姆的对手？究竟这是棋之"终局"还是人生之终局？这其实也是贝克特和观众玩的一场下棋游戏，其游戏的目的就是"挫败我们对《终局》做出肯定解释的企图。"④《终局》之谜底似乎永远悬而未决。在英文版《终局》中，哈姆常说的一句台词就是，"该我玩（走）了（Me to play）"。这句简单的台词其实包含着多重含义，谜底也正在于此。首先，它可以理解为"该我出场"，这意味着人生的苦戏的开始。从这一角度看，《终局》就是一出戏；哈姆的台词大都是长篇"独白"，夹杂着"旁白"和省略符号，具有戏剧的元语言的性质，表明他在演戏。贝克特试图"将剧中偶然创造的任何幻觉都打破"⑤呈现给观众。此外，贝克特似乎也在借哈姆之口表达他自己对新表演艺术的期望与评价。如以下对白：

> 哈姆：我们开……始……表达什么了？

---

① 大卫·赫斯拉、罗斯·钱伯斯和马丁·艾斯林等均持这种观点。参见 James Acheson, *Samuel Beckett's Artistic Theory and Practice*, pp. 153—154.

② See James Acheson, *Samuel Beckett's Artistic Theory and Practice*, pp. 154—156.

③ Maurice Harmon (ed.), *No Author Better Served: The Correspondence of Samuel Beckett & Alan Schneider*, p. 24.

④ James Acheson, *Samuel Beckett's Artistic Theory and Practice*, p. 150.

⑤ Ibid, p. 152.

克劳夫：表达什么！你和我，表达什么！（简短一笑）哦，这个有意思！

哈姆：我想。（停顿）假设如果地球上有了一个有理性的人，如果他观察我们足够久，他不会有可能有什么想法吗？（一个有理性的人的声音）啊，很好，恩，我看明白怎么回事了，是的，我现在明白他们在干什么了！（……）或者不需要扯那么远，我们自己……（充满感情地）……我们自己……有些时候……（激烈地）想想或许这一切并非什么也不是！（27）

哈姆似乎是在探讨如何演戏，这种从剧中人物的角度表达的对戏剧的认识，也正是贝克特本人要通过创作传达给世界的声音。《终局》也预示着传统戏剧形式的终结和新戏剧和舞台形象的出场。

然而，从下棋或玩牌的角度看，"Me to play"意思是"该我走棋"，或"该我出牌"，因此，如前面所述，《终局》展示的就是一盘象棋游戏。哈姆出场第一句台词"该我走棋"（"该我出牌"），形象地暗示了棋局的开始。从上面的分析不难看出，哈姆作为棋局中举足轻重的"王"，他的主体身份是由其他角色的在场而决定的。从这一角度看，克劳夫同汉姆的关系极其微妙，他既是哈姆的仆人又是对手，既是被哈姆操控的对象，又是哈姆的控制者。所以，克劳夫是哈姆最直接的对手。而哈姆仿佛又是下棋的一方，他的对手显然是所有其他的角色：克劳夫、纳格和奈尔，他们以各自方式挑战哈姆的权威和话语权，因此哈姆与其他角色的关系就是主体与客体、自我与他者。但实质上，《终局》演示的是双重的象棋游戏，即戏里和戏外、文本内和文本外的象棋游戏，它们既是并行的，又是相互重叠的。剧中的角色既像是棋局中的棋子，又像是象棋游戏的参与者，而操控这些棋子的正是作者贝克特本人。因此，贝克特才是真正的下棋人，他就是要把棋局中的"王"将死的下棋高手。其实，贝克特的对手就是人生、命运和死亡，也是整个世界。人生如棋局，人就像棋盘上的棋子，在不断地同命运和死亡抗衡。诚如罗伯-格里耶所说，"它（《终局》）已不再是人确定自己位置的实例，而是人屈从于他的命运的实例"。[1] 因此，《终局》表现的是现代人在世界中的生存状态的缩影。

《终局》以棋局这一独特的意象隐射了人生的绝望和苦楚，即"生的罪过（the sin of being born）"。这一基督教的原罪思想是贝克特在论文《普鲁斯特》中提出的（见本书第三章），其实也是贝克特作品的基本主题。他的小说《莫洛伊》和《马洛纳之死》等都生动地揭示了这一主题。贝克特的

---

[1] Qtd. in Alvarey, *Beckett*, p. 91.

第九章 贝克特式荒诞派戏剧：从文字图像到视觉的舞台图像的转换

戏剧更生动地演示了这一主题。如《等》剧中的戈戈和狄狄就曾为他们"生的罪过"忏悔；《终局》中的哈姆总是诅咒他的父母："该死的爹妈！"，质问他父亲："坏蛋，你为什么把我生出来？"(35)可见"生的罪过"这种悲观的人生哲学是贝克特戏剧的基调。贝克特通过《终局》向我们暗示了"向死而生"这一海德格尔式的存在主义思想，亦即：人生来就不得不开始向着死亡的旅行，因此人生永远是"终局"或"残局"的开始，无论是棋局中的"王"还是无名小卒都逃脱不了这一终局。棋局中最具权威的"王"也必然会被"将死"，因此，如艾奇逊所评论的，"舞台上的角色就像西西弗斯一样被惩罚来不断地演示这'终局'"。① 这是永远没有确定目标的终局，这谜底贝克特十分清楚，因此，在这一局中，还是贝克特获胜。

在某种程度上，《终局》也是贝克特同观众以及评论家玩的一场游戏，进而"表明世界和大脑都太过复杂，非人类知识所能完全驾驭"。② 因为没有一种阐释是确定的，所以评论家在和贝克特的对弈当中，必然失败。任何理论性的诠释都无法概括这个世界及人的头脑的复杂性，而《终局》正是旨在呈现这种复杂性的开放性文本。它给我们提供的是一种超前的解构主义的思维模式（尽管创作于20世纪50年代）。"解构主义的基本精神，就是承认世界的无限复杂，承认人的有限，反对哲学概念，哲学理论对世界的简化。"③正是基于这样一种精神，后现代思想家提倡一种"开放的文本"，即多种含义并存的文本。贝克特创作《终局》之良苦用心就在于以一种"游戏"的方式来摆脱批评家寓言式和象征性解读的束缚。他将自己渊博的学识和复杂的人生体验，融入作品当中，但又与它保持一定的距离。

评论家们对《终局》会做出诸多的解读和评论，但是其谜底却永远悬而未决；没有人能给出确定的答案，就连贝克特本人也无法给出答案。剧中的一些细节，人物、语言等都有多重的含义，难以确定。譬如，《终局》即将结束时哈姆的长篇独白中提到的"老希腊人(that old Greek)"到底是谁，也有不同的解释。有些学者（如John Pilling）认为哈姆是在暗指古希腊前苏格拉底哲学中埃利亚学派的代表芝诺(Zeno)，有学者（Hugh Knner）认为是古希腊怀疑论哲学家塞克斯都·恩披里克(Sextus Empiricus)，而《贝克特传记》的作者拜尔(Bair)则认为他是前苏格拉底哲学家米利都的麦加拉学派代表欧布里德(Eubulides)。后一种解释似乎更合适，因为这恰好呼应了克劳夫在《终局》开场时暗示的欧布里德"谷堆悖

---

① James Acheson, *Samuel Beckett's Artistic Theory and Practice*, pp. 152—153.
② Ibid, p. 160.
③ 李永毅，"德里达与乔伊斯"，载《外国文学评论》，2007年第2期，第21页。

论"。然而,当该剧导演施耐德问贝克特:哈姆提到的"老希腊人"是谁?贝克特却给出了完全不同的解答,他认为古希腊很多智者都用过"沙堆"或"谷堆"的悖论,如他在 1957 年 11 月 21 日写给导演施耐德的一封长信中如是写道:

> "那个老希腊人":我没能找到我的关于前苏格拉底哲学的读书笔记。……那个智者派的首要人物是普罗泰戈拉(Protagoras),柏拉图对话就是为反驳他而写,他或许就是汉姆记不起名字的那个"老希腊人"。这个贯穿全剧的形象试图暗示,从逻辑上,亦即诡辩论上,事情是不可能终止的。"结束就在开始之中,可是我们得继续下去。"换句话说,结局是不可能之事。在开始中结束,并且在随后的每时每刻,它都在继续,因此永远不会终结……①

其实这也暗示,贝克特读书很多、知识广博,他自己也不十分确定那个老希腊人是谁,因此他用了"或许是"这样的字眼。但是贝克特或许十分清楚,前苏格拉底哲学家普罗泰戈拉提倡相对主义和不可知论,这也正是《终局》所要揭示的主题思想。"在开始中结束","因此永远不会终结"。由此可见,在解读《终局》时,我们只能探寻这些隐含在文本中的踪迹,诉诸我们自己无限的想象来填补无限的空白。

五、《克拉普最后的录音带》:声音中流淌的存在记忆

贝克特 1958 年创作了《克拉普最后的录音带》(以下简称《录音带》),这是他所有戏剧中最独特的剧本,因为它是独白式的戏剧,可谓是纯粹的声音的艺术。1957 年贝克特在听爱尔兰演员帕特里克·麦琪在 BBC 第三套节目中朗读他的《莫洛伊》节选时,"麦琪与众不同的爱尔兰嗓音中那种沙哑特质给他留下很深印象,这种声音似乎捕捉到了一种深深的厌世、悲观、毁灭和遗憾的感觉"。② 几个星期之后,他开始为一个"无精打采的老头"创作一个戏剧独白,这一独白最初就叫做《麦琪的独白》,之后演变成了《克拉普最后的录音带》。③ 声音是贝克特戏剧艺术的重要元素,生活中听到的各种声音也是他创作的灵感源泉。马丁·艾斯林曾问过贝克特如何创作,他回答说,"全神贯注,听声音从深处流出,然后努力把它记

---

① Maurice Harmon (ed.), *No Author Better Served: The Correspondence of Samuel Beckett & Alan Schneider*, p. 23.

② James Knowlson, *Damed to Fame*, p. 444.

③ Ibid., p. 444.

第九章　贝克特式荒诞派戏剧：从文字图像到视觉的舞台图像的转换

录下来,之后用智慧加以判断并使之成型"。① 《录音带》便是这样一部关于声音的戏剧。为了更准确地传达他内心听到的声音,贝克特在剧中首次使用到了现代媒体录音机作为表演媒介(因为那时录音机还是新的发明),所以整部剧就是一个老态龙钟的老头克拉普在反复聆听着他39岁时录下的"美好时光"录音带,而这样一个简单的情节在贝克特的笔下却浓缩了一个人从29到39再到69的人生巨变,录下来的声音像风干的记忆,使过去与现在形成对照,揭示了青春流逝,老态难挡的处境。

1. 录音机——物化的记忆

《录音带》是一出关于记忆的戏剧,但与普鲁斯特笔下的那种不自觉记忆(involuntary memory)不同,该剧中的记忆变成了录音机里的录音,经过筛选,并可以不断重复。由于要用到现代的发明录音机,所以贝克特将舞台时间设定在未来的某一天。与一般的关于记忆的戏剧不同,该剧并未采用普通的舞台上的戏剧独白,而是通过一个非常独特的表演媒介——一台录音机——来将抽象的记忆形象化,如珍妮特·R.马尔金(Jenette R. Malkin)评论的：

> 录制下来保存在盒子里的记忆赋予记忆一种具体的物质形态。记忆不再是捉摸不定、弥散的,而是自成一体的、可赎回的、就在眼前的,它的"使用"就在于找到合适的磁带,转动合适的操作杆,选定想要听的部分。通过戏仿克拉普很费劲地找寻他想要的记忆(需要快进和倒带),贝克特强调了回忆者和记忆之间的二元对立。在这种对立中,记忆被塑造成一个不能轻易被掌控的客观化了他者。②

在舞台上,回忆者和记忆之间的这种对立具体体现为克拉普和眼前的录音机。在播放录音的过程中,眼前的自我(现在的克拉普)和声音塑造的他者(过去的记忆)相互交错,互相映衬,呈现了一个人多重自我的不断演进过程和人生的蜕变过程。

因此,舞台上的克拉普作为过去、现在和将来的载体,既是回忆的主体,又是回忆的对象,他是自己人生的真正记录者。录音机里保存的录音如他自己所言,只保留了那些生命中的"谷子"(the grain),并非他全部的人生,他其余的人生构成了一种缺失,这种缺失象征了一种极大的空虚。

---

① Martin Esslin, "Samuel Beckett and the Art of Radio", in *Samuel Beckett's Plays on Film and Television*, Graley Herren, New York: Palgrave Macmillan, 2007, p. 30.

② Jenette R. Malkin, *Memory—Theatre and Postmodern Drama*, Ann Arbor: The University of Michigan Press, 1999, p. 44.

随着年龄的增长,"谷子"越来越少,空虚越来越大。在这整个空虚的人生中,他只能抓住这些硕果仅存的记忆来填补其余的缺失,来满足一直压抑的欲望。

2. 多重自我之人生演进

录音机的引入使得贝克特可以同时呈现人生发展的不同阶段。剧中唯一的舞台形象是 69 岁的克拉普,他在听着 39 岁时录下的声音,而这声音又回忆起他 29 岁时的光阴。

在剧的开头,贝克特采用了电影蒙太奇的手法,将主角克拉普一些机械的动作无限放大放慢,以凸现眼前 69 岁的克拉普的衰老状态:

> 克拉普一动不动地坐了一会儿,然后重重地叹了口气,看看手表,手伸进口袋里摸索着,拿出一个信封,又把它放了回去,又摸索着取出一小串钥匙,把钥匙举到眼前,选出其中的一把,站起身来,挪到桌子前面。他弯下腰去打开第一只抽屉,朝抽屉里望了望,摸索着,从抽屉里取出一盘磁带,打量了一番,把它放回原处,锁上抽屉。他打开第二只抽屉,朝抽屉里望了望。在抽屉里摸索着,取出一根大香蕉,打量着这根香蕉,锁上抽屉,把钥匙放回口袋。他转身走向舞台边,停了下来,抚摸着香蕉,剥去香蕉皮,把皮扔在脚下,把香蕉的一头塞在嘴里,一动不动茫然地注视着前方。最后他咬了一口香蕉,转过身来,沿着舞台边缘,在亮光下来回踱步,一来一去都不超过四、五步,沉思着吃着香蕉。他踩到香蕉皮,脚下打滑,几乎摔一跤,但又站稳了。他弯下身子,把香蕉皮打量了一番,最后一脚把它踢掉,而后仍弯着腰,把一只脚放在舞台边缘和乐池之间。他又开始踱起步来。①

开抽屉,取磁带,取香蕉,剥香蕉本来是一些简单的动作,整个系列的动作酷似一个哑剧演员在台上的滑稽表演。然而,一经贝克特的并置和重复,却有了动作本身之外的意义,使我们很直观地感受到了眼前老态龙钟的克拉普单调乏味的空虚生活。吴晓东教授在分析福克纳的《喧哗与骚动》中的具体性和原初性时讲到"而当一种叙述完全由这种密不透风的具体事物构成,缺乏一种理性和观念之光的照耀,它反而是无法理解的,即不

---

① 贝克特,《最后一盘录音带》,舒笑梅译,载《国外文学》1992 年 04 期,第 189—190 页。该剧的引文均出自该版本,文中注明了页码。

第九章　贝克特式荒诞派戏剧：从文字图像到视觉的舞台图像的转换

透明的非理性的"。① 贝克特的《录音带》恰好用这种琐碎而具体的行为动作传达了"不透明的非理性"，也就是一种含混的、茫然的、说不清道不明的状态。没有宏大的主旨，也没有跌宕起伏的情节，或所谓"理性和观念之光的照耀"，有的只是剧中人物不同阶段生存状态的呈现：或者是在等待，如《等》中的戈戈和狄狄，或者如专注于听磁带的克拉普。但作为观众，我们似乎也被"不透明的非理性的"东西所感染，因为那就是我们的存在之本真。

然而，这种眼前的存在又与录音机中保存的记忆形成并置。39岁时的他为逝去的29岁时的"嗓音"、"抱负"、"决心"而感叹，虽然自觉是"处在人生的黄金时期"(191)但似乎已经初现人生的无奈，而且"喜欢在黑暗中到处走走而不觉得那么孤单"(191)……"逐渐淡漠下来的对幸福的追求，难以得到松弛。对他所谓青年时代的嘲弄。谢天谢地这一切总算已成过去。"(192)而到了69岁时，则只剩下了舞台上的老态龙钟，他该作何感叹？

贝克特将记忆与当下并置，在这种并置中，我们看到主人公克拉普在一生的演进中有些东西是一贯的，例如始终爱吃香蕉，在听过去的录音的过程中都会发出短暂的笑声，这些笑声有时会重叠，表达了人生总会对过往发出的感叹。有些东西则是增加了，例如欲望，因为它长期得不到满足。在聆听录音的过程中，克拉普迫不及待地三次将录音倒到29岁时他和一个姑娘在河上泛舟的时刻："我的脸埋在她的胸前，手放在她的身上。我们一动不动地躺在那儿。可我们身下的一切都在动，也晃动着我们，轻轻地，上下、左右地摇晃。"(195)这种少年时的激情燃起了他现在的欲望，使得他禁不住急切地重复这一段录音，来满足欲望，并不断地喝酒来熄灭这欲望。还有些东西则是逐渐递减的，如他的记忆，他已经记不得当时用过的"守寡"一词，只得按下停机键，在一本硕大的字典里查阅。如汉姆所言，"没了盛年！没了理想！"(16)这种老年日落西山的晚景在他自己的那段录音中有详细的概括：一年之中所发生之事，也不过是写的书卖出了17本，"其中的11本以批发价卖给了国外的自由流通图书馆"；和一个"瘦得皮包骨鬼一样的婊子"(196)范妮有过几次性关系，到教堂做晚祷睡着了从椅子上摔下来，如此凄凉之晚景也实在没有什么可说的了，他只好感叹，"也许我一生之中最美好的时光已经过去了"。(198)欲望得不到满足，最后的幻想也只能收藏起来。最后，克拉克只能在"聆听"30年前那段充满情欲的，在他看来是一生中最美好的时光的录音中得到安慰。现在在过去的映衬照下，显得更加苍白，逝去的年代"所有的光明与黑暗，

---

① 吴晓东，《从卡夫卡到昆德拉》，第159页。

所有的饥荒和盛宴"都只能"让它过去吧",而现在剩下的只有"发酸的口香糖和冰冷的铁板凳,唯有在读'盘'(spool)这个词时他还能有一点快感"。(196)而最集中体现这一晚景的则是克拉普口中不断吟唱的那几句充满暮气和忧伤的歌词:

> 白日已尽,
> 黑夜将临,
> 黑夜的——影子
> 悄悄地掠过天空。(193,197)

不难看出,《录音带》演示的是一种时间流逝中的轮回和循环,从开始到结尾、从生到死、从青年到老年、从动到静的循环,这既是对贝氏戏剧的环形结构,即"逐渐衰减的螺旋形"(diminishing spiral)的演示,也隐喻了生命的循环往复。生命由盛而衰,恰如日月之轮转,过去的光明,在记忆中渐渐远去,剩下的只有舞台上陷于黑暗之中的老人。除了这最后记录他生命的录音带,克拉普的人生已再无可记录的东西,这黑暗中的身影也会越缩越小,直至消失。

在表现人生这一不断演进的过程时,贝克特不断观照着眼前的克拉普的反应,在听录音的过程中,克拉普不时地按下暂停键,"停顿"在这个过程中很重要,它是连接现在与过去的纽带。停顿的间隙是他让过去渗入现在的契机,同时,他的各种表情和反应也在这间隙中生动呈现。皮埃尔·查伯特评论道,

> 《克拉普最后的录音带》在表演上的成功,依赖于他一动不动,专心听自己的声音的姿势。我们所能看到的就是站在桌子后边的克拉普,抓着录音机。当克拉普一言不发地听着录音时,他细微的情感变化——愤怒或失望——都写在他的脸上。在将声音与面部表情分开的同时,贝克特也有效地将听的动作变成身体对声音的反应。身体成了一个不断被声音雕琢的敏感的容器,成了一种人体录音机。[①]

贝克特在布景上也非常注意光的效果,特别突出舞台上的黑与白,明与暗的对比,从而从视觉上更直观和深刻地表现了克拉普之过去与现在的对照。

如果说《等待戈多》和《终局》表现了陷入时间之流中的人们的不能自拔,那么《录音带》则体现了时间对人的无形的雕刻,而录音带对人生的记

---

① Pierre Chabert,"The body in Beckett's theatre",in *Journal of Beckett Studies*, No. 8 Autumn 1982. http://www.english.fsu.edu/jobs/num08/Num8Chabert.ht.

忆,也使生命和存在变成了物质的存在。贝克特所着力表现的就是在时间流逝中的存在。没有人能逃脱时间的魔障,人们或者在无奈地等待,或者在聆听中老去。

六、《快乐时光》:"幸福"的悲歌

《快乐时光》(也可译成《美好的日子》)是贝克特又一部在西方戏剧舞台引起轰动的戏剧,它首先于用英语写成,于1961年由美国丛树出版社出版,并在纽约的樱桃巷剧场首演;然后在伦敦的皇家剧院上演,又由费伯出版社再版。尔后,贝克特本人将它译成法语,于1963年在巴黎上演并出版。《快乐时光》是贝克特第一部以女性作为主角的剧本,如尼格尔.丹尼斯(Nigel Dennis)所言,"贝克特终于同意让女人分享她该有的那份无力感"。① 但女主人公温妮的女性身份让她在面对荒诞时展现出人性的另一面。

1. 温妮—人生旅途中的"西西弗斯"

《快乐时光》在很多方面依然延续了《等待戈多》和《终局》的手法。在背景上,贝克特又回复到《等》剧那种开放的、不确定的荒郊野外,但是它的背景比《等》更加荒芜,人的处境也更加绝望、凄凉,营造了一种更加令人窒息,而又压抑的氛围:一片枯焦的草地,中间凸起一个小土丘。土丘的左右两侧和靠舞台前部的这边都是缓坡。后边和舞台平面成陡坡。布景极其简单而对称。光线刺眼。背景逼真,呈现出一望无际的原野和没有云彩的晴空在远处连成一体,逐渐消失。剧中女主人公温妮的舞台造型颇具象征意味,且令人耳目一新。幕启时,温妮便被"埋在土丘正中,一直埋到腰部以上"。②在《等》中树上的叶子的变化显示了时间的推移,而在《快乐时光》中是不断增高的土堆,抑或是逐渐下陷的身体,表示时间的流逝。到了第二幕,温妮已经被土一直埋到脖子。这个逐渐增高的大土堆,犹如《终局》中提到的谷堆里的谷粒一样,我们不知道它什么时候就已成了一堆。这种造型生动直观地传达了贝克特所要表现的人被陷在无情时间之流当中,由动到静,逐渐走向荒芜,走向生命的尽头。

---

① Nigel Dennis in *Encounter* (1963, pp. 37—39), in *Samuel Beckett: the Critical Heritage*, (eds.) L. Graver and R. Federman, p. 290.

② Samuel Beckett, *Happy Days*, New York: Grove Press, Inc., 1961, p. 7. 下面的引文均译自此版本,文中注明了页码。

《快乐时光》与贝克特此前戏剧的不同之处在于剧中的温妮在糟糕、绝望的处境中表现出的女性特有的坚韧和倔强,展示了人性的另一个侧面。处于人生暮年的温妮并没有流露出对生活悲观和绝望,相反,她努力与时间和衰老抗争。如该剧标题所示,温妮将自己在土堆中度过的日子称为"快乐时光"。而她借以与这枯燥无聊生活抗争的法宝有两个方面:一个是物质层面上的,即她的随身大包(里面装着她的随身用品、药水和一把手枪)和旁边一把"可折叠的破旧的阳伞";另一方面(或许是精神层面的)是她的无休止的絮叨;她把它们比做她生活中的"两盏灯,一个灭了另一个就会更亮些"。(37)该剧中的荒诞感也正是来自于她抗拒这种令人绝望处境时所持的过分乐观精神和她实际的生存状态之间形成的巨大反差。

　在第一幕开头,温妮对其处境表现出的坚韧和乐观似乎带有某种宗教的虔诚。她的第一句台词就是"又是美好的一天",仿佛她已经度过了无数美好的日子。接着她开始祈祷,之后,她像给自己打气一样宣布"开始吧,温妮。(略停)开始你一天的生活吧,温妮"。(8)从温妮这些刻意的行为和言语中,我们看到了她对生活的乐观态度。她仍然像年轻人一样梳妆打扮自己。她先后从包里拿出牙刷刷牙,拿出镜子看牙齿,眼镜摘了又戴上,然后又掏手帕擦眼睛,摆弄阳伞,喝药水,涂口红,挫指甲,然后在就寝钟敲响之前再将所有东西放回去。如她所言,"从前我一直想——我说,从前我一直想——所有这些东西——倘若放回提包里——太早——放回得太早——可以重新取出来——一旦发生这种情况——必要时——就这样继续下去——无休止地——放回去——取出来——直到就寝钟——敲响"。(45)这些在观众看来琐碎而无意义的行为,在温妮眼里却是她"快乐的日子"的重要内容。这便是该剧的荒诞之所在。

　剧中角色的设定也比较特别。虽然剧中有两个角色,但另一个角色威利在的剧中的作用却令人难以捉摸。他们在舞台上的位置似乎暗示了他们之间的地位关系。温妮处在舞台的正中央,而威利在舞台上的位置并不显眼,"在她的右后边,躺在地上睡觉,被土堆挡着"。(8)在翻弄这些东西的过程中,温妮还不断地絮叨。这絮叨就指向土堆后的威利,但他们之间的又没有真正的对话。如果说戈戈和狄狄以及汉姆和克劳夫还可以靠对话打发时间,温妮则只能靠她自己的不停的絮叨度过每一天。威利与温妮保持着不可逾越的距离,对她的讲话也并不热情。据统计,威利在剧中总共说过十八句话,五句还是重复已经说过的,如皮林所说,"威利能超然于一切重要的关系而过一种自足的生活,简直形同一个物件(an ob-

第九章 贝克特式荒诞派戏剧：从文字图像到视觉的舞台图像的转换

ject)"。[①]但是，威利在这个剧中或者说在温妮的快乐时光中却起着不可或缺的作用，如温妮所说："今儿个他要跟我说话了，哦，这又要成为快乐的一天！"(23)可见，形同物件的威利绝不仅仅是温妮的一个陪衬，虽然他对温妮漠然置之，但却是她的精神依托，是她所有情感和言语的指涉，因而也是温妮生活中必不可少的他者。凯瑟丽娜·伍尔夫(Catharina Wulf)在评论贝克特和托马斯·伯纳德的戏剧时指出，"两位作家的戏剧作品都暗示角色的言语现象或言说动机都在召唤一个听者。"[②]温妮尤其如此，有了这个听者，她的絮叨才得以继续，她一天的存在才算得上是她所谓的"美好的一天"，如她对威利说道：

> 是啊，只要我能忍受孤独，我的意思是喋喋不休地说下去而用不着一个活人旁听。(略停)我并不指望你听进去多少，不，威利，但愿不是这样。(略停)有些日子，你可能什么也没听进去。(略停)但是另外有些日子，你回答了。(略停)因此，即使你不回答和可能什么也没听进去，我也可以随时对自己说，温妮，有些时刻你让人听你讲话了，你不完全是自言自语，就像生活在荒野里一样，那是我决不能——长此以往决不能忍受的事。(略停)于是我便可以继续，继续说给别人听。(21)

所以，"温妮确实意识到威利是她得以说话的前提，而且越来越明显，她只有继续说话，才能有她自己的存在"。[③] 说话成了她实现自己存在和对抗荒诞无聊生活的法宝，像《终局》中汉姆说的一样，"唧唧喳喳唠叨着，像孤独的小孩一样将自己变成一群小孩，二个，三个，以便可以待在一起，一起在黑暗中窃窃私语。一刻接着一刻，像……那个老希腊人的谷堆一样簌簌落下，一辈子都在等着它能构成一生"。(45)汉姆的谷堆变成了渐渐吞噬温妮的土堆。这一形象更进一步表达了贝克特一直在探讨的"时间中的存在"这一主题。

温妮的女性身份将我们的视域更集中于女性的境遇。有人说，温妮与威利的关系真实体现了现代社会男人与女人的关系。与等待中的戈戈狄狄，汉姆和克劳夫相比，身为女性的温妮，她的生存更加局限；她的身体陷于土堆之中，她能活动的就是一双手和头，有一个她无法掌控的闹钟来提醒她作息时间。温妮的人生被定格在这钟声之间。但与贝克特的其他角色相比，温妮似乎更勇敢、更乐观，她做着一切力所能及的事来将时

[①] John Pilling, *Samuel Beckett*, p. 86.
[②] Catharina Wulf, *The Imperative of Narration*: *Beckett, Bernard, Schopenhauer, Lacan*, Brighton: Sussex Academic Press, 1997, p. 96.
[③] John Pilling, *Samuel Beckett*, p. 86.

间填满,争取让每一天都成为"幸福的日子"。温妮的这种乐观似乎更接近于法国存在主义作家加缪笔下的西西弗斯。加缪说:

> 西西弗斯教人以否定神祇举起巨石的至高无上的忠诚。他也断定一切皆善。这个从此没有主人的宇宙对他不再是没有结果和虚幻的了。这块石头的每一个细粒,这座黑夜笼罩的大山的每一道狂舞的光芒,都对他一个人形成了一个世界。登上顶峰的斗争本身足以充实人的心灵。应该设想,西西福斯是幸福的。①

西西弗斯在与巨石的斗争中找到了幸福,那么温妮是否也能在抗拒衰老和荒诞境遇中找到她的快乐呢?

2. 荒诞背后的快乐和真实

《快乐时光》虽然也是两幕剧,但它不像《等待戈多》那样两幕完全对称。《等》在结构上的对称凸显的是时间的永恒和循环往复;而《快乐时光》的第二幕只有第一幕的一半长,这种时间上的不对称和不断增高的土堆表达的是时间的紧迫和残酷性。第一幕的音调还是较为明快的,而第二幕则自始至终都是黑暗的色调,黑暗穿透了温妮原本热情欢快的声音。温妮被土埋得越来越深,可动的范围越来越小,同时她借以对抗衰弱的物质的东西(如口红、药水、牙刷、杯子等)也在逐渐减少;可说的话也越来越少了,曾经熟记的古典作品也忘得差不多了,记忆也越来越模糊了。在第二幕开始的时候,她还是想努力做出快乐的样子,但从她的话语中我们能听出她已力不从心。铃声响过,她那些虔诚的仪式都没有了,她直接开始了絮叨,而她絮叨中用到的最多的词语就是"我过去常常",如她说道,"我过去常常祈祷,(停顿)我说我过去常常祈祷。(停顿)……现在不了。(笑的更开朗了)……从前……现在……这在精神上多难受啊。(停顿)从前我一直像现在这样,而现在又和以前大不相同"。(50)约翰·皮林曾针对这最后一句指出,该剧中的语言"有很强烈的矛盾倾向"②。其实这自相矛盾的话语正是贝克特小说三部曲的话语模式,也叫"消解式叙述"。然而,若仔细品味温妮说话的语境,我们会感到她这番话并不矛盾,而是有一定内在逻辑性,可谓似非而是的悖论。温妮接着说,"我就是现在这个我,我说的是这样一个人,而那时是另外一个人。(停顿)……"(51)温妮是在表白:现在的我和过去的我已经大不相同,但是仍然是同一个我。

---

① 加缪,《加缪文集》,郭宏安等译,南京:译林出版社,2001年,第708—709页。
② John Pilling, *Samuel Beckett*, p. 89.

第九章　贝克特式荒诞派戏剧：从文字图像到视觉的舞台图像的转换

那个乐观自信的温妮和即将没入坟墓的温妮的状态自然完全不同，但是两者都呈现了她本真的存在。

不难看出，温妮的这种矛盾话语是和她的心理状态是一致的，其实这正是剧中矛盾和冲突的体现。整部戏剧就是建立在鲜明的对比或冲突的基础之上的，"明快与沉重，快乐与悲伤，扩大与收缩，所有这些对比都与温妮的动作形成了呼应"。①温妮的矛盾话语折射的是她生命中的基本冲突和内心的挣扎，其实体现的正是本我和自我的斗争：本我意识到人生的已到了尽头，要说出真相，而自我却还在挣扎。温妮喋喋不休的絮叨更像是她自己的一种自省，她自己似乎也意识到她朝向快乐的努力在别人眼里是极其荒诞、可笑的，但自我还在努力创造意义，自强不息。在整个剧情发展的过程中，我们不难感觉到温妮的言语、动作和她的实际状况之间的反差所造成的张力。

在第二幕的絮叨中，有一部分是关于她对过去"美好日子"的回忆：初吻，威利的求婚和威利送她礼物的日子等等……但在回忆这些美好时光时，她的记忆都是模糊的，她都记不清是发生在哪一天，不断地反问自己："哪一天呢？"其实，在温妮看来，无论何时生活都同样是美好快乐的。《快乐时光》即将在德国席勒剧院上演时，贝克特曾告诉温妮的扮演者伊娃-卡塔里娜·舒尔茨："温妮没有时间概念，因为她认为自己生活在没有尽头的现在，因为过去对她来说毫无意义可言。"②过去对于她不过成了一些"空话"(38)，所以我们很难确定这一切是真实发生过的还是她因渴望幸福而生的臆想。然而，在第二幕结束时，在土堆后消失了很久的威利，突然穿戴一新(dressed to kill)出现，并向温妮的方向爬去，这让温妮非常惊喜，甚至让她想起威利向她求婚时的情景，但当她看到威利脸上的表情时，她不确定威利是为她而来，还是为了其他的什么。对此，有评论家认为，威利是为了那把勃朗宁手枪而来的，但这一点我们和温妮一样不能确定，而这似乎也是贝克特有意为之：短语"穿戴一新"(dressed to kill)的英语原文中本身已经包含了死亡之意。对于评论家的种种解释，贝克特本人曾有如下解释：

> 至于威利在"找"什么的问题——是温妮还是手枪——和《所有倒下的》中茹尼先生是不是将小女孩扔出火车车窗外的问题一样，两种情况的答案都是一样的——我们不知道，至少我不知道，我所关心的，并觉得必要的——技术上的或其他方面——少则太少，多则太

---

① 詹姆斯·诺尔森，《贝克特肖像》，王绍祥译，第 85 页。
② 引自詹姆斯·诺尔森，《贝克特肖像》，第 144 页。

多——是动机的模糊性,我希望这一点温妮已经表达的很明确了,"你要的是我吗,威利?还是其他什么东西?你是想要一个吻呢,还是其他什么东西?"而且在第二幕开始时的舞台说明中明确强调了显眼的手枪。提出这一疑问,从戏剧上说是为了既不想让人忽略它,也不让人草率地得出结论。无论如何这是我个人的感觉。我知道角色不应该对他们的作者有秘密,但恐怕我的角色对我还保留一些其他的东西。①

这一回答体现了贝克特一贯的幽默和神秘。来与不来,去与不去,是与非,的确,永远没有确定的答案,没有绝对的意义,这是贝氏戏剧的境界。无论威利怀有怎样的动机,他的最后出现都让温妮感到快乐,甚至唤起了她对新婚情景的美好记忆;而新婚的幸福与死亡意象并置,更加耐人寻味。

《快乐时光》中最突出的一条主线就是温妮的"乐观"哲学,她的话充满自信。②那么,温妮真的快乐幸福吗?加缪认为,幸福是与荒诞紧密相关的,"不试图写一本幸福教科书,是不会发现荒诞的。'啊!什么,路这么窄……?'然而只有一个世界。幸福和荒诞是同一块土地的两个儿子。他们是不可分的。说幸福一定产生于荒诞的发现,那是错误的。有时候荒诞感也产生于幸福"。③贝克特也是在这个关于幸福的剧本中,更深刻地揭示了荒诞的本质。温妮在文中曾说过"除了跟着上帝所开的小玩笑一起笑以外,这个全能者还有什么能使人更好地加以颂扬的吗,特别是当这些玩笑开得很无聊的时候"?(31)所以,这种快乐、幸福只是洞悉人生的无聊与无奈之后的一种姿态,如《终局》中的奈尔所说,"没有什么比不幸福更滑稽的了"。(20)努力要做出幸福样子的温妮也许更加滑稽可笑。温妮的举止和生存境遇在外人看来是荒诞、无聊的,而她自己却不以为然,痛并快乐着。荒诞中透露着真实,真实中蕴含着哲理。温妮大半截身子已经埋在土里,已经进入了虚空的存在,或非存在(non-existence),但她还依然在期盼快乐,可谓生命不息,快乐不止。这情境不仅荒诞,甚至可悲。但是实际上,这是再自然不过的一幕。如贝克特对温妮的扮演者伊娃-卡塔里娜·舒尔茨所说的:"她是一个没有重量的存在之物,她被残忍的土地吞噬了。"④贝克特似乎道出了一个简单而朴素的哲学思想(及古希腊哲学思想):温妮是宇宙中的基本元素,来自大地母亲,最后回

---

① James Knowlson, *Damed to Fame*, p. 485.
② 詹姆斯·诺尔森,《贝克特肖像》,王绍祥译,第 142 页。
③ 《加缪文集》,郭宏安等译,第 708 页。
④ 引自詹姆斯·诺尔森,《贝克特肖像》,第 142 页。

归母亲的怀抱,和大自然融为一体。这是人类的普遍的归宿。

不难看出,《快乐时光》进一步暗示了"向死而生"这一存在主义思想。温妮以乐观的姿态走向死亡,向我们昭示:死亡并不是令人悲伤的不幸的事情,而是生命中的一个自然发展阶段,是存在的一个组成部分。既然人无法逃避死亡,为什么不以乐观的精神去面对死亡呢?正是在这种虚空的非存在状态中,温妮才真切感受到了自己存在的本质。这也印证了古希腊哲学家德谟克利特的思想"虚无就是最真实的存在",这是贯穿贝克特所有作品的基本主题。

七、广播剧与电视剧创作:走进"理想核心"——沉默

贝克特对艺术表达方式的实验不仅仅局限于戏剧舞台,随着广播电影电视等新媒体的快速发展,他也将艺术实验延伸到了广播和电视领域。他尤其对一些新的媒体表达艺术感兴趣,如在戏剧《克拉普的最后一盘录音带》中他就巧妙的使用了录音机。贝克特的广播剧和电视剧的创作成果颇丰,先后创作了《所有倒下的》(All that Fall,1957)、《余烬》(Ember,1959)、《广播 I》(Rough for radio I ,1961)、《广播 II》(Rough for radio II,1962)、《言语和音乐》(Words and Music,1962)和《卡斯康多》(Cascando,1963)六部广播剧;一部名为《电影》(Film,1963)的电影剧本;还创作了《嗯,乔》(Eh Joe,1965)、《鬼魂三部曲》(Ghost Trio,1976)、《……宛如云朵……》(…But the Clouds…,1977)、《游走四方形 I,II》(Quad I,II,1982)、《夜与梦》(Nacht und Träume,1982)等五部电视剧,并将自己的短剧《什么 哪里》(What Where,1983)改编成了电视剧。这些作品篇幅都不长,但却是贝克特戏剧实验的延伸和重要补充。如琳达·本-兹维(Linda Ben-Zvi)所评论的:"在这些媒体作品中,贝克特也遵循他在小说和舞台剧中建立的表现方式,每一个新的作品都在消减,简化去除外在的因素,总是努力去实现材料和形式的某种纯粹的结合。"[①]一方面,这些与媒体相关的作品延续了贝克特对存在的追问和对表达方式的探索,另一方面,它们也是贝克特对这些新的表达媒介的不断尝试,具有这些媒介本身的特质。贝克特将音响效果、灯光、音乐、舞蹈、色彩等其

[①] Linda Ben-Zvi, "Samuel Beckett's Media Plays", in *Modernism in European Drama*, *Ibsen*, *Strindberg*, *Pirandello*, *Beckett*: *Essays from Modern Drama*, (eds.) Frederick J. Marker &Christopher Innes Toronto, Buffalo& London: University of Toronto Press, Scholarly Publishing Division, 1998, p. 244.

他的表达元素成功地融入到这些短剧中,使它们自身成为一种表达,从而将言语贬低到一个辅助的位置,甚至扼杀了言语。贝克特在尝试这些媒介的同时也不断解构它们的本质。因此,与他之前进行的小说、戏剧实验相一致,贝克特对这些新的表达媒介进行的实验也是解构与建构并存。

1. 广播剧:聆听存在和创作的声音

贝克特对声音有着超强的感受力。他曾经说过,他的整个创作就是表达他内心听到的声音,发出"基音"(fundamental sounds),广播作为一种声音的艺术无疑是最适合表达这种声音的媒介。作为一种只闻其声不见其人的表达手段,广播剧将更多的想象空间留给了听众,听众在听的过程中将个人的感受、经历、想象融入所听到的声音当中,作品的意义是在听众听的过程中不断生成的。所以广播不仅完美契合了贝克特对声音艺术的探索,而且也实践了贝克特一贯追求的开放性创作理念。因此,"广播最终成了贝克特表达他最关心的言语、沉默和存在的关系的最完美的载体"。[①] 贝克特将他对存在和表达之间关系的探索成功融入到广播剧的创作过程中,以声音来表现存在,并对广播的表现手法进行不断的实验和创新。

《所有倒下的》(*All That Fall*)是贝克特对广播剧的第一次尝试,该剧于1957年3月由BBC第三套节目首次播放。贝克特在剧中充分尝试了广播的音乐、语言、音响效果和沉默等诸多元素。乔纳森·卡尔布(Jonathan Kalb)在评价该剧时指出:

> 脱离肉体的声音,尤其是那种可以激发人们想象力的声音一直是贝克特小说的一个重要特色。反观过去,贝克特采用一种可以呈现看不见角色的戏剧的手段就很自然了。不可见的不停地刺激着可见的,缺席和沉默是在场和声音不可或缺的外壳:这是贝克特在着手写《所有倒下的》时形式上标志性特色。[②]

然而,从剧情上看,这部广播剧并非像贝氏戏剧那么荒诞,它延续了贝克特早期小说中写实主义风格,有明确地名和背景:一个名叫勃艮山的爱尔兰乡村。剧情也相对完整,讲述一位老妇人茹尼为了在丈夫生日这天

---

① Hugh Kenner, *Spectrum* (Spring, 1961), in *A Student's Guide to the Plays of Samuel Beckett*, (eds.) Beryl. S. Fletcher, John Fletcher, Barry Smith & Walter Bachem, London & Boston: Faber and Faber, 1978, p. 72.

② Jonathan Kalb, "The Mediated Quixote: the Radio and Television Plays, and *Film*", in *The Cambridge Companion to Samuel Beckett*, (ed.) John Pilling, p. 126.

第九章　贝克特式荒诞派戏剧：从文字图像到视觉的舞台图像的转换

给他一个惊喜,徒步去火车站接她的盲人丈夫下班回家,一路上遇到各种人和她打招呼。这部广播剧的创新之处就在于对声音元素的运用。贝克特描述这些场景时运用各种声响来模拟现实,而这些模拟最终都是指向女主人公茹尼的内心。正如西蒙·利维(Shion Levy)所指出的,"《所有倒下的》开始便明显地有意展示广播的四个元素：乡间的声音……沉默……隐约的音乐……然后才有第一句话——'可怜的女人'(ATF,172)这种多声部复调激活了这些广播元素,他们共同奏出了'所有倒下的人'的感觉,奏出了厌恶、疲倦、绝望以及尽管如此,还是活着的感觉"。[①] 可见,在广播剧创作的开始,贝克特依循了传统广播的特质,借助广播的各种元素,营造出一种现实的幻觉,并将主人公茹尼置于这种虚拟的现实中,让她在这种模拟的现实中与各种人对话,而这些对话无一例外的让她更加意识到她人生的缺失(尤其是她失去的女儿小米妮)和对爱的渴望：先是送粪工克里斯蒂的那头骡子(骡子不具备生殖能力),紧接着是泰勒先生被摘了子宫的女儿,然后是被斯洛克姆先生轧死的母鸡,以及对她置若罔闻的巴雷尔先生和自称在做礼拜时只和上帝在一起的菲特小姐。在和每一个人的交谈中,她最终都将对话导向她曾经的痛苦、失意与渴望。所以,像贝克特的第一部短篇小说集《徒劳无益》一样,《所有倒下的》也体现了贝克特式的写实风格,即从外部世界逐渐深入到主人公的内心世界,表象世界不过是意志世界的投射,是对后者的烛照。

创作第二部广播剧《余烬》(*Ember*)时,贝克特似乎已经找到了广播这一媒介和他自己的创作风格的最佳切合点,因此,《余烬》是一部极具创新性和实验性的广播剧。在剧中,贝克特突破了传统的广播元素的制约,将剧的背景和主题从《所有倒下的》喧闹的外部世界完全移植到主人公亨利的内心世界。贝克特充分利用广播只闻其声不见其人的特质,让各种角色声音自由转换,而实际上,剧中其他的角色只是主人公亨利头脑中的幻想。唯一外在的现实就是他无法逃避的大海的声音。他在自言自语的同时,还幻想出自己和记忆中唤回的父亲、妻子进行的对话,以及他的女儿和钢琴老师学琴的情景。在这些幻想的中间,夹杂着他的故事创作。从这一角度看,《余烬》描述的是一个作家的创作经历,因此,具有元叙事的特征。阿尔瓦雷兹在评论《余烬》时指出："这也是每一个作家的尴尬处境,特别是像贝克特一样故意将自己封闭五、六年以便从事创作的孤独作家。"[②] 整个剧听起来又像是亨利头脑内的一部狂想曲,充满跳跃,但并

[①] Shion Levy, *Samuel Beckett's Self-Referential Drama*, London: Macmillan, 1990, p. 62.

[②] A. Alvarez, *Beckett*, p. 118.

非杂乱无章。亨利断断续续呈现出他人生的失败经历,他与父亲、妻子和女儿的关系无一不以失败告终。而他创作的故事也是围绕着这些不幸的记忆的余烬展开,有如故事中不断出现的"余烬"的意象一样,刚开始已经是"没有火焰的灰烬",①最后成了"冷灰"(104);他的故事与他的人生重合,最后都只是剩下"余烬"而已。

与这种主题上的内化相适应,在《余烬》中贝克特只是偶尔运用广播的一些音响效果来加强亨利的幻觉化,如在亨利听来像马蹄声一样的大海的声音,还有他故事中的那些特殊的声音,如寂静无声中"狗链子发出的声音或树枝的呻吟声"(94)或者是"滴水的声音"(95),这些声音与亨利幻想的各种角色的声音共同奏响了他头脑中的狂想曲,揭示了他精神上的极度孤独和分裂的人格。

贝克特广播剧的这种主题上的内化和形式上的净化在《言语和音乐》和《卡斯康多》中达到最高境界。它们将艺术创作本身作为主题,几乎摒弃了除声音之外的其他广播元素,并将"言语"、"音乐"等一些抽象的概念具象为角色,通过这些角色的对话来探讨创作过程中的两个问题。其一是言语表达与情感表达的关系问题,其二是困扰作家本人的"不能够继续,却不得不继续"的创作使命问题,因此有评论家认为,这两部剧是"关于戏剧创作的创作",亦即"将戏剧创作问题戏剧化"("dramatization of the Problem of dramatic creation")②的尝试。

值得一提的是,两部剧中音乐的作用。按照叔本华的观点,音乐是"意志的表达",直指人的灵魂深处,触及人最隐秘的感情,并将之表达出来。音乐在这两部广播剧中已经不仅仅是一种点缀,而是一个必不可少的表达方式。在《言语和音乐》中音乐作为一种情感的表达与语言表达形成对照,并最终超越和引领后者。而在《卡斯康多》中,音乐则作为和声音相对的另一种表达。将音乐作为一种独立的表达,这只有广播这种特殊的媒介才可以实现,这也是贝克特对广播表达方式的进一步探索。

贝克特的广播剧创作与其小说和戏剧实验一样,也是一个由外到内,由具体到抽象,由表象世界到本质的世界的不断深入的挖掘过程:《所有倒下的》探讨的是外部世界的声音与人物内心声音的不和谐,表达个体与这个世界的不和谐与隔离。《余烬》则进一步深入人物的内心世界,探

---

① Samuel Beckett, *Collected Shorter Plays*, London and Boston: Faber and Faber, 1984, p.95. 该剧的引文均译自该版本,文中注明了页码。

② 尤金·F. 凯琳曾用这样的文字评价《言语和音乐》,笔者认为,这一评语也适合另一部作品《卡斯康多》,参见 Eugene. F. Kaelin, *The Unhappy Consciousness: the Poetic Plight of Samuel Beckett*, Dordrecht, Boston and London: D. Reidel Publishing Company, 1981, p.179.

第九章　贝克特式荒诞派戏剧：从文字图像到视觉的舞台图像的转换

听他内心的各种杂音，从而揭示角色内心的冲突和分裂。《言语和音乐》以及《卡斯康多》则是更进一步将"言语"、"音乐"等一些抽象的概念具象为具体的角色，通过这些角色的对话，抒发作者内心的创作和表达之声。在这种不断深入的挖掘过程中，贝克特也完成了他对广播剧这一媒体本身的解构。在《所有倒下的》中，我们还可以听到自然主义的各种声响，感到爱尔兰的乡间气息；在《余烬》中各种声响已经很主观化，更多地表达了象征功能；而在《言语和音乐》和《卡斯康多》中，直接表达人的主观感受的音乐成为主宰。音乐、沉默、停顿伴随着言语，共同奏出人物内心的矛盾，声音在逐渐递减中达到了贝克特一贯主张的极简主义美学意境。

2. 电视剧：聚焦"理想的核心"——沉默

贝克特的电视剧创作一如他的广播剧创作，与他前期的创作一脉相承，但又充分考虑了电视作为一种表达媒介本身的特质。如在主题方面，贝克特的电视剧依然在探讨他的古老主题——记忆，电视媒介无疑更适合这一主题。而贝克特电视剧创作的与众不同之处在于，"将电视媒介作为生者和死者，在场和缺席，感觉和记忆的私密结合点来加以探讨"。[①]在他的五部电视剧中，除了《游走四方形 I, II》（最初英文名为 *Quad* 后改为 *Quadrat I and II*），其余四部都是关于记忆的主题。《嗯，乔》（*Eh Joe*）和《鬼魂三部曲》（*Ghost Trio*）呈现的都是一个男人的意象和一个女人的声音之间的互动。女人的声音代表了过去的记忆，它们或者折磨着舞台上的男人的头脑，或者掌控着他的行为。《……宛如云朵……》（*...But the Clouds...*）呈现的同样是一个男人在召唤他记忆中的女人，但与前两部剧不同，该剧中的声音主要来自男人的自述。《夜与梦》（*Nacht und Träume*）虽然仍在呈现记忆，但它将记忆与梦境结合在一起，呈现了做梦者在梦中回忆起一双曾给予他安慰的手。这些剧从不同的层面表现了记忆的冷漠无情，这些角色只有在舞台上呈现记忆的仪式中聊以自慰。

在表现手法上，贝克特充分突出了电视媒体的特质。考虑到电视屏幕展现的空间较小，他的每一部电视剧背景都设定在一个比较封闭的狭小的空间中，如《嗯，乔》、《鬼魂三部曲》和《夜与梦》都设定在一个屋子中，《……宛如云朵……》在一个圆圈中，而《游走四方形 I, II》则在一个四方形中。这种封闭的空间衬托出荧幕上角色的孤独和与世隔绝的境遇。

[①] Graley Herren, *Samuel Beckett's Plays on Film and Television*, New York: Palgrave Macmillan, 2007, p. 4.

镜头语言是贝克特电视剧中的一种重要表达方式。如在《嗯，乔》、《鬼魂三部曲》和《……宛如云朵……》三部剧中，镜头、声音和意象融为一体；三者的互动，呈现了角色充满鬼魅般的记忆。在《……宛如云朵……》和《夜与梦》中，贝克特采用画面渐隐的手法，不同的画面之间互相淡入淡出。《……宛如云朵……》中是现实中的 M 和他自述中的自己（M1）以及他召唤的女人（W）的镜头之间的相互转换；《夜与梦》中是做梦者（A）和梦中自我（B）的镜头之间的转换。这种不同镜头之间的变换将现实和梦境并置在荧幕前，在将记忆/梦境视觉化的同时，突出了自我的分裂。如赫伦在评价《……宛如云朵……》中的镜头之间的渐隐时所说，

> M、M1、W 之间的淡入淡出在观众眼前呈现了分裂/聚合的过程。这种剪辑手法同时凸显了这些角色之间的紧密联系；他们互不相同，但他们不断地淡入彼此，成为彼此。……该剧从视觉上将自我分成现在和过去，然后又在屏幕上将他们严丝合缝地连接在一起，在时间、空间和本体论上来回跳跃。①

这一评论也适用于《夜与梦》，只是后者是现实与梦境之间的分裂与聚合。

为了丰富视觉意象，贝克特还将音乐、哑剧、舞蹈、绘画和诗歌等元素融入这些电视剧中，使视觉成为一种富有内涵的表达。譬如，在《鬼魂三重奏》和《夜与梦》中，贝克特都用到了音乐。《鬼魂三重奏》的标题就取自贝多芬的同名作品，是贝多芬为歌剧版莎士比亚的《麦克白》而作的配乐。剧中插入该曲的很多小节，贝克特在剧本中明确标出了配音乐的地方。虽然在剧中多次显示一台小录音机的镜头，但音乐并不来自这台录音机，音乐像那个无形的女人的声音一样，不知飘自何处，必要时便会神秘响起。随着舞台上身影的移动，音乐时弱时强。之所以采用这个音乐，是因为"对贝克特而言，《鬼魂三重奏》保留了《麦克白》中的某种宿命的气氛和灵异世界"。②而这音乐正和舞台上幽灵般的身影和鬼魅般的声音浑然天成。《夜与梦》中舒伯特的同名乐曲则同样有助于创造梦境的氛围。剧中除了一个轻声哼唱舒伯特的《夜与梦》的男人的声音外，没有其他任何声音，整个剧看起来像哑剧表演。贝克特的其他电视剧中的角色也都行动缓慢，动作仪式化，颇似哑剧演员的表演。

值得关注的是，绘画、诗歌等艺术形式也被贝克特成功地运用到他的电视剧中。诺尔森在评论《夜与梦》时指出："银幕的布局让人想到某些宗教画，画中某个意象会出现在画布的顶端，通常是圣母玛利亚、带着荣

---

① Graley Herren, *Samuel Beckett's Plays on Film and Television*, p. 101.
② James Knowlson, *Dammed to Fame*, p. 622.

第九章　贝克特式荒诞派戏剧：从文字图像到视觉的舞台图像的转换

光而降临的耶稣或是一个守护天使。圣杯、布块和安抚的手也是类似的通常会在一些宗教画中找到的意象"。① 诺尔森还援引莫里斯·辛克莱尔(Morris Sinclair)的话为剧中的双手意象找到了原型。莫里斯·辛克莱尔曾说过，贝克特非常喜欢文艺复兴时期的画家兼版画家丢勒的蚀刻版画《祈祷之手》，曾自己临摹一副挂在屋里。② 由此可见《夜与梦》同绘画的渊源。不仅是绘画，诗歌也是贝克特经常借助的元素。《……宛如云朵……》标题就取自叶芝的诗《塔》，还有剧中女人断断续续说的那几句："……宛如水平线黯淡时……天上云朵……或如天色转深时……孤鸟昏昏欲睡的哭声。"③这正是叶芝的《塔》中的诗句。但原诗表达的是诗人晚年借着想象和信仰的力量看淡生死后的平和心境，而剧中的 W 默念这些诗句却颇具反讽意味，似乎暗示：人甚至无法超脱过去的记忆，更何况生死。贝克特在剧中插入这些不同的艺术元素，与自身的表达形成一种互文，从而形成一种充满张力和无限延伸的表现形式。

贝克特对电视表达媒介最大胆的实验体现在他的电视剧《游走四方形 I，II》(Quadrat I and II)（它们实际是两部电视剧，但一般放在一起）。就表演形式的新奇性而言，它达到了贝克特形式实验的顶峰。该剧不仅摒弃了言语，甚至消解了意义。在《游走四方形 I》中，四个表演者(1、2、3、4)沿着一个四方形的边缘和对角线进行四组运动，贝克特似乎在玩一个数学矩阵游戏：每个表演者都有固定的路线，彼此互不相撞；每一个都有与自己相配的灯光、服装颜色、打击乐器和不同的脚步声。拍完《游走四方形 I》时，贝克特在一个黑白监视器上看回放，结果被黑白版的效果所吸引，便诞生了《游走四方形 II》，只是时间被定为"一万年以后"。与《游走四方形 I》相比，《游走四方形 II》简化了许多，整个过程中灯光暗淡，四个人身穿一样的白色长袍，没有打击乐，脚步声还有，但行走的速度和节奏变慢了；移动的路线也只是原来的四分之一。在这两部作品中，评论家似乎找不到任何可以解读的切入点。法国著名理论家德勒兹认为《游走四方形》和芭蕾有相似之处，"它的叙述不依赖于词语或声音，而是依赖于手势姿势"。④ 因此，这部剧可算作纯粹的行为艺术。但它要向观众传达什么，却无从说起。按照赫伦的评价，"这个作品里没有语言，没有冲突，也

---

① James Knowlson, *Dammed to Fame*, p. 682.
② Morris Sinclair to JK (11 Oct, 1993), Qtd., in James Knowlson, *Dammed to Fame*, P. 682.
③ 该诗（中译）选自《叶芝文集》，周英雄译，王家新选编，北京：东方出版社，1996，第183—184页。
④ Mary Bryden, "Deleuze Reading Beckett," in *Beckett and Philosophy*, (ed.) Richard Lane Houndmills：Palgrave Macmillan, 2002, p. 89.

没有旧账可算。虽然它视觉鲜明,但毫无夸张地说,这是贝克特最晦涩的作品之一"。①一些评论家将剧中广场的中心看做是重要隐喻,但又不明白它究竟有什么含义。如诺尔森曾问过贝克特:为什么这四个人都在小心翼翼地,甚至可以说是刻意地避免那个"危险地带"呢?这个"危险地带"是否相当于道教中的"安静的中心"(quiet center)?贝克特回答说:"不是。至少,这并不是我的本意。"他说,他想强调的只是"人类'存在'中不断出现的烦躁情绪"。②的确,这部电视剧就是现代人的感觉和情绪的外化。到了第二部分,四个人物行走的速度更加缓慢,故事延续了整整一千年。它仿佛在记录人类生命的状态:人类在时间隧道中慢慢前行,生生不息。

贝克特将如此古老而深刻的主题通过极其简约、抽象、而又颇具暗示性的方式呈现在电视屏幕上;他在突出电视媒介的视觉效果的同时,也颠覆了它作为一种生动、直接、有效表达的方式,或者也可以说贝克特通过电视实现了超语言的表达,将"无可言说"真实传达给我们,真可谓此处无声胜有声。

那么,对于我们这些读者和观者,如何才能领略他如此博大精深,但却是去繁就简的戏剧艺术呢?苏珊·桑塔格在"反对阐释"一文中说:"现在重要的是恢复我们的感觉。我们必须学会去更多地看,更多地听,更多地感觉。"③这也应是我们对贝克特的作品的最好的解读方法。

---

① Graley Herren, *Samuel Beckett's Plays on Film and Television*, p. 124.
② 参见詹姆斯·诺尔森,《贝克特肖像》,王绍祥译,第13页。
③ 苏珊·桑塔格,《反对阐释》,程巍译,上海:上海译文出版社,2003年,第17页。

结　　语

　　通过对贝克特的美学思想和创作实践进行全面系统的研究,不难看出,贝克特是20世纪西方文坛最具哲学意味的作家、思想家;他也是极其复杂、细腻、深刻,并且充满悖论的一位作家。所以对他的任何归类和标签化界定都有失准确、恰当。贝克特的作品向我们展现的是不断变换、延伸的"思想图像"或幻象,这一图像并非纯虚构的,而是建构于牢固的古典文学、哲学、心理学和美学基础之上,它形成了动态的、多维的、充满多样性的文本,这便是贝氏的"动态的自我生成形式"。如笔者在本书的绪论中所说,贝克特的思想看似飘忽不定,不时地出位、延异,但是却仿佛被一种无形的线牵引着,最终总能回到原点。

　　贝克特的创作理念和美学思想看似抽象、深奥、晦涩,其实主旨非常单纯,即探究艺术、写作和语言表征的本质,这也是贝克特永远无法释怀的艺术难题。据此,贝克特的美学信条(aesthetic credo),无论是主张"形式即内容,内容即形式"、"螺旋式的挖掘过程",还是追寻"理想核心",或是"无可言说的真实",其核心思想就是消解语言,解构传统的逻各斯,以便揭示隐藏在语言和理性背后的东西,即便它是虚无。

　　综观贝克特五十多年的创作实践,从诗歌到小说到戏剧,再到广播电视剧的创作,他将自己对艺术表达形式的实验拓展、延伸到无限宽广的领域。他沿着"反传统"抑或是"荒诞"的脉络,不断挖掘生命和存在的深度。他的作品表现了人类在各种极端境遇中的生存状态,更体现了他对写作和艺术本质的深透洞察。贝克特努力避免去定义存在,但是却呈现了最本真的存在。他的小说创作从写实开始,但最终却颠覆了传统的写实主义,创造了更高层次的现实;他用语言去揭露语言的缺陷,结果却突破了语言的樊篱,彻底消解了语言(理性)。为了探寻存在和艺术的本质,贝克特几乎穷尽了对所有表达形式的实验,随着创作实验的不断深入,他对存在和艺术本质的认识也愈加清晰,对存在的表达也更加切中肯綮。在他后期的创作实验中,贝克特不仅尝试了录音机、广播、电视、电影等各种表达媒介,也使它们成为他表达的对象;形式本身成了他表达的内容,达到了内容和形式的完美融合。因此,他最终实现了"形式即内容,内容即形式"的美学主张。在贝克特充满悖论的文字和充满歧义的意象中,我们逐渐窥见到他试图呈现的那个真实而又混沌的世界。贝克特像一个断断续续说着呓语的人,貌似荒诞不经,实则真实深刻,他的声音越飘越远,文字也越来越少,直至穿透那混沌的世界,抵达他所追求的"理想核心"——"沉默"。这种结局虽然带有一定的悲观、虚无的色彩,但是也发人深省,颇有启示意义。

贝克特的文学实验最终达到了那深不可测的沉默,也实现了彻底消解语言的目的,在此过程中,他也获得了彻底的精神的自由,语言的超越。贝克特深受语言哲学家毛特纳的影响,认为"从语言中解放出来才是自我解放的最高目标"。① 的确,他的写作逐渐突破了传统的、僵化的、建立在一些修辞手段之上的语言系统和文学范式;因为在贝克特看来,那不过是一套陈腐的修辞术,这样的语言非但不能讲出真理,描述世界,反而会掩盖事实真相。贝克特的文学创作彻底放弃那些诗意化的修辞手法,剥去层层华丽的语言面纱,呈现了最本质的世界和真实的存在;他最终创造了一种超越语言表达的文学(literature of unword),这就是贝克特所崇尚的写作的理想境界。

据此,贝克特的整个艺术创作过程向我们展现的动态的不断延伸的思想图像其实就是一种逐渐走向理想核心,走向沉默的诗学。但是,沉默并不等于无意义,也并非意味着终结。如美国著名的文学批评家 J. 希利斯·米勒在《解读叙事》中所说:无法用理性来解释和理解的东西,可以用一种既不完全澄明也不完全遮蔽的叙述来表达。②贝克特所达到的沉默,就是一种隐晦的表达。他似乎意识到了,如米勒所断言的,"任何叙事不是为了达到终点,而是为了使重复的线条、系列或者链条不断向前发展"。③贝克特的叙述、写作(抑或是螺旋式的环形结构)迟迟不愿封闭,即便最终达到了沉默,那也是一种开放性的结局,因为它体现出写作和叙事本身固有的内在的张力和不确定性。贝克特的作品以戏拟的方式揭示了这种叙事和语言表征的本质,即意义的不确定性,这其实也是长期困扰现代西方哲学家,尤其是后结构主义或解构主义文论家的理论难题,从这一角度看,贝克特的作品也达到了与解构主义和后现代主义思想的接轨。

贝克特为世界文学乃至人类艺术所作出的贡献,不仅仅在于他独特创作理念和形式实验,更在于他通过自己的创作实验对艺术本质的揭示和对后现代主义诗学的预设。早在上个世纪 40 年代或者更早,贝克特就自觉不自觉地通过自己的写作对日后所谓的后结构主义理论进行了实

---

① Qtd., in Matthew Feldman, *Beckett's Books*, p. 144.
② [美] J. 希利斯·米勒,《解读叙事》,申丹译,北京大学出版社,2002 年,第 14 页。
③ 同上书,第 225 页。

结　语

验,并对解构主义的一些理论观点,如"延异"、"语言的牢笼"、"意义之死角(aporia)等等,做出了较为准确的预设,所以说,他的创作实验所展现的"动态的自我生成形式",其实也是对解构主义思维方式的呈现。

不过我们也应该认识到贝克特作品的局限性或缺憾。虽然在 50 多年的创作实践中,贝克特逐渐实现了自己的美学主张,但是他的创作似乎有概念先行之嫌,他独特的美学追求和创作理念势必会揭示出一条自我、意识、与语言都趋于消解的轨迹,所以他的成功也是他的失败。其实贝克特本人也不否认这一点,如他在和乔治·杜休的《三个对话》中曾断言,"作为一个艺术家就意味着失败"(见本书第三章)。在探索新的艺术形式上,贝克特可谓是最执着、最大胆的敢于面对失败的作家。也正是他这种为艺术献身的精神令人敬仰和钦佩。的确,文学的前途远没有贝克特所认为的那样虚无和惨淡。很多与贝克特同时代的作家,同样富于怀疑的精神,他们在创新的同时又关心社会,关心读者,本着这种人文情怀创作出了既具有自我探索又不乏生活气息和社会意义的文学来。在这一方面,贝克特作品确实有些逊色。然而,他的作品却能使读者认识到,现实世界和人的精神世界远比传统文学所描述的要复杂得多;语言与现实、写作与意义的关系也远没有人们想象的那么简单、明晰。

也有论者认为,贝克特宣判人与文学的死刑,好像过于匆促、自信了。的确,作为艺术形式的实验家,贝克特的作品是致力于探索新的语言表达方式和艺术手段的文学流派,体现了对传统文学准则的彻底背离,其实,他宣判的是传统意义上的文学之死亡。但是,仔细研读他各个时期的作品也不难发现,贝克特在创作实验过程中始终是处于一种难以名状的纠结、怀疑和反思状态,所以他在宣判作者和文学死亡时并非那么匆促、自信。贝克特在不断建构新的表达形式的同时又不断去解构它,摧毁它;他的文学创作其实就是他对存在、语言和艺术的不断质疑和反思的过程,因而他的小说和戏剧也都在对其本身进行思考。贝克特的实验小说和戏剧无论呈现了怎样迷宫般的叙事形式、怎样混沌、荒诞、扑朔迷离的场景,其实都是对现实的一种折射,也显示了后现代世界文化逻辑的多元性和复杂性,正是这种复杂性使文学的疆域不断拓宽,也使文学具有了更大的包容性和自我生成性。如笔者在本书第三章所说,并不是贝克特创造了混沌,而是他所处的特定时代(二战之后)产生了混沌;而混沌恰好创造了一个独具匠心的作家、艺术家贝克特。所以贝克特的作品并非是一种孤立的、标新立异的文学形式,而是现代化进程中西方科技的进步与人文科学和社会意识形态发展的产物,它标志着现代作家的认知和思维方式的转变以及人类思想的进步。尽管贝克特的作品有着很大的局限性,并且由于缺乏生动的故事情节而不被广大读者所接受,但是他的创作实验对当代世界文学及后现代诗学的发展所产生的影响不可小觑,更何况在他那貌似怪诞、散乱的文本背后珍藏着一个作家对世界、存在和艺术表达问题的缜密的理性思考呢。

通过对贝克特整个文学生涯和他动态的创作过程的全面系统的研究,我们可以梳理出贝克特作品的发展轨迹,即从大世界到小世界、从表象到本质、从光明到黑暗、从有序到无序、从生到死,从语言到沉默的发展过程。而仔细探究这一发展轨迹,不难发现它同西方现代文化、哲学、文学和诗学理论的发展轨迹如出一辙;它恰好勾勒出西方现代文学及诗学从理性主义向非理性主义、从人本主义向科学主义、从形式主义或结构主义到后结构主义以至于解构主义的演变过程。贝克特各个时期的作品呈现的就是这样一个不断变换和延伸的思想图像,贝克特以其特有的方式对他的时代做出了审美判断。他的思想是不断变换、流动着的,世界也是如此。

主要参考文献

贝克特作品(英文):

Beckett, Samuel. *Collected Poems 1930—1979*, London: John Calder, 1999.

——. *Collected Shorter Plays*, London and Boston: Faber and Faber, 1984.

——. "Dante... Bruno. Vico.. Joyce." *Our Exagimination Round His Factification for Incamination of Work in Progress.* ed. G. V. L. Slingsby and Vladimir Dixon. London: Faber and Faber, 1972. 3—22.

——. *Dream of Fair to Middling Woman.* Dublin: The Black Cat Press, 1992.

——. *Endgame.* London: Faber and Faber, 1964.

——. *Four Nouvellas.* London: John Calder, 1977.

——. *Happy Days.* New York: Grove Press, Inc. , 1961.

——. *How It Is.* London: John Calder Publisher, 1996.

——. *Krapp's Last Tape.* New York: Grove Press, 1994.

——. *Malone Dies.* New York: Grove Press, 1970.

——. *Molloy.* New York: Grove Press, 1970.

——. *More Pricks than Kicks.* London: Calder and Boyars Ltd. , 1970.

——. *Murphy.* London: Picador ed. Pan Books Ltd. , 1973.

——. *Proust.* London: Chatto & Windus, 1931.

——. *Texts for Nothing.* London: Calder & Boyars Ltd. , 1974.

——. *The Unnamable.* New York: Grove Press, 1970.

——. *Waiting for Godot.* New York: Grove Press, 1954.

——. *Watt.* New York: Grove Press, 1959.

——. "Three Dialogues with Ceorge Duthuit." in *Critical Essays on Samuel Beckett.* (ed.) Patrick A. MacCarthy. Boston: G. K. Hall, 1986. 227—233. Reprinted from *Disjecta: Miscellaneous Writing and a Dramatic Fragment.* Ed. Ruby Cohn. New York: Grove Press, 1984.

——. TCD MS 10967 ["Philosophy Notes"] (Trinity College, Dublin Manuscripts)

——. TCD MS 10971/5 [Notes on Mauthner] (Trinity College, Dublin Manuscripts)

——. TCD MS 10971/6 [Notes on Geulincx] (Trinity College, Dublin Manuscripts)

——. TCD MS 10971/7 ["Psychology Notes"] (Trinity College, Dublin Manuscripts)

——. RUL MS 3000 ["*Whoroscope* Notebook"] (Beckett International Foundation,

Reading University Liberary Manuscriptes)

英文书目：

Abbott, H. Porter. *The Fiction of Samuel Beckett: Form and Effect*. Berkeley: University of California Press, 1973.

——. *Beckett Writing Beckett: The Author in the Autograph*. Ithaca: Cornell University Press, 1996.

Acheson, James. *Samuel Beckett's Artistic Theory and Practice*. London: Macmillan Press Ltd., 1997.

Adams, Hazard. *Critical Thoery since Plato*. Irvine: Harcourt Brace Jovanovich, Inc., 1971.

Alvarez, A. *Beckett*. Glasgow: William Collins Sons & Co Ltd, 1978.

D'Aubarede, Gabriel. "Waiting for Beckett." (trans.) Christopher Waters, *Trace* (Summer 1961) 156—158. *Twentieth-Century British Literature*. Vol. I, (ed.) Harold Bloom. New York: Chelsea House Publishers, 1985, 91—92.

Bair, Deirdre. *Samuel Beckett: A Biography*. New York: Simon & Schuster Inc., 1993.

Baker, Phil. *Beckett and the Mythology of Psychoanalysis*. London: Macmillan Press, 1997.

Baldick, Chris. *Oxford Concise Dictionary of Literary Terms*. Oxford & New York: Oxford UP, 1996.

Barge, Laura I. D. *God, the Quest, the Hero: Thematic Structures in Beckett's Fiction*. Chapel Hill: U.N.C., Dept. of Romance Language, 1988.

Barthes, Roland. "The Death of the Author." *Image, Music, Text*. (trans.) Stephen Heath. New York: Hill and Wang, 1977.

——. *The Pleasure of the Text*. (trans.) Richard Miller. Oxford: Basil Blackwell Ltd. 1995.

Bataille, George. "Molloy's Silence." *On Beckett: Essays and Criticism*. (ed.) S. E. Gontarski. New York: Grove Press, 1986, 131—139.

Begam, Richard. *Samuel Beckett and the End of Modernity*. Stanford: Stanford University Press, 1996.

——. "Beckett and Postfoundationalism, or, How Fundamental are Those Foundamental Sounds." *Beckett and Philosophy*. (ed.) Richard Lane. New York: Palgrave Publishers Ltd., 2002, 11—39.

Ben-Zvi, Linda. "Samuel Beckett, Fritz Mauthner and the Limits of Language." *PMLA* 95 (1980), 183—200.

——. "Fritz Mauthner for *Company*." *Journal of Beckett Studies* No. 9 (1984), 65—88.

——. "Samuel Beckett's Media Plays." *Modernism in European Drama, Ibsen,*

Strindberg, Pirandello, Beckett: Essays from Modern Drama. (eds.) Frederick J. Marker & Christopher Innes. Toronto, Buffalo& London: University of Toronto Press, Scholarly Publishing Division, 1998.

Birkett, Jennifer & Ince, Kate (eds.). *Samuel Beckett* (Longman Critical Readers). Harlow: Pearson Education Ltd., 2000.

Blanchot, Maurice. "Where Now? Who Now?" *On Beckett: Essays and Criticism.* (ed). S. E. Gontarski. New York: Grove Press, 1986, 141—150.

Bloom, Harold (ed.). *Modern Critical Views: Samuel Beckett.* New York: Chelsea House Publishers, 1985.

Boxall, Peter (ed.). *Samuel Beckett Waiting for Godot/Endgame: A Reader's Guide.* Cambridge: Icon Books Ltd., 2000.

Bryden, Mary. *Samuel Beckett and the Idea of God.* London: Macmillan Press Ltd., 1998.

———. "Beckett and Religion." *Palgrave Advances in Samuel Beckett Studies.* (ed.) Lois Oppenheim. Houndmills: Palgrave Macmillian, 2004, 154—171.

———. "Deleuze Reading Beckett." *Beckett and Philosophy.* (ed.) Richard Lane. Houndmills: Palgrave Macmillan, 2002, 80—92.

Butler, Lance St. John (ed.). *Critical Thought Series: 4. Critical Essays on Samuel Beckett.* Aldershot: Scolar Press, 1993.

Butler, Lance St John & Davis, Robin J. (eds.). *Rethinking Beckett: A Collection of Critical Essays.* London: Macmillan Press, 1990.

Calder, John (ed.). *As No Other Dare Fail: For Samuel Beckett on His 80th Birthday.* London: John Calder Publishers Ltd. 1986.

Camus, Albert. *The Myth of Sisyphus.* (trans.) Justin O'Brien. New York: Vintage Books, 1960.

Chabert, Pierre. "The body in Beckett's theatre." *Journal of Beckett Studies* No. 8 Autumn 1982. http://www.english.fsu.edu/jobs/num08/Num8Chabert.ht.

Caselli, Daniela. *Beckett's Dantes: Intertextuality in the Fiction and Criticism.* Manchester: Manchester University Press, 2005.

Coe, Richard. *Beckett.* Edinburgh: Oliver & Boyd, 1964.

Cohn, Ruby. *Just Play: Beckett's Theatre.* Princeton: Princeton University Press, 1980.

———. (ed.) *Samuel Beckett: Waiting for Godot.* London: Palgrave Macmillan, 1987.

Connor, Steven. *Samuel Beckett: Repetition, Theory and Text.* Oxford: Basil Blackwell Ltd., 1988.

Cousineau, Thomas J. *After the Final No: Samuel Beckett's Trilogy.* London: Associated University Presses, 1999.

Culler, Jonathan. *On Deconstruction: Thoery and Criticism after Structuralism.* Ithaca: Cornell University Press, 1982.

Descartes, Rene. *Meditations on Philosophy with Selections from the Objections and Replies*. (trans. & ed.) John Cottingham. Cambridge: Cambridge University Press, 2005.

De Man, Paul. *Allegory of Reading*. New Haven: Yale University Press, 1979.

Derrida, Jacques. *Margins of Philosophy*. (trans.) Alan Bass. Chicago: University of Chicago Press, 1982.

——. *Acts of Literature*. (ed.) Derek Attridge. New York: Routledge, 1992.

Deleuze, Gilles. *Negotiations*, 1972—1990. (trans.) Martin Joughin. New York: Columbia University Press, 1995.

Driver, Tom. "Interview with Beckett." *Columbia University Forum* (Summer 1961, 21—25). in *Samuel Beckett: The Critical Heritage*. (eds.) Lawrence Graver & Raymond Federman. London: Routledge & Kegan Paul Ltd., 1979, 217—223.

Ellmann, Richard. *James Joyce*. Oxford: Oxford University Press, 1965.

Esslin, Martin. *The Theatre of the Absurd*. Harmondsworth: Penguin Books Ltd., 1980.

——. (ed.) *Samuel Beckett: A Collection of Critical Essays*. Englewood Cliffs (NJ): Prentice-Hall, 1965.

——. "Doing the Little Soldier." *Critical Essays on Samuel Beckett*. (ed.) Lance St. John Butler. Aldershot: Scolar Press, 1993, 160—171.

Federman, Raymond & Flecher, John (eds.). *Samuel Beckett: His Works and His Critics*. Berkeley and Los Angeles: University of California Press, 1970.

Federman, Raymond. *Critifiction: Postmodern Essays*. Albany: State University of New York Press, 1993.

Feldman, Matthew. *Beckett Books: A Cultural History of Samuel Beckett's "Interwar Notes"*. London: Continuum, 2006.

Fletcher, John. *Samuel Beckett's Art*. London: Chatto & Windus, 1967.

Fletcher, Beryl et al. *A Student's Guide to the Plays of Samuel Beckett*. London and Boston: Faber and Faber, 1978.

Foucault, Michel. "What Is an Author." *The Foucault Reader*. (ed.) Paul Rabinow. New York: Pantheon Books, 1984.

Friedman, Melvin J. "The Novels of Samuel Beckett: An Amalgam of Joyce and Proust." *Critical Essays on Samuel Beckett*. (ed.) Patrick A. MacCarthy. Boston: G. K. Hall & Co., 1986, 11—21.

Garzilli, Enrico. "Myth, Word, and Self in *The Unnamable*." *Critical Essays on Samuel Beckett*. (ed.) Patrick A. MacCarthy. Boston: G. K. Hall & Co., 1986, 87—91.

Gluck, Barbara Reich. *Beckett and Joyce*. London: Associated University Presses, 1979.

Goldman, Jane. *The Cambridge Introduction to Virginia Woolf*. Cambridge: Cambridge University Press, 2006.

Gontarski, S, E. (ed.). *On Beckett: Essays and Criticism*. New York: Grove Press, 1986.

——. "Editing Beckett." *Twentirth Century Literature: A Scholarly and Critical Journal*. Vol. 41, No. 2 (Summer 1985), 190—207.

Gordon, Lois. *The World of Samuel Beckett 1906—1946*. New Haven &London: Yale University Press, 1996.

Graver, Lawrence & Federman, Raymond (eds.). *Samuel Beckett: The Critical Heritage*. London: Routledge & Kegan Paul Ltd., 1979.

Harrington, John P. "Samuel Beckett." *Critical Survey of Long Fiction* (English Language Series). Rev. ed. Vol. I, ed. Frank N. Magill. Pasadena: Salem Press, 1991, 254—266.

Harmon, Maurice (ed.). *No Author Better Served: The Correspondence of Samuel Beckett & Alan Schneider*. Cambridge: Harvard University Press, 1998.

Harvey, Lawrence. *Samuel Beckett: Poet and Critic*. Princeton: Princeton University Press, 1970

——. "Watt." *On Beckett: Essays and Criticism*. (ed.) S. E. Gontarski. New York: Grove Press, 1986, 91—116.

Hassan, Ihab. "The Solipsist Voice in Beckett's Trilogy." *Critical Essays on Samuel Beckett*. (ed.) Patrick A. MacCarthy. Boston: G. K. Hall & Co., 1986, 64—74.

Henning, Sylvie Debvec. "The Guffaw of the Abderite: *Murphy* and the Democritean Universe." *JOBS* 10 (1983), 5—20.

Herren, Graley. *Samuel Beckett's Plays on Film and Television*. New York: Palgrave Macmillan, 2007.

Hesla, David H. *The Shape of Chaos: An Interpretation of the Art of Samuel Beckett*. Minneapolis: The University of Minnesota Press, 1971.

Hill, Leslie. *Beckett's Fiction in Different Words*. Cambridge: Cambridge University Press, 1990.

Jameson, Frederick. *The Prison-House of Language*. Princeton: Princeton University Press, 1972.

Janaway, Christopher (ed.). *The Cambridge Companion to Schopenhauer*. Cambridge: Cambridge University Press, 2005.

Joyce, James. *Dubliners*. London: Penguin Books, 1956.

Kaelin, Engene F. *The Unhappy Consciousness*. Dordrecht: E. Reidel Publishing Company, 1981.

Kennedy, K. Andrew. *Samuel Beckett*. Cambridge: Cambridge University Press, 1989.

Kennedy, Sighle. "Beckett's schoolboy copy of Dante: a handbook for liberty." *Dalhousie French Studies*, 19 (Fall Winter 1990), 11—19.

Kenner, Hugh. *A Reader's Guide to Samuel Beckett*. London: Thames and Hudson, 1973.

——. *Samuel Beckett: A Critical Study*. London: John Calder, 1962.

——. "The Cartesian Centaur." *Critical Essays on Samuel Beckett*. (ed.) Patrick A. MacCarthy. Boston: G. K. Hall & Co., 1986, 55—64.

Kern, Edith. "Moran-Molly: The Hero as Author." *Modern Critical Views: Samuel Beckett*. (ed.) Harold Bloom. New York: Chelsea House Publishers, 1985, 7—16.

Knowlson, James & Pilling, John. *Frescoes of the Skull: the Later Prose and Drama of Samuel Beckett*. New York: Grove Press, 1980.

Knowlson, James. *Damned to Fame: The Life of Samuel Beckett*. London: Bloomsbury Publishing plc., 1996.

Knowlson, James & Elizabeth (eds.). *Beckett Remembering Beckett: Uncollected Interviews with Samuel Beckett and Memories of Those Who Knew Him*. London: Bloomsbury Publishing plc., 2006.

Kroll, Jeri L. "Belacqua as Artist and Lover: 'What a Misfortune'." *The Beckett Studies Reader*. (ed.) S. E. Gontarski. Gainesville: University Press of Florida, 1993, 35—63.

Lane, Richard. (ed.) *Beckett and Philosophy*. Palgrave Macmillan, 2002.

Levy, Shion. *Samuel Beckett's Self-Referential Drama*. London: MacMillan, 1990.

Lewey, Paul. "Symbolic Structure and Creative Obligation in 'Endgame'." *JOBS*, No. 5, Autumn 1979. http://www.english.fsu.edu/jobs/num05/Num5lawley.htm.

Little, Roger. "Beckett's poems and verse translations or: Beckett and the limits of poetry." *The Cambridge Companion to Beckett*. (ed.) John Pilling. Cambridge: Cambridge University Press, 1994, 184—195.

Lyotard, Jean-Francois. *The Postmodern Condition: A Report on Knowledge*. Minneaplois: University of Minnesota Press, 1984.

MacCarthy, Patrick A. (ed.). *Critical Essays on Samuel Beckett*. Boston: G. K. Hall & Co., 1986.

Magill, Frank N. (ed.) *Critical Survey of Long Fiction*. (Revised ed., Vol., I) Pasadena: Salem Press, 1991, 260—261.

Malkin, Jenette R. *Memory-Theatre and Postmodern Drama*. Ann Arbor: The University of Michigan Press, 1999.

McQueeny, J. Terence. "Samuel Beckett as critic of Proust and Joyce." (Ph. D. Thesis) University of North Carolina, 1977.

Miller, Lawrence. *Samuel Beckett: The Expressive Dilemma*. New York: St. Martin's Press, 1992.

Mintz, Samuel I. "Beckett's *Murphy*: a Cartesian Novel." *Perspective* (Autumn 1959), 156—165.

Mooney, Michael. "Presocratic Skepticism: Samuel Beckett's *Murphy* reconsidered." *ELH* 49(1982), 214—234.

Morot-Sir, Eduard (ed.). *Samuel Beckett and the Art of Rhetoric*. Chapel Hill: University of North Carolina Press, 1976.

Murphy, P. J. *Reconstructing Beckett: Language for Being in Samuel Beckett's Fiction*. Toronto: University of Toronto Press, 1990.

——. "Beckett and Philosophy." *The Cambridge Companion to Beckett*. (ed.) John Pilling. Cambridge: Cambridge University Press, 1994, 222—240.

Nadeau, Maurice. "On *How It Is*." in *Express* (26 January 1961, p. 25). *Samuel Beckett: The Critical Heritage*. (eds.) Lawrence Grave and Raymond Federman. London: Routledge & Kegan Paul Ltd., 1979, 224—229.

Noguchi, Rei. "Style and Strategy in 'endgame'." *Journal of Beckett Studies*, No. 9, Spring, 1983. http://www.english.fsu.edu/jobs/num09/Num9Noguchi.htm.

O'Brien, Eoin. *The Beckett Country: Samuel Beckett's Ireland*. Dublin: Black Cat Press in association with London: Faber and Faber, 1986.

O'Hara, J. D. *Samuel Beckett's Hidden Drives: Structural Uses of Depth Psychology*. Gainesville: University Press of Florida, 1997.

Pattie, David. *The Complete Critical Guide to Samuel Beckett*. London: Routledge, 2000.

——. "Beckett and Obsessional Ireland." *A Companion to Samuel Beckett*. (ed.) S. E. Gontaski. West Sussex: Wiley-Bleackwell, 2010, 182—195.

Pilling, John. *Samuel Beckett*. London: Routledge & Kegan Paul, 1976.

——. ed. *The Cambridge Companion to Beckett*. Cambridge: Cambridge University Press, 1994.

——. *Beckett Before Godot*. Cambridge: Cambridge University Press, 1997.

Rabinovitz, Rubin. "Fizzles and Samuel Beckett's Earlier Fiction." *Contemporary Literature*. Vol. 24, No. 3 (Fall 1983), 307—320.

——. "Samuel Beckett's Figurative Language." *Contemporary Literature*. Vol. 26, No. 3 (Fall 1985), 317—330.

——. "*Murphy* and the Uses of Repetition." *On Beckett: Essays and Criticism*. (ed.) S. E. Gontarski, 67—90.

——. "Beckett and psychology." *Journal of Beckett Studies* 11/12 (1989).

Ricks, Christopher. *Beckett's Dying Words*. Oxford: Oxford University Press, 1995.

Robinson, Fred Miller. "Samuel Beckett: *Watt*." *Modern Critical Views: Samuel Beckett*. (ed.) Harald Bloom. New York: Chelsea House Publishers, 1985, 147—192.

Robinson, Michael. *The Long Sonata of the Dead*. London: Rupert Hart-Davis Lit., 1969.

Rosen, Steven J. *Samuel Beckett and the Pessimistic Tradition*. New Brunswick:

Rutgers University Press, 1976.

Scruton, Roger. "Beckett and the Cartesian Soul." *The Aesthetic Understanding: Essays in Philosophy of Art and Culture*. (ed.) Roger Scruton. Manchester: Carcanet Press, 1983, 222—241.

Shenker, Israel. "An Interview with Beckett." *New York Times* (May, 1956, Section II,) 3. in *Samuel Beckett: The Critical Heritage*. (eds.) Lawrence Grave & Raymond Federman. London: Routledge & Kegan Paul ltd., 1979, 146—149.

Schopenhauer, Arthur. *The World as Will and Representation*. (trans.) E. F. J. Payne. New York: Dover Publications, Inc., 1969.

Smith, Roch C. "Naming the M/inotaur: Beckett's Trilogy and the Failure of Narrative." *Critical Essays on Samuel Beckett*. (ed.) Patrick A. MacCarthy. Boston: G. K. Hall & Co., 1986, 75—82.

Trezise, Thomas. *Into the Breach: Samuel Beckett and the Ends of Literature*. Princeton: Princeton University Press, 1990.

Uhlmann, Anthony. *Samuel Beckett and the Philosophical Image*. Cambridge: Cambridge University Press, 2006.

Watt, Ian. *The Rise of the Novel*. Middlesex: Penguin Books, 1983.

Waugh, Patricia. *Metafiction: The Theory and Practice of Self-Conscious Fiction*. London and New York: Methuen, 1984..

Webb, Eugene. *Samuel Beckett: A Study of His Novels*. London: The University of Washington Press, 1970.

——. *The Plays of Samuel Beckett*. Seattle: University of Washington Press, 1974.

Weller, Shane. "Foreword."*Beckett Books: A Cultural History of Samuel Beckett's "Interwar Notes"*. Matthew Feldman. London: Continuum, 2006, vii—x.

Woodward, Kathleen. "Transitional Objects and the Isolate: Samuel Beckett's *Malone Dies*." *Contemporary Literature*. Vol. 26, No. 2 (Summer 1985), 140—154.

Worth, Katharine. *Samuel Beckett's Theatre*. Oxford: Oxford University Press, 1999.

Wulf, Catharina. *The Imperative of Narration: Beckett, Bernard, Schopenhauer, Lacan*. Brighton: Sussex Academic Press, 1997.

中文书目：

巴赫金,《巴赫金全集》(第一卷),晓河,贾泽林 等译,石家庄:河北教育出版社,1998年。

贝克特,《世界与裤子》(贝克特选集1),郭昌京 译,长沙:湖南文艺出版社,2006年。

贝克特,《是如何》(贝克特选集4),余中先等 译,长沙:湖南文艺出版社,2006年。

贝克特,《最后一盘录音带》,舒笑梅 译,载《国外文学》,1992年04期,第188—198页。
戴从容,"乔伊斯与形式",载《外国文学评论》2002年,第4期。
德里达,《论文字学》,汪堂家 译,上海:上海译文出版社,2005年。
方生,《后结构主义文论》,济南:山东教育出版社,1999年。
弗洛伊德,《精神分析引论新讲》,苏晓离 刘福堂 译,合肥:安徽文艺出版社,1987年。
伽森狄,《对笛卡尔〈沉思〉的诘难》,庞景仁 译,北京:商务印书馆,1995年。
加勒特·汤姆森,《笛卡尔》,王军 译,北京:中华书局,2002年。
加缪,《加缪文集》郭宏安 等译,南京:译林出版社,2001年。
加缪,《西西弗斯的神话》,杜小真 译,北京:三联书店,1998年。
马克·柯里,《后现代叙事理论》,宁一中 译,北京:北京大学出版社,2003年。
露比·寇恩,"贝克特作品中莎士比亚的余烬" 孙家 译,载《戏剧》,1997年02期。
李永毅,"德里达与乔伊斯",载《外国文学评论》,2007年,第2期。
刘放桐,《现代西方哲学》(上下册),北京:人民出版社,1998年。
卢永茂、袁若娟等,《贝克特小说研究》,开封:河南大学出版社,1995年。
陆建德,"显赫的隐士,静止的走动" 载《麻雀啁啾》(陆建德著),北京:三联书店,1996年。
陆建德,"自由虚空的心灵——萨缪尔·贝克特的小说创作",载《破碎思想体系的残编》(陆建德著),北京:北京大学出版社,2000年。
陆扬,《后现代性的文本阐释:福柯与德里达》,上海:上海三联书店,2000年。
陆扬,《精神分析文论》,济南:山东教育出版社,2001年。
罗素,《西方哲学史》上、下卷,何兆武 李约瑟 马远德 译,北京:商务印书馆,2003年。
毛德信、蒋跃、韦胜杭 译,《诺贝尔文学奖颁奖演说集》,南昌:百花洲文艺出版社,1991年。
希利斯·米勒,《解读叙事》,申丹 译,北京:北京大学出版社,2003年。
尼采,《悲剧的诞生》,刘崎 译,北京:作家出版社,1986年。
尼采,《疯狂的意义:尼采超人哲学集》,周国平 译,西安:陕西师范大学出版社,2002年。
尼菜,《上帝死了》(尼采文选),戚仁 译,夏镇平 校,上海:上海三联书店,1997年。
詹姆斯·诺尔森,《贝克特肖像》,王绍祥 译,上海:上海人民出版社,2006年。
普鲁斯特,《追忆似水年华》(第一卷)《在斯万家那边》,李恒基 徐继曾 译,南京:译林出版社,1989年。
萨特,《萨特论艺术》([美]韦德·巴斯金 编),欧阳友权 冯黎明 译,桂林:广西师范大学出版社,2002年。
萨特,《萨特文学论文集》,施康强等译,合肥:安徽文艺出版社,1998年。
申丹,"'故事与话语'解构之'解构'",载《外国文学评论》,2002年第2期。
申丹,《叙事学与小说文体学研究》,北京:北京大学出版社,2001年版本。
盛宁,《人文困惑与反思——西方后现代主义思潮批判》,北京:三联书店,1997年。
施咸荣 译,《荒诞派戏剧集》,上海:上海译文出版社,1980年。

苏珊·桑塔格,《反对阐释》,程巍 译,上海:上海译文出版社,2003年。
杜·舒尔茨,《现代心理学史》,杨立能 陈大柔 等译,北京:教育出版社,1981年。
王岳川,《后现代主义文化研究》,北京:北京大学出版社,1996年。
王佐良 何其莘,《英国文艺复兴时期文学史》,北京:外语教学与研究出版社,
　　1996年。
吴晓东,《从卡夫卡到昆德拉:20世纪小说和小说家》,北京:三联书店,2009年。
张和龙,"国内贝克特研究评述",载《国外文学》,2010年,第3期。
赵一凡,《西方文论讲稿:从胡塞尔到德里达》,北京:三联书店,2007年。
中国社科院外国文学研究所员会编,《后现代主义》"世界论文"(2),北京:社会科学
　　文献出版社,1993年。
中国社科院外国文学研究所员会编,《小说的艺术》"世界论文"(6),北京:社会科学
　　文献出版社,1996年。
周英雄 译,王家新选编,《叶芝文集》,北京:东方出版社,1996年。
朱立元(主编),《当代西方文艺理论》,上海:华东师范大学出版社,1997年。

后　　记

　　我对贝克特的初步了解是在上个世纪80年代。在山东大学外文系（现山东大学外国语学院）攻读英语语言文学硕士学位期间，我曾选修了郭继德先生的"现代美国戏剧"课。从郭先生的课上，我不仅了解了很多现代美国戏剧和剧作家，也获得了不少有关西方现代派戏剧的知识。记得一次郭先生在课上特别谈到了贝克特的《等待戈多》，以及它荒诞的戏剧形式和耐人寻味的思想内涵。当时我隐约感到贝克特是一个非常特别的作家，觉得他戏剧的情境很荒诞、很陌生，但又似曾相识，仿佛谁都曾经历过那种等待。人们祈盼着某事的发生或某人的到来，可是左等右等就是不来，让人很失望，却又觉得还有些许希望，这是再熟悉不过的情境了。但我却不理解贝克特为何会用如此荒诞、离奇的方式去呈现它。从那以后，每当我期盼着什么事情，总会不自觉地联想起《等待戈多》。可是，那时我根本没有要研究贝克特的念头，甚至都不敢去触碰他的作品。因为对我来说，贝克特的作品实在令人望而生畏，困惑不解。在山大读研究生期间，我比较喜欢英美诗歌，特别是19世纪英国浪漫主义诗歌、19世纪美国女诗人艾米丽·迪金森的诗和美国现代诗人罗伯特·弗罗斯特的诗。我更喜欢现代英美小说，尤其喜爱20世纪女作家曼斯菲尔德和伍尔夫，因为她们的作品不仅对生活和人的精神世界有透彻的洞见，而且文笔细腻、隽永、蕴含诗意。因此，我的硕士论文选择了研究曼斯菲尔德的短篇小说，主要探讨"曼斯菲尔德笔下的女性心理"。当时我曾告诉自己，以后要继续报考博士，一定要研究伍尔夫的小说。总之，那时在我喜欢的作家中根本就没有贝克特的名字。

　　可有趣的是，我的博士论文却偏偏选择了研究贝克特的小说，并且这一选择改变了我日后的研究方向。有人很不理解为什么我的硕士论文和博士论文选题竟有这么大的差别，这么大的转向，并且博士毕业后一直没有间断对贝克特的研究，一做就是十余年。其实，这连我自己都始料未及。

　　我真正接触贝克特的作品，是在上个世纪90年代。1997年我考入北京外国语大学攻读博士学位。在导师何其莘先生悉心严格的指导下，我的阅读面开始拓宽；何老师开设的课程以及他定期与我们进行的专题学术讨论，使我的学术视野更加开阔。还有张中载教授的现当代小说和西方古典文论课、张在新教授的文学批评实践课等都对提高我的学术水平有着重要的帮助。读博士期间，我的研究兴趣发生了一定的变化，虽然依然喜爱曼斯菲尔德、伍尔夫这样的作家，但是我更加关注现代英国小说的发展趋势，尤其是二战之后的小说。我还迷恋上了现代西方哲学和文论。尽管对德里达、福柯、巴特等理论家的思想不能完全理解，但还是很认真地读了一些关于后结构主义和解构主义诗学方面的书籍。对西方哲学的兴趣在一定程度上受惠于北外为博士生开设的所谓政治理论课，其中包括西方现代哲学、语言哲学和人类学及西方文化等专题。我最感兴趣的是张妮妮教授的语言哲学和朱红教授的现代西方哲学专题。朱红教授对胡塞尔、海德格尔、萨特等各种哲学流派的讲解深入浅出，给我留下了深刻印象。我写了一篇用存在主义哲学解读《等待戈多》中的荒诞意识的文章，作为这门课程的结业论文。记得朱红老师给打了一个很高的分，让我颇感欣慰。为了写那篇论文，我反复细读了贝克特的剧本《等待戈多》，那也是我第一次真正研读贝克特的作品。

但是，将贝克特的小说作为我博士论文的选题，还是带有一定的偶然性，甚至是冒险性。1998年秋，我开始考虑博士论文的选题。当时国内对英美小说的研究出现了重复、扎堆的现象，关于伍尔夫、康拉德、乔伊斯、亨利·詹姆斯等的研究成果和硕士论文非常多，其中也不乏重复和雷同现象。因此我当时放弃了硕士毕业时曾有过的研究伍尔夫的想法，决定选一个国内研究较少的，并且有学术价值、值得研究的作家。于是我把注意力放在了二战之后的英国小说家上，尤其是那些带有后现代写作特征的实验性小说。我选了几个比较喜欢的作家，如艾丽丝·默多克、多丽丝·莱辛等作为我论文研究的候选人。一天，我在北外图书馆的阅览室查阅关于这些当代作家的资料，翻阅了哈罗德·布鲁姆编辑的多卷本《20世纪英国文学》第一卷。或许是因为该书按作家姓氏的字母顺序排序，我首先读到了关于贝克特的详细介绍和评论。我惊奇地发现，原来贝克特不仅仅是一位荒诞派戏剧家，还是一位出色的小说家，西方学界对他的小说实验给予了极高的评价和关注，一些著名的后现代理论家如德里达、巴特、福柯等都非常重视贝克特的实验小说，连贝克特自己也认为他的主要成就在于小说创作。而当时国内对贝克特小说的研究非常少，很多英语文学专业的硕士、博士研究生（我当时也是其中之一）甚至都不知道贝克特同时也是小说家，更别提阅读和研究他的小说了。我当时借阅了贝克特的第一部小说《莫菲》，先读了两章，发现它虽然有些抽象、另类，却别有意趣，不难理解，同时也意识到贝克特的小说有着不同寻常的研究价值。于是，我就将贝克特也列入了我的候选作家之列。后来我同导师何其莘教授商定博士论文选题时,提了这几个候选作家,没料到何老师也比较倾向于我研究贝克特,并希望我将贝克特的小说和戏剧结合起来研究,认为这样会更有意义。就这样,我决定了研究贝克特。何老师还给我提供了一些有关贝克特的书籍,如马丁·艾斯林的《荒诞派戏剧》和贝克特的剧本《终局》等。可见,我当初选择研究贝克特,是带有一定的偶然和冲动,或许是无知者无畏,而实非喜欢他的作品。

对我的选择,当时周围的一些同学和老师有些不解。记得我的一位师姐曾问过我,为什么选这么难的作家研究,自讨苦吃(现在也有朋友问我这样的问题)。我想,或许在自己的性格中,理想主义的成分更多一些,并不想轻松做完博士论文,拿到博士学位就了事。我非常愿意在学术研究上去探索一些具有挑战性的难题,做一些更有研究价值的、更值得做的课题。我的博士论文的写作的确是一个非常艰难的过程。论文系统研究了贝克特的五部重要小说,《莫菲》、《瓦特》和三部曲《莫洛伊》、《马洛纳之死》、《难以命名者》。这些作品,尤其是三部曲,极其抽象、怪诞、晦涩难懂。仅阅读这五部小说就花费了我大量的精力和时间,更何况每部小说都要反复细读,此外,还要读一些研究资料和理论书籍,至今我还保存着几本当时读贝克特小说的笔记。阅读贝克特的三部曲犹如进入了一个扑朔迷离的文本世界,一个错综复杂的文字迷宫,论文写作所陷入的困境是难以用语言形容的。我曾经一度写不下去,也动摇过,甚至想放弃。但是,我告诉自己不能半途而废,没有退路,必须做下去。当我最终完成了论文,并顺利通过答辩时,犹如爬出地狱,见到阳光。

但遗憾的是,由于精力所限,博士论文只研究了贝克特五部小说,且未尽深入、细致,而原本打算将他的小说和戏剧一并研究的设想未能实现,只是在论文的结论部分简要谈及其小说创作与日后戏剧创作的关系,所以我就有了毕业后继续研究贝克特的想法。在毕业后任教的几年里,我有了一个更为大胆的设想:对贝克特的美学思想和创作实践进行全面系统的研究,以展示他独特的创作理念,他的美学思想的形成过程,以及他对西方后现代诗学的贡献。2005年,我申报的这一课题得到了国家社科基金的资助,从此开始了更加艰辛,更加漫长的贝克特研究。

如果说,当初选择贝克特作为博士论文研究的对象,是带有某种冲动,那么,我后来申报关于贝克特研究的国家社科基金课题,则更加理性和深思熟虑。尽管如此,当我真正进入研究过程时,发现这个课题的难度,阅读量,以及所要花费的精力和时间,还是远远超出了我的预料。再加上每周8至10节课的教学任务,指导研究生,修改论文、批改作业和试卷等等总是与课题研究发生冲突,这也加剧了研究工作的困难。

为了很好地领悟贝克特作品隐秘的思想,为了以清晰的思路、流畅的文字去阐释他那些抽象、晦涩的作品,我不仅要反复研读贝克特的作品,还要读相关的哲学、古典文学和现代西方文论等书籍。意大利哲学家克罗齐有句名言:"要了解但丁,就必须把自己提升到但丁的水平。"尽管我永远不可能达到贝克特的水平,但在写作此书的过程中,我确实是在贝克特渊博学识的启发和引领下,阅读了大量的书籍,使我的哲学、美学和诗学的素养有所提升,学术水平有所长进,这应该是我做这个课题最大的成果和收益。从这个意义上说,贝克特不仅是我的研究对象,更像是我的导师,他教给了我许多在别处永远学不到的知识。这些年来,是在贝克特作品的陪伴下,在同这位伟大作家的不断对话中,我完成了这一艰难的思想旅行。虽然这一过程充满了艰辛,但是其中也自有一份乐趣和充实感。

现在这本专著终于完成了,我感到快慰和如释重负。需要特别说明的是,我的硕士研究生刘丽霞(现为燕山大学外语学院讲师)也参与了我的课题研究。本书第五章和第九章应该是我们二人共同完成的。刘丽霞于2003年至2006年间在北京语言大学攻读硕士学位,我建议她将贝克特的短篇小说集《徒劳无益》作为硕士论文研究课题(这也是我课题的一个组成部分),她欣然接受了我的建议。因此她的硕士论文由我命题,并设计了研究思路和框架。此后,我以这篇硕士论文作为雏形,在结构和文字上做了大幅修改,又添加了许多内容,构成了本书的第五章,即"贝克特早期作品的写实主义风格"。刘丽霞硕士毕业后,又按照我的意图、思路和构架,帮助我写了本书第九章,即"贝克特的戏剧创作"的初稿。虽然我对初稿做了较大的改动,添加了许多内容,但刘丽霞所做的研究和付出的劳动不能抹灭,尤其是她对贝克特的广播剧和电视剧的解读以及对其中一些剧名的翻译,比较准确、到位。目前我国学界对贝克特的广播电视剧的关注很少,研究成果也不多见,从这一角度看,刘丽霞的研究对本课题做出了独特贡献。在此我向刘丽霞表示真诚的谢意。若没有她的帮助和付出,我也不会这么快完成本书的写作。

这部专著能够顺利完成,得益于很多人的支持和帮助。首先,我要感谢我的博士导师何其莘先生,正是在他的鼓励和支持下,我才有勇气选择贝克特作为我博士论文的研究对象,先生对我论文提出的中肯的修改意见,以及悉心的审读,严格把关,使我顺利完成了博士论文,也为日后的研究做了重要的铺垫,否则我不会自信地申报并独立承担此项社科基金的课题。我也非常感谢中国社科院的研究员陆建德先生,陆老师曾对我博士论文的开题报告,甚至论文的具体选题都提出过建设性的意见。在我做博士论文和本课题的研究过程中,陆老师曾给我提供了很多珍贵的第一手研究资料,他渊博的学识和慷慨的帮助对我完成本课题的研究起到了重要作用。还应该感谢曾经参加我博士论文开题和论文答辩的专家赵一凡、张中载、张在新、郭栖庆等教授,他们对我的论文提出的批评建议对我日后的研究有很大启发借鉴作用。

此外,我还要感谢剑桥大学的资深教授安德鲁·肯尼迪(Andrew Kennedy)先生,和青年学者、高级讲师罗伯特·麦克法兰(Robert Macfarlane)博士。我在剑桥大学做访问学者期间(2006年10月至2007年10月),曾受到肯尼迪教授的悉心指教,他在贝克特研究上的独到见解使我获益匪浅。在剑桥期间我完成了"贝克特早期作品的写实主义风格研究",麦克法兰博士在百忙中帮我审读了三万多字的英文稿,并提出了宝贵的修改意见,尤其是他对"现实主义"和"写实主义"诗学的批评观点使我深受启发。在此,我向这两位英国学者,我的朋友,表示深深的谢意。

另外,在写作过程中,我们学校,即北京语言大学有关领导批准我进我校比较文学研究所做为期一年的课题研究,为我写作此书提供了宽松的环境和宝贵的时间。在此,我感谢学校领导的大力支持和关心;感谢外语学院院长宁一中教授长期以来对我在学术研究上的支持和鼓励;感谢我系领导的支持和理解;也感谢我的同事们,在我进驻比较文学所做课题研究期间为我承担了我的那份教学任务;感谢我的研究生刘丽霞、郑宏、陈丹菁、李英、申倩倩等,她们曾牺牲自己的休息时间帮助我去国家图书馆借书、复印资料、查阅国内期刊检索等;感谢国家社科基金的评审专家对本书初稿给予的极大肯定和宝贵修改意见,使我能够进一步完善书稿。还应该感谢我的先生、女儿,我的父亲等亲人,正是因为他们的理解、关爱和支持,使我能够沉下心来,踏踏实实地读书、写作,最终完成此书。

最后感谢北京大学出版社的支持,尤其要感谢张冰女士的鼎力帮助和责任编辑刘文静女士对书稿细致的审读校对,正是她们认真细致的工作,才使拙著得以面世。

由于我的学术水平所限,书中的一些观点和想法或有未臻成熟及疏漏、不足之处,敬请专家学者和读者给与批评指正。

2012年10月6日于北京语言大学校园陋室